FVA

Ernst-Wilhelm Händler in der
Frankfurter Verlagsanstalt:
Stadt mit Häusern. Erzählungen
Kongreß. Roman
Fall. Roman
Sturm. Roman
Wenn wir sterben. Roman

Ernst-Wilhelm Händler

Die Frau des Schriftstellers

Roman

FRANKFURTER VERLAGSANSTALT

1. Auflage 2006

Umschlaggestaltung: Laura J Gerlach
unter Verwendung eines Ölgemäldes
von Karin Kneffel (Feuer IV, 1992, 200 x 200 cm)
Herstellung: Thomas Pradel, Frankfurt am Main
Satz: Fotosatz Reinhard Amann, Aichstetten
Druck und Bindung: Friedrich Pustet KG, Regensburg
Printed in Germany
ISBN 3-627-00028-5
1 2 3 4 5 – 10 09 08 07 06

I have no favourite woman at all. You can't love one in particular. I work for women in general.

Azzedine Alaïa

JETZT,
DAMALS

Ich ziehe die Beine an und verschränke die Arme um die Knie, damit ich nicht so zittere. Mich friert, obwohl mir das Wasser aus der Brause, unter die ich mich nach der Wiederbegegnung mit La Trémoïlle geflüchtet habe, fast Verbrennungen verursacht.

Als ich Kind war, hatten wir zu Hause kein Bad. Wenn ich mir keinen Rat weiß, gehe ich immer unter die Brause.

Die durch mein Badezimmer ziehenden Schwaden von Wasserdampf geben regelmäßig für einen kurzen Moment die Sicht auf den beschlagenen Spiegel frei. Mein Bild versucht, einem Wesen aus Fleisch und Blut täuschend ähnlich zu sehen. Jedesmal bin ich gespannt auf den Übergang von einem Abbild zum anderen, auf das neue Mischwesen, das entsteht, wenn man die Abbilder miteinander vergleicht.

Den Brief von La Trémoïlle hatte ich ungeöffnet weggeworfen, eine Mail gelöscht, ohne sie zu lesen. Ich habe befürchtet, er würde mich bei einer meiner Lesungen abpassen. Darauf, daß er mir im Schumann's in der Nische auflauerte, war ich nicht vorbereitet.

La Trémoïlle ist taubstumm. Wenn er auf seinem Palm schreibt, habe ich stets das Gefühl, daß er mich imitiert. Man muß alle Buchstaben in einem Schwung vollenden, damit der Rechner die Schrift erkennt und in Druckbuchstaben umwandelt. Meine Handschrift hat mit derjenigen für den Palm gemeinsam, daß ich nicht absetze, nicht nur bei den Buchstaben, auch bei den Verbindungen der Buchstaben untereinander.

Das Schumann's ist ein Laboratorium für die Macht des Blicks: Sämtliche Ereignisse werden registriert, die geringsten Bewegungen der Gäste protokolliert, eine ununterbrochene Beobachtungskette verbindet Charles Schumann über seine Boys mit den Gästen. Er übt seine Gewalt ungeteilt in

einer bruchlosen Hierarchie aus. Dem Gast wird nicht nur sein Platz zugewiesen, jedem wird ein Körper und eine Geschichte zudiktiert. Von einer allgegenwärtigen und allwissenden Macht, die seine letzte Bestimmung kennt.
Nur der Stammgast kommt in die Lage, seinen Blick zuzuspitzen und in das Verhalten der anderen Gäste einzudringen. Mit jeder tieferen Schicht, die er erreicht, entdeckt er an der neuen Oberfläche Dinge, die er noch nie gesehen hat. Wer seinen Blick zur Waffe machen will, muß Stammgast werden.
Statt mit den Fäusten auf La Trémoïlle einzuschlagen und ihn mit Füßen zu treten, folgte ich willenlos der Einladung, die er auf den Palm geschrieben hatte, und setzte mich zu ihm. Es genügte, daß er in Richtung Theke sah, sofort kam Roman an unseren Tisch. Er hatte gerade eine neue Kellnerschürze angelegt, im Gehen band er sie zu. Nie trinke ich zuerst etwas anderes als einen Manhattan medium mit Canadian Whiskey, ein Teil Whiskey, ein Teil roter Wermut, ein Teil Cocktail-Wermut. La Trémoïlle orderte eine Kartoffelsuppe, *die* Kartoffelsuppe.
Wenn er schreibt, zieht La Trémoïlle den Kopf ein und die Schultern hoch, dabei winkelt er beide Arme an. Betrachtet man seine untersetzte Gestalt, fallen die Falten in seinem Gesicht nicht auf. Konzentriert man sich auf den Kopf, werden die Falten zu Furchen, und er bekommt etwas von einer alten Schildkröte.

Hast du Angst vor der Liebe
bist du deshalb allein?
Denk daran
niemand kann
ohne Liebe sein

Drei Jahre lang habe ich La Trémoïlle gemieden, drei Jahre habe ich Laura nicht gesehen, drei Jahre ihr Buch nicht in die Hand genommen. Als ich auf La Trémoïlles Palm mit den Zeilen aus Rex Gildos Song *Die Liebe* blickte, wurden die drei Jahre zu drei Tagen, drei Stunden oder drei Sekunden.

Ich sah Laura vor mir, wie sie auf meine Dachterrasse hinausging. Vor dem Hintergrund des weißen Himmels liefen schwarze Wasserfäden in regelmäßigen Abständen die Verglasung der Schiebetür herunter, weiße berührten den dunklen Holzboden.

Laura war nackt.

Ein Geburtsbild, sie schien im Leben verankert, zwischen dem kaum hörbaren Geräusch des Regens und meinem Schweigen? Oder ein Verzweiflungsbild, ein Todesbild über dem Königsplatz, dessen Asphaltbedeckung das Licht des Himmels anzog und verschluckte?

Ich versuchte, mich gegen die Erinnerung an Laura zu wehren. Aber ich erreichte nur, daß ich mit Lauras Augen sah, daß ich sie sah, sie sich selbst sah. Laura klemmte die linke Hand zwischen die Knie. Mit der rechten Hand umfing sie den linken Fuß. Sie hockte sich hin, das eine Bein auf dem Boden, das andere aufgestellt, und stützte sich auf ihre Faust. Sie schlug die Beine übereinander, so daß die Füße genau zur Deckung kamen, als ob sie nur einen Fuß mit sechs Zehen besaß.

Auf dem Bauch liegend, hob sie die Unterschenkel und kreuzte sie, dabei richtete sie sich mit dem Oberkörper auf. Das war kein Blick mehr durch ihre Augen. Sie ruhte auf der Seite, die Unterschenkel übereinander, die eine Hand zwischen den Füßen, die andere zwischen den Knien. Die Beine über Kreuz, lag sie auf dem Rücken.

Sie richtete sich auf und beugte sich vor, wer betrachtete ihre Brust? Sie ging barfuß über die nassen Planken, wer beobachtete ihren abknickenden Fuß? Sie hob den Arm hoch, und die Haare in ihrer Achselhöhle beschrieben einen Kreis. Wer sah diese riesenhaften Stücke Haut? Zart, faltig, fleckig, immer geprägt durch die Formen der darunterliegenden Knochen?

Für mich bedeutet das Schreiben eine Prüfung. La Trémoïlle prüft mit dem, was er schreibt, andere. Ich fließe in das aus, was ich schreibe. Ihm verleiht das Schreiben genau die Einheit und Dauerhaftigkeit, die es mir nimmt. Das Kreisen des Plastikstifts auf dem Touchscreen des Palm verkörpert seinen persönlichen Triumph.

La Trémoïlle stammt aus einem uralten Adelsgeschlecht. Er wurde in Paris geboren, sein Vater war als Diplomat an der französischen Botschaft in Bonn tätig, die Jugend verbrachte er in Deutschland. La Trémoïlle ist Lauras Agent. Er arbeitet allein, es gibt kein Büro und keine Sekretärin.

Als ich ihm in dem bierfarbenen Licht im Schumann's gegenübersaß, begriff ich, daß ich nicht Lauras Körper in meinem Inneren wiedererrichtete. Ich setzte Bilder von ihren Körperteilen und davon, was sie mit diesen Körperteilen tat, zu einem neuen Körper zusammen, der meiner sein sollte.

Zwei Ichs, als ich auf La Trémoïlles Palm blickte. Ein Ich, das wollte, was ich wollte, und ein anderes Ich als Ort Lauras. Das erste Ich als Anzeige dessen, daß es mich wirklich gab, das zweite Bürge und Fälscher, das Bild seiner Unabhängigkeit vortäuschend und gleichzeitig den Widerspruch zwischen seiner angeblichen Einheit und seiner tatsächlichen Abhängigkeit auslebend. Das erste Ich war erstarrt, als es La Trémoïlle gesehen hatte. Das zweite hatte ihn als Spiegel gewählt.

Aber vielleicht war der Spiegel ja dunkel und La Trémoïlle nichts als der Literaturagent, der sein Einkommen maximierte, indem er die Einkommen seiner Autoren maximierte, und der deshalb jetzt auf seinen Palm geschrieben hatte: *Guggeis möchte dich sehen.*

Ich habe Angst vor der Liebe. Seit der Trennung von Laura bin ich allein. Aber niemand kann ohne Liebe sein.
Ich versuche, die Erinnerungen an Laura zu bekämpfen, indem ich an Beatrice denke.
Beatrice sprach mich vor drei Monaten im Polo Shop in der Maximilianstraße an. Drei Polo shirts waren in meiner Größe nicht mehr im Regal, die Verkäuferin, eine Amerikanerin, mußte ins Lager. Ratlos stand ich vor einer vollständigen Farbskala von Polo chinos und einer unvollständigen Farbskala von Polo shirts. Sie wollen mit der Verkäuferin ins Gespräch kommen?
Mißtrauisch musterte ich die große Frau mit den langen blonden Haaren, die unvermittelt in der Herrenabteilung aufgetaucht war. Sie lachte mich an und kam von der anderen Seite des Tisches zu mir herüber. Gerade hatte ich der Verkäuferin erzählt, daß ich selbst im Flagship store in New York auf der Fifth Avenue bestimmte Farben nicht bekommen hatte. Und hinzugefügt, in den USA seien die Läden in kleineren Malls oft überraschend gut sortiert. Sie hatte mir freundlich geantwortet, war jedoch nicht weiter darauf eingegangen. Beatrice beugte sich vor und flüsterte mir zu: Lassen Sie sich nicht abschrecken! Ich starrte verlegen auf meine Polos, wobei ich noch nicht wußte, ob es wirklich meine sein würden. Sie lächelte: Sie müßten Ihr Gesicht sehen, während Sie mit der Verkäuferin reden. Sie machen den Mund nicht auf, und Sie verziehen keine Miene. So wird das nichts. Ich murmelte in ihre Richtung: Warum kümmern Sie sich um meine Angelegenheiten. Sie trat näher zu mir hin: Wollen Sie nun mit der Verkäuferin etwas anfangen oder nicht?
Beatrice zog ihren Pullover aus, um ein Sweatshirt anzuprobieren, dabei hob sich das Herrenhemd, das sie über der Hüfthose trug, und entblößte ihren Nabel. Sie schüttelte

den Kopf, damit die blonden Haare über das orangefarbene Sweatshirt fielen, das ich vorher ebenfalls anprobiert hatte, zog es zurecht und blickte mich aus dem Spiegel heraus auffordernd an: Ist die Verkäuferin wirklich die Frau, die Sie brauchen?
In diesem Augenblick kam die Verkäuferin zurück, ein grünes und ein rotes Polo in der Hand. Ich fühlte mich erleichtert, weil sich die mir aufgezwungene Konversation nun einem absehbaren Ende zuneigte, und bemühte mich, der Verkäuferin erwartungsvoll und vielsagend entgegenzublicken. Beatrice ging den Stapel von Sweatshirts durch, der auf dem Verkaufstisch lag, und sagte beiläufig zu mir, Männer müssen authentisch sein, das ist die wichtigste Voraussetzung für den Erfolg bei Frauen.
Ich bin kein Bestsellerautor, meine Bücher sind nicht spektakulär.
Aber ich schreibe schnell, fast jedes Jahr erscheint ein Buch von mir. Das ergibt ein für einen Schriftsteller unüblich regelmäßiges Einkommen. Sonst könnte ich nicht auf der Maximilianstraße einkaufen.
Natürlich besteht mein Leben nicht darin, ständig in die USA zu fliegen und in Groß- und Kleinstädten die Malls zu vergleichen. Das merkte die Verkäuferin, das merkt jeder. Was soll man mit jemandem anfangen, der einem von seinem Leben erzählt, und es ist gar nicht sein Leben, aber es ist auch nicht das Leben, das er erstrebt?
Ich kaufte nicht nur die Hosen, sondern auch die Hemden, obwohl Magenta fehlte und ich meine Farbskala nicht vervollständigen konnte. Hätte Beatrice mich nicht beobachtet, ich hätte überhaupt nichts genommen, aber ich mußte ihr beweisen, daß ich das Geschäft nicht nur wegen der Verkäuferin aufgesucht hatte. Magenta ist eine Allerwelts-

farbe, die ich verabscheue, ich glaube nicht, daß ich das Polo jemals angezogen hätte.
Die Verkäuferin hatte inzwischen begriffen, daß sie Gegenstand der Unterhaltung ihrer beiden Kunden war. Womöglich hatten wir sogar eine Wette abgeschlossen, wie sie sich verhalten würde. Sie blickte mich nicht mehr an, reichte mir schweigend die Rechnung, nahm ohne Kommentar meine Kreditkarte in Empfang und gab mir wortlos die Tüte mit den Hemden und Hosen.
Eigentlich wollte ich noch in der Kunstbuchhandlung in einer Nebenstraße der Maximilianstraße vorbeischauen, doch die Lust dazu war mir vergangen.
Warten Sie! Ich drehte mich um und sah meine Schutzheilige hinter mir herlaufen. Sie hatte sich ihren Mantel nur übergeworfen. Ich beachtete sie nicht, sondern stieg in meinen Golf, den ich vor der Buchhandlung geparkt hatte. Sie klopfte an das Fenster der Beifahrerseite und deutete auf den Verriegelungsknopf. In diesem Augenblick trat die Inhaberin der Buchhandlung auf die Straße, sie erkannte mich und grüßte freundlich. Mir blieb nichts anderes übrig, als die Verriegelung zu öffnen. Beatrice riß die Tür auf, schwang sich auf den Beifahrersitz und schlug die Tür sofort wieder zu.
Sie holte die Haare unter dem Mantelkragen hervor und blickte mich aus grünen Augen mitfühlend an. Ihre Haare schienen von Natur aus hellblond zu sein. Die langen Beine über Kreuz, lehnte sie sich zurück: Ich wollte Ihnen nur sagen, die Dinge stehen für Sie nicht so schlecht, wie Sie vielleicht denken! Sie haben nichts kaputtgemacht, die Verkäuferin ist zu haben! Ich widersprach: Aber nicht für mich. Unbeeindruckt fuhr sie fort: Ich bin der Meinung, diese Frau paßt nicht zu Ihnen. Aber wenn Sie entschlossen sind, bin ich bereit, Ihnen zu helfen.

Das Licht der beiden Fackeln rechts und links neben dem Eingang spiegelte sich derart im Glas der Eingangstür, daß ich zögerte, den Türgriff anzufassen, als ob die vor mir züngelnden Flammen meine Hand ansengen konnten.
Ich hatte Beatrice im Wagen meine Telefonnummer gegeben, sonst wäre sie nicht ausgestiegen. Sie hatte mich ins Lenbach eingeladen, wir trafen gleichzeitig ein. Über den Catwalk aus von unten blau beleuchteten Glasplatten wurden wir zu unserem Tisch geleitet. Die Kellner sahen in den schwarzen Anzügen mit den kleinen, hohen Revers wie Konfirmanden aus.
Wir bekamen einen Tisch im hinteren Teil des Saals zugewiesen. Während Beatrice an der Wand Platz nahm, blickte ich zu der in Weiß und Graublau gehaltenen, mit Friesen und Stukkaturen verzierten Decke hoch. Die roten Polsterstühle wirkten nur so lange bequem, wie man nicht Platz genommen hatte.
Guten Abend, mein Name ist Florian, ich werde Sie heute bedienen. Der Kellner hatte sein schwarzes Haar gegelt und nach hinten gekämmt. Beatrice lachte ihn an: Hallo Florian! Er blinzelte überrascht, bevor er uns die Speisekarten reichte und erläuterte, welche Gerichte der Küchenchef noch für den Abend vorbereitet hatte. Danach fragte ich Beatrice, ob sie sich die Zusatzauswahl gemerkt hatte, sie konnte jedes Gericht aufsagen, ich erinnerte mich nicht an ein einziges.
Ich trank auf nüchternen Magen Wein. Beatrice erzählte mir, in ihrer Freizeit koche sie und mache sogar die Wäsche. Ich bekannte, ich sei nervös, mein letztes Rendezvous liege länger zurück. Beatrice gefiel mir. Das erste Mal miteinander auszugehen ist nie einfach, bemerkte sie verständig und fuhr fort: Es ist immer schwer einzuschätzen, wie

das läuft. Gerade wenn der Typ wirklich nett ist, kann ich den Abend nicht genießen, weil ich dauernd überlege, ob wir nachher Sex haben werden. Ich warf ein, für den Mann sei es schwerer. Versucht er es, obwohl es die Frau nicht will, steht er dumm da, will sie es, und er versucht es nicht, steht er auch dumm da. Wie soll das der Mann jemals richtig machen? Indem er es auf jeden Fall versucht, antwortete Beatrice ungerührt. Ich fragte mit unsicherer Stimme, wirklich? Es zeigt, daß der Mann Selbstvertrauen hat, darauf stehen die Frauen, erklärte Beatrice. Das heißt nicht, daß der Mann etwa grob oder aufdringlich sein darf. Aber die Frauen wollen Männer, die wissen, was sie wollen. Das finden sie sexy.

Sie trug eine längsgestreifte Hose mit niedriger Taille und ausgestellten Hosenbeinen wie aus den Siebzigern, dazu einen schwarzen Ledergürtel mit einem in Kunstharz eingegossenen Pfauenauge als Schließe. Die Ärmel der beigefarbenen Naturseidenbluse bedeckten die Hände, dafür war die Bluse weit ausgeschnitten und ließ den Nabel frei. Als der Kellner nachlegen wollte, lehnte sie ab: Nein danke Florian, ich möchte nichts mehr essen, sie streckte die endlosen Beine neben dem Tisch aus, so daß er die Schuhe mit den Bleistiftabsätzen sehen konnte, sonst perforiere ich mit meinen Absätzen Ihren Catwalk. Florian blickte auf ihre Taille und lachte laut auf: Die Gefahr besteht nun wirklich nicht!

Sie berührte seinen Arm, er beugte sich zu ihr herunter. Sie lachen, aber wenn ich Pech habe, finde ich nie einen Mann. Beatrice blickte mich an, während sie zu ihm sprach. Florian strahlte: Soll das heißen, Sie beide sind nicht …? Nein, wir sind nur befreundet.

Nach dem Essen schlug Beatrice vor, eine Bar in Schwabing zu besuchen und auf dem Weg dorthin noch schnell bei einem Haus vorbeizuschauen, das Freunde von ihr renovieren ließen, die sich für mehrere Wochen außer Landes befanden. Sie hatte den Schlüssel und tauchte zu unterschiedlichen Zeiten im Haus auf, um die Handwerker zu überwachen. Eins von zwei völlig baugleichen zweigeschossigen Jugendstilhäusern in der Karl-Theodor-Straße. So auffällig hergerichtet das eine, so vernachlässigt das andere, die Fassade schwarz, die Fenster fast blind.

Das Parkett war im ganzen Haus ausgebessert beziehungsweise neu verlegt, im Erdgeschoß trocknete der Verputz, im Obergeschoß waren die Stuck- und Malerarbeiten fertig. Von den ursprünglichen Verzierungen hatte man Abgüsse gemacht und danach den Stuck abgeschlagen, auf dem neuen Verputz konnten die Stuckverzierungen viel haltbarer wiederauferstehen.

In den Zimmern gab es noch keine Beleuchtung, das durchs Schlafzimmer einfallende Korridorlicht begleitete uns ins Bad. Wir liefen auf einem weißen Marmorboden, die Wände waren mit fast mannshohen Marmorplatten verkleidet. Beatrice inspizierte zuerst die riesige Badewanne, die auf einem Marmorsockel stand, danach die beiden unter einem ausladenden Spiegel installierten Waschbecken auf der Breitseite des Bads. Ich ging zu der Trennwand, hinter der sich, ebenfalls auf Marmorsockeln, eine Toilette und ein Bidet befanden. Das Bad schien geputzt, weder Beatrice noch ich machten beim Gehen Geräusche. Sie hatte ihre Schuhe schon an der Eingangstür ausgezogen, damit sie das Parkett nicht beschädigte.

Brausen konnte man nur in der Badewanne. Die Wasserhähne, der Schlauch, die Halterung und der Kopf der Brause konnten nicht aus Messing sein, sie glänzten nicht, sondern schimmerten matt, sie mußten vergoldet sein.

Ich drückte einen Schalter, nicht damit rechnend, daß die Strahler angehen würden, die auf die Waschbecken, die Badewanne, die Toilette und das Bidet gerichtet waren. Beatrice zog mit einem Schwung ihre Bluse aus und lehnte sich an das rechte Waschbecken. Nur noch mit der Siebziger-Jahre-Hose bekleidet.

Ich starrte sie an.

Ich fände es nett, wenn du herkommst.

Während ich auf sie zuging, legte sie zuerst den Gürtel mit der Pfauenaugenschließe ab und öffnete dann den Knoten der Lederbänder, die den Reißverschluß ersetzten. Die Hose fiel von selbst auf den Boden.

Jetzt bist du dran.

Ich zog meine Jacke aus und überlegte, wo ich sie deponieren konnte. Beatrice machte eine Kopfbewegung in Richtung ihrer Bluse, die sie auf das Waschbecken neben sich geworfen hatte. Sie trat nach vorn, um aus der Hose zu steigen, dabei hielt sie sich an dem Waschbecken hinter ihr fest.

Ich knöpfte mein Hemd auf, zog es aus und ließ es auf den Boden fallen. Als ich die Hände nach Beatrice ausstreckte, schüttelte sie abwehrend den Kopf, ihre langen Haare bedeckten ihre Brüste. Sie blickte zuerst auf meine Hose und dann auf ihre Hose am Boden. Ich sagte ihr, daß ich meine Hose bei unserer ersten Begegnung in dem Polo Shop gekauft hatte.

Nachdem meine Hose ebenfalls am Boden lag, ließ sie sich aufs linke Knie nieder, ihr rechtes Bein blieb aufgestellt, mit der linken Hand umfaßte sie meinen Schenkel.

Dann erhob sie sich und lehnte sich an die Wand, die Toilette und Bidet abtrennte. Mit der rechten Hand preßte sie ihren Unterkörper gegen meinen, mit der linken zog sie meinen Kopf zu sich hin, um mich zu küssen.

An keinem anderen Ort hätte ich Beatrice das erste Mal lieben können. Im Bad des neu hergerichteten, noch unbewohnten Hauses flüchtete ich nicht mehr in meinem Körper, zog ich mich nicht mehr an die Stelle meines Körpers zurück, an der ich am wenigsten mit meiner Umgebung in Beziehung treten mußte. Beatrice hatte die Außenwelt verbannt, sie konnte uns nicht mehr beeinflussen und wir sie nicht mehr. Beatrice machte sowohl meinen Körper als auch mich stark.

Ich war hyperisoliert und hyperkonzentriert: Das Licht ging durch mich hindurch, ich warf keinen Schatten. Das Licht machte mich frei, im Licht verstand ich Beatrice. Das Licht war die Zeit. Ich begrenzte nicht mehr die Möglichkeiten meines Körpers, mein Körper fand zu seinen ursprünglichen Wichtigkeiten. Einen Luxus für mein Ich bildend, gab mein Körper die Härte nach außen ab, die sonst mein Ich erzeugen mußte. Mein Ich konnte sich verfeinern, mit dem Licht verschmelzen. Wer würde in diesem Treibhaus seine Chancen am besten nützen? Beatrice, das Licht, mein Körper oder sogar ich?

Sie kniete sich hin, ich küßte ihre Schultern. Auf dem glatten Boden, die Fugen waren abgeschliffen, rutschten wir an der Trennwand vorbei, bis wir vor dem Bidet zum Halten kamen.

Plötzlich begannen die Strahler über uns zu flackern. Im vorderen Teil des Bads leuchteten sie unverändert hell. Ich lehnte mich mit dem Rücken an das Bidet, Beatrice stützte sich mit den Armen nach hinten ab und setzte sich auf mich. Über uns pulsierte das Licht immer schneller, als wolle es uns zur Eile anhalten. Ich nahm ihre linke Brust in den Mund, dabei glitt ich am Bidet vorbei und mußte mich an dessen Rand festhalten.

Schließlich fielen die Strahler über uns völlig aus, und wir befanden uns in einer dunklen Höhle. Das Licht aus dem anderen Teil des Bads bildete unsere Körper als Schatten an der Wand ab. Glücklich, daß ich unseren Schatten folgen konnte, stimmte meine Zeit mit der Beatrices überein.
Gemeinsam suchten wir wieder die Helligkeit. Erst im Spiegel fiel mir die große waagrechte Narbe an ihrer linken Bauchseite auf. Ich fragte sie danach, sie antwortete mir, sie habe früher Morbus Crohn gehabt, ihr sei ein Teil des Darms entfernt worden. Ich fragte nicht, wann *früher* war, die Narbe schien kosmetisch nachbehandelt zu sein. Sie fügte hinzu, Morbus Crohn sei eine entzündliche Darmkrankheit, deren Ursache nach wie vor unbekannt sei, man nehme jedoch an, es gebe auch psychische Gründe. Seit der Operation habe sie nie wieder Probleme gehabt.
Als ich meine Unterhose anziehen wollte, bedeutete sie mir mit einer Geste innezuhalten. Sie reichte mir ihren Tangaslip und forderte mich auf, ihn anzuprobieren. Ich sagte lächelnd, er würde kaputtgehen, sie wiegelte ab, er sei sehr elastisch. Während ich in den Slip stieg, kam ich ihr ganz nah und merkte, daß ihr Atem wieder rascher ging. Ich zog den Slip hoch, sie lächelte zurück.

Alles, was für andere Menschen der Körper leistet, verwirklicht meine Handschrift. Sie grenzt mich gegen andere ab, sie vereinigt mich mit den anderen. Meine Handschrift führt fort, was ich nicht selbst fortführen kann, sie ist, was ich nicht selbst sein will.
Das Bild auf dem Bildschirm traut dem Geschriebenen Eigenschaften zu, die es im ersten Versuch nie und nimmer

besitzen kann. Die Computerdarstellung eines Textes gaukelt uns vor, der Entwurfsvorgang sei mit dem ersten Niederschreiben bereits abgeschlossen, man müsse nur noch Korrektur lesen, höchstens ein paar Kleinigkeiten verändern. Ein Satz im Computer stellt eine Frage dar, die als Antworten andere Sätze erzwingt, dabei ist die Entscheidung über den Satz selbst noch gar nicht gefallen.
Ich schreibe ausschließlich mit der Hand. Nichts gefährdet den Anfang mehr als ein einzelnes Wort oder ein einzelner Satz. Ein Wort oder ein Satz auf dem Bildschirm wäre für mich wie eine Mauer. Ein Satz auf dem Bildschirm hat immer einen Anfang und ein Ende, bei einem Satz meiner Handschrift weiß man nie, ob er einen Anfang hat oder wo das Ende ist. Die Computerschrift ist sicher. Meine Handschrift ist unsicher, sie hält Entscheidungen in der Schwebe. Ich verlagere mein Denken nach außen, in den Stift, mit dem ich schreibe, in die Bewegung des Stifts auf dem Papier. Durch das fortdauernde Hervorzaubern von Buchstaben und Worten aus dem Nichts kann ich weder Gedanken fassen noch meine Gedanken entwickeln.
Mein Handwerk besteht darin, Spuren aus Sätzen zu erzeugen. Am Beginn stehen Sätze, die sichtbare wie unsichtbare Eigenschaften zu Papier bringen und auf diese Weise eine Brücke zwischen dem Denkbaren und dem Ausdrückbaren schlagen. Die verschiedenen Spuren überlagern sich und erzeugen neue Spuren. Die Sätze im Computer bringen keine neuen Spuren hervor.
Aus den vibrierenden, irritierenden Spuren drängen die wesentlichen in den Vordergrund, präziser als andere, klären nicht nur ihr Verhältnis zur Welt, sondern auch ihre Beziehung zu den anderen Spuren. Die vagen Spuren sorgen für Beweglichkeit, machen Druck, indem sie auf ungelöste

Probleme hinweisen. Je zahlreicher die Spuren, je häufiger sie sich überlagern, um so größer die Chance, daß sich neue Zusammenhänge ergeben.
Ich wähle nicht bestimmte Spuren aus, um sie weiterzuverfolgen, und lasse andere brachliegen. Ob mich von Anfang an ein Plan leitet, den ich nur nicht ausformulieren kann, oder ob ich den Plan erst in dem Augenblick fasse, in dem sein Gegenstand durchscheint, kann ich nicht angeben. Die Summe des noch so sorgfältig ermittelten Wissens über das, was ich schreibe, ist nicht bruchlos und nicht zwangsläufig in das überführbar, was ich schreibe. Bestimmte Spuren verlaufen gleich zu Beginn, manche verzweigen sich bis zuletzt. Undenkbar, das Ziel des Schreibens festzuhalten, auszusprechen.
Auf dem Bildschirm kann ich jedes Wort ohne Folgen durch ein anderes ersetzen. Die Veränderung einzelner Wörter, ganzer Sätze bringt keinen Erkenntniszuwachs. Die Spuren der Sätze, die ich mit der Hand geschrieben habe, bilden ein Geflecht, das Wissen abbildet, über die Eigenschaften der Dinge, über das Spektrum der unendlich vielen Arten und Weisen, wie Menschen sich verhalten, zugleich eine Sammlung von Ideen. Einerseits relativieren sich die verschiedenen Areale dieses Geflechts gegenseitig, andererseits ergänzen sie sich zu größeren und umfassenderen Zusammenhängen, in jedem Fall schulen sie einander in Toleranz.
Meine Handschrift drückt alle Entscheidungen aus, die routinemäßigen wie die außerordentlichen, aber auch diejenigen, die sie nicht ausdrücken kann oder nicht ausdrükken soll. Fallen die Entscheidungen heraus, die die Schrift nicht ausdrücken soll, sorgen sie für ordinäre Häßlichkeit. Vergleiche ich Aufzeichnungen aus verschiedenen Jahren,

erkenne ich Muster viel leichter, als wenn ich nur einen zu einer bestimmten Zeit entstandenen Text betrachte. Die Zeit hilft meiner Handschrift, konkret zu werden – nicht mit ihrem Vergehen, sondern durch ihre Tiefe. Die Zeit ordnet meine Handschrift, sie macht Vorschläge, wie Wörter und Sätze abgegrenzt werden können.

Meine Manuskripte sind nichts anderes als vorübergehend festgehaltene Bewegungsformen. Ein Text ist kein Gefäß, das jemand einmal mit Vorstellungen hat vollaufen lassen bis zum Rand und das dann stillsteht. Denn der Strom der Vorstellungen, der in den Text hineingeflossen ist, muß ewig aus ihm weiterfließen wie Zauberwasser aus der leeren Zauberkaraffe. Jeder Text ein Punkt, der mit dem gesamten Universum in Verbindung steht.

Meine Handschrift sprießt, sie schießt auf, sie biegt sich, sie spaltet sich, sie fügt, sie verbindet, sie trägt, sie hält.

Meine Hand fährt einfach über das Blatt. Ich überlege nicht, sondern ich lasse meine Wahrnehmung ins Unbewußte fallen. Ich folge dem, was ich schreibe, nicht mein Schreiben folgt mir. Ich betätige mich körperlich, als machte ich große Sprünge oder legte weite Strecken zurück. Was ich schreibe, ist geboren aus der Bewegung meiner Hand, aus der Leichtigkeit oder der Schwere meines Handgelenks. Meine Hand gibt meiner Schrift nach, während ich in meinen Gedanken abschweife, bei Dingen anlange, die überhaupt nichts mit dem zu tun haben, was ich schreibe.

Ich löse mich von meinem Leben und Erleben und trete in einen Zusammenhang ein, in dem alles zugleich sorgfältig geplant und zufällig ist. Der Raum und die Zeit des Lebens verwandeln sich in etwas anderes Räumliches und in etwas anderes Zeitliches, das aus den Zeilen meiner Handschrift und aus der Leere zwischen ihnen besteht. Die Schwerkraft und andere physikalische Gesetze ordnen meine Handschrift und verstricken ihre verschiedenen Linien wie zufällig ineinander. Das ist mein Lieblingsgedanke. Derart darf meine Schrift, die mein Leben und das der anderen gleich behandelt, auch Ornamente bilden. Diese Ornamente stellen dann keine zwingenden Zusammenhänge dar, sondern etwas, das sich von ihnen so weit entfernt hat, daß es nie wieder zu ihnen zurückgelangen kann, obwohl es weiß, ohne sie wäre es niemals zustande gekommen.

Nachdem ich Beatrice nach Hause gebracht hatte, schrieb ich bis zum Morgengrauen. Dann legte ich mich hin und träumte. Ich war wieder mit Beatrice zum Essen im Lenbach, diesmal in der Mitte des Saals. Eine ungeheure Wut brodelte in mir. Ich warf Messer und Gabel auf den Tisch, Beatrice nahm es nicht zur Kenntnis. Erst als ich aufstand und den Stuhl hinter mich schleuderte, blickte sie auf.
Ich zog eine Pistole heraus, entsicherte sie und schrie: Niemand bewegt sich!
Die Pistole vor mich haltend, drehte ich mich einmal um die eigene Achse, dabei rief ich: Alle bleiben genau da, wo sie sind! Einige Gäste fingen an zu kreischen. Ich ging zur nächsten Säule, damit ich niemanden in meinem Rücken hatte. Als ich bemerkte, wie sich ein Kellner und zwei Frauen ganz langsam zur Ausgangstür hinbewegten, brüllte ich: Ich habe doch gesagt, alle bleiben, wo sie sind! Abwechselnd zielte ich auf die beiden Frauen und den Kellner. Auch andere, die sich zu den Fenstern begaben oder in den Ecken des Raums Schutz suchen wollten, rührten sich jetzt nicht mehr. Ich erklärte den Leuten, warum ich so wütend war. Man hatte mir eine große Ungerechtigkeit zu-

gefügt, aber ich wußte nach dem Aufwachen nicht mehr, worin diese bestanden hatte.

Ich hatte gar nicht mitbekommen, daß sich Beatrice erhoben hatte. Sie ging auf mich zu und sagte ganz ruhig: Du machst den Menschen angst. Ich zielte auf sie und rief: Geh weg! Sie ging weiter auf mich zu und sagte: Bitte verletze niemanden. Ich schrie: Ich werde schießen! Sie kam immer näher und sagte: Die Menschen haben dir doch nichts getan. Ich fragte: Woher willst du das wissen?

Als sie unmittelbar vor mir stand, streckte sie beide Hände aus und umfaßte meine rechte Hand. Sie blickte mir in die Augen und drückte ganz langsam meine Hand mit der Pistole nach unten. In diesem Augenblick hörten die Gäste und ich eine Lautsprecherdurchsage von der Straße hinter dem Lenbach-Palais. Ich schnellte herum und sah durch die riesigen Fenster, wie Polizeifahrzeuge die Straße abriegelten und Scharfschützen auf mich zielten.

Ich schoß sofort, aber ich gab nur zwei oder höchstens drei Schüsse ab, denn ich erhielt einen Schlag in den Magen, der mich umwarf. Obwohl ich nicht hart mit dem Kopf auf dem Boden aufschlug, war ich benommen. Die Hand mit der Pistole streckte ich von mir, so daß für niemanden mehr Gefahr bestand, die andere Hand legte ich auf die Stelle, wo mich der Schlag getroffen hatte. Ich spürte etwas Warmes.

Es dauerte lange, ehe ich mich dazu durchrang, den Kopf zu heben und die Stelle ins Auge zu fassen. Unter meiner linken Hand hatte sich ein roter Fleck gebildet, der immer größer wurde.

Ich blickte zur Decke hoch und sagte: Ich werde gleich sterben, oder? Meine linke Hand fiel zur Seite, ich spürte die Pistole in der rechten Hand nicht mehr, nicht einmal den

Kopf konnte ich mehr drehen. Beatrice ließ sich auf die Knie nieder, genauso langsam, wie sie vorher auf mich zugegangen war. Sie legte ihre rechte Hand auf die Stelle, wo mich der Schlag getroffen hatte, und sagte: Niemand wird sterben.

Ich wußte nicht, ob ich mit meinen Schüssen jemanden getroffen hatte. Die Gäste verharrten reglos auf ihren Plätzen, die Polizisten vor dem Fenster machten keine Anstalten, den Saal zu stürmen, alle sahen uns neugierig zu.

Plötzlich spürte ich meine Hände wieder, und ich konnte den Kopf heben. Ich verfolgte, wie der rote Fleck kleiner wurde und schließlich ganz verschwand. Die Stelle war nicht mehr warm. Ich betastete mein Hemd, und ich fühlte nicht einmal ein Loch. Als ich aufwachte, hielt ich meine linke Hand an dieselbe Stelle.

Der Schriftsteller ist der einzige, dem noch erlaubt ist, *ich* zu sagen.

Der Wissenschaftler darf das Wort gar nicht in den Mund nehmen. Tut er es trotzdem, gibt er zu erkennen, daß er einen Standpunkt vertritt, den niemand sonst teilen will. Nur Außenseiter und Querulanten sagen *ich*.

Der Geschäftsmann darf lediglich dann *ich* sagen, wenn er tatsächlich nicht sich selbst meint, sondern im Namen der Firma spricht. Aus tiefster Überzeugung. Die Firma spricht durch den Geschäftsmann. Der Geschäftsmann darf für die Firma angeben.

Weil es ihnen verboten ist, wollen alle anderen, daß der Schriftsteller *ich* sagt.

Der Schriftsteller sagt *ich*, auch wenn er gar nicht *ich* sagt.

Jede Figur ist immer er. Der Schriftsteller sagt immer *ich*. Der Schriftsteller gibt mit der ganzen Welt für die für die ganze Welt an.
Beatrice möchte mir beibringen, *du* zu sagen.

Der erste Schritt meines Umerziehungsprogramms bestand darin, daß ich Beatrice auf den Ball der Freunde des Hauses der Kunst begleitete. Für die Freunde, die den größeren Teil des Budgets aufbringen, der kleinere Teil wird von der öffentlichen Hand finanziert, werden Previews, Führungen, Reisen und einmal im Jahr der große Ball veranstaltet. Die Funktionäre des Vereins sind allesamt gescheiterte Industrielle, diejenigen, die wirklich das Geld in die Kasse bringen, übernehmen keine Funktionen. Beatrice hat die Mitgliedschaft von ihrem Vater übernommen.
Wir hatten Plätze unmittelbar an der Tanzfläche und waren noch beim Dessert, als die ersten Ballbesucher mit dem Tanzen begannen, darunter Guggeis. Er mußte später gekommen sein, beim Stehempfang hatte ich ihn nicht gesehen. Er ist kein Freund, jemand hatte ihn mitgebracht, wie Beatrice mich. Eigentlich hätte er mich erkennen müssen, aber er konnte wirklich nicht mit meiner Anwesenheit rechnen, ich selbst erkannte mich kaum wieder in dem Smoking, den ich mir für den Anlaß hatte kaufen müssen.
Ich drehte den Stuhl so, daß ich den Tanzenden den Rücken zuwandte, und stieß übertrieben herzlich mit den anderen Tischgästen an, obwohl ich sie gerade erst kennengelernt hatte. Als die Kapelle endlich Pause machte, erhob ich mich sofort und ging hinaus.
Beide hatten wir unsere Handys dabei, ich rief Beatrice an und erklärte ihr, mir sei nicht gut, sie fragte, ob sie mir helfen könne. Ich antwortete, auf der Herrentoilette könne sie

das leider nicht. Ihre Stimme drückte nicht die Besorgnis aus, die für den Fall angebracht war, daß mir wirklich schlecht gewesen wäre. Sie begriff, es war ein Vorwand.
Ich wußte nicht, was ich tun sollte. Nicht einmal die Kabine verlassen konnte ich, es bestand ja die Möglichkeit, daß Guggeis hereinkam, vor der Spiegelreihe würde ich ihm nicht entgehen.
Nach einer Ewigkeit, zumindest kam es mir so vor, rief Beatrice mich an. Sie fragte gar nicht, ob ich mich besser fühlte, sondern schlug kommentarlos vor zu gehen. Wir trafen uns vor der Garderobe.
Ich griff nach ihrer Hand, als wir zu meiner Wohnung liefen. Sie erkundigte sich, ob es etwas mit dem großen Mann auf der Tanzfläche zu tun gehabt hatte. Ich erklärte ihr, wer Guggeis war. Darauf konnte sie sich auch an Fotos aus der Zeitung zum Jubiläum seines Verlags erinnern.
Beatrice hatte mit Herren von unserem Tisch getanzt und dabei die Nähe von Guggeis gesucht, um ihn zu beobachten.
Während des Tanzens habe er ständig geredet und gestikuliert. Sie habe an einen Schauspieler denken müssen, der weiß, daß er schauspielert, der aber zugleich an das glaubt, was er spielt. Sie könne ihn sich überhaupt nicht allein vorstellen, es gebe ihn nur, wenn er Publikum habe.
Erst habe er mit einer älteren Dame getanzt, dann mit einer jüngeren Frau, die der ersten ähnlich gesehen habe, vielleicht ihre Tochter. Beim ersten Mal habe er eine Hauptrolle in einem klassischen Stück gegeben, beim zweiten Mal eine Charge gespielt. Einen Aufschneider, der auf einer Parkbank Volksreden hält, der jungen Dame habe es gefallen. Der älteren Dame habe er geschildert, wie er eine Welt erst propagiert und schließlich in die Wirklichkeit umge-

setzt habe. Der jungen Frau habe er den Scharlatan vorgemacht, um seinen Anteil an dieser Welt in einem möglichst rätselhaften Licht erscheinen zu lassen.
Ich erzählte ihr, seine Autoren sagten und schrieben gern über Guggeis Dinge wie: Er ist ein großes Geheimnis, je länger man ihn kennt, desto schwerer kann man ihn erklären, keine Darstellung kann ihm gerecht werden, sein Wirken ist eine Eruption in der Geschichte. Ich fuhr fort, Guggeis funktioniere auch als eine Art Rorschach-Test. Wer versucht, ihn zu portraitieren, zeichnet ein Selbstportrait. Entweder stattet er Guggeis mit Eigenschaften aus, die er am liebsten sich selbst zuschreiben würde, oder er schreibt Guggeis genau die Merkmale zu, die er an sich selbst verabscheut. Wer über Guggeis redet, spricht immer auch darüber, wie er selber sein möchte oder nicht sein möchte.
Beatrice fragte mich, ob Guggeis Kriegsteilnehmer gewesen sei. Ich nickte bejahend.
Wer so gut fickt wie sie, muß intelligent sein. Beatrice ist Psychohistorikerin, sie hat einen Lehrauftrag am Historischen Seminar der Ludwig-Maximilians-Universität. Ihr Vater besitzt eine Supermarktkette in Südtirol. Wir kamen auf ihren Artikel über den Zweiten Weltkrieg zu sprechen, der vor kurzem im *Merkur* erschienen war.
Ich bemerkte, der Ich-Erzähler von Heinrich Böll in *Als der Krieg ausbrach* leidet vor allem darunter, daß er kein nettes Mädchen findet, das mit ihm spazierengeht, Kaffee trinkt und ihn vielleicht am Abend ins Kino begleitet. Die Hölle, das sind für ihn leere, heiße Kasernenhöfe. Er beginnt erst dann wieder zu berichten, *Als der Krieg zu Ende war*. Alfred Andersch läßt in seinem Roman *Winterspelt* den Krieg mit stilistischen Tricks verschwinden, sein Protagonist Major Dincklage kämpft vor allem gegen seine Cox-Arthrose.

Günter Grass hat mit der *Blechtrommel* gleich einen Fantasy-Roman geschrieben.
Beatrice fragte mich, ob ich auch sonst Andersch, Böll und Grass als Gewährsleute anführen würde. Ich sagte nein.
Sie schrieb gerade einen Artikel über die Auswirkungen der NS-Zeit auf das Gegenwartsbewußtsein.
Ich sagte, das Hauptnahrungsmittel der Deutschen sei Wurst. Kein anderes Volk der Welt verzehre so viel zerhacktes, in Därmen abgefülltes Fleisch. Da sei es unvermeidlich gewesen, daß die Nazis an die Macht kamen. Und die Deutschen essen immer noch so viel Wurst.

Am Tag nach dem Ball im Haus der Kunst machten wir eine Wanderung auf die Denkalm. Beatrice bestand darauf, mich zu Hause abzuholen, sie befürchtete wohl, ich würde es mir in letzter Minute noch anders überlegen.
Die bayerische Landschaft leugnet den Kitsch nicht, sie verdammt ihn nicht, vielmehr läßt sie den Kitsch gegen den Kitsch kämpfen. Dabei benutzt sie vor allem solche Kitschelemente, die früher eine sakrale Bedeutung besaßen, um die Wiederauferstehung eines Geheimnisses nahezulegen, von dem man glaubte, es gebe es nicht mehr. Die Jakobsleiter in den Himmel ist in Bayern das Netz der Wanderwege. Man kommt nicht umhin, die bayerische Natur auch zu bewundern, sie muß schon sehr luzid bleiben, um mit der Ambivalenz ihrer Bestandteile umgehen zu können, die immer im gleichen Ausmaß berauschend und unbefriedigend sind, faszinieren und abstoßen.
Die Wanderer in ihren Timberland-Schuhen, ihren Patagonia-Hemden und ihren Eastpak-Rucksäcken kamen mir

vor wie ein einziger Kunde, der in einem großen Sportgeschäft ein Teil in der Hand hält und sich überlegt, ob er es kaufen soll oder nicht. Er dreht es, um es von allen Seiten zu betrachten, bis in alle Ewigkeit, es gibt das Geschäft nicht mehr, es gibt ihn nicht mehr, es gibt das Teil nicht mehr, es gibt nur noch die Natur, die infernalisch lacht. Regelmäßig ist die Landschaft durch ein phantastisches Element oder durch mehrere solcher Elemente experimentell verformt, die Natur spielt mit großem Erfindungsreichtum die Auswirkungen durch. Aber immer fehlen Teile des Puzzles. Die Verbindung von paranormalen Fähigkeiten mit dem Schickimicki, die Darstellung des kosmischen Horrors als Sonn- und Feiertagsbanalität stellt die Signatur der bayerischen Landschaft dar. Die bayerische Landschaft ist Kolportage, die Münchner Umgebung paranoid. Alles ist zu kaufen, jedes Ding, jeder Mensch, jede Idee, allein Verschwörungen halten die gekauften Teile zusammen.

Endlich habe ich jemanden gefunden, mit dem ich wandern kann! Meine Freundin heißt Beatrice. Ich habe sie in einem Geschäft kennengelernt und gleich beim ersten Date mit ihr... Als Beatrice vorschlug, in die Berge zu gehen, freute ich mich riesig. Ich spürte, es würde ein besonderer Tag werden. Wir wollten in der Sonne wandern und dabei reden. Aber dann waren wir bald mit wichtigeren Dingen beschäftigt. Ich hatte es noch nie ausprobiert, aber ich hatte schon oft gehört, daß man in den Bergen so gut... Mein Traum war schon immer, auf der Denkalm...

Zu den vier Elementarkräften im Universum, Gravitation, Elektromagnetismus, starke und schwache Wechselwirkung, muß eine fünfte hinzugenommen werden: Sex mit Beatrice.

Beatrice schafft den, mit dem sie schlafen will, aus dem Nichts, in radikaler, durch nichts bedingter Kreativität und Souveränität. Dabei entsteht ihr Partner nicht in einem einmaligen Akt, er wird immer wieder neu geschaffen. Sex mit Beatrice dient der Verherrlichung Beatrices, ihr Partner vervollkommnet ihre Welt. Sie erweist ihm die Gnade, daß er an der Erhaltung und der Lenkung ihrer Welt mitbeteiligt ist, er spiegelt sich in ihrer Güte.
Alles, was Beatrice tut, entspringt ihrem Wissen, daß es einmal mit dem Sex vorbei sein wird. Sie kann nicht leben ohne das Phantasma, daß der Sex in einer anderen Form dauert. Dieser Horizont beschützt sie. Der Gedanke war mir völlig fremd, bis ich Beatrice traf. Das Bewußtsein, ihre Idee des Sex weitergeben zu können, bewahrt sie davor, in so etwas wie Depressionen zu verfallen. Sie konstruiert meine Erinnerungen und meine Erwartungen, damit ich mit den von ihr produzierten Erfahrungen andere prägen kann. Die Rechnungen, die im jetzigen Leben nicht aufgehen, erfüllen sich in zukünftigen Leben.
Sie schläft mit jemandem, der mit jemand anderem, und der wiederum mit jemand anderem, auf diese Weise entsteht für Beatrice so etwas wie ein heiliger Raum der Dauer. Niemals kann es das letzte Mal sein. Beatrice benutzt Männer zur Realitätsverdopplung. Sie nimmt Dinge und Ereignisse aus der gewöhnlichen Welt heraus und verleiht ihnen besondere Bedeutung, indem sie ihre sexuelle Seite hervorhebt oder sie in eine Situation verwandelt, in der sie Sex hat. Wenn sie daran denken müßte, daß es das letzte Mal ist, würde sie versagen. Trotzdem muß sie die Gewißheit erlangen, was dabei geschieht zumindest eine Strecke weit zu verstehen. Das letzte Mal bedeutet sicheres Wissen und sicheres Nichtwissen zugleich. Sie versucht, es als Grenz-

erfahrung zu definieren, dabei widerspricht seine Form dem Begriff der Grenze, denn der würde ja voraussetzen, daß sich das letzte Mal im vorletzten spiegeln kann. Ihr bleibt nur, das eigene Nichtwissen in der Welt festzumachen. Sie erschafft sich ein System, das ein Weltwissen mobilisiert, in dem ihr Problem kein Einzelproblem mehr ist, in dem es zurücktritt und in einer vertrauten Idee aufgeht.

Der Sex beobachtet uns. Aber der Sex ist doch keine Person, nur eine Person kann beobachten. Auch Dinge und Ideen können beobachten. Die Aufzählung aller Gelegenheiten, bei der Beatrice und ich miteinander schlafen, ergibt immer nur weitere Gelegenheiten. Aber niemals den Sex selbst. Der Sex muß sich unterscheiden, um unterscheiden zu können. Er schafft sich Beatrice, er schafft sich mich, er schafft sich die Situation. Er muß sich nicht notwendigerweise von dem unterscheiden, was er beobachtet.

Der Sex offenbart sich, Beatrice beruft sich darauf, ohne davon zu sprechen, es gibt keinen anderen Zugang zu ihm, als ihn zu haben. Er offenbart sich immer wieder, er wiederholt sich, als ob er ständig Neues verkünden möchte.

Ich bin der Feind, die Heimkehr und das Geheimnis für Beatrice.

Ich bin kein Umstand, der den Sex eines Tages unmöglich macht, ich will sein Ende, ich verkörpere es, im Licht meines Verhaltens gibt es kein natürliches Ende. Sie klagt mich an. Weil das, was ich will, nicht in der Natur der Dinge liegt oder besser in der Natur der Menschen, darf man mich nicht hinnehmen, man muß und kann etwas gegen mich tun.

Aber ich bin auch die Heimkehr, die Ahnung, daß es doch ein natürliches Ende gibt. Mein Schweigen stellt nicht nur eine Bedrohung dar, es verheißt auch Geborgenheit, Nahrung für ihren Geist, Erneuerung. Das Feindbild und das

Heimkehrbild stehen im größtmöglichen Gegensatz zueinander, trotzdem gehören sie zusammen. Auf der einen Seite gefährde ich Beatrice in ihrem innersten Wesen, auf der anderen Seite kann ich gerade dieses Wesen in meinem Schweigen spiegeln und gebe dadurch eine Garantie für seinen Bestand. Beatrice betrachtet das als mein Geheimnis, auf einmal wird mein Schweigen zum Ursprung und zum Ziel. Mein Schweigen ist der eigentliche Kandidat für etwas wirklich Umfassendes, für etwas, das den Raum, den der Sex aufspannt, umfangen kann.

Wir waren vom Weg abgewichen, hatten uns im Wald verirrt und fanden uns plötzlich auf einer Lichtung wieder. Beatrice schlug vor, geradeaus zu gehen, ich folgte ihr. Doch wir kamen den Bäumen vor uns nicht näher. Auch von den Bäumen hinter uns entfernten wir uns nicht. Gleich, welche Richtung wir einschlugen, immer blieben wir in der Mitte der Lichtung.

Ich versuchte, die Bäume zu fixieren, und nahm vor einem Stamm ein Gesicht im Profil wahr. Die Haut sah aus wie die Rinde des Baumstamms. Ich rief Beatrice etwas zu, in dem Augenblick, in dem sie sich hinwandte, war das Gesicht jedoch schon verschwunden.

Auf der Lichtung lagen mehrere Baumstämme am Boden, wieder sah ich ein Gesicht, jemand hockte neben den Baumstämmen. Diesmal bot sich das Gesicht nicht von der Seite, sondern von vorn dar. Es war das Gesicht eines uralten Mannes oder eines Neugeborenen. Ich machte Beatrice leise darauf aufmerksam, beide blickten wir hin, konnten jedoch nur noch eine Bewegung in den Büschen wahrnehmen. Wir liefen dem Wesen nach, das wir nie zu sehen bekamen, bis die Sonne unterging, aber wir erreichten die Grenzen der Lichtung nicht. Schließlich brach die Nacht herein, und wir rasteten auf der Lichtung. Uns gegenseitig wärmend, schliefen wir ein.

Am Morgen tastete ich um mich. Aber der Traum aus der Nacht nach dem Ausflug mit Beatrice war noch nicht zu Ende. Ich lag auf dem Boden der Lichtung, Beatrice ging zum Rand. Bis jetzt waren wir immer zusammengeblieben und hatten gemeinsam den Mittelpunkt der Lichtung gebildet. Nun entfernten wir uns voneinander. Ich würde weiter den Mittelpunkt der Lichtung bilden. Beatrice würde im Wald untertauchen. Auf einmal würde sie sich in einer anderen Lichtung wiederfinden. Und es gab keine Verbindung zwischen den beiden Lichtungen.

Plötzlich war Beatrice verschwunden.

Schwer atmend erreichte ich die Stelle, an der ich sie zuletzt gesehen hatte, sie lag auch nicht auf dem Boden. Ich rief nach ihr und hörte eine dumpfe Stimme, die aus dem Erdboden zu kommen schien – im selben Augenblick fiel ich auch schon durch ein Loch, das von Ästen verdeckt war, in die Tiefe.

In weichem Erdreich gelandet, griff ich um mich und berührte Beatrice. Sie sagte, sie könne nichts sehen, weil sie mit dem Gesicht zuerst aufgekommen sei, sie rieb sich die Erde aus den Augen. Meine Augen waren noch an die Helligkeit von draußen gewöhnt.

Als wir wieder etwas erkennen konnten, fanden wir uns von leblosen Körpern umgeben. Sie lagen auf dem Bauch, auf der Seite, mit gespreizten Beinen auf dem Rücken, sie waren an den Wänden aufgehängt und am Boden der Höhle aufgeschichtet. Dann wachte ich aus meinem Traum auf.

Ich habe getötet.
Gemordet.
Liquidiert und beseitigt.
Zusammen mit Laura.
Ich stand an der Spitze eines beispiellosen Polizeisystems, offen habe ich Ziele und Absichten einer neuen Qualität formuliert. Nur ich konnte die gestellte Aufgabe erfüllen, andere wären dazu nicht in der Lage gewesen. Selbstsicher sah ich mir bei meinem Experiment zu, niemals habe ich versucht, meine Triumphgefühle zu unterdrücken. Es gab kein Stichwort für mich in irgendeinem Lexikon, ich war eine fundamental andere Art von Mensch. Was ich tat, ich tat es mit ganzem Herzen.
Ich war das Polizeisystem. Kann ein solches System jeden Menschen in ein Monster verwandeln? Oder bietet es lediglich Menschen mit monströsen Neigungen die Gelegenheit, diese Neigungen auszuleben? Kann jeder Mensch ein Monster sein, und wird die Monstrosität unter bestimmten Umständen gewöhnlich?
Ganz allgemein wußte ich immer, was Laura und mich zusammengebracht hatte. Aber wirklich begriffen habe ich es erst, nachdem ich sie verlassen hatte. Was uns zusammenband, war zwar vorstellbar, aber unglaubwürdig. Vielleicht bewirkten auch die zahlreichen Belege dafür eine Art Immunisierung.
Gegenüber Beatrice habe ich Laura nie auch nur erwähnt.
Jetzt muß ich Beatrice alles erzählen.
Beatrice wird mich fragen, welche Lehren ich daraus gezogen habe. Ich kann Laura nicht zum Maßstab für alle Frauen machen. Dann müßte ich allen anderen Frauen einen Mangel an Charakter vorwerfen, dann hätte keine Frau Kontur neben ihr, wären alle anderen Frauen wesenlos.

Wird Beatrice sagen, was ich mt einem Teil meines Wesens glaube und wogegen ich mich mit einem anderen Teil meines Wesens verwehre: Wenn Laura einzigartig ist, dann trage ich keine Verantwortung?
Laura muß jede Schilderung unwahr, anstößig und billig finden. Eine Beleidigung für sie, eine Beleidigung auch meiner selbst, ich verwandle etwas nie Dagewesenes in eine Seifenoper, in eine Prozession von falschen Gefühlen und in nackte Leiber, besprengt mit Blut. Nur Laura und ich wissen, wie es war, die anderen wußten es nicht und werden es nie wissen.

Bis dahin war ich Guggeis noch nie begegnet. Er nahm gerade mit seinen Begleitern an einem langen Tisch in einem Selbstbedienungsrestaurant Platz. Weil es nirgendwo sonst einen freien Stuhl gab, ging ich zum anderen Ende des Tisches.
In seinem Gefolge befand sich eine sehr junge Frau, wie ich einem Gesprächsfetzen entnahm, eine neue Lektorin, sie besuchte zum ersten Mal die Frankfurter Buchmesse. Sie kam aus der Schweiz, sprach jedoch Hochdeutsch, lediglich mit einer ihrer Herkunft gemäßen Färbung.
Ob er in der Paulskirche in der ersten Reihe der Verleihung des Friedenspreises des Deutschen Buchhandels beiwohnt, in einem Fernsehstudio ein Interview gibt oder auf der Buchmesse am Stand seines Verlags mit Buchhändlern spricht, immer empfängt Guggeis in seinem Museum. Tageslicht leuchtet alle Geschosse aus, und doch sind in jedem Saal alle vier Wände vollständig nutzbar. Man kann die Säle auf die verschiedensten Arten betreten und verlassen, mit dem Besucherlift, über die Treppe, mit einem großen Lastenaufzug, über die Feuertreppe, alle Zugänge sind hin-

ter Wänden verborgen. Für den Besucher gibt keine Ablenkungen wie zum Beispiel eine hübsche Aussicht oder elegante Details des Gebäudes, alles in dem Museum ist darauf angelegt, den Blick und die Energie des Besuchers auf das ausgestellte Werk und auf nichts anderes zu konzentrieren.

Guggeis redete auf die junge Lektorin ein, aber er sprach auch zu mir. Offensichtlich kannte er mich von Autorenfotos, später begrüßte er mich mit meinem Namen, gab zu erkennen, daß er Besprechungen meines letzten Buches gelesen hatte, und erkundigte sich höflich nach meinen weiteren Plänen.

Er kenne Menschen, die unendlich viel lesen, und zwar Buch für Buch, die er doch nicht als belesen bezeichnen möchte. Diese Menschen besitzen eine Unmenge von Wissen, doch ihr Gehirn kann nichts damit anfangen. Sie sind nicht dazu in der Lage, das Wertvolle vom Wertlosen zu sondern, das eine im Kopf zu behalten, das andere zu vergessen. Lesen ist kein Selbstzweck, vielmehr soll es helfen, den Rahmen auszufüllen, den Veranlagung und Befähigung um jeden Menschen ziehen. Das Lesen liefert den Baustoff und das Werkzeug für den Lebenslauf des Menschen, zugleich soll es ein Weltbild vermitteln. Der Inhalt des jeweils Gelesenen darf nicht in der Reihenfolge des Buches oder der Bücher im Gedächtnis gespeichert werden, er muß vielmehr den richtigen Platz als Element des Weltbilds einnehmen. Sonst entsteht ein wirres Durcheinander von angelerntem Zeug, das ebenso wertlos ist, wie es den unglücklichen Besitzer eingebildet macht. Jeder, der liest, glaubt, mit seiner Kenntnis der Literatur mehr vom Leben zu verstehen, in Wahrheit aber entfernen sich diejenigen, deren Gehirn den Lesestoff nicht verwalten kann, mit je-

dem neu gelesenen Buch weiter von der Welt, so lange, bis sie nicht selten selbst Bücher schreiben.
Alle Mitarbeiter von Guggeis lachten pflichtschuldigst.
Wer stets den genauen Wortlaut, den Autor, den Titel und vielleicht sogar die Seitenzahl parat habe, dessen Gehirn folge nicht den Linien des Lebens, sondern stelle sich quer zu ihnen. Der sich auf die Kunst des richtigen Lesens versteht, sucht nach einem neuen Blick, den das Buch auf die Dinge wirft, in formaler oder inhaltlicher, in gefühlsmäßiger oder wissensbetonter Weise. Der neue Blick ergänzt oder verändert die Vorstellung des Lesers von dieser oder jener Sache, er macht sie deutlicher und richtiger.
Man kann mit der Besichtigung des Museums im Basement anfangen und ins oberste Geschoß hochsteigen oder aus dem obersten ins unterste Geschoß heruntersteigen, nichts spricht dagegen, in einem mittleren Geschoß zu beginnen. Jeder Saal kann völlig unabhängig, nur für sich betrachtet werden. Der Saal im zweiten Geschoß ist nicht besser zu verstehen, wenn vorher das erste oder das dritte Geschoß besichtigt wurden. Das bedeutet aber auch, daß man beim ersten Besuch des Museums in keinem der Säle errät, wie der nächste Saal aussehen wird, obwohl alle Säle nach demselben Prinzip gestaltet sind.
Die Kunst des Verlegens bestehe darin, die Aufmerksamkeit des Publikums nicht zu zersplittern, sondern immer auf einen einzigen Autor, auf ein einziges Buch zu konzentrieren.
Hier wagte die neue Lektorin Widerspruch. Unter der sichtbar befriedigten Miene des Verlegers wußte sie den Umfang der Backlist des Verlags genauso anzugeben wie die exakte Anzahl der Neuerscheinungen in diesem Jahr. Außerdem konnte sie darauf hinweisen, daß in der Verlagsvorschau die Bücher grundsätzlich entsprechend der alphabetischen

Reihenfolge der Nachnamen der Autoren beworben werden, auch der Nobelpreis ändere nicht den Anfangsbuchstaben des Autorennamens. Das geschehe doch nur deswegen, damit sich die Aufmerksamkeit des Publikums nicht auf einen Autor und ein Buch, sondern auf möglichst viele Autoren, am besten alle Bücher des Verlags richte.

Je einheitlicher sich das Bild eines Verlags darbiete, desto unwiderstehlicher werde die Anziehungskraft der Bücher sein, um so gewaltiger die Wirkung der Verlagswerbung.

Guggeis hob die Stimme und blickte abwechselnd zu der jungen Lektorin und zu mir.

In keiner Weise strebe er an, seine Autoren gleichzuschalten. Aber zur Genialität des Verlegers gegenüber dem Publikum gehöre vor allem, aus den vielen Autoren einen Autor und aus den vielen Büchern ein Buch zu machen. Die Menschen seien unsicher, sie könnten sich nicht entscheiden. Der Leser müsse bereits zwischen den Büchern der anderen wählen. Bei seinem Verlag brauche sich der Leser nicht zu entscheiden, immer kaufe er *ein* Buch.

Der Verleger ist verpflichtet, beharrlich zu seinen Autoren zu stehen und ihre Bücher zu verteidigen. Aber wichtiger ist die Beharrlichkeit bezüglich des Programms. Nie darf er Zweifel daran aufkommen lassen, daß er *ein* Buch verlegt. Wenn sich hier Nachgiebigkeit und Unnachgiebigkeit abwechseln, wenn der Verleger schwankt, wird das Publikum das als einen Beleg dafür nehmen, daß es dem Verleger und dem Verlag an einer festen geistigen Grundlage fehlt. Und es wird die Bücher anderer Verlage kaufen.

Überhaupt solle man sich davor hüten, das Publikum etwa für dumm zu halten. Oft entscheide das Gefühl richtiger als der Verstand. Der Leser wisse genau, die Stabilität eines Verlags sei die Folge der Entschlossenheit des Verlegers, er

beurteile die Wesensart des Verlags nach der Stärke des Verlegers.
Der Leser ist Bestandteil des Begriffs der Literatur: Wenn einer schreibt und nur sich selbst als Leser hat, dann ist das keine Literatur, sondern eine Geisteskrankheit.
Guggeis benutzt Spiegel nicht, um sich selbst zu spiegeln, um sich selbst zu vervielfältigen. Er stellt Spiegel gegeneinander, um ein Gefühl von Unendlichkeit zu erzeugen. Wenn Guggeis sich in etwas spiegelt, dann in dem Gefühl der Unendlichkeit. Im Spiegelsaal seines Museums kann man alles sehen, was dort ausgestellt ist, alle Personen, die sich in einiger Entfernung von einem selbst in dem Raum aufhalten. Das einzige, was man nicht sehen kann, ist das eigene Spiegelbild. Aber das stellt nicht das einzige Paradox im Spiegelsaal dar. Auf einmal werden die Treppenzugänge und die Lifts sichtbar, die die Architektur verbirgt. Die Spiegel verstecken, was sonst gegenwärtig ist, und zeigen, was ursprünglich unsichtbar war, sie stülpen die Struktur des Saals um wie einen Handschuh.
Die neue Lektorin fragte, an wen solle sich die Werbung für ein Buch richten? An den Leser, an den Buchhandel oder an die Rezensenten?
Jeder, der in einem Verlag anfange, gleich ob in der Auslieferung oder im Lektorat, Guggeis ging bereitwillig auf die Frage ein, bekomme immer dasselbe zu hören: Man müsse sich mit den Rezensenten gut stellen, erreichen, daß sie freundliche Dinge über das Buch, den Autor und den Verlag schrieben. Dann ordere der Buchhandel, kaufe der Leser. Das sei nicht falsch. Dennoch gelte, die Werbung für ein Buch habe sich ewig nur an den Leser zu richten.
Die Rezensenten sind meistens Germanisten, die Germanistik ist eine Wissenschaft, zumindest möchte sie eine

sein. Die Werbung hat sich auf die Aufnahmefähigkeit des Durchschnittlesers einzustellen, nicht auf die geistige Höhe eines Germanistikstudiums oder einer Buchhändler- oder Verlagsausbildung. Je bescheidener der wissenschaftliche oder intellektuelle Ballast der Werbung ist, je ausschließlicher sie auf das Fühlen des Lesers Bezug nimmt, um so durchschlagender wird der Erfolg sein. Ein Vorschautext ist kein Prosastück, eine Anzeige kein Gedicht. Mit dem Rezensenten darf man nicht als Rezensenten sprechen, sondern man muß mit ihm reden wie mit dem Leser, nur dann wird er in seiner Besprechung etwas schreiben, was dem Leser etwas sagt. Genauso darf man mit dem Buchhändler nicht wie mit dem Buchhändler sprechen, sondern wie mit dem Leser, dann wird er das Buch auch dem Leser verkaufen. Nie soll man versuchen, jemanden zu belehren. Den Rezensenten nicht, weil er bereits alles weiß, den Buchhändler nicht, weil er keine Zeit hat, den Leser nicht, weil er schon von allen anderen belehrt wird.
Wirkungsvolle Werbung müsse völlig subjektiv sein und sich auf wenig beschränken, das immer wiederholt wird. Der größte Fehler, den man machen kann, besteht darin, für ein Buch objektiv zu werben, aufzuzeigen, warum das Buch gut ist, und zu behaupten, daß der unparteiische Leser gar nicht anders könne, als es gut zu finden. Genau das will der Leser nicht hören. In seiner Arbeit wird er beurteilt, in seiner Familie verurteilt, immer wieder nach angeblich objektiven Kriterien. Als Leser möchte er den Tyrannen spielen, den Daumen senken oder nach oben stellen, wie es ihm gefällt. Die Wissenschaft ist die Heimstatt des Objektiven, die Literatur diejenige des Subjektiven.
Das Museum bannt seine Besucher. Man kann Guggeis ewig zuhören.

Bei der Konzipierung der Werbung für ein Buch darf man sich niemals von denjenigen leiten lassen, die alles wissen, die alles kennen, die alles gelesen haben. Sie werden in kurzer Zeit aller Dinge überdrüssig, die Überschrift über ihrem Leben ist Abwechslung, niemals werden sie es fertigbringen, sich in die Köpfe anderer Menschen hineinzuversetzen, die dieses Bedürfnis nicht besitzen. Der Leser braucht nicht alles zu wissen und zu kennen, dafür hat er starke Gefühle. Die Reklame für ein Buch muß immer an diese Gefühle appellieren. Im Gegensatz zu Germanistikprofessoren ist der Leser in seinen Gefühlen stabil. Glaube ist schwerer zu erschüttern als Wissen.
Ein Verlagsprogramm wird nicht durch Aufklärungsarbeit durchgesetzt, sondern durch Gewinnung der Meinungshoheit. Der geborene Verleger feilscht und handelt um die Gunst des Lesers im Auftrag der Literatur. Leider nimmt die Öffentlichkeit sehr oft nur das Feilschen und Handeln wahr und nicht dessen Inhalt, so zieht es auch viele kleine Geister an, die meinen, sie hätten die geistige Ausrüstung, um Verleger zu spielen. Wer Bücher verlegt, muß ein Opfer bringen, um den Gott des Publikums günstig zu stimmen. Ohne verlegerische Tatkraft gibt es keinen Fortschritt in der Literatur. Nur der Verleger kann die letzte und schwerste Verantwortung tragen. Wenn jemand nicht fähig ist, ein Buch von tausend Seiten auf einen Punkt zu reduzieren, dann taugt er nicht zum Verleger.
Sosehr es notwendig ist, die Gunst des Lesers zu erringen, mit welchen Mitteln auch immer, sowenig darf es angehen, im Verlag zu handeln und zu feilschen. Niemals kann die Mehrheit in der Verlagskonferenz den Mann ersetzen. Sie ist nicht nur eine Vertreterin der Dummheit, sondern vor allem der Feigheit. Hundert schlechte Manuskripte

ergeben kein gutes und zehn falsche Gutachten kein richtiges ...

In diesem Augenblick meldete sich das Handy des Mannes neben Guggeis. Er erhob sich, um nicht am Tisch zu telefonieren, blieb dann jedoch unmittelbar neben seinem Stuhl stehen. Er hörte nur zu, sagte ein paarmal abgehackt ja und schließlich auf Wiederhören, ehe er sich betreten auf seinen Stuhl zurückfallen ließ. Guggeis hatte mitten in seiner Rede innegehalten und blickte den Mann mit dem schmalen Haarkranz und der spiegelnden Glatze scharf an, so daß der gar nicht anders konnte, als zu berichten.

Pototsching hat sich verletzt. Es ist im Anschluß an eine Ecke passiert. Er stürmte aus dem Tor, sprang, faustete den Ball in der Luft und ließ sich dann zu Boden fallen. Eine Routineaktion – nur explodiert üblicherweise dabei nicht die Schulter. – Er wird sechs Monate den rechten Arm nicht bewegen können.

Eine saublöde Verletzung für einen Torwart, bemerkte die neue Lektorin.

Wie weit ist er mit dem Buch? herrschte Guggeis den Mitarbeiter an, offensichtlich der Lektor Pototschings.

Der zuckte mit den Schultern und nahm die große runde Brille aus Naturhorn ab, um sie mit einem Stofftaschentuch zu putzen.

Guggeis wandte sich an die neue Lektorin. Pototsching schreibt mit der rechten Hand. Sie wissen, wie wichtig er für den Verlag ist?

Das stellte eine als Frage formulierte Zurechtweisung dar, schuldbewußt schlug die Lektorin die Augen nieder.

Der Lektor versuchte, seiner jungen Kollegin zu Hilfe zu kommen: Von der U15 bis zur U18 war Pototsching Torhüter der Schweizer Nationalmannschaft. Sporadisch spielt

er heute noch bei den Amateuren von Hertha BSC Berlin. In seinem Körper stecken neun Schrauben. Er hat sich vier Finger der rechten Hand gebrochen, den linken Daumen zweimal, das linke Handgelenk ebenfalls zweimal ...
Guggeis fiel dem Lektor ins Wort: Ein Verlag braucht Bestseller! Kein Verlag kann mehr ohne Bestseller leben! Pototschings Buch ist als Spitzentitel für den nächsten Herbst fest eingeplant. Niemand kann es mit Pototsching aufnehmen, wenn es darum geht, Beziehungen zu schildern. Pototsching schreibt seine Bücher immer in einem Zug durch. Er ist nicht abzusehen, was passiert, wenn er unterbrochen wird.
Bereits am nächsten Tag erhielt ich die erste Mail von La Trémoïlle. Anfang des kommenden Monats halte er sich drei Tage in München auf, er wolle mich gern treffen. Ich verabredete mich mit ihm im Augustiner.

Über keinen anderen Literaturagenten wird in der Presse soviel berichtet wie über La Trémoïlle. Seine adelige Herkunft, seine exzentrische Erscheinung und der seiner Behinderung abgetrotzte Erfolg haben ihn zum Star gemacht. Er kommt sogar in der *Bunten* und in der *Gala* vor. Alle meine Bücher sind im selben Verlag erschienen. Würde er mir vorschlagen, den Verlag zu wechseln? Wie hoch würde der Vorschuß sein?

La Trémoïlles lange schwarze Haare waren so geschnitten und gewellt, daß man meinen konnte, er trage Kopfhörer. Auf seiner roten Krawatte räkelte sich ein blondes Pinup-Modell aus den fünfziger Jahren in einem schwarzen Bikini mit weißen Punkten.

Wie viele Biere schaffen Sie?

Da ich nicht antwortete, nahm er seinen Palm aus meinen Händen und schrieb: *Wenn es ein wirklich gutes Bier ist, wie etwa Augustiner Edelstoff, kriege ich am Nachmittag oder am Abend schon einmal sechs Maß zusammen.*

Ich überlegte, wann ich zuletzt richtig betrunken gewesen war, aber ich konnte mich nicht erinnern. La Trémoïlle schrieb, das Starkbier von Paulaner sei auch gut, aber Löwenbräu dürfe man niemals trinken, Löwenbräu schmecke wie Spülwasser. Als der Kellner uns die Biere gebracht hatte, stieß ich mit La Trémoïlle an.

Bier ist Münchner Milch, man kann Bier auch zum Frühstück trinken, wenn man Durst hat. Weißwurst, Bier und Kastanienbäume, ich habe immer Heimweh nach München. – Mal eine schöne Frau kennengelernt, die gern viel Bier trinkt?

Überrascht schüttelte ich den Kopf.

Auf meine Frage, wo er übernachte, schrieb er, im Hotel Vier Jahreszeiten, Zimmer 203, die Ecksuite. Entweder dort oder im Hotel Mandarin Oriental ganz oben im Turm. Als er bemerkte, daß ich mit dieser Information nichts anfangen konnte, griff er erneut zu seinem Palm, schrieb ein einziges Wort darauf und reichte ihn mir zurück. Ich las *Seitensprungzimmer*. Mit Ausrufezeichen.

Natürlich machte er mir ein Angebot. Ich weiß nicht mehr, ob während des Schweinsbratens, davor oder danach. *Guggeis will Sie in seinem Verlag*. Er habe ihm, La Trémoïlle, den Auftrag gegeben, mich von meinem jetzigen Verlag loszueisen.

Guggeis biete mir einen Vertrag für die nächsten drei Bücher an, und La Trémoïlle nannte eine Garantiesumme, die mich schwindlig machte. Natürlich wisse er, das Geld sei für mich nicht ausschlaggebend, aber wenn ich zu Guggeis ginge, könne er, La Trémoïlle, garantieren, daß ich wesentlich mehr Auslandslizenzen bekommen würde als bisher.

Ich Narr war nicht einmal mißtrauisch.

Üblicherweise erkundet ein Agent zunächst die Bereitschaft des Autors zu wechseln, zeigt sich dieser interessiert, preist er den Autor auf dem Markt an und wählt denjenigen Verlag aus, der dem Autor das meiste Geld bietet. Ich fragte mich nicht, warum mir La Trémoïlle sofort das Angebot eines konkreten Verlags machte. Oder warum Guggeis mir nicht selbst ein Angebot unterbreitete, die Einschaltung eines Agenten machte die Sache für ihn teurer.

In der Vergangenheit habe Guggeis die wichtigsten deutschsprachigen Autoren unter seinem Dach versammelt. Jetzt ergreife er die Initiative, um die alte Herrlichkeit wiederherzustellen. So La Trémoïlle. Auf den Gedanken zu fragen, ob es nicht noch um etwas anderes ging, kam ich nicht.

Der Verlagsleiter des Konzernverlags, in dem meine Bücher erschienen, hatte seine Zusagen stets eingehalten. Das galt insbesondere für die Werbung. Mit den Übersetzungen in andere Sprachen stocherte La Trémoïlle allerdings zielsicher in einer Wunde. Die für die Auslandsbeziehungen der Konzernverlage zuständige Dame mochte mich oder meine Bücher nicht. Erkundigte ich mich, warum es nicht gelang, mehr Auslandslizenzen abzusetzen, hörte ich immer nur, das sei für deutsche Autoren generell schwierig.
Ich erklärte La Trémoïlle, ich würde es mir gründlich überlegen. Das meinte ich so, wie ich es sagte, und ich meinte nicht ja. Aber dann schrieb La Trémoïlle, er sehe heute abend Pototsching, ob ich nicht dazukommen wolle. Er treffe sich mit Pototsching im P 1.
Vor dem Gesetz. Das P 1 im Haus der Kunst ist die älteste und bekannteste Diskothek Münchens, hier feiern Boris Becker und Claudia Schiffer. Ich war bald fünfzig Jahre alt, noch nie war es mir gelungen, ins P 1 hineinzukommen. Das P 1 hat zwei Arten von Stammgästen: die drinnen und die draußen. Ich führe keine Strichliste, aber ich glaube, im Lauf der Zeit wurde ich zwei dutzendmal zurückgewiesen. Trug ich Krawatte, wurde ich abgewiesen und nach mir jemand in Jogginghosen und Sweatshirt mit Kapuze hineingelassen. Kam ich im T-shirt nicht hinein, hatte nach mir jemand im blauen Anzug freie Bahn. Ich blickte dem Türsteher fest in die Augen, es nützte nichts. Ich wollte an dem Türsteher vorbeigehen, ohne ihn anzusehen, als wäre ich schon oft drin gewesen, das erwies sich als genauso fruchtlos. Meist versuchte ich es allein, zwei- oder dreimal auch in Begleitung, es war unendlich peinlich. Sobald man die Tür erblickt, gerät das lockere Gespräch völlig künstlich oder versandet. Es gibt nur eine Möglichkeit, den Türste-

her zu überwinden: Man muß sich in Begleitung von zwei oder mehr schönen Frauen befinden.
Im Augenblick, als La Trémoïlle ein Treffen im P 1 vorschlug, war klar, daß ich tun würde, was er von mir wollte.

Dieses Buch ist ein Glücksfall. Unwiderstehlich in seinem Einfallsreichtum, mitreißend in seiner Flut der Geschichten, elektrisierend in seiner Ironie, berührend in seiner verzweifelten Komik. – Von der ersten Zeile an schlägt er einen frischen und doch fast klassischen Ton an, der das vielschichtig komponierte Werk souverän zusammenhält. – Das Buch erinnert bereits im Tonfall des äußerlich gefaßten, innerlich aber erregten Konstatierens an Max Frisch. – Der Sog der Erzählung ist so stark, daß der Leser kaum eine Chance hat zu bemerken, wie kunstvoll Pototsching ein Puzzle aus Anspielungen und versteckten Hinweisen auslegt, das sich erst am Ende zu der einzig möglichen Lösung zusammenfügt. Das Ergebnis ist ein in jeder Hinsicht perfektes Debüt, eine scheinbar ganz normale Liebesgeschichte, aber voller doppelbödiger Spannung. – Gleichwohl ist dieses Buch ein kleines Wunder. Mit Tonio Pototsching betritt ein junger Autor die literarische Bühne, das kommt alle Jahre vor und ist an sich nichts besonderes. Doch diese neue Stimme verändert den literarischen Raum. – Pototsching ist ein eminent kluger und genauer Erzähler, ein ausgezeichneter Architekt lebensechter Atmosphäre, und die Klaviatur der Töne beherrscht er virtuos: Ironie, Leichtigkeit und Witz, Poesie, Lakonie und tiefen Ernst.

So oder so ähnlich lauteten die Kritiken zu seinem ersten Buch, das wie alle folgenden durchgängig im Konjunktiv verfaßt ist.
Das Buch stand wochenlang auf Platz eins der *Spiegel*-Bestsellerliste, Pototsching verkaufte eine halbe Million Exemplare und noch einmal so viele Taschenbücher, dazu kamen Übersetzungen in fünfundzwanzig Ländern.
Die Buchumschläge betonen seine Fußballkarriere und daß er schon lange in Deutschland lebt. Sein letztes Buch wurde mit einem lebensgroßen Plakat beworben, das ihn in Jeans und Muscle shirt zeigte und seine athletische Figur voll zur Geltung brachte. Die halblangen schwarzen Haare fielen ihm dekorativ ins Gesicht, das Grübchen in seinem Kinn war gut ausgeleuchtet.
Pototsching konstruiert funktionsfähige Scheinmaschinen, Behelfsvorrichtungen, dadaistische Spielzeuge. Seine Romane sind Pseudoromane, eine Art schlechter Witz, komischer Ausdruck eines Vernichtungstriebs, varietéartige Meditationen über das Ende, Slapstickdarstellungen einer Angst, die ich nachvollziehen kann. Ein allmählicher Zusammenbruch bildet das Leitmotiv und sorgt für die innere Bewegung. Die Sprache imitiert primitive technische Spielereien ohne jegliche technologische Perfektion. Er versucht, mit Sprache Sprache aufzuspießen, mit Sprache Sprache zu entlarven und zu entstellen, um dem Leser ein Gefühl der Überlegenheit zu verschaffen.
Der Roman als hochentwickeltes Gerät im Dienste eines primitiven Instinkts, als Werkzeug triebhafter Gewalt. Er spiegelt unsere Aggressivität und Destruktivität, den Willen zur Macht, der nur angeblich im Dienst der Selbsterhaltung steht, auf akzeptable Weise wider. Der Roman gerät zu einem Gegenstand, vor dem der Leser Angst hat, zu ei-

nem geheimnisvollen Idol, das der Leser günstig zu stimmen versucht. Die Verwandlung in ein bizarres Spielzeug macht aus dem Roman jedoch auch immer etwas Gutartiges.

Pototsching heilt den Leser von seiner unbewußten Angst vor dem Roman. Er spielt die List des Künstlers gegen die Professionalität des Ingenieurs aus, er behauptet, der Künstler vermag den Schaden, den der Ingenieur unweigerlich anrichtet, wiedergutzumachen. Pototsching hätte nicht den Erfolg, wenn er die Romanform angreifen würde oder wenn er tatsächlich an ihr Geschmack finden würde. Als ob er eine humanistische Absicht verfolgen würde, reduziert er die Romanform auf ihre Widersinnigkeit und arbeitet heraus, wie der Roman dem Leben auf gröbere und feinere Art Gewalt antut. Pototschings Bücher beschreiben eine Welt, die weder mitfühlend noch feindlich ist. Der Autor wäscht seine Hände in Unschuld.

Tonio Pototsching ist der Enkel von Giacomettis Tonio Pototsching. Der war Hausmeister eines Komplexes in der Rue Hippolyte-Maindron, in dem Giacometti zwei Atelierräume gemietet hatte. Schweizer wie Giacometti, kollaborierte er jedoch während der Besetzung Frankreichs mit den Deutschen. Er hatte einen Verwaltungsposten bei der Organisation des Baus von Verteidigungsanlagen an der normannischen Küste, seine Lebensgefährtin Renée Alexis nahm seine Aufgaben als Hausmeister wahr. Als die Alliierten Frankreich zurückeroberten, setzte sich Pototsching nach Osten ab. Eine Zeitlang tauchte er in Wien unter, ehe er sich schließlich den alliierten Behörden als Displaced person präsentierte. 1946 kehrte er schwerkrank nach Paris zurück, er litt an einer Leberzirrhose, von der er sich nicht erholte.

Je le revis, schrieb Giacometti, *au fond de son lit, immobile, la peau jaune ivoire, ramassé sur lui-même et déjà étrangement loin, et je le revis peu après, à trois heures du matin, mort, les membres d'une maigreur squelettique, projetés, écartés, abandonnés loin du corps, un énorme ventre boursouflé, la tête jetée en arrière, la bouche ouverte. Jamais aucun cadavre ne m'avait semblé si nul, débris misérable à jeter comme le cadavre d'un chat dans une ornière. Immobile debout devant le lit, je regardais cette tête devenue objet, petite boîte, mesurable, insignifiante. À ce moment-là, une mouche s'approcha du trou noir de la bouche et lentement y disparut.*

Tonio Pototsching hatte mit Renée Alexis einen Sohn, der später in die Schweiz zog. Tonio Pototsching, der Enkel, wuchs in Chur auf.
Während ich den Weg von meiner Wohnung am Königsplatz zum Haus der Kunst zu Fuß zurücklegte, lag die Stadt unter einer Nebelglocke. Ich konnte weder die Staatskanzlei noch den Englischen Garten erkennen. Auf dem Innenstadtring fuhren nur vereinzelt Autos. Um das Haus der Kunst herum stieg der Nebel empor, über ihm formte er sich zu einem Dach. Im Licht der gelblichen Straßenbeleuchtung warfen die Säulen graue, kalte Schatten.
Bevor ich auch nur den Mund öffnen konnte, machte mir der Türsteher auf.
Hatten mich La Trémoïlle oder Pototsching beschrieben, so daß der Türsteher mich erkannt hatte, oder wäre ich an diesem Abend auch so ins P 1 hineingelassen worden?
Im Inneren des P 1 glaubte ich, meinen Augen nicht zu trauen. Eine im bayerischen Stil eingerichtete Diskothek

aus den siebziger Jahren, nur halbvoll. Ich war keineswegs der Älteste, mehrere angejahrte Herren vergnügten sich in Begleitung auch nicht mehr ganz junger Damen.

En entrant dans ma chambre, la nuit suivante, je m'aperçus que, par un curieux hasard, il n'y avait pas de lumière. A., invisble dans le lit, dormait. Le cadavre était encore dans la chambre à côté. Ce manque de lumière me fut désagréable et, sur le point de traverser nu le couloir noir conduisant à la salle de bains et qui passait devant la chambre du mort, je fus pris d'une véritable terreur et, tout en n'y croyant pas, j'eus la vague impression que T. était partout, partout sauf dans le lamentable cadavre sur le lit, ce cadavre qui m'avait semblé si nul; T. n'avait plus de limites et, dans la terreur de sentir une main glacée toucher mon bras, je traversai le couloir avec un immense effort, revins me coucher et, les yeux ouverts, je parlai avec A. jusqu'à l'aube. En sens inverse, je venais d'éprouver ce que j'avais ressenti quelques mois plus tôt devant les êtres vivants.

Wie Giacometti spürte ich die Anwesenheit Pototschings, die das ganze Ladenlokal ausfüllte. Es ging nicht nur um meinen Verlagswechsel, sondern noch um etwas anderes, Wichtigeres. Ich schwitzte und fror zugleich.
Aus der Art unserer Begrüßung hätte ein unwissender Dritter niemals schließen können, daß wir uns kannten. Einmal hatten wir eine Gemeinschaftslesung gehabt.
Ebenso freundlich wie umweglos setzte Pototsching mir auseinander, warum ich zu Guggeis wechseln sollte. Guggeis stehe für den Kampf in der Literatur. Härte, Grausamkeit, Unbarmherzigkeit. Im Augenblick glaube Guggeis, was er sage, in Wahrheit glaube er gar nichts, bis auf eins,

daß er die Zukunft vorwegnehme, daß es nach ihm keine wirklich interessanten Entwicklungen mehr geben könne. Daran habe sich auch mit dem Alter nichts geändert. Er denke nur in den Kategorien Sieg und Niederlage. Verkaufe sich ein Buch gut und habe es gute Kritiken, dann sei das der Sieg, schlechte Kritiken, schlechte Verkaufszahlen seien die Niederlage. Er strebe nach nichts anderem als nach dem ordinären Sieg seiner Literatur.
Dabei sei Gestaltlosigkeit der Grundzug seines Denkens. Guggeis wolle nur siegen. Was die Literatur seines Verlags wirklich darstelle, bleibe letztlich immer im Ungefähren. Auch innerhalb seines Verlags herrsche ständig Kriegszustand. Es möge Geschäftsführer geben, Programmleiter, Verkaufsleiter, aber niemand habe irgendeine Freiheit. Der Feind stehe stets vor den Toren. Die Angestellten des Verlags würden ständig unter einem dumpfen Druck gehalten. Niemand glaube, daß er Guggeis durchschaue, denn der spiele wirkungsvoll vor, daß er sich selbst nicht kenne. Seine Wutanfälle seien gefürchtet, gespielt oder echt, das sei gleich, ein Mittel der Herrschaft über seine Umgebung.
Der Pegel der Musik erforderte nicht, daß Pototsching laut sprach, bei manchen Sätzen zog er die Augenbrauen hoch, um dem Gesagten ein besonderes Gewicht zu verleihen. Er redete langsam wie jemand, der üblicherweise sehr viel schneller spricht, der jedoch seinem Gegenüber das Gefühl geben will, diese Unterhaltung sei für ihn besonders wichtig. Mit Nicht-Schweizern spricht er immer ein lupenreines Hochdeutsch.
Der Stärkere siege, alles andere seien Sentimentalitäten. Guggeis schwimme immer noch regelmäßig und mache etwas, was er Power walking nenne. Man glaube ihm, daß er

der Stärkere sei. Wenn etwas nicht so funktioniere, wie er es sich vorstelle, verursache er bewußt ein Chaos. Er greife seinen Gegner im persönlichen Bereich an, davor schrecke er auch bei Kritikern nicht zurück, und er mache die Sache zu seiner persönlichen Sache. Sein Neid auf jeden, der mehr Erfolg habe als er selbst, sei abgrundtief. Er hasse jeden Autor, jeden Kritiker, jeden anderen Verleger, der etwas sei und etwas könne. So lange, bis der Autor sein Autor sei, bis der Kritiker gut über seine Autoren schreibe, bis der andere Verleger Schiffbruch erlitten habe. Dann lobe und liebe er, am liebsten preise er die Verdienste gestorbener Verleger und solcher Verleger, die ihren Verlag verkauft hätten oder pleite gegangen seien. Sein Spielfeld: das chronische Müdigkeitssyndrom der Intellektuellen. Die Umstände müßten sich nach ihm richten, nicht umgekehrt. Den Lesern, den Buchhändlern, den Kritikern, den Autoren werde angst, wenn sie sich an seinen Forderungen messen sollen, er befriedige ihr Bedürfnis nach Schutz und Sicherheit, indem er sie zum Teil seiner Verlagskultur mache. Was sich ihm entgegenstelle, trete er nieder.

Niemand verkörpere den Wahn, daß in der Literatur ständig etwas Neues kommen müsse, so eindrucksvoll wie Guggeis. Obwohl er unablässig und immer wieder die Geschichte seines Verlags beschwöre, obwohl sein Verlag von seiner Backlist lebe, verachte er die Tradition. Er bilde sich ein, nur er sei dazu in der Lage, zu jeder Zeit und immer wieder neu das Gute aus Vergangenheit und Gegenwart auszuwählen und zu vereinigen.

Guggeis sei wirklich ein Mann der Tat. Obwohl sein Verlag auch als Wissenschaftsverlag herausrage, wisse er gar nicht, was Theorie sei. In Wahrheit verachte er diejenigen, die am Faden einer Theorie hingen. Er brauche Gegner, um

überhaupt zu fühlen, daß er lebe. Weil ihm das Feuilleton fast ausnahmslos zu Füßen liege, müsse er sich seine Gegner selbst heranzüchten, manche Autoren verlege er nur, um Gegner innerhalb des Verlags zu haben – hier wußte ich nicht, ob ich mich nicht gemeint fühlen sollte.
Das Verlagslogo sei kein Heilszeichen, sondern ein bannendes Symbol. Es herrsche den Leser an: Hier ist ein Wille, der seinen Namen verdient, und du hast keinen Willen.
Pototsching ist unfähig, einfach etwas zu sagen oder zu tun, ohne zugleich die Wirkung dessen, was er sagt oder tut, einzuberechnen. Das bedeutet nicht notwendig, daß er beeindrucken oder gefallen will. Pototsching will die Wirkung erzielen, die Pototsching gefällt. Er ist eitel in der Art eines Berufsspielers, der gewinnt. Er muß kein guter Verlierer sein. In diesem Fall verunsichert er seine Mitspieler, ein Element des Unberechenbaren, des Bösartigen scheint auf. Er verbreitet Angst und Schrecken, damit man ihn wieder gewinnen läßt.
Als ich Pototsching fragte, warum *er* bei Guggeis sei, nahm er das Glas mit dem Whiskey Soda in die rechte Hand, blickte es an, als ob er sich darauf konzentrieren müßte, um es langsam erst nach vorn, dann nach hinten zu kippen, so daß sich die Eiswürfel klirrend verschoben.
Jetzt erst fiel mir auf, daß er den Oberkörper völlig starr hielt, ich hatte überhaupt nicht an seine Verletzung gedacht. Er trug ein schwarzes Jackett mit kolossal breiten Schultern. Wenn er dazu in der Lage war, ein Jackett anzuziehen, dann konnte seine Verletzung nicht so schwerwiegend sein, wie der Lektor sie geschildert hatte.
Er, Pototsching, glaube an Guggeis. Er glaube an die Lernfähigkeit von Guggeis.
Als er das sagte, lachte Pototsching zum ersten Mal, er ent-

blößte beide Zahnreihen und streckte das Kinn vor. In diesem Moment traf La Trémoïlle ein.
Die Oberarme an den Körper gepreßt, die Unterarme angewinkelt, ließ Pototsching seine Zigarette von einer Hand in die andere wandern. Die Zigarette befand sich immer wieder vor seinem Mund, aber er steckte sie nicht hinein.
Guggeis habe sich Gedanken, Autoren, Buchhändler und Kritiker organisiert, jetzt habe er Universitätsprofessoren und Doktorhüte im Visier. Je älter er werde, desto rasender werde seine Tätigkeit. Er nehme alles ernst und gleich ernst. Er halte keinen Abstand von der Wirklichkeit, aber er sehe in ihr nur sich.
Mit der linken Hand steckte Pototsching sich die Zigarette in den Mund, La Trémoïlle zündete sie ihm dienstfertig an.
Sein Verlag sei ewig, sein Verlag sei endgültig, deswegen könne Guggeis aus dem Augenblick und für den Augenblick handeln. Er wähne, alles und alle immer in der Hand zu haben. Er müsse sich nicht nach Grundsätzen oder einem zeitübergreifenden Gesetz richten, es gebe ja seinen Verlag. Seine Intuition habe schließlich die Guggeis-Kultur geschaffen, also könne sie auch in der alltäglichen Anwendung nicht falsch sein.
Guggeis sei nicht einsam und nicht allein, er sei der einzige. Alles sei Schwindel, alles sei Mache.
Was ihn, Pototsching, an Guggeis überzeuge: Daß er nie stehenbleibe und mit nichts paktiere. Er könne das nur, weil er wirklich etwas Neues verkörpere. Seine Unbestimmtheit in bezug auf die Zukunft halte er für eine Form von persönlicher Klugheit. Die Guggeis-Kultur bedeute für ihn, Pototsching, Leben anstatt starrer Formen, Bildung und Weltanschauung anstatt akademischer Philosophie.
Eben hatte Pototsching noch mit der brennenden Zigarette

gespielt, sie mit der linken Hand senkrecht vor sich gehalten und mit dem Daumen der rechten daran auf- und abgestrichen. Als La Trémoïlle das Buch aus seiner Aktentasche zog, verloren die Gesichtszüge Pototschings plötzlich ihren Halt. Sein Kopf schien auf der Zigarette aufgespießt, sein Mund stand offen, ich konnte seine Zähne nicht mehr sehen, seine Augen quollen hervor und blickten über mich, über La Trémoïlle hinweg.

Der legte das Buch mit der Rückseite nach oben auf den Tisch. Alle blickten wir auf die Fotografie einer großen, schlanken Frau in Militärhosen und einem grünen Unterhemd. Die Frau war kahlgeschoren, ihre dunklen Haare waren um ein paar Millimeter nachgewachsen, sie preßte die Lippen fest zusammen, ihr Gesichtsausdruck war ernst, entschlossen, gequält.

Der Literaturchef eines Nachrichtenmagazins hatte mich breitgeschlagen, das Buch zu rezensieren. Ich hätte ihm dennoch nichts geschickt, wenn ich das Buch nicht gut gefunden hätte, ich würde einen anderen Autor, lebend oder tot, niemals verreißen. Der Titel des Buches war: *Der Mann, der in der Luft gehen konnte*. Auf dem Umschlag und im Buch lautete die Autorenangabe: *Laura oder Lisa Turner.* Ich hatte das für eine Marketing-Erfindung gehalten und mich in meiner Besprechung auch so geäußert. Später las ich dann ein Interview, in dem die Autorin offenließ, ob sie oder ihre Zwillingsschwester das Buch geschrieben hatte.

Ich hatte das Buch euphorisch besprochen, auch sonst hatte es ein wohlwollendes Echo gefunden. Die Verfasserin hatte ich nie getroffen, ich kannte nur das Foto von ihr auf der Rückseite des Umschlags.

Pototsching hatte sich wieder in der Gewalt, er machte mit

der Zigarette in der linken Hand eine entschlossene Bewegung vorwärts, als ob La Trémoïlle oder ich ihn etwas gefragt hätte, und er gäbe begeistert seine Zustimmung.
La Trémoïlle schrieb etwas auf seinen Palm, gab ihn Pototsching, der sah auf das Display und gab den Palm ohne hochzublicken an mich weiter. Auf dem Palm stand: *Laura war Tonios Freundin. Sie haben sich gerade getrennt.*
La Trémoïlle schrieb erneut auf den Palm, reichte ihn Pototsching, dieser beachtete das Geschriebene nicht. Ich las: *Pototsching schreibt nur mit der Hand. Das Manuskript ist zu dreiviertel fertig. Wegen seiner Verletzung muß Pototsching es mit der linken Hand zu Ende schreiben. Das kann nur Laura lesen. Sie können sie dazu überreden, das Manuskript abzuschreiben.*
Ich verstand nichts. Wie sollte ich die Autorin des Buches, auch wenn ich es besprochen hatte, zu etwas überreden, wo ich sie doch gar nicht kannte? Konnte das nicht jemand anderer machen? Warum sollte nicht jemand anderer lernen, Pototschings Schrift zu lesen? Warum versuchte Pototsching nicht zu diktieren?
La Trémoïlle hatte keine ausdrückliche Verbindung zum Angebot des Verlagswechsels hergestellt. Dennoch schien klar, ich konnte dem Angebot nur dann nähertreten, wenn ich zumindest versuchte, ihm und Guggeis bei Laura Turner zu helfen. Dazu kam: Wann wird von einem Schriftsteller schon einmal verlangt, daß er nicht schreiben, sondern handeln soll!
Laura Turner lebte in Berlin. La Trémoïlle gab mir den Tip, sie besuche jede Woche einmal das Borchardt. Am nächsten Tag wartete ich im Borchardt darauf, daß Laura Turner zur Tür hereinkommen würde.

Wir waren über die Maximilianstraße flaniert, dabei hatte Beatrice von dem Artikel über die Auswirkungen des Dritten Reichs auf das Gegenwartsbewußtsein gesprochen, an dem sie schrieb.
Sie sagte, das Entscheidende am Nationalsozialismus seien nicht die archaischen Zutaten gewesen, wie das viele Darstellungen glauben machen wollten. Der Nationalsozialismus sei vielmehr eine falsche Moderne gewesen. Die sich vor allem aus falsch verstandener Wissenschaft gespeist habe. Von der Biologie bis zur Ökonomie. Man dürfe das Erbe der Nazis nicht bei den Skinheads suchen, das seien Trachtenvereine. Die Nachfolgeorganisation der SS sei die RAF gewesen.
Beatrice hatte fast alle meine Bücher gelesen, als sie mich im Polo Shop ansprach. Sie erinnerte sich an Zeitungsfotos, nach denen sie mich erkannte. Die Protagonisten meiner Romane und Erzählungen sind häufig Naturwissenschaftler und Mathematiker, wissenschaftliche Fragestellungen spielen eine Rolle für den Fortgang der Handlung. Das hatte sie angezogen.
Das Parkhaus am Angertor wurde gerade umgebaut, die andere Hälfte der Ebene, auf der Beatrice geparkt hatte, war durch ein rotweißes Band abgesperrt und dunkel, ich konnte die Umrisse eines Betonmischers und eines Lieferwagens erkennen. Beatrice schlüpfte unter dem Band hindurch und bedeutete mir zu warten. Sie verschwand hinter dem Lieferwagen, es dauerte eine Weile, bis sie mich rief. Ich stieg über das Band. Mit gekreuzten Beinen saß sie auf einer leeren Palette. Sie war nackt und hatte sich mit Steinwolle bedeckt. Ihre Kleider hatte sie auf einer leeren Bierkiste abgelegt, ich warf meine Jacke darüber. Ich fühlte mich, als wäre ich Millionen Kilometer von der Erde entfernt.

Sie rückte zum anderen Ende der Palette und machte mir Platz. Ich legte einen Arm um ihre Taille, sie schmiegte sich an mich.

»Du mußt sagen, was für eine nette Überraschung.« Ich sagte: »Was für eine nette Überraschung.«

Sie strich mir die Haare aus der Stirn und sagte: »Du mußt jetzt meinen Nacken umfassen, mich zu dir ziehen und mich küssen.« Ich umfaßte ihren Nacken, zog sie an mich und küßte sie.

»Du mußt mir jetzt über die Hüften fahren und über die Brüste, und du mußt sagen, am liebsten würde ich dich überall küssen.« Ich fuhr ihr über die Hüften und die Brüste und sagte: »Am liebsten würde ich dich überall küssen.«

Sie schüttelte sich, das Isolationsmaterial fiel von ihr ab, sie erhob sich und zog mich zu sich hoch, wir umarmten und küßten uns.

Dann legte sie mir die Hände auf die Schultern und übte sanften Druck aus, so daß ich in die Knie ging.

Schließlich löste sie sich von mir und gab mir das Zeichen, mich aufzurichten und zurückzutreten. Ich stieg von der Palette herab, sie breitete die Steinwolle auf der Palette wie eine Decke aus und legte sich auf den Rücken.

»Du mußt sagen, ich will dich. Jetzt.« Ich sagte: »Ich will dich. Jetzt.«

»Du mußt mich nehmen.« Ich nahm sie.

»Du mußt stöhnen.« Ich stöhnte.

»Deine Bewegungen müssen schneller und heftiger werden.« Meine Bewegungen wurden schneller und heftiger.

»Sag Cirrus, Sokrates, Partikel.« Ich sagte: »Cirrus, Sokrates, Partikel.«

»Sag, ich habe Dinge gesehen, die ihr nicht glauben würdet. Aber dies alles wird sich in der Zeit verlieren wie Tränen im Regen.« Ich sagte: »Ich habe Dinge gesehen, die ihr nicht glauben würdet. Aber dies alles wird sich in der Zeit verlieren wie Tränen im Regen.«

Der Abfluß der Kabine ist überlastet. Das Wasser auf dem Boden meines Badezimmers changiert zwischen Dunkelgrau und Dunkelblau, die Wellen scheinen gefroren, ihre Bewegung täuschen sie nur vor. Das Licht aus dem Flur spiegelt sich in ebenfalls gefrorenen Strudeln.
Ich hocke immer noch unter der Brause. Das Wasser schießt unverändert heiß auf mich herab. Nach wie vor friere ich.
Ich schüttle den Kopf, um das Wasser aus den Augen zu bekommen, die Farbe des Wassers nimmt einen Ton zwischen Blau und Grün an, die hohen und dünnen Wellenkämme leuchten weiß. Damit ich die Augen länger offen lassen kann, halte ich die rechte Hand darüber, die Oberfläche des Wassers gleicht übereinandergeschobenen Schieferplatten. Ich bewege mich nicht, das Wasser glättet sich und nimmt eine metallene Farbe an.
Einzelne meiner Organe oder ganze Körperteile sind durch die Organe anderer und durch technische Komponenten ersetzt. Mein Körper ist mit anderen Körpern auf eine Weise verbunden, die ich nicht kenne und die ich mir auch nicht vorstellen kann. Welches ist das Nervensystem des größeren Körpers? Auf welche Weise treten die Körper, aus denen der größere Körper besteht, in Beziehung? Wie werden die räumlich getrennten Körper gesteuert?
Wenn meine Haut völlig taub sein wird, dann wird sich mein Körper so anfühlen, als sei er vollständig aus technischen Komponenten zusammengesetzt. Wer die Pigmentierung meiner Haut und ihre Schattenwürfe betrachtet, soll denken, diese Haut gehört keinem Menschen. Meine Haare werden silbrig glänzen, im Wind magisch schwingen und vom Sturm eindrucksvoll zerzaust werden.
Soll ich Feedback loops zwischen meinem Körper und dem

Körper Beatrices etablieren? Will ich, daß die räumliche und geistige Distanz zwischen Beatrice und mir zusammenbricht? Daß ihr Körper Wirt meines Verhaltens ist, mein Körper Wirt ihres Verhaltens?

Beatrice, du konstruierst mich neu, in deinem Lastenheft kommen keine Geburt und kein Tod mehr vor. Ich passe mich an alle Bedingungen an, ich sprenge alle genetischen und planetarischen Grenzen. Keiner soll sich an mich erinnern. Sonst hält mich etwas zurück, sonst bin ich angekettet. Es ist Zeit, zu verschwinden, dem Vergessen anheimzufallen. Es ist Zeit, aufzubrechen und etwas anderes zu werden.

Mit dir, Beatrice, sage ich andere Dinge. Und denke andere Dinge. Die Dinge reiben sich aneinander und erzeugen Wärme. In der Wärme schmelzen die Lawinen von Gesagtem und Gedachtem aus der Vergangenheit. Nur in der Kälte konnten sich die Erinnerungen bewahren, nur in der Kälte konnte ich die gespeicherten Erinnerungen abrufen, ohne sie zu verfälschen oder zu zerstören.

Die Szenen des Lebens werden von einer immer höheren und immer tieferen Eindeutigkeit sein. Und von einer immer größeren Wärme. Einer Wärme, die wir uns gar nicht vorstellen können. Es wird ein unendlich eindeutiges und ein unendlich geborgenes Leben sein. Das wir betrachten. Und in dem wir zugleich auftreten. Beatrice, ich danke dir für die Ehre, die du mir mit diesem Leben erweist, aber ich weiß nicht, ob ich in ihm mitspielen kann.

Als du mich ansprachst, Beatrice, war mein erster Gedanke: Das ist genau die Stimme, die Laura haben müßte. Ein Märchen als Hörspiel, die Vertonung eines Zeichentrickfilms, niemals würde man einer guten Fee diese Stimme geben. Du sprichst die Vokale nur ganz kurz, du betonst die Zischlaute nicht, trotzdem stechen sie hervor. Man befürchtet immer, gleich bricht deine Stimme, obwohl sie das tatsächlich niemals tut. Verändert sich deine Stimmlage, dann auf eine Weise, als wäre deine Stimme auf einem Band aufgezeichnet. Die Geschwindigkeit des Bands variiert, etwas schneller, die Stimme wird höher, etwas langsamer, die Stimme wird tiefer. In langen Sätzen betonst du nie die Wörter, von denen man es erwartet.

Es gibt keine Figur im Märchen, für die Lauras Stimme passen würde. Ihre Stimmlage ist nicht so hoch wie deine, und sie bleibt immer gleich. Sie betont alle Sätze gleichmäßig, ohne daß es monoton wirken würde. Die Vokale zieht sie in die Länge, in den Worten, die sie ausspricht, scheint es gar keine Zischlaute zu geben. Ihre Stimme ist alterslos. Nicht die Stimme der Königin, sie spricht nicht eingebildet, nicht die Stimme der Mutter der Königin, sie redet nicht gütig, nicht die Stimme der Prinzessin, dazu wirkt sie zu abgeklärt, die Stimme keiner Liebsten, immer bleibt sie ungerührt.

Wenn du sprichst, Beatrice, sind die Bedeutungen aller Wörter immer sorgfältig gegeneinander abgegrenzt. Die Wörter, die du betonst, besitzen eine ursprüngliche Bedeutung, von der andere Bedeutungen abgeleitet sind.

Höre ich Laura zu, glaube ich, daß alle Bedeutungen aller Wörter veränderlich sind. Und daß sie sich auch tatsächlich ständig verändern. Der Gedanke, irgendein Wort, das sie ausspricht, könnte eine ursprüngliche Bedeutung haben, erscheint mir absurd. Die Bedeutungen der Wörter verändern sich in einem Spiel, das jeder Zuhörer anders spielen kann. Auch ich habe dieses Spiel zu verschiedenen Zeiten unterschiedlich gespielt. Es ist unmöglich, einem Wort einen abgrenzbaren Sinn zuzuschreiben.

Die Worte, die Laura ausspricht, verweisen auf etwas ganz anderes. Etwas, das versucht, sich in ihrer Rede zu präsentieren. Ihre Stimme ist eine Spur. Wie meine Handschrift eine Spur ist.

Ich will die Verbindungen zu den anderen Körpern kappen. Das externe Nervensystem soll sich nur mit sich selbst beschäftigen. Das Bewußtsein wird aus meinem Körper und aus dem Beatrices ausgestoßen, und es gibt kein Bewußtsein mehr in uns, sondern nur noch zwischen uns.

Wenn ich es über mich bringen könnte, dann würde ich mir mit Nadel und Faden die Lippen und die Augenlider zunähen.

Berlin erzählt zwei Geschichten mit dem gleichen Inventar, aber völlig gegensätzlicher Handlung. Die erste ist die Geschichte einer adretten und liebenswürdigen Hauptstadt, die dadurch gefallen möchte, daß sie kein industrielles, kein Finanz- und kein Medienzentrum sein will, sondern nur Hauptstadt: Alle Macht den Beamten, der Bundeskanzler nichts anderes als ein mit etwas umfangreicheren Befugnissen ausgestatteter Landrat. Die Straßen sind nur deshalb so groß gebaut, damit die niedrigen Gebäude möglichst hell wirken, die wenigen Hochhäuser nehmen sich nicht gegenseitig das Licht, die Botschaften wollen gar keine sein, sondern in Einfamilienhäusern untergebrachte Konsulate. Die Stadt ist ebenso unnachgiebig wie freundlich entschlossen, im Großen klein zu bleiben. Sie hütet Deutschland, wie ein Babysitter auf die Kinder aufpaßt, während die Eltern ausgegangen sind, oder wie ein Schüler oder ein Student das Haus bewohnt, während die Familie in die Ferien gefahren ist.
Aber es gibt noch eine zweite Geschichte, die einer Stadt, die das Gedächtnis verloren hat, sich mühsam in die Gegenwart geschleppt hat und jetzt versucht, die Bruchteile ihres früheren Lebens zu einem sinnvollen Ganzen zusammenzusetzen. Dieses Berlin ist verbittert und verwahrlost. Die Flugzeuge speien Politiker und Architekten aus, die sich alle für Starregisseure halten und die Hauptrolle in ihrem Film mit der Stadt besetzen wollen. Sie machen ihr weis, eines Tages werde sie eine ökonomische und eine Medienmacht sein, und sie flüstern ihr ein, sie solle sich jetzt schon so verhalten, als sei sie eine Macht. Die Stadt erliegt den Einflüsterungen, nicht nur einmal, immer wieder, und sie wird nicht nur einmal, sondern stets aufs neue enttäuscht und gedemütigt.
Wie verhalten sich die beiden Geschichten zueinander? Das

erste Berlin könnte ein Traum des zweiten sein, der mißhandelten und erniedrigten Stadt, die sich immer wieder die falschen Idole ausgesucht hat und sich jetzt nach einem Drehbuch sehnt, das einfach in einem ganz hellen Alltag besteht. Genauso könnte das zweite Berlin einem Alptraum des ersten entsprungen sein, die Stadt hat tatsächlich das Gedächtnis verloren, aber möchte es sich nicht eingestehen, in ihren Träumen rätselt sie über ihre Vergangenheit.
Oder setzt die zweite Geschichte die erste fort, mit Zeitsprung und vertauschten Darstellern? Die Starregisseure sind erfolgreich, die Stadt bekommt ihren großen Auftritt, doch mit ihrer Karriere verändert sich auch ihr Charakter: Ihre Ein- und Mehrfamilienhäuser werden ihr lästig, wie schon einmal.
Die erste Geschichte wird in Bildern erzählt, die mit Licht und Farben aufgepumpt sind, als ob jeder Nadelstich sie zum Platzen bringen könnte. Die zweite Geschichte spielt in Plänen und Entwürfen, die Menschen, die sie bewohnen, sind in gedämpften Farben gehalten, die Geschichte schreitet mit nervösen Schnitten und in einem ständigen Halbdunkel voran.
Man stellt gar nicht die Frage, welche der beiden Geschichten die wahre ist. Man möchte gar nicht, daß eine Geschichte die wahre ist und die andere die falsche, immer wäre die richtige Geschichte die falsche, die falsche die richtige. Die Stadt ist ein Rätsel, ebenso unzugänglich wie einfach zu lösen, sie beantwortet Geschichten mit Rätseln und Rätsel mit Geschichten.

Während ich im Borchardt die Eingangstür im Auge behielt, gingen mir die Erinnerungen eines Restaurators durch den Kopf. Er studiert an der Kunstakademie Bild-

hauerei, eines Abends erblickt seine Freundin im Café de Flore Picasso. Sie haben oft über ein Bild von ihm diskutiert, das ihr Lehrer auf der Kunstakademie behandelte, einen Frauenakt, der Lehrer vertrat die Meinung, Picasso hätte den Bauchnabel nicht orangefarben, sondern in Entsprechung zum Hintergrund grün malen sollen. Die Freundin bringt den angehenden Bildhauer dazu, Picasso anzusprechen. Er fragt Picasso, warum er für den Bauchnabel Orange und nicht Grün gewählt hat. Picasso nennt den Lehrer einen Dummkopf und fragt zurück, ob der Kunststudent mit El Grecos Werken vertraut sei. Der angehende Bildhauer sagt, er kenne Reproduktionen. Picasso schimpft, Reproduktionen, bah. Ein Werk kenne man erst, wenn man das Original gesehen habe. Der Kunststudent solle den Prado besuchen. Im ersten Stock werde er einen El Greco finden, *Los Techos de Toledo*, er solle sich davorstellen und das Gemälde betrachten, ein Dächermeer in einem Sonnenaufgang oder einem Sonnenuntergang. Fast genau in der Bildmitte befinde sich ein orangefarbenes Dach, der einzige Gegenstand in dieser Farbe auf dem Bild überhaupt. Er solle den Daumen so vor sich halten, daß er ausschließlich dieses Dach bedecke, und das Gemälde als Ganzes betrachten. Wenn er den Daumen zurückziehe, bekomme er die Antwort auf seine Frage.
Picasso bezahlt dem angehenden Bildhauer und seiner Freundin die Reise nach Madrid, sie begeben sich sofort in den Prado, zu dem Gemälde des von einer tiefstehenden spanischen Sonne beschienenen Dächermeeres. Der Kunststudent hebt den Arm, streckt den Daumen aus, bis er das orangefarbene Dach in der Bildmitte bedeckt. Minutenlang bleibt er in dieser Stellung. Sein Arm beginnt zu zittern, Schweiß steht ihm auf der Stirn. Schließlich zieht er den

Daumen weg, und er sieht – nichts. Das Gemälde verschwimmt vor ihm, er nimmt nur noch Farben wahr, der orangefarbene Klecks scheint ihn zu verhöhnen. Er wendet sich an seine Freundin, ob sie etwas gesehen hat, sie zuckt nur mit den Schultern. Die Freundin interessiert sich nicht weiter für das Bild und besichtigt die anderen Abteilungen des Prado. Der Kunststudent bleibt vor den Dächern von Toledo stehen und wiederholt die Übung immer wieder. Der Arm tut ihm weh, er betrachtet das Gemälde, ohne etwas von ihm zu fordern oder zu erwarten. Dann sieht er auf einmal.

Nach seiner Rückkehr begibt er sich in die Rue des Grands-Augustins zu Picassos Atelier. Der fragt ihn, was er im Prado gesehen hat. Einen Sonnenuntergang und keinen Sonnenaufgang, Picasso bestätigt es. Und? Das orangefarbene Dach verbreitet das Glühen des Sonnenuntergangs über die anderen Dächer, man sieht, man spürt die Wärme der Sonne auf allen Dächern, obwohl es keine Spur von Orange auf irgendeinem der anderen Dächer gibt. Genau! Deshalb habe er, Picasso, ihn dort hingeschickt. El Greco habe sich die Aufgabe gestellt, den Widerschein des Sonnenuntergangs auf den Dächern zu zeigen, ohne die Farbe auf jedes Dach zu tupfen. Deshalb habe er, Picasso, auch den Nabel der Frau orangefarben gemalt. Bauch und Gliedmaßen der Frau seien ihm zu eckig, zu flach geraten, er wollte sie voller, weicher haben. Das Orange verteile sein Leuchten über den Bauch, über die Brüste, über die Arme und die Beine, das Auge des Betrachters nehme die Formen geschwungener und tiefer wahr. Die Lösung der Probleme, die der Künstler finde, sei das einzige, was zähle. Das Bild sei nichts, das Lernen alles.

Ich hatte in einem der Gästeappartements des Literaturhauses in der Fasanenstraße Quartier bezogen.
An meinem zweiten Tag im Borchardt hörte ich ein Gespräch mit, das eine alte Dame am Nachbartisch mit ihrer Tochter führte, sie trug ein Hörgerät und sprach sehr laut. Es ging um den Vater der alten Dame, ich schrieb einige Sätze mit, die ich aufschnappte, ich dachte, vielleicht könnte ich sie verwenden. Weil ich sie später so oft durchlas, kann ich sie auswendig.
Mutter: Kinder waren das, die waren da aneinandergekettet.
Tochter: Ja, und erschlagen.
Mutter: Und dann erschlagen. Ja, und die standen dabei und konnten nichts machen.
Tochter: Das waren ja russische Kinder.
Mutter: Müssen russische Kinder gewesen sein. Nein, das waren doch, das sind, in Schlesien, da, wo sie gefangengenommen worden sind ...
Tochter: Es sind aber ausländische Kinder gewesen, denn die Deutschen, dieser Deutsche hat diese Kinder ja gequält. Einer auch, ein deutscher Offizier, hat diese ausländischen Kinder gequält, sogar totgeschlagen eins. Und da hat Opa eben diesen deutschen Offizier erschossen. – Und wie sie das dann vertuscht haben, wie auch immer, ob da schon Angriffe waren oder so ...
Mutter: Ja, und vor allem, die anderen Kinder kamen ja frei dadurch.
Was mich in den Dialog hineinzog, war die Tatsache, daß sämtliche Ort- und Zeitangaben fehlten.
Es heißt, im Sterben flackert noch einmal unser gesamtes Leben an unserem inneren Auge vorüber. Muß es ein Film sein, kann es nicht auch eine Erzählung sein. Die Fragen,

die sich für die letzte Erzählung stellen, sind die gleichen: Welche Erinnerungen werden aufgerufen, welche nicht, wird die Erfüllung aller unserer Wünsche inszeniert, oder brechen alle unsere mühsam in Schach gehaltenen Ängste aus und übernehmen die Regie, gibt es einen Kampf zwischen Wünschen und Ängsten und dem Verstand?

Wenn die letzte Erzählung vom gleichen Nebel umgeben ist wie der Dialog, den ich mithörte: Sie verwendet keine Symbole, sondern stellt das Disparate zusammen. Die Eindrücke und Gedanken bezwecken nichts, sind einfach da. Fundstücke und Fetische, Archetypen, magische Gegenstände, die zu Riten gehören, die kein Mensch mehr kennt, der Leser muß diejenigen Bestandteile einfügen, die für ihn die Moral der Geschichte am besten sicherstellen. Wie die Tochter, die festhielt, daß durch das heldenhafte Vorgehen ihres Großvaters die anderen Kinder freikamen.

In einem kürzlich erschienenen Artikel hatte Pototsching die Arbeitsweise der Firma SportsAnalytics beschrieben, des Marktführers für Spielanalysen in Deutschland. Die Beobachter nahmen das jeweilige Spiel auf Video auf, um es dann nach Kundenwunsch zu analysieren. So wurde zum Beispiel die Konteranfälligkeit einer Fußballmannschaft untersucht, indem aufgezeigt wurde, über welche Seite der Gegner seine Tore vorbereitete und unter welchen Bedingungen es Schwächeperioden während eines Spiels gab. Die rein statistische Analyse eines Spiels sei jedoch obsolet. So sagte etwa die Quote der angekommenen Pässe nur wenig über die Qualität des Spielmachers aus, wenn die Mitspieler die falschen Wege gingen, konnte man ihn dafür nicht verantwortlich machen. Ein völlig neues Paradigma schälte sich heraus. Man entwickelte einen Mikrochip, mit dem die Positionen des Balls und der Spieler auf dem Platz exakt bestimmt werden konnten. Der Mikrochip war in spezielle Schienbeinschoner eingebettet. Auf diese Weise wurden die Laufwege der Spieler exakt dargestellt. Zunächst sollte ein Verzeichnis aller möglichen Spielzüge erstellt werden, später ein Verzeichnis aller möglichen Partien. Auf diese Weise werde es möglich, die optimalen Spielzüge und die optimalen Gegenmaßnahmen zu ermitteln.

Eine solche Analyse führe keineswegs zur Gleichschaltung aller Spieler, etwa in dem Sinn, daß man bestimmte Positionen definiere und sie anschließend bestimmten Spielern zuordne, sondern man gehe im Gegenteil von den Fähigkeiten und Beschränkungen der Spieler aus und versuche, die optimalen Positionen für sie zu bestimmen. Es bringe nichts, einen langsamen Rechtsfüßler zum Linksaußen zu machen oder einen schnellen, aber kopfballschwachen Stürmer zum Innenverteidiger.

Pototsching schrieb auch, daß sich die Profis anfangs gegen die Einführung von Statistiken gewehrt hatten. Sie befürchteten, jeder könne erkennen, wenn sie schlecht spielten. Mittlerweile betrachteten sie die Statistiken mit anderen Augen, gute Statistiken waren ein Argument in Vertragsverhandlungen, nur Stürmer konnte man an geschossenen Tore messen, für Mittelfeldspieler und Verteidiger waren die Statistiken so wichtig wie früher die Torschützenliste für die Stürmer.

Ich stellte mir vor, jeder der im Restaurant Anwesenden trüge einen Mikrochip und die Positionen aller würden auf einem Bildschirm durch Punkte angezeigt. Die meisten Punkte blieben dort, wo sie waren, wenige bewegten sich langsam, ganz wenige schneller.

Verschiedene Darstellungsformen standen mir zur Verfügung. Ich wählte einen Punkt aus, und der Bildschirm

zeigte die Linie, die der Punkt bis jetzt zurückgelegt hatte. Ich vergrößerte die Punkte zu Scheiben und verkleinerte die Scheiben auf kaum sichtbare Punkte. Mir schien die Darstellung um so realistischer, je kleiner ich die Punkte machte. Die Menschen waren selten, und zwischen den Menschen war nichts. Das Auge wurde durch den strukturierten Raum zwischen den Menschen nur abgelenkt. Ich überlegte mir, mit welcher Wahrscheinlichkeit ich einem Menschen nahe kommen würde, wenn ich, ohne vorher hinzusehen, einfach auf den Bildschirm tippte.
Natürlich konnte man die Bahnen klassifizieren, es gab Servicebahnen und Gästebahnen. Nur den Bildschirm vor sich, wie konnte man entscheiden, waren die Punkte und Bahnen rein fiktiv, oder bildeten sie Positionen und Wege wirklicher Menschen ab? Man mußte die Zeit strukturieren. Befand sich die Geschwindigkeit desjenigen vor dem Bildschirm im Einklang mit der Geschwindigkeit der Punkte, bedeutete das Leben auf beiden Seiten des Bildschirms.
Das Borchardt liegt unmittelbar neben dem Four Seasons. Madonna gab ein Konzert in Berlin und belegte die gesamte obere Etage des Hotels. Aus der Tiefgarage führt ein separater Aufzug in die Presidential Suite, sie mußte niemals den Weg durch die Hotellobby nehmen. Auf der Straßenseite gegenüber hatte sich eine kleine Gruppe junger Mädchen versammelt, die alle nach oben blickten und im Chor »Madonna, Madonna!« riefen. Die am Fenster sitzenden Gäste sahen amüsiert hinaus, doch plötzlich gefror ihr Lächeln. Die Madonnarufe wurden abgelöst von Reifenquietschen, einem lauten Knall und den Geräuschen von sich verformendem Blech und zersplitternden Scheiben. Die Kellner wandten sich um, manche Gäste erhoben sich, um zu sehen, was geschehen war.

Auf der Straße hatten sich die Autos gestaut, ihre Fenster spiegelten die Sonne wider, der Spalt der sich öffnenden Eingangstür wurde zu einem gleißendem Lichtstrich.
In diesem Augenblick schoben sich Wolken vor die Sonne, die sich verändernden Lichtverhältnisse erzeugten den Eindruck, daß Laura sich langsam drehte, während sie das Lokal betrat.
Sie erkannte mich sofort und steuerte zielstrebig auf meinen Tisch zu.
Ihr Gesicht war gerötet, das rechte Auge blutunterlaufen, die kurzen dunklen Haare standen nach allen Seiten weg. Sie zog das dunkelblaue T-shirt aus der zerknitterten schwarzen Hose, die weit geschnitten über den Knöcheln endete. Die braunen Schnürstiefel quietschten beim Gehen. Die Wolken gaben die Sonne wieder frei, die Fahrzeuge fuhren langsam an und warfen Sonnenstrahlen in das Restaurant hinein, sie leuchteten es hell aus. Ich fühlte eine ungeheure Hitze in mir hochsteigen.
Kurz bevor Laura an meinem Tisch anlangte, schloß sie die Augen.
Alle Menschen und Gegenstände um Laura und mich herum stellten nur Bilder aus einer möglichen Zukunft dar, tatsächlich gab es nur ihren und meinen Punkt auf dem Bildschirm. Wenn sie die Augen aufmachte, würde die Welt ins Sein bersten. Wenn sie mich anblicken würde, dann würden die Gegenstände zur Existenz gelangen, die Menschen ins Leben kommen.
Mit geschlossenen Augen sagte sie zu mir, wäre ich etwas früher nach Berlin gekommen, hätte ich zusehen können, wie in einem Genlabor binnen weniger Sekunden ihr Körper und der ihrer Schwester entstanden seien. Anschließend habe man ihr Gedächtnis aufgefüllt. Sie hätten nie-

mals merken sollen, daß ihr Gedächtnis künstlich sei, aber etwas sei schiefgelaufen. Beide hatten sie das Gefühl gehabt, aus einem schlechten Traum erwacht zu sein, und sie wußten sofort, ihr Gedächtnis war künstlich.
Laura öffnete die Augen, und ich blickte in ein blaues und ein graues Auge.
In der rechten Hand hielt sie ein Büschel schwarzer Haare.
Sie blutete aus der Nase und aus einem Schnitt an der Oberlippe.
Um mich kam alles ins Leben.
Ich gelangte zur Existenz.
Ich liebte Laura.

Lauras Buch beginnt mit der Schilderung einer polizeilichen Untersuchung. Ein Heranwachsender hat einen Polizisten verprügelt, der vor einer Diskothek seinen Ausweis überprüfen wollte. Der Junge trinkt keinen Alkohol und nimmt keine Drogen, es gab keinen Anlaß für ihn, sich gegen die Kontrolle zu wehren. Vielleicht ging ihn der Polizist etwas harsch an, aber das konnte doch kein Grund sein, daß der Junge so außer sich geriet. Er verletzte den Polizisten schwer, ein Schlag trieb die Brille des Polizisten förmlich in dessen rechtes Auge hinein. Der Junge ist schmächtig für seine siebzehn Jahre, er treibt keinen Sport, der Polizist war früher Zehnkämpfer, keiner kann sich erklären, wie der Junge den Polizisten so übel zurichten konnte. Er verlor das Bewußtsein und kann sich an den Hergang nicht erinnern.
Der Junge gibt an, es sei ein Mißverständnis gewesen, er habe geglaubt, der Polizist wolle ihn angreifen, und er habe sich gewehrt. Das Jugendamt wird eingeschaltet, ein Sozialarbeiter beschäftigt sich mit dem Jungen, der allein mit seinem Vater lebt. Lauras Roman ist in der Ich-Form verfaßt, aus der Perspektive des Sozialarbeiters.
Zunächst verweigert sich der Junge gänzlich, schließlich muß er doch mit dem Sozialarbeiter sprechen, um bei der bevorstehenden Gerichtsverhandlung zu punkten. Ein Lehrer behauptet, der Junge breche sporadisch Autos auf und unternehme Spritztouren, er beschädige die Wagen nicht und bringe sie wieder zurück. Der Sozialarbeiter untersucht die entsprechenden Anzeigen im letzten Jahr, in einigen Fällen verweisen die Umstände auf den Jungen, man kann ihm jedoch nichts nachweisen. Sowohl die Stärkeren als auch die Intelligenteren in der Klasse ordnen sich dem Jungen unter, einige haben sich an den Spritztouren betei-

ligt, niemand will ihn verraten, obwohl keiner ihn sympathisch findet.
Während einer Kinovorstellung sieht der Sozialarbeiter ein knutschendes Pärchen, den Jungen und eine seiner Klassenkameradinnen. In der Schule behandelt der Junge das Mädchen wie alle anderen auch. Nachdem der Sozialarbeiter das blonde Mädchen, das sich schminkt, in einer Pause aufgesucht hat, beginnt der Junge einen Streit mit seinem Geschichtslehrer. Er beschwert sich über die Note, die ihm der Lehrer in der letzten Schulaufgabe gegeben hat, er schreit den Lehrer an und zerreißt die Schulaufgabe vor dessen Augen.
Der Sozialarbeiter fährt in den Urlaub. Nach ein paar Tagen erhält er einen Anruf des Schuldirektors. Der Junge hat den Geschichtslehrer in der Schule die Treppe heruntergestoßen, dabei wurden der Lehrer und auch ein Sextaner, der zufällig hinter dem Lehrer stand, tödlich verletzt. Der Geschichtslehrer brach sich das Rückgrat, der Sextaner prallte mit dem Kopf gegen eine Treppenkante.
Zahlreiche Schüler und auch einige Lehrer hatten den heftigen Wortwechsel zwischen dem Jungen und dem Lehrer verfolgt. Der Stoß, den der Junge dem Geschichtslehrer versetzte, hätte ihn höchstens ins Stolpern bringen dürfen. Aber alle Zeugen gaben an, daß der Lehrer durch die Luft flog.
Der Junge wäscht sich die Haare nicht mehr, rasiert sich nicht mehr. Er redet nicht mehr mit dem Sozialarbeiter. Seine Freundin erklärt, es sei ein dummer Unfall gewesen, der Lehrer habe den Jungen provoziert, der Junge habe den Lehrer nur angetippt, durch die Berührung sei der Lehrer in Panik geraten, vielleicht habe er an die Geschichte mit dem Polizisten gedacht. Der Junge habe eine bessere Note verdient.

Unser Vater war ein Dreckschwein. Er hat meine Schwester und mich zum ersten Mal vergewaltigt, als wir sechs Jahre alt waren. Ich habe geblutet, die Großmutter ging mit mir zum Arzt, aber sie erzählte ihm, ich sei mit Spielkameraden über einen Bauzaun gestiegen und dort hängengeblieben. Unser Vater hat uns immer wieder vergewaltigt, wir waren froh, als er endlich starb. Unsere Mutter bekam alles mit, aber sie unternahm nichts dagegen. Unser Vater und unsere Mutter waren beide Alkoholiker. Unser Vater kam immer im Vollrausch zu uns. Manchmal mischte er uns vorher ein Schlafmittel ins Essen. Er schlug uns immer.
Ich erinnere mich an alles, aber in dem Augenblick, in dem er über mir liegt, reißt jedesmal der Film. Jahrelang wußte ich nicht, was ein Orgasmus ist. Mein Vater schlug mich mit der Peitsche. In der Schule sahen alle die Striemen, aber keiner sagte etwas.
Einmal, kurz vor dem Tod meines Vaters, habe ich mich gewehrt. Ich habe ihm eine geschmiert, darauf verprügelte er mich so, daß ich zwei Wochen nicht in die Schule gehen konnte. Ein Auge war völlig zugeschwollen, und ich habe stark aus der Scheide geblutet. Meine Mutter erlaubte nicht, daß ich den Arzt aufsuchte.

In Deutschland gibt es etwa dreitausend Schriftsteller. Bemerkenswert sind vor allem die Kloakenschriftsteller, sie leben überall dort, wo es Schmutz gibt, im Gegensatz zu den Bestsellerautoren, die Hygiene und Pedanterie verkörpern. Der Bestsellerautor wohnt in einer Dachgeschoßwohnung, der Kloakenschriftsteller in einem feuchten Keller. Während sich der Kloakenschriftsteller fast ausschließlich von Alkohol ernährt, hält der Bestsellerautor eine vegetarische Diät ein. Ein Kloakenschriftsteller lebt nur drei bis vier

Jahre, das ist die Zeit zwischen seinem ersten erfolgreichen und dem übernächsten Buch, die Zeit, in der seine Bücher besprochen werden, in der er Literaturpreise bekommt, in der er im Fernsehen auftritt. Während seiner kurzen Lebensspanne würde der Kloakenschriftsteller am liebsten fünf- bis sechsmal im Jahr ein neues Buch herausbringen. Es ist schwer, Kloakenschriftstellern beizukommen, sie passen sich allen finanziellen und familiären Verhältnissen an. Untersuchungen weisen nach, daß sie lebens- und produktionsfähig sind, obwohl ihr Einkommen unter dem Existenzminimum liegt. Sie bilden Gemeinschaften, die dadurch definiert sind, daß sie ständig übereinander schlecht reden. Sie sind sehr gesellig, sie suchen die Verbindung zu anderen Kloakenschriftstellern, um sie immer wieder abzubrechen. Männliche wie weibliche Kloakenschriftsteller träumen davon, im Jahr mit bis zu zweihundert Partnern zu schlafen.

Meine Mutter hat mich in Kneipen mitgeschleppt, als ich zehn Jahre alt war, dort mußte ich Bier trinken. Wenn ich mich weigerte, schlug meine Mutter mich danach mit dem Stock. Bei meiner und der Geburt meiner Schwester war die Mutter fünfundvierzig Jahre alt, wir waren ungewollte Kinder, meine Mutter hat meine Schwester lieber gemocht. Die Großmutter, die Mutter unseres Vaters, wohnte im selben Haus. Tagsüber hielten wir uns immer bei ihr auf, sie legte Wert darauf, daß meine Schwester und ich regelmäßig die Schule besuchten, und sie half uns bei den Hausarbeiten. Die Großmutter starb im Alter von sechsundfünfzig Jahren an Speiseröhrenkrebs, sie trank soviel wie unsere Mutter. Sie ging nicht zum Arzt und ließ sich nichts anmerken. Ich habe die Großmutter tot aufgefunden.

Manchmal stand meine Mutter dabei, wenn mein Vater mich vergewaltigte. Unsere Eltern ließen die Großmutter nicht in ihre Wohnung hinein, aber die Großmutter wollte auch nichts hören, wenn ich ihr erzählte, was mein Vater mit mir machte.
Als die Großmutter starb, habe ich mir die Arme zerschnitten und Schlaftabletten genommen, einhundertfünfzig Stück. Meine Schwester fand mich, ich wurde ins Krankenhaus gebracht, dort pumpte man mir den Magen aus. Die Ärzte fragten mich, warum ich mir das Leben nehmen wollte, als ich angab, es sei wegen des Todes der Großmutter, waren die Ärzte damit zufrieden.

Ich schreibe meine Bücher mit der Hand, aber mein sonstiges Leben verwalte ich mit dem Computer. Laura schreibt ausschließlich auf dem Computer. Aus der gemeinsamen Zeit mit Laura habe ich ungeordnete Aufzeichnungen von ihr gespeichert, die sie mir überspielt hat.

Dem Sozialarbeiter gelingt es, die Mutter des Jungen ausfindig zu machen, sie lebt in einer nicht weit entfernten Stadt. Er drängt sie, etwas über die Familiensituation zu erzählen, aber sie spricht nur von ihrem Sohn, davon, wie glücklich sie mit ihm war, sie bedauert es unendlich, nicht mehr mit ihm zusammenleben zu können, ihren Mann erwähnt sie niemals. Dem Sozialarbeiter gelingt es nicht, den Grund herauszufinden, warum sie von ihrem Sohn und ihrem Mann getrennt lebt. Als sie einmal den Raum verläßt, blättert der Sozialarbeiter in einem herumliegenden Notizbuch, er findet dort ausschließlich und nicht wenige Namen und Telefonnummern von Männern verzeichnet.

Die Mutter bietet dem Sozialarbeiter Gin an. Ausführlich schildert sie einen gemeinsamen Zirkusbesuch, wie sie und ihr Sohn einen Artisten sahen, der in der Luft gehen konnte. Der Sozialarbeiter bemerkt vorsichtig, es müsse sich doch wohl um einen Trick mit Spiegeln oder verborgenen Schnüren oder um Massensuggestion gehandelt haben, aber die Mutter besteht darauf, der Artist sei wirklich in der Luft gegangen. Der Sozialarbeiter widerspricht erst ärgerlich, beherrscht sich dann jedoch, er schreibt die Aussagen der Frau dem Alkoholkonsum zu und sieht ein, daß er sich nicht über den Zirkusartisten aufregt, sondern darüber, daß sie die Fragen, die ihn eigentlich interessieren, nicht beantwortet. Sie ist vor etwa zwei Jahren ausgezogen, die Gewalttätigkeiten des Sohnes können also nicht die Folge des Zerbrechens der Beziehung zu der Mutter bilden.
Auf der Beerdigung des Lehrers und des Schülers trifft der Sozialarbeiter die Freundin des Jungen. Sie unterhält sich lange mit dem Sozialarbeiter, es stellt sich heraus, ihre Eltern sind Zirkusleute, sie haben jongliert. Der Sozialarbeiter denkt über die Ähnlichkeit der Freundin des Jungen mit seiner Mutter nach. Beide sind blond und nicht sehr groß, beide haben die gleichen runden Brüste.
Am Tag nach der Beerdigung bricht der Junge nach der Schule auf dem Nachhauseweg zusammen. Im Krankenhaus wird ein außergewöhnlicher Erschöpfungszustand festgestellt. Die Ärzte finden Arthritis in mehreren Gelenken und an der Wirbelsäule, Haarrisse in den Knochen beider Arme sowie mehrere Muskelfaser- und Bänderanrisse. Ein derartiger Befund deutet üblicherweise auf einen Unfall oder auf einen Extremsportler hin.
Der Sozialarbeiter sucht den Jungen im Krankenhaus auf,

aber der weigert sich, überhaupt ein Wort mit ihm zu wechseln. Als der Sozialarbeiter gerade gehen will, trifft die Freundin des Jungen ein, am Krankenbett verwickelt sie den Sozialarbeiter in ein Gespräch. Sie möchte sich mit ihm verabreden. Offenbar will sie den Jungen eifersüchtig machen. Der Sozialarbeiter weiß nicht, wie er sich verhalten soll.

Am nächsten Tag wird er verständigt, der Junge ist aus dem Krankenhaus geflohen. Der Vater des Jungen, ebenfalls Polizist, fehlt auf dem Revier, ein Kollege fährt im Anschluß an den Dienst zu ihm nach Hause, er klingelt an der Tür, niemand öffnet ihm, aber er hört dumpfe Geräusche. Er klingelt weiter und wartet, bis nach einiger Zeit schließlich doch der Vater an der Tür erscheint. Aus einer Platzwunde am Kopf blutend, mußte er zur Tür kriechen, weil ein Bein gebrochen ist. Er erzählt dem Kollegen, er habe eine Auseinandersetzung mit seinem Sohn gehabt. Sie seien in Streit geraten, weil sein Sohn ihm vorwarf, daran schuld zu sein, daß die Mutter nicht mehr bei ihnen lebt.

Die Freundin des Jungen ruft den Sozialarbeiter an, sie wisse, wo der Junge sich aufhalte. Der Sozialarbeiter trifft das Mädchen in einem McDonald's. Es trägt engsitzende Jeans und ein pinkfarbenes Top mit dreiviertellangen Ärmeln, das kein Dekolleté zeigt, jedoch genau bis zum Ansatz eines solchen ausgeschnitten ist. Die Mutter des Jungen hatte das gleiche Top in Weiß an.

Beim Aufbau des Zelts stürzte ein Pfosten auf den Vater des Mädchens, er brach sich mehrere Rückenwirbel und konnte nicht mehr jonglieren. Von da an saß er an der Kasse, das Mädchen verließ den Zirkus und lebt bei einer Schwester der Mutter. Der Sozialarbeiter fühlt sich in der Gegenwart des Mädchens angenehm entspannt. Nächsten Monat

kommt der Zirkus mit den Eltern in die Stadt. Vor dem McDonald's hängt ein Plakat, das Mädchen möchte unbedingt mit dem Sozialarbeiter eine Vorstellung besuchen.
In diesem Augenblick betritt der Junge den McDonald's. Entschlossen geht er auf seine Freundin und den Sozialarbeiter zu und setzt sich grußlos zu ihnen. Das Mädchen scheint nicht überrascht, es sagte dem Sozialarbeiter, er werde dem Jungen begegnen, so stellte der sich das nicht vor. Der Junge scheint sich erholt zu haben.
Die Freundin blickt den Sozialarbeiter aus ihren grauen Augen an, während sie mit dem Jungen spricht. Dem Sozialarbeiter fällt auf, sie blinzelt nie, immer hält sie die Augen offen.
Der Sozialarbeiter bringt die Unterhaltung auf seinen Besuch bei der Mutter des Jungen. Die Freundin zuckt zusammen, aber ihr auf den Sozialarbeiter gerichteter Blick bleibt unergründlich wie zuvor. Der Sozialarbeiter behauptet, die Mutter überlege, zur Familie zurückzukehren. Er möchte den Grund wissen, warum sie wegging. Und er lügt geradeheraus, die Mutter bereue alles, sie wolle wieder mit der Familie zusammenleben, er, der Sozialarbeiter, solle diese Botschaft überbringen, deswegen habe er den Jungen gesucht. Die Junge sieht das Mädchen versöhnlich an, er will von dem Sozialarbeiter weitere Einzelheiten wissen. Der lügt weiter, erst müsse er der Mutter von diesem Gespräch berichten, dann werde er ihm ihre Telefonnummer und ihre Adresse geben.
Der Junge steht auf, um für sich, seine Freundin und den Sozialarbeiter etwas zu Essen zu besorgen. Das Mädchen spricht, während sie auf den Jungen warten, kein Wort. Der Sozialarbeiter und das Mädchen sehen ihm zu, wie er an der Theke ansteht, bestellt und zahlt. Als er sich zum

Tisch zurückbegibt, legt das Mädchen die Hand auf die Hand des Sozialarbeiters.
Der Junge bleibt abrupt stehen. Auf dem schwer beladenen Tablett schwappt die große Cola über.
Der Junge faßt sich und geht weiter, plötzlich sieht er so krank und erschöpft aus wie in der Klinik. Kurz bevor er am Tisch angelangt ist, zieht der Sozialarbeiter seine Hand zurück, aber es gelingt ihm nicht, das so aussehen zu lassen, als sei die Berührung des Mädchens von seiner Seite ungewollt gewesen und als distanziere er sich davon, der Junge muß denken, die Berührung sei eine vertraute gewesen, er ziehe die Hand nur anstandshalber zurück.
Während sie ihre Big Mäcs, McRibs und Fischmäcs auspakken, berichtet die Freundin, sie wolle mit dem Sozialarbeiter den Zirkus besuchen. Der möchte sagen, alles sei ganz harmlos, daß die Verabredung ihre Idee sei und er noch gar nicht wisse, ob er hingehen könne, aber er bringt den Mund nicht auf. Nicht einmal in Gesten und Mienenspiel verhält er sich so, als würde er dem Mädchen widersprechen, und er gesteht sich ein, ja, er will mit dem Mädchen den Zirkus besuchen. Der Junge, der bleich und lustlos an seinem Big Mäc kaut und hastig seine Cola trinkt, hat allen Grund, eifersüchtig zu sein.
Während sie sich mit der Serviette die Lippen abwischt, schlägt die Freundin des Jungen vor, sie könnten doch alle zusammen in den Zirkus gehen.
Sie holt einen Lippenstift und einen Spiegel aus ihrer Tasche, um sich die Lippen nachzuziehen. Sie sagt, sie möchte den Sozialarbeiter ihren Eltern vorstellen. Nachdem sie den Taschenspiegel zusammengeklappt und mit dem Lippenstift zusammen in die Tasche zurückgesteckt hat, beugt sie sich zu dem Sozialarbeiter hin, sieht ihm in die Augen und

fordert ihn auf, sie zu küssen. Der Sozialarbeiter beugt sich genauso weit vor wie sie und küßt ihre frisch angemalten Lippen.

Der jetzt kreideweiße Junge wischt mit einer wütenden Bewegung alles, was auf dem Tisch vor ihnen steht, zu Boden. Die Gespräche in dem McDonald's verstummen, an allen anderen Tischen blickt man zu diesem einen Tisch hin, auch die an der Theke Wartenden drehen sich um.

Das Mädchen sieht den Jungen herausfordernd an. Er steht auf und geht ganz langsam auf den immer noch sitzenden Sozialarbeiter zu. Der denkt an den schwerverletzten Polizisten, an den zu Tode gekommenen Lehrer und den Schüler, daran, daß der Junge nicht einmal seinen eigenen Vater verschonte, aber seltsamerweise verspürt er keine Angst. Der Junge hebt die Hände und ballt sie zu Fäusten.

In die völlige Stille des Raumes hinein, selbst die Küche hat sich entschlossen, keine Geräusche mehr zu verursachen, ertönt ein helles, silbernes Gelächter. Der Junge zielt weiter mit seinen Fäusten auf den Sozialarbeiter, er blickt ihn unverwandt an und streckt den Kopf vor, als wolle er besser hören, ob es wirklich sein Mädchen ist, das da lacht.

Dann schlägt er zu.

Der Sozialarbeiter streckt die Hände abwehrend vor sich. Es ist ein leichtes für ihn, den Schlag des Jungen zu parieren. Sein Herzschlag beschleunigt sich nur geringfügig.

Am Nachbartisch erheben sich zwei Jugendliche, um die Streitenden zu trennen. Aber sie merken, daß das nicht nötig ist.

Der Junge macht zwei hastige Schritte zurück, sein Mund steht weit offen, die Muskeln an seinem Hals treten hervor. Er kann nicht begreifen, daß sein Schlag keine Wirkung gezeigt hat. Ungläubig blickt er immer wieder auf seine Fäu-

ste und auf den Sozialarbeiter. Der ist ebenfalls aufgestanden, das Mädchen blickt interessiert hoch. Als ob er sich verirrt hätte, stolpert der Junge auf den Sozialarbeiter zu, er will ihn gar nicht schlagen. In dem Augenblick, in dem ihn der Junge mit dem ganzen Körper berührt, er hat seine Fäuste unten, macht der Sozialarbeiter eine leichte abwehrende Bewegung. Der Junge wird durch den Raum geschleudert, er landet auf dem Nachbartisch, dort, wo die beiden Jugendlichen aufgestanden sind.
Neben dem umgefallenen Tisch auf dem Boden liegend, hält sich der Junge den Rücken, mit einem eher enttäuschten als schmerzverzerrten Gesichtsausdruck. Der Sozialarbeiter hat nicht mehr Kraft aufgewendet, als wenn er einen Stuhl zur Seite schieben würde. Das Mädchen umfaßt seinen linken Arm mit beiden Händen. Das ganze Lokal bewundert ihn, während der Junge vor sich hinwimmert.

Ich hatte das Gefühl, alle anderen Gegenstände und Menschen im Borchardt entfernten sich von Laura und mir mit unfaßbar hoher Geschwindigkeit. Innerhalb von unvorstellbar kurzer Zeit wurde ein Luftballon aufgeblasen, der die ganze Welt enthielt. Nur die Distanz zwischen Laura und mir blieb gleich.
Bei unserem ersten Aufeinandertreffen sprachen wir ausschließlich über Lauras Buch. Es gab keinen Anlaß, Pototschings Bücher zu erwähnen.
Schließlich lud sie mich für den nächsten Tag zu sich nach Hause ein.
Laura und ich, wir würden uns auf die gleiche Stelle des Körpers die gleiche Tätowierung stechen lassen, keinen Drachen, keine nackte Frau, kein satanisches Symbol, einen Buchstaben oder eine Ziffer. In einem ungeheizten Raum

würden wir nackt immer wieder aneinander vorbeilaufen, uns dabei berühren, mit den Armen, mit den Schultern, mit den Hüften, mit den Beinen, aber wir würden nicht innehalten. Wir würden uns anschreien, so laut wie möglich, bis wir nicht mehr könnten. Wir würden uns an den Händen fassen und im Raum umherwirbeln, ein Tanz ohne Tanzschritte, uns würde schwindelig werden, wir würden gegen Tische, Stühle, Schränke prallen. Neben einem Schreibtisch oder einem Bibliothekstisch würden wir auf dem Boden knien, unsere Gesichter von einer Leselampe beleuchtet, abwechselnd würden wir uns mit der flachen Hand ins Gesicht schlagen, so lange, bis einer von uns aufhören würde.

Ein unglaublich häßliches Stadthaus in Zehlendorf. Die Einfassungen der jeweils drei Fenster im ersten und zweiten Stock sowie die quadratischen Verzierungen dazwischen legten nahe, daß das Haus aus den dreißiger oder vierziger Jahren stammte. Die grünliche Lackierung der Fenster in Zweidrittel-Eindrittel-Teilung sollte zu der scheußlichen gelblichgrünen Rustika-Imitation des Erdgeschosses passen. Rechts von dem Haus, unmittelbar neben dem Eingang mit der aluminiumgefaßten Milchglastür, stand das Tor einer Fertigteilgarage offen, links von dem Haus verschloß ein verzinktes Metalltor den Innenhof, in dem verrostete Eisenprofile lagerten. Ich konnte einen Gabelstapler erkennen, offensichtlich residierte dort eine Stahlbaufirma. Über dem Hauseingang brannte ein orangefarbenes Licht, die beiden Fenster im Erdgeschoß leuchteten gestaltlos weiß, hinter den dunklen Fenstern im ersten Geschoß erblickte man vergilbte und verschrumpelte Stores. In den beiden ebenfalls erleuchteten rechten oberen Fenstern ließen Rüschengardinen das untere Drittel frei.

Eine in der Mitte zwischen der ersten und zweiten Fensterreihe angebrachte Peitschenleuchte verlief genau bis zur Oberkante der zweiten Fensterreihe gerade, dann beugte sie sich nach vorn. Man konnte das Haus nicht anblicken, ohne von der Leuchte geblendet zu werden. Das Grün des Erdgeschosses und der Fenster färbte auf die Umgebung ab, ich mußte an einen Operationssaal denken, an grüngekleidete und vermummte Ärzte, Schwestern und Pfleger.

Sie hatte sich geschminkt, die Lippen waren rot angemalt, die Augenbrauen nachgezogen, die Wimpern getuscht. Die kurzen Haare hatte sie zu einer konservativen Mittelscheitelfrisur gekämmt.

Ihr rechtes Auge war blau, ihr linkes grau.

Wenn Laura ins Borchardt gekommen war, empfing mich jetzt Lisa. Ich konnte mich jedoch nicht erinnern, ob Lauras rechtes Auge blau war und ihr linkes grau oder ob ihr rechtes Auge grau war und ihr linkes blau.
Die Jacke des roten Kostüms wies keine Revers auf, der Rock endete deutlich über den Knien, sie hatte sportliche, schlanke Beine. Unter der Jacke trug sie ein einfaches weißes Seiden-T-shirt und keinen Büstenhalter.
Eine unsichtbare Wand umgab die Frau in dem roten Kostüm, sie baute die Wand auf, wo sie wollte. Jenseits dieser Wand war alles tot und häßlich, das Haus war häßlich, ich war tot, aber es machte ihr nichts aus. Ich erschien ihr als ein seltsames Tier, gefährlich möglicherweise, unwillig, mich mitzuteilen. Sie mußte annehmen, ich interessierte mich nicht wirklich für sie.
Die dunkelbraun gebeizten Treppenstufen glänzten, als ob sie nie jemand betreten hätte. Der ebenfalls dunkelbraune Handlauf wies keine Abdrücke auf, zwischen den weißen Streben des Geländers und auf der weißen Einfassung der Treppenstufen fand sich keine Spur von Staub. An den Fensterrahmen blätterte der Lack ab, durch die ausgeblichene weiße Farbe an den Wänden zogen sich zahlreiche Risse, jedoch sah ich nirgendwo Schmutzschlieren oder Spinnweben. Der schulterhohe wasserfeste gelbe Anstrich neben der Treppe wirkte, als sei er gerade feucht abgewischt worden.
Auch die abscheulichen Cotto-Imitationen im Eingangsbereich schienen frisch geputzt.
Sie führte mich ins Kaffeezimmer, einen Raum mit graublauen Holzbohlen, die Wände weiß gestrichen, kein Bild an der Wand. Auf dem Tisch drei Kuchenteller, drei Kaffeetassen, eine Kaffeekanne, ein Milchkännchen, eine Zucker-

dose, weißes Fünfziger-Jahre-Porzellan auf einer weißen Tischdecke. Um den eckigen Tisch drei dunkle Holzstühle, einer mit einer eckigen Lehne und drei Querverstrebungen in der Mitte, die beiden anderen alte Bürostühle, mit einer schmalen, gerundeten Lehne unter den Schulterblättern. Mehrere Lagen Stores verhinderten, daß man aus dem Fenster nach draußen blicken konnte. Obwohl im Zimmer kein Licht brannte, war es hell erleuchtet, neben dem Fenster mußte sich die Peitschenlampe befinden.

Sie schreibe alle Traumata, die ihr zugefügt würden, in einen Kalender. Nicht in der Abfolge, in der sie geschahen, sie versuche, sie in eine sinnvolle Reihenfolge zu bringen. Früher habe sie einfach nur Notizen gemacht, ihre Schwester habe sie kommentiert und nach einer traumatischen Erfahrung gesucht, die dem Erlebnis zugrunde lag, immer habe sie eine gefunden. Da habe sie sich angewöhnt, gleich zum Kern vorzustoßen. Ihre Aufzeichnungen mache sie im Traumazimmer.

Die Straßenbeleuchtung flackerte, und ich war es nicht gewöhnt, um diese Nachtzeit Kaffee zu trinken, es kam mir so vor, als würde sich das ganze Kaffeezimmer drehen.

»Meine Schwester kann sich nicht von unserer Mutter abnabeln. Unsere Mutter versucht, alles für sie zu regeln, ihr alles abzunehmen. Sie telefonieren jeden Tag zwei- oder dreimal. Als Laura einmal einen Freund hatte, der unserer Mutter nicht gefiel, von dem sie sich aber nicht trennen wollte, ließ unsere Mutter eine Bekannte bei ihr anrufen, sie habe hundertfünfzig Schlaftabletten geschluckt.

»Laura fuhr sofort in die Klinik, die die Freundin angegeben hatte, dort war jedoch niemand mit einer Tablettenvergiftung eingeliefert worden. Als Rache für den Fehlalarm zeigte meine Schwester unsere Mutter wegen Körperverletzung an, sie habe sie mit dem Stock geschlagen. Das war schon Jahre her. Laura brachte sich öfter selbst Verletzungen bei, mit einer Nagelschere stach sie sich in die Venen, mit einer Rasierklinge ritzte sie sich eine geometrische Figur in den Bauch.

»Im Gegensatz zu mir war Laura immer sehr sportlich, sie hatte ein Talent zum Skifahren. Sie fuhr mit dem Sportverein in die Berge, die Großmutter bezahlte es. Beim Skifahren verletzte sie sich ständig, sie brach sich das Schienbein, kugelte sich die Schulter aus und zog sich vor allem immer wieder Platzwunden am Kopf zu, die genäht werden mußten.

»Laura hat einen aufbrausenden Charakter, aber zu mir ist sie sehr liebevoll. Wenn es um ihre Männer geht, wird sie albern und läppisch. Ich darf über die Männer meiner Schwester niemals ein Urteil abgeben, ich selbst habe nichts dagegen, wenn sie sich über meine Männer äußert.«

Es gab keine Herrschenden und Beherrschten mehr, nur Erpresser und Geiseln. Ich hatte mich als einen großen Erpresser gesehen, mit einem großen Ziel, ich wollte Pototsching gegen sein fertiges Manuskript eintauschen. Aber wie er sich ans Werk machte, zersprang der große Erpresser in lauter winzig kleine Erpresser. Alle wollten mit Laura schlafen, alle wollten mit Lisa schlafen. Die vielen Erpresser überlegten sich viele Strategien, wie sie zu ihrem Ziel kommen konnten. Sie versuchten, sowohl den Weltmann als auch den Geistesmenschen zu spielen, gern hätten sie sich als Verführer geriert, aber sie kamen sich nur gegenseitig in die Quere.

»Meine Schwester ging neben dem Zebrastreifen, der alte Mercedes hätte sie fast überfahren. Sie reckte drohend die Faust in die Luft, darauf hielt der Fahrer mit quietschenden

Reifen an und drehte die Scheibe herunter. Sie glaubte, er wolle sich entschuldigen, statt dessen beschimpfte er sie. Da überquerte sie noch einmal die Straße. Sie langte ins Auto und kratzte den Fahrer im Gesicht und am Hals. Er schlug zurück, darauf riß sie ihm ein Büschel Haare aus. Auf der anderen Fahrbahn fuhr ein Lieferwagenfahrer ganz langsam, um zuzusehen, ein zweites Fahrzeug fuhr auf den Lieferwagen auf.

»La Trémoïlle hat meiner Schwester gesagt, daß Sie kommen und mit ihr sprechen wollen. – Sie sollen sie überreden, Pototschings Manuskript abzuschreiben. Aber darum geht es überhaupt nicht. Pototsching kann gar nicht mit der linken Hand schreiben. Guggeis hat Angst, daß er das Manuskript nicht rechtzeitig bekommt. Es gibt Notizen von Pototsching. Und meine Schwester kennt die Handlung, sie weiß, wie alles endet. Meine Schwester soll das Manuskript fertigschreiben. Dazu sollen Sie sie bringen.«

Pototsching war durch ein elastisches Band mit Laura verbunden. Er versuchte, sich von ihr zu entfernen. Sie stand aufrecht wie eine Säule. Je größer der Abstand wurde, den er zwischen sich und sie brachte, je weiter er das Band dehnte, desto schneller und härter prallte er auf sie zurück. Wieder und wieder wurde er gegen sie geschleudert. Er bemerkte die kleinen Erpresser gar nicht, die ihre Gummiringe um Laura werfen wollten, oder er nahm sie nicht zur Kenntnis.

Bevor ich Laura begegnete, hatte ich nie daran gedacht, etwas anderes zu tun, als zu schreiben, etwas anderes zu sein als Schriftsteller. Das Nicht-Schreiben stellte die Anomalie dar, präsent nur als Idee des Writer's block, es markierte

eine Grenzlinie, der ich mich nur von einer Seite nähern wollte. Laura erkannte das Schreiben als Tauschpartner des Lebens an.
Nachdem ich Laura begegnet war, dachte ich zum ersten Mal daran, das Schreiben dem Leben zurückzugeben.
Als wir zusammen das Haus verließen, lehnte sich Lisa mit dem Rücken gegen den Türrahmen. Sie ließ mir genug Platz, aber ich drehte mich und ging seitlich mit dem Rükken zum anderen Türrahmen, in ihr Gesicht blickend, durch die Tür.
Auf der Straße kramte Lisa in ihrer Hosentasche, dabei fiel eine Münze zu Boden.

Nebeneinander stehend, bückten wir uns gleichzeitig, unsere Köpfe berührten sich, unsere Haare wuchsen zusammen. Mit der Zeit würden unsere Haare länger werden, bis wir schließlich nebeneinander hergehen könnten, ohne uns zu verrenken.

Kaum hatte ich die Mail mit den Berichten über meine Begegnungen mit Laura und Lisa an La Trémoïlle abgeschickt, rief mich Pototsching an. Er erhielt hier einen Literaturpreis und war eben eingetroffen, ich sollte ihn im Four Seasons besuchen.
Wir waren in der Lobby verabredet, aber ein Hoteldiener richtete mir aus, ich solle auf Pototschings Zimmer gehen.
Während ich im Aufzug fuhr, fiel der Strom aus.
Der Aufzug kam so abrupt zum Stillstand, daß ich hinfiel. Hätte ich nicht die Hände schützend vor mich gehalten, wäre ich mit dem Kopf gegen den Spiegel geprallt.
In dem anderen Aufzug kreischten zwei Frauen panisch.
Als ich auf dem Boden lag, zitterte der Aufzug noch sekundenlang so stark, daß ich Angst hatte, die Seile würden reißen.
Die beiden Frauen schrien mit unverminderter Lautstärke weiter.

»Ich kann nicht raus!« rief ich.

»Bleib ruhig.« Die Dunkelheit konnte reden.

»Ich habe Angst, hol mich hier raus«, bat ich.

»Wo bist du?« fragte die Dunkelheit.

»Ich bin im Aufzug«, flüsterte ich.

»Drück den Alarmknopf«, riet die Dunkelheit.

»Kann ich nicht.«

»Warum nicht?«

»Ich sehe nichts.«

»Drücke alle Knöpfe, dann drückst du auch den Alarmknopf.«

Ich tastete mich an der Wand des Fahrstuhls entlang, bis ich die Bedienungsleiste fand.

»Alles ist tot.«

»Versuch es noch mal.«

»Es ist alles tot!« schrie ich die Dunkelheit an.

»Atme tief durch«, befahl die Dunkelheit.

Der Stromausfall sollte den Streik meines Lebens beenden. Nicht einmal Neugier hatte mein Leben dazu bringen können, seinen Streik abzubrechen. Ich hatte mich mit dem Nicht-Leben arrangiert, es bedeutete für mich den Normalfall.
Der Fahrstuhl war zwischen zwei Stockwerken stehengeblieben, nach Stunden in der dunklen Zelle wurden die Türen mechanisch von außen geöffnet. Pototsching verfolgte interessiert die Bemühungen der technischen Helfer, mich zu befreien. Im Licht der nervösen Taschenlampen und über mir wirkte er noch größer und kräftiger als auf dem lebensgroßen Werbeplakat für sein Buch.
Durch seine unerträgliche Überlegenheit hatte das Bündnis von Schreiben und Nicht-Leben die ganze Gewalt geschürt,

die sich später entfalten sollte. Wird eine Macht immer mächtiger, muß dies den Willen zu ihrer Zerstörung anstacheln. Die Macht wird mitschuldig an ihrem Untergang. Die Verbindung des Schreibens mit dem Nicht-Leben verkörperte die definitive Ordnung. Ich mußte keinen Todes- oder Zerstörungstrieb anführen, nicht einmal das Prinzip der unerwünschten Nebenwirkung, alles lief ganz natürlich auf die Selbstzerstörung der Ordnung heraus.
Das Bündnis des Schreibens mit dem Nicht-Leben inszenierte seinen Untergang als Kunstwerk. Mein Leben hatte das Bündnis von Schreiben und Nicht-Leben gehaßt. Natürlich hatte mein Leben das schlechtere Los gezogen, es war vom Schreiben benachteiligt und ausgebeutet worden. Aber das Gefühl der Schadenfreude kam auch vom Schreiben her, das doch so von dem Bündnis profitiert hatte.
Ich hatte alle Aspekte meines Lebens in meinem Schreiben konzentriert, mein Denken kannte keine Alternative. Welcher andere Ausweg blieb dann noch als der Übersprung in die Selbstzerstörung? Das Schreiben erklärte sich selbst den Krieg. Indem das Schreiben alle Vorteile auf seiner Seite bündelte, zwang es das Leben, die Spielregeln zu ändern. Zu schreiben und nicht zu leben stellte eine Herausforderung dar, die das Leben nicht bewältigen konnte. Pototsching antwortete darauf mit einem Akt, der nicht mehr Teil eines Tausches sein konnte.
Mein Schreiben hatte alles verschlungen, es gab nur noch das Schreiben, irgendwann mußte es mit sich selbst in Konflikt geraten. Mein Projekt war an seine Grenzen gelangt. Ich erlebte die Wirkungen von diffusen Gegenkräften, die sich überall bemerkbar machten. Alle meine Lebenssphären hatten sich in einen Krieg begeben, der jedoch so weit unter der Wahrnehmungsschwelle lag, daß ich mir seine

Existenz in spektakulären Inszenierungen wie in der Person von Laura vergegenwärtigen mußte. Aber tatsächlich fand der Krieg anderswo statt.

Der Triumph des Schreibens, die Niederlage des Lebens hatten eine Situation geschaffen, die das Auftauchen eines Feinds heraufbeschwor. Pototschings Manuskript war ein Phantom, das in alle meine Lebensbereiche eingedrungen war und in allen Fugen meines Schreibens und Nicht-Lebens sein Unwesen trieb. Pototschings Bücher hatte ich zur Kenntnis genommen, sie interessierten mich nicht. Lauras Buch hatte mir gefallen, aber ich hatte nichts unternommen, um sie kennenzulernen. Nie hätte ich daran gedacht, den Verlag zu wechseln. Pototsching bildete die bewegliche Front, an der das System meines Schreibens und Nicht-Lebens, das sich gegen sich selbst gewendet hatte, auf sich selbst traf. In der Auseinandersetzung mit sich selbst klammerte sich das System um so verbissener an seine eigene Logik, tat alles, um die Herausforderung durch Pototschings Manuskript nicht anzunehmen.

Der Stromausfall schuf die Parallelwelt, die es schließlich fertigbrachte, die wirkliche Welt nach ihrem Vorbild zu formen. Die Dunkelheit erfand mich. Sie würde mich immerfort erklären, mich auf ewig besser lesen als irgendein anderer Leser. Ich kann nicht sagen, die Dunkelheit hatte ein großes Herz. Sie half mir nicht bei meinem Schreiben oder bei meinem Nicht-Leben, sie hatte keinen Trost für mich, aber sie zeigte mir etwas. Nie leidend, nie verzweifelt, stellte sie die Frage nach dem *warum* ausschließlich, um ihre eigene Gestaltungskraft zu stärken.

Pototsching war es gelungen, die Waffe zu schmieden, mit der sich das System meines Schreibens und Nicht-Lebens selbst bekämpfen konnte. Die Waffe, die es zum Einsturz

bringen konnte. Ihm und seinem Manuskript im Four Seasons vor dem Hintergrund des heraufziehenden Morgens zu begegnen stellte das absolute Ereignis dar, in dem sich alle Ereignisse meines Lebens vereinigten. Das Ereignis, das jeden Tausch unmöglich machte.
Mit der linken Hand zog Pototsching mich aus dem Lift. In der unbeweglichen rechten Hand hielt er einen Packen handbeschriebener Blätter.
Sein Manuskript, das er nicht zu Ende schreiben wollte.
Das *ich* zu Ende schreiben sollte.

Der Glaube, daß dem Fortschritt des Guten ein Niedergang des Bösen entsprach, war immer Vertragsbestandteil des Bündnisses zwischen meinem Schreiben und meinem Nicht-Leben gewesen. In seinem Zimmer im Four Seasons begann Pototsching, aus seinem Manuskript vorzulesen, und ich begriff: Das Gute und das Böse wurden zur gleichen Zeit mächtiger, sie waren in ein und derselben Bewegung begriffen.
Es hatte einmal eine Art dialektischer Beziehung zwischen gut und böse gegeben, die mehr schlecht als recht sowohl für die Spannung zwischen meinen ethischen Ansichten als auch für ihre Ausgewogenheit gesorgt hatte. Das Gleichgewicht des Schreckens zwischen den Ansprüchen meiner eigenen Bücher und den Ansprüchen der Bücher der anderen hatte lange aufgehört zu existieren. Mit der totalen Verallgemeinerung des Guten hatte das Böse eine verborgene Autonomie gewonnen. Den verlorenen Boden machte es mit ungeheurer Kraft gut.
Ein Schriftsteller begeht Selbstmord als Schriftsteller, wenn

er einem anderen Schriftsteller offenbart, daß er ohne ihn nicht in der Lage ist, aus seinem Manuskript ein Buch zu machen. Pototsching forderte mich heraus, indem er als Schriftsteller Selbstmord begehen wollte. Ich konnte der symbolischen Verpflichtung nicht entgehen. Ich mußte mir anhören, wie er aus seinem Manuskript vorlas. Sein Selbstmord würde im riesigen Kreis der Literatur nur einen unendlich kleinen Punkt bilden, aber seine Sehnsucht nach dem Tod würde ein Vakuum mit enormer Sogwirkung erzeugen. Um diesen Punkt herum sollte sich die Literatur verdichten, in einen Wundstarrkrampf fallen, sich selbst blockieren und an ihrer Vollkommenheit zugrunde gehen. Denn Pototsching haßte die Literatur. Vielleicht hatte Pototsching Laura geliebt, aber nur so lange, wie sie nicht Schriftstellerin gewesen war. Als Schriftstellerin mußte er sie hassen, und er mußte mich hassen. In meiner Person war die Literatur erfolgversprechend angreifbar, in meiner Allianz von Schreiben und Nicht-Leben fand er sie personifiziert. Er provozierte einen Realitätsexzeß, um mich und die Literatur darunter zusammenbrechen zu lassen.

Mama.

Seit die Mutter des Jungen eine Medizin gegen ihren hohen Blutdruck einnahm, habe sie sich nachmittags eine Stunde ins Bett gelegt. Sie habe behauptet, sie könne nicht schlafen, sie ruhe nur, tatsächlich habe sie immer geschlafen.
Der Herr Holzer sei da.
Die jüngste Schwester des Jungen habe sich nicht getraut, das Schlafzimmer zu betreten, sie habe nur angeklopft und vor der Tür laut gesprochen. Bevor die Mutter aufgestan-

den sei, habe sie immer zuerst nach dem Wasserglas auf dem Nachtkästchen gegriffen.
Der Herr Holzer müsse mit ihr reden.
Die Mutter habe in der Unterwäsche geschlafen. Als sie die Schlafzimmertür aufmachte, habe sie sich noch die obersten Knöpfe ihres Kittels zugeknöpft.
Das Schwimmbad von Herrn Holzer sei ausgelaufen. Sie hätten den Klempner Dicketmüller geholt, der habe die Rohre repariert, aber jetzt hätten sie nicht genug Wasser.
Inzwischen sei die älteste Schwester des Jungen aus der Küche gekommen, sie habe Erdäpfel geschält, die zweitälteste Schwester sei aus der Kellertür herausgetreten, sie habe im Keller Most gepreßt. Die Kinder der ältesten und der drittältesten Schwester hätten von der Treppe zum ersten Stock aus zugehört.
Morgen komme der Deutsche. Die jüngste Schwester habe jetzt lauter gesprochen, wie um die Älteren daran zu hindern, etwas zu sagen. Ob die Mutter Herrn Holzer nicht von ihrem Wasser abgeben könnte.
Die Mutter habe bleich und eingefallen ausgesehen. Seit sie die Medizin nehme, habe sie geklagt, sei sie erst wirklich krank. Dr. Hoffleischhacker habe ihr versichert, der Körper müsse sich an die Medizin gewöhnen, nach ein paar Wochen werde sie sich besser fühlen. Die Mutter habe die Medizin nicht genommen, um geheilt zu werden, sondern weil sie damit einen Grund hatte, sich ihrer Müdigkeit zu überlassen.
Die Quelle des Reitbauernguts sei doch so stark.
In diesem Augenblick habe sich die Tür der Toilette neben dem Hauseingang geöffnet. Die drittälteste Schwester müsse eine Zeitlang auf der Toilette abgewartet haben, auf der Diele sei es nicht ruhiger geworden, verlegen habe sie sich zu den älteren Schwestern gesellt.

In Herrn Holzers Gesicht hätten zwei Mienen um die Vorherrschaft gekämpft. Einerseits sei es ihm peinlich gewesen, daß er es nicht fertiggebracht hatte, sein Anliegen vor den Frauen vorzutragen, andererseits sei durch die vorlaute Tochter das Eis gebrochen gewesen, so daß er sich nicht in langen Vorreden habe ergehen müssen. Er habe sich geräuspert und die Mutter förmlich begrüßt, die ihn in die Stube gebeten und ihre Töchter angehalten habe, zu ihrer Arbeit zurückzukehren, nur die jüngste sollte mitkommen. Bei einem Bier, die Mutter habe Wasser getrunken, habe Herr Holzer sein Ansinnen in der ihm eigenen gesetzten Form vorgebracht. Die jüngste Schwester habe sofort eine Idee gehabt, wie man das Wasser zu den Holzers hinüberbringen konnte. Der Stummerbauer habe einen neuen Jauchewagen gekauft, ihn aber noch nie benützt, das wisse sie von einem der Söhne. Die Mutter habe eingewendet, der Wasserdruck im Haus sei nicht sehr hoch und es werde sehr lange dauern, bis der Tankwagen vollaufe. Sie habe gewußt, warum ihre Tochter sich so für die Holzers einsetzte. Die Holzers hätten ihr erlaubt, das Schwimmbad zu benutzen, anfänglich nur, wenn sie keine Sommergäste beherbergten, dann, wenn diese Ausflüge machten, schließlich auch, nachdem meine Mutter ihr einen gutsitzenden Badeanzug gekauft habe, als die Gäste anwesend waren.
Die jüngste Schwester habe vorgeschlagen, den Tankwagen aus dem Reservoir zu füllen. Herr Holzer habe zustimmend genickt und betont, die Quelle des Reitbauernguts sei weit ergiebiger als diejenige, aus der sich die dörfliche Wasserversorgung speise. Die Stimme ihrer Tochter sei der Mutter als Echo von Herrn Holzers Stimme und Herrn Holzers Stimme als Echo der Stimme ihrer Tochter erschienen. Die Mutter habe sich überfordert gefühlt wie immer, wenn von

ihr eine Entscheidung verlangt wurde, die auch nur das geringste Abweichen von ihrer täglichen Routine bedeutete. Sie habe sich an ihr Glas geklammert und sich zurück in ihr Bett gewünscht.

Pototsching und ich, wir kämpften mit ungleichen Waffen, denn er riskierte seine Existenz. Darauf hatte ich keine Antwort.

Nie hatte er sein Ziel aus den Augen verloren. Er ging auf Lesereisen, er nahm Preise an, er schrieb lobende Texte über andere Autoren für die Vorschau seines Verlags, er verfaßte Artikel, nicht nur über sein früheres Leben. Die perfekte Beherrschung dieser Existenz war fast ebenso unheimlich wie der Ausbruch aus ihr. War nicht jeder x-beliebige Schriftsteller dazu imstand, auf so spektakuläre Weise Selbstmord zu begehen wie er? Pototsching blieb so lange unentdeckt. Wie viele Schriftsteller waren noch unentdeckte Selbstmörder?

Während der Vorbereitung des Komplotts gegen mich hatte es keine Pannen gegeben. Pototsching selbst hatte keine Schnitzer begangen, es hatte keine undichten Stellen gegeben bei La Trémoïlle, bei Guggeis und auch nicht bei Laura. Selbst wenn ich vorgewarnt gewesen wäre, ich hätte keinen Nutzen davon gehabt. Das Erfolgsgeheimnis des Komplotts lag anderswo. Pototsching war einen Pakt mit seinem Opfer, mit mir, eingegangen, den er erfüllte. Dieser Pakt war über alle Versuchungen erhaben, die ihn hätten heimsuchen können, immun gegen jeden Verrat. Es war ihm gelungen, sich an alle Erfordernisse anzupassen, alle Erfolgsstrategien anzuwenden, ohne irgend etwas von seiner Komplizenschaft mit der Vernichtung aufzugeben.

Nie wäre ich auf den Gedanken gekommen, ein Vernichtungsfeldzug gegen die Literatur könnte einen anderen Ursprung haben als den mangelnden Erfolg des Schreibenden. Nur allzu verständlich erschien mir, daß jemand, dessen Manuskript abgelehnt wurde, den Lektoren und Verlagsverantwortlichen die Pest an den Hals wünschte. Ich konnte es nachvollziehen, daß Großschriftsteller Rezensenten, die ihre Bücher verrissen, in eben diesen Büchern schmähten und beleidigten. Aber daß jemand, der zu den Stars des Betriebs zählte, nicht aufhörte, von seinem Untergang zu träumen – das gehörte sich nicht.

Wie geht's der Mutter?
Ich konnte meinen Vater nur schwer verstehen. Er telefonierte von einer Tankstelle aus, seine Worte hoben sich kaum von dem lauten Stimmengewirr um ihn ab, in regelmäßigen Abständen hörte ich das Geräusch von Münzen, die auf eine Zahlschale gelegt wurden. Mein Vater arbeitete als Sprengmeister beim Bau des Bosruck-Tunnels, er kam nur jedes dritte Wochenende nach Hause. Meine Mutter versorgte die Kühe und teilte meine Geschwister zur Feldarbeit ein. Ich sagte, daß die Mutter sich sehr müde fühle. Mein Vater fragte nach der Kuh Ilona und wie weit wir mit dem Heu wären. Die Kuh Ilona hatte gekalbt, ein Stierkälbchen, die Geburt war schnell und reibungslos verlaufen. Es gab nur wenige Gewitter, wir würden das Heu noch vor der Zeit einbringen. Weiter wollte er wissen, ob der Holzhändler das im Auftrag der Herrschaft geschlagene Holz abgeholt hatte, es war in einer Schneise oben im Wald gelagert, ich konnte nichts sagen. Der Baumeister, der die Jagd von der Herrschaft gepachtet hatte, hatte sich den ganzen Monat nicht sehen lassen. Was es sonst im Dorf Neues gab. Ich dachte daran, dem Vater zu erzählen, daß

der Gemeindesekretär, Herr Holzer, um Wasser für sein Schwimmbad gebeten und daß die Mutter zugestimmt hatte. Aber ich schwieg, weil ich nicht wußte, ob es meinem Vater recht war.
Wo sich mein Vater aufhielt, floß die Zeit schneller als zu Hause. Die Falten auf seiner Stirn und um seinen Mund wären tiefer, er würde noch weniger Haare haben, wenn ich ihn wiedersehen würde. Die grauen Haare meiner Mutter würden nicht mehr werden, ich würde ewig Kind bleiben.
Dann erkundigte sich mein Vater, ob der Deutsche wieder Sommergast bei den Holzers sei. Ich sagte, der Deutsche werde morgen eintreffen. Mein Vater fragte, woher ich das so genau wisse. Ich gab an, die Mutter habe Herrn Holzer im Ort getroffen und sie hätten über den Deutschen geredet.
Darauf schwieg mein Vater erst eine Zeitlang, jetzt konnte ich auch das Geräusch einer Registrierkasse im Hintergrund wahrnehmen, dann sagte mein Vater, er werde am nächsten Wochenende wieder nach Hause kommen, ich solle der Mutter und den Schwestern Bescheid geben. Er hatte erst letztes Wochenende St. Pankraz aufgesucht.

Wie alle seine Bücher war Pototschings Manuskript zur Gänze im Konjunktiv verfaßt. Ich kann nicht das ganze Manuskript im Konjunktiv wiedergeben.

Pototschings Selbstauslöschung bewies nichts, sein Märtyrertod hatte nichts mit irgendeiner Wahrheit zu tun. Aber auch ich bewies nichts mit meinem Bündnis von Literatur und Nicht-Leben. Ich wollte doch nicht ernsthaft behaupten, daß mein System über *die* Wahrheit verfügte.

Außerdem ließ sich das Argument umkehren. Pototschings freiwilliges Martyrium bestand darin, daß er mir gegenüber zugab, sein Manuskript allein nicht zu Ende bringen zu können. Sein Manuskript handelte von meiner Kindheit. Von meinem unfreiwilligen Martyrium. Wenn sein freiwilliges Martyrium nichts bewies, dann bewies mein unfreiwilliges Martyrium erst recht nichts, es war unanständig und frivol, sein Martyrium herabzusetzen.
Vielleicht konnte er nur unter unendlichen Mühen schreiben, mußte er sich jedes Wort abringen, womöglich zwang er sich, für jeden einzelnen Satz an den Rand seiner Existenz zu gehen. Der Erfolg konnte ihn nicht für die entsetzliche, unmenschliche Anstrengung entschädigen, die jedes Buch für ihn bedeutete. Pototsching tauschte den Tod gegen einen Platz im Paradies ein. Sein Handeln war nicht selbstlos, also war es auch nicht aufrichtig.
Feige hatte er mich mit dem Manuskript überfallen, das sich meine Kindheit aneignete. Aber er riskierte mit dem Manuskript ja alles: Es ging das Risiko ein, daß ich das Buch lächerlich fand und ihn lächerlich machen konnte.
Das Schreiben half Laura nicht bei ihrem Leben, ihr Leben wurde von ihrem Schreiben nicht berührt. Laura stand für die völlige Entkoppelung von Schreiben und Leben, ich für die völlige Unterwerfung des Lebens unter das Schreiben. Pototsching gelang es weder, sein Leben das Schreiben beherrschen zu lassen noch sein Leben dem Schreiben zu unterwerfen. Lauras und mein Vorbild hatten ihn erniedrigt, nun sollten diese Vorbilder gedemütigt werden. Es genügte nicht, uns zu vernichten, Pototsching wollte uns dazu bringen, das Gesicht zu verlieren.
Für die Figuren in meinen Büchern stellt das Erinnern keine Bürde dar, wenn sie an etwas verzweifeln, dann nicht an

der Last der Vergangenheit, sondern an den Beschwernissen der Gegenwart, die für sie einen soviel geringeren Grad an Verfügbarkeit aufweist als die Vergangenheit. Die Figuren nehmen das Ereignis, das ihre Erinnerung triggert, als Geisel. Es wird in ihrem Bewußtsein unendlich oft gespiegelt, damit jedoch nicht nur unbegrenzt vervielfältigt, sondern zugleich auch zerstört, darin liegt, wie ein Rezensent einmal feststellte, die größte Gefahr des Bewußtseins.

Als Pototsching mir im Four Seasons aus seinem Manuskript vorlas, verspürte ich auch ein Gefühl der Erleichterung. Ich war versucht zu sagen: Schluß mit den Büchern, das ist echt. Ich dachte, ich hätte die Wirklichkeit verloren, aber das stimmte nicht, ich hatte die Wirklichkeit verbannt. Was mich so traf, war nicht meine Kindheit, sondern ihre Darstellung. Der Eindruck der Wirklichkeit stellte nur eine literarische Prämie, einen Schreckensbonus dar. Nicht die Gewalt der Wirklichkeit war zuerst da, gefolgt vom Schaudereffekt der Erinnerung, sondern genau umgekehrt, am Anfang war die Erinnerung, und erst darauf stellte sich der Schauder wirklicher Ereignisse ein. Gleichsam als Erinnerung an die Erinnerung.

Wem gehörte meine Geschichte?

In Pototschings Hotelzimmer wußte ich, daß ich auf ewig versuchen würde, dem Ereignis, das mich unterwarf, nachträglich einen Sinn abzugewinnen. Kein Deutungsmuster würde ich auslassen, um es dem Ereignis probeweise überzustülpen. Zu groß war meine Angst, ich würde die Schlußfolgerung nicht aushalten, daß es keinen Sinn gab. Ich würde es nicht ertragen können, wenn mir einzig die Radikalität des Spektakels, seine Brutalität als ursprüngliche und letzte Wirklichkeit bleiben würde. Es zwang mich dazu, überall nach den Ursachen zu suchen, die mich empfänglich für es machten. Das Bündnis zwischen meinem Schreiben und meinem Nicht-Leben, das ich für so stark, für so mächtig gehalten hatte, erwies sich als völlig machtlos dagegen.

Der italienische Priester las auf der Bank vor der Einserhütte Zeitung. In der Sonne glänzte der Stoff seines Anzugs dunkelblau, im Schatten wirkte er schwarz. Spadolini hatte lediglich den obersten Kragenknopf seines weißen Hemds geöffnet. Der Oberlippen- und Kinnbart unterstrich den fast sechseckigen Umriß seines Kopfes, der Spitze des gepflegten Kinnbarts, im Gegensatz zum von grauen Haaren durchzogenen Haarkranz noch dunkel, entsprach die Kontur der Schädeldecke, die eckigen Kinnladen unter den Ohren besaßen Gegenstücke in den Rändern des Haarkranzes. Die großen Ohren ohne Ohrläppchen wirkten ebenfalls eckig. Obwohl er in der Sonne saß, schien er nicht zu schwitzen. Um seine schmalen, unglaublich wachen dunkelblauen Augen herum gab es weder Falten noch Runzeln, die Augenpartie schien jünger als der Rest seines Gesichts. Er brauchte keine Brille, weder zum Lesen noch für die Fernsicht.

»Einen schönen Tag, Hochwürden.«

Der Junge schwitzte, denn er war in einer dreiviertel Stunde vom Reitbauerngut zur Einserhütte hochgestiegen. Seine Beine steckten wie Zahnstocher in den klobigen Bergschuhen, die er nur im Wald trug, sonst lief er barfuß. Pickel umrahmten den zu kleinen Mund mit den engstehenden Zähnen. Die Lippen schienen nach innen zu gehen, der Junge hätte eine Zahnspange benötigt. Wer sollte die bezahlen. Wenn er älter wäre, wollte er sich einen Bart wachsen lassen wie der Priester. Im Sommer leuchteten seine Haare hellblond, im Winter schluckten sie das Licht und machten seinen Kopf kleiner.

Er stellte seinen großen Weidenkorb vor den Priester auf den Boden, darin befanden sich zwei zerbeulte Blechdosen, sie enthielten mit Speck belegte und mit Käse bestrichene Brote sowie einen alten, ebenfalls verbeulten Küchentopf mit vier in Wasser getauchten Flaschen *Gösser*. Das Eis, das die Bierflaschen gekühlt hatte, war längst geschmolzen, das Wasser hatte die Etiketten der Bierflaschen abgelöst. Der Priester legte die Zeitung beiseite, in deren Mittelteil er gelesen hatte, nicht ohne sie vorher akkurat zusammengefaltet zu haben, er faßte die Flaschen an und fand sie angenehm kühl.

Ohne daß es eines Worts des Priesters bedurft hätte, begab sich der Junge in die mit roten Eternitplatten verkleidete Jagdhütte und kam mit einer kleinen rotweiß karierten Decke zurück. Er schob die *Oberösterreichischen Nachrichten* beiseite, legte die Decke neben dem Priester auf die Bank und stellte den Topf mit den Bierflaschen darauf. Nach der Anweisung des Priesters öffnete er zuerst die Dose, die die mit Speck belegten Brote enthielt.

Der Junge betrat noch einmal in die Hütte und kam mit zwei Gläsern und einem Flaschenöffner zurück. Der Priester nahm sich ein Speckbrot, der Junge öffnete eine Flasche, schenkte dem Priester ein und reichte ihm das Glas. Als der Priester getrunken hatte, bot er dem Jungen von der Jause an. Der nahm sich ebenfalls ein Speckbrot und tauchte sein Glas in das Wasser ein, das das Bier gekühlt hatte. Als er das Glas zum Mund führte, prostete ihm der Priester zu.

»Wie geht es in der Schule?«
Der Junge war das einzige Kind aus St. Pankraz, das auf das Gymnasium ging.
»Die Mama hat das Zeugnis.«
Der Priester erwartete keine näheren Erläuterungen. Er öffnete die andere Dose und nahm ein Käsebrot heraus. Der Junge machte eine Handbewegung zum Priester hin, mit der er zu verstehen geben wollte, daß es seine Aufgabe gewesen wäre, die Dose aufzumachen.
Ein Windstoß hatte den vorderen Teil der Zeitung nach unten gekippt, der Junge heftete seinen Blick auf den zweiten Teil, auf das Brustfoto eines Mannes mittleren Alters in einem dunklen Anzug, mit weißem Hemd und dunkler Krawatte, der Mann besaß eine Stirnglatze und hatte eine dickrandige runde Brille auf. Zwischen dem rechten Revers und der Krawatte zog sich ein breiter schwarzer Strich über das Hemd. Erst nach einiger Überlegung kam der Junge zu dem Schluß, der Mann trug einen Kopfhörer, der Bügel war von dem Haarkranz nicht zu unterscheiden, der Strich stellte das Kabel dar, das zu dem Hörer führte. Vor einem weißen Hintergrund blickte der Mann nach unten, das Bild war gemacht worden, während er sprach, er beantwortete wohl eine Frage, die man ihm über den Kopfhörer gestellt hatte.
Der Priester verfolgte, wie der Junge versuchte, den Artikel neben dem Bild zu lesen.
»Weißt du, wie die Hauptstadt von Argentinien heißt?«
Es dauerte eine Zeitlang, bis der Junge gekaut und heruntergeschluckt hatte.
»Buenos Aires.«
»Wie viele Einwohner hat Argentinien?«
»Etwa fünfzehn Millionen.«
»Wie viele davon leben in Buenos Aires und Umgebung?«

»Etwa sechs Millionen.«
Er konnte antworten wie aus der Pistole geschossen.
»Welche Sprache spricht man in Argentinien?«
»Spanisch.«
Er durfte sich entspannen.
»In Argentinien gibt es viele Italiener und viele Deutsche, sie haben dort auch italienische und deutsche Zeitungen. – Was erzeugt man in Argentinien?«
»Rindfleisch.«
Mit einem zufriedenen Blick den Jungen musternd, griff der Priester in den Topf nach einer zweiten Bierflasche. Der Junge machte eine schnelle Handbewegung zu dem Topf hin, der Priester wehrte mit einer Geste ab.
Der Junge hatte im Schneidersitz vor dem Priester auf dem Boden gehockt, das wurde ihm jetzt unbequem, er legte sich auf die Seite. Jetzt wagte er es auch, den Priester anzublicken. Er nahm einzelne, ganz kleine Schweißtropfen auf dessen Stirn wahr.
Der Priester schien zu überlegen, ob er sich nicht doch seiner Jacke entledigen sollte, aber das Bier hatte eine einschläfernde Wirkung. Schließlich zog er ein großes weißes Taschentuch heraus und tupfte sich das Gesicht ab.
In dem prallen Sonnenlicht hatte sich die Zeitung gewölbt, aus der Überschrift über dem Bild konnte der Junge den Namen *Ricardo Klement* lesen. Als der Priester bemerkte, daß der Junge sich erneut mit der Zeitung beschäftigte, verengten sich seine Augen. Obwohl genau in diesem Augenblick eine Wolke die Sonne bedeckte und die Bergkuppe mit der Jagdhütte, dem Priester und dem Jungen in den Schatten geriet, zog der Priester jetzt doch seine Jacke aus und legte sie scheinbar achtlos über die Zeitung.
Anschließend lehnte er sich zurück und schloß die Augen.

Der Junge hockte sich auf die Fersen, um das Wasser auszugießen, das das Bier gekühlt hatte, und packte den Topf, die leeren Blechdosen, die zwei leeren und die zwei noch vollen Bierflaschen zurück in den Korb. Die Decke ließ er auf der Bank neben dem Priester liegen, um ihn nicht zu stören. Er verabschiedete sich kaum hörbar, der Priester machte stumm die Andeutung eines Kopfnickens.

Von dem Jungen wurde nicht erwartet, daß er sich während der Schulferien in den regelmäßigen Kreislauf der Arbeit auf dem Hof einfügte. Gestern hatte er jedoch zusammen mit dem Bruder den Misthaufen umgeschichtet. Die Mutter und die Schwestern hatten sich gewundert, daß er so lange durchhielt. Er arbeitete gern auf dem Misthaufen, weil er dann soviel Apfelmost trinken durfte, wie er wollte. Am Abend hatte ihm das Kreuz weh getan, in allen Gliedern hatte ihn Muskelkater heimgesucht.

Der Wald erschien dem Jungen wie eine riesige Stube. Die Fichten hielten einen ihrer Größe gemäßen Abstand voneinander, ihre Äste begannen erst weit über dem Boden, das Gras und das Moos wirkten wie ein Spannteppich. Kein Sonnenstrahl erreichte den Waldboden, dennoch herrschte nirgendwo die Dunkelheit.

Der Junge hatte die Einserhütte weitläufig umgangen und stieg wieder ab, in das menschenleere Tal hinter dem Bergrücken, den Langen Graben, als er auf einmal eine Männer- und eine Frauenstimme hörte. Die Frau sprach abgehackt und schrill, der Mann brabbelte und brummte, der Junge verstand nichts, das konnte nicht nur an der Entfernung liegen. Die Frau hatte Angst, der Mann versuchte, sie zu beruhigen. Der Junge war schon im Begriff umzukehren, als die Frau aufschrie.

Jetzt konnte er weder stehenbleiben noch zurückgehen. Er

lief in Richtung des Schluchzens, der Mann war völlig verstummt. Dabei achtete er darauf, in der Aufregung, die ihn ergriffen hatte, keinen Fehltritt zu tun, auf dem Waldboden konnte man leicht in ein Loch treten und sich den Knöchel verstauchen.

Zum Holzweg hin lichtete sich der Wald, der Junge überblickte jetzt den Abhang unter sich und die Schneise gegenüber. Zwischen den Baumstümpfen, die aussahen wie Pikkel, konnte er eine schwarze und eine blaue Gestalt ausmachen.

Ein Mann in einer weiten schwarzen Hose und in einer schwarzen Arbeitsjacke beugte sich über eine auf dem Boden ausgestreckte blonde Frau in einem blauen Dirndl. Der Junge erkannte die beiden von weitem. Der Idiot wohnte in dem kleinen Häuschen gegenüber dem Reitbauerngut, er hieß Franz, aber niemand redete ihn mit seinem Namen an, auch die eigene Mutter nicht. Er war nicht stumm, aber er sprach nie. Seine Tage verbrachte er damit, das Bruchholz zu sammeln, mit dem die Nachbarin heizte. Er besaß einen unglaublich starken Bartwuchs, seine Augenbrauen waren zusammengewachsen, eigentlich war nur die Zone um die Augen mit der Nase von schwarzen Haaren frei. Einmal im Monat rasierte ihn seine Mutter. Er grüßte immer alle, die er traf, mit einem Winken, bei schönem Wetter lachte er über das ganze Gesicht. Aber er ging auch in den Wald, wenn es in Strömen regnete, es schien ihm nicht zu schaden, nie wurde er krank. Im Winter steckte er Lumpen in seine Sandalen. Bei starkem Frost umwickelte er auch seine Arme und seinen Kopf mit Lumpen.

Der Junge kannte auch die Frau oder besser das Mädchen. Die Tochter eines Arztes aus Wien verbrachte mit ihrer Mutter jeden Sommer drei Wochen in der Gästepension der Holzers. Der Arzt hieß Dr. Moldowan. Er chauffierte seine Frau und seine Tochter nach St. Pankraz und holte sie wieder ab, ohne zu übernachten. Selbstverständlich wurde die Frau im Hause Holzer und im ganzen Ort mit dem Doktortitel angesprochen. Sie unternahm mit ihrer Tochter ausgedehnte Spaziergänge in St. Pankraz und Umgebung, sie fuhren nach Hinterstoder und nach Spital am Pyhrn, einmal bestiegen sie sogar den Großen Priel. Der Junge hatte die Tochter des Arztes nie anders als im Dirndl gesehen, die Mutter schien sich ein Vergnügen daraus zu machen, ihr immer wieder neue Trachten zu nähen. Der Idiot war debil, ohne daß man es seinem Gesicht sofort angesehen hätte, die Tochter des Arztes mongoloid. Sie freute sich immer, wenn sich der Sohn von Herrn Holzer im Haus aufhielt. Noch nie hatte jemand die Arzttochter allein gesehen, weder im Ort noch auf den Wegen um St. Pankraz herum. Gewöhnlich ließ die Mutter sie nicht aus den Augen.

Das Mädchen wimmerte jetzt in ständig gleichbleibender Lautstärke, während der Idiot wieder beruhigend auf es einbrabbelte. Bei dem Holzweg angekommen, der durch den Langen Graben führte, ließ der Junge den Korb mit dem Topf und den Bierflaschen und den Blechschachteln stehen. Er winkte mit den Armen. Jetzt erblickten ihn das Mädchen und der Idiot, das Mädchen verstummte, der Idiot, als ob er etwas Verbotenes getan hätte, schnellte zur Seite, damit er dem Mädchen nicht zu nahe wäre.

Von der Last des Korbs befreit, eilte der Junge mit behenden Schritten bergauf, den sich ihm immer wieder in den Weg stellenden Baumstümpfen geschickt ausweichend, um plötzlich von dem Gedanken überfallen zu werden, daß er gar nicht wußte, was er bei dem Mädchen und dem Idioten sollte.

Die anderen sprachen von dem Mädchen nur als dem Kretin, allerdings nicht vor der Mutter. Es saß jetzt neben einem Baumstumpf auf dem Boden, der Idiot stand zwei Meter weg. Den Kopf gesenkt, die Schultern eingezogen und die Hände übereinandergelegt, wich er dem Blick des schwer atmenden Jungen aus.
Obwohl es nicht unmittelbar in die Sonne blickte, hatte das Mädchen ganz schmale Augen. Es schien erregt zu sein, ohne Angst zu haben, aber der Junge konnte sich keine Vorstellung über die Art der Erregung machen.
Es öffnete den Mund, führte die rechte Hand zum Mund und bewegte sie, die Finger leicht gekrümmt, auf und ab. Das Mädchen hatte rotlackierte Fingernägel.
M – m – m.
Der Junge wußte, das Mädchen konnte einfache Sätze verstehen und hervorbringen.
Jetzt machte der Idiot ebenfalls ein Geräusch, ein Mittelding zwischen Stöhnen und Wimmern. Auch er führte die Hand zum Mund.
Als der Idiot sich den Schweiß aus dem Gesicht wischte, begriff der Junge endlich. Die beiden hatten Hunger oder Durst, sie hatten den Korb gesehen, den er mit sich trug. Er wandte sich nach unten und zeigte auf den Korb. Das Mädchen beugte sich vor und spitzte den Mund, der Idiot blickte den Jungen freundlich an.
Der Junge hastete den Hang hinunter, um die zwei Flaschen Bier zu holen, die der Priester nicht hatte trinken wollen.
Er hatte erwartet, daß beide hastig nach den Flaschen greifen und gierig daraus trinken würden. Das Mädchen beugte sich leicht nach hinten und stützte sich mit dem anderen Arm ab, erst dann führte es langsam die Flasche zum Mund. Während es trank, machte es die Beine immer

breiter. Das Dirndl ging bis zu den Waden, natürlich konnte der Junge dem Mädchen nicht zwischen die Beine sehen, trotzdem wurde er rot. Das Mädchen und der Idiot bemerkten nichts.
Mit geschlossenen Augen trank die Tochter von Dr. Moldowan ein paar Schlucke, dann setzte sie die Flasche wieder ab. Danach blickte sie an dem Jungen vorbei auf den gegenüberliegenden Bergrücken. Eigentlich hätte sie erleichtert sein müssen, jetzt, wo sie den Durst gestillt hatte, aber ihre Miene drückte etwas wie Schmerz aus. Es schien jedoch kein gänzlich unwillkommener Schmerz zu sein.
Der Idiot hatte seine Flasche fast in einem Zug ausgetrunken, das schäumende Bier war ihm die Mundwinkel herabgeflossen und auf das Hemd getropft. Restlos zufrieden, lachte er den Jungen an und gab die Grunzlaute von sich, mit denen er sich auch bedankte, wenn ihm die Gnädige eine Tafel Schokolade schenkte. Er schien das Mädchen völlig vergessen zu haben, nicht einmal blickte er hinüber.
Die Tochter von Dr. Moldowan setzte die Flasche noch einmal an, nahm aber wieder nur wenige Schlucke. Sie lehnte sich weiter zurück, den Mund offen, den Kopf zur Seite gedreht, die Stirn in Falten gelegt.
Ah – ah – ah.
Der Junge konnte sich nicht erklären, warum sie stöhnte. Er fühlte sich, als sei er der Komplize der beiden, als habe er sich mit ihnen im Wald getroffen. Um was zu tun?
Über ihr Gesicht huschte ein Schimmer des Errötens, der Schmerz schien in ein Wohlgefühl übergegangen zu sein. Der Gesichtsausdruck näherte sich jetzt einem Lächeln.
Der Junge hatte geholfen, soweit er helfen konnte. Weder der Idiot noch das Mädchen waren verletzt, sie brauchten nur den Hang hinunterzusteigen und auf dem Holzweg zu-

rück zum Dorf zu marschieren. Es ging den Jungen nichts an, warum sie hierhergekommen waren.
Der Junge hatte sich abgewendet und wollte den Hang hinunterlaufen, als er die Tochter von Dr. Moldowan diesmal ganz laut stöhnen hörte.
F – f – f.
Er konnte nicht anders, er mußte sich umdrehen. Sie atmete weiter schwer, aber sie lachte ihn dabei an und machte ihm ein Zeichen, er solle zurückkommen.
Warum sprach sie nicht, sie konnte doch sprechen.
Während er näher trat, langte sie sich hinter den Hals. Sie trug ein Kropfband aus Silber mit arabischen Schriftzeichen. Es gelang ihr, den Verschluß zu öffnen, sie nahm das Kropfband mit beiden Händen ab und streckte es dem Jungen hin. Was sollte er mit dem Kropfband? Er schüttelte den Kopf, aber das konnte sie nicht von ihrer Absicht abbringen. Stumm machte sie den Mund ganz weit auf und blickte ihn erwartungsvoll an. Was sollte er zu Hause erklären, wie er zu dem Kropfband gekommen war? Doch er konnte nicht anders, er mußte es annehmen.
Nachdem er das Kropfband in seine Hosentasche gesteckt hatte, erhob sie sich, strich das Dirndl zurecht, fuhr sich mit den Fingern über die Stirn und lächelte den Idioten an. Der Junge konnte ganz deutlich hören, wie sie zu ihm sagte, sie sollten jetzt gehen.
Am Abend legte er sich angezogen auf sein Bett. Die drittälteste Schwester lag schon im Bett, die zweitälteste ebenfalls, erst als die älteste ins Zimmer kam, kurz das Licht anmachte und es wieder löschte, zog er seine Kleidung aus, die Hose seines Trikotschlafanzugs an und legte das Kropfband im Dunkeln unter sein Kopfkissen.

Am nächsten Tag sollte die Kartoffelernte eingebracht werden, wie die vorangegangenen würde auch dieser ein sehr heißer werden, die Mutter hatte angeschafft, daß alle sehr früh aufstanden. Noch im Dunkeln begaben sie sich auf die große Diele hinaus. Beim Aufstehen war der Junge zuerst über seinen Teddybär und dann über seine drei Matchbox-Autos gestolpert, einen petrolfarbenen Lincoln Continental, einen weißen Cadillac-Rettungswagen und einen hellbraunen Oldtimer, einen Morris Cowley Bullnose aus dem Jahr 1926. Der Junge fragte seine älteste Schwester, wie spät es war, sie antwortete ihm, aber er konnte sich die Zeit nicht merken. Er wandte sich an die zweitälteste, die gab ihm ebenfalls Auskunft, doch wieder behielt er die Zeit nicht. Auf der Treppe fragte er dann noch die drittälteste. Seine Schwestern schienen nichts dabei zu finden, daß er sich so oft nach der Uhrzeit erkundigte. Als der Junge das Schlafzimmer verlassen hatte, war die Tür mit einem lauten Knall zugefallen. Im hinteren Teil der Küche gab es eine Kabine mit einem Waschbecken. Er hatte eine so große Freude an dem Geräusch der ins Schloß fallenden Schlafzimmertür gehabt, daß er jetzt die Tür zur Küche ins Schloß warf, seine Schwestern nahmen keinen Anstoß. Obwohl in der Küche kein Licht brannte, zog jede seiner Schwestern die Schiebetür der Kabine zu. Als der Junge selbst vor dem Waschbecken stand und in den Spiegel sah, erkannte er das Gesicht, das ihm entgegenblickte, nicht wieder. Rechts neben dem Waschbecken hingen verschiedene Tücher, auf dem Waschbecken standen mehrere Plastikbecher in verschiedenen Farben, darin Stengel mit Bürsten daran und eine Tube. Er konnte nichts mit den Tüchern, mit den Bürsten und mit der roten Tube anfangen. Als würde er eine Schularbeit über einen Gegenstand schreiben, mit dem er sich schon lange nicht mehr beschäftigt hatte, kramte er in den tiefsten Tiefen seines Gedächtnisses. Schließlich kam er auf die Lösung: Aus der Tube drückte man Zahnpasta auf die Bürsten und säuberte sich damit die Zähne, mit den Tüchern trocknete man sich ab, nachdem man sich das Gesicht und den Oberkörper gewaschen hatte. Glücklich, das herausgefunden zu haben, lächelte der Junge. Da lächelte auch das unbekannte Gesicht in dem Spiegel. Nach dem Verlassen der Kabine fragte er erneut, wie spät es war, seine drittälteste Schwester antwortete ihm, er konnte sich die Zeit immer noch nicht merken. Ihm fiel auf, daß er kein *sch* aussprechen konnte. Er hatte das *sch* als Buchstabenfolge vor seinem inneren Auge, er wußte, wo das *sch* in den Sätzen, die er äußerte, hingehörte, aber er war unfähig, den Laut hervorzubringen. Seine Schwestern hatten seine Fragen trotzdem verstanden. Draußen begann es jetzt zu dämmern. Seine älteste Schwester ging zu einem fast mannshohen, glänzenden weißen Schrank. Der Junge blickte ihr über die Schultern, wie sie die schwere Tür öffnete. In dem hell erleuchteten Schrank lagerten Fleisch, Gemüse und Früchte, aber auch Behälter in vielen Formen, mit farbigen Aufschriften und Bildern. Dem Jungen kam eine Welle von Kälte entgegen. Im selben Augenblick hörte er eine Stimme. Bis dahin hatte nur der Junge gefragt, und seine Schwestern hatten ihm geantwortet, sonst hatte niemand ein Wort gesagt. Er ging an dem alten, mit Holzscheiten zu befeuernden Herd vorbei in die Stube. Gegenüber dem großen grünen Kachelofen stand auf einem Tisch ein großer brauner Kasten. In dem Kasten war ein kleiner Mann in einem schwarzen Anzug. Der Junge verstand nicht, was der Mann sagte, er befahl ihm, ruhig zu sein, aber der kleine Mann tat nicht dergleichen.

Er mußte den Jungen gehört haben, dennoch redete er weiter. Der Junge sagte dem kleinen Mann noch einmal, er solle aufhören zu reden, jetzt lächelte der kleine Mann, aber er fuhr fort. Der Junge hielt sich die Ohren zu, doch konnte er den kleinen Mann immer noch hören. Er schloß die Augen, und es kam ihm so vor, als würde der kleine Mann um so lauter sprechen, je weniger er ihn hören wollte. Der Junge konnte den kleinen Mann nicht ertragen, er schrie und er stampfte mit den Füßen auf den Boden der Stube, aber der kleine Mann redete immer weiter. Schließlich brach der Junge in Tränen aus, da merkte er, daß er träumte.

Als er aufwachte, beugte sich seine drittälteste Schwester über ihn, er habe mit den Füßen ganz laut gegen das Ende des Betts getreten. Der Junge entschuldigte sich, er habe schlecht geträumt, und fragte nach der Zeit, es war drei Uhr nachts. Noch während er mit seiner Schwester sprach, griff der Junge unter das Kopfkissen. Er ertastete das Kropfband und nahm sich vor, es noch am nächsten Morgen Herrn Holzer zurückzubringen.

Was würde er sagen? Er konnte nicht zugeben, daß er sich ein Schmuckstück hatte schenken lassen. Sollte er überhaupt erzählen, daß er die beiden im Wald getroffen hatte? Das Mädchen kannte ihn. Würde das Mädchen berichten, daß er ihr und dem Idioten im Wald begegnet war? Er würde angeben, er habe das Kropfband auf dem Weg im Langen Graben gefunden und daß er es schon einmal am Hals des Mädchens gesehen hatte. Wenn das Mädchen Herrn Holzer davon erzählt hatte, daß es den Jungen getroffen hatte, würde der Junge das bestätigen. Hatte das Mädchen nichts gesagt, würde der Junge von sich aus die Begegnung nicht erwähnen.

Der Junge wachte erst wieder auf, als seine Schwestern schon auf dem Feld arbeiteten. Nach einem hastig heruntergeschlungenen Frühstück, das aus einer Scheibe trockenen Brots und einer Tasse Malzkaffee bestand, rannte der Junge an der Reihe der Mostapfelbäume vorbei den Weg zum Teichlfluß hinunter, über die Brücke und auf der anderen Seite des Tals hinauf. Der Geruch der Apfelbäume begleitete ihn jedesmal bis zum Dorf. Das Haus der Holzers befand sich genau dort am Ende des Dorfes über dem Teichltal, wo der Zufahrtsweg zum Reitbauerngut abbog.
Er wußte, er würde Herrn Holzer zu Hause antreffen, denn Herr Holzer hatte vor ein paar Tagen seinen Posten als Gemeindesekretär niedergelegt, nachdem er seinen Nachfolger eingearbeitet hatte. Herr Holzer, ein großer, schlanker Mann mit einem markanten Gesicht, haßte schlechtes Benehmen, Unhöflichkeit, Rücksichtslosigkeit, selbstsüchtiges Gehabe. Seine vollen weißen Haare wirkten, als seien sie geföhnt, dabei verwandte er bestimmt keine Zeit darauf, seine Haare herzurichten. Er hatte niemandem im Ort, auch seiner Frau nicht, den genauen Termin genannt, an dem er seine Arbeit beendete. Man sollte nicht wissen, wann er zum letzten Mal sein Büro im Zeughaus der Feuerwehr betrat. Keiner sollte an seinem letzten Arbeitstag merken, daß es sein letzter Arbeitstag war.
Der Junge hatte zugehört, wie sich seine Mutter in der Post mit Herrn Holzer über seinen plötzlichen Abschied aus seinem Berufsleben unterhalten hatte. Er hatte eine Besprechung bezüglich der neuen Straße zum Stummergut gehabt und mehrere Telefonate mit der Bezirkshauptmannschaft in Kirchdorf geführt. Keiner sollte wissen, es war das letzte Mal, daß er in dienstlicher Funktion mit ihm zu tun hatte. Herr Holzer hätte noch fünf Jahre bis zu seinem fünfund-

sechzigsten Geburtstag als Gemeindesekretär weiterarbeiten können. Es sei eine ganz langsame Entwicklung gewesen. Irgendwann habe er aufgehört, sich für seine Arbeit zu begeistern, da habe er sich gesagt, es sei das beste, damit aufzuhören. Seine Mutter hatte sich erkundigt, ob ihm an seinem letzten Tag die Arbeit schwergefallen war oder das Aufhören. Herr Holzer hatte erklärt, er habe den ganzen Tag lang jeden Augenblick daran gedacht, daß er zum letzten Mal in seinem Büro saß, trotzdem habe er sich auf seine Arbeit konzentrieren können, und er hatte sich sicher gegeben, seine Arbeit ohne Fehler erledigt zu haben. Als letztes habe er wegen des Ausbaus der Straße zum Stummergut ein Telefonat mit dem Notar in Windischgarsten geführt. Danach sei er aufgestanden und habe sich gedacht, das war es jetzt. Dann sei er nach Hause gegangen wie immer.
Der Junge durfte im Arbeitszimmer von Herrn Holzer warten. Er wußte, daß man den Schreibtisch *Biedermeier-Schreibtisch* nannte und die goldene Lampe mit dem grünen Glas *Kontorlampe*. Er hatte sich auf den Rand des Stuhls gegenüber dem Schreibtisch gesetzt und ließ seine Augen über das Bücherregal zu seiner Rechten schweifen. Es enthielt die Telefonbücher von ganz Österreich, Gesetzestexte, ein Volkslexikon sowie Schulbücher, Mathematik-, Latein- und Englischlehrbücher. Herr Holzer hatte mit über vierzig die Matura nachgemacht, das war die Voraussetzung dafür gewesen, daß er Gemeindesekretär werden konnte. Es gab nicht viele Kinder in St. Pankraz, mit denen Herr Holzer sprach. Der Junge war das einzige Kind nach seinem eigenen Sohn und seiner Tochter, das ins Gymnasium ging. Die Gnädige und der italienische Priester hatten dafür gesorgt, daß er das Internat des Stifts Kremsmünster besuchte.

Das Arbeitszimmer lag im ersten Stock neben dem Wohnzimmer. Der Junge hörte Schritte auf der Holztreppe, hastig stand er von seinem Stuhl auf, im selben Augenblick hupte es draußen. Die Geräusche im Haus verstummten, offensichtlich hielt Herr Holzer auf der Treppe inne, dann hörte der Junge wieder Schritte, die sich jedoch entfernten.

Aus dem Fenster des Arbeitszimmers blickte man auf die Einfahrt und auf das blaugestrichene Schwimmbad. Vor der Garage stand jetzt ein Auto mit einem breiten, chromglänzenden Kühler und einem deutschen Kennzeichen, ein Ford Taunus 17 M. Die Fahrertür öffnete sich, aus dem Wagen stieg ein kleiner untersetzter Mann in einer grauen Hose und einem sichtbar durchgeschwitzten weißen Hemd, bis auf einen schmalen weißen Haarkranz über den Ohren völlig kahl. Er wirkte angestrengt und müde. Als für einen Moment die Sonne hinter den Wolken verschwand und die mit den Überresten von Insekten bedeckte Windschutzscheibe nicht mehr das Sonnenlicht reflektierte, konnte der Junge auf dem Beifahrersitz einen großen Karton erkennen.

Der Junge sah Herrn Holzer aus dem Haus treten und den Ankömmling herzlich begrüßen. Die Gesichtszüge des bleichen Mannes mit dem runden Kopf entspannten sich etwas. Nachdem sie sich kurz miteinander unterhalten hatten, ging der Mann zum Kofferraum und öffnete ihn. Herr Holzer half ihm dabei, das Auto zu leeren. Die beiden schleppten etwa ein Dutzend mit Bindfäden zugeschnürte, offenbar schwere Pappkartons ins Haus.

Der Junge hatte den Mann, der in der Nacht gefahren war, viel dicker in Erinnerung, und es schien ihm, er habe mehr Haare gehabt, vielleicht hatte er sie auch nur länger getra-

gen und über die Glatze gelegt. Wie die Frau von Dr. Moldowan und ihre Tochter gehörte der Mann zu den langjährigen Sommergästen der Holzers. Gewöhnlich begleitete ihn seine Frau. Als einziger Tourist kam er manchmal auch im Winter. Der Junge kannte den Namen des Mannes, aber er wurde von Herrn Holzer und auch sonst im Ort niemals bei seinem Namen genannt, alle sprachen von ihm nur als dem Deutschen.
Der Deutsche war Mathematiker.
Nie versäumte er, die Gnädige zu besuchen, wobei er darauf achtete, ihr seine Aufwartung nur in Abwesenheit des italienischen Priesters zu machen.

Die Gnädige war zum Mittagessen nach Windischgarsten gefahren, ins Schwarze Rößl, am frühen Nachmittag war der Deutsche aufgetaucht, die Mutter hatte ihm gesagt, die Gnädige müsse bald zurückkommen.
Der Deutsche wartete auf der Bank neben dem Eingang. Er wußte, der Junge besuchte das Stiftsinternat, Herr Holzer hatte es ihm erzählt. Er fragte den Jungen, welche Gegenstände gerade in Mathematik behandelt würden, der Junge gab ihm Auskunft.
Die Zeit verstrich, die Gnädige traf nicht ein. Der Deutsche fühlte sich im Schatten vor dem Haus wohl, er schien gern mit dem Jungen zu sprechen. Da wagte es der Junge, ihn zu fragen, ob er auch geometrische und algebraische Formeln erfinde, wie diejenigen, die der Junge in der Schule lernte. Der Deutsche lächelte und sagte, Mathematiker machten viele Dinge. Er selbst sei früher Statistiker gewesen. Genauer: Bevölkerungsstatistiker. Sein Alltag seien lange Zahlenkolonnen gewesen. Er habe untersucht und dargestellt, wie sich die Bevölkerung eines Landes auf verschiedene Al-

tersklassen aufteile, welchen Berufen die Einwohner nachgingen, wie viele Kinder die Familien hätten, welche Schul- oder sonstige Bildung die arbeitende Bevölkerung aufweise. Wer welcher Religion anhinge. Aber das interessiere ihn jetzt nicht mehr, jetzt beschäftige er sich mit etwas anderem, nämlich mit Elektronengehirnen.
Da entbrannte in dem Jungen Begeisterung, denn er hatte gerade einen Zukunftsroman gelesen, in dem ein solches Elektronengehirn vorkam, und er wollte von dem Deutschen wissen, wie es funktionierte.
Der Deutsche lachte erst aus vollem Hals, um dann zu versprechen, er werde dem Jungen zeigen, wie ein Elektronengehirn arbeite. Er befahl ihm, aus dem Haus eine Rolle Toilettenpapier und einen Bleistift zu holen. Der Junge errötete, aber er gehorchte.
Jedes Elektronengehirn sei eine Turing-Maschine.
Eine Turing-Maschine bestand zunächst aus einem Band und einem Lese- und Schreibkopf. Das Band war in endlich viele gleichartige, nebeneinanderliegende Felder eingeteilt, jedes Feld mit genau einem Zeichen beschriftet. Der Lesekopf wechselte das Feld, las die Beschriftung, löschte sie und versah das Feld mit einer neuen Beschriftung.
Der Deutsche zeigte sich erfreut, daß das Toilettenpapier kein Muster aufwies. Er stellte die leere Bierflasche auf das erste Blatt der Rolle und gab ihr Schwung, so daß sie über den Weg bis zur Garage im Stallgebäude weiterrollte. Mit Bleistift und Radiergummi, beides hatte er sich ebenfalls von dem Jungen geben lassen, stellte sich der Deutsche an die Breitseite des Tisches vor das Band aus Toilettenpapier.
Es mache keinen Unterschied, ob sich der Lesekopf am Band entlangbewege oder ob das Band am Lesekopf vor-

beigezogen werde. Ein Zug einer Turing-Maschine laufe so ab.

Der Deutsche tippte mit dem Stift in die Mitte eines Blatts: Die Maschine befand sich in einem bestimmten Zustand, sie las das Eingabezeichen, das auf dem gerade unter ihrem Lesekopf befindlichen Bandfeld stand.

Der Deutsche radierte auf dem Blatt: Die Maschine löschte das Eingabezeichen.

Der Deutsche machte einen Strich auf dem Blatt: Die Maschine schrieb ein Zeichen auf das Blatt. Zu jeder Turing-Maschine gehörte eine Tabelle mit Vorschriften. Diese enthielten eine eindeutige Anweisung, welches Zeichen das sein mußte. Es hing ab von dem Zustand, in dem sich die Maschine befand, und von dem Zeichen, das sie gelesen hatte.

Der Deutsche machte einen Schritt nach rechts und tippte auf das nächste Blatt Toilettenpapier: Der Lesekopf suchte eins der beiden benachbarten Bandfelder auf, ob er sich dabei nach rechts oder nach links bewegte, wurde ebenso von den Vorschriften bestimmt wie das, was die Maschine eben geschrieben hatte.

Der Deutsche schloß die Augen, um nachzudenken: Die Maschine ging, wieder nach ihren Vorschriften, in den nächsten Zustand über. Der nächste Zug konnte beginnen.

Zu jeder Turing-Maschine gehörte ein Band und ein Lesekopf, Turing-Maschinen unterschieden sich allein durch ihre Vorschriften.

Auf einem Blatt Papier malte der Deutsche eine Tabelle auf, die die Vorschriften einer bestimmten Turing-Maschine enthielt.

	-	|
1	- L 10	- R 2
2	- R 3	| R 2
3	- L 8	- R 4
4	- R 5	| R 4
5	| L 6	| R 5
6	- L 7	| L 6
7	| R 3	| L 7
8	- L 9	| L 8
9	| R 1	| L 9
10	- R 0	| L 10

Die Kopfzeile enthielt die beiden einzigen Zeichen der Maschine, den Querstrich und den senkrechten Strich. Die linke Spalte führte die zehn Zustände der Maschine auf. Die Tabelle mußte so gehandhabt werden: Zum Beispiel las der Lesekopf auf dem Feld unter sich einen Querstrich. Die Maschine war im Zustand sieben (die Maschine wußte immer, in welchem Zustand sie sich im Augenblick befand, sie hatte insofern kein Gedächtnis, als sie nicht mehr wußte, in welchem Zustand sie sich vorher befunden hatte, aber sie kannte zu jedem Zeitpunkt ihre Vor-

schriften, die Tabelle). Jetzt vollführte die Maschine, was die Tabelle am Schnittpunkt des Zustands sieben mit der Eingabe Querstrich vorgab, sie löschte den Querstrich aus, schrieb an die Stelle des Querstrichs einen senkrechten Strich, bewegte sich auf das nächste Feld rechts und ging in den Zustand drei über.
Auf sechs nebeneinanderliegende Blätter Toilettenpapier zeichnete der Deutsche folgendes Muster:

```
| | - | | |
```

Unter den senkrechten Strich ganz links kritzelte er auf die Bank eine Eins, so daß sich insgesamt folgendes Bild ergab:

```
| | - | | |
1
```

Der Deutsche führte den Zeigefinger des Jungen in der Tabelle zu dem senkrechten Strich in der Kopfzeile und dann herunter in die Zeile des ersten Zustands. Die Maschine las auf dem ersten Feld einen senkrechten Strich und befand sich im Zustand eins.
Dann radierte er vorsichtig den senkrechten Strich im ersten Feld aus, ersetzte ihn durch einen Querstrich und zeigte mit dem Bleistift auf das Feld rechts von dem ersten. Schließlich entfernte er durch Kratzen die Eins auf dem Tisch und schrieb unter das zweite Feld eine Zwei, so daß der Junge sah:

```
- | - | | |
  2
```

Die Maschine las auf dem zweiten Feld einen senkrechten Strich und befand sich im Zustand zwei.
Nun fuhr der Junge selbst in der Tabelle erst zu dem senkrechten Strich in der Kopfzeile und dann zum Schnittpunkt der Spalte mit dem senkrechten Strich darüber und der Zeile des zweiten Zustands. Der Deutsche fragte ihn, was er tun solle, der Junge gab an, der Deutsche solle den senkrechten Strich nicht ausradieren, sondern belassen, sich zum Feld rechts daneben bewegen und im Zustand zwei bleiben. Auf dem Tisch stand:

– | – | | |
2

Der Junge ging weiter entsprechend der Tabelle vor. Nach ein paar Zügen befahl ihm der Deutsche innezuhalten. Die bisher vorgenommenen Züge hatte er auf einem Blatt Papier notiert, das zeigte er dem Jungen, der begriff sofort, welche Zeitersparnis es bedeutete, die Züge auf dem Blatt festzuhalten, anstelle weiter mit Toilettenpapier, Bleistift und Radiergummi zu arbeiten.
Im Schnittpunkt der ersten Spalte und der letzten Zeile der Tabelle hatte der Junge einen Zustand null entdeckt. In der Kopfspalte gab es jedoch keinen Zustand null. Wenn die Turing-Maschine in den Zustand null kam, dann hielt sie an. Er fragte den Deutschen, wann die Maschine in den Zustand null kommen würde. Der Deutsche sagte, die Turing-Maschine würde noch viele Züge brauchen. Der Junge war begierig weiterzumachen, die Aussicht darauf, daß es länger dauern würde, bis die Maschine anhielt, warf allerdings die Frage auf, wozu sie wohl diente. Der Junge traute sich nicht zu fragen, aber etwas in seinem Gesichtsausdruck

und vielleicht auch an der Art, wie er mit der Notierung von Zügen fortfuhr, veranlaßte den Deutschen zu der ersehnten Erklärung.

Die durch die Tabelle gegebene Turing-Maschine multiplizierte. Die Eingabe der Maschine bestand in den beiden Zahlen, die miteinander multipliziert werden mußten. Die Blöcke aus senkrechten Strichen stellten die Zahlen dar, die zwei senkrechten Striche die Zwei, die drei senkrechten Striche die Drei. Der Deutsche sprach von unärer Darstellung. Der Querstrich symbolisierte das Leerzeichen. Der Deutsche erklärte dem Jungen, wenn er alle Züge der Turing-Maschine richtig ausführte, würde das Band am Schluß so aussehen: erst ein Leerzeichen, dann die Zwei als Zweierblock, wieder ein Leerzeichen, die Drei als Dreierblock, wieder ein Leerzeichen und das Ergebnis, die Sechs als Sechserblock.

Der Junge mußte noch mehrere Blätter aus dem Haus holen. Schließlich erhielt er folgende Reihe:

```
| | – | | |
1

– | – | | |
  2

– | – | | |
    2

– | – | | |
      3

– | – – | |
        4
```

```
– | – – | |
          4

– | – – | | –
            4

– | – – | | – –
              5

– | – – | | – |
            6

– | – – | | – |
          7

– | – – | | – |
        7

– | – – | | – |
      7

– | – | | | – |
        3

– | – | – | – |
          4

– | – | – | – |
            4

– | – | – | – |
              5
```

– | – | – | – | –
5

– | – | – | – | |
6

– | – | – | – | |
6

– | – | – | – | |
7

– | – | – | – | |
7

– | – | | | – | |
3

– | – | | – – | |
4

– | – | | – – | |
5

– | – | | – – | |
5

– | – | | – – | | –
5

– | – | | – – | | |
6

```
- | - | | - - | | |
              6

- | - | | - - | | |
            6

- | - | | - - | | |
          7

- | - | | | - | | |
            3

- | - | | | - | | |
          8

- | - | | | - | | |
        8

- | - | | | - | | |
      8

- | - | | | - | | |
    8

- | - | | | - | | |
  9

- | - | | | - | | |
9

| | - | | | - | | |
  1
```

| – – | | | – | | |
2

| – – | | | – | | |
3

| – – – | | – | | |
4

| – – – | | – | | |
4

| – – – | | – | | |
4

| – – – | | – | | |
5

| – – – | | – | | |
5

| – – – | | – | | |
5

| – – – | | – | | | –
5

| – – – | | – | | | |
6

| – – – | | – | | | |
6

```
| - - - | | - | | | |
              6

| - - - | | - | | | |
            6

| - - - | | - | | | |
          7

| - - - | | - | | | |
        7

| - - - | | - | | | |
      7

| - - | | | - | | | |
        3

| - - | - | - | | | |
          4

| - - | - | - | | | |
            4

| - - | - | - | | | |
              5

| - - | - | - | | | |
                5

| - - | - | - | | | |
                  5
```

| – – | – | – | | | |
5

| – – | – | – | | | | –
5

| – – | – | – | | | | |
6

| – – | – | – | | | | |
6

| – – | – | – | | | | |
6

| – – | – | – | | | | |
6

| – – | – | – | | | | |
6

| – – | – | – | | | | |
7

| – – | – | – | | | | |
7

| – – | | | – | | | | |
3

| – – | | – – | | | | |
4

| – – | | – – | | | | |
5

| – – | | – – | | | | |
5

| – – | | – – | | | | |
5

| – – | | – – | | | | |
5

| – – | | – – | | | | |
5

| – – | | – – | | | | | –
5

| – – | | – – | | | | | |
6

| – – | | – – | | | | | |
6

| – – | | – – | | | | | |
6

| – – | | – – | | | | | |
6

| – – | | – – | | | | | |
6

| - - | | - - | | | | | |

6

| - - | | - - | | | | | |

7

| - - | | | - | | | | | |

3

| - - | | | - | | | | | |

8

| - - | | | - | | | | | |

8

| - - | | | - | | | | | |

8

| - - | | | - | | | | | |

8

| - - | | | - | | | | | |

9

| | - | | | - | | | | | |

1

| | - | | | - | | | | | |

10

| | - | | | - | | | | | |

10

```
– | | – | | | – | | | | | |
10

– | | – | | | – | | | | | |
  0
```

Der Deutsche nannte die Aufzeichnungen des Jungen die Spur der Turing-Maschine.

Er erläuterte, das Problem der Multiplikation bestehe aus drei zu lösenden Teilproblemen. Die Maschine müsse ein einzelnes Zeichen kopieren können, sie müsse erkennen, wann sie eine einmalige Kopie des zweiten Faktors vollständig durchgeführt habe, und sie müsse wissen, wann sie mit den Wiederholungen des Kopierens fertig sei.

Ein Elektronengehirn werde mit Hilfe einer Programmiersprache programmiert. Deren Elemente seien im Fall der vorgeführten Turing-Maschine der Querstrich als Leerzeichen, der senkrechte Strich als Symbol für eine Einheit, die Ziffern für die zehn Zustände und den Ruhezustand sowie die beiden Buchstaben L und R. Keine Programmiersprache der Welt sei stärker als die der vorgeführten Turing-Maschine, in dem Sinn, daß sie Berechnungen erlauben würde, die von einer Turing-Maschine ähnlich der vorgeführten nicht vorgenommen werden könnten.

Die Mutter hatte dem Deutschen eine zweite Flasche Bier angeboten, auch die hatte er ausgetrunken. Die Natur wie das menschliche Zusammenleben würden vom Zufall regiert. Die Gesetze, die man für das menschliche Zusammenleben aufstellen könne, sprächen nur von Wahrscheinlichkeiten. Aber auch viele elementare Naturgesetze böten keine Sicherheit, sie seien gleichfalls statistischer Natur.

Der Deutsche wollte beweisen, daß auch in der reinen Mathematik der Zufall regierte.
Jedes Programm konnte als eine kurze oder lange Folge von Nullen und Einsen (oder von Querstrichen und senkrechten Strichen) beschrieben werden. Man entwarf ein zufälliges Programm, indem man für jede Stelle eine Münze warf und für Kopf eine Eins, für Wappen eine Null notierte. Der Deutsche untersuchte, mit welcher Wahrscheinlichkeit ein zufällig ausgewähltes Programm anhielt. Die Wahrscheinlichkeit war immer eine Zahl zwischen Null und Eins. Die Zahl mußte nicht als vertraute Dezimalzahl geschrieben werden, sie ließ sich auch als eine Zahl mit der Null vor dem Komma und dann einer langen Folge von Nullen und Einsen darstellen. Der Deutsche nannte das binäre Darstellung. Er fragte nun, ob die Wahrscheinlichkeit des Anhaltens berechenbar war, ob man berechnen konnte, daß an irgendeiner bestimmten Stelle dieser Folge eine Null oder eine Eins stand. Er glaubte, einen Beweis dafür gefunden zu haben, daß diese Folge von Nullen und Einsen völlig zufällig war. Zufällig bedeutete: Es war unmöglich, die Folge in kürzerer Form zu beschreiben. Die regelmäßige Folge Null-Eins, Null-Eins, Null-Eins ... mit zweitausend Ziffern zum Beispiel ließ sich kürzer beschreiben durch *wiederhole Null-Eins tausendmal.* Auch die Folge der ersten zweitausend Stellen der Zahl π, die der Junge aus der Schule kannte, konnte durch Rechenregeln beschrieben werden, die mit weniger als zweitausend Nullen oder Einsen auskamen. Der Deutsche behauptete, die Anhaltewahrscheinlichkeit sei dagegen völlig zufällig, sie könne nicht durch ein kürzeres Programm erzeugt werden.
Dann erklärte der Deutsche dem Jungen den Begriff der diophantischen Gleichung. Das waren solche Gleichungen,

deren Unbekannte durch die algebraischen Operationen Addition und Multiplikation verknüpft waren und die ganzzahlige Lösungen aufwiesen. Ihr Name ging auf den griechischen Mathematiker Diophantos von Alexandria zurück, der sich schon vor zweitausend Jahren mit ihnen beschäftigt hatte. Der Deutsche gab an, es sei ihm gelungen, eine Reihe von diophantischen Gleichungen mit der folgenden Eigenschaft zu konstruieren: Die Gleichung Nummer n besitzt genau dann unendlich viele ganzzahlige Lösungen, wenn die n-te Stelle hinter dem Komma in der Anhaltewahrscheinlichkeit eine Eins darstellt. Steht an der n-ten Stelle eine Null, gibt es nur endlich viele ganzzahlige Lösungen. Da die Anhaltewahrscheinlichkeit der Turing-Maschine jedoch rein zufällig war, bestimmte der Zufall, ob eine ausgesuchte diophantische Gleichung unendlich viele Lösungen besaß oder nicht. Damit habe sich ein Problem aus der Zahlentheorie als unentscheidbar herausgestellt, aber die Zahlentheorie sei das Gebiet der Mathematik schlechthin, von dem man immer angenommen habe, es gebe in ihm nur Sicherheiten und man könne auf Wahrscheinlichkeiten verzichten.

Der Junge hatte gemerkt, daß sich der Deutsche nicht sicher war, den Beweis für seine Behauptung gefunden zu haben. Das befremdete ihn, denn aus der Schulgeometrie und der Schulalgebra wußte er, man durfte keine Behauptungen aufstellen, die man nicht beweisen konnte. Er konnte alle Sätze der Geometrie und der Algebra beweisen, die er verwendete. Er hatte die Beweise nicht gefunden, aber er hatte sie verstanden und gelernt, er konnte sogar an der Tafel den Satz des Pythagoras herleiten.

Dabei begriff der Junge sehr gut, was der Deutsche beweisen wollte: Daß es auch in der Mathematik, in der es doch

überhaupt gar keine Zufälle durfte, genauso Zufälle gab wie im Leben.
Die Gnädige würde nicht mehr kommen. Ursprünglich hatte der Deutsche einen Spaziergang im Wald unternehmen wollen, aber angesichts der Hitze und eines in der Ferne grollenden Gewitters änderte er seine Absicht. Von der Mutter ließ er sich ein drittes Bier geben. Im Gehirn des Jungen kreuzten sich die verschiedenen Gedankenstränge, die der Deutsche vor ihm ausgebreitet hatte. Er stellte noch allerlei Fragen zu Turing-Maschinen und zu den diophantischen Gleichungen. Der Deutsche erläuterte ihm auch die Catalansche Vermutung: Die Gleichung $x^m - y^n = 1$ hat nur die Lösungen $m = y = 2$ und $n = x = 3$. 2^3 und 3^2 sind die einzigen aufeinanderfolgenden echten Potenzen im Reich der natürlichen Zahlen.

Der Deutsche vermittelte zwischen dem abstrakten Gebäude seiner Überlegungen und dem Jungen, ohne die Mathematik auf ein Podest zu stellen, ohne den Jungen einsam zu machen. Die Besonderheit seiner Auffassung von Mathematik betonend, aber zur gleichen Zeit den Jungen ernstnehmend, gelang es ihm, etwas zu finden, was dem Jungen und der Mathematik gemeinsam war. Der Junge wurde Teil der Mathematik, ohne daß sich die Mathematik dem Jungen angeglichen hätte, ohne daß der Junge sich der Mathematik angeglichen hätte. Nachfragend, mitdenkend begleitete er den Jungen beim Lösen der Aufgaben, die er ihm stellte, nur dann pointiert kommentierend, wenn er sah, daß der Junge einen Fehler gemacht hatte oder im Begriff war, einen zu begehen. Alles Extreme schien dem Deutschen fremd zu sein. Er hatte eine These, aber diese These erlaubte viele andere Thesen. Unbefangen und gelas-

sen gegenüber seinen eigenen Ansichten, ließ er niemals zu, daß sie in einer geschlossenen Lehre mündeten. Wenn der Junge in der Schule recht hatte, dann nur deshalb, weil ein Lehrer vorher recht gehabt hatte und er das nachgeschrieben, nachgerechnet, nachgesagt hatte, womit der Lehrer recht gehabt hatte. Der Deutsche ließ ihm nicht recht, der Deutsche gab ihm recht.
Immer blieb der Deutsche in der Umgangssprache, er versuchte nicht, die von ihm verwendeten Begriffe in mühsamen und genauen Definitionen darzulegen, so daß der eigentliche Inhalt, das Ziel des Begriffs aus dem Blickfeld verschwand. Seine Thesen markierte er nicht, seine Begründungen hielt er nicht wie Schilder hoch. Der Junge mußte an die Aquarelle von Adalbert Stifter denken, des größten Sohnes des Stiftsinternats, die dem Schüler in den Büchern über die Geschichte von Kremsmünster zugänglich gemacht wurden. Obwohl es um die exakteste aller Wissenschaften ging, hatte der Junge den Eindruck, der Deutsche umkreiste, variierte die ihm wichtigsten Gedanken eher, als daß er unmittelbar auf sie zusteuerte. Die einzelnen Erklärungen und Argumente waren keineswegs völlig klar, immer hatten sie auch etwas Unscharfes an sich. Die Aquarelle Adalbert Stifters bestanden aus vielen, für sich verschwommenen Farbflecken, je näher man an sie heranging, um so undeutlicher wurden sie, dennoch ergaben sie ein stimmiges Ganzes. Oft führte der Deutsche seine Überlegungen beiläufig ein, vieles deutete er nur an, das konnte nicht nur der Tatsache geschuldet sein, daß er keinen Mathematiker oder naturwissenschaftlich gebildeten Erwachsenen vor sich hatte, sondern nur einen wißbegierigen Jungen. Im Zusammenhang ergab sich jedoch ein dichtes Bild. Der Junge verstand, er mußte die Argumentation

des Deutschen wie ein Aquarell aus einer gewissen Entfernung betrachten. Auf das Ganze mußte er achten, in welches das einzelne gehörte, nur so erschloß sich ihm, was der Deutsche ihm wirklich vermitteln wollte.

Nach dem, was er im Unterricht lernte, wäre der Junge nie auf den Gedanken gekommen, daß man über den Sinn und die Anwendung wissenschaftlicher Ergebnisse anders als wissenschaftlich befinden könnte. Der Junge spürte, Wahrheit bedeutete dem Deutschen nicht die Richtigkeit einer Aussage oder einer Theorie, die mit den Tatsachen übereinstimmte, in der Mathematik nicht einmal das Beweisbare, Wahrheit war der Sinn eines Zusammenhangs, auf den man sich einließ.

Für den italienischen Priester nahm die Welt ihren Ursprung im Geschriebenen, und nur dort erschloß sie sich. Den Deutschen hatte der Junge niemals lesen gesehen, nie mit einem Buch, nie mit einer Zeitung in Verbindung gebracht.

Für den Deutschen ereignete sich die Welt im Gespräch. Und wenn das Gespräch unverstellt war, machte die Welt auch Sinn.

Während der Junge den Erläuterungen des Deutschen lauschte und sie verstand oder nicht verstand, fühlte er sich überhöht. Die Dinge, die er wußte, waren ihm gewisser. Aber er hatte auch Angst, das Gespräch würde abbrechen, es würde versiegen oder durch etwas anderes verdrängt werden, und daß dann sein Leben in Gefahr wäre.

Im letzten Sommer hatte der Deutsche die Gnädige häufig besucht. Der italienische Priester war überhaupt nicht gekommen, von seiner Mutter hatte der Junge erfahren, daß er mit mehreren Kardinälen eine Reise nach Südamerika unternahm. Der Junge hatte dem Deutschen förmlich aufgelauert, der hatte sich daran gewöhnt, bevor er zur Gnädigen ging, immer mit dem Jungen zu sprechen. Wiederholt war die Gnädige noch nicht eingetroffen, wie bei der allerersten Begegnung, sie machte sich noch zurecht, oder sie führte ein dringendes Telefonat, das länger dauerte, ihr Bedauern darüber schien sich in Grenzen zu halten. Der Deutsche ließ sich nicht anmerken, ob ihn das traf. Die Gnädige nahm mit ihm einen Tee oder einen Kaffee auf der Terrasse ein, bei schlechtem Wetter in der Stube im Erdgeschoß. Manchmal ging die Gnädige aber auch mit dem Deutschen im Wald spazieren.

Einmal, als es regnete und die Gnädige den Deutschen nicht empfing, erklärte er dem Jungen das erste Elektronengehirn in Amerika, das ENIAC hieß. Auf der Bank vor dem Haus, unter dem Schutz des Daches, zeichnete er dem Jungen auf, wie eine Kathodenstrahlröhre arbeitete und wie mit Hilfe von Röhren Nullen und Einsen symbolisiert und verarbeitet wurden. In der Gegenwart bestanden die Elektronengehirne aus Transistoren, der Deutsche erklärte dem Jungen, man könne ein künstliches Gehirn im Prinzip auch aus Bierflaschen bauen. Eine volle Bierflasche symbolisierte die Eins, eine leere die Null, allerdings mußte man den Zustand des Gehirns dann mit der Hand ändern, überall da, wo aus einer Null eine Eins wurde, eine leere durch eine volle Bierflasche ersetzen, dort, wo eine Null aus einer Eins wurde, eine volle gegen eine leere austauschen.

Die Schöpfer und Erbauer der Elektronengehirne mußten in der Geschichte zurückblicken, das war die Überzeugung des Deutschen, sie mußten das Herkommen ihrer Begriffe betrachten, nur so konnten sie zu Besinnung und Einsicht in die sich entwickelnde Welt finden. Die Vergangenheit der Elektronengehirne wiederum brauchte eine Gegenwart, nur durch diesen Zeitabstand ließ sich die Vergangenheit neu und anders zur Geltung bringen, nur so ließ sie sich weitergeben. Ohne diese Freiheit starb die Vergangenheit ab und geriet so bedeutungslos und dem Erleben fern wie die Vergangenheit, die die Lehrer des Jungen im Stiftsinternat ausbreiteten.

Für die Lehrer des Jungen lag die geschichtliche wie die naturwissenschaftliche Welt im Dunkeln, sie wurde durch die Wissenschaften, durch das, was die Lehrer verstanden und was sie die Schüler lehrten, niemals erhellt, sondern nur beschrieben. Der Junge mußte sich die Umrisse der Landschaft vorstellen, er lernte, sie aufzuzeichnen, aber die Landschaft selbst blieb finster. Die Zukunftsromane und die wissenschaftlichen Bücher, die der Junge las, beleuchteten die Landschaft wie ein Blitz, einen Moment konnte man sie bei Tageshelle sehen, aber vorher und nachher blieb sie ins Dunkel getaucht, man mußte auf den nächsten Blitz warten. Der Welt des Deutschen empfand der Junge als eine Landschaft, in der es niemals ganz hell, aber auch niemals ganz dunkel wurde. Über Nacht spendete ein voller Mond Licht, die Sterne schienen, man konnte sogar lesen, aber am Tag überzog eine undurchdringliche Wolkendecke den Himmel, so daß man nicht einmal ahnte, wo die Sonne stand.
Während der Deutsche unter der Mithilfe Herrn Holzers seine Sachen auslud, blickte er mehrmals zur Einfahrt hin. Als ein Auto vorbeifuhr, der Junge kannte das Auto nicht, und er wußte auch nicht, was das Auto an der Teichl oder im Reitbauerngut wollte, drückte sich der Deutsche an die Mauer, damit er nicht gesehen wurde.
Die Welt, in der der Deutsche jetzt lebte, befand sich nicht

mehr im zurückgenommenen Licht wechselnder Tageszeiten, sie lag im Dunkeln und wurde nur von einzelnen Blitzschlägen erhellt.

An Herrn Holzers Händen bildeten die Falten der matten Haut mit den riesigen Altersflecken Taschen zwischen den Sehnen. Er stand am Fenster seines Arbeitszimmers und blickte wie vor ihm der Junge auf die Einfahrt hinunter, in der das Auto mit dem deutschen Kennzeichen parkte. Seine Augen glänzten, aber die Tränen fanden keinen Weg aus den Augen heraus. Noch nie waren dem Jungen die großen Poren im Gesicht von Herrn Holzer aufgefallen.
»Irgendwann ist eben Ende.«
Der Junge hatte nur schnell Herrn Holzer das Kropfband der Tochter von Dr. Moldowan geben wollen und vorgehabt, sofort wieder zu gehen. Dann hatte er den Deutschen erblickt, er hoffte, wenn er länger mit Herrn Holzer redete, vielleicht würde der Deutsche ins Arbeitszimmer kommen, und er könnte ihn begrüßen. Ihm war nichts anderes eingefallen, als Herrn Holzer zu seinem Ruhestand zu gratulieren, er hatte sich erlaubt zu fragen, was Herr Holzer denn jetzt machen wolle. Im Augenblick, als er die Frage gestellt hatte, bereute er sie schon.
»Weißt du, ich sehe dem mit großer Gelassenheit entgegen.«
Herr Holzer besaß eine ruhige, volle Stimme, nie hatte der Junge ihn in Eile, nie in Hast erlebt, und niemals hatte er ihn schnell reden gehört. Undenkbar, daß Herr Holzer schludrig sprach, Silben verschluckte, unvollständige Sätze machte. Er hatte als Gemeindesekretär immer mehr Autorität ausgestrahlt als der gewählte Bürgermeister.

»Zum Beispiel sage ich mir, eigentlich hast du ein tolles Leben gehabt. Ich war nie krank, habe nie irgendwelche körperlichen Gebrechen gehabt. Meine Frau hat immer zu mir gehalten, und ich habe meine Arbeit als Gemeindesekretär so versehen, daß ich allen in die Augen blicken kann.«

Die Grenze zwischen der Jagd des Reitbauernguts und derjenigen des benachbarten Rohrauerguts verlief in einer steilen Schlucht. Auf seinen Waldgängen rief der Junge in der Schlucht immer ganz laut Worte und Sätze, die mit dem zu tun hatten, was gerade in der Schule behandelt wurde, und er wartete auf den Nachhall. Als der Junge Herrn Holzer zuhörte, kam ihm der Gedanke, ob es nicht auch so etwas wie einen Vorhall geben könnte. Das, was Herr Holzer sagte, war das Vorecho wovon?

An der angelehnten Tür des Arbeitszimmers klopfte es. Nicht der Deutsche, sondern das Dienstmädchen betrat das Zimmer. Gesenkten Kopfes, ohne etwas zu sagen, stellte sie einen Teller mit einem Stück Kuchen auf den Schreibtisch.

Sonst hatte Herr Holzer um diese Zeit in seinem Büro über dem Feuerwehrwagen Akten gelesen, geschrieben und telefoniert. Stellte der Kuchen den Luxus dar, den er sich nach seiner Pensionierung gönnte?

Während Herr Holzer mit den Augen dem Dienstmädchen folgte, zog der Junge das Kropfband aus der Tasche, das er in ein altes, blauweiß kariertes, jedoch sauberes und gebügeltes Taschentuch eingewickelt hatte. Sein vorsichtiges Hantieren lenkte die Aufmerksamkeit von Herrn Holzer auf ihn.

Der Junge hielt ihm das Kropfband hin, und zwei oder drei Tränen kullerten über Herrn Holzers linke Backe.

Da wußte der Junge nicht mehr, was er sagen sollte. Ob er behaupten sollte, er habe das Kropfband im Wald gefun-

den, oder ob er doch gestehen sollte, daß die Tochter von Dr. Moldowan es ihm geschenkt hatte.
Als sich Herr Holzer die Tränen aus dem Gesicht wischte und den Jungen so ansah, wie er die Bürger des Orts angeblickt hatte, wenn sie ihm ihre Anliegen vorgetragen hatten, entschloß er sich zu einer völlig anderen Version: Er behauptete, der Idiot habe ihm das Kropfband gegeben. Er wisse, daß es der Tochter von Dr. Moldowan gehöre, denn er habe es an ihr gesehen.
Seine Worte hatten genau diejenige Wirkung, die er sich gewünscht hatte. Herr Holzer stellte keine Fragen. Hätte er behauptet, er habe das Kropfband im Wald gefunden, hätte ihn Herr Holzer nach der Fundstelle gefragt, und er hätte über den Ort und die Zeit lügen oder die Anwesenheit des Idioten und des Mädchens verschweigen müssen. Hätte er zugegeben, die Tochter von Dr. Moldowan hatte es ihm verehrt, hätte Herr Holzer sich ebenfalls nach den Einzelheiten erkundigt. Aber so setzte er sich auf den Bugholzstuhl vor seinem Schreibtisch, drehte dem Jungen den Rücken zu und griff nach der Gabel auf dem Kuchenteller.
Jetzt konnte der Junge gehen. Er verabschiedete sich laut und vernehmlich, Herr Holzer nickte nur. Die Morgensonne beschien den Schreibtisch, der Junge konnte ganz genau erkennen, auf dem Kuchen lief eine Biene. Herr Holzer hatte die Augen geschlossen.
Der Junge umfaßte den Türgriff, da drehte sich Herr Holzer noch einmal um.
»Weißt du, was die arabischen Schriftzeichen auf dem Kropfband bedeuten?«
Woher sollte der Junge das wissen.
Stumm schüttelte er den Kopf.

»Tod allen Christenhunden. Doktor Moldowan hat es mir einmal erklärt.«
Herr Holzer wandte sich ab und nahm die Gabel in die Hand. Die Biene krabbelte immer noch auf dem Kuchen. Der Junge stellte sich vor, Herr Holzer würde ein Stück Obstkuchen essen und die Biene verschlucken. Sie würde ihn in die Speiseröhre stechen, sein Hals würde anschwellen, die Luftröhre würde zuschwellen, er würde keine Luft mehr bekommen, das Dienstmädchen würde die Rettung rufen, die würde mit Blaulicht und Horn in die Einfahrt des Hauses einbiegen und mit quietschenden Reifen halten.

Die Rettung wäre nicht nach St. Pankraz durchgekommen. In beiden Richtungen der Bundesstraße, die jenseits der Bahnlinie am Ort vorbeiführte, erstreckten sich stehende Fahrzeugkolonnen, die so weit reichten, wie der Junge sehen konnte, nach Windischgarsten bis zur Eisenbahnbrücke, nach Kirchdorf bis zum Gasthof Schmuck.

Der Junge wollte den Grund für den Verkehrsstau erkunden. Auf seinem Weg zur Bundesstraße kam ihm eine ungewöhnlich groß gewachsene Frau mit hellblonden halblangen Haaren in einem rosafarbenen Dirndl entgegen.

Die Dorfschullehrerin von St. Pankraz trug einen berühmten Namen, sie hieß Pießlinger. Im vorigen Jahrhundert waren die Pießlingers die reichste Familie der Gegend gewesen, der Stammvater hatte als einfacher Sensenschmied angefangen, es war ihm gelungen, aus seiner Schmiede eine Fabrik zu machen. Die Dorfschullehrerin kam aus Wien, obwohl man in St. Pankraz, in Windischgarsten und in Kirchdorf wußte, daß sie kein Abkömmling der Dynastie war, behandelte man sie mit dem gleichen Respekt, den man den Nachkommen der Sensenschmiede entgegenbrachte.

Der Gnädigen hatte sie anvertraut, ihre gehörlosen Eltern seien sehr traurig darüber gewesen, daß sie hörte. Ihre Mutter habe sich einen gehörlosen Mann gesucht und unbedingt ein gehörloses Kind bekommen wollen. Mit ihren Eltern verständigte sie sich in Gebärdensprache, sie hatte sich möglichst weit weg von Wien versetzen lassen, um aus dem Einflußbereich ihrer Eltern zu entfliehen.

Seit er ins Stiftsinternat ging, hatte der Junge die Lehrerin nicht mehr gesehen. Sie hatte ihm die besten Noten gegeben, aber von sich aus nichts unternommen, damit er eine weiterführende Schule besuchen konnte. Ohne die Gnädige und den italienischen Priester würde er weiter auf die Dorfschule gehen.

Der Junge und die Lehrerin grüßten einander, als ob sie sich erst gestern gesehen hätten. Sie erzählte ihm, sie sei in Windischgarsten beim Einkaufen gewesen, der Glöcklbauer habe sie mitgenommen, er stehe noch in der Schlange, die sich gebildet habe, weil die Shell-Tankstelle neben dem Gasthof Schmuck heute eine Aktion durchführe. Von acht bis zwölf Uhr gebe es das Benzin für jeden, der tanke, um zehn Prozent billiger.

Sie erkundigte sich nicht etwa nach dem Gymnasium, sondern danach, was seine Schwestern machten und wo sein Vater arbeitete. Der Vater hatte ein kleines Ladenlokal in Windischgarsten angemietet, in dem er mit Fotos von seinen Projekten für sein Sprengunternehmen Reklame machte, das aus ihm und seinem Mitarbeiter Josip bestand. Der Junge erzählte der Lehrerin, sein Vater sprenge jetzt den Bosruck-Tunnel.

Der Junge hätte schwören können, daß sich das Gesicht der Lehrerin verändert hatte. Ihre Nase schien ihm schmaler und kürzer als früher zu sein. Ein paar Tage zuvor hatte er, während er beim Friseur in Windischgarsten auf seine älteste Schwester wartete, in den Frauenzeitschriften geblättert, die für die Kundinnen auflagen. Dabei war er auf einen Bericht über Schönheitsoperationen gestoßen. Farbbilder zeigten eine etwa fünfzigjährige Dame in einem schwarzen Kleid mit großen runden goldenen Ohrringen in einem Restaurant, sie lachte aus dem offenen Fenster ihres Autos heraus, sie hockte neben ihrem Jagdhund im Wald auf dem Boden, in einem kurzen schwarzen Pelzmantel besuchte sie eine Kirche. Es gab auch ein Bild, wie sie ausgesehen hatte, bevor sie sich hatte operieren lassen. Dem Jungen war aufgefallen, das Vorher-Bild zeigte sie nicht geschminkt, während sie auf den Nachher-Bildern Schminke trug.

Sie hatte sich morgens im Spiegel betrachtet und gedacht, jetzt hast du wirklich genug geschlafen und schaust immer noch müde aus. *Es is ois abighängt.* Dann traf sie eine Bekannte, der sie jahrelang nicht begegnet war, die aber unglaublich jung aussah. Die Bekannte erzählte unbefangen von ihrer Schönheitsoperation und gab ihr die Adresse des Chirurgen. Die Operation wurde im Dämmerschlafverfahren durchgeführt. Die Dame berichtete, während der Operation habe sie sich mit dem Chirurgen unterhalten, trotzdem habe sie die Operation verschlafen. Der Chirurg erklärte, er straffe die Haut nicht einfach, sondern er verkürze die darunterliegenden Muskeln. Auf diese Weise vermied er, daß seine Patientinnen zwar eine glatte Haut bekamen, aber ihr Gesichtsausdruck einer Maske glich. Während der Operation mußte er mit den Patientinnen sprechen, nur auf diese Weise behielt das Gesicht seinen normalen Ausdruck, in der Vollnarkose veränderten sich die Gesichtszüge der Patientinnen. Die Operation kostete soviel wie ein gebrauchter VW-Käfer oder ein gebrauchter Fiat. Die Mutter der Dame und ihre erwachsenen Söhne aus erster Ehe zeigten sich begeistert, genauso wie der neue Freund, mit dem sie inzwischen verheiratet war.

Die Lehrerin wohnte im Haus der Lattners, die das einzige Geschäft im Ort betrieben, es führte Lebensmittel, die die Bauern nicht selbst erzeugten, sowie Drogerieartikel. Der Junge begleitete die Lehrerin zum Schulhaus. Dort wurden gerade neue Fenster eingesetzt und die Wände geweißelt, außerdem sollten der Fußboden abgeschliffen und versiegelt sowie die Schulbänke erneuert werden.

Der Junge haßte die Lehrerin.

Am Tag der Rache war er im Bett liegengeblieben, als seine Mutter ihn und die Schwestern um halb sieben weckte. Er müsse erst um zehn Uhr in der Schule sein, die Lehrerin habe um acht Uhr einen Termin bei der Bezirkshauptmannschaft in Kirchdorf, belog er seine Mutter. Um acht Uhr begab er sich endlich in die Küche, wusch sich und putzte sich die Zähne, seine Mutter kochte ihm Malzkaffee und schmierte ihm ein Butterbrot.

Gerade hatte der Junge sein Halbjahreszeugnis bekommen. Alle lobten ihn dafür, die Gnädige, die Mutter, der Vater, sogar seine Schwestern gaben ihm durch ihr Verhalten zu verstehen, daß sie ihn beneideten. Nur die Lehrerin verlor kein Wort darüber. Dabei hatte der italienische Priester doch versprochen, er werde sich dafür einsetzen, daß der Junge das Internat des Benediktinerstifts Kremsmünster besuchte.

In der ersten Klasse war die Mutter des Jungen über die unleserliche Handschrift des Jungen so besorgt gewesen, daß sie seine Schulhefte der Gnädigen gezeigt hatte. Die Gnädige hatte mit der Lehrerin gesprochen, die sich jedoch in

keiner Weise beunruhigt gegeben hatte. Nach der ersten Klasse sprach die Gnädige zu ihm vom Gymnasium.
Zunächst wußte der Junge gar nicht, was das war, das Gymnasium. Außer den Kindern des Gemeindesekretärs war noch nie jemand aus dem Ort auf eine andere Schule übergewechselt. Aber der Junge merkte: Wenn er den Erwachsenen davon erzählte, daß die Gnädige gesagt hatte, er solle aufs Gymnasium gehen, sahen ihn die mit ganz anderen Augen an. Herr Holzer, der Glöcklbauer, den er oft traf, wenn er seine Runde durch den Wald machte und über die Glöckl-Au zurückging, der Klausnerbauer, dessen Hof gegenüber dem Haus von Herrn Holzer lag. Den Eltern allerdings schien es nicht recht, daß die Gnädige diesen Gedanken in den Kopf des Jungen gepflanzt hatte. Sie hatten die Volksschule besucht, das reichte, sie sprachen von Flausen. Aber sie respektierten die Gnädige zu sehr, als daß sie Widerspruch gewagt hätten.
In den Sommerferien zwischen der dritten und der vierten Klasse unternahm der italienische Priester mit dem Jungen einen Ausflug nach Kremsmünster. Sie fuhren in einem schwarzen Mercedes 180. Der italienische Priester stellte den Jungen dem Abt vor, ein Klosterbruder führte sie durch das Stift. Das Kloster war im Jahr 777 von Tassilo dem Dritten, dem Stammesherzog der Bayern, gegründet worden. Der Cousin und Schwager Karls des Großen strebte an, sein Herzogtum nach Osten zu erweitern und sich von der fränkischen Vorherrschaft zu lösen. Doch im Jahr 788 mußte sich Tassilo Karl dem Großen unterwerfen, er wurde in ein fränkisches Kloster gesperrt und verschwand aus den Zeitläuften. Bayern wurde in das Frankenreich eingegliedert, auch Kremsmünster fiel an Karl den Großen, der das Kloster später zur Reichsabtei erhob.

Sie besichtigten die Stiftskirche mit der Grabplatte für Tassilos Sohn, die Schatzkammer mit dem Tassilokelch sowie den Tassiloleuchtern und die Bibliothek.
Nach der Legende befand sich Tassilo mit seinem Sohn Gunther in den Ostgebieten seines Herzogtums auf der Jagd. Der Sohn entfernte sich von der Jagdgesellschaft, um einer mächtigen Wildsau nachzustellen. Im Dunkel des Waldes kam er zu einer starken Quelle, die später Ursprung genannt wurde. Der Sohn traf den Eber tödlich, doch zersplitterte beim Stoß der Schaft des Spießes. Das wütende Tier brachte dem wehrlosen Jäger eine tiefe Rißwunde an der Wade bei, aus der er verblutete. Der Hund kam klagend zum Sammelplatz und lief den Jägern zur Stätte des Unglücks voraus. Vor der Leiche seines Sohnes, neben der der verendete Eber lag, gelobte Tassilo, an diesem Ort ein Kloster zu stiften. Die Grabplatte aus Kremsmünsterer Nagelfluh zeigte den Sohn, als habe er sich zum Schlafen hingelegt, den Kopf mit den langen blonden Haaren auf einem Kissen, die Augen geschlossen, die Gesichtszüge friedlich entspannt, angetan mit einem schwarzrot gestreiften Gewand, in der linken Hand hielt er eine Trompete, zu seinen Füßen spielte ein Jagdhund, ein Eber wärmte ihn.
Der Junge konnte sich erst vom Bild des Herzogssohnes befreien, als sie der Klosterbruder zur Sternwarte führte. Noch nie hatte der Junge vor einem Gebäude mit sieben Stockwerken gestanden. Die Sternwarte stellte die weltliche Entsprechung zur Kirche dar. Es war das erste Hochhaus Europas und das erste erhaltene eigenständige Museum. Heute sei die Sternwarte das Museum eines Museums. Das verstand der Junge nicht, er hatte noch nie ein Museum betreten. Der Besucher wurde von der unbelebten Natur in die belebte Natur, von der Erde in den Himmel,

von den Menschen zu Gott geführt. Im zweiten Stock waren zwölftausend Steine und Kristalle ausgestellt, im dritten Stock Meßvorrichtungen und Gerätschaften, mit denen die Naturwissenschaftler beobachteten und Experimente durchführten, der vierte Stock enthielt ausgestopfte Vögel, getrocknete Pflanzen und Wachsmodelle von Pilzen – im ersten Stock hatten sie Knochen von Sauriern und Mammuts besichtigt –, der fünfte Stock zeigte Möbel aus fernen Ländern, die obersten Stockwerke waren der Astronomie gewidmet. Der Klosterbruder erklärte den astronomischen Tisch und die astronomischen Beobachtungsinstrumente, darunter ein Sextant aus Eisen, den Johannes Kepler in Prag verwendet hatte, er hatte entdeckt, daß sich die Erde um die Sonne drehte, und der Klosterbruder zeigte anhand von Erd- und Himmelskugeln, wie sich die Vorfahren die Welt gedacht hatten.

Auf der Rückfahrt, nachdem sie zusammen mit dem Abt und dem Rentmeister im Klosterkeller gegessen hatten, es hatte Frittatensuppe und Tafelspitz gegeben, redete der Junge so viel wie noch nie. Er wollte von dem italienischen Priester wissen, ob es stimmte, daß Herzog Tassilo das Kloster wegen des Jagdunfalls seines Sohnes gegründet hatte, was die Darstellungen auf dem Tassilokelch bedeuteten, wo man die Saurierknochen gefunden hatte, wo die Mammutknochen, wie die Bahn des Sterns verlief, den der berühmte Abt und Astronom Alexander Fixlmillner berechnet hatte.

Seit drei Tagen war der Junge nicht in die Schule gegangen, weil die Gnädige und der italienische Priester abgereist waren, ohne ein Wort über das Gymnasium zu verlieren. Der Abt hatte darauf hingewiesen, daß die Unterlagen des Jungen zusammen mit seinem Halbjahreszeugnis spätestens bis Ende März eintreffen müßten. Der Junge konnte nicht selber an das Kloster schreiben.

Sollte er seinen Vater oder seine Mutter hassen? Niemals wären sie auf den Gedanken gekommen, ihn aufs Gymnasium zu schicken, aber sie würden auch nichts unternehmen, ihn davon abzuhalten. Die Gnädige hatte es ihm versprochen. Aber es lag nicht an ihr, etwas zu unternehmen, das konnte nur der italienische Priester.

Die Lehrerin hatte ihm nichts versprochen. Aber sie war diejenige, die ihm etwas hätte versprechen müssen. Die Lehrerin und nicht der italienische Priester hätte ihn aufs Gymnasium schicken, ihn anmelden müssen. Der Junge haßte die Lehrerin und die graue Schule in St. Pankraz. Was hätte er nicht alles werden können. Naturforscher, Astronom, Ingenieur... Wollte der italienische Priester vielleicht deswegen nicht mehr, daß er das Gymnasium besuchte, weil er seine Zukunft im Mathematischen Turm sah, wie die Einheimischen die Sternwarte nannten, und nicht in der Kirche?

Seine Mutter würde die Explosion hören und die Rauchwolke sehen. Natürlich lief sie sofort in den Ort hinüber, um zu erfahren, was geschehen war. Sein Vater würde es im Radio hören. Zuerst glaubte er, es sei ein Unfall. Dann dachte der Vater daran, daß er Dynamitstangen im Kühlschrank in der Speise aufbewahrte und Zündvorrichtungen in der Tenne und daß er seinen jüngeren Sohn einmal nach Kärnten mitgenommen hatte, wo er einen Tunnel gesprengt hatte. Er hatte ihm gezeigt, wie man die Dynamitstangen mit dem Zünder verband und wie man den Zünder auslöste. Sein Vater rief zu Hause an, aber niemand ging ans Telefon.

Seine Mutter und die Schwestern, die Nachbarin und der

Idiot, alle hasteten sie das Spalier aus Apfelbäumen entlang, zur Teichl hinunter und zum Ort hoch. Die Schule lag in Schutt und Asche, Leichenteile ragten aus den Trümmern heraus, seine Mutter und die Schwestern, die Nachbarin und sogar der Idiot begriffen, alle waren tot, er war tot.

Sein Vater rief in der Post oder im Gasthof Zum Niesl an, irgend jemand berichtete ihm, keine Überlebenden. Sofort setzte er sich ins Auto und fuhr nach St. Pankraz. Rettungswagen und Polizisten waren bis aus Linz gekommen, sein Vater versuchte, die Absperrung zu durchbrechen, aber man ließ ihn nicht zu den Trümmern. Ohne ein Wort zu sagen, stieg er wieder ins Auto und fuhr zum Reitbauerngut hinüber, dort riß er die Kühlschranktür auf und sah sofort, daß Dynamitstangen fehlten, die Zündvorrichtungen in der Tenne brauchte er gar nicht mehr zu überprüfen.

Er würde es nicht verstehen. Sein Sohn hatte mit den Dynamitstangen und den Zündern gespielt, vielleicht hatte er angeben wollen, er konnte doch nicht beabsichtigt haben, eine Explosion auszulösen.

Damit das Dynamit und die Zündvorrichtung in die Schultasche paßten, hatte der Junge die Schulbücher und Schulhefte zu Hause lassen müssen, seine Mutter hatte es nicht bemerkt. Bei der Lehrerin gab er als Grund für sein Zuspätkommen an, er habe seiner Mutter im Stall helfen müssen. Er hatte die Zündvorrichtung an die Dynamitstangen angeschlossen. Eine Hand behielt er in der Schultasche. Mit einer Bewegung seines Fingers hätte er die Schule in die Luft sprengen können.

Als die Mittagsglocke läutete, waren sein ganzer Haß, seine ganze Wut verflogen. Jetzt gab er seinen Eltern, dem italie-

nischen Priester, der Gnädigen und sogar der Lehrerin recht. Jetzt wußte er, warum sie ihn doch nicht auf das Gymnasium schickten: Es erschien ihm sinnlos, jemanden, der so feige war wie er, irgend etwas zu lehren.
Er legte die Dynamitstangen in den Kühlschrank zurück und brachte die Zündvorrichtung wieder in die Tenne.

Der Junge würde die Schule in die Luft sprengen, aber nicht in der Wirklichkeit.
Nie ging der italienische Priester ohne Zeitungen und Bücher aus dem Haus. Der Junge hatte sich die Verfasser der Bücher gemerkt, die der Priester bei seinen Waldspaziergängen mitführte. Vor dem Einschlafen oder beim Aufwachen murmelte er oft die Namen vor sich hin, auch im Wald, wenn es dunkel wurde. *Franz Kafka, Marcel Proust, Robert Musil, Hermann Broch, Italo Svevo, Miguel de Unamuno, Stefan Trakl, Giuseppe Ungaretti, Federico Garcia Lorca, Paul Celan.*
Einen Namen freilich gab es, den der Junge in seiner Aufzählung immer wegließ. Der Priester hatte einmal ein Buch dabeigehabt, dessen Titel hatte geheißen *Der Gehülfe*. Den Namen des Verfassers wollte der Junge nicht aussprechen und nicht denken. Er war sicher, dieses Buch ging über einen Jungen wie ihn. Er hätte das Wort Gehilfe niemals falsch geschrieben, dennoch brachte die fehlerhafte Schreibung etwas zum Ausdruck, was der Wahrheit entsprach: Er wußte nichts über die Welt der Bücher.
Bei einer anderen Gelegenheit hatte der italienische Priester der Gnädigen etwas vorgelesen, nicht aus einem Buch, sondern aus einem Heft. Der Junge hatte nicht mitbekommen, wer in das Heft geschrieben hatte, es konnte kein Schüler gewesen sein. Mehrere Sätze hatte er sich gemerkt: *Warum*

kann ich nicht leben auf den Höhen der Menschheit? – Ich muß in den Wahnsinn verfallen – oder ich bin verloren! Zwischen den Blättern des Hefts, aus dem der Priester vorlas, steckten gepreßte Blumen, Rispen und Blütenstempel. *Leicht muß es mir sein, alles hinzuopfern für meine Werke!* Der Priester hatte mit einem übertrieben gefühlvollen Ausdruck gelesen, die Gnädige bei manchen Sätzen laut aufgelacht. *Ich will es vollbringen oder sterben!* Der Junge nahm sich vor, ein Buch zu schreiben, in dem er oder jemand anderes, der nicht er war und der doch er war, die Schule von St. Pankraz in die Luft sprengte.
Doch der Wunsch des Jungen ging in Erfüllung, er durfte das Gymnasium in Kremsmünster besuchen.
Auf der Liste der Sextaner stand sein Name. Der italienische Priester hatte ihn angemeldet, ohne ein Wort darüber zu verlieren. Der Junge mußte sich nur am Vorabend des ersten Schultags einfinden und sein Zeugnis und seine Geburtsurkunde mitbringen. In den Sommerferien händigte ihm die Gnädige einen Umschlag mit Geld für die notwendigen Schulbücher aus.

Der Junge stand jetzt in dem Schulraum, aber es roch nicht mehr nach frischer Farbe, sondern nach verbranntem Holz, er spürte einen Luftzug auf seinem Gesicht, der kam nicht durch die Fensteröffnungen herein, er blickte nach oben und sah den Himmel über sich.
Trümmer umgaben ihn, er hatte doch die Zündvorrichtung betätigt, vor ihm lag ein verbranntes, blutiges Fleischbündel. Abwechselnd blickte der Junge zum Himmel und zu dem Fleischbündel. Schließlich öffnete das Fleischbündel den

Mund und sagte laut und deutlich mit der Stimme der Lehrerin:
»Was ist mit dir?«
Der Junge schloß die Augen. Als er sie öffnete, befand er sich wieder in dem frisch gestrichenen Schulzimmer. Die Lehrerin blickte ihn beunruhigt an. Sie habe ihm gesagt, sie wolle jetzt gehen, aber er habe durch sie hindurchgeblickt, als ob sie gar nicht anwesend sei, und auch auf mehrmaliges Nachfragen keine Antwort gegeben. Der Junge strich sich mit der Hand über die Stirn und fand sie schweißgebadet, er murmelte, er habe wohl eine Sommergrippe. Mit dieser Erklärung gab sich die Lehrerin zufrieden.
Ohne sich von ihr verabschiedet zu haben, rannte er zurück zum Reitbauerngut. Dort stieg er schwer atmend die schmalen Stufen zu dem kühlen Keller hinunter und legte sich auf den feuchten Erdboden.

Er liebte und haßte soviel stärker als alle anderen, litt unvergleichbar mehr als alle anderen. Aber er freute sich nicht mehr als die anderen. Wollte er tatsächlich seine Gefühle ausleben, wäre das, als würde man ein Radio zu laut stellen, eine Schallplatte zu schnell abspielen. Weil niemand so leben konnte, hatte irgend jemand eine Vorrichtung gebaut, die es seiner Seele erlaubte, mit der Welt zu verkehren. Die Vorrichtung, die aussehen mußte wie einer der Magnetisierapparate im Mathematischen Turm, paßte seine Gefühle der Welt an. Für jedes Gefühl, das er hatte, ermittelte sie die Stärke, die die Welt ertragen konnte. Zugleich hielt sie die Verhältnisse der verschiedenen Gefühle untereinander konstant, das Radio wurde leiser gestellt oder das Musikstück langsamer gespielt, die Melodie mußte erkennbar bleiben. Im großen und ganzen funktionierte die Vorrichtung zuverlässig, manchmal kam sie allerdings an ihre Grenzen. Gelang es ihr nicht, die Gefühle des Jungen kleiner zu machen, oder schaffte sie es nicht, die Größenverhältnisse zwischen den Gefühlen zu bewahren, sagte die Vorrichtung zu den Menschen, die um den Jungen waren:

»Ich sehe euch in der Ewigkeit, und ihr seid tot.«

Neben dem Mostfaß lagen ein paar Bogen vergilbten weißen Briefpapiers. Sein Vater hatte sich wohl im Keller etwas notieren wollen und mehr Papier mitgenommen, als er brauchte. Der Junge ergriff den obersten Bogen, zerknüllte ihn, ließ ihn neben das Mostfaß fallen und legte sich wieder auf den glatten Erdboden. Er hatte das Papier mit aller Kraft zusammengedrückt und beobachtete jetzt, wie sich das Gerüst von Falten knisternd ausdehnte. Die Kanten und Spitzen speicherten die Energie, die er zum Zusammenballen aufgebracht hatte. In der Luft, als er das Papier losgelassen hatte, hatte es sich ganz schnell ausgedehnt, am Boden aufgetroffen schon langsamer. Schließlich mußte er ganz genau hinsehen, um die Ausdehnung noch wahrzunehmen. Nie würde das Papier in seinen ursprünglichen Zustand zurückkehren.

Der Junge betrachtete den Papierballen so lange, bis ihn seine Mutter rief.

Die Gnädige war überraschend eingetroffen, Frau Schwarzbäck von der Post hatte die Mutter verständigt. Sie gab dem Jungen den Auftrag, einige Dinge für den Haushalt im Geschäft der Lattners zu besorgen, die nur gebraucht wurden, wenn sich die Gnädige im Haus aufhielt. Der Junge nahm kein Geld mit, seine Mutter und sein Vater ließen im Geschäft anschreiben.

Es gab nur einen befahrbaren Weg, auf dem man vom Dorf das Reitbauerngut erreichte, der bei der Post, beim Klausnerbauern und bei den Holzers vorbei zur Teichl hinunter, über die Teichlbrücke und dann wieder hoch zum Reitbauerngut führte. Zu Fuß konnte man auch, wie es der Junge getan hatte, erst zur Einserhütte aufsteigen und dann in den Langen Graben hinab, auf einem Holzweg gelangte man ins Dorf zurück. Aber das wäre ein unglaublicher Umweg gewesen. Das benachbarte Rohrauergut war durch einen Fußweg mit dem Reitbauerngut verbunden und über einen Güterweg an die Bundesstraße angeschlossen, auf der man nach St. Pankraz zurückfahren konnte. Die älteren Schwestern des Jungen gingen oft über den sogenannten Hühnersteig zum Rohrauergut, um die beiden Töchter des Rohrauerbauern aufzusuchen. Auch die Nachbarin, die Mutter des Idioten, besuchte öfter die Frau des Rohrauerbauern. Während der Junge an diesem Tag schon zum zweiten Mal den Weg zur Teichl hinunter nahm, ließ er vor seinem inneren Auge eine Schemazeichnung entstehen: ein Netz mit vier Knoten, der erste der Ort, der zweite das Reitbauerngut, der dritte das Rohrauergut, der vierte das Ende des Holzwegs im Langen Graben. Zwei Punkte waren genau dann verbunden, wenn es eine befahrbare Straße oder einen begehbaren Weg gab. Also führten Linien vom Ort zum Reitbauerngut, vom Reitbauerngut zum Rohrauergut, vom Rohrauergut zum Ort, vom Reitbauerngut zum Langen Graben, vom Langen Graben zum Ort. Keine Linie gab es vom Langen Graben zum Rohrauergut. Zählte man, wie oft sich an jedem Tag ein Mensch von einem Punkt zum anderen bewegte, erhielt man für jeden Punkt so etwas wie eine Feuerrate.

In Herrn Holzers Arbeitszimmer lag ein Buch über den

Zweiten Weltkrieg. Darin zu blättern hatte der Junge sich nicht getraut, sondern nur die aufgeschlagenen Seiten gelesen, auf denen beschrieben wurde, wieviel Schuß welche Maschinengewehre in der Minute abgeben konnten, und es wurden Vergleiche gezogen zu den Waffen im Ersten Weltkrieg.

Die höchste Feuerrate war ohne Zweifel für den Weg vom Dorf zum Reitbauerngut zu verzeichnen, den auch zahlreiche Wanderer benützten, die dann weiter zur Einserhütte aufstiegen oder den Hühnersteig zum Rohrauergut nahmen. Der umgekehrten Richtung konnte die zweithöchste Feuerrate zugeordnet werden, bis auf die Mutter des Jungen und den Idioten verließen täglich alle das Reitbauerngut, um in die Schule zu gehen, im Dorf Besorgungen zu machen oder den Zug zu nehmen. Die Verbindung des Reitbauernguts zum Langen Graben wies bestimmt die niedrigste Feuerrate auf, nur der Idiot wählte manchmal diesen Weg. Die Feuerrate vom Reitbauerngut zum Rohrauergut war größer als die in der umgekehrten Richtung, die Wanderer, die den Hühnersteig nahmen, kehrten auf einem anderen Weg nach St. Pankraz zurück oder gingen entlang der Teichl nur in einer Richtung.

Der Junge vertiefte sich so sehr in seine Gedanken, daß er die Gnädige, die das Haus der Holzers beobachtete, erst erkannte, als er fast in sie hineingelaufen wäre.

Sie stand im Schatten der großen Bäume, die den Weg hinunter zur Teichl säumten. Der Junge wußte nicht, hatte sie braune oder rote Haare? War da ein Leberfleck über ihrer Lippe? Hatte sie braune Augen, hatte sie grüne Augen? Waren ihre Augenbrauen von der gleichen Farbe wie die Haare? Hatte sie einen Schmollmund, oder war ihr Mund schmal? Sah sie ihn an und legte dabei die Stirn in Falten, oder blickte sie an ihm vorbei, auf den Weg hinter ihm, und war ihre Stirn glatt? Hatte sie gerade oder abfallende Schultern? Es gab kein Trachtendirndl mit farbigen Blumen auf einem weißen Rock und einem orangefarbenen Oberteil, der Junge hatte ähnliche Dirndl in der Frauenzeitschrift beim Friseur gesehen. Hatte sie kurze oder lange Beine? Ihre Dirndlröcke gingen immer bis weit unter die Knie. Besaß sie schlanke oder kräftige Waden? Waren ihre Oberarme kräftig oder schmal? Hatte sie einen größeren oder einen kleineren Busen? Der Junge versuchte mit aller Kraft, die einzelnen Eindrücke von ihrem Gesicht, von ihrer Gestalt in seinem Kopf zu einem Bild zusammenzusetzen, aber es gelang ihm nicht.

Als sie ihn ansprach, sah der Junge, wie sich der Mund bewegte, und er hörte eine Stimme. Der Mund und die Stimme gehörten nicht zusammen, er mußte sie in seinem Kopf zuordnen, die Stimme zu dem Mund.

»Mein Auto steht vor dem Geschäft.«

Die Gnädige fixierte den Einkaufskorb des Jungen.

»Du kannst einkaufen und dann mit mir fahren.«

Sie erklärte nicht, wieso sie ihren Wagen vor dem Geschäft der Lattners geparkt hatte und zu Fuß in Richtung Reitbauerngut gegangen war.

»Danke«, sagte Junge, als er sich in Bewegung setzte.

Der Junge sagte immer danke zu der Gnädigen und zu dem italienischen Priester, wenn er nicht wußte, was er sagen sollte.

Als sie um die Ecke bogen, vermied es die Gnädige bewußt, das Haus der Holzers anzusehen. Der Junge warf einen verstohlenen Blick auf die Einfahrt mit dem Auto des Deutschen und auf das Schwimmbad.

»Gehst du bei schönem Wetter manchmal schwimmen?«

Der Junge antwortete, manchmal fahre er am Wochenende mit seinen älteren Schwestern zum Gleinkersee, der Freund der ältesten Schwester nehme sie mit. Der etwa fünf Kilometer von Windischgarsten entfernte See sei klar, aber es gebe keine Möglichkeit zu brausen, nach dem Schwimmen sei man immer voller Erde.

»Warum badest du nicht bei den Holzers?«

Der Junge zuckte mit den Schultern. Kam der Deutsche auf den Hof und redete mit ihm, stellte das seine Entscheidung dar. Besuchte der Junge das Schwimmbad der Holzers, würde sich der Deutsche vielleicht verpflichtet fühlen, mit ihm zu sprechen, obwohl er das gar nicht wollte. Seine jüngste Schwester machte sich solche Gedanken nicht. Ihr lag nicht daran, sich mit dem Deutschen oder den anderen Gästen zu unterhalten. Es genügte ihr, wenn man sie im Badeanzug betrachtete. Bei großer Hitze ging sie nur im Badeanzug und in Sandalen den Weg zum Reitbauerngut zurück, das Handtuch in der Hand. Die Mutter hatte es ihr verboten, aber die Mutter sah nicht, daß sie sich das Handtuch erst in Sichtweite des Hofes um die Hüften wikkelte.

»Weißt du, daß die Holzers von der Gemeinde Geld bekommen haben, damit sie ihr Schwimmbad bauen konnten? Alle St. Pankrazer dürfen ihr Bad benützen, wenn sie es wollen.«

Das hatten Herr und Frau Holzer noch nie erzählt, wohl um zu verhindern, daß sich zu viele Leute bei ihnen einfanden. Aber die Jüngeren fuhren sowieso zum Gleinkersee, und die Älteren konnten nicht schwimmen.

Inzwischen waren die Gnädige und der Junge beim Laden der Lattners angelangt. Auf dem Rücksitz des weißen Opel Kapitän lehnten zwei braune ADEG-Papiertüten, die Gnädige hatte schon eingekauft, aber sie begleitete den Jungen in das Geschäft. Der Junge hatte keinen Einkaufszettel dabei, er merkte sich genau, was er besorgen mußte, er sagte Herrn Lattner sogar die Packungsgrößen an. Er wußte, wieviel Gramm Nudeln und wieviel Gramm Mehl die Packungen enthielten. Danach forderte ihn die Gnädige auf, sich ein paar Süßigkeiten auszuwählen. Scheu griff er nach einer Packung Dixi-Traubenzucker. Die Packungen sahen aus wie Zigarettenpackungen aus Karton, unten rot und oben weiß, man bog den oberen Teil nach hinten, dann kamen aus einem Spender kleine Traubenzuckertabletten heraus. Er wählte Kakaogeschmack, die Gnädige ermunterte ihn, sich mehr auszusuchen, er zeigte auf Manner-Haselnußschnitten und PEZ-Bonbons, die Gnädige zückte ihr Portemonnaie und hieß den Jungen, die Süßigkeiten in seinen Einkaufskorb zu legen.

Die Gnädige suchte in ihrem Portemonnaie nach den richtigen Münzen und war tot. Sie stand in dem geblümten Dirndl, das keins war, neben dem Jungen, sie hatte eine völlig glatte Haut, bestimmt hatte sie sich keiner Schönheitsoperation unterzogen, und doch war sie tot.

Dem Jungen kam ein Gespräch zwischen der Gnädigen und dem italienischen Priester in den Sinn, das er belauscht hatte. Der Wind trug Worte aus dem Nebel zu dem Jungen hin, der den beiden in großem Abstand auf ihrem Spaziergang folgte. Zuerst hörte er nur ein einzelnes Wort, Ewigkeit, der Priester hatte es ausgesprochen. Der Junge blieb stehen, und konnte einzelne vollständige Sätze vernehmen. Die Gnädige sagte, sie sei gleichermaßen von Gott und vom Teufel bestimmt, in ihrem Leben könne man gut und böse nicht trennen. Sie sei abhängig von anderen Menschen, das gestehe sie ein. Die Liebe und das Opfer bildeten den Sinn ihres Lebens. Der italienische Priester antwortete ihr, aber der Junge hörte nichts mehr, weil der Wind die Richtung gewechselt hatte. Als der Wind aus der gleichen Richtung blies wie vorher, hörte der Junge den Priester sagen, seit der – hier kam ein französisches Wort, das der Junge nicht kannte – beginne der Mensch, sich mit Dingen zu befassen, die er eigentlich nicht wissen sollte. Dann knackte ein Ast, der Junge konnte den nächsten Satz nicht verstehen, aber die darauffolgenden. Das Ziel der menschlichen Existenz liege nicht im Erkennen. Das wichtigste Existenzproblem bestehe darin, den Sinn des Lebens zu ergründen.

Die Gnädige erteilte harsche Befehle und verteilte freigiebig Zurechtweisungen, die sie allerdings immer wieder durch überraschende Zuwendung wiedergutzumachen suchte. Zu unpassenden Zeiten erkundigte sie sich nach der Arbeit des Vaters oder nach den nicht im Haus anwesenden Schwestern, und immer wieder, nicht nur bei der Abreise, gab sie nicht zu knappes Trinkgeld.

Ehe der Junge in den Opel Kapitän einstieg, klopfte er seine Hose ab, um keinen Staub auf die Sitze zu bringen, er stampfte mit den Füßen auf den Boden auf, damit seine Schuhe den Läufer vor dem Vordersitz nicht beschmutzten. Sonst fuhr er nur im VW-Kombi seines Vaters oder im VW-Käfer des Freunds der ältesten Schwester mit. In dem weichen graugestreiften Vordersitz fühlte er sich, als ob er in einem Sessel saß. Er ließ sich zurückfallen, um sich sofort wieder erschrocken vorzulehnen, seine Haare waren nicht gewaschen. Der schwarze Mercedes 180 des italienischen Priesters hatte schwarze Ledersitze und eine viel härtere Federung. Im Käfer und im Kombi mußte man immer laut sprechen, den Motor des Opel Kapitän hörte man kaum, er

schien dem Jungen auch leiser als der Motor des schwarzen Mercedes.
Die Gnädige hatte die Post passiert und war schon fast am Haus der Holzers angelangt, da trat sie abrupt auf die Bremse. Der Junge blickte sich um, hinter ihnen winkte Frau Schwarzbäck, die Gnädige hatte sie im Rückspiegel gesehen. Sie ließ den Wagen mitten auf dem Weg stehen und stieg aus. Der Junge beobachtete, wie sie mit Frau Schwarzbäck zur Post ging, wahrscheinlich mußte sie dort etwas unterschreiben.
Die Vielzahl der Anzeigen auf dem Armaturenbrett verwirrte ihn. Er überlegte, ob er die Gnädige beneiden sollte, weil sie ein so schönes Auto besaß. Es wurde gewaschen, ehe sie nach St. Pankraz fuhr. Bei schlechtem Wetter bedeckte eine Schmutzschicht die Weißwandreifen, und um die Kotflügel zeichnete sich ein Kreis von Schlammspritzern ab.
Wenn er die Gnädige wegen des Autos beneidete, mußte seine jüngste Schwester wegen ihrer Trachtendirndl auf sie neidisch sein, und auch wegen des Dirndls, das kein Trachtendirndl war. Bei Abwesenheit der Mutter ging seine jüngste Schwester manchmal an den Kleiderschrank der Gnädigen und zog Kleider der Gnädigen an. Er verriet seine Schwester nicht. Würde die Mutter sie erwischen, dann würde es Schläge setzen. Seine Mutter mußte der Gnädigen mißgönnen, daß sie nicht um fünf Uhr früh aufstehen mußte, um den Stall zu machen. Sein Vater mußte der Gnädigen das Reitbauerngut neiden, er war nur der Pächter, das Reitbauerngut bildete eins der zahlreichen Besitztümer der Familie der Gnädigen. Die Mutter hatte dem Jungen einmal erzählt, die Gnädige komme nur deshalb ins Reitbauerngut, weil sie sich hier mit dem italienischen Priester

treffen konnte. Der Junge mußte die Kinder der Gnädigen beneiden, bei ihnen hatte es nie in Frage gestanden, daß sie aufs Gymnasium gehen würden, sie besuchten eine Schule in Linz, wo die Familie der Gnädigen eine Stadtwohnung besaß.

Sein Vater hatte eine Autozeitschrift abonniert, mit seinem Angestellten Josip und mit den Freunden seiner Töchter diskutierte er gern über Autos. Er sprach immer davon, sich ein größeres Auto zu leisten, das Geschäft müsse nur erst besser gehen. Sein Bruder träumte nicht von einem Auto, sondern von einem eigenen Haus. Der Junge wußte nicht, wie sein Vater seinen Bruder entlohnte, ob er ihn an der Firma beteiligt hatte oder ob er ihn bezahlte wie Josip aus Srebrenica. Sein Bruder wohnte zu Hause, er trug sein ganzes Geld zur Raiffeisenkasse. Die Freundin arbeitete als Buchhalterin in der Parkettfabrik Lattner in Micheldorf. Der Inhaber der Parkettfabrik war nicht mit dem Inhaber des Geschäfts in St. Pankraz verwandt. Nach Feierabend erledigte die Freundin auch die Buchhaltung des Vaters. Sie wohnte ebenfalls zu Hause und sparte ebenfalls.

War der Pächter neidisch gewesen, der sich seinerzeit im Keller des Reitbauernguts erhängte? Er hatte erwartet, daß man ihm als Dank für jahrzehntelange Dienste das Reitbauerngut überschreiben würde.

In St. Pankraz gab es nur ein einziges Mitglied der kommunistischen Partei, den Briefträger. Die Kommunisten wollten, daß alle Opel Kapitän und Mercedes fuhren. Der Junge bezweifelte, daß man so viele große Autos erzeugen konnte, wie es Menschen gab. Aber selbst wenn das gelingen würde, wenn jeder einen Mercedes oder einen Opel Kapitän besitzen würde, bestimmt gäbe es etwas anderes, was wenige hätten, aber viele haben wollten. Solange nicht alle Opel Kapi-

tän oder Mercedes fuhren, würde es wohl damit enden, daß doch wieder nur ein paar den Mercedes und den Opel Kapitän besaßen, sie wären dann nicht Grundbesitzer oder Priester, sondern vielleicht Parteimitglieder.
Als der Junge im Auto der Gnädigen darüber nachdachte, warum er nicht neidisch auf sie war, nahmen zum ersten Mal die Möglichkeiten für seine Zukunft Gestalt an. Er stellte sich vor, Mathematiker zu werden oder Bücher zu schreiben. Neid ist ein Laster. Aber kann Neid nicht vielleicht auch einen Ansporn bilden?
Erneut würdigte die Gnädige das Haus der Holzers keines Blicks. Auf der steilen Straße hinunter zur Teichl beschleunigte sie, um jedoch an dem Konglomeratfelsen, in den sich die Teichl eingefressen hatte, scharf auf die Bremse zu treten. Auf der anderen Seite des Flusses befand sich eine Ausbuchtung, in der sowohl der Vater des Jungen als auch der Glöckl- und der Klausnerbauer das geschlägerte Holz lagerten. Ein Lastwagen lud gerade Holz auf, er versperrte den Weg, es würde einige Zeit dauern, bis der Fahrer die Bloche aufgeladen haben würde.
Ganz langsam fuhr die Gnädige auf die schmale, geländerlose Holzbrücke.
Der Fahrer hielt inne, er überlegte, ob er den Ladevorgang unterbrechen sollte. Er hätte den Lastwagen vor das Haus neben der Brücke rangieren und die auf der Straße liegenden Bloche wegräumen müssen. Als die Gnädige jedoch den Motor ausschaltete und das Fenster herunterkurbelte, fuhr er mit seiner Arbeit fort.
Die Gnädige lehnte sich in ihrem Sitz zurück und blickte an dem Jungen vorbei, dorthin, wo die Teichl vor dem steilen Konglomeratfelsen in einer Rechtskurve auf die Brücke zufloß.

»Weißt du, wie kalt der Tod ist?«
Der Junge konnte mit der Frage nichts anfangen.
»Ich bin tot gewesen.«
Der Junge errötete mit einem Schlag so stark, daß die Gnädige stutzte.
Die Gnädige konnte seine Gedanken lesen, aber er hatte es doch nicht so gemeint. Er hatte ja nicht gewollt, daß die Gnädige sterben sollte, oder sich gewünscht, daß die Gnädige tot sei! Natürlich war die Gnädige nicht tot, sie lebte, kaufte im ADEG-Geschäft ein und steuerte das Auto. Die Gnädige hatte nur so ausgesehen, als sei sie tot. Wegen der schlechten Beleuchtung in dem dunklen Geschäft. Er wollte doch nicht, daß die Gnädige tot war, ganz bestimmt nicht!
»Ich bin nicht durch einen Tunnel gegangen, ich habe kein Licht gesehen. Ich habe meinen Tod verpaßt. – Kannst du dich erinnern, wann die Teichl das letzte Mal zugefroren war?«
Der Junge schüttelte den Kopf.
»Die Sonne stand genau über dem Rand der Schlucht. Ich erinnere mich an den wolkenlosen Himmel und die weiße Landschaft. Die Teichl war völlig zugefroren, man kam gar nicht auf den Gedanken, daß sich am Boden des Tals ein reißender Fluß befand. Es roch wie immer im Winter nach brennenden Holzscheiten.«
Die Gnädige zeigte dorthin, wo die Spitze des Kirchturms über die Bäume am Rand der Schlucht hinausragte.
»Sonst weiß ich nichts mehr. Alles andere erzählte mir später Spadolini. Die ganze Woche hatte der Nebel Wolfsegg eingehüllt. Die Gräfin Eulenburg rief mich an und erzählte mir, daß in Steyerling die Sonne schien. Ich war so froh, als ich Samstag mittag in St. Pankraz ankam, obwohl ich nicht

mit dem Auto hinüberfahren konnte, der Schnee lag zu hoch, dein Vater holte mich mit dem Traktor ab. Spadolini war schon am Abend vorher eingetroffen. Wir zogen uns sofort die gefütterten Schuhe an, ich trug Bundhosen, Spadolini blieb in seinem Anzug, und wir gingen hinaus in die winterkalte Landschaft. Wir nahmen den Weg bei der Nachbarin vorbei zur Teichl. Ich war übermütig wie ein Kind, ich machte Schneebälle und bewarf Spadolini damit. Als wir zur Brücke kamen, die von der Seite so aussah wie eine mit Schlagobers überzogene Schokoschnitte, ging ich aufs Eis. Zunächst bewegte ich mich ganz vorsichtig, ich hatte gedacht, das Eis würde sehr glatt sein, aber zwischendurch hatte es wohl getaut, unter dem frischen Pulverschnee hatte sich grobkörniger Schnee mit dem Eis verbunden. Eigentlich hatte ich gar nicht das Gefühl, daß ich auf Eis lief. Ich wollte, ich weiß auch nicht warum, unter der Brücke durchgehen. Siehst du die Ausbuchtung dort?«

In der Ausbuchtung standen Forellen, hier angelten die Fischer, die einen Angelschein besaßen, hier zog auch der Vater des Jungen, der keinen Angelschein hatte, Forellen aus dem Fluß, der Junge mußte dann auf der Brücke aufpassen, ob jemand kam.

»Ich ging schneller, auf einmal wurde der Untergrund glatt, ich rutschte aus und schlug hin. Die Arme vorgestreckt, um nicht mit dem Kopf zuerst auf dem Boden aufzutreffen, brach ich mit dem Oberkörper durch das Eis hindurch. Gewöhnlich ist die Teichl lediglich in der Mitte reißend und nicht an der Ausbuchtung, aber unter der Eisdecke hatten sich die Strömungsverhältnisse verändert. Die Strömung zog mich sofort ins Wasser hinein. Spadolini kam mir zu Hilfe. Er dachte, ich sei nur hingefallen. Erst als er über mir stand, begriff er, daß ich bis zu den Hüften in dem Eisloch steckte. Er packte mich an den Füßen und versuchte, mich herauszuziehen. Mein Wintermantel und meine Kleidung hatten sich voll Wasser gesogen. Spadolini zog und zerrte, aber er konnte mich nicht befreien. Er durfte mich auch nicht loslassen, um Hilfe zu holen, er spürte wie die Strömung nach mir griff. Auch jenseits der Brücke war die Teichl vollständig zugefroren, ich hätte keine Möglichkeit gehabt aufzutauchen. Schließlich kam er auf den Gedanken, das Loch zu vergrößern. Während er mit der einen Hand meine Beine festhielt, versuchte er mit der anderen, das Eis am Rand des Loches aufzubrechen. Aber auch das gelang nicht, und mit einem Arm konnte er mich nicht lange festhalten. Das einzige, was er tun konnte, war ganz laut um Hilfe zu rufen.«

Die Gnädige wies zu dem Haus links von ihnen.

»Der Bewohner näherte sich erst zögernd, sah dann Spadolini und meine Beine und lief aufs Eis, um zusammen mit Spadolini zu versuchen, mich aus dem Eisloch zu ziehen. Als sie merkten, daß sie auch mit vereinten Kräften keinen Erfolg haben würden, wies Spadolini den Mann an, er solle ins Dorf hinaufrennen und weitere Männer holen. Der Mann klingelte bei den Holzers, traf jedoch nur auf den Deutschen. Der rief die Rettung an und verständigte die Freiwillige Feuerwehr. Der Deutsche war so geistesgegenwärtig, den Mann in die Garage zu schicken, wo er eine Gartenhacke mitnahm, um das Loch zu vergrößern. Er konnte nicht neben mir hacken, er hätte mich verletzt, also versuchte er es in einem bestimmten Abstand, aber es glückte ihm nicht, ein Loch ins Eis zu schlagen. Etwa zwanzig Minuten lang habe ich mich noch bewegt, so lange muß ich also noch geatmet haben. Heute weiß ich, bei einer Körpertemperatur von achtundzwanzig

Grad Celsius hört das Herz auf zu schlagen. Der Fluß strömte unter dem Eis sehr schnell, deswegen gab es wohl zwischen dem Eis und dem Wasser noch Luft. Entweder befand ich mich mit meinem Kopf unmittelbar unter der Eisplatte oder vielleicht auch in einer Luftblase, genau kann das niemand sagen. Als ich mich nicht mehr bewegte, hatte Spadolini schon jede Hoffnung verloren. Die Feuerwehr traf nicht ein, die Rettung würde aus Kirchdorf eine halbe bis eine dreiviertel Stunde brauchen. Da hatte der Deutsche eine Idee. Er ging unter der Brücke flußabwärts und versuchte, etwa zwanzig Meter weiter mit der Hacke ein Loch ins Eis zu schlagen. Die Stelle, an der ich eingebrochen war, lag den ganzen Tag im Schatten des Felsens, dort war das Eis besonders dick, der Spalt, in dem ich klemmte, mußte sich durch die Eigenbewegung des Eises gebildet haben, auf die andere Stelle schien jetzt die Sonne, vielleicht war dort das Eis dünner. Der Deutsche hatte richtig gerechnet, das Eis gab schnell nach, und er mußte achtgeben, nicht ebenfalls einzubrechen. In kurzer Zeit, zu seiner eigenen Sicherheit hatte er sich hingelegt, gelang es ihm, ein ziemlich großes Loch in das Eis zu hakken. Er fragte den Mann, der an der Brücke wohnte, nach einem Strick. Den wollte er mir um die Beine binden und mich dann ganz ins Wasser schieben. Der Strick würde verhindern, daß ich sofort davontrieb, das zweite Loch befand sich genau in der Fließrichtung des Wassers, dort konnte man mich packen und aus dem Wasser ziehen. Der Mann hatte zwar keinen Strick und kein Seil, aber einen Gartenschlauch. Die Männer konnten nichts falsch machen, sie mußten annehmen, daß ich tot war, sie banden mir den Schlauch um die Beine, schoben mich ins Wasser, was sich gar nicht einfach gestaltete, denn das Eis um mich herum war wieder zugefroren. Spadolini hielt den Schlauch fest, der Deutsche und der Mann von der Brücke robbten zu dem großen Loch hin und zogen mich am Genick aus dem Wasser. – Nach einer Stunde! – Vierzig Minuten lang hatte ich mich nicht mehr bewegt. Ich hatte keinen Puls mehr, meine Augen waren offen, meine Pupillen geweitet, und ich hatte die Farbe einer Toten. Spadolini versuchte es mit Mund-zu-Mund-Beatmung und Herzmassage, aber der Puls kam nicht. Inzwischen war die Rettung eingetroffen. Von der Feuerwehr keine Spur. Mit den Rettungssanitätern war auch ein Arzt gekommen, ich wurde intubiert und künstlich beatmet. Die Rettung fuhr mich ins Krankenhaus nach Kirchdorf, als ich eineinhalb Stunden nach dem Unfall dort eingeliefert wurde, betrug meine Körpertemperatur nur noch vierzehn Grad. Aber die Ärzte gaben mich noch nicht auf. Kühlt der Körper schnell aus, wird das Blut nicht mehr in die Arme und die Beine gepumpt, weil Hirn und Rumpf am Leben erhalten werden sollen. Dieser Reflex hatte sich bei mir offenbar sehr bald eingeschaltet. Ich bin dünn, also war ich schnell durchgefroren, und unter dem Eis bekam ich gerade so viel Luft, daß mein Gehirn noch mit Sauerstoff versorgt wurde. Ich hatte auch das Glück, das Bewußtsein zu verlieren, denn bei vollem Bewußtsein schaltet sich der Reflex wieder aus. Sobald die Schmerzen in Armen und Beinen unerträglich werden, beginnt das Blut wieder zu zirkulieren, es fließt warm aus dem Körper in die Gliedmaßen, kühlt dort aus und fließt eiskalt zum Herzen zurück. Man erfriert dann, obwohl man selbst ein Wärmegefühl verspürt. Das ist übrigens der Grund, warum immer wieder Erfrorene gefunden werden, die sich vor ihrem Tod sogar noch ausgezogen haben. Nachdem die Meldung von meinem Unfall hereingekommen war, hatte der diensthabende Arzt veranlaßt, daß eine mobile Herz-Lungen-Maschine aus Linz nach Kirchdorf gebracht wurde. Die Ärzte schlossen mich an die Maschine an, die pumpte das Blut aus meinem Körper, wärmte es und pumpte es zurück. Zunächst fiel meine Körpertemperatur weiter, weil das kalte Blut aus den Armen und den Beinen in Bewegung kam. Nach einiger Zeit schlug mein Herz wieder, wenn auch noch sehr schwach, inzwischen war meine Körpertemperatur auf vierunddreißig Grad gestiegen. Bei sechsunddreißig Grad versuchten die Ärzte, die Maschine auszuschalten, aber ich konnte nicht selbständig atmen, denn ich hatte Blut in der Lunge. Also öffneten sie meinen Brustkorb und operierten mich. Danach mußten Maschinen weiter Lunge und Nieren unterstützen, das Blut mit Sauerstoff versorgen und es reinigen. Ich wachte ganz langsam wieder auf. Es dauerte eine Woche, bis ich das volle Bewußtsein wiedererlangt hatte.«

Mittlerweile hatte der Lastwagen seinen Beladevorgang abgeschlossen. Die beiden Fahrzeuge kamen nicht aneinander vorbei, die Gnädige fuhr vor das Haus, um den Lastwagen vorbeizulassen. Danach reversierte sie auf die Brücke.

»Du mußt dir vorstellen, ich konnte mich nicht bewegen, nur den Kopf leicht drehen. In meiner Luftröhre steckte ein Schlauch, ich konnte auch nicht sprechen. An der Wand hingen meine Kinderfotos, die Bilder sollten mir Mut machen. Als ich selbständig atmen und damit auch wieder sprechen konnte, fragten mich meine Kinder als erstes nach meinem Namen, nach Wolfsegg, nach St. Pankraz, ich hatte kein Problem mit den Fragen. Spadolini war nach Rom zurückgefahren, er rief mich jeden Tag an. Alle waren froh und glücklich, daß ich lebte und bei Verstand war, nur ich war es nicht. Was sollte ich mit dem Leben, wenn ich mich nicht rühren konnte? Ich war verzweifelt, aber die Ärzte machten mir Hoffnung, und sie sollten recht behalten. Nach einiger Zeit spürte ich meine Arme wieder, bald konnte ich sie bewegen. Einen Monat nach dem Unfall machte ich meine ersten Schritte auf Krücken. Meine Hände blieben allerdings völlig gefühllos. Die Ärzte rieten mir zu Strickarbeiten, bei denen ich mich am Anfang fürchterlich ungeschickt anstellte, die mir aber sehr halfen, die Hände wieder gebrauchen zu können. Einen Monat verbrachte ich im Krankenhaus, einen weiteren Monat verließ ich Wolfsegg nicht.«

Die Gnädige sah wieder zum Fluß hinunter.

»Drei Monate nach dem Unfall stand ich wieder an der Teichl. Natürlich war sie nicht mehr zugefroren, aber im Schatten des Felsens lagen immer noch einzelne Schneereste. Wenn die Teichl noch zugefroren gewesen wäre, ich wäre wieder auf das Eis gegangen. Nach dem Unfall hatte ich nur vor einem Angst: vor dem ersten Brausen. Ich brauste im Liegen und bat zwei Schwestern, mir zu helfen, ich fürchtete, ohnmächtig zu werden, aber es passierte nichts.«

In diesem Augenblick ertönte ein Hupzeichen. Der Junge und die Gnädige wandten die Köpfe um und erblickten den Glöcklbauer auf seinem Traktor. Die Gnädige ließ den Motor wieder an und fuhr hinüber zum Reitbauerngut.

In der Garage stellte sie den Motor nicht ab. Sie blickte an sich herunter auf ihre Arme, auf ihre Beine.

»Meine Hände und meine Füße waren zwar nicht richtig erfroren, aber die Nerven sind von den Knien und von den Ellbogen an abgestorben. Ich kann nicht alle Muskeln bewegen. Andauernd fühle ich ein Prickeln in Händen und Füßen, als ob sie eingeschlafen wären. Die Ärzte haben mir gesagt, Nerven bilden sich neu. Ich habe auch das Gefühl, daß meine Nerven nachwachsen. Wenn ich alt bin, werde ich meine Fingerspitzen und meine Zehenspitzen wieder spüren.«

Jetzt erst drehte die Gnädige den Zündschlüssel um.

»Ich weiß, es ist ein Wunder, daß ich noch lebe. Aber für mich ist es nichts Großes, daß ich dem Tod entronnen bin. Ich habe ja nichts davon mitbekommen, daß ich gestorben bin.«

Da die Gnädige keine Anstalten machte, den Wagen zu verlassen, traute sich auch der Junge nicht auszusteigen. Beide blickten sie schweigend auf die Holzwand vor ihnen. Die Gnädige schaltete das Radio an, es leuchtete lange grün, ehe der Ton kam, dann sang Bibi Johns *Bella Bimba*.

Während sich der Junge vorstellte, wie die Gnädige mit dem Oberkörper im Eis steckte, mußte er an die Afrikareise denken, die der italienische Priester letzten Winter unternommen hatte.

Die Ghanaer ließen sich in Särgen beerdigen, die ein Sinnbild ihres Lebens darstellten. Der Ort Teshie, eine halbe Fahrstunde östlich der Hauptstadt Accra gelegen, produzierte Särge für das ganze Land. Wohlhabende Ghanaer ließen sich gern in Särgen bestatten, die Autos nachbildeten, bevorzugt eine Mercedes-Limousine. Der italienische Priester hatte auch von überdimensionalen Kakaobohnen und von Särgen in Tierform berichtet. Der Sargschreiner, den der italienische Priester besuchte, arbeitete gerade an einem Sarg in Form einer Zebukuh mit dem charakteristischen Höcker, ein wohlhabender Viehbesitzer hatte ihn bestellt. Frauen wählten das Huhn als Motiv, weil es als Symbol der Fruchtbarkeit galt. Männer ließen sich in riesigen hölzernen Bierflaschen beerdigen, möglichst der Marke *Star*, ein guter Biertrinker galt als geselliger und beliebter Mann. Der Junge erinnerte sich an eine Fotografie, die den italienischen Priester und den Schreiner neben einem Sarg in Form einer Gebärmutter inklusive zweier Eierstöcke zeigte, für eine Gynäkologin.

Die Fahrertür wurde schließlich von außen geöffnet. Die Gnädige war überrascht, den Vater des Jungen schon am Freitag vormittag zu Hause zu sehen. Er mußte gerade eingetroffen sein.

Während er die Gnädige zum Haus begleitete, wies er gestikulierend auf die Dächer des Wohnhauses und des Stallgebäudes. Unter der Last des Schnees waren im Winter zahlreiche Dachziegel zerbrochen, andere hatten sich verschoben. Es gab keine schwereren und teureren Ziegel als die Biberschwänze auf den Dächern des Hauses und des Stalls. Das Stalldach konnte ergänzt werden, aber das Dach des Wohnhauses mußte über kurz oder lang völlig erneuert werden.

Vor ein paar Wochen hatte sein Vater die Klappe in der Holzdecke vor dem Wohnzimmer der Gnädigen heruntergelassen, und sie waren eine alte Holzleiter hochgestiegen. Auf dem Dachboden stand der Staub zentimeterhoch, von Fledermäusen umschwirrt, beleuchteten sie mit ihren Taschenlampen die Dachsparren, mehrere tragende Balken fanden sie völlig morsch.

In kaufmännischen Dingen handelte die Gnädige rigoros, der Vater durfte keine Reparatur ohne entsprechende Kostenvoranschläge angehen, bei dem Dach würde die Gnädige darauf bestehen, viele Angebote einzuholen, um die günstigste Vergabe der Arbeiten sicherzustellen. Der Vater zahlte die Pacht für den Hof nicht in bar, sondern verrechnete Arbeitsstunden, die er oder sein älterer Sohn leisteten. Gewöhnlich ging es darum, Holz im Wald der Gnädigen zu schlägern und zu bringen, die für die Reparaturen aufzuwendenden Stunden würden ebenfalls mit der Pacht verrechnet werden.

Die blaue Arbeitshose und das zerschlissene rot und braun karierte Hemd seines Vaters flatterten im leichten Sommerwind. Die oberen Knöpfe des Hemds fehlten, er besaß überhaupt keine Brustbehaarung. Während er sprach, riß er die Augen weit auf. Selbst der Junge mußte genau hinhören, um seinen Vater zu verstehen, die Worte fanden kaum aus dem kleinen Mund heraus und wurden von den engstehenden Zähnen und den schmalen Lippen verformt.

Seine Mutter ging gebückt, in der hellen Sonne wirkten ihre Haare noch dünner als sonst. Als ob sie die Gedanken ihres Sohnes lesen konnte, zog sie ein Tuch aus der Tasche und band es sich um den Kopf, bevor sie zu der Gnädigen und ihrem Mann trat.

In der Tenne befestigte sein Bruder die Mähvorrichtung am Traktor. Er rief ihm zu, er solle ihm beim Heumachen helfen. Der Junge lief zu seinem Bruder und bestieg einen der beiden Beifahrersitze auf den Kotflügeln des Traktors.

Die Schirmmütze auf dem Kopf seines Bruders wirkte wie festgewachsen. Ob er sich hinunterbeugte, weil er am Traktor hantierte, oder zum Himmel hochblickte, um das Wetter zu beurteilen, selbst wenn ein starker Wind wehte, immer blieb die Mütze in der gleichen Position. Im Haus vergaß er oft, sie abzusetzen. Die Mutter sagte nie etwas, die Schwestern machten ihn darauf aufmerksam, nur die jüngste Schwester wagte es, ihm die Mütze vom Kopf zu nehmen.

Jemand, der das Bauernhaus im Schutz der Stufe zwischen den oberen und unteren Wiesen betrachtete, gegenüber das winkelförmige Stallgebäude mit dem Misthaufen an der Seite, daneben den Heuschober, jemand, der seinen Blick vom Bergwald über die Reihe der Mostapfelbäume entlang des Zufahrtswegs zu dem Waldsaum vor dem Ort hin schweifen ließ, vom Dorf sah man nur den Kirchturm, wenn man es nicht wußte, kam man gar nicht auf den Gedanken, daß es tatsächlich zwei Waldsäume waren, einer diesseits, der andere jenseits des Teichltals, wer dastand und seinen Bruder erblickte, mußte glauben, der Bruder wuchs aus der Landschaft oder aus den Gebäuden heraus.

Sein Bruder sei ein ungebärdiges, wildes Kind gewesen, erzählte die Mutter immer. Kurz vor der Einschulung spielte er auf dem Tisch in der Stube mit einer Schere, er wollte sie durch ein Stück Pappe drücken, brach die Spitze ab, sie schnellte nach oben in sein linkes Auge. Das Auge blutete und schmerzte, aber sein Bruder konnte sehen. Der Mann der Nachbarin, der damals noch lebte – später kam er mit seinem Motorrad betrunken vom Weg ab und stürzte vor der Teichlbrücke in den Wald, er lag die ganze Nacht dort –, inspizierte das Auge. Er entschied, es brauche Ruhe, und legte einen Verband an. Als sein Bruder ein paar Tage später den Verband abnahm, schmerzte das Auge nicht mehr, aber er konnte auf dem Auge nichts mehr sehen. Das Auge blieb gerötet und sah stumpf aus. Danach nahm sein Bruder die Entfernungen nicht mehr wahr, die Welt besaß keine Tiefe mehr für ihn. Er griff neben die Türklinke, neben das Werkzeug und rannte manchmal gegen die Wand. Die Schwestern lachten ihn wegen seiner Ungeschicklichkeit aus, aus dem Wildfang wurde ein bedächtiges, zaghaftes Kind.

Sein Bruder hatte kein eigenes Bett, er schlief dort, wo gerade eine Liegestatt frei war und es ihm am ruhigsten schien. Oft auf dem Diwan in der Stube neben dem Kachelofen, in dem Zimmer im ersten Stock nur dann, wenn eine der Schwestern nicht zu Hause war. Manchmal auch neben der Mutter im Ehebett. Von Samstag auf Sonntag übernachtete er im Elternhaus der Freundin. Er wollte sich ein eigenes Haus bauen, aber der Junge konnte sich gar nicht vorstellen, daß sein Bruder zu einer anderen Landschaft, zu einem anderen Haus paßte. Sosehr sein Bruder zum Reitbauerngut gehörte, sosehr würde er woanders einen Fremdkörper bilden.

Gleich, wann er ins Bett gegangen war, sein Bruder stand immer um halb fünf Uhr auf. Er erhob sich völlig geräuschlos, bei ihm knarzten die Bohlen weniger als bei den anderen, und das Wasser, mit dem er sich wusch, strömte leiser. Das Pflügen, das Eggen, das Säen, das Ernten, das Heumachen, die Imkerei, das Schlägern und Bringen des Holzes, das Ausbessern der Wege, das Reparieren und Inganghalten des Traktors und der landwirtschaftlichen Geräte, das Instandhalten des Stalls, des Heuschobers, das Ernten des Obstes, die Gewinnung des Mosts, das Brennen des Obstschnapses, die Fütterung des Wilds im Winter, das Instandhalten der Ansitze für die Jäger, nicht zuletzt die Pflege der Einserhütte, damit die Jäger dort übernachten konnten, damit die Gnädige und der italienische Priester dort ihre Jause einnehmen konnten: Sein Bruder war der Pfleger des Lebewesens, das Reitbauerngut hieß.

Kurz bevor der Junge ins Stiftsinternat kam, war die Kuh Olga eingegangen. Sie litt unter Schmerzen, und ihr Bauch war aufgedunsen, sein Bruder und seine Mutter vermuteten, die Kuh habe Blähungen, vielleicht hatte sie zuviel weißen Klee gefressen. Sein Bruder stach der Kuh mit einem langen, spitz gefeilten Stahlnagel in das Bauchfell, den er vorher über Feuer gehalten hatte. Es entwich nur wenig Luft, und das Befinden der Kuh besserte sich nicht, da wußten sie, es handelte sich um eine Darmverschlingung. Sein Bruder entschied, ob der Tierarzt geholt werden mußte oder nicht, der Tierarzt kostete viel Geld. Er rief den Tierarzt an, der war ausgegangen, die Frau versuchte ihn zu erreichen, aber es gelang ihr nicht. Die Kuh litt fürchterlich, der Junge beobachtete, wie sein Bruder zum Waffenschrank des Vaters ging, als Berufsjäger besaß der Vater mehrere Jagdgewehre und Pistolen. Der Bruder hatte zwar nicht die Jägerprüfung abgelegt, aber er wußte sehr gut mit allen Waffen umzugehen, von Kind an hatte er den Vater bei der Jagd begleitet. Lange stand er unbewegt vor dem verglasten Waffenschrank, sein Gesicht mit der Mütze spiegelte sich über den Gewehrläufen.

Nachts um zwei Uhr lebte die Kuh immer noch. Der Junge hatte seinen Bruder darum gebeten, ihn um halb fünf zu wecken. Die Mutter und die Schwestern ließ der Bruder schlafen. Als die Kuh den Bruder und den Jungen in den Stall kommen sah, muhte sie. Der Bruder machte sich daran, bei den anderen Kühen auszumisten, der Junge beobachtete die kranke Kuh. Der Bruder lud den Mist auf die Schubkarre und wies den Jungen an, ihm die Tür zum Misthaufen aufzumachen. Der Junge mußte die Tür festhalten, denn es wehte ein starker Wind. Der Bruder rollte die Schubkarre auf das Brett, das bis zur Spitze des Misthaufens führte, und kippte sie aus. Während der Bruder noch auf dem Misthaufen stand, hörten beide ein dumpfes Plumpsen. Die kranke Kuh war tot umgefallen.

Sein Bruder sagte zu ihm, eigentlich war es ein blödes Tier.

Aber er nahm die Mütze ab, und der Junge bemerkte, beide Augen seines Bruders waren feucht. Der Junge glaubte, sein Bruder würde genausowenig wie er vergessen, wie ihnen die Kuh entgegengemuht hatte, als sie den Stall betreten hatten. Die Kuh hatte sie erwartet, die Kuh hatte sie erkannt.
Früher mußte es hier Pferde gegeben haben, wie sonst sollte der Name des Guts entstanden sein, aber kein Lebender konnte sich erinnern, jemals auf dem Reitbauerngut ein Pferd gesehen zu haben, und auch die ältesten Dorfbewohner kannten keine Überlieferungen, die Pferde oder Reiter mit dem Reitbauerngut in Verbindung gebracht hätten. Die einzigen Pferde in der Umgegend gab es in Windischgarsten, dort existierten eine Haflingerzucht und ein Reitclub.
Der Junge hatte die Freundin seines Bruders nur einmal zu Gesicht bekommen. Sie hatte sich die Lippen angemalt und die Haare toupiert. Es regnete, sie zog den beigefarbenen Regenmantel, den sie um die Taille zugegürtet hatte, auch im Haus nicht aus. Mit der Mutter und den Schwestern unterhielt sie sich über ihre Arbeit in der Buchhaltung der Parkettfabrik. Sie kam nie wieder. Sein Bruder erzählte, sie habe einen schlimmen Ausschlag am ganzen Körper bekommen und Schwierigkeiten gehabt zu atmen. Der Arzt verschrieb ihr eine Medizin, deren Namen der Junge noch nie gehört hatte, der Ausschlag verging, sie konnte wieder atmen, wer diese Medizin länger nahm, wußte seine Mutter, wurde dick.
Nachdem er die Wiese gemäht hatte, war sein Bruder zum Stall zurückgefahren, hatte die Mähvorrichtung abgenommen und den Rechen an den Traktor angekoppelt. In kurzer Zeit entstand auf der Wiese ein Muster aus lauter gleich breiten Streifen, die immer denselben Abstand voneinander hielten.

Im Norden hingen über Steyerling und Klaus, wo sich das Tal verengte, um sich dann in Micheldorf und Kirchdorf wieder zu weiten, dunkle Gewitterwolken. Der Wind blies von Süden, er verhinderte, daß die Wolken näher kamen. Für die nächsten Tage war wechselhaftes Wetter angesagt. Das geschnittene Gras brauchte drei oder vier Tage zum Trocknen, es mußte auf Hüfeln aufgebracht werden. Nur wenn keine Niederschläge drohten, konnte man das Heu auf der Wiese trocknen lassen.
Sein Bruder fuhr erneut zum Stall zurück, hängte den Rechen ab und den verrotteten Holzanhänger an, dann luden sie zusammen die in einem Verschlag neben dem Stall gelagerten Hüfeln auf den Anhänger. Die Hüfeln bestanden aus mannshohen Pfosten, in die versetzt in etwa dreißig Zentimetern Abstand Querstege eingesetzt wurden.
Jetzt steuerte der Junge den Traktor, er fuhr nur im ersten Gang, sein Bruder nahm einen Pfosten vom Anhänger herunter, der Junge hielt an, sein Bruder setzte den Pfosten in den Boden und steckte die Querstege ein, der Junge fuhr weiter. Sein Bruder wußte genau, welchen Abstand die Hüfeln haben mußten.
Dann schaufelten sie das auf dem Boden liegende Gras mit der Heugabel auf die Hüfeln. Der Bruder machte keine Bewegung zuviel, er arbeitete zügig, trotzdem kam er nicht einmal ins Schwitzen, seine Mütze verschob sich nicht. Der Junge bemühte sich, auf der gleichen Höhe zu bleiben wie sein Bruder, das gelang ihm auch, unter eckigen und hektischen Bewegungen lief ihm der Schweiß in Strömen über das Gesicht. Aber es gefiel dem Jungen, sich zu verausgaben.
Die ersten Regentropfen, die auf seine Arme fielen, hielt er für Schweißtropfen. Sein Bruder hielt inne, steckte die Heugabel in den Boden und blickte zum Himmel hoch, eine

willkommene Pause. Die Wolken im Norden waren nicht näher gekommen, doch im Süden hatte der Wind eine andere Gewitterwolke herangeweht, es regnete auf das noch von der Sonne beschienene Tal.
Der Junge mußte an seinen Physiklehrer denken, dem auch die Wetterwarte im Mathematischen Turm unterstand. Pater Kilian verfaßte Aufsätze für Fachzeitschriften und korrespondierte mit einem amerikanischen Forscher namens Lorenz, der Junge wußte nicht, war das der Vor- oder der Zuname, der eine seltsame Entdeckung gemacht hatte. Er hatte einen Satz von Gleichungen aufgestellt, um das Wetter vorherzusagen. Die Berechnung der komplizierten Gleichungen durch das Elektronengehirn dauerte sehr lange, der Amerikaner mußte die verwendeten Werte auf drei Stellen hinter dem Komma runden. Weil er einem Ergebnis mißtraute, ließ er einen Teil der Rechnung noch einmal durch das Elektronengehirn laufen. Den zweiten Durchlauf begann er mit Zwischenergebnissen aus dem ersten. Tatsächlich wichen die beiden Ergebnisse erheblich voneinander ab. Das konnte nicht an dem Elektronengehirn liegen, der Forscher gab noch einmal dieselben Anfangswerte ein und erhielt genau dieselben Zahlenkolonnen wie beim ersten Mal.
Unmittelbar vor den Sommerferien hatte Pater Kilian einen Brief des amerikanischen Forschers erhalten, der jetzt glaubte, das Rätsel gelöst zu haben. Tatsächlich arbeitete das Elektronengehirn mit mehr als drei Stellen hinter dem Komma, die Rundung wurde erst nachträglich vorgenommen, der Unterschied hatte sich hochgeschaukelt und die Vorhersage völlig verändert. Der geringe Unterschied hätte in der Wirklichkeit einem Windhauch entsprechen können. Der amerikanische Forscher schrieb, wenn seine Gleichungen zuträfen, könnte der Flügelschlag

eines Schmetterlings in Österreich einen Wirbelsturm in Amerika auslösen.
Der Junge glaubte nicht, daß irgend jemand außer ihm auch nur einigermaßen verstand, worum es ging, aber keiner muckte auf, alle hörten aufmerksam zu und betrachteten nachdenklich, was Pater Kilian an die Tafel schrieb. Drei Differentialgleichungen – der Junge wußte, was Differentialgleichungen waren, natürlich konnte er sie nicht lösen – verknüpften die Änderungsraten der Temperatur und der Windgeschwindigkeit. Mit dem Elektronengehirn berechnete der amerikanische Forscher den sogenannten Attraktor, diejenige Menge von Punkten, der sich die Lösungen des Gleichungssystems immer mehr annäherten. Pater Kilian zeichnete eine geometrische Darstellung an die Tafel. Der Attraktor wand sich wieder und wieder um zwei Pole, dazwischen kam er immer am Nullpunkt vorbei. Ob er dann in den linken oder rechten Flügel abbog, war im voraus nicht absehbar. Scheinbar zufällig ging es einmal auf die eine, ein andermal auf die andere Seite. Pater Kilian erklärte den Kindern, es bleibe völlig offen, ob sich die genauen Lösungen der Gleichungen auch so verhielten wie die mit dem Elektronengehirn berechneten Näherungslösungen.
Welcher Schmetterling hatte mit seinem Flügelschlag den Regenguß verursacht, der dem Jungen und seinem Bruder nun Erfrischung spendete. Welcher hatte dafür gesorgt, daß der Wind sich wieder drehte und der Guß abrupt aufhörte, damit die beiden Brüder wieder ihrer Arbeit nachgehen konnten.

Den Nachmittag verbrachte der Junge lesend. In unregelmäßigen Abständen schenkte ihm die Gnädige Bücher, die sie in der Papeterie Stöger in Windischgarsten besorgte. Die Bücher besaßen einen Kartoneinband und einen mit einem Goldmuster verzierten geprägten Rücken. Die Vorderseite des Buches zeigte eine farbige Zeichnung, die zum Inhalt in Bezug stand. Der Junge las den Roman eines russischen Dichters, er hieß Fjodor Michailowitsch Dostojewski, mit dem Titel *Der Idiot*. Die Gnädige hatte dem Jungen das Buch schon in den Osterferien geschenkt, er hatte sich lange gesträubt, es zu lesen, weil er gedacht hatte, es müsse etwas mit dem Sohn der Nachbarin zu schaffen haben. Kürzlich hatte ihn die Gnädige auf das Buch angesprochen, bevor er es nicht gelesen hatte, würde sie ihm keine neuen Bücher schenken. Das Buch ging über einen russischen Fürsten, er hieß Myschkin, er war nicht etwa schwachsinnig wie der Sohn der Nachbarin, er war nur zu gut für die Welt. Zum Lesen sonderte sich der Junge immer ab, er wollte dabei nicht von den anderen beobachtet werden. Seine Bücher verwahrte er nicht im Haus, sondern in dem etwa zweihundert Meter entfernten Hochsitz auf der oberen Wiese, von dem aus man die gesamte Landwirtschaft des Reitbauernguts überblicken konnte. Er las am Tag, deswegen kam er nicht mit den Jägern über Kreuz.
Die Gnädige hatte die Jagd einem Baumeister aus Linz sowie dem Inhaber eines Schlossereibetriebs aus Steyr verpachtet. Der Vater des Jungen führte den Baumeister, einen schweren, rotgesichtigen Mann, der fast drei Zentner wog, durch den Wald. Nach zehn Minuten pflegte der Baumeister regelmäßig zu sagen, er sei doch keine Gams. Der Inhaber des Schlossereibetriebs, ein untersetztes, wendiges Männchen, redete sehr viel und schoß immer daneben. Die

beiden waren mit den Jagdpächtern des Rohrauerguts befreundet, dort teilten sich die Pacht der viel größeren Jagd der Besitzer einer Autolackiererei und vier Brüder aus Steyr, der eine besaß eine Zimmerei, der zweite ein Baugeschäft, der dritte betrieb eine Brotfabrik, der vierte eine Möbelerzeugung. Der jüngste Bruder amtierte als Richter in Graz, er hatte eine Tochter des Besitzers der Autolackiererei geheiratet und jagte als Gast. Ein alter Turm neben dem Haus des Rohrauerbauern diente den Jägern als Unterkunft, in ihm feierten die Jäger Feste, von denen das ganze Dorf sprach. Während der Woche lebte der Besitzer der Autolackiererei bei seiner Frau in Steyr, das Wochenende verbrachte er in der Bubenbleibe, so wurde der Turm genannt, in dem die Jäger hausten, mit seiner Geliebten, einer Chefsekretärin in den Steyrwerken. Bei einem der Feste, so wurde erzählt, habe die Frau des Linzer Baumeisters nackt auf einem Bierfaß getanzt.
Der Junge grüßte den Baumeister und den Schlossermeister stets höflich, aber sie erwiderten den Gruß nicht. Der Baumeister und der Schlossermeister wußten, daß der Junge das Stiftsinternat in Kremsmünster besuchte, nie verloren sie ein Wort darüber.
Mit seinem Bruder sprachen die Jagdpächter. Er half dem Vater bei der Wildfütterung, und er brachte den Jägern Bier und Lebensmittel in den Hochsitz, so wie der Junge die Jause für die Gnädige und den italienischen Priester auf der Einserhütte vorbereitete.
Der Junge mochte nur einen der Jäger, den Richter. Die Narben in seinem Gesicht wiesen ihn als Mitglied einer schlagenden Verbindung aus. Er sprach gern von seiner Studienzeit, der Junge begriff nicht, warum die Studenten miteinander kämpften und sich verletzten. Als Student

würde er bestimmt kein Florett und keinen Säbel in die Hand nehmen.
Aus den Erzählungen seiner Schwestern, die mit den Töchtern des Rohrauerbauern verkehrten, wußte der Junge, die Brüder des Richters mußten diesem während seiner Studienzeit oft zu Hilfe eilen, weil er Wirtshausschlägereien angezettelt hatte. Mehrfach hatten sie ihn aus dem Krankenhaus abgeholt und den Wirten sowie anderen Beteiligten Geldbeträge zugesteckt, damit sie den Bruder nicht anzeigten.
Der Richter erzählte dem Jungen von Fällen aus dem Gericht. Wie er einmal ein Ehepaar scheiden mußte, weil der Mann morgens immer seinen Hintern vor das Gesicht der schlafenden Frau hielt und ihr ins Gesicht furzte. Aber auch von einem Säugling, der in einem Gully gefunden wurde. Der Bewohner eines Grazer Gemeindebaus wollte am Sonntag vormittag den verschobenen Deckel des Gullys vor dem Haus zunächst mit den Füßen, dann mit den Händen zurechtrücken, es gelang nicht. Der Mann nahm ihn ab und entdeckte im Gully einen blutverschmierten Plastiksack. Zunächst dachte er, jemand habe ein totes Tier hineingeworfen, als er die Füße eines Säuglings erblickte, rief er die Polizei. Eine Notärztin konnten keine äußeren Verletzungen an der Leiche feststellen, die auf Gewalteinwirkung hingedeutet hätten. Das voll ausgetragene Mädchen mußte noch gelebt haben, als es in der Nacht zum Sonntag in den Gully gesteckt worden war. Die Polizei machte schließlich die Mutter ausfindig, die als Kindsmörderin angeklagt wurde. Sie bestritt alles. Vieles deutete darauf hin, daß sie schwanger gewesen war, aber es konnte ihr nicht nachgewiesen werden. Der Richter hätte sie freigesprochen, wenn nicht die Mutter der Angeklagten gestanden hätte, sie habe ihre Tochter überredet, die Schwangerschaft

geheimzuhalten und das Kind in den Gully zu werfen. Wegen der Schande. Der Richter hatte beide verurteilt, die Mutter des Kinds und ihre Mutter. Die älteste und die drittälteste Schwester des Jungen hatten jeweils ein Kind, beide waren nicht verheiratet. Der Junge erinnerte sich noch genau, wie seine Mutter mit den beiden gezetert und sie geohrfeigt hatte, als sie ihre Schwangerschaften gestanden hatten, aber die Mutter zog die Kinder auf.

Letzten Sommer hatte der Richter mit anderen Richtern eine Studienreise nach Amerika gemacht. In Florida war er Zeuge einer Hinrichtung geworden, in einem Ort, der einen deutschen Namen trug, er hieß Starke. Der elektrische Stuhl stammte aus dem Jahr 1923, ein massiver dunkler Holzstuhl mit klobigen Beinen. Dem Todeskandidaten wurde ein Metallhelm auf den rasierten Kopf gesetzt. Als der Angestellte des Gefängnisses den Strom einschaltete, schossen zehn- bis fünfzehn Zentimeter lange blaue und orangefarbene Flammen von dem Helm auf den Kopf des Verurteilten, im Raum verbreitete sich der Geruch von verbranntem Fleisch. Der Verurteilte, ein Neger, zuckte und stöhnte, der Angestellte des Gefängnisses stellte den Strom ab und schaltete ihn erneut ein, diesmal entließ der Helm dreißig Zentimeter lange Flammen. Der Angestellte mußte den Schalter noch ein halbes Dutzend Male betätigen, um den Verurteilten endgültig zu töten.

Der Neger hatte eine Nachbarin ermordet, die Verteidiger hatten geltend gemacht, er sei geistig behindert, der oberste Gerichtshof Floridas hatte das Todesurteil mit vier gegen drei Stimmen bestätigt. Drei Irrenärzte, die den Neger untersucht hatten, waren zu dem Schluß gekommen, er gebe sich nur geistig behindert, um der Todesstrafe zu entgehen. Die Mehrzahl der Staaten Nordamerikas vollstreckte die

Todesstrafe auf dem elektrischen Stuhl, einige Staaten wählten die Gaskammer.
Am Anfang waren die Gedanken des Jungen abgeschweift, je weiter er in dem Roman des russischen Dichters vorankam, desto leichter fiel es ihm, bei der Sache zu bleiben. Gegen Abend setzte ein weiterer Regenguß ein, der länger dauerte als der nachmittägliche. Der Junge hatte nur ein kurzes Hemd an und keinen Regenschutz mitgenommen, bald fror es ihn. Er klappte den Sitz hoch und stellte die Kombination des Vorhängeschlosses ein, das die Bücher in der Kiste unter dem Sitz vor Eindringlingen schützte. Er hatte den Kasten, in dem er seine Bücher verstaute, mit Ölpapier ausgelegt, damit die Bücher nicht feucht wurden. Niemand wußte von dem Versteck.

Der Regen versammelte die Familie in der Stube. Der Junge bemerkte sofort, daß sein Vater getrunken hatte. Er war kein Trinker, die Kollegen des Vaters zechten oft bis spät in die Nacht in ihren Bauwagen, dabei tat der Vater niemals mit. Er saß am großen Tisch in der Ecke unter dem Kruzifix, der Aschenbecher in der Mitte des Tisches befand sich außerhalb seiner Reichweite, er hatte die filterlose Zigarette fast bis zu den Fingern abgeraucht, die Asche blieb nur auf der Zigarette, weil er sie fast senkrecht hielt. Die Schwestern saßen ebenfalls am Tisch, der Bruder auf der Bank vor dem Kachelofen, er hatte die Schuhe ausgezogen und die Beine auf der Bank. Die Kinder der Schwestern schliefen bereits. Der Junge ließ sich auf dem Diwan neben dem Kachelofen nieder.
Wenn er getrunken hatte, sprach der Vater noch undeut-

licher als sonst. Tiere wüßten nichts vom Tod, sie hätten nur Angst vor anderen Tieren, die sie angreifen könnten. Ein Tier kenne lediglich zwei Zustände, Ruhe und Angst. Das einzige Problem im Tierreich sei die Frage, wer wen frißt. Die einzige Empfindung, die ein Tier habe, sei der Schmerz. Ein Tier kenne kein Glück.

Der Junge hatte nicht mitbekommen, wer und ob überhaupt jemand eine Frage gestellt hatte, auf die sich sein Vater bezog. Als seine drittälteste Schwester vom Tisch aufstand, um in die Küche zu gehen, sah er ein Buch auf dem Eßtisch liegen. Es hatte die Größe eines DIN-A4-Blattes und einen hellbeigen Kartoneinband. Keiner in der Familie außer dem Jungen las Bücher. Der Junge stand auf, schon beim Näherkommen bemerkte er, daß der Einband Flecken aufwies, jemand hatte Flüssigkeit auf das Buch geschüttet. In der Mitte des Einbands stand in braunem Tiefdruck geschrieben:

NEUE
DEUTSCHE
BAUKUNST

Als der Vater sah, daß das Buch seinen Sohn interessierte, erklärte er ihm, er habe es in Liezen bei einem Trödler um wenige Schillinge gekauft. Der Junge schlug das Buch auf und las:

HERAUSGEGEBEN
VOM GENERALBAUINSPEKTOR
FÜR DIE REICHSHAUPTSTADT
ALBERT SPEER
DARGESTELLT VON RUDOLF WOLTERS

1943
VOLK UND REICH VERLAG PRAG
AMSTERDAM BERLIN WIEN

Sein Vater ermunterte ihn, das Buch anzusehen, er las auf der nächsten Seite weiter.

Unter den Bauaufgaben des Großdeutschen Reiches nimmt die Neugestaltung deutscher Städte eine besonders wichtige Stelle ein. Eine Reihe von großen Städten wird nach dem Willen des Führers durch die Anlage repräsentativer Plätze und Straßenzüge neue Mittelpunkte bekommen, an denen sich das Bauen für die kommende Zukunft orientieren soll. An erster Stelle steht die Neugestaltung der Reichshauptstadt. Ebenso werden München als Hauptstadt der Bewegung, das Reichsparteitaggelände in Nürnberg, Hamburg als Stadt des Außenhandels und Linz im gleichen Sinne neugestaltet. In den vergangenen zehn Jahren ist das neue Bild der deutschen Städte bereits in einer Reihe von großen Bauten sichtbar geworden. Das vorliegende Buch soll einen Überblick über das bisher Geplante und Gebaute geben. Albert Speer, Generalbauinspektor für die Reichshauptstadt.

Nach einem kurzen einleitenden Aufsatz enthielt das Buch nur Schwarzweißbilder. Der Junge betrachtete jede einzelne Abbildung ganz genau. Später ließ sein Vater das Buch unbeachtet in der Stube herumliegen, der Junge nahm es an sich und fügte es seiner Sammlung von Büchern hinzu. Er konnte alle Abbildungen aus dem Gedächtnis abrufen. Ehrentempel für die Gefallenen der Bewegung am Königlichen Platz in München. Luftbild vom Königlichen Platz in München mit den Neubauten der Bewegung. Ehrentempel am Königlichen Platz in München,

Verwaltungsbau der Nationalsozialistischen Deutschen Arbeiterpartei. Führerbau am Königlichen Platz in München, Hauptportal. Haus der Deutschen Kunst in München, Teilansicht des Säulenvorbaus, Ansicht von der Prinzregentenstraße, Gartenansicht. Turmbau des Deutschen Ausstellungsgebäudes auf der Pariser Weltausstellung 1937. Hoheitsadler vor der Luitpoldarena auf dem Reichsparteitaggelände in Nürnberg. Gesamtanlage des Reichsparteitaggeländes in Nürnberg, Märzfeld, Deutsches Stadion, Zeppelinfeld, Kongreßhalle. Der Künder, Plastik für den Tribünenbau des Zeppelinfeldes in Nürnberg. Das Zeppelinfeld auf dem Reichsparteitaggelände in Nürnberg, Übersicht von der Kongreßhalle. Kongreßhalle auf dem Reichsparteitaggelände, im Bau. Haupttribüne des Zeppelinfeldes in Nürnberg, Teilansicht der Eingangsseite, Endbau, Ansicht vom Feld, Mittelteil der Eingangsfront, Blick in die Pfeilerhalle. Teilansicht der Kongreßhalle, im Bau. Innenraum der Kongreßhalle, im Bau. Deutsches Stadion auf dem Reichsparteitaggelände in Nürnberg, Teilansicht der Außenwand (Modell). Deutsches Stadion auf dem Reichsparteitaggelände, Ansicht von der Großen Straße (Modell). Das Märzfeld auf dem Reichsparteitaggelände in Nürnberg, im Bau. Die neue Reichskanzlei in Berlin, Portal an der Voßstraße, Teilansicht von der Voßstraße, Hauptgesims des Mittelbaus an der Voßstraße, Mittelbau der Gartenfront. Bronzeplastik im Garten der neuen Reichskanzlei. Ehrenhof der Neuen Reichskanzlei. Marmorgalerie der Neuen Reichskanzlei. Einzelheit der Wand des Mosaiksaals. Mosaiksaal der Neuen Reichskanzlei. Der Runde Saal in der Neuen Reichskanzlei. Genius, Marmorrelief im Runden Saal der Neuen Reichskanzlei. Arbeitszimmer des Führers in der Neuen Reichskanzlei, Teilansicht mit dem

Schreibtisch, Möbelgruppe am Kamin. Neubau des Oberkommandos des Heeres und der Soldatenhalle an der Nordsüdachse in Berlin, aus der Planung des Generalbauinspektors für die Reichshauptstadt. Innenraum der Soldatenhalle. Soldatenhalle in Berlin (Modell). Soldatenhalle in Berlin, Beisetzungshalle der großen deutschen Soldaten. Neue Museen in Berlin, aus der Planung des Generalbauinspektors für die Reichshauptstadt, Schaubild von Südosten, Lageplan mit Hauptgrundrissen. Planung des Generalbauinspektors für die Reichshauptstadt, der neugestaltete Große Stern im Tiergarten. Planung des Generalbauinspektors für die Reichshauptstadt, der Runde Platz im Zuge der Nordsüdachse, Fremdenverkehrshaus, Verwaltungsbau einer Versicherungsgesellschaft, Haus der Kameradschaft der deutschen Künstler. Das Fremdenverkehrshaus am Runden Platz in Berlin, im Bau. Neubau der Kasernen des Infanterieregiments Groß-Deutschland in Berlin, aus der Planung des Generalbauinspektors für die Reichshauptstadt (Ausschnitt vom Gesamtmodell). Neubau der Kasernen des Infanterieregiments Groß-Deutschland in Berlin (naturgroßes Fassadenmodell). Das Olympia-Stadion der Reichshauptstadt. Weltflughafen Berlin-Tempelhof (Modell). Aus der Planung des Generalbauinspektors für die Reichshauptstadt, Neubau der Kriegsakademie des Heeres in Berlin. Berlin, Kriegsakademie des Heeres, Portal des Hauptgebäudes an der Nordsüdachse. Die Stadt des KDF-Wagens, Lageplan, unter der Leitung des Generalbauinspektors für die Reichshauptstadt. Gauanlage in Augsburg (Modell). Gauanlage in Dresden, Ansicht der Gauhalle vom Adolf-Hitler-Platz. Luftgaukommando in Dresden, Eingang zum Saalbau. Adolf-Hitler-Platz in Weimar (Modell). Donauhotel in Linz, Schaubild der Eingangsfront.

Volksbund Deutscher Kriegsgräberfürsorge, das Freikorps-Ehrenmal auf dem Annaberg in Schlesien. Kameradschaft, Relief für einen Neubau aus der Planung des Generalbauinspektors für die Reichshauptstadt. Skizzen für Kriegerehrenmale. Die Ordensburg Sonthofen im Allgäu. Turmbau der Ordensburg Sonthofen. Die Hohe Schule der Nationalsozialistischen Deutschen Arbeiterpartei am Chiemsee (Modellübersicht von Nordwesten). Die Hohe Schule am Chiemsee, Ansicht des Hauptgebäudes von der Seeseite. Kriegsschule in Danzig, Hauptgebäude (Modell). Gautheater der Westmark in Saarbrükken. Bildhaueratelier in Bayern. Heim der Hitler-Jugend in Berlin, aus der Planung des Generalbauinspektors für die Reichshauptstadt. Bauverwaltung der Luftwaffe, Offizierskasino eines Fliegerhorstes. Die Stadt der Hermann-Göring-Werke, Vogelschau (Zeichnung). Wohnsiedlung Berlin-Charlottenburg-Nord, aus der Planung des Generalbauinspektors für die Reichshauptstadt, Schaubild des Zentrums der Siedlung, Gesamtlageplan. Arbeitersiedlung eines Rüstungswerks in der Mark. Zichenau, Lageplan der Innenstadt. Stadt für 20 000 Einwohner, Lageplan. Elbebrücke für Hamburg (Zeichnung). Reichsautobahnbrücke. Reichsautobahnbrücke. Überführung über die Reichsautobahn. Ausschnitte vom Gesims einer Autobahnbrücke. Reichsautobahnbrücke, Teilansicht.
Die Ingenieure wollten die beste Trasse. Aber die nehme keine Rücksicht auf die Natur. Der Vater war für Trassen, die sich der Natur anpaßten. Auch wenn die Autos deshalb an manchen Stellen langsamer fahren mußten und die Lastwagen größere Steigungen zu überwinden hatten. Als Sprengmeister müßte er eigentlich erst recht für die beste Trasse sein, denn die bedeute für ihn mehr Arbeit. Aber er

könne nicht zusehen, wie die Ingenieure die Landschaft zerstörten.
Der Vater sprach nicht oft über seine Arbeit, tat er es doch, verlangte er, daß die Familie ihm zuhörte. Als seine jüngste Tochter einmal die Bemerkung gemacht hatte, er sei ja nur Sprengmeister, er wisse, wie man etwas kaputtmache, aber nicht, wie man etwas ganz mache, hatte er ihr eine Ohrfeige verpaßt, und auch die Mutter hatte sie ausgeschimpft. Der Junge wußte von seinem Bruder, daß sich sein Vater tatsächlich immer wieder mit den Straßenbauingenieuren anlegte. War es seinem Vater jemals gelungen, eine Änderung durchzusetzen?
Die Menschen wollen die Natur nicht mehr sehen, deswegen fahren sie immer schneller. Die Arbeit werde ihm nie ausgehen, sagte der Vater, aus jeder Straße werde eine Bundesstraße und aus jeder Bundesstraße eine Autobahn. In den Kriegen hätten sich die Menschen gegenseitig umgebracht, jetzt verschonten die Menschen einander, dafür gingen sie gemeinsam auf die Natur los. Die Technik lebe davon, daß der Mensch nie mit ihr zufrieden sei. Habe ein Automobilingenieur ein schnelles Auto gebaut und fahre er damit, sei er unzufrieden, weil er nicht ein noch schnelleres konstruiert habe. Habe ein Straßenbauingenieur eine Brücke mit einer großen Spannweite errichtet oder einen Tunnel gestochen, der einen ganzen Bergzug durchquere, sei er enttäuscht, weil er nicht eine noch größere Brücke, einen noch längeren Tunnel verwirklicht habe. Ihre Versagung ließen alle an der Natur aus und an ihm, dem Sprengmeister. Er sei schuld, wenn die Landschaft nachher verschandelt, die Natur tot sei, er habe zuviel gesprengt. Dabei hätten sie ihm vorher gesagt, er solle möglichst viel sprengen, damit später nicht etwa Felsen auf die Straße fielen. Es sei nicht

gut, Sprengmeister zu sein. Sprengmeister zu sein sei nicht angenehm. Aber ohne Sprengmeister gehe es nicht. Wenn er nicht sprengen würde, dann würde es ein anderer tun. Er bemühe sich, als Sprengmeister die Natur zu erhalten, auch wenn keiner das wolle, auch wenn niemand das wahrnehme. In dieser Zeit Sprengmeister zu sein stelle die einzige Möglichkeit dar, der Natur zu helfen.
Der Junge wandte sich wieder dem Buch zu. Auf dem Luftbild des Königlichen Platzes in München waren zwischen den Laternen ein paar schwarze Punkte auszumachen, das mußten wohl Menschen sein. Das Bild daneben zeigte Fußgänger vor den Ehrentempeln. Obwohl der Junge das Bild ganz genau anblickte, konnte er sich nicht entscheiden, handelte es sich um eine Fotografie oder um eine Zeichnung. Sowohl die Wolken wie die Menschen sahen aus, als seien sie gemalt, aber die gußeisernen schwarzen Laternen im Vordergrund wirkten so, als seien sie fotografiert. Im Hauptportal des Führerbaus hielt ein schwarz uniformierter Soldat Wache, mit Reitstiefeln, die in der Sonne glänzten. Zum Garten hin luden zwischen den Säulen des Hauses der Deutschen Kunst weiße Gartenmöbel zum Verweilen ein, aber kein Mensch befand sich auf dem Bild, der von dem Angebot Gebrauch machen konnte. Erst beim nochmaligen Hinsehen entdeckte der Junge auf der Ansicht des Hauses der Deutschen Kunst von der Prinzregentenstraße eine alte Frau. Vor dem Turmbau des deutschen Ausstellungsgebäudes auf der Weltausstellung zeichneten sich die Umrisse eines Mannes ab, der neben den Leuchten stand, die die Säulen und den Innenraum beschienen. Die Spitzen der Schwingen und die Brust des Adlers auf der Spitze des Gebäudes glänzten, der Kopf des Adlers vereinigte sich wie die Bäume, aus denen heraus der Fotograf

das Bild gemacht hatte, mit der Dunkelheit. Auf keinem der Bilder des Reichsparteitaggeländes schien auch nur ein Mensch auf. Die Fotografien der Baustellen zeigten Gerüste, Verschalungen, Kräne auf Geleisen und Tonnen von bereitgestellten Baumaterialien, Tausende von Menschen mußten hier arbeiten, aber kein einziger durfte aufs Bild.
Mit eigenen Augen hatte der Junge keine größeren Bauwerke gesehen als den Mathematischen Turm und die Kirchtürme von Kremsmünster. Den Stephansdom in Wien kannte er von so vielen Abbildungen, daß er fast glaubte, schon davorgestanden zu haben. In Amerika gab es noch viel höhere Gebäude als den Stephansdom. Das Buch zeigte keine anderen Gebäude als Steinbauten. Warum bauten nur die Amerikaner Häuser aus Stahl und Glas?
Zwei Soldaten in schwarzen Uniformen mit geschulterten Gewehren bewachten das Portal der Reichskanzlei in Berlin. Auf der Voßstraße hielten zwei Wagen, aus denen Menschen stiegen. In der Reichskanzlei gab es keine Menschen. Der Schreibtisch und die Sitzgruppe als Maßstab ließen die Räume noch riesiger erscheinen. Auf dem Bild des Großen Sterns im Tiergarten in Berlin zählte der Junge sieben Fußgänger. Die Baustelle des Fremdenverkehrshauses am Runden Platz zeigte sich völlig menschenleer. Vor dem Portal des Hauptgebäudes der Kriegsakademie des Heeres hielten drei Soldaten Wache, in weißen Uniformen. Sie sahen aus wie Modellfiguren. Zum Ende hin enthielt das Buch immer mehr Entwurfszeichnungen und Modelle, die sich auf den ersten Blick als solche zu erkennen gaben. Das einzige Lebewesen war die Skulptur eines sich heranschleichenden Panthers vor dem Offizierskasino eines Fliegerhorstes. Auf einer Autobahn fuhr ein einsames Auto vor einer Brücke, den Fahrer konnte man nicht erkennen. Die Autobahn sah

so nackt aus, sie bestand aus jeweils zwei Spuren rechteckig gegossener Betonplatten, daneben begann unmittelbar die Wiese, das Auto wirkte wie ein Spielzeug. Das Weiß der Autobahn, das Weiß der Überführung und das Weiß der Wolken am Himmel strahlte eine angenehme Ruhe aus.
Im Geschichtsunterricht war der Junge gerade bei Karl dem Großen angekommen. In den obersten Klassen wurde lediglich die Zeit bis zum Ersten Weltkrieg behandelt. Der Junge wußte, daß der Zweite Weltkrieg im Jahr 1945 zu Ende gegangen war und daß Deutschland ihn verloren hatte. Die Lehrerin hatte erzählt, die Amerikaner, die Engländer und die Franzosen hätten den Krieg gewonnen, der Briefträger behauptete, die Russen hätten ihn gewonnen. Der italienische Priester sprach nie über den Krieg, und der Junge war nie auf den Gedanken gekommen, den Deutschen nach dem Krieg zu fragen. Das Buch stammte aus dem Jahr 1943. Von seinem Vater wußte der Junge, daß die Sieger viele Bomben über Deutschland abgeworfen und viele Gebäude zerstört hatten. Standen die Bauwerke noch, die in dem Buch abgebildet waren?
Der Vater des Jungen hatte das Handwerk des Sprengmeisters im Krieg gelernt, aber er sprach nie über den Krieg. Im Gegensatz zum Glöcklbauern, der Stukaflieger gewesen war. Das bedeutete Sturzkampfflugzeug. Manchmal erzählte der Glöcklbauer im Gasthaus Zum Niesl von seinen Kriegserlebnissen. Der Wirt achtete allerdings darauf, daß der Glöcklbauer seine Erfahrungen nur in Abwesenheit des Briefträgers ausbreitete. Denn der Briefträger widersprach jedem Satz des Glöcklbauern, einmal waren die beiden sogar mit den Fäusten aufeinander losgegangen.
Der Junge klappte das Buch zu, sah auf und blickte unmittelbar in die Augen seines Vaters. In dessen Gesicht kämpf-

ten zwei Bestrebungen um die Vorherrschaft. Die Dinge, über die das Buch ging, bedeuteten ihm etwas, und daß der Sohn sich damit beschäftigte, stimmte ihn mild. Aber es war wieder ein Buch, dem sich der Junge widmete. Nie würde der Vater zu diesem Sohn ein Verhältnis wie zu dem anderen haben. Dieser Sohn würde nie etwas von ihm lernen wollen. Die Erkenntnis machte den Vater zornig.

Der Vater wollte, daß der Junge ihm Fragen stellte. Aber der Junge blieb stumm. Der Vater konnte nicht wissen, daß der Junge auch die Gnädige und den italienischen Priester niemals etwas fragte. Die Fragen, die der Vater zu stellen imstand war, konnte der Junge nicht beantworten. Die Fragen, die zu beantworten der Junge in der Lage war, konnte der Vater nicht stellen.

Die Mutter schlief schon lange, die Schwestern nahmen die Gesprächspause als Gelegenheit, sich ins Bett zu verabschieden. Der Vater ging zum Fenster, schob die Gardinen beiseite, lehnte sich mit den Ellbogen auf das Fensterbrett und blickte hinaus. Der Junge konnte den Vollmond erkennen. Dem Jungen den Rücken zuwendend, fragte ihn der Vater, ob er den Deutschen gesehen habe.

Der Junge beschrieb die Ankunft des Deutschen am Morgen, wie er und Herr Holzer die Kartons in das Haus geschleppt hatten.

Während er zum Tisch zurückging, fragte sein Vater, ob die Kartons alt gewesen seien. Er versuchte, die Frage möglichst beiläufig klingen zu lassen. Der Junge schüttelte den Kopf, es seien neue Umzugskartons gewesen. Ob sie schwer gewesen seien. Der Junge nickte, zwar hätten der Deutsche und Herr Holzer die Kartons jeweils allein getragen, aber sie seien dabei ins Schwitzen gekommen. Was in den Kartons gewesen sei. Sein Vater gab sich keine Mühe mehr, seine Neugier zu verbergen. Der Junge wagte zum ersten Mal, seinen Vater anzublicken. Bis auf einen seien alle Kartons zugeschnürt gewesen. Der sei dem Deutschen entglitten, er habe ihn gerade noch auffangen können, soweit er gesehen habe, seien Aktenordner und lose Papiere darin gewesen.

Jetzt zeigte sein Vater keinerlei Anzeichen von Trunkenheit mehr. Nachdem er minutenlang mit dem Fuß auf den Rahmen des Tisches getreten hatte, verkündete er, daß er die Umwälzpumpe von Herrn Holzers Schwimmbad überprüfen werde. Der Junge erwartete eine Begründung, warum das mitten in der Nacht geschehen mußte, sein Vater forderte ihn nur auf, mit ihm zu kommen.

Der Junge hielt von seinem Vater den gleichen Abstand, als wenn er die Gnädige oder den italienischen Priester begleitet hätte. Die Apfelbäume entlang des Weges streckten ihre unregelmäßig gewachsenen Äste vor dem klaren Nachthimmel nach dem Jungen und seinem Vater aus. Bei Nacht verbreiteten sie den Geruch nach Apfelmost noch stärker als bei Tag.

Während sie den Weg zur Teichl hinuntergingen, schien es, als würde der Mond wie ein Ball auf dem Waldsaum über der anderen Seite des Teichlufers entlangrollen. Büsche und niedrige Bäume versperrten den Blick auf den Fluß, am Berghang stand das Gras hoch. Beim Holzlagerplatz vor der Brücke blieb der Vater kurz stehen und drehte mit dem Fuß einige Rinden um, er wollte sehen, welche Art von Holz hier gelagert gewesen war.

Der Junge blickte den finsteren Konglomeratfelsen hoch, von dem sein Vater immer sagte, eines Tages werde er von selbst einstürzen. Hier ging und fuhr sein Vater immer schneller. Auf den Konglomeratfelsen war ein kleines Haus gebaut, obwohl der Junge jeden Tag dort vorbeikam, hatte er den oder die Bewohner noch nie gesehen, auch seine Schwestern kannten den oder die Bewohner nicht. Der Junge konnte sich keinen gefährlicheren Platz für ein Haus vorstellen.

In der Einfahrt parkte ein weißer Fiat 500. Der Wagen mußte einmal einen Auffahrunfall gehabt haben, bei dem die vordere Stoßstange in die Karosserie hineingedrückt wurde, dort war der Lack abgesplittert und die Karosserie fast durchgerostet. Das Stoffdach hatte einen Riß.

Die schmiedeeiserne Lampe an der Ecke der Garage beleuchtete die Einfahrt und das Schwimmbad, im Haus der Holzers brannte kein Licht. Der Vater hatte die Umwälzpumpe installiert, als Herr Holzer das Schwimmbad gebaut hatte.

Vor dem Gasthof Zum Niesl saßen zahlreiche Gäste in der lauen Sommernacht auf den Bänken im Freien. Eine der Schwestern hatte erwähnt, der Stummerbauer feiere heute Geburtstag und habe Nachbarn und Bekannte eingeladen. Darunter mußten sich auch die Holzers befinden, Herr Holzer hatte als Gemeindesekretär die Genehmigung der neuen Straße zum Stummergut gefördert. Der Deutsche aß ebenfalls im Gasthaus Zum Niesl.

Der Vater zog einen Vierkantschlüssel aus der Tasche und öffnete die Blechtür des Betonhäuschens neben dem Aufgang zur Terrasse, das die Umwälzpumpe beherbergte. Während sein Vater an der Pumpe hantierte, begab sich der Junge zum Beckenrand und beobachtete die leichten Wellen. Obwohl der Nachthimmel blau glänzte und Herr Holzer das Becken hellblau hatte anmalen lassen, schimmerte die Wasseroberfläche hellgrün, in den Tälern klar und glatt, auf den Bergrücken gebrochen. Ein ungeheuer fein gearbeitetes Reliefmodell lag vor dem Jungen, das jede Einzelheit einer Phantasielandschaft nachbildete, auch die kleinste Erhebung, auch den kleinsten Graben.

Der Junge vertiefte sich so in das Betrachten der Wasserlandschaft, daß er gar nicht bemerkte, wie sein Vater verschwand.

Aus der offenen Garage fiel kein Licht heraus. Zögernd ging der Junge zur Garage, er blickte sich noch einmal um, ob nicht vielleicht der Hausherr oder der Deutsche gerade zurückkamen. Mit dem aufkommenden Wind wurde das Geräusch der Gäste im Gasthaus Zum Niesl lauter, der Junge vernahm einzelne Rufe.

Der Kühlergrill und der linke Scheinwerfer des Ford Taunus 17M des Deutschen glänzten im Mondschein, die Tür, die von der Garage in das Wohnhaus führte, stand offen. Sein Vater hielt sich also nicht in der Garage auf, um Werkzeug zu suchen, er war über die Garage in das Wohnhaus eingedrungen.

Es konnte nur um die Kartons gehen, die der Deutsche mit Herrn Holzer zusammen ins Haus getragen hatte. Sein Vater war im Begriff, etwas Verbotenes zu tun. Zu seinem eigenen Erstaunen wurde dem Jungen bewußt: Es beunruhigte ihn nicht.

Er spielte den Komplizen seines Vaters, wenn jemand kam, würde er seinen Vater warnen. Der Wind hatte sich wieder gelegt, der Junge blickte aus einem anderen Winkel auf das Schwimmbad, die jetzt dunkelgrüne Wasseroberfläche schluckte das Licht und sah nicht mehr aus wie das Modell einer Landschaft, sondern wie eine der Plastikplanen, mit denen bei schlechtem Wetter die Paletten vor der Parkettfabrik Lattner zugedeckt wurden.

Sein Vater hatte wohl die Kartons gefunden und beschäf-

tigte sich mit deren Inhalt. Er trug ein Taschenmesser bei sich, damit konnte er die Bindfäden um die Kartons entzweischneiden. Der Junge hörte, wie ein paar Wagentüren zuschlugen und mehrere Motoren angelassen wurden. Er trat auf den Weg vor und sah ein Auto in Richtung Kirche davonfahren, ein anderes aus dem Parkplatz vor dem Gasthaus in die Straße einbiegen und dort anhalten. Eine Gruppe von Gestalten schlenderte langsam die Straße zur Post entlang. Der Junge konnte nicht erkennen, um wen es sich handelte, es konnten die Lattners sein und Herr Lindner, der Nachbar von Frau Schwarzbäck, oder die Holzers und der Deutsche, die dann in den Weg zum Reitbauerngut einbiegen würden.
Der Junge rannte in die Garage und die Treppe hoch, blieb jedoch abrupt vor einem Spiegel stehen, in dem sich eine Reihe von dunklen Bäumen und der blaue Nachthimmel abzeichneten, die Aussicht aus dem gegenüberliegenden Fenster. Plötzlich erhob sich hinter dem Jungen eine dunkle Gestalt, die aussah wie der Adler auf dem Turmbau des deutschen Ausstellungsgebäudes auf der Weltausstellung in dem Buch über die deutsche Architektur. Mit einem Schrei wandte sich der Junge um und sah seinen Vater, der eine zornige Grimasse schnitt. Er hielt mehrere Aktenordner und einen Stapel Papiere vor sich.
Bevor die beiden wieder zur Garage hinabstiegen, warf der Junge noch einmal einen Blick auf den Spiegel. Im linken oberen Eck nahm er jetzt einen Sprung wahr. Ihm schoß der Gedanke durch den Kopf, der Adler hätte mit dem Schnabel gegen die Scheibe geschlagen.
Sein Vater hatte die Akten gestohlen, er wartete im Schutz der Einfahrt. Der Junge atmete auf, die Dorfstraße menschenleer zu finden. Wären das tatsächlich Herr und Frau

Holzer und der Deutsche gewesen, würden sie jetzt unmittelbar vor ihnen stehen, hätten sie ihn und den Vater mit seiner Beute ertappt.
Schweigend gingen sie zum Reitbauerngut zurück.
Als sie an dem weißen Fiat 500 vorbeikamen, blickte der Sohn kurz zum Vater hinüber, und der Vater wandte sein Gesicht dem Sohn zu. Der Sohn konnte nicht erkennen, wohin der Vater blickte, der Nachthimmel spiegelte sich in den Pupillen des Vaters.

Im Four Seasons in Berlin sackte meine Welt, eben noch im vollen Lauf begriffen, in sich zusammen. Der Schlag traf meinen Kopf und mein Herz zugleich. Das Schlimmste, was mir passieren konnte, war passiert: Ein anderer hatte genau das Buch geschrieben, das ich schreiben wollte. Ein anderer hatte mir meine Kindheit geraubt. Ein anderer hatte *mein* Buch geschrieben.
Kein Kanal der Verständigung zwischen mir und der Umwelt, der nicht in Mitleidenschaft gezogen, gestört war.
In meinen Romanen und Erzählungen habe ich die Machtphantasien aufflackern lassen, die mich bei dem sanften und geräuschlosen Verschieben von Axiomen, dem Aus- und Umformulieren von Axiomensystemen begleiteten. Natürlich habe ich die Machtphantasien auch an Ohnmachtphantasien gespiegelt, aber was für eine Ohnmacht war das, die Beziehung zwischen zwei Modellen eines Axiomensystems nicht bis ins letzte klären zu können, gegenüber der jetzt erlebten Ohnmacht, daß hinter allen Modellen ein Bewußtsein aufschien, das diese hervorgebracht hatte, und dieses Bewußtsein war nicht meins. Es machte nicht nur das

Glasperlenspiel, das ich bis dahin gespielt hatte, sondern das ganze Leben, das ich bis dahin geführt hatte, zunichte. Meine Machtphantasien hatten davon geträumt, Ohnmachtphantasien zuzulassen. Aber meine Machtphantasien hatten keine Vorstellung davon gehabt, was Ohnmachtphantasien wirklich vermochten.

Pototschings Botschaft lautete: Es ist an der Zeit, daß du begreifst, wie unerbittlich du gehaßt wirst. Wie dich jemand haßt, der dich kennt. Wie du dich selber haßt.

Es herrschte Krieg, und ein Friedensschluß war nicht verhandelbar. Ich hatte Pototsching bedroht, ich wußte nicht einmal, auf welche Weise. Wie sollte ich darauf kommen, daß er die Fähigkeit und die Möglichkeit hatte, mir meine Kindheit wegzunehmen. Hätte ich gewußt, daß ich Pototsching bedrohte, wäre ein kalter Krieg möglich gewesen, vielleicht wäre es zu einem Gleichgewicht des Schreckens gekommen, zu einer Waffenruhe, nur von Scharmützeln unterbrochen.

Sicher hatten ihn meine Bücher auf die Spur gebracht. Pototsching mußte in St. Pankraz gewesen sein und dort meine Schwestern, die Töchter des Rohrauerbauern und die Kinder der Holzers getroffen haben. Alle diese Erkenntnisse konnte er mühelos an mir vorbeischmuggeln, denn ich hatte St. Pankraz schon seit Jahren nicht mehr besucht. Nur mit meiner jüngsten Schwester stehe ich noch in Verbindung. Ich spreche nie über meine Kindheit. Zu niemandem. Ich dachte meine Kindheit besonders wirkungsvoll auszusparen, indem ich sie am Rand anführte. Über meine jüngste Schwester habe ich eine Erzählung geschrieben, der Junge kommt in einigen Passagen eines Romans vor. War Pototsching auf der Suche nach Stoff? Aber ich habe den Deutschen mit keinem Wort erwähnt.

Pototsching zeichnete sich in seinem viel zu großen Hemd vor dem Hotelfenster überdeutlich ab, trotzdem würde er als Feind für alle Zeit ohne jede Kontur, unsichtbar, nicht greifbar bleiben. Seine Feindschaft war an ein konkretes persönliches Ziel gebunden. An mich. Doch verknüpfte er seine Taten nicht mit seiner Person, mit seiner Lebenssituation oder Lebensgeschichte. Seine Gefährlichkeit gewann er durch Verbindung mit einem ebenso abstrakten wie universalen Gedanken.

Es hatte mir immer gefallen, mich in der Rolle des Partisans zu sehen. Die anderen Schriftsteller besetzten wie Soldaten von regulären Armeen entweder weiße Flecken auf der Landkarte oder kämpften um die Vorherrschaft in bestimmten, genau vermessenen Gebieten. Ich operierte im militärischen Hinterland. Nie hatte ich mich einem Drill unterworfen. Ich verteidigte das Gebiet der Literatur, mein Ziel bestand darin, andere Armeen, andere Schriftsteller daraus fernzuhalten.

Pototsching war nicht der vergessene Partisan der Literatur, sondern der moderne Terrorist des Literaturbetriebs. Wir glichen uns nur in wenigen äußeren Merkmalen, etwa darin, uns erst im Augenblick der Tat zu erkennen zu geben. Im Gegensatz zu mir konnte sich Pototsching aus einer Operation nicht zurückziehen, er rieb sich in ihr auf. Der Schriftsteller Pototsching stellte eine nahezu auf einen Punkt gebrachte Existenz dar. So weit konnte er noch als eine extreme Variante von mir selbst erscheinen, aber tatsächlich unterschied er sich grundsätzlich dadurch von mir, daß er in einem Raum operierte, der keine Verbindung mehr zu dem Gebiet hatte, das als Literatur auf der Landkarte stand.

War Pototsching wirklich nur die Vernichtung, die er brachte, und nichts weiter?

Ich hatte aus meiner Kindheit einen Sarkophag gemacht und eine Existenz geführt, die sich nur mit sich selbst überlappte, sich mit keinem Teil außerhalb ihrer selbst begab. Natürlich hegte ich eine geheime Lust, diese Ordnung, diese Symmetrie wieder verschwinden zu sehen. Ich blickte an Pototsching vorbei auf den Himmel, der draußen so reichlich vorhanden war, und ich freute mich darüber, daß mein Nicht-Leben nicht vermochte, etwas gegen meine Kindheit auszurichten.

Bergab, am Konglomeratfelsen vorbei, rannte der Vater des Jungen. Die Metallränder der Aktenordner glänzten im Mondlicht, als ob er Wunderkerzen angezündet hätte.
Bergauf lief der Vater langsamer und keuchte laut, der Junge blieb absichtlich zurück. Mehrmals wandte sich der Junge um, niemand folgte ihnen.
Als er beim Gut anlangte, stand ein Türflügel der Tenne weit offen. Im fahlen Licht einer einzigen Glühbirne kniete der Vater hinter dem Traktor am Boden. Deutlich konnte der Junge die aus dem Haus der Holzers entwendeten Ordner und Papiere erkennen, der Vater wollte sie unter den Bohlen verstecken.
Der Junge nahm den Weg am Bienenhaus vorbei zum Hochsitz, der vor dem mondbeschienenen Nachthimmel viel größer wirkte als bei Tag.
Die Jäger stellten ihre Autos neben der Jagdhütte an der Zufahrt des Reitbauernguts ab. Dort parkten keine Autos, trotzdem horchte der Junge in die Stille und fühlte an der Leiter, ob sich jemand im Hochsitz aufhielt, bevor er hochstieg.

Je näher er der Luke kam, desto weniger konnte er sehen, denn der Mond stand genau über dem Hochsitz. Es kam ihm so vor, als klettere er geradewegs in eine pechschwarze Wolke.

Die Klappe über der Luke ließ sich so leicht umlegen wie immer. Eine Zeitlang blieb der Junge auf der Klappe stehen und blickte durch die Öffnung gegenüber auf das Reitbauerngut mit seinen dunklen Fenstern, dann wandte er sich um. Und erstarrte.

Auf dem Boden saß der Idiot und blätterte in seinen Büchern.

Wie hatte er die Kombination für die Bücherkiste herausgefunden?

Unbändiger Haß stieg in dem Jungen auf, er wollte sich auf den Idioten stürzen, ihn zu der Luke zerren und aus dem Hochsitz werfen.

Der Idiot hielt inne, klappte das Buch zu, das er in Händen hielt, und blickte zu dem Jungen auf. Er machte keinen Laut, der Junge sagte nichts. Was nützte es, wenn der Junge ihn zur Rede stellte. Der Idiot legte *Krieg und Frieden* beiseite, griff in die Kiste und zog ein anderes Buch heraus. Das Buch enthielt viele Zeichnungen, der Idiot sah sich jede einzelne aufmerksam an. Der Junge besaß nur ein Buch mit Zeichnungen, *Oliver Twist*.

Durch die eine Öffnung schien der Mond, durch die andere kam Sternenlicht herein. Frisch rasiert, betrachtete der Idiot die Zeichnungen, er hatte nichts mehr gemein mit dem Idioten, den der Junge kannte. Der Idiot ging vertraut mit dem Buch um. Bei manchen Zeichnungen stellte sich in seinem Gesicht der Triumph des Wiedererkennens ein, der Junge glaubte, der Idiot stellte einen Zusammenhang zwischen den Zeichnungen her. Der Junge hatte seine Bücher immer so vorgefunden, wie er sie zurückgelassen hatte. Nichts hatte ihn jemals auf den Gedanken gebracht, jemand könnte sie angerührt haben. Wenn der Idiot seine Bücher schon früher angesehen hatte, dann mußte er in der Lage gewesen sein, sie immer genau in die ursprüngliche Ordnung zurückzubringen.

Je länger sich der Idiot mit den Zeichnungen beschäftigte, desto öfter sah er zu dem Jungen auf. Wie ein Sportler, der die Reaktionen seines Trainers erforschte. Dabei zeigte er einen aufgeweckten, fast frechen Gesichtsausdruck.

Nach einiger Zeit, der Junge hatte sich nicht bewegt, stand der Idiot auf. Er wandte sich um, beugte sich zu der aufgeklappten Kiste hinunter und stellte *Oliver Twist* und *Krieg und Frieden* umsichtig zurück. Er schien darüber nachzudenken, zu welchem Buch er jetzt greifen sollte. Schließlich hatte er sich entschieden, er warf dem Jungen ein kurzes Lächeln zu, seine Lippen bewegten sich, als ob er ihm seinen Entschluß mitteilte, dann zog er ein Buch heraus. Und reichte es dem Jungen. So, als ob er ganz genau wußte, daß er nicht befugt war, das zu tun, was er tat, aber als ob er auch wußte, man konnte ihm nichts anhaben. Warum verwahrte der Junge seine Bücher ausgerechnet im Hochsitz. Der Junge hielt die schäbige, ramponierte Ausgabe des *Nachsommer* von Adalbert Stifter unschlüssig in beiden Händen, das einzige Buch, das er nicht gelesen hatte, das einzige Buch, das nicht von der Gnädigen stammte. Sein Deutschlehrer, Pater Reinhold, hatte es ihm gegeben. Pater Reinhold hatte einen Herzinfarkt gehabt und seither nicht mehr unterrichtet, niemand hatte den Jungen an die Rückgabe des Buches erinnert.

Nachdem er kurz darin geblättert hatte, gab der Junge dem Idioten den *Nachsommer* zurück. Der stellte das Buch wie-

der zurück und rückte alle Bücher bündig an die Wand der Kiste. Dann brachte er das Vorhängeschloß an, verstellte die Kombination und klappte den Sitz hoch, um die Bücherkiste darunter zu verstauen.
Sich nach vorn beugend, nahm der Idiot auf der Bank Platz. Der Junge beobachtete ihn mit in die Hüften gestemmten Armen. Sonst trug der Idiot immer einen Hut, jetzt schimmerte die Kopfhaut weiß wie Papier unter dem tiefschwarzen Haar hervor. Als ob er sich zu einem Verhör bereitmachte, wußte er nicht, was er mit seinen Armen tun sollte. Er blickte zu dem Jungen hoch, erwartungsvoll, gespannt, auf alles gefaßt. In keinem Fall unterlegen. Mehrmals rückte er mit dem ganzen Körper hin und her, den Jungen nicht aus den Augen lassend.
Der Junge hätte dem Idioten am liebsten ins Gesicht geschlagen. Der Idiot würde sich nicht wehren, er konnte niemandem etwas erzählen. Der Junge würde behaupten, der Idiot habe ihn angegriffen, es spielte keine Rolle, ob man ihm das glaubte oder nicht, der Idiot war der Idiot.
Vom Berg aus konnte man ihre Umrisse im Hochsitz sehen. Der Junge glaubte nicht, daß der Nachbar heute nacht zum Blumenbrocken gegangen war, mit seinem alten Militärrucksack, in dem sich, wie alle wußten, ein zusammenlegbares Gewehr befand, aber in irgendeinem Gedächtnis würde das Bild für alle Ewigkeit gespeichert bleiben. Wie eine Silhouette mit dem Arm ausholte und die andere schlug, wie die andere Silhouette niederfiel, wie die erste den Arm zurückzog, um erneut zuzuschlagen, während sich die zweite gerade wieder aufrichtete.
Der Idiot blickte betreten zu Boden. Er zog die Schultern ein, spreizte die Beine leicht und fuhr mit dem Zeigefinger der rechten Hand an der Kante des Sitzes entlang, als wolle

er sie auf hervorstehende Splitter prüfen. Ein Lächeln ging über sein Gesicht, das jedoch nicht unehrerbietig wirkte. Der Mond beleuchtete seine rechte Seite, obwohl seine Mutter ihn am selben Tag rasiert hatte, konnte der Junge schon wieder Bartstoppeln erkennen.

Das Lächeln besänftigte den Jungen, er schickte sich bereits an zu gehen, als der Idiot aus seiner Hosentasche ein zusammengefaltetes Papier und einen Bleistiftstummel hervorzog. Er faltete den Zettel auseinander, legte ihn auf den Sitz neben sich, strich ihn mit der Hand glatt und begann, mit dem Bleistift zu zeichnen. In gezwungener, ungeschickter Haltung, die Beine übereinandergeschlagen, auf den linken Arm abgestützt, der Kopf fiel auf die Brust.

Aber der Idiot krakelte nicht etwa. Geübt flog seine Hand über das Papier, er skizzierte mit leichten, klaren Strichen. Es dauerte nicht lange, bis er das ganze Blatt vollgezeichnet hatte. Entspannt lehnte er sich zurück, das Verquere aus seiner Haltung verschwand übergangslos. Er lächelte überlegen, als hätte er dem Jungen etwas verraten, auf das der niemals von allein gekommen wäre, das ihm auf der einen Seite weiterhalf, auf der anderen Seite jedoch eine Vielzahl neuer Fragen aufwarf. Sein Lächeln war das eines Geistesmenschen, der über die Ungeistigen triumphierte.

Der Junge blickte auf die Darstellung eines Bücherregals, so hoch wie ein Zimmer. Die Bücher im obersten Fach waren genau gezeichnet, darunter wurden die Bücher immer umrißhafter, in den untersten Fächern waren sie nur noch angedeutet. In das oberste Fach hatte der Idiot die Bücher eingezeichnet, die der Junge in seiner Bücherkiste aufbewahrte. Der Idiot hatte die Größe genau getroffen und die Muster auf den Bücherrücken akkurat nachgezeichnet. Aber nicht nur das. Der Idiot hatte auch die Titel auf den

Bücherrücken festgehalten. Er, der nicht lesen und nicht schreiben konnte. Nicht alle Buchstaben hatte er korrekt wiedergegeben, vor allem bei den in Fraktur gesetzten Titeln hatte er Fehler gemacht, aber wer die Titel kannte, konnte sie lesen.

Die Titel hörten nicht beim letzten Buch auf, das die Gnädige dem Jungen geschenkt hatte. Die Bücher in der Reihe darunter trugen ebenfalls noch lesbare Titel. Weiter unten verschwammen sie. Wie kam der Idiot auf die anderen Bücher? Im Haus der Nachbarin gab es kein einziges Buch.

Vergangenes Schuljahr hatte Pater Emerenz im Geschichtsunterricht über Archäologie gesprochen. Der Junge befand sich an einem Ort, an dem es nicht nur Fundstücke aus der Vergangenheit gab, sondern auch Gegenstände, die sich aus der Zukunft abgelagert hatten.

Ich habe eine Haut, nachdem ich stundenlang gebraust habe und mir die Haut überall weh tut.
Meine Haut besteht aus Geschriebenem, ohne Geschriebenes bin ich hautlos. Berühre ich einen anderen Schriftsteller, fühle ich eine andere Haut, zusammengesetzt aus denselben Buchstaben.
Ich bin nicht meine Erinnerung oder meine Erinnerungen, sonst wäre ich vor drei Jahren in Pototschings Hotelzimmer sofort ein anderer geworden. Ich bin meine Klappentexte, die biographischen Anmerkungen, die Rezensionen meiner Bücher, die Fragen bei Lesungen und Interviews. Natürlich bin ich auch meine Bücher, aber nicht so, wie sie in der Buchhandlung im Stapel liegen oder im Regal des Lesers stehen, sondern so, wie sie Buchhändler und Leser mit mir verbinden. Ich bin die Geschichte, die ich mit meinem Lektor habe, die Bekanntschaft mit Kritikern, der Umgang mit Lesern, ich bin keine Weltqualität, keine Schöpfung, kein Ursprung. Auch wenn ich mich an nichts erinnern könnte, solange ich den Entwurf meines Klappentextes meines Lektors abnehmen kann, solange bin ich immer noch ich.
Das hat alles nichts mit Erinnerung zu tun. Von meiner Erinnerung muß ich nur verlangen, daß sie bis zu einem gewissen Grad stabil ist. Es macht ja keinen Sinn, mir jedesmal von meinem Lektor oder einem anderen Leser mitteilen zu lassen, daß ich ein Buch geschrieben habe, und mir jedesmal neu selbst zu begründen, warum ich es geschrieben habe.
Meine Erinnerungen können viel besser lesen und schreiben als ich. Ich bin nur ein kleiner, unbedeutender Teil meiner Erinnerungen. Zu den Bedingungen ihres Funktionierens gehört, daß sie sich gegenseitig nur äußerlich kennen.

Sonst können sie sich nicht voneinander abgrenzen, ich wäre nicht in der Lage, sie auseinanderzuhalten. Eine Erinnerung darf der anderen immer nur unterstellen, daß sie ein Inneres hat.
Früher dachte ich, meine Erinnerungen müßten eine Einheit bilden, innerhalb der jede Erinnerung mit jeder anderen auf eine geheimnisvolle Art und Weise in Verbindung steht. Jetzt weiß ich, die kleinsten Einheiten des Erinnerns sind nicht die Erinnerungen selber, sondern die Art und Weise, wie eine Erinnerung die andere liest, wie eine Erinnerung die andere schreibt. Ob ich meine Erinnerungen verstehe, ob Pototsching mich oder meine Kindheit versteht, ob meine Erinnerungen einander verstehen, es macht keinen Unterschied. Ein Buchstabe bedeutet mir das gleiche wie der andere, aber ich muß wissen, gehört er zu meiner Haut, zur Haut Lauras oder zu der Pototschings.
Kein Versuch, meine Erinnerungen festzuhalten, kann außerhalb meiner Erinnerungen stattfinden. Wenn ich meine Erinnerungen beschreiben will, muß ich die Beschreibung in ihrem Vollzug mitbeschreiben.

Vor ein paar Tagen sah ich bei Beatrice ein Fernsehinterview mit Pototsching. Das Interview war in einem Bus aufgenommen, der in einem Depot stand. Weil der Protagonist von Pototschings Buch Deutschland im Bus bereiste. Der Interviewer, ein sehr junger Journalist, kletterte über die Mauer des Depots und lief in einem Korridor von einander gegenübergestellten Bussen. Unter einem wolkenlosen blauen Himmel kam er schließlich zu einem Bus mit beschlagenen Fenstern. Den betrat er durch den vorderen Eingang, Pototsching erwartete ihn auf dem vorletzten Sitz. Er lehnte sich nicht an den Sitz, sondern an das Fenster an. Das Eintreffen des Interviewers quittierte er mit einem spöttischen Gesichtsausdruck, als ob er ein Verbrecher wäre und der Journalist ein Polizist, der den Verbrecher gestellt hatte, aber der Verbrecher hatte noch einen Trumpf im Ärmel. Alle Sinne aufs äußerste geschärft, ging der Polizist ganz langsam im Gang zwischen den Sitzen auf den Verbrecher zu. Da kam Beatrice aus dem Bad, nackt, sie trocknete sich gerade mit einem Handtuch die Haare ab.

Der Journalist legte beide Arme an den Körper an und ging leicht gebückt, obwohl er in dem hohen Bus hätte aufrecht stehen können, er wirkte ungeheuer angespannt. Nur der Oberkörper Pototschings und seine Oberarme waren sichtbar. Der Journalist fragte, was ihm, Pototsching, beim Schreiben passiere. Pototsching antwortete, es sei ein intensiver Zustand.

Der Journalist ging weiter und wollte von Pototsching wissen, was mit seinen Lesern beim Lesen passiere. Die erste Antwort hatte Pototsching gegeben, ohne den Kopf zu drehen, jetzt blickte er in die Kamera und sagte, die Leser sollen seine Bücher intensiv lesen und ihr Leben intensiv leben.

Die Kamera richtete sich auf die leere Sitzbank hinter Pototsching. Danach wurde Pototschings Kopf in Großaufnahme gezeigt. Der Journalist fragte ihn, ob seine Arbeit gefährlich sei, er antwortete, sie sei weniger gefährlich als unterdrückte Aggressionen. Die nächste Einstellung zeigte, was man vorher nicht hatte sehen können: Im Schoß hielt Pototsching sein eben erschienenes Buch. Die Waffe des Polizisten, des Journalisten, waren seine Fragen, die auf ihn gerichtete Waffe des Verbrechers, des Autors, war dessen Buch.

An dieser Stelle läutete das Telefon, deshalb bekam ich die Frage nicht mit, auf die Pototsching antwortete, Rituale verlängerten das Leben. Solange man etwas wiederhole,

lebe man noch. Aber das gelte auch für den Tod. Der Tod wiederhole sich unablässig.
Beatrice, die die Bücher Pototschings nicht gelesen hatte, bemerkte zu dem Interview, jeder andere könne das, was Pototsching erreicht habe, nur erreichen, indem er seinen besseren Teil opfere. Pototsching habe keine Ideale, die man korrumpieren könne. Er sei integer, er verwirkliche seine Ideale in einem völlig unkorrumpierten Zustand totaler Korruption.

Weil ich nicht flüchten kann, weil ich nicht rennen kann, weil ich mich nicht retten kann, träume ich davon, kein Mensch mehr zu sein. Zwei, maximal drei Adjektive sollen genügen, um mich vollständig zu beschreiben. Ich möchte ein Monster an Eindeutigkeit sein. Zugleich möchte ich wuchern, durch Add-ons, durch Special Editions, durch Cut versions. Ich möchte nur noch eine Version von vielen sein, eine Variante, deren Beweglichkeit von dem Medium abhängt, in dem sie realisiert ist.
Ich möchte, daß alles, was mit Zeit zu tun hat, bedeutungslos wird. Daß der schnelle Rücklauf, der schnelle Vorlauf, die Zeitlupe, die Pause nur technische Parameter für meine Wahrnehmung, für mein Denken, für mein Handeln, für mein Leben bilden, die völlig beliebig eingestellt werden können.

Der italienische Priester liest in einem Buch, die Gnädige blättert in einer Zeitung, die der italienische Priester mitgebracht hat. Sie studiert sie länger, als sie dazu brauchen würde, um die Seiten zu überfliegen, aber sie betrachtet sie nicht so lange, daß es dafür reichen würde, einen Artikel zu lesen. Auf der letzten Seite angekommen, greift sie nicht zu einer anderen Zeitung, sondern blättert dieselbe Zeitung noch einmal von vorn durch. An der Decke baumelt eine Fassung mit einer schwachen Glühbirne, auf dem Nachtkästchen neben dem Stockbett schluckt ein gelblicher Stoffschirm das Licht einer schmiedeeisernen Lampe. Der Junge sitzt auf dem unteren der beiden Stockbetten, er verfolgt, wie sich die Gnädige und der italienische Priester mit dem Lesen schwertun. Er findet, sie sehen viel älter aus, der Schattenwurf macht jede Kontur ihrer Gesichter deutlicher und jede Falte tiefer.

Die vier Bierflaschen, die der Junge auf die Einserhütte mitgebracht hat, sind alle leer. Er hat nicht mitbekommen, wer wieviel getrunken hat. Mit Erstaunen bemerkt er, daß der Gnädigen ein Schweißtropfen das Kinn herunterläuft. Er beobachtet, wie der Schweißtropfen langsam größer wird, und hört, wie er auf die Zeitung auftrifft. Der Junge erinnert sich nicht daran, daß die Gnädige jemals geschwitzt hätte.

Ein Gewitter hat die Gnädige und den italienischen Priester überrascht. Gerade hatte der Junge die Jause auf der Bank ausgebreitet, die Gnädige und der italienische Priester hatten kaum zu essen begonnen, als es zu regnen begann. Beim Betreten der Einserhütte rümpfte der italienische Priester die Nase, es roch stark nach Mottenkugeln. Die Gnädige gab dem Jungen keine Gelegenheit, unschlüssig in der Tür zu stehen, sie rief ihn sofort herein. Um den italienischen Priester von den Umständen abzulenken, erzählte sie von einem Konzert, das sie im Brucknerhaus in Linz besucht hatte. Als sie dabei auch ihren Mann erwähnte, sah ihr der italienische Priester in die Augen und runzelte die Stirn.

Sonst entfernt sich der Junge, nachdem er die Jause serviert hat, er geht in die Mitte der Lichtung unterhalb der Einserhütte, bleibt außer Hörweite und wartet, bis der italienische Priester oder die Gnädige ihm winkt, damit er die Überreste der Jause einpackt.
Der Junge weiß nicht, wo er hinblicken soll. Die Hütte hat nur zwei Fenster, das eine hinter ihm, das andere genau über dem Tisch, an dem der italienische Priester und die Gnädige sitzen. Faßt er dieses Fenster ins Auge, muß es der Gnädigen und dem italienischen Priester erscheinen, als würde er sie beobachten. Sieht er in eine ganz andere Richtung, wirkt es gestellt. Die Überschriften in der Zeitung sind fett gedruckt, die Artikel in nicht zu nah aneinandergefügten Buchstaben gesetzt. Die Gedichte in dem Buch sind in großen, allerdings schmalen und dünnen Lettern gesetzt. Die beiden können es dem Jungen nicht übelnehmen, daß er versucht, im Buch oder in der Zeitung zu lesen.
Der italienische Priester ist in der Lage, viele Gedichte herzusagen. Der Junge kann die Buchstaben in dem Buch und in der Zeitung erkennen. Aber die Buchstaben ergeben keine Worte, die Worte keine Sätze. Der Junge erschrickt und fängt an zu schwitzen.
Er hat gerade ein Buch über Codiermaschinen und ihren Einsatz bei der deutschen U-Boot-Waffe im Zweiten Weltkrieg verschlungen. Den Engländern mit dem Mathematiker Alan Turing gelang es, den Code der Deutschen zu knacken. Die Deutschen glaubten, ihre Funksprüche seien abhörsicher, aber tatsächlich konnten die Engländer und die Amerikaner sie verstehen. Die Deutschen verloren fast alle ihre U-Boote. Der italienische Priester und die Gnädige wollen nicht, daß er die Bücher, die Zeitungen liest, die sie selbst lesen. Um dem Jungen das zu demonstrieren, haben

der italienische Priester das Buch und die Gnädige die Zeitung verschlüsselt, nie wieder wird der Junge in einer Zeitung blättern, die die Gnädige angerührt hat, nie wieder wird er in einem der Bücher lesen, das der italienische Priester im Reitbauerngut herumliegen läßt.

Jetzt legt die Gnädige die Zeitung auf den Tisch, und der italienische Priester schlägt das Buch zu. Der italienische Priester fragt die Gnädige etwas, sie antwortet. Der Junge möchte nicht hören, was die beiden reden, aber er kann sich ja nicht die Ohren zuhalten. Er muß aufstehen und vor die Tür gehen, um nach dem Wetter zu sehen. Die Gnädige verfolgt ihn mit ihrem Blick, der italienische Priester nimmt keine Notiz von ihm.

Der Junge bleibt auf der Schwelle stehen. Dicke Regentropfen platschen auf den Boden, ein Schwall kalter Luft dringt in die Hütte ein. Der Junge greift nach der Klinke, um die Tür hinter sich zu schließen, doch die Gnädige ruft ihn zurück.

Er streicht sich die Regentropfen aus den Haaren und setzt sich wieder auf das untere Stockbett.

Der Wind rüttelt an den Dachschindeln und an den Platten der Eternitverkleidung, er fährt durch die Baumwipfel. Der Regen zielt auf die Bäume und Sträucher, in der Ferne rollen Donner. Die Laute, die die Gnädige von sich gibt, wirken seltsam schrill und quietschend, die Stimme des italienischen Priesters knarzt, ein Tonband wird einmal zu schnell und einmal zu langsam abgespielt.

Als der Junge die Tür geöffnet hatte, war ein roter Schmetterling hereingekommen, der zunächst unentschlossen die Glühbirne umflatterte. Weil er weiß, daß es keinen Sinn macht, die kurzen Entfernungen in der Hütte schnell zu überwinden, fliegt er langsam zu der Gnädigen und dem

italienischen Priester hin und setzt sich an den unteren Rand des Fensters. Der Junge ist mit seinen Blicken dem Schmetterling gefolgt und sieht einen Mann in grauen Bundhosen, hellen Socken und einem rotschwarz karierten Hemd, der sich als Schutz gegen den Regen eine Wolljacke über den Kopf hält.
Der Junge erkennt den Mann, er gibt einen Laut von sich, so daß die Gnädige und der italienische Priester erst zu ihm hinblicken, dann in die Richtung, in die er deutet.
Der Deutsche geht auf die Hütte zu.
Aber die Gnädige und der italienische Priester erheben sich nicht, um ihn hereinzubitten. Im Gegenteil, ohne sich abzusprechen, rücken beide ihre Stühle zur Seite, sie wollen vermeiden, daß man sie im Fenster sehen kann. Der Junge befindet sich zu weit im Raum, als daß man ihn bei den gegebenen Witterungs- und Lichtverhältnissen entdecken könnte.
Das Dach der Hütte ragt nicht vor, außen bietet die Hütte keinen Schutz. Der Deutsche bleibt ein paar Meter vor der Hütte stehen, er nimmt nicht wahr, daß in der Hütte Licht brennt, er dreht ab und geht weiter.

Dem von der Morgenhelle umfluteten Pototsching schienen neue Kräfte zuzuwachsen. Während ich ihm zuhörte, schloß ich die Augen und wünschte mich an meinen Schreibtisch zurück.
Vor mir aufgeschlagene Bücher und Zeitschriften, ausgeschnittene Zeitungsartikel, ein paar Notizen. Alle Anforderungen auf einmal, alle Möglichkeiten auf einmal, noch keine Vorentscheidung getroffen.

Meine Hand besonders beweglich, jegliche Starrheit der Gegenstände, über die ich schreibe, aufgehoben. Die Beschreibungen halten alle Umrisse in Bewegung. Ohne daß ich etwas vereinfachen würde, komme ich mit immer weniger Wörtern und Sätzen aus. Von Seite zu Seite lassen die Sätze mehr Raum zwischen sich, bilden mit immer weniger Aufwand die inneren Kräfte der Handlung ab.
Meine Schrift macht mir Gesten.
Diese Gesten sehen durch alle Formen hindurch wie durch Glas, sie ordnen alle Zusammenhänge neu. Sie setzen mich in neuen Beziehungen zusammen, komponieren mich zu einer Gestalt, die ein Lebensgefühl hat und für die es eine Lebenswelt gibt.
Kann ich die Gesten meiner Handschrift, die sich im Geschriebenen sammeln, sich aber nicht im Beschriebenen abbilden, bewahren und auf ein anderes Gebiet einwirken lassen? Ich begreife die Gesten als mustererzeugende Regeln. Wie soll ich diese Regeln fixieren, denn das wäre die Voraussetzung, sie in andere Gebiete hinüberzutragen? In welcher Schrift kann ich die Gesten meiner Schrift festhalten?
Alles, was ich als Wirklichkeit erfahre, ergibt sich aus dem Widerstand von Schreiben und Lesen gegen Schreiben und Lesen. Und nicht daraus, daß sich irgend etwas oder irgendwer aus der Wirklichkeit in geordneter oder ungeordneter Form aufdrängen würde. Natürlich schließe ich das Schreiben und Lesen über dasjenige oder diejenigen in der Wirklichkeit, von dem und von denen ich abhängig bin, ein, aber auch hier schreibe und lese ich so, daß ich meine Haut und die der anderen, meine Buchstaben und die der anderen auf eine Art und Weise auseinanderhalte, die ich selbst ersonnen habe. Und natürlich greife ich zurück oder

vor auf anderes, was ich geschrieben und gelesen habe oder schreiben und lesen werde. Nur so kann ich Unbestimmtheiten ausschalten, aber dennoch mit Mehrdeutigkeiten leben.

Mein Schreiben und mein Lesen entscheiden selbst über ihre Ansprüche an Bestimmtheit genauso wie über den Verwendungssinn von Unbestimmtheiten. Die letzte Kontrolle über die Wahl des Punkts auf dem Kontinuum von bestimmt zu unbestimmt liegt bei der Frage: Schreibe ich weiter, lese ich weiter? Höre ich auf zu schreiben, höre ich auf zu lesen?

Meine Erinnerungen lesen nur sich selbst, überschreiben nur sich selbst.

Nicht ich erinnere mich, meine Erinnerungen erinnern sich und mich.

Der italienische Priester liest in einem Buch, die Gnädige blättert in einer Zeitung, die der italienische Priester mitgebracht hat. Sie studiert sie länger, als sie dazu brauchen würde, um die Seiten zu überfliegen, aber sie betrachtet sie nicht so lange, daß es dafür reichen würde, einen Artikel zu lesen. Auf der letzten Seite angekommen, greift sie nicht zu einer anderen Zeitung, sondern blättert dieselbe Zeitung noch einmal von vorn durch. An der Decke baumelt eine Fassung mit einer schwachen Glühbirne, auf dem Nachtkästchen neben dem Stockbett schluckt ein gelblicher Stoffschirm das Licht einer schmiedeeisernen Lampe. Der Junge sitzt auf dem unteren der beiden Stockbetten, er verfolgt, wie sich die Gnädige und der italienische Priester mit dem Lesen schwertun. Er findet, sie sehen viel älter aus, der

Schattenwurf macht jede Kontur ihrer Gesichter deutlicher und jede Falte tiefer.
Die vier Bierflaschen, die der Junge auf die Einserhütte mitgebracht hat, sind alle leer. Er hat nicht mitbekommen, wer wieviel getrunken hat. Mit Erstaunen bemerkt er, daß der Gnädigen ein Schweißtropfen das Kinn herunterläuft. Er beobachtet, wie der Schweißtropfen langsam größer wird, und er hört, wie er auf die Zeitung auftrifft. Der Junge erinnert sich nicht daran, daß die Gnädige jemals geschwitzt hätte.
Ein Gewitter hat die Gnädige und den italienischen Priester überrascht. Gerade hatte der Junge die Jause auf der Bank ausgebreitet, die Gnädige und der italienische Priester hatten kaum zu essen begonnen, als es zu regnen begann. Beim Betreten der Einserhütte rümpfte der italienische Priester die Nase, es roch stark nach Mottenkugeln. Die Gnädige gab dem Jungen keine Gelegenheit, unschlüssig in der Tür zu stehen, sie rief ihn sofort herein. Um den italienischen Priester von den Umständen abzulenken, erzählte sie von einem Konzert, das sie im Brucknerhaus in Linz besucht hatte. Als sie dabei auch ihren Mann erwähnte, sah ihr der italienische Priester in die Augen und runzelte die Stirn.
Sonst entfernt sich der Junge, nachdem er die Jause serviert hat, er geht in die Mitte der Lichtung unterhalb der Einserhütte, bleibt außer Hörweite und wartet, bis der italienische Priester oder die Gnädige ihm winkt, damit er die Überreste der Jause einpackt.
Der Junge weiß nicht, wo er hinblicken soll. Die Hütte hat nur zwei Fenster, das eine hinter ihm, das andere genau über dem Tisch, an dem der italienische Priester und die Gnädige sitzen. Faßt er dieses Fenster ins Auge, muß es der Gnädigen und dem italienischen Priester erscheinen, als

würde er sie beobachten. Sieht er in eine ganz andere Richtung, wirkt es gestellt. Die Überschriften in der Zeitung sind fett gedruckt, die Artikel in nicht zu nah aneinandergefügten Buchstaben gesetzt. Die Gedichte in dem Buch sind in großen, allerdings schmalen und dünnen Lettern gesetzt. Die beiden können es dem Jungen nicht übelnehmen, daß er versucht, im Buch oder in der Zeitung zu lesen.
Der italienische Priester ist in der Lage, viele Gedichte herzusagen. Der Junge kann die Buchstaben in dem Buch und in der Zeitung erkennen. Aber die Buchstaben ergeben keine Worte, die Worte keine Sätze. Der Junge erschrickt und fängt an zu schwitzen.
Er hat gerade ein Buch über Codiermaschinen und ihren Einsatz bei der deutschen U-Boot-Waffe im Zweiten Weltkrieg verschlungen. Den Engländern mit dem Mathematiker Alan Turing gelang es, den Code der Deutschen zu knacken. Die Deutschen glaubten, ihre Funksprüche seien abhörsicher, aber tatsächlich konnten die Engländer und Amerikaner sie verstehen. Die Deutschen verloren fast alle ihre U-Boote. Der italienische Priester und die Gnädige wollen nicht, daß er die Bücher, die Zeitungen liest, die sie selbst lesen. Um dem Jungen das zu demonstrieren, haben der italienische Priester das Buch und die Gnädige die Zeitung verschlüsselt, nie wieder wird der Junge in einer Zeitung blättern, die die Gnädige angerührt hat, nie wieder wird er in einem der Bücher lesen, das der italienische Priester im Reitbauerngut herumliegen läßt.
Jetzt legt die Gnädige die Zeitung auf den Tisch, und der italienische Priester schlägt das Buch zu. Der italienische Priester fragt die Gnädige etwas, sie antwortet. Der Junge möchte nicht hören, was die beiden reden, aber er kann sich ja nicht die Ohren zuhalten. Er muß aufstehen und vor

die Tür gehen, um nach dem Wetter zu sehen. Die Gnädige verfolgt ihn mit ihrem Blick, der italienische Priester nimmt keine Notiz von ihm.

Der Junge bleibt auf der Schwelle stehen. Dicke Regentropfen platschen auf den Boden, ein Schwall kalter Luft dringt in die Hütte ein. Der Junge greift nach der Klinke, um die Tür hinter sich zu schließen, doch die Gnädige ruft ihn zurück.

Er streicht sich die Regentropfen aus den Haaren und setzt sich wieder auf das untere Stockbett.

Der Wind rüttelt an den Dachschindeln und an den Platten der Eternitverkleidung, er fährt durch die Baumwipfel, der Regen zielt auf die Bäume und Sträucher, in der Ferne rollen Donner. Die Laute, die die Gnädige von sich gibt, wirken seltsam schrill und quietschend, die Stimme des italienischen Priesters knarzt, ein Tonband wird einmal zu schnell und einmal zu langsam abgespielt.

Als der Junge die Tür geöffnet hatte, war ein roter Schmetterling hereingekommen, der zunächst unentschlossen die Glühbirne umflatterte. Weil er weiß, daß es keinen Sinn macht, die kurzen Entfernungen in der Hütte schnell zu überwinden, fliegt er langsam zu der Gnädigen und dem italienischen Priester hin und setzt sich an den unteren Rand des Fensters. Der Junge ist mit seinen Blicken dem Schmetterling gefolgt und blickt dem Idioten in die Augen. Der lacht, er genießt den Gewitterregen.

Der Idiot klopft an das Fenster, die Gnädige und der italienische Priester erschrecken nicht. Das Lachen des Idioten steckt an, die Gnädige lächelt, der italienische Priester zeigt einen freundlichen Gesichtsausdruck. Die Gnädige schafft dem Jungen an, den Idioten hereinzubitten.

Mit selbstsicheren Schritten betritt der Idiot die Einserhütte, nur an der Tür muß er den Kopf kurz einziehen. Wären da nicht die zerschlissene Arbeitsjacke und die geflickten Hosen, der schwarze Stoppelbart, die Sandalen mit den Bindfäden anstelle einzelner gerissener Riemen, man könnte ihn für einen Staubsaugervertreter halten, der gekommen ist, um ein Verkaufsgespräch mit der Hausherrin zu führen, und sich zutraut, sie auch in Anwesenheit ihres Mannes und des Kinds zum Kauf eines Staubsaugers zu überreden.

Der italienische Priester bedeutet dem Jungen, er solle dem Idioten einen Platz neben sich anbieten. Mit ernstem Gesichtsausdruck wartet der Staubsaugervertreter auf die Dame des Hauses, die noch anderen Geschäften nachgehen muß.

Die Gnädige möchte dem Idioten etwas anbieten und fragt den Jungen, ob es in der Hütte etwas zu essen gibt. Der Junge weiß, daß die Jäger in dem Nachtkästchen Kekse aufbewahren. Von sich aus kann er nicht an das Nachtkästchen gehen, der italienische Priester macht eine entsprechende Handbewegung. Der Junge öffnet die Keksdose und findet die Kekse eßbar. Er hält dem Idioten die Keksdose hin, er soll sich ein paar Kekse nehmen. Da ist der Idiot nicht mehr der Staubsaugervertreter, sondern der Idiot. Er greift nach der Dose, stellt sie auf seinen Schoß und beginnt die Kekse zu essen, einen nach dem anderen, bis er die Dose geleert hat.

Als die Tür aufgegangen ist, zog sich der rote Schmetterling in die geschützte Ecke über dem Stockbett zurück. Nun fliegt er wieder zu dem Fenster hin, vor dem die Gnädige und der italienische Priester sitzen. Der Junge folgt ihm mit seinem Blick und sieht einen Mann in grauen Bundhosen, hellen Socken und einem rotschwarz karierten Hemd, der

sich als Schutz gegen den Regen eine Wolljacke über den Kopf hält.
Der Junge erkennt, wer der Mann ist, er gibt einen Laut von sich, so daß die Gnädige und der italienische Priester erst zu ihm hinblicken, dann in die Richtung, in die er deutet.
Der Deutsche geht auf die Hütte zu.
Der Idiot hat den Deutschen ebenfalls gesehen. Als er aufsteht und zum Fenster gehen will, springt der italienische Priester mit einer Behendigkeit auf, die ihm der Junge nie zugetraut hätte, und hält den Idioten zurück. Er hat keine Scheu, ihn anzufassen, er führt ihn wieder zum Stockbett hin.
Das Dach der Hütte ragt nicht vor, außen bietet die Hütte keinen Schutz. Der Deutsche bleibt ein paar Meter vor der Hütte stehen, er nimmt nicht wahr, daß in der Hütte Licht brennt, er dreht ab und geht weiter.

Auf den Schultern, auf den Armen und auf den Füßen spüre ich meine Haut nicht mehr.
Ich liege jetzt auf der Seite, die Beine angewinkelt, das Kinn auf den Knien.
Unter dem Waschbecken leuchtet das Wasser grünlich, zur Tür hin wird die Wasseroberfläche stumpf, das Grün geht in ein Braun über. In der Mitte des Badezimmers schwimmen Schaumbläschen auf der Wasseroberfläche.
Ich liege in einer Ausbuchtung, die sich in die Wohnung unter meiner hineindehnt. Wenn jemand die Ausbuchtung ansticht, reißt sie sofort, das Wasser fließt aus, und ich falle heraus.
Seit ich mich nicht mehr bewege, wirkt die Wasseroberfläche wie eine Glasscheibe über dem Badezimmerboden. Ist die Wohnung genauso überschwemmt wie das Bad? Oder fließt das Wasser in die Diele und von dort ins Treppenhaus? Sind alle meine Möbel von einer Glasscheibe eingefaßt?

Beschäftigt sich übermässig mit Details, Regeln, Listen, Ordnung, Organisation oder Plänen, so dass der wesentliche Gesichtspunkt der Aktivität dabei verlorengeht. Zeigt einen Perfektionismus, der Aufgabenerfüllung behindert (z. B. kann ein Vorhaben nicht beendet werden, da die eigenen überstrengen Normen nicht erfüllt werden). Verschreibt sich übermässig der Arbeit und Produktivität unter Ausschluss von Freizeitaktivitäten und Freundschaften (nicht auf offensichtliche finanzielle Notwendigkeit zurückzuführen). Ist übermässig gewissenhaft, skrupulös und rigide in Fragen der Moral, Ethik und Werten (nicht auf kulturelle oder religiöse Orientierung zurückzuführen). Ist nicht in der Lage, verschlissene oder wertlose Dinge wegzuwerfen, selbst wenn diese nicht einmal Gefühlswert besitzen. Delegiert nur widerwillig Aufgaben an andere oder arbeitet nur ungern mit anderen zusammen, wenn diese nicht genau die eigene Arbeitsweise übernehmen. Ist geizig sich selbst und anderen gegenüber. Geld muss im Hinblick auf befürchtete künftige Katastrophen gehortet werden. Zeigt Rigidität und Halsstarrigkeit.

Beatrice ist so rücksichtsvoll, niemals zu behaupten, ich hätte Persönlichkeitsstörungen. Wenn sie einen Anlaß sieht, schickt sie mir eine Mail mit Kriterien für eine Persönlichkeitsstörung nach DSM IV (Diagnostic and Statistical Manual of Mental Disorders).

Als meine erste Übersetzung in den USA erschien, lud mich der Verlag nach New York ein. Dort führte mich der Zufall in ein Antiquitätengeschäft. Stickley-Möbel kann man nach Katalog kaufen, wenn man bereit ist, sich auf das Geschäft zu verlassen. Der Verkäufer sendet mir Fotos, ich habe alle Kataloge, bis jetzt hat der Verkäufer noch jedesmal zutreffende Angaben über den Erhaltungszustand der Möbel gemacht.
Ich schlafe in Bed No. 923, das einzige Möbel, das sich nicht mehr im Originalzustand befindet, ich habe es verlängern lassen. Ich esse am Table No. 669, ich liege auf dem Settle No. 208 und blicke auf zwei Tabourets No. 601 und den Armchair No. 324, meine Bücher schreibe ich am

Library Table No. 619, dabei sitze ich im Rabbit Chair von L&G Stickley, ich habe den Stuhl in keinem Katalog gefunden, ich verlasse mich auf John Tasker, er hat mir versichert, daß der Stuhl echt ist, genauso wie die vier Spindle Chairs für den Eßtisch. In meinem Arbeitszimmer wartet der Reclining Chair No. 332, man kann nicht den ganzen Tag am Schreibtisch sitzen. Alle Sitzmöbel und Kissen sind mit dem gleichen rotbraunen Timberland-Leder überzogen, das mir John empfohlen hat.

Vom Library Table blicke ich auf das China Cabinet No. 815. Jede der beiden Glastüren weist acht rechteckige Unterteilungen auf, die Seitenwand ist ebenfalls verglast, die Sockelblende abgerundet, die Rückwand und die Seitenwände sind oben hochgezogen, so daß man etwas auf den Schrank stellen kann. Wie der Name sagt, ein Schrank für Porzellan, aber ich benutze ihn als Bücherschrank. Er hat vier Fächer, entsprechend der Unterteilung der Glastüren.

Der Schrank enthält genau die Bücher, die der Idiot auf dem Hochstand gezeichnet hat.

Auf dem Schrank steht eine Bronzebüste der Gnädigen von Fritz Wotruba. In dem Jahr, in dem ich mein erstes Buch veröffentlichte, hat ihr Mann die Büste mit einer Auflage von sechs anfertigen lassen.

Zuerst meinte der Junge, er könne die schlanke, längliche Nase der Gnädigen nur darstellen, indem er ihr Gesicht im Halbprofil malte. Aber die Backen gerieten ihm zu füllig und das Kinn zu eckig. Legte er das Gesicht schmäler an, traten die Backenknochen zu sehr hervor, und der Haaransatz rückte zu weit nach hinten. In der Frontaldarstellung dominierten die Augen über Gebühr. Die Halbprofildarstellung von der anderen Seite bildete die Nase treffend ab, doch der Mund schien dünnlippig, das Kinn spitz, die Stirn zu glatt und zu rund. In der Frontaldarstellung mit offenen Haaren glich der Gesichtsausdruck der Gnädigen dem einer Barock-Madonna. Er hatte das Gesicht durch hellere und dunklere Töne dargestellt und zog die Konturen der Augenbrauen, der Nase und des Mundes mit dunkler Farbe nach, da wirkten die Lippen zu sinnlich. Hob er nur einzelne Linien durch dunkle Farben hervor, bekam die Gnädige hohle Wangen, und häßliche Höfe umgaben ihre Augen. Er malte sie mit hellen Haaren, die Augen leuchteten, die Haut wirkte unglaublich zart, die Lippen glänzten, alles war der Widerschein der hellen Haare, die Gnädige hatte doch keine hellen Haare.

Der Deutsche lag im Bett, der Kopf in ein großes Kissen eingesunken. Seine Wangen waren ausgemergelt, die Augen saßen tief in den Höhlen, ein Schimmer von Bartstoppeln überzog das Gesicht. Er hatte die Augen geschlossen.

Der Idiot hatte den Deutschen in die weiße Fläche einer großen Todesanzeige aus den *Oberösterreichischen Nachrichten* gezeichnet und die Zeichnung im Hochsitz so liegen lassen, daß der Junge sie finden mußte.

Weil der Junge wußte, daß er mit dem Bleistift nie so gut zeichnen würde wie der Idiot, hatte er seine Mutter gebeten, ihm Temperafarben zu schenken. Den ganzen Sommer lang malte er auf dem Hochsitz immer wieder das Gesicht der Gnädigen.

Er hatte die Flächigkeit seiner ersten Versuche überwunden, jetzt eroberte er mit seinen Malereien den Raum. Er wählte das Vollprofil, die Nase, der Mund und das Kinn wirkten zu rund. Er kehrte zum Halbprofil zurück, da floh das Kinn zu sehr. Eine Frontaldarstellung mit zusammengekniffenen Augen erzeugte einen besonders plastischen Eindruck. Am besten gefiel dem Jungen eine Frontaldarstellung, in der er absichtlich die Ohren kleiner malte, das betonte den Mund, die Nase deutete er durch die Nasenlöcher nur an. Er probierte eine andere Form des Halbprofils, die Gnädige blickte nach oben und sah aus wie eine gotische Madonna. In einer sehr dunkel gehaltenen Profildarstellung beschwor das Gesicht der Gnädigen die Vorstellung eines geschnitzten Kopfes auf einem Marterpfahl herauf. Er versuchte es mit einer Schräghaltung des Kopfes und hellen und dunklen Übergängen und hatte eine Rokoko-Prinzessin vor sich. Arbeitete er mit kräftigen dunklen Strichen, kamen die Eigenarten des Gesichts der Gnädigen gut heraus, aber diese Technik mußte sich immer mit den Zeichenkünsten des Idioten messen.

Beatrice überläßt mir die Entscheidung, ob ich eine Persönlichkeitsstörung habe und wie ausgeprägt sie ist.
Ich habe ein Programm installiert, das ihre Mails in Versalien zeigt und ausdruckt.

BEZIEHUNGSIDEEN (JEDOCH KEIN BEZIEHUNGSWAHN). SELTSAME ÜBERZEUGUNGEN ODER MAGISCHE DENKINHALTE, DIE DAS VERHALTEN BEEINFLUSSEN UND NICHT MIT NORMEN DER JEWEILIGEN SUBKULTURELLEN GRUPPE ÜBEREINSTIMMEN (WIE Z.B. ABERGLAUBE, GLAUBE AN HELLSEHEREI, TELEPATHIE ODER DEN »SECHSTEN SINN«, BEI KINDERN UND HERANWACHSENDEN BIZARRE PHANTASIEN UND BESCHÄFTIGUNGEN). UNGEWÖHNLICHE WAHRNEHMUNGSERFAHRUNGEN EINSCHLIESSLICH KÖRPERbezogener Illusionen. Seltsame Denk- und Sprechweise (vage, umständlich, metaphorisch, übergenau, stereotyp). Argwohn und paranoide Vorstellungen. Inadäquate oder eingeschränkte Affekte. Verhalten oder äussere Erscheinung sind seltsam, exzentrisch oder merkwürdig. Mangel an engen Freunden oder Vertrauten ausser Verwandten ersten Grades. Ausgeprägte soziale Angst, die nicht mit zunehmender Vertrautheit abnimmt und die eher mit paranoiden Befürchtungen als mit negativer Selbstbeurteilung zusammenhängt.

Der Pfad zur Einserhütte führte unmittelbar vom Bauernhaus über die Wiese darüber in den Wald. Während der Junge auf dem Hochsitz malte, geschah es einmal, daß die Gnädige vom Weg abwich. Etwa in der Mitte zwischen dem Haus und dem Wald schien sie es sich plötzlich anders überlegt zu haben, sie ging nicht weiter bergan, sondern langsam rechts in die frisch gemähte Wiese hinein.
Der Junge paßte auf, daß sein Gesicht nicht in der Fensteröffnung erschien. Das Sengsengebirge im Rücken, blickte die Gnädige nach Norden zum Ende des schmalen Tals, drehte dann den Kopf ganz langsam, als ob sie einem Flugzeug folgte, das durch das Tal flog, schließlich entließ sie es, wandte sich dem Toten Gebirge zu, als ob sie dort ein anderes Flugzeug fixierte, das über die Bergrücken herangeflogen kam. Der Junge hörte kein Geräusch.

Unzufrieden mit den Ergebnissen seiner Arbeit, malte der Junge schließlich nur noch mit Farbstiften Streifenbilder. Er gab sich ungeheure Mühe, die Muster mit dem Lineal so akkurat wie möglich auszuführen. Er malte breite rote Streifen mit einem schmalen blauen Rand und blaue Streifen mit einem roten Rand. Er ließ weiße Streifen frei und säumte sie mit Rot und Blau sowie Rot und Grün, zwischen den Streifen bemalte er das Papier zart hellblau. Die Streifen liefen parallel zu den Längsrändern des Papiers oder diagonal. Er zeichnete breite rote Streifen mit schmalen blauen und grünen Streifen in der Mitte, so daß es aussah, als drehten sich die Streifen. Er bog orangefarbene, blaue, grüne, graue und rote Streifen, damit es wirkte, als betrachtete man die Streifen in einem Hohlspiegel.

Er zeichnete heitere senkrechte Streifen. Dunkelblau, orange, dunkelblau, gelb, hellblau, orange, hellblau, schwarz, gelb, hellblau, orange, hellblau, orange, weiß, hellblau, orange, dunkelblau, gelb, dunkelblau, orange, schwarz, dunkelblau, gelb, hellblau, orange, weiß, orange, hellblau, orange, dunkelblau, gelb, dunkelblau, gelb, weiß, dunkelblau, gelb, dunkelblau, orange, hellblau, schwarz, orange, dunkelblau, gelb, weiß, dunkelblau, orange, hellblau, gelb, schwarz, hellblau, gelb, dunkelblau, orange, dunkelblau, weiß, gelb, hellblau, gelb, dunkelblau, orange, weiß, gelb, dunkelblau, schwarz, orange, hellblau, orange, hellblau, gelb, weiß, gelb, dunkelblau, gelb, hellblau, gelb, schwarz, hellblau, orange, hellblau, orange, weiß, gelb, hellblau, gelb, hellblau, orange, dunkelblau, gelb, hellblau, weiß, orange, dunkelblau, gelb, dunkelblau, gelb, schwarz, hellblau, orange, hellblau, gelb, dunkelblau, orange, dunkelblau.

Niemals vorher hatte der Junge Schwierigkeiten gehabt einzuschlafen. Er machte ihm nichts aus, den Schlafraum zu teilen, zu Hause mit seinen Geschwistern, im Internat mit seinen Mitschülern, er kannte es nicht anders.

Schreckte er einmal aus dem Schlaf auf, weil jemand aufgestanden war oder Schlafgeräusche machte, gelang es ihm, sofort wieder einzuschlafen. Jetzt hatte der Junge das Gefühl, bis zum Morgengrauen wach zu liegen. Er wußte, das konnte nicht sein, denn die Zeit verstrich schneller, als die Uhr anzeigte. Er schlief zwischendurch, aber den größeren Teil der Nacht verbrachte er schlaflos.

Es nützte nichts, den Schlaf zu suchen, also floh er ihn. Er setzte sich auf die Bank vor dem Haus und zeichnete unter der Laterne bis spät in die Nacht, oder er begab sich zum Hochsitz, um dort im Schein der Taschenlampe zu lesen.

Der Junge wiegte sich in dem Gedanken, die Schlaflosigkeit habe sich unbemerkt in sein Leben geschlichen. Aber wie sie andauerte und Folgen zeitigte, die nicht mehr zu übersehen waren, er wurde immer müder und kraftloser, mußte er sich eingestehen, daß er dem Beginn der Schlaflosigkeit ein präzises Datum zuordnen konnte: Zum ersten Mal hatte er nicht einschlafen können, als sein Vater im Haus der Holzers die Aktenordner und Papiere des Deutschen stahl.

Plötzlich fand sich der Junge im Zentrum einer ungeheuren Hellsichtigkeit wieder, die ihn bei allem begleitete, was er tat oder unterließ. Richtete er seinen äußeren oder inneren Blick auf etwas, fiel dieser nicht auf einen Punkt in Zeit und Raum, sondern erfaßte immer ein Intervall, einen Raumabschnitt. Er arbeitete mit seinem Bruder auf dem Feld und hatte keine Zweifel, daß der Bruder sein Ziel erreichen und zusammen mit seiner Freundin ein Haus in Micheldorf bauen würde. Drei Kinder würden sie haben. Vor dem Ladengeschäft in Windischgarsten, in dem sein Vater Reklamefotos für sein Sprengunternehmen aufgehängt hatte, wußte er, bald würde sein Vater nicht mehr das Geld haben, die bescheidene Miete zu bezahlen. Seine drittälteste

Schwester sprach von ihrer bevorstehenden Hochzeit mit dem Vater ihres Kindes, die Ehe würde unweigerlich nicht lange dauern.

Sah er seine Mutter vom Haus über den Hof in den Stall gehen, wußte er, sie würde als erste sterben.

Die schlaflosen Nächte bedeuteten keine Ferien von seinen Ferien. Er übte nicht, weil er etwa in einem Buch von einer schlaflosen Person gelesen hätte. Die Schlaflosigkeit führte nicht zu einer reinen Aufmerksamkeit, die ihre Gegenstände spielerisch gesucht hätte, die überreine Aufmerksamkeit des Jungen fand einen einzigen Gegenstand, nämlich den Jungen selbst, sie nahm ihn aus der Welt, gründlicher, als die Gnädige und der italienische Priester ihn aus seiner Familie herausgenommen hatten.

Wer Schlaf fand, führte regelmäßig einen kleinen Weltuntergang herbei, aus dem die Welt neu und anders geordnet entstand. Wer schlafen konnte, näherte sich über viele kleine Weltuntergänge dem großen Weltuntergang an, minderte durch viele kleine Schrecken die Bedeutung des großen Schreckens. Der Junge lebte in einer Welt, die nie mehr unterging. Die Hellsicht folterte den Jungen. Alle Bemühungen, nicht klar und deutlich zu sehen, blieben vergebens. Der Junge konnte nicht mehr sagen, er habe etwas vollbracht.

Der Junge hatte geglaubt, der Idiot zeichnete viel, er hatte gedacht, nur so konnte er zu der gezeigten Meisterschaft gelangen. Aber die Lieblingsbeschäftigung des Idioten bestand vielmehr darin, Figuren und Gesichter aus Zeitungen und Zeitschriften auszuschneiden und sie zu Collagen zusammenzusetzen. Er klebte Bilder von Filmstars, von Staatsmännern, von Königen und Königinnen, von Sportlern, besonders von Fußballspielern auf eine Zeitungsseite, bis kein Text mehr übrigblieb. Der Junge erkannte österreichische Politiker, die englische Königin und Fußballspieler von Rapid und der Austria wieder. Der Idiot blätterte die Zeitungen und Zeitschriften mehrmals durch, betrachtete die Bilder genau und entschied sich dann. Die Ausschnitte legte er auf die Zeitung, rückte sie hin und her, bis ihn die Komposition zufriedenstellte. Nach getaner Arbeit grunzte er, die Nachbarin lobte ihn, und er machte ein brummendes Geräusch.

Der Junge zeigte auf Figuren in Zeitschriften, er schnitt selbst Gesichter aus und legte sie auf die halbfertige Collage. Niemals konnte er den Idioten dazu bringen, einen Ausschnitt, den der nicht selbst ausgewählt hatte, zu akzeptieren. Es dauerte, bis der Junge darauf kam, aber schließlich verstand er. In die Mitte seiner Blätter rückte er solche Gesichter, bei denen der Mund offen stand. Es ging dem Idioten nicht darum, Lachende abzubilden. Nur ganz selten druckten Zeitschriften Fotos von Personen ab, die den Mund offen hatten, weil sie gerade redeten.

Durch seine Schlaflosigkeit war der Junge an eine Überwirklichkeit angeschlossen, deren endlose Fortsetzung ihn zerrüttete. Er bildete das Zentrum der Hellsichtigkeit. Jeder seiner Blicke machte ihn einmalig. Indem er die Abstände zwischen den Streifen genau einhielt, indem er die Farbreihen nach Zahlenspielen erstellte, rechnete er der Welt ihren Fehler vor, ihn mit der Gabe der Hellsichtigkeit zu schlagen, ihm aber keine Möglichkeit zu eröffnen, damit auf sie einwirken zu können. Seine Unnachahmlichkeit konnte er nicht mitteilen. Er spielte den demütigen Kopisten seiner selbst, jedes Streifenbild ein Vorwurf an sich selbst, daß er es nicht geschafft hatte, die Welt für sich einzunehmen. Er beargwöhnte alle, die daran glauben konnten, daß die Welt so war, wie sie ihnen erschien. Seine Ab-

scheu galt allen denjenigen, die in der Welt wollen konnten. Er mußte sich rächen, aber er wußte nicht, an wem. Wer oder was hatte diese Hellsichtigkeit herbeigeführt?
Doch, er wollte etwas: eine Maschine sein. So einfach gebaut, so zuverlässig funktionierend wie die Maschinen, die er kannte, wie die Kettensäge, wie das Gebläse, mit dem das Heu auf den Heuboden befördert wurde, wie der Traktor. Er wollte kein Zentrum sein, schon gar nicht das Zentrum seiner selbst, sondern er wollte zu etwas nütze sein, in einem Zweck aufgehen wie der Traktor, das Gebläse, die Kettensäge. Jeder Körperteil, jede Wahrnehmung, jedes Gefühl sollte austauschbar sein, jeder Teil von ihm sollte ersetzt werden können wie ein Maschinenteil durch ein Ersatzteil. Die Kränkung durch ein solches Maschinendasein würde ihm Schlaf bringen.
Der Junge erkannte jetzt den Zweck der Schule. Richtiges Verhalten mußte auch dann, wenn es wiederholt wurde, richtig bleiben. Die Aufgabe der Lehrer bestand darin, nicht richtiges Verhalten auszumerzen. Vom Deutschen wußte der Junge, was ein trivialer Beweis war, nämlich ein selbstverständlicher, anspruchsloser Gedankengang. Die Lehrer stellten Fragen, obwohl sie die Antworten schon wußten. Die Schule stellte eine Fabrik dar, die aus den Schülern triviale Menschen machte. Ein Kind hatte keine Vorstellung davon, was in den Köpfen anderer vorging. Man formte Gedankengänge des Kinds zusammen mit den Gedankengängen der Kameraden, so wuchsen Möglichkeiten des Kinds, sich vorzustellen, was sich in den Köpfen der anderen abspielte. In seiner der Schlaflosigkeit geschuldeten Hellsichtigkeit wußte der Junge, was in den Köpfen der anderen vorging – also brauchte er nicht mehr die Schule zu besuchen.

In letzter Zeit ging der Idiot häufiger zur Teichl hinab. Der Vater hatte den Jungen und seine Geschwister vor dem schmalen, feuchten Weg zur Teichl gewarnt, dort gab es Schlangen, darunter auch Kreuzottern.
Den Jungen fröstelte, als er dem Idioten nachspürte. Es hatte geregnet, das nasse Gras auf dem Weg stand hoch, von den Stauden und Baumästen, die über dem Weg hingen, tropfte es herunter. Er wußte, Schlangen hingen nicht von den Bäumen herab, dennoch erschrak er immer wieder, wenn ein Ast durch den Wind bewegt wurde.
Im Teichltal konnte er schon von weitem neben dem Weg einen Unterstand ausmachen. Mit alten Pfosten und Brettern aus der Scheune des Reitbauernguts und mit Zweigen hatte der Idiot eine Art Waldhaus gebaut.
Neugierig näherte sich der Junge. Ein uralter vergilbter Vorhang verdeckte den Eingang, an der Seite war eine Aussparung zu erkennen. Die Pfosten mit den angenagelten Brettern und das Dach aus Fichtenzweigen bewegten sich leicht, der Idiot mußte sich in dem Unterstand aufhalten.
Der Junge ging auf Zehenspitzen. Der fast senkrecht hochragende Konglomeratfelsen auf der anderen Uferseite warf das Geräusch des fließenden Wassers zurück, erst kurz vor dem Unterstand vernahm der Junge ein Stöhnen und Quieken aus dessen Innerem.
Er stellte sich an die Wand, schräg neben die Öffnung, damit man sein Gesicht nicht in der Öffnung sah.
Zuerst konnte er nur eine dunkle Gestalt, einen Lichtpunkt und etwas Weißes, Zitterndes wahrnehmen.
Als sich seine Augen allmählich an die Lichtverhältnisse gewöhnten und er erkannte, was im Inneren des Unterstands vor sich ging, erbebte der Junge mit dem ganzen Körper.
Im hinteren Teil lag auf einem Erdwall, der Junge mußte an

einen Altar denken, eine Ziege auf dem Rücken. Der Idiot hatte die Vorder- und die Hinterläufe der Ziege jeweils zusammengebunden und die Vorderläufe mit einem weiteren Bindfaden an der hinteren Wand befestigt, so daß die Ziege sich nicht umdrehen konnte. Er hielt eine brennende Zigarette in der Hand, die er immer wieder auf die Zitzen der Ziege drückte. Die Brandmale an der Schnauze und am Hals kamen dem Jungen vor wie die Karikatur eines Stoppelbarts.

Jedesmal, wenn der Idiot seine glühende Zigarette auf den Bauch der Ziege drückte, meckerte sie.

Neben der Ziege, die der Idiot quälte, hockte noch eine zweite unbeweglich an der Wand. Der Junge brauchte eine Zeitlang, um zu begreifen, daß sie tot war. Als sich seine Augen endgültig an die Dunkelheit im Inneren angepaßt hatten, sah er den riesigen Nagel, mit dem der Idiot die Ziege an den Baum genagelt hatte, der das rechte hintere Eck des Unterstands bildete. Außerdem hatte er der Ziege die Zitzen abgeschnitten. Zwischen ihren Beinen steckte etwas Blutiges. Jetzt entdeckte der Junge noch eine dritte Ziege neben dem verhangenen Eingang. Sie lag auf dem Rücken, die Beine hochgestreckt, auch sie tot. Mit kleineren Nägeln hatte der Idiot die abgetrennten Zitzen auf den Bauch des Ziegenbocks genagelt. Dort, wo das Geschlechtsteil des Bocks gewesen war, klaffte eine dunkelrote Wunde. Der Idiot hatte das Geschlechtsteil des Ziegenbocks abgeschnitten und in die Scheide der Ziege gesteckt.

Es gab eine zweite Welt, die keinen Fluß, keinen Felsen, keine Menschen, keine Tiere, keinen Himmel, keine Erde enthielt. Diese andere Welt kannte weder Raum noch Zeit. Sie war ein Meer von Bildern, Geräuschen, Geschmäckern

Gerüchen, Tastempfindungen. In dieser Welt herrschte keinerlei Ordnung, diese Welt hatte keine Oberfläche, kein Inneres, keine Gestalt, deswegen traf die Bezeichnung Meer eigentlich nicht zu.
Die erste Welt konnte der Junge nicht fühlen, nicht sehen, nicht hören, nicht riechen. Immer hatte der Junge nach einer Verbindung zwischen den beiden Welten gesucht, die die Empfindungen von der einen in die andere Welt hinüberströmen ließ. Als er mit den Dynamitstangen seines Vaters in die Schule gegangen war, hatte er die Hoffnung gehabt, in dem Augenblick, in dem er die Zündvorrichtung betätigte, würde sich ihm die Verbindung öffnen. Zwischen den beiden Welten würde er der von ihm selbst angerichteten Verheerung entgehen. Er würde sterben und doch niemals sterben, weil er sich im Augenblick der Explosion in dem Tunnel zwischen den beiden Welten aufhielt, die Explosion würde beide Eingänge verschütten, er würde die Ewigkeit in dem Tunnel verbringen.
Unter dem wolkenlosen Himmel im Teichltal, im Schatten des Konglomeratfelsens, die glimmende Zigarette des Idioten ein Lichtpunkt, der zu tanzen schien, der Junge roch das Blut der Ziegen, seine Finger hatten sich um den Ast neben der Fensteröffnung geklammert, Spreißel stachen in seine Haut, das Stöhnen der Ziege, die der Idiot mißhandelte, übertönte den Geräuschpegel der Teichl, wurde dem Jungen klar, er hatte die Hellsichtigkeit, deren Zentrum er bildete, mit dem Ziel heraufbeschworen, den Tunnel zu entdecken, der die Welt der Gegenstände mit der Welt der Empfindungen verband.
Der Junge überlegte, wo die Ziegen herkamen. Im Reitbauerngut gab es keine Ziegen, die Nachbarin hatte ebenfalls keine Ziegen, der Rohrauerbauer hielt Ziegen, vielleicht

waren sie entwichen und entlang der Teichl in Richtung der Brücke gelaufen, und der Idiot hatte sie eingefangen.
Jetzt ging der Junge mit dem Kopf in die Mitte der Fensteröffnung, der Idiot hätte ihn sehen müssen, aber er war viel zu sehr mit dem beschäftigt, was er tat. Auch der Idiot gab Geräusche von sich, ein ganz tiefes Grunzen oder Brummen, das waren keine Laute des Wohlbefindens, eher klang es, als ob der Idiot auf seine Weise mit der Ziege redete. Der Schatten des Konglomeratfelsens glitt weiter, vom Unterstand des Idioten weg, trotz des hellen Außenlichts konnte der Junge alles erkennen, was sich im Inneren abspielte.
Er hatte den Tunnel vor sich, in dem die Empfindungen in die Welt der Gegenstände flossen.
Später konnte er sich nicht mehr entsinnen, was den Anlaß gegeben hatte, daß er davongelaufen war. Ob er das Meckern und Stöhnen der Ziege nicht mehr ausgehalten hatte. Ob er den Anblick der beiden verstümmelten Ziegen nicht mehr hatte ertragen können. Ob er auf einmal Angst vor den Schlangen an der Teichl bekommen hatte, die Regenwolken waren weggezogen, die Temperatur stieg rapide an. So schnell er konnte, rannte er den Weg an der Teichl entlang zur Brücke, wo er der Gnädigen unmittelbar vor das Auto stolperte.
Die Gnädige hielt auf der Brücke an und stieg aus. Sie bemerkte seine Erregung, aber sie fragte ihn nicht nach dem Grund.
Um die Brücke herum schimmerte es fast schwarz, überall tanzten kleine weiße Schaumpunkte auf der Wasseroberfläche. Noch nie hatte der Junge in Betracht gezogen, daß die Brücke einmal der Gewalt der Strömung nachgeben könnte.
Der Fluß führte graue Fichtenzweige mit sich. Sie wurden

nicht unter der Brücke durchgespült, sondern blieben im Tiefen hängen, dort, wo die Forellen standen. Schließlich schwemmte der Fluß auch noch ein paar Bretter und Pfosten herbei, sie befestigten den Damm aus Fichtenzweigen.
Die Gnädige forderte den Jungen auf einzusteigen, sie wollte in Hinterstoder im Dietlgut zu Mittag essen, dort arbeitete die älteste Schwester des Jungen als Bedienung.
Sie fuhren direkt ins Unwetter hinein. Die Regenwolken, die von St. Pankraz weggezogen waren, hatten sich im Stodertal gestaut.
Ohne Aufforderung hatte der Junge den roten Trachtenschirm der Gnädigen ergriffen, war ausgestiegen, hatte den Schirm aufgespannt und die Fahrertür geöffnet. Er hielt den Schirm über die Gnädige, damit sie nicht naß wurde, ihn selbst traf der Platzregen voll.
Wegen des schlechten Wetters waren sie die einzigen Gäste. Die Schwester des Jungen trug ein weit ausgeschnittenes Dirndl. Als sie die Gnädige und den Jungen sah, schlug sie die graue Wolljacke mit dem grünen Rand zu und knöpfte sie bis oben durch.
Bevor sich die Gnädige der Speisekarte widmete, erkundigte sie sich nach den Wandermöglichkeiten in Hinterstoder. Die Schwester des Jungen brachte der Gnädigen einen Block und einen Stift, die Gnädige notierte sich die interessantesten Routen und die Gehzeiten. Sie wollte mit dem italienischen Priester einen Ausflug nach Hinterstoder machen und eine der Wanderrouten nehmen oder einen der Berge besteigen.
Noch nie hatte der Junge seine Schwester bei der Arbeit erlebt. Sie schwang die Hüften und ging betont aufrecht, als ob sie es gewohnt war, die jetzt verhüllten Brüste herauszustrecken. Sprach die Gnädige sie an, neigte sie den Kopf zur

Seite, so daß ihr die halblangen, glatten dunkelbraunen Haare ins Gesicht fielen. Hörte sie der Gnädigen länger zu, senkte sie den Kopf und nickte bisweilen, hatte die Gnädige geendet, zeigte sie ein breites Lächeln.
Bevor seine Schwester die Essensbestellung der Gnädigen aufnahm, ging sie zu dem fast mannshohen Tresen, um dort ein kleines *Gösser* für die Gnädige zu zapfen und die *Schartner Bombe* zu holen, die sich der Junge bestellt hatte. Die Gnädige verwickelte die Schwester in ein Gespräch über die Gerichte auf der Speisekarte. Seine Schwester sprach mit ruhiger, tiefer Stimme. Erst legte sie die linke, dann die rechte Hand auf den Tisch.
Während der Unterhaltung griff die Gnädige in ihre Handtasche und zog eine Zigarettenpackung heraus, worauf die Schwester des Jungen aus einer Tasche in ihrer Schürze ein Feuerzeug hervorholte und der Gnädigen Feuer gab. Dabei beugte sie sich weiter hinunter, als es notwendig gewesen wäre. Der Junge verstand, daß seine Schwester diese Bewegung auch machte, wenn sie keine Wolljacke über ihrem Dirndl trug. Tatsächlich blickte die Gnädige der Schwester auf den Busen.
Die Gnädige gab sich jetzt so locker und entspannt, als wäre es ein herrlicher Sommertag und draußen wütete die Hitze. Nie hatte der Junge die Gnädige, wenn sie mit dem italienischen Priester zusammen war, in so aufgeräumter Stimmung erlebt wie jetzt. Die Gnädige bestellte Frittatensuppe und Hirschgulasch, der Junge wagte nicht, ein Gericht auszuwählen, er fragte, ob er dasselbe essen könne, die Gnädige nickte stumm.
Seine Schwester bestellte das Essen in der Küche und ging wieder zum Tresen. Mit einem rotweiß karierten Tuch trocknete sie die Gläser ab, die sie zuvor gespült hatte. Sie

lehnte sich seitlich an den Tresen an, dabei schlug sie unter dem weiten Rock des Dirndls die Beine übereinander. Erst wischte sie jedes Glas außen ab, dann formte sie mit dem Tuch einen Knäuel, den sie in das Glas einführte. Nachdem sie es geputzt hatte, hielt sie das Glas in die Höhe und drehte es, um zu prüfen, ob es noch Schlieren aufwies. Bei manchen Gläsern ging sie noch einmal mit dem Tuch über den Rand des Glases. Bevor sie ein Glas auf den Tresen zurückstellte, lächelte sie jedesmal die Gnädige an.

Es trafen keine weiteren Gäste ein. Die Schwester des Jungen hatte die Tür zur Küche geschlossen, außer dem regelmäßigen Trommeln des Regens auf den Fensterbänken und dem Laut, der ertönte, wenn die Schwester den Rand eines Glases rieb, gab es keine Geräusche in der Gaststube. Der Junge beobachtete, wie die Gnädige seine Schwester beobachtete, und hatte das unbändige Verlangen, der Gnädigen entweder zu erzählen, was der Idiot in dem Unterstand an der Teichl gemacht hatte oder wie sein Vater die Ordner und Papiere des Deutschen aus dem Haus der Holzers entwendet hatte.

Während die Gnädige und der Junge aßen, verschwand seine Schwester hinter dem Tresen, sie bückte sich oder duckte sich.

Zu Hause gab es nicht einmal Teller. Die Suppe oder das seltene Fleischgericht kam in einer großen Schüssel auf den Tisch, aus der alle Familienmitglieder aßen.

Als der Junge zum ersten Mal von dem italienischen Priester in die Stiftskellerei Kremsmünster eingeladen worden war, hatte er einfach alles nachgemacht, was er bei ihm beobachtet hatte. Legte der italienische Priester die Serviette auf den Schoß, breitete sie der Junge ebenfalls dort aus, steckte der italienische Priester sie in den Kragen, befestigte sie auch der Junge dort. Bei jedem Gericht griff der Junge nach dem Besteck, das der italienische Priester gewählt hatte. Der italienische Priester hatte die Arme nur bis zu den Handgelenken auf dem Tisch, er saß gerade, er führte das Essen zum Mund, nicht den Mund zum Essen wie der Vater und die Mutter des Jungen, die den linken Ellbogen auf den Tisch legten, sich über das Essen beugten und es mit dem Löffel oder der Gabel in den Mund schoben. Man schnitt das Essen nicht zuerst klein und führte dann die Stücke in den Mund, sondern man teilte nur jeweils den Teil ab, den man im nächsten Augenblick in den Mund nehmen würde. Das Brot, das zum Essen gereicht wurde, aß man nicht auf die gleiche Weise wie ein Jausenbrot, man brach es und steckte dann jeweils das abgebrochene Stück in den Mund. Man trank nicht einfach das Glas leer, sondern man nahm kleine Schlucke und setzte das Glas immer wieder ab. Man wischte sich nicht mit der Hand über den Mund, man machte keine Geräusche beim Essen, und man sprach den anderen nicht an, wenn der gerade etwas kaute oder etwas trank.

Der Junge bemerkte, daß die Gnädige ihn beim Essen prüfend betrachtete. Er wagte es, seinen Blick ganz kurz in ihre Richtung zu lenken, ihr Gesicht zeigte einen Ausdruck überraschten Wohlwollens. Damit hatte die Gnädige nicht gerechnet, daß er sich so perfekt benehmen konnte.

Der Junge wußte, es gehörte sich nicht, sofort nach dem Essen aufzustehen, doch er konnte nicht anders, er hätte schon viel früher die Toilette aufsuchen müssen. Seine Schwester hatte nicht damit gerechnet, daß er sich so schnell erheben würde, zwar hatte sie ihn und die Gnädige nicht sehen können, aber sie mußte die Essensgeräusche gehört haben. Mit beiden Ellbogen stützte sie sich auf die

Theke zwischen Spüle und Zapfhahn, den Oberkörper fast parallel zur Theke, den Kopf fast auf der Theke. Im Vorbeigehen sah der Junge, daß sie die Zunge ganz weit herausstreckte. Er erschrak, sie lächelte ihn an, schloß aber nicht etwa hastig den Mund, sondern zog ganz langsam die Zunge zurück und legte jetzt tatsächlich den Kopf auf die Theke.
Als der Junge in die Gaststube zurückkam, saß seine Schwester am Tisch, und die Gnädige stand hinter dem Tresen. Mit dem Rücken an die Wand gelehnt, wischte sie die Gläser mit demselben rotweiß karierten Tuch trocken, das vorher die Schwester benutzt hatte. Die hatte ihre Jacke ausgezogen und zeigte nun ihr üppiges Dekolleté, aber sie beobachtete jetzt so ernst wie vorher die Gnädige. Nachdem die Gnädige das Glas, das sie geputzt hatte, in die Höhe gehalten hatte, wandte sie sich mit dem gleichen Lächeln zu der Schwester des Jungen hin wie diese vorher zu ihr.
Der Junge traute sich nicht hinzuschauen, wie die Gnädige die Arbeit seiner Schwester verrichtete. Nervös strich er mit den Fingern über die Stuhlkante und verschob den Stuhl mit dem Fuß. Plötzlich zerschnitt ein Klirren die Geräusche des Regens und des Winds. Der Gnädigen war ein Glas aus der Hand auf den Boden gefallen.
Für einen Augenblick verlor die Schwester des Jungen ihre Zurückhaltung, wie elektrisiert sprang sie auf, fand jedoch sofort zu ihren ruhigen Bewegungen zurück und ging nicht uneilig, aber auch nicht hastig zum Tresen hin.
Die Trümmer des Glases lagen auf dem Steinboden vor der Theke verstreut. Die Gnädige beugte sich nicht mit dem Oberkörper vor, sie ging in die Knie, indem sie die Beine unter dem Dirndl spreizte, sich mit dem Rücken an der Wand abstützend.

Seine Schwester hatte sich nicht beeilt, solange sie verfolgt hatte, wie die Gnädige sich auf den Boden herabließ, jetzt, als die Gnädige tatsächlich die Glassplitter auflas, kniete sie sich umstandslos hin und half der Gnädigen.

Der Junge setzte sich wieder auf seinen Stuhl. Von dort aus konnte er die beiden hinter dem Tresen nicht mehr sehen.

Mit der Anerkennung, die die Gnädige seinen Eßmanieren gezollt hatte, war der Antrieb, ihr von seinem Vater oder von dem Idioten zu erzählen, plötzlich verschwunden gewesen. Jetzt, als die Gnädige die Rolle seiner Schwester eingenommen hatte und seine Schwester die der Gnädigen, war das Bedürfnis plötzlich zurückgekehrt. Er mußte der Gnädigen erzählen, daß sein Vater Akten des Deutschen aus dem Haus der Holzers entwendet hatte, daß der Idiot die Ziegen gequält hatte, am Tisch in Gegenwart seiner Schwester oder später auf der Nachhausefahrt im Auto.

Hinter dem Tresen erklang unvermittelt Gelächter. Es war *ein* Lachen, es bestand aus dem Lachen seiner Schwester und aus dem der Gnädigen.

Der Junge träumte davon, Bücher zu schreiben. Er mußte gar nichts erfinden, er konnte Schauplätze und Personen hernehmen, die er kannte, und etwas beschreiben, was er selbst erlebt hatte.

In den Büchern, die er schreiben könnte, die er schreiben wollte, wäre es viel einfacher, gut und böse zu unterscheiden. Was nicht hieß, daß die Guten immer gut und die Bösen immer böse sein mußten. In seinem Leben brachte er es nicht fertig zu entscheiden, was gut und was böse war, was richtig und was falsch. Im Buch konnte er die Menschen, die Dinge und die Ideen verändern, so daß sie eindeutiger wurden. Eindeutiger gut, eindeutiger böse, eindeutiger falsch, eindeutiger richtig.

Vermeidet aus Angst vor Kritik, Missbilligung oder Zurückweisung berufliche Aktivitäten, die engere zwischenmenschliche Kontakte mit sich bringen. Lässt sich nur widerwillig mit Menschen ein, sofern er nicht sicher ist, dass er gemocht wird. Zeigt Zurückhaltung in intimen Beziehungen aus Angst, beschämt oder lächerlich gemacht zu werden. Ist stark davon eingenommen, in sozialen Situationen kritisiert oder abgelehnt zu werden. Ist aufgrund von Gefühlen der eigenen Unzulänglichkeit in neuen zwischenmenschlichen Situationen gehemmt. Hält sich für gesellschaftlich unbeholfen, persönlich unattraktiv und anderen gegenüber unterlegen. Nimmt aussergewöhnlich ungern persönliche Risiken auf sich oder irgendwelche neuen Unternehmungen in Angriff, weil sich dies als beschämend erweisen könnte.

Hat Schwierigkeiten, alltägliche Entscheidungen zu treffen, ohne ausgiebig den Rat und die Bestätigung anderer einzuholen. Benötigt andere, damit diese die Verantwortung für seine Lebensbereiche übernehmen. Hat Schwierigkeiten, anderen Menschen gegenüber eine eigene Meinung zu vertreten, aus Angst, Unterstützung oder Zustimmung zu verlieren. Hat Schwierigkeiten, Unternehmungen selbst zu beginnen oder Dinge unabhängig durchzuführen. Tut alles Erdenkliche, um die Versorgung und Zuwendung anderer zu erhalten bis hin zur freiwilligen Übernahme unangenehmer Tätigkeiten. Fühlt sich allein unwohl und hilflos aus übertriebener Angst, nicht für sich selbst sorgen zu können. Sucht dringend eine andere Beziehung als Quelle der Fürsorge und Unterstützung, wenn eine enge Beziehung endet. Ist in unrealistischer Weise von Ängsten eingenommen, verlassen zu werden und für sich selbst sorgen zu müssen.

Ich kam mir vor wie ein Schweizer Offiziersmesser mit vier Funktionen: Lächeln, die Zähne zeigen, Nicken, Kinn vorschieben.
Beatrice erzählte mir einmal von einer Krankheit namens Risus sardonicus, das sind erstarrte Gesichtszüge, die so aussehen, als ob sich der Patient immerfort über etwas lustig macht. Mein Foto hätte man einem Lehrbuch beigeben können.
Anfangs las Pototsching monoton, ohne Betonung, die Stimme immer gleich hoch, er blickte nicht von seinem Manuskript auf.
Ich habe mich geirrt: Ich war kein Schweizer Offiziersmesser mit vier, sondern eins mit fünf Funktionen. Insbesondere dann, wenn Pototsching etwas vorlas, was ich mir plastisch vorstellen konnte, machte ich kurze nervöse Handbewegungen mit gespreizten Fingern. Ich führte die Bewegungen nie ganz aus, ich bremste sie immer schnell ab.

Bald taute Pototsching auf, er blickte von seinem Manuskript hoch und sah mir in die Augen. Ich hörte geduldig zu und wagte keine Einwürfe. Je länger er las, desto überlegener wirkten seine Gesten, jetzt war er der Pototsching auf Lesereise, vorgestellt durch den Chef des Literaturhauses, eingeführt durch einen bekannten Kritiker, der Saal faßte gerade die hereingeströmten Zuhörer. Er brachte es fertig, sich nicht nur als Schriftsteller, sondern auch als Macher zu präsentieren: Was gedacht werden kann, wird auch gemacht werden. Und als Instanz mit moralischen Zügen.

Das Schreiben nach dem Leben darf nicht verherrlicht werden, es sollte sich nicht lohnen. Und ob es sich lohnt! Die Romane und Erzählungsbände, die in den Buchhandlungen liegen und die in den Zeitungen besprochen werden, sind voll vom Leben derjenigen, die sie geschrieben haben, und vom gestohlenen Leben anderer. Was denen, die die Bücher geschrieben haben, nur höchst selten zum Nachteil gereicht. Es zahlt sich aus, erkannt oder unerkannt in das Leben anderer einzudringen und daraus mit Gewalt Romane und Erzählungen zu machen, aus lebendigen Menschen gewaltsam Roman- und Erzählungsfiguren. Das Schreiben nach dem Leben durchdringt alle Bücher, je nach Konstitution und Temperament benutzt der Schriftsteller das Schreiben nach dem Leben als Werkzeug, oder er erliegt ihm.

Schreibt jemand über jemand anderen, der nicht schreibt, kann sich der andere nicht zur Wehr setzen. Schreiben alle beide, stellt es einen unschätzbaren Vorteil dar, als erster geschrieben zu haben. Der zweite kann schon nicht mehr frei bestimmen, was und wie er schreibt, er muß sich ja gegen den ersten wehren.

Das Schreiben nach dem Leben wird geächtet. Aber schreibt

jemand einmal nach Ideen, nach Gegenständen, wird ihm vorgeworfen, er schreibe ab.
Der Schriftsteller ist der einzige, der heute noch wirklich Gewalt anwenden darf. Er ist ein Mörder, ein Dieb, ein Verführer, ein Lügner, ein Massenmörder. Der Theater- oder Filmregisseur tut nur so, als würde er Gewalt anwenden, alle wissen, es ist kein Blut, sondern Tomatensaft, und nach dem Dreh lassen sich die Schauspieler ins Hotelbett plumpsen. Der Schriftsteller vergeht sich gegen diejenigen, aus denen er Romanfiguren, Erzählungsfiguren macht. Aber er arbeitet ja in höherem Auftrag, er entschädigt eine Menschheit für die Mißhelligkeiten ihres Lebens, für die Niederlagen, die sie erleidet, für die Hemmungen, die sie nicht überwinden kann, für die Aggressionen, die sie unterdrückt.
Im Buch hatte Pototsching angekündigt, ein anderes Leben ins Visier zu nehmen. Der ständig verletzte, aber dennoch nicht völlig erfolglose Fußballspieler, Hauptperson seines ersten Buches, der die Fitnesstrainerin erst liebt und dann umbringt, ist auch Leser. Als der Fußballspieler die Fitnesstrainerin gerade kennengelernt hat und sie ihn noch nicht durchfüttert, erzählt er ihr, eigentlich wolle er Schriftsteller werden, aber er finde es unerträglich, immer nur über sein eigenes Leben zu schreiben. Er malt ihr aus, wie anziehend es wäre, einmal ein anderes Leben auszukundschaften, die Orte aufzusuchen, an denen dieses andere Leben stattfindet, mit den Menschen zu sprechen, die dieses andere Leben geformt haben, alles, ohne daß das andere Leben etwas davon ahnt. Und dann einen Roman zu schreiben über dieses andere Leben und ihn dem anderen Leben als Spiegel vorzuhalten. Der Fitnesstrainerin kommt der Gedanke, sie könnte dieses andere Leben sein. Der Fußballspieler ver-

spricht ihr, nie über sie zu schreiben. Er habe ihr ja bereits den Plan enthüllt, also könne sie gar nicht mehr dieses andere Leben sein.
Der Fußballspieler präzisiert seinen Plan, um der Fitnesstrainerin, die er später ermorden wird, vorher ein wenig das Gruseln beizubringen. Es genüge ja nicht, oder vielmehr, es bringe keine Befriedigung, einfach das Buch zu schreiben und es dann dem betroffenen Leben zu senden. Nein, wenn er, der Fußballspieler, Schriftsteller wäre, dann würde er nach der Fertigstellung das Buch mit dem dargestellten Leben konfrontieren. Zuerst sei zu erkunden, ob das Leben das beschriebene Leben überhaupt anerkenne und nicht erkläre, das alles habe mit ihm gar nichts zu tun. Dann hätten sich die langen Recherchen und das mühevolle Schreiben nicht gelohnt, das würde ihn, den Schriftsteller, in eine Krise stürzen. Aber es müsse doch interessant sein, zu verfolgen, wie das Leben auf das beschriebene Leben reagiere, wo es Deckungspunkte erkenne, wo es Gegensätze finde, und natürlich gehe es auch darum, zu sehen, wie sich das Leben verändere, wenn es in den Spiegel seines Romans blicke.

Ich lächelte und überlegte, ob die Fahrstuhltüren immer noch geöffnet waren. Vielleicht arbeiteten ja die Techniker noch. Der aus hellgrauen unverputzten Steinen gemauerte Schacht mit den Schienen wirkte freundlich und einladend, je weiter man hinunterblickte, desto dunkler wurde er, jedoch nur, um ganz unten einen Punkt sonnenhell aufleuchten zu lassen. Die vor den Türen aufgebaute Sperre ließen sich leicht beiseite schieben.
In Pototschings Hotelzimmer war ich der Junge, der zuhörte. Der Junge mußte etwas sagen! Er hatte keine ein-

prägsamen Sätze trainiert, über die Gnädige, über den italienischen Priester, über den Deutschen, die er Pototsching hätte entgegensetzen können. Der Junge erwog zu sagen: Ich hasse das Reitbauerngut. Ich hasse St. Pankraz. Aber er ahnte, wenn er diese Sätze äußern würde, dann würde er auch versuchen, sie zu begründen, und die Begründung würde seinem Urteil die Wirkung nehmen. Der Junge durfte nicht das Innere nach außen kehren! Er durfte keinen Zorn zeigen und keine Verzweiflung. Der Junge mußte Anteil nehmen, ohne neugierig zu wirken! Er hing an Pototschings Lippen, dabei hätte er sich höchstens interessiert geben dürfen. Der Junge brachte es nicht fertig, sein Schweigen zu dosieren. Es stellte einen einzigen weitschweifigen Kommentar zu dem dar, was Pototsching vortrug. Der Junge mußte sein eigenes Spiel spielen! Er mußte Pototsching unterbrechen und ihm Begebnisse erzählen, von denen der nicht erfahren hatte, Personen einführen, die dieser nicht kannte, Gefühle schildern, die er nicht geahnt hatte. Nieder mit der angeblichen Gewißheit! Der Junge mußte Pototsching provozieren, sich nicht von ihm missionieren lassen. Der Junge mußte sich rar machen! Warum hörte er zu, bis Pototsching seine Lesung beendete? Wer jede Vernissage beehrte, minderte den eigenen Wert. Man sollte den Jungen nie auf Durchschnittsevents treffen. Der Junge mußte sich auf seinen Geschmack verlassen, nicht auf den Pototschings. Er mußte alle vergessen, Laura und Lisa, Pototsching, Guggeis, La Trémoïlle. Der Junge mußte seiner Geschichte die Seele geben, die ihr Pototsching nicht geben konnte.

Jemand hatte mir eine Notiz unter der Tür des Gästeappartements des Literaturhauses in der Fasanenstraße durchgeschoben. Guggeis hatte angerufen, er hielt sich in Berlin auf und bat mich dringend, sich bei ihm zu melden.
Früher verabredeten sich die Leute im Film zu Vernissagen, jetzt treffen sie sich im Fitnessstudio, ich hatte Guggeis die Galeries Lafayette vorgeschlagen.
»Sie haben die ersten panischen Reaktionen überwunden? Gut! Ihre Aufregung wird sich legen. Ein zweites Leben ist doch längst zur Normalität geworden. Es wird gezüchtet. Sehen Sie in den Wirtschaftsteil der Zeitung, auf die Bestsellerliste der Sachbücher, man muß schließlich erklären, warum man das geworden ist, was man ist, wie man es geworden ist, und daß es richtig ist, daß man es geworden ist. Wir wollen das Feld doch nicht allein den Wirtschaftsführern überlassen. Sagen Sie nicht, ich sei auch ein Wirtschaftsführer. Mein Verlag ist für einen belletristischen Verlag groß, aber gegenüber einem Industrie-Konglomerat oder einem Handelskonzern sehr klein. Die Gesundheit und das Überleben vieler Wirtschaftsführer hängt von ihrem zweiten Leben ab. Ich bin überzeugt, in Zukunft wird man ohne zweites Leben nicht einmal mehr ins mittlere Management kommen. Viele verkorkste Leben haben eine bestimmte Kindheit als Ursache. Denke ich an meine eigene, stellt sich eine langdauernde traurige Gemütsverstimmung mit einer Verringerung des Antriebs ein, ja, auch das gibt es bei mir, und es ergeben sich körperliche Symptome, fragen Sie nicht, welche. Bei vielen zeitigt die Kindheit lebenslang fürchterliche Folgen, krumme Berufswege, falsche Ehen, ruinierte Familien. Manche bringen sich auch um, das würde ich allerdings niemals tun. Wenn alle sich eine glückliche Kindheit züchten könnten, überlegen Sie

doch einmal, wie viele glückliche Lebensstunden, wie viele glückliche Lebenstage, wie viele glückliche Lebensjahre die Menschheit insgesamt gewinnen würde. Und es ist möglich! Warum sollte sich ausgerechnet ein Schriftsteller, der es doch gewohnt ist, alles zu erfinden, gegen eine solche Kindheit wehren! Welches Ehrfurchtsgebot kann hier verletzt sein? Die Ehrfurcht vor sich selbst? Es geht doch nicht um die Züchtung der Kindheit eines Wirtschaftsführers. *Sie* züchten *Ihre* Kindheit. Mein Verlag braucht den Bestseller! Auch mein Verlag kann nicht ohne Bestseller leben! Sie ändern das Manuskript so ab, wie Sie wollen. Und schreiben es zu Ende. Also: Was macht Ihr Vater – Verzeihung: der Vater des Jungen – mit den gestohlenen Unterlagen? – Der Autor bleibt natürlich Pototsching. Er garantiert mir den Bestseller. Dafür bezahle ich Ihnen für Ihre nächsten Bücher ein Vielfaches dessen, was Ihnen Ihr jetziger Verlag zahlen würde. Sie haben Angst, daß etwas verbraucht wird, wer ist schon gern Verbraucher. Die ganzen Kindheiten, die Sie verwerfen müssen. Aber vielleicht will jemand anderes eine dieser Kindheiten. Das Argument möchte ich allerdings nicht vertiefen. Was wiegt schwerer: Ihr gutes Recht auf eine Kindheit, die Ihnen beim Zurückdenken keine Gemütsverstimmung beschert, oder das Recht einer hypothetischen unglücklichen Kindheit, in eine tatsächlich unglückliche Kindheit überführt zu werden?

»Sie wollen niemanden züchten und nichts verbrauchen. Lassen Sie das Manuskript, wie es ist, schreiben Sie es so zu Ende, wie Laura Turner es Ihnen sagt. Sie erschaffen damit einen Zwilling, der bestimmt keine psychischen oder sozialen Probleme hat, das ist nur Spekulation. Genauso haltlos die Befürchtung, er könne Identitätsprobleme haben. Wenn Sie sich sowohl das Züchten als auch den Zwilling verbie-

ten – bedenken Sie, was Sie dabei opfern, bedenken Sie, welche Möglichkeiten Sie verschenken!
»Keiner wird wissen, daß Sie Pototschings Buch zu Ende geschrieben haben. Sie schreiben noch ein Buch, in dem Sie sich dagegen wehren, daß Pototsching sich über Ihre Kindheit verbreitet! Und dann schreiben Sie ein weiteres Buch, in dem Sie enthüllen, daß Sie es waren, der Pototschings Buch fertiggestellt hat! Sie sind schließlich Schriftsteller, und ich bin Verleger!
»Ich war ein schlechter Schüler, der kein Interesse an der Schule hatte und sich langweilte. So lange, bis ich das erste Buch las, das nicht in der Schule behandelt wurde. Ich hatte keine Ahnung, was ein Verleger macht. Aber ich war überzeugt: Wenn die Bücher besser gestaltet wären und wenn man sich für die Bücher eine bessere Werbung einfallen ließe, dann wäre auch den Autoren geholfen, sie müßten nicht die armselige Existenz führen, die im Schulunterricht beschrieben wurde. – Wir leben in einer wunderbaren Zeit! Man drückt auf einen Knopf und das Buch ist gedruckt. Die Möglichkeiten des Layouts, die Vielfalt der Vertriebskanäle, die Möglichkeiten der Werbung sind so ungeheuer. Ein gutes Buch und ein schlechtes Buch unterscheiden sich nicht so stark voneinander. 98,7 Prozent der Sätze zweier Bücher können identisch sein, aber dennoch ist das eine ein schlechtes und das andere ein gutes Buch. Der Verleger macht den Unterschied aus, die 1,3 Prozent.«
Berlin opfert sich selbst auf. Es gibt keine Rechtfertigung und kein Ziel, es sei denn das der Zerstörung alles dessen, was Berlin einmal sich und dem Land bedeutet hat. Die Durchschlagskraft der Anschläge auf sich selbst beruht nicht auf der Größe der neuen Bauten, im Gegenteil, am Potsdamer Platz ist das gefährlichste Gebäude lächerlich

klein: eine zweistöckige Mall, die aussieht wie die Attrappe einer Mall. Daß die Hochhäuser darum herum nicht wirklich hoch sind, hebt den sozialen Status der Einkaufsgelegenheit nicht. Läuft man vom Potsdamer Platz zum Brandenburger Tor, hat man das Gefühl eines Showdowns, dessen Länge alle Beteiligten quält und dessen Ende niemand vorhersagen kann. Das Warten auf ein Ende, das es nicht gibt. Niemand kann sich distanzieren, jeder wird gezwungen, den Ablauf der Geschehnisse zu verfolgen, ohne eingreifen zu können. Jedes neue Gebäude ein Zeichen dafür, daß sich eine Katastrophe jederzeit plötzlich und unerwartet ausbreiten kann. Ein Überlebender, wer in einen alten Straßenzug einbiegt. Der Benutzer der Architektur ist Täter und Opfer, aber er kommt immer wieder davon.

Auf dem Weg zu den Galeries Lafayette hatte ich das Gefühl, über eben urbar gemachtes Land zu gehen. Ich hatte ganze Arbeit geleistet, die neue wie die alte Architektur durchsichtig gemacht und den Urgrund dahinter entdeckt und freigelegt. Das Gedankenleitungssystem, das ich installiert hatte, belebte die Ödnis. Viele andere hatten sich ebenfalls daran versucht und waren gescheitert. Zugleich war ich der erste Einwanderer, bald würden andere kommen. Mein Gedankenleitungssystem würde es ihnen erlauben, Berlin zu bewohnen.

Kein Wunder, daß Sie müde sind, Gott ruhte auch nach sechs Tagen Anstrengung. Wenn ich es aber nun vorziehe, weiter an meinem Gedankenleitungssystem zu arbeiten? So lange haben Sie geschuftet, und jetzt wollen Sie die Früchte Ihrer Arbeit nicht genießen? Sie haben die Freiheit, schließen Sie Pototschings Manuskript an Ihr Gedankenleitungssystem an. Eigentlich will ich nach Hause. – Ich war erst vor wenigen Tagen zu Hause, und zu Hause ist genauso,

wie Sie es in Erinnerung haben ... Woher können Sie wissen, welche Erinnerungen ich habe?
Ich wollte Guggeis sagen: »Ich bin aber dagegen. Ich bin gegen die Produktion von literarischen Menschen. Früher merkte man immer gleich, mit wem man es zu tun hatte. Während der massige Kaufmann den Schlagfluß auch dann noch nicht in die Kalkulation einstellt, wenn sie dadurch über den Haufen geworfen wird, himmelt der schmalgliedrige Intellektuelle die Ermattung an. Sein Name trällert die Vokale mit Punkten darauf, während der Kaufmannsname den Schusterbaß gibt. Seither sind die Romanfiguren vielgestaltiger geworden, die Charaktere gebrochener. Aber ich will nicht, daß die literarischen Menschen mit wirklichen Menschen konkurrieren. – Es wäre eine phantastische Leistung, diesen Jungen zu erschaffen. Aber den Jungen aus dem zu kombinieren, was man von allen möglichen Leuten über ihn gehört hat, ist eine lächerliche Bastelarbeit. – Es gibt nicht die eine, sondern viele Urszenen. Danke für das Kompliment! Aber die vielen Urszenen sollen die Freundlichkeit haben, sich in einem stromlinienförmigen Schriftsteller-Ich dort zu plazieren, wo sie hingehören, damit der Schriftsteller ein produktives Mitglied der Guggeis-Kultur wird. – Meine Kindheit wird Teil Ihres Betriebs! – Ich war so viel glücklicher, als meine Kindheit von einem Geheimnis umgeben war. Jetzt soll man in einem Buch darüber lesen, und ich bin nicht einmal der Autor. – Für mich ist das Ganze ein Verbrechen. – Gewisse Sachen tut man einfach nicht. Daß es notwendig ist, darüber zu reden ...«
Nichts konnte mich daran hindern, Guggeis alles das zu sagen, was ich mir zurechtgelegt hatte, außer –
das weiße, mit Perlmutt beschlagene Jo-Jo, das Guggeis aus der Tasche zog und mit dem er spielte, während er sprach.

»Ein Autor darf nur zu einem Verlag gehen, in dem die anderen Autoren auch sein Niveau haben.
»Was passiert, wenn das Niveau des Autors und das des Verlags zu sehr auseinanderfallen? Das Buch wird wohl höher stehen als der Verlag und der Rest der Verlagsproduktion, aber nicht so hoch wie der Autor. Folglich wird es im Kampf gegen andere Bücher schlechter abschneiden. Eine solche Vereinigung widerspricht dem Willen der Literatur. Die Literatur strebt nach dem höchsten Punkt. Das stärkere Buch muß die Oberhand behalten, es darf sich nicht mit schwächeren verbinden und so die eigene Größe opfern. Der Autor, der meint, sein Buch sei stärker, wenn die anderen Bücher des Verlags schwächer seien, begeht den allergrößten Irrtum. Gute Bücher mit schlechten Büchern zu vermengen bedeutet immer: Niedersenkung des Niveaus des Autors und Rückschritt im Werk, den Beginn eines langsam, aber sicher fortschreitenden Niedergangs. – Wie viele Autoren sind zugrunde gegangen, weil sie beim falschen Verlag waren!«
Eine fremde Rasse von den Sternen hatte die Menschen besiegt, sie ausgetilgt. Ich war der einzige Mensch auf der Erde. Es gefiel der anderen Rasse, den Platz der Menschheit einzunehmen.
Am liebsten hätte ich zu Guggeis gesagt: »Würden Sie mir einen Gefallen tun? Zeigen Sie mir, daß Sie eine Perücke aufhaben und daß Ihre Zähne falsch sind.« Und Guggeis würde seine Perücke verschieben und sein falsches Gebiß herausnehmen.
Ich kaufte ein Hemd. Als ich der Verkäuferin meine Kreditkarte geben wollte, fiel sie durch ihre Hand hindurch auf die Theke. Nicht alle Fremden konnten Menschen spielen, vielleicht gab es auch nicht genug, um den Betrieb auf der Erde aufrechtzuerhalten.

Guggeis war ein Fremder von den Sternen, aber die Verkäuferin hatte man durch das Bild einer Verkäuferin ersetzt.
Die Fremden konnten dem letzten Menschen nicht einfach schreiben, daß sie die Menschheit besiegt hatten und er der letzte Mensch auf Erden war. Sie riskierten es nicht, mich von einem Augenblick auf den anderen mit der Wahrheit zu konfrontieren. Der Agent, der Verleger, der Verlagswechsel – die Fremden sorgten dafür, daß ich selbst die richtigen Schlüsse zog, daß ich von selbst darauf kam.
Sie wollten wissen, wie der letzte Mensch auf Erden fühlte.
In Pototschings Manuskript stand, was sie herausgefunden hatten.
Auf dem Weg zurück in die Fasanenstraße sang ich *Memories* von Rex Gildo.

Memories
Memories
wo ich geh'
seh' ich sie
Memories
Memories
so verliebt war ich nie
Als ich sie traf
nahm ich mir vor
es bleibt ein Abenteuer
Ich hab' sie nur geküßt
aus Spaß am Spielen mit dem Feuer
Und als ich ging
hab' ich gelacht
Das ist des Schicksals Ironie
heut' fühl' ich mich einsam
wie noch nie

Memories
Memories
so verliebt war ich nie
Ich bin nervös
ich finde keinen Schlaf
wie soll das enden?
Obwohl ich weiß
es muß sich
alles doch zum Guten wenden
Ich muß ihr endlich alles sagen
sonst ertrag' ich es nicht mehr
Denn ohne sie
da ist die
Welt so leer

Einmal bin ich Rex Gildo begegnet, in den achtziger Jahren, bei Harry's Men Shop in München. Ich habe mich öfter dort umgesehen, allerdings ohne etwas zu kaufen. Dazu langte das Geld nicht. Rex Gildo nahm seine Sonnenbrille auch im Geschäft nicht ab, sie sah aus wie eine Skibrille, seine Haare waren toupiert und pechschwarz gefärbt, die Frisur hatte den Umfang eines Motorradhelms. Er probierte einen hellblauen Designer-Jeansanzug an, der seine rötlich-braune Gesichtsfarbe unterstrich, und diskutierte vor dem Spiegel, ob er die Jacke kürzen lassen sollte oder nicht.
Der Verkäufer, der mich bediente, ließ mich im Stich, um sich zu Rex Gildo zu gesellen. Während ich so tat, als würde ich mich ebenfalls im Spiegel betrachten, konnte ich die aufgeregte Versammlung beobachten, die sich um Rex Gildo scharte. Ich verstand nicht, was Rex Gildo mit Harry Lindmeyer, den Inhaber des Geschäfts kannte ich aus den

Klatschspalten der *Abendzeitung*, und den Verkäufern sprach. Ich hörte bloß, wie sie ihn immer wieder mit »Herr Gildo« anredeten. Ich wußte, er hieß eigentlich Ludwig Alexander Hirtreiter und kam aus Straubing, obwohl man damals überall lesen konnte, er sei in München geboren. Angeblich hatte er seine Laufbahn bei den Regensburger Domspatzen begonnen. Natürlich hatte ich nicht erwartet, daß man ihn mit »Herr Hirtreiter« ansprechen würde, trotzdem hatte ich das Gefühl, nicht mehr auf der Erde zu sein. Ich summte im Geschäft ganz leise nacheinander erst *Mit Cha-Cha-Cha fing es an*, ein Lied, das er mit Senta Berger gesungen hatte, und dann *Vorm Stadtpark die Laternen*, ein Duett mit Gitte.
Zu seinem Tod verfaßte ich einen Artikel.
Die Boulevardzeitungen hatten geschrieben, er sei aus dem zweiten Stock in der Ottostraße 19 aus dem Klo gesprungen, in den seriöseren Zeitungen war er durch ein Badezimmerfenster geklettert, es handelte sich wohl um ein Bad mit Toilette. Kurze Zeit vor dem Selbstmord hatte man ihm nach einem Auftritt in einem Festzelt die Gage gekürzt, weil er schwankend auf die Bühne gekommen war und dann auch noch den Text vergessen hatte. Der Veranstalter behauptete, er sei betrunken gewesen. Rex Gildo gab an, seine Gleichgewichts- und Gedächtnisstörungen seien die Folge einer Cortisontherapie. Er hatte keine Perücke auf, als er seinem Leben ein Ende setzte, er starb glatzköpfig. Über die ihm in den Festzelten zujubelnden Kids hatte er zu einer Journalistin gesagt, »die verarschen mich doch nur«.

Ich hatte Guggeis gesagt, ich würde mir sein Angebot überlegen. Hätte ich das gesagt, was ich ursprünglich sagen wollte, dann hätte ich Laura nicht wiedergesehen.

Am Anfang wissen die Wörter und die Sätze nicht, was sie wollen. Die ersten Wörter, die ersten Sätze werden beeinflußt von der Ausgeruhtheit oder der Müdigkeit der Hand, von dem Licht, das auf das Papier fällt, von der Länge und der Form des Bleistifts.

Wenn ich schreibe, hört man das. Die Sätze kratzen, schaben und schleifen. Sie werden um so lauter, je näher sie dem Zentrum des Papiers kommen, leiser, wie sie sich zum Rand hin bewegen oder zum Ende der Seite. Die Wörter formen keine Sätze, sie entdecken Sätze. Es ist nicht nur das Vergnügen, das die Wörter dazu antreibt, Sätze zu bilden. Manchmal ist es auch die Abscheu der Wörter vor den Sätzen und dem, was sie bedeuten sollen. Trotzdem strebt meine Handschrift immer eine doppelte Schönheit an: die Schönheit der einzelnen Sätze wie die Schönheit ihres Zusammenhalts.

In meiner Handschrift scheinen Muster verschiedenster Art auf, deren Dichte und Bewegung, deren Betonung und Rhythmus vom Gegenstand, über den ich schreibe, bestimmt werden. Meine Schrift soll das, was sie darstellt, nicht abbilden. Sie soll die Eigenschaften des Dargestellten widerspiegeln, seine Verknüpfungen beleuchten, aber sie soll um Gottes Willen keine Stellvertreterin sein.

Die Wörter und die Sätze weisen nicht von vornherein auf etwas Bestimmtes, Abgegrenztes. Was die Wörter und Sätze meinen, wird nur allmählich deutlicher. Ich schildere Dinge, für die meine Handschrift ein Muster besitzt, ich kann nichts mitteilen, wofür es darin keine Eigenschaften gibt. Niemals kann ich mich dadurch retten, daß ich einen anderen nachahme. Was sich nicht in ein Muster meiner Handschrift übersetzen läßt, muß ich ignorieren.

Erst allmählich, wenn viele Sätze dasselbe Thema umkrei-

sen, schält sich die Handlung heraus. Durch das Weglassen von Möglichkeiten, durch das Vergrößern und Verkleinern von Bildern, auch durch Abstrahieren.
Meine Handschrift berichtet, wie ich einfach losgegangen bin. Sie zeigt, daß ich nicht auf das blickte, was ich geschrieben hatte, sondern daß ich mich auf mein inneres Auge verließ. Meine Handschrift jagt nicht den Eigenschaften von Menschen, Dingen oder Ideen nach, sie ist vom Leben besessen, sie will erleben. Unabsichtliche oder vielleicht auch absichtliche Inszenierungen von Menschen, Dingen und Ideen ziehen sie magisch an. In ihrem Gedächtnis hortet meine Handschrift alle Ähnlichkeiten, Unterschiede und Entwicklungsschritte ihres Erlebens, um für den nächsten Entwurf mit vollen Händen auswählen zu können und die Eigenschaften von Menschen, Dingen und Ideen aufblühen zu lassen wie die japanischen Papierblumen in den Muscheln, die sich im Wasser entfalten.
Ein Vorbild muß fremdeln, man darf ihm nicht zu nahe kommen, ohne Mühe muß man sich wieder von ihm lösen können. Dann kann man ohne Zwang herausfinden, welche Eigenschaften des Vorbilds man sich unverändert aneignet, welche man auf keinen Fall für sich auswählen will, welche man wie verändert übernimmt und auch, welche anderen Eigenschaften man übernehmen könnte, die gar nichts mit dem Vorbild zu tun haben. Besteht keine Vertrautheit mit dem Vorbild, bleibt die Entscheidung genügend lange offen, erwächst nicht die Gefahr, Eigenschaften des Vorbilds in einem Schwung zu übernehmen, den man später bereut.
Die Vorbilder müssen einander im Weg stehen, dann begrenzen sie ihren Einfluß gegenseitig.
Ein anderer Gedanke, aber ich habe Schwierigkeiten, ihn

zu formulieren: Ich kann das Leben, ich kann die Literatur als Zitat dann erhalten, wenn der neue Zusammenhang sie so einbindet oder wenn sie einen neuen Zusammenhalt derart bilden, als hätten das Leben und die Literatur vorher gewußt, daß sie dort hingehören, als würde der neue Zusammenhang erst das Zitat formulieren.

Ich habe Neigung und Lust, Eigenschaften und ihre Verknüpfungen unmittelbar von meinem Leben in ein anderes, von einem anderen Leben in meins, von meinen Büchern in andere, von anderen Büchern in meine zu übertragen. Es scheint mir, die Regeln, die auf das fremde Leben oder das fremde Buch einwirken, sind vergleichbar, ablösbar, ja sogar austauschbar. Aber das muß eine Täuschung sein. Die Logik des Lebens, die Logik der Bücher kann nicht nur aus ewigen Regeln bestehen, es muß auch solche geben, die im jeweiligen Leben, im jeweiligen Buch geboren sind, und diese können nicht einfach eins zu eins in andere Leben, in andere Bücher übertragen werden.

Menschen und literarische Figuren verwandeln sich, je nachdem, in welcher Nachbarschaft sie stehen, ohne daß sie selbst sich dazu ändern müßten. Was heißt das für einen Roman, der sich noch im Entstehen befindet? Es ist noch offen, noch unentschieden, woher er sich speist, aus dem eigenen Leben, aus einem fremden Leben. Oder anders, die Figuren wissen noch gar nicht, aus welchen Figuren sie sich ableiten, aus eigenen Figuren, aus fremden Figuren.

Eine Antwort wäre: So lange wie möglich den Roman im Entwurf halten, damit die Eigenschaften immer noch entscheiden können, in welchen anderen Romanen, in welchen anderen Leben sie sich brechen wollen.

Ein Roman ist weder eine Aneinanderreihung bemerkenswerter Ereignisse noch eine Abfolge kostbarer Sätze. Das

Neue eines Romans liegt nicht in der ungewohnten Form oder in überraschenden Szenen, sondern in der Geste des Zusammenhangs, der Form und Handlung verbindet.

Ich war noch im Schlafanzug, als es an der Tür des Gästeappartements pochte.
»Wie lange brauchen Sie, um sich anzuziehen?«
Mit einer stummen Geste bat ich Laura herein.
Die Schultern hochgezogen, den Kopf vorgestreckt, tänzelte sie ganz leicht mit herabhängenden Armen.
»Pototsching ist wieder in Berlin. Er will mit mir frühstükken. Ich habe gesagt, daß ich meinen neuen Freund mitbringe. Wenn Sie nicht mitkommen, habe ich noch ungefähr eine halbe Stunde Zeit, um Ersatz zu finden.«
Sie schwenkte die Arme parallel, als ob sie einen Ball in die Luft warf.
Ich tat einen Schritt auf sie zu, sie streckte beide Arme nach hinten.
Ich trat zurück, sie streckte beide Arme parallel vor sich.
Es schien, als sei einmal die rechte Iris blau und die linke grau und darauf die linke blau und die rechte grau.
Laura, die ich im Borchardt getroffen hatte, und Lisa, die mich in dem Haus in Zehlendorf empfangen hatte, verschmolzen miteinander. Aber aus den beiden Gesichtern wurde nicht ein Gesicht. Die Münder sprachen nicht im Chor, die Nasen atmeten nicht im gleichen Takt. Die Haare konnten sich nicht einigen, ob sie die Ohren freigeben sollten, Lauras Stirn stritt mit der Lisas.
Ich versuchte, zwischen Laura und Lisa zu unterscheiden. Um zu erleben, daß das nicht möglich war. Sie bildeten eine Spur.
Lauras und Lisas Zeit war ein Punkt ohne Ausdehnung,

eine als Grenze gedachte Gegenwart, in der Vergangenheit und Zukunft aneinanderstießen. Die Zeit spiegelte sich als ein Spiel des Unterscheidens, des Trennens in ihren Gesichtern wider.
Ich hatte Angst, daß sich das Wesen, das ich vor mir hatte, in einer Kette von Aufschüben und Ergänzungen auflösen würde. Daß es sich aus der Raumzeit verschob, nur noch auf Laura und Lisa verwies, eigentlich nicht mehr stattfand. Daß das Erlöschen zu seiner Struktur gehörte.

Ich spaltete mich auf. Zu dritt begleiteten wir Laura:
Derjenige, der ich gewesen war, bevor ich sie im Borchardt traf. Seine Tage hatte er in einem Dämmerschlaf verbracht, eingetaucht in die Geschichten, die er erzählte, wie in eine milchige Flüssigkeit, erschüttert nur von den Blitzen, mit denen sich zukünftige Geschichten ankündigten.
Meine Bücher, alles, was ich jemals geschrieben hatte.
Der Träumeträumer.
Derjenige, der ich gewesen war, bevor ich Laura traf, sagte voraus, ich würde sie niemals lieben können. Vielleicht bildete ich mir ein, sie zu lieben, aber ich liebte sie nicht wirklich. Ich würde sie verlassen. Meine Bücher hatten die Liebe dekliniert, aber nicht erlebt. Nicht mehr nur die Worte Sehnsucht, Leidenschaft, sondern das Leben – meine Bücher witterten eine Chance, sie schlugen sich auf die Seite des Träumeträumers und überstimmten mich.
Laura hatte sich in der Cafeteria des Pergamon-Museums verabredet. Wir sahen Pototsching nicht, also machten wir einen schnellen Rundgang durch das Museum.
Unglaublich viele Leute gingen vor dem Pergamon-Altar

auf und ab, stiegen die Treppe hinauf und hinunter oder ließen sich an den Rändern der Treppe nieder, unter dem künstlichen Himmel aus weißen, in Blei eingefaßten Glasscheiben. Bei einem meiner New-York-Aufenthalte hatte ich einen Ausflug zur Kehrichtdeponie von New York gemacht, Fresh Kills. Hier versuchte man, Fresh Kills nachzustellen. Vogelschwärme symbolisieren die Seele, es wäre wenig originell gewesen, mit Vögeln zu arbeiten, die Seele auf der Müllkippe ... Also Menschen statt Möwen.
Ich legte meinen Arm um Lauras Schulter, vielleicht hatte Pototsching uns schon bemerkt. Vorsichtig faßte ich in ihre Haare und legte ein Ohr frei. Sie ließ sich etwas gefallen, das sich zwischen Berühren und Streicheln bewegte.
Wir gingen auf einen Torso zu, ich machte keine Anstalten abzubremsen, erst ganz kurz vor dem Torso blieb ich abrupt stehen. Für einen Augenblick sah es so aus, als ob wir in den Torso hineinlaufen würden, da stellte sich das Ohr Lauras auf.
Die fremde Rasse von den Sternen hatte tatsächlich die Erde erobert. Die Menschen haben die Fähigkeit verloren, die Ohren zu bewegen. Die andere Rasse war der menschlichen sehr ähnlich, eins der wenigen Unterscheidungsmerkmale bestand darin, daß die Fremden von den Sternen die Ohren aufstellen konnten.
Wir gingen weiter, als wäre nichts gewesen.
Als wir an Pototschings Tisch traten, erhob er sich behend, um Laura auf den Mund zu küssen.
»Sind Sie eifersüchtig? Wissen Sie nicht, wie sehr sie Sie anbetet?«
Pototschings braune Augen glänzten, während er zu mir sprach. Konnte das die Vorstufe von Tränen sein?
»Sie sind ein wunderbarer Schriftsteller. Ich bin ein misera-

bler Schriftsteller. Wenn ich mit etwas anderem soviel Geld verdienen könnte, würde ich das tun.«

Laura zog die Augenbrauen zusammen.

»Du redest Unsinn.«

»Du warst so gut zu mir, trotz allem, was ich getan habe«, flüsterte Pototsching heiser. »Ich bin nur froh, daß du endlich jemanden gefunden hast.«

Er trug ein dunkelgrünes Muscle shirt, um beide Oberarme hatte er Lederbänder gebunden, seine Füße steckten in wadenhohen Schnürschuhen. Jetzt konnte ich tatsächlich Tränen in seinen Augen ausmachen.

Laura nahm meine Hand und drückte sie.

»Das hier ist so neu für uns.«

Wie recht sie hatte.

Ich erbot mich, etwas von der Theke zu holen. Dort mußte ich länger anstehen, aus der Ferne beobachtete ich Laura und Pototsching. Sie redeten nicht miteinander, sie machten auch keine Gesten, es schien so, als ob sie in meiner Abwesenheit einfach eingefroren waren.

Ich kehrte mit zwei Kaffee, einem Tee und drei Croissants zurück, und wir machten dort weiter, wo wir aufgehört hatten. Laura legte ihre Hand auf meinen Oberschenkel.

Pototsching sah zu, wie Laura ihren Tee trank. Etwas schien ihn zu beschäftigen, aber er traute sich nicht, damit herauszurücken. Man sah, wie es in ihm arbeitete. Schließlich fragte er sie: »Du rauchst nicht mehr?«

Laura setzte den Tee ab und schüttelte den Kopf.

Pototsching wandte sich mir zu: »Sie trinkt keinen Kaffee mehr! Sie raucht nicht mehr! Sie ist schwanger!« Dabei klatschte er begeistert in die Hände.

»Ich muß Sie enttäuschen, sie ist nicht schwanger.« Ich wußte gar nicht, wie ich den Mut aufbrachte, ihm zu wi-

dersprechen. »Es gibt auch andere Gründe, nicht zu rauchen und keinen Kaffee zu trinken.«
Die Fremden von den Sternen betrieben die Erde als Themenpark weiter, um sich dort zu vergnügen. Die ganze Erde stellte ein Museum dar wie dasjenige, in dem ich mich aufhielt. Aber die Fremden mußten mir doch die Illusion lassen, daß ich irgend etwas gerettet hatte, einen Gegenstand, eine Idee, einen Menschen, sonst würde ich nicht funktionieren, sonst würde ich Selbstmord begehen aus Verzweiflung, aus Langeweile im Angesicht der Aussichtslosigkeit!
Die fremde Rasse verfügte über eine Methode, die die Wartung und die Reparatur von Körperzellen einfach und billig machte. Mein Körper bestand nicht mehr aus zwei verschiedenen Zellarten, aus den Keimzellen, die die Gene auf die nächste Generation übertragen sollten, und den übrigen Zellen, die sich in die sonstigen Organe meines Körpers einteilten. Die Notwendigkeit entfiel, den Erhaltungsaufwand für die letzteren zu beschränken und die eingesparte Energie auf die Aufgabe der Fortpflanzung zu verwenden. Meine Körperzellen alterten nicht mehr, es gab keine Keimbahn mehr, meine Körperzellen stellten die Keimbahn dar. Ich war unsterblich.
Aber ich war kein Wesen, das sich selbst und seine Mittel zum Leben herstellte. Ein Geschick bestimmte mein Dasein, über das ich nicht verfügte, dem ich mich in all meinem Tun und Lassen zu fügen hatte. Es gab eine andere Rasse, die dazu fähig war, mich so zu konstruieren, wie sie es brauchte.
War ich noch ein Mensch, oder war ich schon ein Mitglied der anderen Rasse?
Ist der Menschheit das größte aller möglichen Unglücke einfach entgangen?

Ich – das bedeutete keinen ortlosen Ort. Ich war der Name für die Niederlage und das Aussterben der Menschheit.

Träumeträumer:	»Welche Rolle spielte die Liebe für dich, als du noch jung warst?«
Ich, früher:	»Ich ging überhaupt keine Beziehung ein, ich dachte, wenn ich liebte, würde das meine Phantasie als Schriftsteller beschädigen.«
Träumeträumer:	»Was hat dich in die Arme der Liebe getrieben?«
Ich, früher:	»Ich bin nicht in den Armen der Liebe, das bist du.«
Träumeträumer:	»Was erwartest du von der Liebe?«
Ich, früher:	»Erfüllung. Kick. Einen Hinweis auf ein besseres Leben.«
Träumeträumer:	»Welche war deine erste Liebe?«
Ich, früher:	»Meine ersten Lieben waren Albertine und Agathe. – Ich habe mir einen Ort in meinem Kopf, in meinem Herzen oder in meinem Bauch vorgestellt, an dem ich mit ihnen schlafen könnte. Ich habe geschrieben und gezeichnet. Aber dann habe ich alles verbrannt. Es sollte nichts in der Wirklichkeit existieren, weil es ja nur eine Vorstellung von mir war.«
Träumeträumer:	»Gibt es Menschen, die du geliebt hast?«
Ich, früher:	–
Träumeträumer:	»Kannst du dir vorstellen, mit Laura zu schlafen?«
Ich, früher:	»Ja.«
Träumeträumer:	»Du willst mit Laura schlafen?«

Ich, früher:	»*Du* willst mit Laura und Lisa schlafen.«
Träumeträumer:	»Geht die Liebe ihrem Gegenstand voraus?«
Ich, früher:	»Ich habe immer gedacht, wenn ich wieder lieben würde, dann würden Albertine und Agathe wieder aufleben. Aber als ich Laura traf, wußte ich: Zum ersten Mal würde ich darauf verzichten, mit Agathe und Albertine zu schlafen.«
Träumeträumer:	»Versuchst du, dich Wiederholungszwängen zu widersetzen?«
Ich, früher:	»Meinst du das Leben oder die Bücher?«
Träumeträumer:	»Ich habe dich gefragt. Wenn ich die Bücher hätte fragen wollen, hätte ich das getan.«
Ich, früher:	»Schlafe ich mit einer Frau, denke ich immer, jeder Atemzug ist der einer anderen. Dieser Atemzug erhebt einen unglaublichen Anspruch, jener trägt eine Energiebotschaft, von einem geht etwas Metaphorisches aus, ein anderer macht mich frei. – Wenn es gilt, etwas Neues auszuloten, ruft man meistens mich.«
Träumeträumer:	»Genießt du das?«
Ich, früher:	»Ja, natürlich.«

Als Pototsching gegangen war, schüttete Laura mir wortlos den Rest ihres Tees über den Kopf. Ich wollte sie nach draußen begleiten, aber sie sagte, ich solle gehen. Ich blieb stehen, da kehrte sie noch einmal um, kam auf mich zu und stieß mich vor die Brust.

Träumeträumer: »Gibt es eine Linie in Lauras Liebschaften?«

Ich, früher: »Ich glaube, es gibt einen roten Faden. Aber keine Summe ihres Tuns.«

Träumeträumer: »Möchtest du der rote Faden sein?«

Ich, früher: »*Du* möchtest der rote Faden sein.«

Träumeträumer: »Und die Summe ihres Tuns?«

Ich, früher: –

Träumeträumer: »Warum bist du Junggeselle?«

Ich, früher: »Meine Form der Rebellion. Der Junggeselle weigert sich, Menschen zu produzieren.«

Träumeträumer: »Wie funktioniert der Junggeselle?«

Ich, früher: »Er analysiert die Welt, indem er Formen aus ihr herauszieht und sie aufeinandertürmt. Er bewegt den Kreislauf für die Verwendung des Todes, dabei sorgt er für die Konstanthaltung des Energieniveaus bei wechselndem Aggregatzustand.«

Träumeträumer: »Du möchtest dich unter die Hinrichtungsmaschine aus der *Strafkolonie* legen, und Laura soll mit ihr schreiben.«

Ich, früher: »Willst du erst mit Laura und dann mit Lisa schlafen, oder erst mit Lisa und dann mit Laura?«

Träumeträumer: »Ich werde meditieren und versuchen, die ideale Konstellation zu finden. Dann werde ich überprüfen, ob es stimmt, was ich mir vorgestellt habe. Sobald es an den Sex geht, ist es entweder eine Bestätigung, oder es geht baden.«

Liebe Laura,

Pototschings neues Buch wird behandelt wie ein Staatsgeheimnis. Nur ein kleiner Zirkel von Eingeweihten kannte bisher den Inhalt, jetzt kenne ich ihn auch.
Auch Du wünschst, daß ich mich damit befassen soll, sonst hättest Du Dich wohl nicht mit mir getroffen.
Pototschings Manuskript bedeutet keine Abrechnung, sondern eine Exekution.
Ich werde Pototschings Manuskript nicht anrühren. Der Verleger möge beurteilen, wie gut oder wie schlecht es ist, er möge entscheiden, wen er damit betraut, es zu Ende zu schreiben, aber nicht mich. Auch ein schlechter Pototsching wird genügend Aufmerksamkeit auf sich ziehen, auch ein schlechter Pototsching wird sich gut verkaufen.
Du tust so, als wären wir identisch, ich und derjenige, dessen Kindheit Pototsching beschreibt, ein und dieselbe Person, aber wir sind es nicht. Du behauptest, alles zu verurteilen und zu verachten, was Pototsching jemals getan hat, auch alles, was er geschrieben hat, also auch den Roman über meine Kindheit. In Wahrheit verhältst Du Dich nicht anders als er. Du gibst vor, mich zu erklären, indem Du mir etwas vorhältst, was Du als Spiegel deklarierst. Du hast die gleiche Botschaft wie Pototsching: Ich bin ein Verhängnis, das sich über alles legt, ich muß vernichtet werden.
Du schreibst einen Roman, der mit einem Knall beginnt und mit einem ausgerissenen Haarbüschel. Ich weiß nicht, was ich mehr bewundern soll, die Zielstrebigkeit, mit der Du Deinen Roman vorantreibst, oder den Versuch, das Ganze als Leben zu tarnen. Ich habe Deinen Roman wörtlich genommen.
Mit dem, was Du tust, hast Du nichts anderes vor als einen

Mord an mir. Es geht nicht um Überempfindlichkeiten, ich kann es vertragen, daß ein Glas Tee über meinem Kopf ausgeschüttet wird, ein Schlag vor die Brust bringt mich nicht um. Ich habe keine Angst davor, Dein Liebhaber zu sein. Ich verstehe grundlosen Zorn.
Aber Du hast eine Grenze überschritten. Es gibt gar keinen Begriff für das, was Du tust. Du schreibst ein Buch in der Wirklichkeit. Du machst genau das in der Wirklichkeit, was Du und ich, was wir sonst nur in Büchern machen. Auch ich habe Mordphantasien, auch ich bringe Menschen im Buch um. Du willst mich in der Wirklichkeit töten. Nicht, indem Du mich verletzt, nicht, indem du mich dazu bringst, mich selbst zu verletzen. Du willst mich umbringen, indem Du mich abschaffst. Zugunsten des Jungen aus Pototschings Manuskript. Er soll an meine Stelle treten. Du planst das perfekte Verbrechen! Der Junge aus Pototschings Manuskript nimmt meinen Platz ein, und es fällt gar nicht auf, daß ich nicht mehr da bin. Niemand kommt auf den Gedanken, ihn und mich auseinanderzuhalten, so wie niemand Laura und Lisa auseinanderhalten kann.
Ist es Herabsetzungslust, ist es Zerstörungsdrang, ist es einfach nur böse? Leidest Du, leidet Pototsching für die Sünden der Menschheit, muß ich mit Euch mitleiden? Warum bin ich Euer Opfer? Warum seid Ihr meine Ermordungskommission? Es fehlt nur noch, daß Ihr zu mir sagt, es paßt doch gar nicht zu mir, umgebracht zu werden. Getötet werden oder Überleben als Charaktereigenschaft – warum nicht?
Deine Freiheit ist meine Niederlage.

Mit bestem Gruß, Dein …

Bis zu dem Treffen mit Pototsching in der Cafeteria des Pergamon-Museums hatte Laura keine empörenden Gedanken geäußert. Sie hatte nie etwas Unerhörtes gesagt.
Die Literatur, die Laura vorschwebte, war ein Monster an Korruptheit, Vulgarität, Eitelkeit und Geilheit. Ihr Buch stellte eine Haßform dar.
Ich wußte nicht, ob mir wirklich Mordphantasien galten. Vielleicht übertrieb ich, um von mir abzulenken. Aber ich wußte, daß Laura das Schreiben haßte. Das traf mich, und es schmerzte mich.

unter Anklage Abtanz-Knall der Feind in seinem Buch aus dem Lexikon der Zukunft Tabubruch und Tabuverlangen der Knall und der Tod die Meute der Deuter nach dem Urteil ausliefern! wetterfest die Verlagsfrage trotz Bedenken Pototsching, der Spezialist des Undeutlichen der Dichter und sein Bärenführer gegen das Schreiben schreiben Tabuschranken Auslieferung eines Lebens ein Sturm gegen das Schreiben wenn das Schreiben entgleist führt das Leben die Feder das Spiel mit dem Feuer meine Sehnsucht nach Normalität keine Sonderbehandlung

Ich schickte weder den Brief noch die SMS an Laura ab.

Träumeträumer:	»Gibt es den direkten Weg vom Gefühl zum Universum?«
Meine Bücher:	»Es gibt keinen Weg vom Gefühl zum Universum, an dem nicht Gehirn oder Wahrnehmung kleben.«
Träumeträumer:	»Gibt es den direkten Weg des Gefühls zu Laura?«
Meine Bücher:	»Du bist dieser Weg. Warum fragst du?«

Träumeträumer: »Sind alle meine Gefühle echt?«

Meine Bücher: –

Träumeträumer: »Ihr freßt die Liebe in euch hinein, kotzt sie wieder aus, freßt sie wieder in euch hinein und kotzt sie wieder aus.«

Meine Bücher: »Fragend, was Lieben bedeutet.«

Träumeträumer: »Ich drehe das Ganze eine Drehung weiter.«

Meine Bücher: »Versuchst du nicht, indem du uns fragst und denjenigen, der du warst, bevor du sie trafst, deine Liebe zu verstärken?«

Träumeträumer: »Klar.«

Meine Bücher: »Gibt es einen Unterschied zwischen Lieben und Liebe?«

Träumeträumer: »Wenn man die Personen und die Gegebenheiten zu sehr respektiert, kann man ihnen die Liebe nur als eine Dimension der Erahnung hinzufügen. Man kann lieben und trotzdem den Zusammenhang nicht wahrnehmen. Es reicht, wenn man die einzelnen Gegebenheiten, die einzelnen Personen sieht. Wenn man sich jedoch zusätzlich überlegt, wie der Zusammenhang aussieht, gibt einem das natürlich mehr. Die Liebe ist diese ganzen Überlegungen, damit am Ende alles funktioniert.«

Meine Bücher: »Du sitzt auf einem Stuhl und liest, du gehst nach rechts und erhängst dich, rewind, die Leiter, auf die du dich gestellt hast, nachdem du dir die Schlinge um den Hals gelegt hast, richtet sich wieder auf, du gehst zu deinem Stuhl zurück, du liest, du gehst nach links und erschießt dich, rewind, die Kugel kehrt wieder in den Lauf der Pistole zurück, du sitzt wieder auf deinem Stuhl und liest.«

Träumeträumer: »Füllt meinen Mund mit Erde und steckt eine Pflanze hinein.«

War da draußen wer?
Die Stärke eines Signals nahm umgekehrt proportional zum Quadrat der Entfernung ab. Eine Empfangsantenne, deren effektive Fläche im Verhältnis zum Quadrat der Wellenlänge sehr groß war, empfing Signale aus einem sehr engen Raumwinkelbereich. Wurde eine solche Antenne auf den Sender gerichtet, vermochte sie, einen großen Teil der Signalleistung aufzufangen. Der Sender konnte das Signal mit entsprechend geringerer Energie an den Empfänger senden.
Doch das funktionierte nur, wenn die Empfangsantenne in die richtige Richtung wies.
Ich aß jeden Tag einmal im Borchardt, ich durchstreifte jeden Tag das Pergamon-Museum, und ich kaufte jeden Tag etwas in den Galeries Lafayette.
Während ich den Beleg für das T-shirt unterschrieb, das ich ausgewählt hatte, fiel mein Blick auf meine Schuhe. Draußen regnete es in Strömen, ich erinnerte mich gar nicht, in eine Pfütze getreten zu sein, trotzdem war mein linker Schuh mit Schlamm überzogen und das Hosenbein schmutzbesprenkelt, ein Auto mußte mich angespritzt haben. Ich schämte mich, so schmutzig zu sein.
»Was tust du hier?«
Hatte ich Laura gefragt, oder hatte Laura mich gefragt?
Lauras Haare klebten am Kopf, die ausgeblichene braune Hose schlotterte durchnäßt, ihr Hals und der Ansatz ihrer Brüste glänzten feucht, selbst die ärmellose rostrote Lederweste hatte sich mit Wasser vollgesogen.
»Einkaufen.«
Hatte ich geantwortet, hatte Laura geantwortet?
»Ich hatte gehofft, dich zu treffen.«
Lauras Stimme sprach aus, was ich dachte.

»Ich brauche deine Hilfe.«
Laura legte die Stirn in tiefe Falten und öffnete den Mund weit, aber nur der Rand der oberen Zahnreihe wurde sichtbar.
Ich schüttelte den Kopf.
Laura öffnete den Mund noch weiter, trotzdem entblößte sie lediglich noch den Rand der unteren Zahnreihe. Ihre Lippen waren weiß wie Papier.
»Pototsching hat gesehen, wie ich dich schlug, er rief Guggeis an, was das solle, warum man ihm eine solche Komödie vorspiele, und er hat gedroht, den Verlag zu wechseln, andere Verlage würden ihn mit Handkuß nehmen.«
Die unendlich vielen Falten um den Mund und auf den Wangen ließen an das Gesteinsgeäder einer Statue im Museum denken. Aus dem Rechteck des Munds kamen die Worte »Guggeis ist jetzt wütend auf mich, er glaubt, ich habe ein Spiel gespielt, ich wollte euch beide gegeneinander aufbringen.«
Laura streckte die Arme vor sich und preßte die Hände gegeneinander, als ob sie eine Waffe hielte.
»Ich lebe nur von dem Vorschuß, den er mir für mein nächstes Buch bezahlt, ich könnte ihn nie zurückzahlen.«
Laura stieß einen Laut aus. War es ein Seufzer, war es ein Schrei?
Erleichtert legte Laura den Kopf zurück und strich sich die nassen Haare aus dem Gesicht. Auf einmal schien sie einen unglaublich kräftigen Hals zu haben, wie eine Leichtathletin oder sogar wie eine Gewichtheberin.
Guggeis komme wieder nach Berlin, er wolle mit ihr sprechen, ihre einzige Chance bestehe darin, daß sie mich mitbringe, ich müsse ihm bestätigen, daß ich das Manuskript zu Ende schreiben wolle.

König Mswati hatte wieder geheiratet. Als LaMagongo wurde seine neue Frau Königin Nummer neun. Mswati war erst kurz über dreißig, sein Vater Sobhuza hatte es nicht nur bis zum weltweit am längsten regierenden Monarchen gebracht, sondern auch zu hundertzwanzig offiziellen Königinnen, dazu kamen rund vierhundert Geliebte. – Die Emakhosikati, die Frauen des Königs, unterscheiden sich allerdings sehr von ihren Vorgängerinnen. Jede der Königinnen führt ihren eigenen Haushalt, die Kinder besuchen Privatschulen in der Hauptstadt Mbabane. Der König von Swasiland wählt seine Königinnen aus mächtigen Clans aus und sichert sich dadurch die Unterstützung der einflußreichsten Stämme. Die erste Frau, die ein Swasikönig heiratet, stammt immer aus der Familie Matsebula. Nach der Hochzeit setzt jede königliche Gemahlin ihrem Namen die Silbe *La* voran und erhält dadurch den Titel der Königin, den sie bis zu ihrem Tod führt. Die First Lady, die Königin LaMatsebula, bekam im Lauf der Zeit die Damen LaMotsa, LaNgangaza, LaMbikiza, LaMagwaza, LaMasango und LaHwala als Gesellschaft. Letzten Monat hatte der König LaGija geheiratet und diesen Monat eben LaMagongo.

Ich fragte Laura, wann König Mswati den Thron bestiegen habe, sie gab an, vor etwa fünfzehn Jahren, ich rechnete und bemerkte, wenn der Sohn so langsam weitermache, werde er mehr als zweihundert Jahre benötigen, um auf die Anzahl der Ehefrauen seines Vaters zu kommen.

Sie fuhr fort, bei offiziellen Besuchen im Ausland werde der König von Swasiland immer nur von einer seiner Königinnen begleitet. Um Ärger unter seinen Ehefrauen zu vermeiden, achte er darauf, daß jede von ihnen an die Reihe komme. Ich fragte, welcher Religion König Mswati an-

hänge, sie antwortete, er sei Christ. Mit seiner Haushaltsführung wolle er die kulturelle Tradition seines Landes aufrechterhalten. Königin LaNgangaza habe im vergangenen Jahr in Südafrika erfolgreich ein Jurastudium abgeschlossen. Königin LaMbikiza arbeite in einer Wohltätigkeitsstiftung. Königin LaMagwaza sei Malerin und habe kürzlich ihre Bilder für einen guten Zweck versteigert. Königin LaMasango habe in Berlin Informatik studiert.
Vor zwei oder drei Jahren hatte Laura für eine Reinigungsfirma abends in einer Universitätsbibliothek geputzt, dabei hatte sie die Studentin Masango getroffen und sich mit ihr angefreundet. Sie duldete es, daß die Studentin Masango weiterarbeitete, während sie saubermachte. Danach gingen sie zu McDonald's oder in eine Bar. Die Studentin Masango kam aus einer bedeutenden Familie in Swasiland, es stand fest, der König würde demnächst entweder sie oder ihre Schwester zur Frau nehmen.
Eines Tages sprach der Bibliotheksleiter Laura an, in der Bibliothek werde sehr viel gestohlen. Er kannte die Studentin Masango, er wußte, sie verbrachte Abende in der Bibliothek, während Laura dort putzte, vielleicht hielt er es auch für möglich, daß sie, Laura, die Bücher entwendete. Sie erklärte dem Bibliotheksleiter, die Studentin Masango komme aus einer vermögenden Familie und habe es nicht nötig, Bücher zu stehlen. Sie selbst sei Schriftstellerin und interessiere sich nicht für die naturwissenschaftlichen und mathematischen Bücher in der Abteilung, zu der sie Zugang hatte.
Als Laura die Studentin Masango doch überwachte, bemerkte sie, wie sie beim Verlassen der Bibliothek mehrere Bücher in ihrer Einkaufstasche verschwinden ließ.
Laura folgte ihr unauffällig. Zu einem Plattenbau in Fried-

richshain. Nachdem die Studentin Masango das Treppenhaus betreten hatte, ging Laura an das Klingelbrett. Die Studentin Masango wohnte im obersten Stockwerk. Dort leuchtete im Fenster unmittelbar neben dem Treppenhaus Licht auf.

Laura erzählte niemandem, was sie beobachtet hatte. Und es gelang ihr auch nicht, die Studentin Masango noch einmal dabei zu ertappen, wie sie Bücher stahl. In diesen Tagen wechselte auch der Direktor der Bibliothek, der neue benahm sich so arrogant gegenüber dem Personal, daß Laura ihn nicht fragte, ob sich die Bücherdiebstähle fortsetzten. Wiederholt inspizierte sie die Einkaufstasche der Studentin Masango, während diese zum Händewaschen ging, aber sie fand keine Bücher. Es kam soweit, daß sie selbst nicht mehr sicher war, ob sie wirklich gesehen hatte, wie die Studentin Masango Bücher verschwinden ließ.

Eines Abends verabschiedete sich die Studentin Masango, sie müsse in einer Familienangelegenheit zurück in ihr Heimatland. Sie werde nicht lange bleiben, sie werde wiederkommen und ihr Diplomexamen ablegen. Ein paar Wochen später las Laura zufällig unter den Faits divers eine Notiz über den König von Swasiland, der gerade geheiratet hatte, die Königin hieß LaMasango. Darauf ging sie noch einmal zu dem Plattenbau in Friedrichshain, an der Klingel stand immer noch der Name Masango.

Das gesamte Gebäude war eingerüstet. Im obersten Stockwerk konnte Laura einen Durchbruch im Treppenhaus ausmachen. Sie folgte einem Bewohner oder einem Besucher, fuhr mit dem Lift hoch und fand, daß sie tatsächlich vom Treppenhaus das Gerüst betreten konnte. Die Arbeiter machten gerade Mittagspause auf der Straße.

Weder Rolläden noch Gardinen behinderten die Sicht. Das

Appartement der Studentin Masango maß nicht mehr als zwanzig Quadratmeter, das Bad neben der Eingangstür besaß keine Außenfenster.
Das Appartement war eine einzige Bücherhöhle. Es gab nur drei Möbel: an der Wand gegenüber dem Fenster eine noch mit Bettwäsche überzogene Schlafcouch, daneben einen alten zerschlissenen Ledersessel, davor einen kleinen flachen Tisch mit einer Leselampe. Die Bücherstapel ließen nur einen schmalen Korridor vom Eingang zu der Schlafcouch frei, an den Wänden erreichten sie die Decke. Sie erkannte die Markierungen der Universitätsbibliothek, viele Bücher wiesen Kennzeichnungen aus anderen Bibliotheken auf.
Gegenüber der Tür zum Badezimmer befand sich eine kleine Kochnische mit Herd, Spüle und Kühlschrank. Der Kühlschrank stand offen, selbst im Kühlschrank waren Bücher.
Laura verweilte nicht lange vor dem Fenster, sie kam sich vor wie eine Komplizin. Beim Heruntersteigen warf sie noch einen Blick in die Wohnung darunter, die stand leer, sie ließ sich auf die Knie nieder, um die Decke zu begutachten, an der sie Risse entdeckte. Auf dem Boden lag abgeblätterter Putz.

Wir gingen über den Kurfürstendamm, aber weder Laura noch ich hatten Augen für die Paare oder die Passanten.
Ich sagte ihr, die *Sechste Frau* – so der Titel des nach ihren Aussagen in Fertigstellung begriffenen zweiten Buches, das auf ihren Erlebnissen mit der früheren Studentin und späteren Königin von Swasiland aufbaute – sei ein Organismus, der ständig seine Maske wechsle und dabei exzentrischen Spielregeln folge. Das sei keine Konsequenz davon, daß das Manuskript vielleicht noch nicht abgeschlossen sei oder daß

noch gar nicht feststehe, ob daraus eine Erzählung oder ein Roman werden solle. Es sei auch nicht das Resultat von Unvermögen, von technischen Unvollkommenheiten oder gar einer Schreibhemmung. Die *Sechste Frau* bleibe ein Organismus auch dann, wenn das Buch gedruckt sei, wenn es in den Buchhandlungen liege.

Ich würde nicht anstehen, zu versuchen, die Spielregeln zu erklären oder gar aufzuzählen. Mit einer Ausnahme: Eine Form kann nur dann Gestalt annehmen oder sich verändern, wenn sie gegen einen Widerstand ankämpft. Das Prinzip des Trainings besteht darin, daß Muskeln gegen einen Widerstand arbeiten. Mit den entsprechenden Geräten kann man praktisch jeden Muskel gezielt aufbauen, Aduktoren, Bizepse, Beugemuskeln, Gesäßmuskeln, Brustmuskeln, Trizepse, Quadrizepse und so weiter. Ausdauertraining bedeutet ebenfalls nichts anderes als das Sichabarbeiten des Gefäßsystems an einem Widerstand. Auch ihr letztes Buch sei ein Organismus gewesen, es habe diese Spielregel zum Thema gehabt. Zuviel Kraft muß immer zuwenig Kraft bleiben, wenn sie nicht auf einen Widerstand trifft. Die Unglücks- und Todesfälle stünden nicht für außer Kontrolle geratene Gewalt, sondern für die Leere, die sich ergibt, wenn sich eine Kraft mangels Widerstand nicht identifizieren, nicht definieren kann. Der Junge und später der Sozialarbeiter hätten das Pech, über eine Kraft zu verfügen, der sich nichts widersetzen könne, das sei keine Kraft mehr.

Der Organismus kann nicht in beliebiger Reihenfolge beliebige Masken aufsetzen. Am Anfang steht der Wunsch als roher Trieb, als ungeordnete und nutzlose Energie. Der Embryo während der ersten sechs Wochen nach der Befruchtung, geschlechtsneutral, in einem Niemandsland, die Anlagen warten darauf, daß die Geschlechtschromosomen die Geschlechtertrennung einleiten. Erst danach bilden sich die undifferenzierten Geschlechtsdrüsen entweder zu Eierstökken oder zu Hoden heran. Der Wolffsche oder der Müllersche Gang wird zum Samenbläschen oder zum Eileiter, und der Geschlechtshöcker, ein winziger Gewebewulst, entwikkelt sich zur Klitoris oder zum Penis. Erst nach dieser anatomischen Klärung werden die Sexualhormone Östrogen, Progesteron und Androgen ausgeschüttet, die das Wachstum der geschlechtsspezifischen Organe stimulieren und zugleich andere Organe verkümmern lassen.

Die Disziplin bedeutet die Art und Weise, wie der Organismus die Energie verarbeitet. In der menschlichen Anatomie entspricht ihr das Verdauungssystem. Die in der zugeführten Materie gespeicherte Energie wird kontrolliert und nutzbar gemacht, sie durchläuft den Magen und den Zwölffingerdarm, dort wird sie destilliert, zersetzt und abgebaut.

Die Produktion stellt die Fortsetzung der Verdauungsmetapher dar. Über anale und orale Kanäle gewinnt die Energie die Welt. Die ungeheuren Kräfte des Jungen bildeten den Wunsch ab, alle Möglichkeiten der Entwicklung, der Sozialarbeiter habe eine Aufgabe, den Jungen, der Sozialarbeiter verkörpere die Disziplin, die Freundin des Jungen, die alle Gefühle für sich nutzbar mache, stehe für die Produktion.

Als seine Freundin sich abwendet, verliert der Junge seine übernatürlichen Kräfte. Der Sozialarbeiter habe die unendlichen Möglichkeiten angestrebt, erstarre aber, als sie ihm tatsächlich zuwachsen. Beide hätten von der Produktion geträumt, aber beide wünschten, als sie die Produktion verwirklichten, nichts sehnlicher, als das gesamte System durch Überspringen der Produktionsphase kurzzuschließen: Der Junge und der Sozialarbeiter wollten gleichermaßen in einem endlosen autoerotischen Zyklus zwischen Wunsch und Disziplin oszillieren.

Masturbation, Onanie. Die *Sechste Frau* sei ein Buch über den autarken Organismus. Sie, Laura, und LaMasango bildeten *einen* Körper. Ihr Wissen, daß LaMasango ständig Bücher klaue, ihr Schweigen darüber, ihr Nichtstun, als sie schließlich die Bücherhöhle, die Bücherhölle von LaMasango sehe, stelle einen endlosen mechanischen Masturbationszyklus dar.

Sie verberge sich in einem doppelten Boden, darüber lasse sie LaMasango gehen, und sie masturbiere bei der Vorstellung, daß LaMasango die Bücher aus dem Regal nehme und in ihre Tasche stecke. Immer wieder fielen LaMasango Bücher aus der Hand und durch den Boden hindurch, aber es gelinge ihr nicht, auch nur ein einziges aufzufangen. Das Wissen und das Beobachten von LaMasango, natürlich wisse LaMasango, daß sie beobachtet werde, tuckerten wie Maschinen dahin.

Die *Sechste Frau* versuche, sich abzuschließen. Dieser Wille durchdringe alle Winkel ihres Körpers. Saubermachen, Bücher stehlen, Bücher nach Hause tragen, saubermachen – indem sich der Zyklus pulsierend wiederhole, entweiche Flüchtiges: Aufzeichnungen, ein Manuskript.

Die Bücher der Bibliothek seien Prothesen und Implantate, die ihren und den Körper LaMasangos ersetzten und erweiterten und ihn zu dem einen Organismus vereinigten. Die Bücher öffnen die Körper, um Lebendiges und Künstliches zu verschmelzen, sie verschließen die Körper, in der Höhle LaMasangos werden sie selbst zu beheimateten Körpern.

Die *Sechste Frau* biete die Vision des perfekt gestylten Körpers, schwarz und weiß zugleich, proletarisch und königlich, literarisch und naturwissenschaftlich intelligent. Um zu diesem Körper zu kommen, unterzögen sie und LaMasango sich der Tortur eines extremen Konditionstrainings. Sie dopten sich mit Cocktails aus Mißtrauen und Vertrauen, aus Weg- und Hinsehen, aus Freundschaft und Feindschaft, aus Zuneigung und Verschmähung. Ihnen beiden gemeinsam sei der Wille, das menschlich Unmögliche innerhalb der menschlichen Grenzen des Körpers zu realisieren, dabei würden die Grenzen des Körpers immer weiter hinausgeschoben, auch mit umhüllenden Organen.

Sie, Laura, und LaMasango stellten die beiden Endpunkte eines Kontinuums dar. LaMasango richte alle Kräfte nach außen, sie alle Kräfte nach innen. LaMasango veredle ihren Körper mittels Prothesen und begebe sich in ein künstliches Organ. Sie implantiere die Bücher, alles, was sie über LaMasango wisse. LaMasango wolle in einer maßlosen Einswerdung die gesamte Außenwelt verschlingen, sie strebe danach, die Außenwelt mit Hilfe eines Willensaktes zu beherrschen. Sie und LaMasango seien zwei Formen des Wunsches, sie bildeten ein Gleichgewicht zwischen Explosion und Implosion.

Die *Sechste Frau* verkörpere auch eine Verfolgungsjagd. Sie, Laura, versuche, die alltägliche Abfolge des Bücherklauens zu unterbrechen, sie wolle LaMasango durchlöchern, wogegen LaMasango sie mit der Bücherhöhle erdrücken wolle.

Den Mann von LaMasango gebe es nur in der Zeitung und ganz weit weg. In Swasiland könne sie mit ihrem Mann nur fiktive Kinder haben. Ihre wahre, ihre wirkliche Gebärmutter sei ihre Wohnung hier in Berlin. Sie, Laura, werde noch oft zu der Bücherhöhle zurückkehren, wenn nicht in der Wirklichkeit, dann in ihrem Buch, die Bücherhöhle deute die Möglichkeit einer Empfängnis durch Parthenogenese an, eine Art jungfräulicher Empfängnis. Indem sich die menschliche Fortpflanzung in den Bereich des Göttlichen erhebe, werde die Bücherhöhle zur Zone des Unmöglichen, zum Jenseits der Leistungsgrenze, zum Ausdruck des Verlangens, Göttin auf Erden zu werden.

Wie endet die *Sechste Frau*? In der darunterliegenden Wohnung hängt die Decke durch, als Folge der Belastung durch das Gewicht der Bücher. Die untere Wohnung wird ebenfalls zum Organ. Der Bewohner oder die Bewohnerin muß in der Wohnung etwas herstellen. Vielleicht lädt der Bewohner oder die Bewohnerin LaMasango und Laura ein. Sie basteln etwas zusammen oder spielen ein Spiel, notfalls sogar Scrabble. Sie müssen etwas zustande bringen, am Ende müssen sie ihre maximalen Zustände erreichen. LaMasango wird eins sein mit den Büchern in der oberen Wohnung, mit dem ausgeweiteten Organ, während Laura alle Bücher, die sie jemals lesen und schreiben wird, als Implantate in ihrem Gehirn hat. Sie werden euphorisch sein, weil sie ihre Ziele erreicht haben. Natürlich bleibt offen, ob sie es wirklich fertiggebracht haben, etwas zu produzieren, ob es nicht nur ein gemeinsamer Tagtraum gewesen ist. Das Buch wird sie und LaMasango entlassen, als wären sie zusammengenäht, aber es ist klar, bei der nächsten Gelegenheit reißt die Naht. Der Versuch des gemeinsamen Körpers, an seinem Unbestimmtheitszustand festzuhalten, erweist sich am Ende als vergeblich, es gibt einen Ausweg aus der Oszillation zwischen Wunsch und Disziplin. LaMasango kehrt in ihre Bücherhöhle zurück, dort warten Abgesandte aus der Heimat. Laura trifft in der U-Bahn jemanden, der in ihrem Buch liest. Das Implantat hat sich von ihr befreit,

ist Teil der Außenwelt geworden, hat ihre Innenwelt freigegeben.
Mittlerweile hatte die Dämmerung eingesetzt, die Straßenbeleuchtung hatte sich eingeschaltet. Die Leuchte, unter der wir stehengeblieben waren, begann im Rhythmus eines Blaulichts zu flackern.
Zum ersten Mal kam so etwas wie ein Lächeln in Lauras Gesicht. Die schwarzen Haare der Mutter, die sich ihrem Kind zuwandte, glänzten unter dem stummen Licht, dessen blaue Färbung von der blauen Iris Lauras ausging.
Als das Flackern aufhörte, alterte Laura um zwanzig Jahre. An der Kinnpartie und am Hals erschienen lauter Falten, die Stirn wurde höher, die Lippen schmaler, die Backen fielen ein, die Augen wurden größer, die Nase bildete keine gerade Linie mehr.
Ich wollte laut schreien. Ein Schrei der Erleichterung, der zugleich Angst ausdrückte. Was jetzt kommen würde, war noch weniger vorhersehbar als das, was sich bisher zugetragen hatte. Ein Schrei, der sie anklagte, eine Maske zu sein, gleichzeitig eine Entschuldigung für diese Anklage. Denn es gab keine Maske, hinter der sie sich verbergen konnte.
Den Kopf leicht zurückgeneigt, sah Laura mich an, als habe sie den Schrei gehört, den ich nicht ausgestoßen hatte. Sie sinnierte über den Nachklang in ihrem Kopf. Und sie sagte, ihre Lippen waren dazu gemacht, daß sie sprechen konnte, ohne sie zu bewegen, jetzt begriff ich, warum ihre Ohren so klein waren, wären sie größer gewesen, es wäre aufgefallen, daß die Lippen beim Reden unbeweglich blieben, die kleinen Ohren erzeugten beim Zuhörer den Eindruck, sie bewege doch die Lippen, »ich bin es leid, gegen meine Gefühle anzukämpfen«.

Bis ich Laura in den Galeries Lafayette getroffen hatte, waren alle meine Gefühle in gleichberechtigter Wechselwirkung miteinander gestanden, kein Gefühl hatte die Oberhand über das andere gehabt. Natürlich schwankte die Hintergrunddichte, natürlich gab es Überbleibsel aus früheren Leben, aus früheren Büchern. Dieses unkomplizierte Zeitalter hatte ein plötzliches Ende gefunden. Plötzlich besaßen einige Gefühle nicht mehr genügend Energie, um hinreichenden Abstand von anderen Gefühlen zu wahren. Die Gefühle strömten nicht mehr ungehindert durch den Raum, Zusammenballungen bildeten sich, Oasen im sich ausdehnenden Ich, die Schwerkraft potenzierte sich, das Zusammengehen beschleunigte sich. Innerhalb der Zusammenballungen kam es zu Eigenbewegungen. Dabei war ich mir bewußt, die Gefühle im Zentrum der Zusammenballungen wogen nur wenig schwerer als die Gefühle in der Peripherie, je mehr sich mein Ich ausdehnte, desto weniger Raum würden die immer dichteren Ansammlungen von Gefühlen einnehmen. Auch die mächtigsten Ansammlungen von Gefühlen besaßen ursprünglich keine größere Dichte als ihre Nachbarn.
Ich hatte immer gedacht, ein Gefühl muß glühen, lodern. Aber die Hitze verzehrt den Inhalt des Gefühls. Gefühle müssen kalt sein, um Struktur zu gewinnen, um wichtig und groß zu werden. Gefühle können auch leuchten, ohne zu warm zu sein. Der Staub von zerfallenden Gefühlen sammelt sich und beginnt zu blinken.

Guggeis hatte sich für das Wochenende angekündigt, Laura und ich, wir würden uns ihm als Paar präsentieren. Bis dahin durften wir uns jedoch nicht gemeinsam in der Öffentlichkeit zeigen. Pototsching las im Literarischen Colloquium, eine Szene mußte vermieden werden.
In einem Baumarkt besorgte ich mir einen Zollstock, ein großes Eisenlineal, einen großen Eisenwinkel, Sperrholz, eine Säge, weiße sowie graue Farbe und einen Roller. Im Literaturhaus fragte ich nach einem Kellerraum, den ich für handwerkliche Arbeiten benutzen konnte. Ich gab an, ich schriebe ein Theaterstück und müsse ein Modell für das Bühnenbild anfertigen.
Ich hatte bereits eine Barockkirche und zwei mittelalterliche Burgen gebaut, die Fassaden weiß, die Dächer grau, jetzt baute ich ein amerikanisches Farmhaus im Kolonialstil. Der überdachte Eingang befand sich in der Mitte der Vorderfront, rechts und links davon jeweils zwei Fenster, das Obergeschoß stand leicht über das Untergeschoß hinaus, die jeweils zwei Fenster rechts und links über dem Eingang in Dachgauben, über dem Eingang noch eine kleine Dachgaube mit einem kleinen Fenster. Die Fenster stellte ich durch ein flaches, den Eingang durch ein tiefes Relief dar. An jeder Schmalseite des vollkommen symmetrischen Hauses zog ich die Imitation eines Steinkamins hoch.
Das Modell war 230 Zentimeter breit und 120 Zentimeter tief, die Kamine reichten bis zu einer Höhe von 175 Zentimetern. Das fertige Haus ging gerade noch durch die große Eingangstür des Kellers.
Ich arbeitete Tag und Nacht und schlief nur wenig, das Essen ließ ich mir aus dem Restaurant bringen. Einmal ging ich aus, in ein japanisches Restaurant in der Nähe des Potsdamer Platzes, in dem es Sushi auf einem Conveyor belt gab.

Immer wieder blieben Leute vor der verglasten Front stehen und sahen den Gästen beim Essen zu. Plötzlich kam Pototsching auf das Restaurant zu. In Gedanken versunken, blickte er hinein, aber er nahm mich nicht wahr oder erkannte mich nicht, er sah durch mich hindurch wie durch die Glasscheibe. Zugleich überquerte eine Frau in einem roten Kostüm die Straße. Sie besaß brünette Haare, ihre Silhouette glich der Lauras.

Pototsching würde nie und nimmer an einen Zufall glauben.

Ich mußte dafür sorgen, daß Laura mich bemerkte und das Restaurant nicht betrat. Auch wenn Pototsching dadurch ebenfalls auf mich aufmerksam wurde.

Ich stand auf und warf mit einer Handbewegung die Bierflasche meines Nachbarn um und wischte mehrere Sushi-Teller zu Boden. Dann drehte ich mich einmal um die eigene Achse und stützte mich an der Wand ab. Der Nachbar schimpfte, die Bedienung und die Kassiererin liefen zu mir her. Ich schloß die Augen. Als ich sie wieder aufmachte, sagte ich, mir sei für einen Augenblick schwindelig geworden, natürlich würde ich alles bezahlen. Die Kassiererin erkundigte sich, ob sie einen Arzt holen sollte, ich sagte, das sei nicht nötig, es gehe schon wieder. Sie insistierte nicht, sie glaubte, ich sei betrunken. Ich ging mit ihr zur Kasse und zahlte.

Aus den Augenwinkeln heraus sah ich, wie die Frau in dem roten Kostüm das Restaurant betrat und Platz nahm, natürlich war es nicht Laura.

Tags darauf las ich in einer Berliner Zeitung einen Bericht über Pototschings Lesung, mit der Überschrift *Wunschkonzert*. In der Mitte des Artikels ein großes Bild von Pototsching: Verkehrt auf einem Stuhl sitzend, er trug nur ein weites weißes T-shirt. Seine rechte Schulter und sein rechter Arm waren dick bandagiert, jemand verband gerade seinen linken Oberarm, der auf der Stuhllehne lagerte. Er blickte nicht nur sehr jung, sondern auch sehr ratlos in die Kamera.

Er hatte seiner Lesung den Titel *Wunschkonzert* gegeben und alle seine Bücher mitgebracht, die Zuhörer durften auswählen, was er las. Es war zu einer Auseinandersetzung zwischen zwei Besuchern gekommen, der eine wollte ein Stück aus Pototschings letztem Buch vorgelesen haben, der andere aus einem anderen, die beiden waren handgreiflich geworden, Pototsching hatte versucht, den Streit zu schlichten, aber irgendwie hatte es sich ergeben, daß beide zusammen auf ihn losgingen. Einer der beiden Streithähne schwang einen Stuhl durch die Luft, den er Pototsching auf den Kopf schlagen wollte, Pototsching wehrte den Angriff mit dem linken Arm ab, dabei kassierte er die Schnittwunde.

Freitag abend hatte ich das Farmhaus fertiggestellt. Es schützte seine Bewohner, indem es mit seinen glänzend weißen Wänden und seinem grauglänzenden Dach alle Kräfte, die auf es einwirken wollten, wie Lichtstrahlen zurückwarf.

In der Nacht war ich im Traum wieder in dem Sushi-Restaurant, und Laura stand draußen. Sie hatte die Haare blond gefärbt, einen roten Lippenstift aufgetragen und die Augen grün geschminkt. Sie drückte das Gesicht an die Scheibe des Restaurants, der Mund wurde zu einer verbundenen Fläche, der Spalt zwischen den Lippen verschwand, das Kinn stellte die Fortsetzung der Nase dar. Plötzlich nicht mehr geschminkt, streckte sie die Zunge aus dem Mund und preßte sie mit der Unterseite an die Glasscheibe.

Sie stellte sich auf die Zehenspitzen, ihre Schultern waren nackt, sie zog den Mund an der Scheibe entlang, das gab einen großen roten Strich, sie fuhr mit der Backe zurück, das Makeup um ihre Augen hinterließ einen grünen Strich. Vorher hatte sie mich angeblickt, jetzt bewegte sie mit geschlossenen Augen, die Lider faltig und runzlig, das Gesicht hin und her, auf der einen Backe ein großer grüner Fleck, auf der anderen ein großer roter Fleck. Von einem Moment auf den anderen erneut ungeschminkt, riß sie die Augen weit auf und preßte den geöffneten Mund und beide Hände an die Scheibe.

Sie entfernte sich, indem sie mit vorgestreckten Armen weit ausladende Schritte machte. Dabei rief sie etwas, aber man hörte es nicht durch die Scheibe. Sie war nackt, sie sprang immer höher, so hoch, wie ein Mensch gar nicht springen kann, bis sie schließlich aus meinem Gesichtsfeld verschwand.

Ich war nicht mehr derjenige, der ich gewesen war, bevor ich Laura traf. Ich war nicht mehr meine Bücher, alles, was ich jemals geschrieben hatte. Ich war auch nicht mehr der Träumeträumer.

Der ich jetzt war, nahm Gestalt an, er verwandelte sich in Energie, und er nahm wieder Gestalt an, zu einer anderen Zeit, an einem anderen Ort. Die Übergänge machte er nur, um die Menschen nicht zu verwirren. Es schien ihm nicht notwendig, die Gedanken zu verbinden, aber es kam besser an.

Das Jüdische Museum, in dem wir Guggeis treffen sollten, war ein langgestreckter, zu einer Zickzack-Form gefalteter

Körper mit unregelmäßig angeordneten streifenförmigen Fensteröffnungen, als wären sie mit einem Laser aus der Metallfassade herausgeschnitten. Drei Achsen spannten das Gebäude auf, sie sollten die drei Wege des deutschen Judentums symbolisieren. Eine Achse stand für die Vernichtung, sie mündete im leeren, dunklen Holocaust-Turm aus rohem Beton, der Grundriß in der Form eines Keils, der auf die Lindenstraße zeigte. Der Weg in die Emigration als zweite Achse, er führte zwischen das Quadrat der Betonstelen im Exilgarten. Die dritte Achse, die Kontinuität, als Treppe zu den Ausstellungsräumen.

Man konnte das Museum nur unterirdisch betreten, durch das einstige Kammergericht aus der Zeit König Friedrich Wilhelm des Ersten, einen Rokoko-Bau. Der Taxifahrer kannte den Eingang nicht, er setzte uns an der vom Eingang am weitesten entfernten Ecke des Grundstücks ab.

Schon von fern sahen wir auf der Höhe des Holocaust-Turms einen Mann reglos auf dem Boden liegen, ein anderer Mann kniete neben ihm. Die Besucher im abschüssigen Exilgarten konnten die Szene nicht beobachten, Büsche und Bäume versperrten ihnen die Sicht. Der ich jetzt war, wußte, der Mann in dem blauen Anzug hatte einen Herzstillstand, der neben ihm versuchte, ihn mit Herzmassage und Mund-zu-Mund-Beatmung wiederzubeleben.

Der große und kräftige Mann am Boden trug eine runde Brille mit elastischen Bügeln. Der Helfer, ein drahtiger, aber viel älterer Mann in Jeans und einem schwarzen T-shirt, hatte das weiße Hemd aufgeknöpft und die rotgelb gestreifte Krawatte beiseite geschoben, rhythmisch preßte er den Brustkorb, zwischendurch blies er Luft in den geöffneten Mund des Ohnmächtigen.

Mit verschränkten Armen beobachtete Guggeis die Wie-

derbelebungsversuche. Der Mann sei einfach umgefallen, der Helfer sei Arzt. Jemand sei zum Museum gelaufen, um einen Krankenwagen zu rufen.
Plötzlich zuckten die Hände und die Füße des Mannes. Für einen Augenblick hielt der Arzt inne, um dann in seinen Bemühungen verstärkt fortzufahren. Der Mann bewegte Arme und Beine und schlug die Augen auf. Als er den Kopf des anderen über seinem Gesicht sah, schnitt er eine Grimasse. Kniend richtete sich der Arzt auf.
Der Mann schien befriedigt, daß der andere ihm nicht mehr so nahe kam. In dem Blick, mit dem er Guggeis, Laura und mich musterte, verbanden sich Verwunderung und der Vorwurf, wir hätten uns in seine Angelegenheiten eingemischt.
Erst jetzt schien er zu bemerken, daß er am Boden lag. Er setzte sich auf, klopfte den Staub von seiner Anzugjacke ab und wollte sich erheben. Der Arzt drückte ihn an beiden Schultern zurück. Mit einer ärgerlichen Handbewegung in die Richtung des Arztes hub der Mann an, sich zu beschweren, doch der Arzt schnitt ihm das Wort ab.
»Sie haben einen Herzanfall gehabt. Sie müssen sich absolut ruhig verhalten.«
Der Mann runzelte die Stirn und verzog zornig den Mund.
»Das ist unmöglich.«
Er wollte wieder aufstehen, der Arzt hielt ihn erneut zurück.
»Ich bin Arzt, Sie hatten einen Herzanfall, bitte warten Sie, bis der Krankenwagen kommt!«
Unwirsch schüttelte der Mann den Kopf. Mit beiden Händen säuberte er seine Hose, dabei entdeckte er ein Loch im Hosenbein, das hob seine Stimmung nicht. Wütend blickte er erst zu dem Arzt und dann zu Guggeis hin, er wollte etwas sagen, zog es aber dann doch vor, zu schweigen.

Der Arzt hinderte ihn nicht mehr, als er sich jetzt entschlossen erhob.
Seine Bewegungen zeigten keine Unsicherheit, seine Gesichtsfarbe war gesund. Er blinzelte, denn die Sonne blendete ihn.
Der Arzt versuchte es noch einmal mit Überredung.
»Sie hatten einen Herzstillstand, ich habe Sie wiederbelebt –«
Der Mann untersuchte, ob er seinen Anzug noch an anderer Stelle beschädigt hatte.
»Ich gehe dreimal in der Woche ins Fitnessstudio.«
Hilfesuchend wandte sich der Arzt an Guggeis.
»Er hat einen Herzstillstand gehabt! Er muß absolut ruhig bleiben, bis der Krankenwagen kommt!«
Der Mann ließ seinen Blick über die Außenwand des Museums, den Holocaust-Turm und die Betonstelen schweifen.
»Ich bin etwas müde. In letzter Zeit habe ich nicht sehr viel geschlafen. Ich komme direkt vom Flughafen.«
Er fixierte den Arzt und sprach betont langsam.
»Ich spiele Squash, im Winter fahre ich Ski und gehe langlaufen, ich habe keinen Herzanfall gehabt.«
Mit der einen Hand zog er seinen Gürtel zurecht, mit der anderen zeigte er auf den Boden.
»Ich muß gestolpert und mit dem Kopf auf den Boden geschlagen sein.«
Er betastete seinen Kopf, fand weder eine Verletzung noch eine Beule, was ihn jedoch nicht von seiner Theorie abbrachte.
»Es war wie bei meiner Kreuzbandoperation. – Ich hatte mir beim Eislaufen einen Kreuzbandriß zugezogen.«
Nachdem ihm der Arzt nicht mehr widersprach, bedachte er ihn mit einem gelasseneren Gesichtsausdruck.

»Einen Moment, sagte der Anästhesist, und schon war ich im Wachraum. Dazwischen – nichts.«

Der Arzt blickte nervös auf die Uhr, zu Guggeis hin und wandte sich schließlich beschwörend an den Mann.

»Bitte bleiben Sie noch einen Augenblick. Bitte warten Sie auf den Krankenwagen.«

Jetzt in besserer Stimmung, vergab der Mann dem Arzt, daß er ihn aufhalten wollte.

»Ich möchte das Museum besuchen. Schicken Sie die Sanitäter ins Museum.«

Er lächelte den Arzt an.

»Wenn ich einen Herzanfall habe, werde ich als erstes Sie rufen!«

Der Mann setzte sich in Bewegung, der Arzt folgte ihm, traute sich jedoch nicht, ihn wieder zu berühren.

Wie der Mann hörte, daß der Arzt ihm folgte, drehte er sich mit einem wütenden Gesichtsausdruck um und schrie nicht nur den Arzt, sondern auch uns an.

»Das ist lächerlich, mir geht es gut, ich habe keinen –«

Er fiel in sich zusammen.

Diesmal verlor er beim Aufprall auf den Boden die Brille.

Ich blickte zum Himmel, riesige Wolken schoben sich vor die Sonne, ein kühler Wind begann zu wehen, das Wetter schlug um. Die Wolken senkten sich auf die Erde. Bald würde Nebel in Schwaden und Fetzen zu uns herunterziehen.

Der Arzt kniete wieder auf dem Boden, er hatte den Mann auf den Rücken gedreht und unternahm erneut den Versuch der Herzmassage und der Mund-zu-Mund-Beatmung.

Auf einmal hatte ich kalte Füße, als hätte ich stundenlang im Schnee gestanden. Über die Füße kroch mir die Kälte in die Beine.

Ich wollte nicht mehr der letzte Mensch auf Erden sein, um mich verkleidete Besucher von den Sternen und Bilder von Menschen. Ich brauchte keine neuen Polos mehr und auch nicht mehr die nur leicht im Schnitt veränderten Chinos der neuen Saison. Ich würde meine Umgebung entrümpeln, alle Dinge wegwerfen, die nur Ballast darstellten, mich von nebensächlichen Menschen trennen, unwichtige Ideen ad acta legen. Einmal eine große Wegwerfaktion und dann immer wieder kleine, mein ganzes restliches Leben lang. Ich wollte nur noch Wasser trinken, keinen Wein, Bier trinke ich sowieso nicht, keinen Tee, keinen Kaffee, keinen Schnaps.
Mein Leben kein vom Zufall gestaltetes Chaos mehr – mein Leben war weder vom Zufall gestaltet, noch ein Chaos –, sondern eine transparente Konstruktion. Ich wollte nie wieder der Träumeträumer sein, nie wieder meine Bücher, alles, was ich jemals geschrieben hatte, nie wieder derjenige, der ich gewesen war, bevor ich Laura oder Lisa traf.
»Ein Ampere.«
Der Körper des Mannes schien einen Augenblick waagrecht in der Luft über dem Boden zu schweben, der Rumpf, die Arme, die Beine, alles zuckte gleichzeitig.
»Er ist zurück, normaler Sinusrhythmus.«
Das Gesicht Lauras wurde jetzt tatsächlich blau beleuchtet, vom Blaulicht des Rettungswagens, der Fahrer hatte das Martinshorn ausgeschaltet, aber nicht das Licht. Unglaublich schnell hatten die Rettungssanitäter den mobilen Defibrillator ausgeladen, der eine hatte die beiden Kontaktscheiben auf die Brust des Mannes gelegt, der andere eine Blutdruckmanschette angelegt und ihn an ein mobiles EKG angeschlossen.
Der Mann atmete wieder, aber er öffnete die Augen nicht.
»Wie ist der Blutdruck?«

»Achtzig zu sechzig.«
»Nein«, sagte der Mann mit zorniger Stimme.
»Siebzig zu fünfzig.«
»Nein –« Die Stimme des Mannes brach.
Das EKG zeigte eine flache Linie.
Ich würde die Bücher wegwerfen, die mir nicht mehr gefielen oder deren Thesen ich mittlerweile widersprach. Briefe, Fotos, Erinnerungsstücke an Menschen und Situationen, nichts wie fort damit. Höchstens ein Muster pro Person, pro Ort. Wie viele Gedanken dachte ich am Tag, wie viele Gedanken waren die gleichen wie am Tag zuvor, konnte ich mir die Gedanken nicht sparen.
Wenn das Ziel ein Ich war, das Erfahrungen sammelte, ohne sich von ihnen bestimmen zu lassen, und ich hörte nur noch Radionachrichten und abonnierte nur noch eine Wochenzeitung, dann wurden meine Erfahrungen von der Wochenzeitung und von den Radionachrichten bestimmt anstelle von den drei Tageszeitungen, die ich jetzt las. Die Vereinfachungs-, Enträtselungs-, Befreiungsgedanken als Gitterstäbe welchen anderen Kerkers?
Ich rauchte nicht, demgemäß waren mir durchschnittlich sechsundsiebzig Jahre bestimmt und nicht achtundsechzig, allerdings hatte ich keine Ahnung, ob ich ein Mann oder eine Frau war. Ich lebte in einer Millionenstadt, also mußte ich mit einer Verringerung meiner Lebenserwartung um zwei Jahre rechnen. Unverheiratet, mußte ich auf einen Bonus von fünf Jahren für meine Lebenserwartung verzichten, ich hatte das Abitur und studiert, jetzt erlaubte man mir, vier Jahre hinzuzufügen, ich arbeitete nicht im Büro, sondern zu Hause, also brauchte ich nicht drei Jahre abzuziehen, ich wurde noch nie wegen überhöhter Geschwindigkeit geblitzt, dieses Jahr Abzug blieb mir ebenfalls er-

spart. Wenn ich das Leben leichtnahm und glücklich war, durfte ich nochmals mit vier zusätzlichen Jahren rechnen. Guggeis' Stimme schien von weither zu kommen, einmal hoch aus der Luft, ein andermal gedämpft, tief aus dem Boden. Grimmige, kalte Wörter prasselten auf uns ein, nicht herzlich und nicht glücklich, aber im Zusammenhang der Sätze schmähten sie ihre eigene Trostlosigkeit, bedeuteten einen Willen zum Leben, zum Überleben.

Ging es dieser Stimme darum, die Stimme des Mannes in dem blauen Anzug zu übertönen?

»Literaturgeschichte zu begreifen heißt für mich, die Kräfte zu suchen und zu finden, die als Ursachen zu jenen Wirkungen führen, die dann als Bücher der Saison oder Bücher des Jahres vor unseren Augen liegen. Die Kunst des Lesens besteht auch in bezug auf die Literaturgeschichte darin, Wesentliches zu behalten, Unwesentliches zu vergessen. – Am Ende siegt in der Literatur allein das Streben nach Selbsterhaltung. Unter ihm schmilzt das sogenannte Menschliche als Ausdruck einer Mischung von Dummheit, Feigheit und eingebildetem Besserwissen wie Schnee in der Märzsonne. Die Literatur wird im Kampf groß, im Frieden geht sie zugrunde. – Ein Verleger muß die ethischen Argumente seines Autors respektieren. Sie müssen unantastbar sein. Sonst soll der Verleger Kaufmann werden, wenn er das Zeug hierzu besitzt. – Die Bücher sind dem freien Spiel der Kräfte ausgesetzt, nur wer mutig und fleißig ist, erhält ein Bleiberecht in der Literatur zugesprochen. Natürlich kann ich für Bücher, die bei mir erscheinen, ein gutes Wort einlegen.

»Was die Frage der Humanität betrifft, so hat sich schon Moltke dahingehend geäußert, daß diese beim Krieg immer in der Kürze des Verfahrens liege, daß ihr also die schärfste Kampfesweise am meisten entspreche. Es macht keinen Sinn, Absagen zu rechtfertigen. Dem Autor ist jede Ablehnung gleich, er wird nie eine akzeptieren. Lektoren geben oft aus einer Art Freundlichkeit gegenüber den Autoren Gründe für ihre Absagen an, vielleicht auch aus Angst, das Manuskript nicht richtig eingeschätzt zu haben, oder in der Überlegung, sich die Annahme eines späteren, besseren Manuskripts nicht zu verbauen. Niemals führen sie die wirklichen Gründe an.

»Ich benötige nur *ein* Manuskript eines Autors, eigentlich brauche ich nur zwei, drei Sätze, dann weiß ich Bescheid. Angenommen ist angenommen, abgelehnt ist abgelehnt. Es hat noch nie einen Autor gegeben, den ich abgelehnt habe und der bei einem anderen Verlag wirklich groß geworden ist.«

Die Welt ist nicht da für feige Verleger. Guggeis schafft eine Gegenwelt, um sie zu beschimpfen und zu vernichten.

Wie alle Menschen, die dauernd den Willen beschwören, ist Guggeis im Grund willenlos. Ein Phantast, ein Mensch, der mehr in geträumter Wunscherfüllung lebt als in der Wirklichkeit. Aber er ist in der Lage, andere in den Zustand der gleichen Verzückung zu versetzen. Zwischen dem, was er anstrebt, und der Wirklichkeit klafft ein ungeheurer Abgrund, den er nicht überbrücken kann. Seine Autoren schlagen die Brücke zwischen seinen Zielen und der Wirklichkeit.

Er vergrößert seine Macht unablässig. Entwickelt sich die Situation für ihn weniger günstig, weicht er aus, und er gibt sogar nach. Aber verflucht diejenigen, denen es gelingt, ihm etwas abzunötigen. Bei der ersten Gelegenheit, die es ihm erlaubt, werden sie enthauptet. Für Guggeis gibt es nur List, Verstellung, Lüge, Betrug und nichts anderes, er meint, in der Welt müsse es notwendigerweise unmoralisch

zugehen. Seine eigene Unmoral dient einem höheren Zweck, seinem Verlag. Sein Verlag verkörpert die Literatur. Alles korrekte Handeln erscheint ihm als Dummheit.
Guggeis handelte nicht, ich handelte für ihn. Das Chaos rief mich, es bediente sich meiner. Ich witterte den ungeheuren Zusammenbruch, und ich führte ihn aus.

Du bist für mich alles. Du bist für mich das einzige. Lange, bevor ich dir begegnete, sah ich dich im Fernsehen. Bevor ich dich sah, gab es keine Zeit für mich. Nachdem ich dich gesehen hatte, habe ich zum ersten Mal nachgerechnet, wie lange ich mit Pototsching zusammen war. Zwei Mächte ringen in dir. Du beobachtest, du erklärst – so entsteht meine Zeit. Du bringst alles in meinem Leben dazu, anders auszusehen, so daß es scheint, als ob Zeit verflossen ist. Seit ich dich sah, prüfe ich, ob die Fältchen um meine Augen mehr werden, die Falten um meinen Mund tiefer, meine Brüste schwerer, und ich suche meine Scham nach grauen Haaren ab. Du kannst grausam sein, töten, die Seele eines Menschen vernichten. Aber ich weiß, du verschonst mich, wenn ich mich an bestimmte Regeln halte. Pototschings Bücher sind gut, die Manier macht seine Bücher erfolgreich, was in ihnen steckt, würde ohne die Manier besser herauskommen. Deine Bücher haben keine Manier. Ich werde überleben, wenn ich dich respektvoll behandle, wenn ich deine Intelligenz und deinen Geschmack nicht beleidige. Ich werde dir nicht mit Parfüm, Small talk oder durchsichtigen Ambitionen auf die Nerven gehen. Du bist ein Monster, aber ein kultiviertes Monster. Du lebst nach Regeln, die nur für dich selbst gelten, aber diese Regeln sind verläßlich. Du bist für mich die Hoffnung auf Berechenbarkeit in einer unberechenbaren Welt. Deinen Augen unterläuft so gut wie kein Lidschlag. Wenn du mich beobachtest, formst du mich, wenn du mich erklärst, entführst du mich aus der Welt. Ich weiß nicht mehr, war es die Aufzeichnung einer Veranstaltung, oder handelte es sich um eine Sendung mit Einspielfilmen. Du hast aus deinem Buch gelesen. Du liest nicht wie ein Schauspieler, sondern wie ein Autor, und nicht wie ein Autor, der versucht, Schauspieler zu sein. Du hast nur für mich gelesen, für niemand anderen. Du hast aufgeblickt und allein mich angesehen, niemand anderen. Du hast alles gesehen, was in mir ist, alles verstanden. Seit du mich angesehen hast, habe ich eine Liebe in mir, für die es kein Beispiel gibt. Nach der Sendung hatte ich nur ein Ziel: Daß du mir wieder in die Augen siehst. Als ich dich von der anderen Straßenseite aus im Borchardt erkannte, bin ich über die Straße gegangen, ohne auf den Verkehr zu achten, weil ich wollte, daß du mir so schnell wie möglich in die Augen siehst. Als du mir damals in die Augen gesehen hattest, wußte ich plötzlich Dinge, die ich vorher nicht gewußt hatte. Das Manuskript war fertig, ich wollte es abliefern, auf einmal wurde mir klar, daß ich das Manuskript so nicht in Druck geben konnte. Ich schrieb die Nacht durch. Ich mußte keinen Moment nachdenken, alles war in meinem Kopf, ich brauchte es nur in den Computer einzugeben. Je länger du mir nicht in die Augen blicktest, desto sicherer wurde ich, daß die Zeit, auf die ich wartete, anbrechen würde. Du wolltest mich nicht überfordern. Wenn du mir das nächste Mal in die Augen sehen würdest, würde ich wieder Dinge wissen, die ich vorher nicht wußte. Du besitzt die Macht. Du hast schon lange gelebt. Etwas ist in dir, das ist viel älter als du. Vielleicht weißt du das selber gar nicht. Das, was oben ist, ist das, was unten ist. Du mußt gar nichts von deiner Allmacht verstehen. Du übst sie einfach aus. Im Pergamon-Museum hast du es vermieden, mir in die Augen zu blicken. Du hast Pototsching in die Augen gesehen. Ich war enttäuscht und eifersüchtig, deswegen schlug ich dich, verzeih mir. Aber vielleicht bist du gar nicht gleichgültig und auch nicht grausam. Bitte, sieh mir wieder in die Augen … Ich verstehe, daß du mir seither nicht mehr in die Augen geblickt hast – aber du mußt mir wieder in die Au-

gen sehen. Einmal. Irgendwann. Das reicht dann wieder für lange Zeit ... Ich halte es nicht ewig aus, daß du mir nicht in die Augen blickst. Wir bewegen uns in der Zeit zurück. Du hast mich gelehrt, mich in der Zeit vorwärts zu bewegen, die uns rückwärts schreiten läßt. Meine Liebe zu dir ist unsterblich. Ich bin nur ein Wirt für sie. Sie kann niemals getötet oder gefangengenommen werden, meine Liebe zu dir ist ein unsterblicher Mensch, der schon seit langer Zeit lebt, wie du. Meine Liebe zu dir ist das Universum. Das Universum ist meine Liebe zu dir. Beide sind wir in ihm gespeichert. Die ganze Welt ist Ausdruck meiner Liebe zu dir, die Welt endet nie. Es gibt keine Verschwörer, du mußt nicht eifersüchtig sein. Als Lisa dich in meinem Haus empfing, warst du ein schöner Tänzer, ein Danseur noble der alten Schule. Blaß, ironisch, höflich, gingst du gerade, mit gemessenen Schritten. Du blicktest auf ihre Beine, auf ihren Mund, auf ihre Stirn, auf das, was sie anhatte, überall hast du hingeblickt. Aber nicht in ihre Augen. Als sie Pototsching erwähnte, wurdest du plötzlich zum Demi-caractère. Unruhig liefst du im Raum hin und her, machtest einen Buckel, wurdest zum Tier, das Gefahr witterte und lauerte. Keine edle Blässe mehr, keine Blaublütigkeit, hinter deiner Stirn Feuer, Furor. In Gedanken fegtest du über die Bühne, die sie aufgebaut hatte, einen Augenblick gespannt, geduckt, im nächsten geschmeidig, schießend. Wer sonst, wenn nicht ich? Es gibt zwei Zeitalter. Das erste, als du mir in die Augen sahst, und das zweite, nachdem du mir in die Augen gesehen hattest. Das erste Zeitalter ist dasjenige des Beobachtens, das zweite Zeitalter dasjenige des Erklärens. Pototsching liest nicht. Er ist allerdings sehr geschickt darin, das zu verbergen. Sein Lektor stellt ihm die wichtigsten Rezensionen der Bücher zusammen, über die geredet wird, er überfliegt sie und erweckt den Anschein, er hätte alle Bücher gelesen. Er sagt, das bißchen Literatur, das er brauche, schreibe er selber. Dafür begründet er alles, jeden Abschnitt, jeden Satz, jedes Wort, jedes Komma. Er kann nichts schreiben, ohne mir auseinanderzusetzen, warum er es schreibt. Weil ich seine Begründungen nicht mehr hören kann, deswegen kann er nicht mehr schreiben. Meine wahre Zeit begann vor meiner Geburt, sie endete, als ich Pototsching kennenlernte. Wie du in meine Augen sahst, begann meine wahre Zeit erneut. Die dazwischenliegende Periode war eine perfekte Fälschung. Ich, die Freundin Pototschings, war ein Fake. Gerade hat er wieder einen Artikel über Fußball geschrieben. Er hat mir den Text geschickt, einen anderen Absender auf den Umschlag geschrieben, sonst hätte ich ihn nicht geöffnet. Fußballspieler und Ball werden von einem technischen Institut in Erlangen mit Sensoren ausgestattet. Ein Empfängersystem innerhalb des Stadions ermittelt die Positionen von Ball und Spielern jederzeit exakt. Mit den Daten soll der Schiedsrichter bei seinen Entscheidungen unterstützt werden, man kann angeben, ob ein Tor ein Tor war oder nicht, ob der Ball die Linie überschritten hat oder nicht, ob ein Foul im oder außerhalb des Strafraums geschah. Natürlich kann man mit den Daten nach dem Spiel die Taktik einer Mannschaft analysieren. Auf diese Weise lassen sich auch Modellpartien erzeugen. Künstliche Fußballspieler vollziehen auf dem Bildschirm das nach, was die Daten vorgeben. Die Spieldaten, das waren Pototschings Manuskripte, ich war nichts weiter als eine Visualisierung, das Bild eines Fußballers, ein künstlicher Fußballer, vielleicht nach dem Vorbild eines tatsächlichen existierenden. Ein Bild nach dem Bild meiner Schwester. Es gibt die Unsterblichkeit. Meine Liebe zu dir ist unsterblich. Meine Liebe zu dir endet nie. Meine Liebe zu dir ist lebendig, sie vermehrt sich. Meine Liebe zu dir hat sich mit mir verbunden. Sie hätte sich auch mit einem anderen Menschen verbinden können. Ich als sterbliches menschliches Wesen verschmelze auf Dauer mit meiner Liebe zu dir. Das ist eine Geburt von oben oder eine Geburt aus dem Geiste. Natürlich hat meine Liebe zu dir auch eine weltliche Seite, als lebendige Information schlummerte sie in deinen Büchern, in meinem Buch, im Manuskript Pototschings. Wie Jesus mit seinem Gleichnis vom Senfkorn meinte, das zu einem großen Baum wachsen wird, in dem die Vögel nisten können. 1801 schrieb Kleist an seine Schwester Ulrike: »Der Gedanke, daß wir hienieden von der Wahrheit nichts, gar nichts, wissen, daß das, was wir hier Wahrheit nennen, nach dem Tode ganz anders heißt, und daß folglich das Bestreben, sich ein Eigentum zu erwerben, das uns auch in das Grab folgt, ganz vergeblich und fruchtlos ist, dieser Gedanke hat mich in dem Heiligtum meiner Seele erschüttert – Mein einziges und höchstes Ziel ist gesunken, ich habe keines mehr.« Ich habe Germanistik studiert, nicht zu Ende. Am Nachmittag des 20. November 1811 nahmen Kleist und Henriette Vogel einen Wagen und fuhren in das Gasthaus Neuer Krug am Kleinen Wannsee. Dort belegten sie zwei Zimmer, verbrachten jedoch die Nacht schlaflos. Sie unterhielten sich, sie lasen und sie schrieben, um vier und um sieben Uhr morgens ließen sie sich Kaffee bringen. Später bestellte Henriette eine Tasse Fleischbrühe bei der Wirtin, auf deren Frage, ob sie zu Mittag essen wollten, antwortete Kleist mit Nein und fügte hinzu, auf den Abend wollten sie dafür desto besser speisen. Am Vormittag brachen sie in allerbester Laune zu einem Spaziergang auf, der sie später zum See hinunterführte. Danach bestellte Kleist mehrere

Portionen Rum, und sie tranken wieder Kaffee. Mittags schickten sie zwei Briefe mit einem Kurier nach Berlin und erkundigten sich anschließend mehrmals, ob die Briefe die Adressaten wohl schon erreicht hätten. Nachmittags unternahmen sie wieder einen Spaziergang zum See, sie trugen einen abgedeckten Korb bei sich, wie sich später herausstellen würde, befand sich eine Pistole darin. Sie hatten eine weitere Portion Kaffee zum Ufer bestellt. Die Frau des Tagelöhners Riebisch brachte ihnen einen Bleistift. Als sie zum Gasthaus zurückging, vernahm sie einen Pistolenschuß. Kurz darauf ertönte erneut ein Schuß, da lief die Frau zurück zum See, wo sie die beiden Toten fand. Kleist hatte zuerst Henriette ins Herz geschossen, darauf hatte er die Pistole neu geladen und sich selbst in den Kopf geschossen. Am Abend trafen Henriettes Mann ein und der Kriegsrat Ernst Friedrich Peguilhen, ein Freund der Familie Vogel, an die beiden waren die Briefe gerichtet gewesen. Henriette hatte geschrieben: »Mein sehr werter Freund! Ihrer Freundschaft die Sie für mich, bis dahin immer so treu bewiesen, ist es vorbehalten, eine wunderbare Probe zu bestehen, denn wir beide, nämlich der bekannte Kleist und ich, befinden uns hier bei Stimmings, auf dem Wege nach Potsdam, in einem sehr unbeholfenen Zustande, indem wir erschossen da liegen, und nun der Güte eines wohlwollenden Freundes entgegen sehn, um unsere gebrechliche Hülle, der sicheren Burg der Erde zu übergeben. Suchen Sie liebster Peguilhen diesen Abend hier einzutreffen und alles so zu veranstalten, daß mein guter Vogel möglichst wenig dadurch erschreckt wird.« Die nicht an den Werther dachten, nahmen diese Zeilen als zynisch. Henriette Vogel war nicht die erste, mit der Kleist gemeinsam in den Tod gehen wollte, auch mit Carl von Pannwitz, Henriette von Schlieben, Ernst von

Pfuel, Rühle von Lilienstern und Marie von Kleist wäre er gern gestorben. Johannes R. Becher plante 1910 mit seiner Geliebten einen gemeinsamen Selbstmord nach dem Muster Kleists. Sie starb, Becher blieb am Leben, ein Jahr später verfaßte er zu Kleists hundertstem Todestag seine Kleist-Hymne, er ließ ihr noch mehrere Kleist-Gedichte folgen. Yukio Mishima beging 1970 mit zwei Gefährten Selbstmord, wahrscheinlich hat Mishima Kleist gelesen, von »Michael Kohlhaas« gibt es mehrere japanische Übersetzungen. Sollte er ihn nicht gelesen haben, kann ihm Chikamatsu Monzaemon nicht unbekannt gewesen sein, der um die Wende des siebzehnten zum achtzehnten Jahrhundert elf Theaterstücke über den Doppelselbstmord als höchsten Ausdruck gegenseitiger Treue schrieb. Kleist musizierte regelmäßig mit Henriette Vogel, einmal bemerkte er: »Das ist zum Erschießen schön!« Sie fragte ihn, ob er ihr wirklich den größten Dienst erweisen würde, den man von einem Freund erwarten könne. Kleist erwiderte ja, darauf sagte sie: »Wohlan! So töten Sie mich! Meine Leiden haben mich dahin geführt, daß ich das Leben nicht mehr zu ertragen vermag.« Henriette litt an einer unheilbaren Krankheit. Davon erzählte sie Kleist allerdings nichts. Der dachte, seine Leiden seien auch ihre Leiden. Als du mich ansahst, hast du die falsche Zeit ausgelöscht, ich wurde Jahre jünger. Mein Sturz war nicht die Folge eines moralischen Fehlers, er begann mit einem Irrtum. Mir gefielen Pototschings Bücher, ich sah die Welt durch seine Augen, ich nahm seine Augen für die Welt, aber ich kannte ja deine Augen noch nicht. Ich konnte noch nicht wissen, daß die Welt nur aus meiner Liebe zu dir besteht, daß das, was ich für die Wirklichkeit hielt, nur Vorspiegelung war. Ich bin unschuldig. Es ist Pototsching, der mir einredet, gesündigt zu haben. Alles, was in der Welt geschieht, geschieht aus meiner Liebe zu dir heraus. Wenn sich die Welt verändert, dann deswegen, weil du dich veränderst. Die Form meiner Liebe zu dir wechselt, trotzdem bleibt sie gleich. Meine Liebe zu dir ist eine Sprache, die zu lesen du mir beigebracht hast. Ich selbst bin Teil dieser Sprache und natürlich auch du. Ich weiß, du willst mir etwas erzählen, aber ich verstehe es nicht. Vielleicht von einer Frau, die vor langer Zeit starb, aber das ist nur eine Vermutung. Du bist die Aufzeichnung ihrer Existenz, du willst sie nicht vergessen. Du beeinflußt die Wellenlängen meiner Liebe zu dir, um ihre Existenz zu bewahren. Ist das so? Ist es eine Frau gewesen? Alle anderen sind nur Überreste, die Aufzeichnung ihrer Existenz wird von dir auf der niedrigsten Ebene der Realität aufrechterhalten. Ich bin doch kein Überrest? Deine Einsamkeit, deine Qual finden sich in jedem Bestandteil meiner Liebe zu dir, alle Bestandteile meiner Liebe zu dir leben, ich verstehe meine Liebe zu dir, aber ich kann sie nicht lesen. Ich überarbeite meine Liebe zu dir nach bestem Wissen und Gewissen, ich fälsche nichts, es ist nur mein Unvermögen. Ich empfinde deine Trauer mit, ich erfahre sie als Schuld. Du sprichst nicht zu mir, sondern durch mich. Du verbreitest deine Mitteilungen durch mich. Du sollst mein Mann sein, und ich will deine Frau sein. Wenn du mich berührst, wirst du mir in die Augen sehen. Ich werde deinen Gram heilen, deine Trauer mindern, deine Verzweiflung lindern. Ich erfahre deine Gedanken als Ordnung und Neuordnung meiner Welt. Du stellst alle Menschen, alle Gegenstände, alle Ideen um. Das ist eine Sprache, ich weiß, deine Sprache, ich weiß. Ich müßte in der Lage sein, sie zu verstehen, aber irgend etwas ist schiefgegangen. Ich kann die Ordnung nicht deuten. Aus unerklärlichen Gründen kann ich deine Gedanken weder in ihrer äußeren Erscheinungsform entziffern noch in meinem Inneren hören. Etwas ist mit meiner Intelligenz geschehen. Ich bin einsam und von deinen Gedanken getrennt, obwohl ich dein Gedanke bin, obwohl meine Welt nur aus deinen Gedanken besteht. Aber ich weiß: Auf einer Ebene unterhalb des Bewußtseins besteht Kontakt. Deswegen findet mein wirkliches Leben und Sterben unterhalb der Schwelle meines Bewußtseins statt. Du leidest, du bist verwirrt, aber du hast dir aus dir selbst heraus einen Arzt erschaffen, der dich heilen soll. Dieser Teil von dir ist nicht gestört. Du kannst dir gar nicht vorstellen, wie gern ich dieser Teil wäre! Alles wurde ich geben, um dich zu heilen! Ich möchte dir übernatürliche Kräfte verleihen, aber ich bin ja nicht so jung und nicht so blond wie das Mädchen in meinem Buch. Du möchtest in der Luft gehen, das ist dir wichtiger als Kraft. Du möchtest wiedergeboren werden, oben in der Luft. Du möchtest Heilung finden, gesunden, alle verlorenen Fähigkeiten zurückhaben. Die übernatürlichen Begabungen, die du dir als Hoffnung auf ewige Erlösung selbst verliehen hast, unterdrücken dich. Du hast die Gesundheit deines Geistes und die Redlichkeit deines Herzens nicht ausgelöscht. Du hast deine natürlichen Fähigkeiten nicht korrumpiert. Aber du hast dich selbst verstoßen, und zwar so, daß alle Gefühle, die an das glückliche Leben der Seele erinnern, in dir erstickt sind. Die Gnädige, der italienische Priester, der Idiot, deine Eltern – warum hast du die Schule nicht in die Luft gesprengt? Meine Liebe zu dir ist unsterblich. Die Welt, das Universum ist meine Liebe zu dir, sie bestehen daraus. Meine Liebe zu dir hat auch eine Persönlichkeit gezeugt, ich weiß nicht, ob es ein Mensch ist oder nicht. Ich möchte, daß es ein Mensch ist, ich nenne die Persönlichkeit Mensch, aber das ist noch keine Vorentscheidung. Der

Mensch wandert weiter, wenn ich sterbe. Er ist die lebendige Liebe, er vermehrt sich nicht durch Liebe oder in Liebe, sondern als Liebe. Er kann sich mit einem anderen Menschen verbinden. Ich möchte, daß er mit dir verschmilzt, damit du auf diese Weise oben wiedergeboren wirst, im Geiste neu zur Welt kommst. Ich habe es nicht gewußt, aber ich habe geahnt, daß meine wahre Zeit wieder anbrechen würde. Ich habe nie mit Pototsching geschlafen. Lieber schloß ich mich im Bad ein und studierte meinen Körper. Ich war Malerin und Modell zugleich. Man muß keinen gewaltigen speckigen Leib haben, um den Körper als Landschaft mit Hügeln, Schluchten, bläulichen Adern und roten Punkten wahrzunehmen. Während des Studiums habe ich ein paarmal gemodelt. Ein Fotograf machte ein Album von mir, eine Agentur vertrat mich, ich bekam auch ein paar Aufträge. Aber ich wollte kein Model werden, ich wußte, von dem vielen Angesehen-Werden würde ich eine zweite Haut bekommen, das wollte ich nicht. Ich beraubte mich aller Allüren und betrachtete mich wie ein Tier, ich hielt nach Verletzungen und Krankheiten Ausschau. Es ging mir um die Form und die Konsistenz des Fleisches, ich versuchte, es in meinen Blick zu packen, seine Widerspiegelung in meinen Augen zu konzentrieren. Anfangs betrachtete ich mich ganz nackt, später mit Gegenständen. Ich besorgte mir eine Paisley-Krawatte, die ich mir umband, ein andermal kaufte ich eine Rose, die ich vor mich hielt. Die Paisley-Krawatte und die Rose, sie gehörten zu mir wie meine Brüste, wie meine Schamhaare, ich hatte das Gefühl, sowohl die Rose wie die Paisley-Krawatte hätten eine große Rolle in meinem Leben gespielt, aber ich hatte vergessen, welche. Während dieser Zeit schenkte mir Pototsching eine Zimmerpalme, ich stellte sie ins Bad, und die Zimmerpalme ge-

wann sofort die gleiche Bedeutsamkeit wie die Paisley-Krawatte und die Rose. Ich hatte gedacht, wenn ich stundenlang vor dem Spiegel stand, müßte sich eine ungeheure Intimität einstellen zwischen mir und meinem Körper, zwischen meinem Fleisch und mir. Aber das war nicht der Fall. Der Körper war meiner und doch nicht meiner, das Fleisch meins und doch nicht meins. Es gab eine Art Geschäftsbeziehung zwischen mir und meinem Spiegelbild, zwischen mir und meinem Körper, und es ging darum, wie die Gefühle von beiden Seiten diese Geschäftsbeziehung beeinflußten. Ich mußte auf meine Augen achten, dann konnte ich die Gefühle beschreiben, die mein Körper hatte, dann flossen meine und die Gefühle meines Spiegelbilds ineinander. Ich forderte von mir ein Innenleben, das mich beschäftigen konnte, während ich zugleich meine körperlichen Eigenschaften kaltblütig sezierte. Ich besitze keine Vorstellung von dem, was Schönheit ist. Leute, die Vorstellungen von Schönheit haben, da wird mir nur übel. Das Beobachten und das Erklären kamen auf die Welt wie zwei Zwillinge, das Beobachten sollte der Erstgeborene sein, aber das Erklären wurde vorzeitig geboren, das Beobachten hatte sich voll entwickelt, das Erklären war zu kurz im Mutterleib, es siechte dahin. Für jeden Menschen gibt es einen Satz, der ihn heilen kann, und einen anderen Satz, der ihn vernichten kann. Kein Mensch kann für einen anderen Menschen beide Sätze sagen. Du bist die Ausnahme. Du bist dazu fähig, für Menschen, ich weiß nicht, ob für alle Menschen, aber bestimmt für die Menschen, an denen du Anteil nimmst, sowohl den Satz, der heilt, als auch den Satz, der vernichtet, zu sagen. Du kannst es für mich, natürlich kannst du es für Pototsching. Du bist dazu fähig, weil du aus Beobachten und Erklären bestehst. Das Beobachten sagt den Satz, der heilt, das Erklären den Satz, der vernichtet. Kannst du den Satz auch für dich selber sagen? Der sich verschlechternde Zustand des Erklärens schädigt das Beobachten. Das ist der Ursprung des Chaos, des unverdienten Leids. Das Beobachten schickt Beobachtungen ins Erklären, um es zu heilen. Es spielt keine Rolle, ob sich das Erklären selbst erklären kann oder nicht, es will nicht mehr krank sein. Das Beobachten ist gesund, du hoffst, daß du als Beobachtender dich als Erklärenden heilen kannst. Das Beobachten soll im Erklären Gestalt annehmen. Aber das Erklären verfolgt, bekämpft, quält die Figuren, die es beobachten sollen. Du bereitest dich sogar darauf vor, den gestörten Zwilling zu töten. Er erlaubt seine Heilung nicht, denn er begreift nicht, daß er krank ist. Wie kannst du mit dir selbst eins werden? Es gibt nur eine Möglichkeit: die Teilung des Beobachtens in zwei gesunde Teile. Das Beobachten bleibt das Beobachten, aber es muß auch das Erklären ersetzen, an seine Stelle treten. Seine Figuren können dir nicht helfen. Deswegen hast du im Leben gesucht und mich gefunden, mich und meine Liebe. Deswegen hast du mir in die Augen gesehen. Du weißt, für absehbare Zeit bleibt das Erklären lebendig, aber in den Begriffen der Ewigkeit, in denen du existierst, in denen meine Liebe existiert, wird es zerstört und durch den gesunden Zwilling ersetzt, durch das zweite Beobachten. Du leidest unter dieser Zerstörung, unter diesem Tod, denn du liebst beide Zwillinge. Die tragische Geschichte des Todes des Erklärens erzeugt den Schmerz. Aber nicht nur dir, auch mir wird Schmerz zugefügt. In der Ewigkeit meiner Liebe zu dir wird es dir gelingen, den kranken Zwilling durch den gesunden zu ersetzen. Das Beobachten wird siegen. Meine Liebe zu dir ist dazu da, dir siegen zu helfen.

Wir waren beide nackt und lehnten uns an die Innenseiten des Türstocks. Laura drückte ihren Körper gegen die Scharniere, ich war etwas größer als sie, ich sah über sie hinweg, sie blickte mir auf den Hals und auf das Kinn. Wenn ich in ihr Haus gelangen wollte, wenn sie ihr Haus betreten wollte, mußten wir an uns vorbei.

In einem Keller- oder Dachraum ihres Hauses drehte sich etwa einen halben Meter über dem Boden ein Propeller. Fast berührte er die Wände. Der Motor für den Propeller war im Boden eingelassen. Man hörte ihn kaum, man sah den Propeller nicht, wenn er sich drehte. Ich lag nackt auf dem Boden, die Flügel des Propellers durchschnitten die Luft über mir. Laura saß neben mir, ebenfalls nackt, die Beine ausgestreckt, die Arme nach hinten abgestützt, die Flügel des Propellers gingen durch sie hindurch.

Über dem elektrischen Herd gab es einen Wasserschaden. Das Wasser tropfte genau auf die Platte. Laura hatte die Platte angestellt, damit sie das Wasser nicht zu sammeln brauchte. Jeder Tropfen tanzte erst, ehe er verdampfte. Das Wasser tropfte immer gleichmäßig.

Den Rücken zum Innenhof gewandt, blickte Laura die Hauswand an und gab mir Kommandos: »Geh ...«, ich ging vorwärts, »halt ...«, ich hielt inne, »geh rechts ..., geh links ..., dreh dich um ...« Das Hoftor war geschlossen, so daß ich nicht auf die Straße geraten konnte.

Im Kaffeezimmer war für eine Einladung gedeckt, mehrere Tische beschrieben ein Rechteck mit uns in der Mitte. Ich umfaßte Laura, als ob wir einen klassischen Tanz tanzen würden, ich kann nicht tanzen, die Musik spielte, wir blieben unbeweglich stehen.

Ein Tisch im Innenhof, wir saßen uns gegenüber und stützten die Ellbogen auf eine weiße Tischdecke, wir rede-

ten nicht, die Stühle waren weder bequem noch unbequem.
Im Keller lehnte eine Leiter aus rostfreiem Stahl an der Wand, mit Sprossen aus Trockeneis. Auf dem Dachboden lag eine Holzleiter mit Fleischermessern als Sprossen.

Wand vor Wand, Wand vor Wand, Wand hinter Wand, Gang im Raum, Raum im Raum, Gang im Raum, Wand vor Wand, blaue Papierfläche in Wand, Raum im Raum, Raum im Raum, roter Stein hinter Raum, Blei um Raum, Blei im Boden, Licht um Raum, Wand vor Wand, Figur in Wand, Kubus in Wand, schwarzer Stein in Wand, bewegliche Decke unter Decke, Gang im Raum, Wand vor Wand ...

Die Wände des Atelierzimmers glichen Festungsmauern, mehrere Fenster mußten voreinandergesetzt sein.
Das Atelier- wie das Kaffeezimmer waren mittels an der Decke befestigter Leuchtstoffröhren ausgeleuchtet. Durch das gardinenverhangene Fenster fiel nur wenig Licht ins Kaffeezimmer. Ich hatte immer das Gefühl, daß sich der Raum drehte.
Später versuchte ich, die andere Tür des Kaffeezimmers zu öffnen. Es gelang mir nicht, aber ich konnte die Tür mit dem Türstock zur Seite schieben. Ich betrat einen Zwischenraum, zwang mich zwischen engstehenden Wänden hindurch und entdeckte den Drehmechanismus und eine Lampe, die das Fenster von hinten beleuchtete. In dem Zwischengang gab es noch ein Fenster, ich öffnete es und blickte auf ein weiteres Fenster und dahinter auf eine Wand.

Schneide dir
mit einem scharfen Messer
in den Mittelfinger
der linken Hand
iß den Schmerz
knie dich hin
säubere den Boden
indem du bläst
und den Staub
inhalierst
sieben Tage nicht essen
sieben Tage nicht sprechen
sieben Tage nicht lesen, nicht schreiben
sieben Tage kein Fernsehen
sieben Tage kein Telefon, kein Fax, keine Mails
nimm ein Bad
in Mandelöl, iß eine Korianderschote
eine Mandel, einen Löffel
Honig mit Gelée royale
schlafe mit mir

Meine Erinnerungen lesen einander und schreiben einander fort. Jede Erinnerung setzt immer voraus, daß sie die richtige Erinnerung ist, so lange, bis sie überschrieben wird. Meine Erinnerung und ich, wir müssen damit zurechtkommen, daß uns ihr Gegenstand für immer unbekannt bleiben wird.
Mein jeweiliger Charakter koppelt meine Bestandteile für die momentane Verwendung. Meine Erinnerungen bringen mich in eine andere Form, ohne mich zu verbrauchen. Der Unterschied zwischen mir und mir wird immer wieder aufs neue heraufbeschworen. Es kommt auf den Unterschied an

und nicht auf mich. Die Möglichkeit, wahrzunehmen, zu denken oder zu fühlen, setzt voraus, daß die Gefühle, Gedanken, Wahrnehmungen sich nicht selbst aufbrauchen.

Mit dem Rücken an die Wand und das Fensterbrett des mittleren Fensters gelehnt, hockte ich auf dem Boden des Atelierzimmers. Ich sah Laura in die Augen, in ihr blaues und in ihr graues Auge, und über meinem Kopf schwebte ein großer unbehauener Stein. Ich wußte nicht, wie er dorthin gekommen war, was ihn dort hielt, ich hatte entsetzliche Angst, er würde auf mich herabfallen, wenn ich mich hastig oder ungelenk bewegte. Auch dann, wenn ich meinen Blick schnell auf einen anderen Gegenstand richtete.
Der Stein über mir begrenzte mein Gesichtsfeld. Ich sah Lauras Haare, ihre Ohren, ohne entscheiden zu können, waren sie groß oder klein. Ich konnte nicht feststellen, ob ihr Mund rechteckig oder geschwungen war, wie tief die Falten neben ihrem Mund waren.
Ich versuchte, den Stein auf meinem Kopf zu balancieren. Um zu gewährleisten, daß ich mich gerade hielt, preßte ich den Rücken erst an die Wand und dann an das Fenster, während ich mich aufrichtete.
Meine Füße schienen in unglaublich schweren Schuhen zu stecken, ich konnte sie nur minimal anheben. Das Gegengewicht kam der Balance des Steins über meinem Kopf zugute: Ich ging gerade und streckte meine Nase vor wie ein Papagei seinen Schnabel.
Um Lauras Mund spielte ein Lächeln. Begann sie zu sprechen, hob sie den Kopf, um ihn dann seitlich zu neigen. Es gab einen inneren Widerstand gegen das, was sie sagte. Oder besser, es hatte ihn gegeben, denn ihr Lächeln bedeutete, sie hatte den Widerstand überwunden.

Sie sprach artikuliert, ohne die Lippen zu bewegen. Je länger sie redete, desto mehr ging ihr Gesichtsausdruck in den einer freudigen Erwartung über.
Sie wiegte sich in dem, was sie sagte. Immer wieder hielt sie inne, danach bewegte sie sich ausgeprägter, nicht heftiger, das wäre das falsche Wort gewesen. Sie sah mich an, als ob sie von mir etwas erwartete. Sie traute sich nicht, lange zu fordern, nur kurz und heftig, hier war das Wort angebracht, darauf machte sie sofort wieder einen Rückzieher.
Während sie bestimmte Worte aussprach, errötete sie und kniff die Augen zusammen. Ihr Gesicht drückte Ermüdung aus, in ihrer Stimme konnte ich einen Anklang von Überdruß vernehmen. Einmal machte sie eine Bewegung mit dem Kinn, eine Art Protest gegen mich, gegen sich selbst. Dann öffnete sie eine Zeitlang beim Sprechen den Mund ganz weit.
Als ich mit ihr zusammen zu Boden fiel, tat sie sich am rechten Arm weh.
Mit der linken Hand umfaßte sie das rechte Handgelenk und betrachtete den rechten Arm prüfend. Sie ließ den linken Arm sinken und war nicht mehr dazu fähig, den rechten Arm aus eigener Kraft anzuheben.
Enttäuscht legte sie den rechten Arm auf die Knie, beugte sich weit vor und kaute an den Fingern ihrer linken Hand.

Als Kind hatte Laura oft auf die heiße Herdplatte gelangt. Sie riß sich die Haare aus, beim Schneiden der Fingernägel schnitt sie sich absichtlich in die Haut. Einmal stellte sie den linken Fuß vor den Reifen eines anfahrenden Autos, alle Zehen waren gebrochen. Wobei sie nicht wußte, ob sie sich wirklich hatte verletzen wollen, sie hatte überlegt, der

Gummi der Reifen sei weich und daß es nichts ausmachen könne, wenn das Auto über ihre Zehen fuhr.
Nachdem sie sich gestritten hatten, präparierte sie einmal den Sessel Pototschings mit Stecknadeln. Er besaß denselben drehbaren Ledersessel aus schwarzem Leder wie Uwe Johnson, Pototsching sah ein Foto des Arbeitszimmers in einem Buch. Er setzte sich in den Sessel, wenn ihm am Schreibtisch nichts einfiel. Auf das kalte Leder hatte er eine Decke in einem roten Schottenkaro gelegt, sie stellte die Stecknadeln unter der Decke auf. Den ganzen Nachmittag wartete sie auf seinen Schrei, aber ihm fiel etwas ein, er schrieb sehr lange, ehe er sich in den Stuhl setzte ...
Ein andermal goß sie Spülmittel in die Kaffeemaschine. Pototsching machte sich Kaffee und trank eine halbe Tasse schnell herunter. Nachdem er sich auf die Nadeln gesetzt hatte, ging er aus Wut zu einem Arzt, obwohl er keine ernsthaften Verletzungen davongetragen hatte. Über das Spülmittel in der Kaffeemaschine wurde er so zornig, daß er ihr den BH vom Leib riß und ihn zerschnitt.
Sich mit der rechten Hand ans linke Ohr greifend, erzählte sie, früher habe sie auch Ohrringe getragen, sie habe durchstochene Ohren gehabt und immer an den Ringen gezogen oder sie gedreht, oft seien die Ohrmuscheln eitrig gewesen.

Wir waren spät aufgestanden und noch nicht nüchtern. Am Samstag hatten wir ein Spiel der Hertha besucht, ich weiß nicht mehr, gegen wen. Danach ging Pototsching in die Kabine, mit einem der Hertha-Profis hatte er früher in einer Mannschaft gespielt, der lud uns zu einer Feier in ein Gasthaus am Wannsee ein, sie dauerte bis zum Morgen.
Sonntag mittag sah ich dich in einer Sendung von 3Sat. Sofort geriet ich mit Pototsching in Streit. Ich sagte ihm gar

nicht, daß ich den Fernseher wegen dir angestellt hatte, ich hatte irgendwo gelesen, daß du in der Sendung auftratest. Pototsching hat noch nie anerkennende Worte für das Buch eines anderen Schriftstellers gefunden. Während ich über dein Buch sprach, kam mir zu Bewußtsein, daß ich ebenfalls noch nie das Buch eines lebenden Schriftstellers gelobt hatte.

Wir hatten den totalen Durst. Statt zu frühstücken, tranken wir weiter Bier. Je mehr er trank, desto eifersüchtiger und böser wurde er.

Er machte dich nach, wie du zuhörtest, wie du auf Fragen antwortetest, wie du dich in das Gespräch einmischtest, wie du dich verhieltest, als du nicht dran warst. Er hatte gut beobachtet, übertrieb jedoch deine Gesten und deine Art zu sprechen ins Maßlose. Dabei belegte er dich mit wüsten Ausdrücken. Er kennt alle Schimpfwörter der Schweiz und Österreichs, er verwendet sie oft, aber immer mit Ironie, wie Emil oder Qualtinger, diesmal meinte er es ernst, weißer Schaum stand auf seinen Lippen.

Ich fragte mich, was erwartetest du von mir? Sollte ich gelassen bleiben und überhaupt nicht auf das eingehen, was er sagte? Oder würde es dir gefallen, wenn ich meinerseits Pototsching angriff, würdest du es als einen Beweis meiner Liebe nehmen? Nach diesem Gedanken gab es kein Halten mehr. Ich sagte Dinge über seine Bücher, die ich vorher niemals auch nur gedacht hatte. Einmal hatte man ihn ins Aktuelle Sportstudio eingeladen. Er hatte auf die Torwand geschossen, beim allerersten Mal hatte er getroffen, danach nicht mehr, trotzdem hatte er gewonnen. Der Fußballprofi, gegen den er angetreten war, ich weiß den Namen nicht mehr, ich glaube, es war sogar ein Nationalspieler, konnte keinen einzigen Treffer landen. Ich nahm eine der Zeitungen, die neben dem Sofa lagen, knüllte sie zu einem Ball zusammen, legte sie auf den Boden und machte ihn nach, wie er sich den Ball zurechtlegte, wie er auf die Torwand blickte, wie er in allerhöchster Konzentration Anlauf nahm und wie er dann danebenschoß. Ich führte ihm vor, wie er dem Ball nachgeblickt und gehofft hatte, er würde doch noch ins Tor gehen, ich schüttelte ihm die Hand, so wie er zum Abschied die Hand des Moderators geschüttelt hatte, und ich machte eine beifallsheischende Geste in seine Richtung, wie er sie zum Publikum gemacht hatte. Der Auftritt im Aktuellen Sportstudio beförderte die Auflage seines aktuellen Buches noch einmal gewaltig, Guggeis hatte vorher alle Buchhändler angeschrieben. Ich schnitt auch eine Grimasse, mit der ich ihn an sein Foto in der Bild erinnerte.

Dann kackte die Party ab. Ich konnte mich an einzelne Sätze aus dem Artikel erinnern. Als ich sie zitierte, sprang er auf. Ich dachte, er wolle mich schlagen, ich hielt die Hände schützend vors Gesicht und machte die Augen zu. Er faßte mich an beiden Händen und drehte mir die Arme auf den Rücken. Mit einer Hand hielt er meine Hände zusammen, mit der anderen zog er mir die Hose herunter, öffnete seine und drang im Stehen von hinten in mich ein.

Ich weinte und schluchzte und schlug mit den Händen nach hinten aus. Aber ich wehrte mich nicht wirklich. Wenn ich es hätte verhindern wollen, hätte ich es verhindern können. Ich hätte ihm die Ellbogen in den Magen oder in den Unterleib stoßen, ihn treten müssen.

Ich sagte nichts mehr, er sagte nichts mehr. Ich sah ihn nicht an, er sah mich nicht an. Wenn er nicht dagewesen wäre, ich glaube, ich hätte mich vor dem dunklen Fernseher auf den Boden geworfen und dich um Verzeihung angefleht. Ich war dir untreu geworden, und ich hatte Angst, daß du mich nie wiedersehen wolltest. Eine Scheiße wie zwei Garagen.

Die Angst erzeugte eine ungeheure Wut in mir, zuerst auf mich selbst, aber dann sofort auf Pototsching. Ich gab ihm mehrere Faustschläge gegen Kopf und Hals. An seinem Kinn platzte die Haut auf, ich verletzte ihn auch an der Unter- und an der Oberlippe, seine Zähne kamen nicht zu Schaden. Die Risse in den Lippen bluteten stark.

Pototsching schrie, ich solle aus dem Haus verschwinden, und er drohte damit, die Polizei zu holen. Er wollte auf die Straße laufen, ich holte ihn im Treppenhaus ein und zerrte ihn zurück.

Das wiederholte sich drei- oder viermal.

Ich weiß nicht, warum ich ihn davon abhalten wollte, die Polizei zu rufen, schließlich hatte er mich vergewaltigt, erst dann hatte ich ihn geschlagen.

Wenn er es hätte verhindern wollen, hätte er verhindern können, daß ich ihn fesselte. Ich führte die Schnur von den Händen zum Hals, solange er die Hände stillhielt, konnte er atmen, wenn er die Hände bewegte, würde er sich strangulieren. Ich pappte ihm Klebeband auf den Mund, seinen Kopf umwickelte ich mit einem Tuch.

Ohne Widerstand zu leisten, ließ er sich zu dem Uwe-Johnson-Sessel führen. Dort machte er allerdings Anstalten aufzustehen, ich wollte nicht, daß er sich strangulierte, also band ich ihn an der Stuhllehne fest.

Das Klebeband löste sich, er rief um Hilfe, ich nahm ein weiteres Tuch und klebte es ihm mit Klebeband auf das Gesicht.

Von beiden Tüchern konnte er sich befreien, um durchdringend zu kreischen und mit den Füßen auf den Boden zu trampeln. Als ich einmal das Zimmer verließ, ich weiß nicht

mehr, ob ich auf die Toilette mußte oder ob ich ein neues Bier holte, kippte er mit dem Sessel um, ich stellte ihn wieder auf.
Nun beschimpfte er mich. Ich holte ein Fleischermesser aus der Küche und hielt es ihm an Hals und Mund. Ich schrie ihn an, er solle endlich ruhig sein, und drückte das Messer an einen Mundwinkel.
Er rief, ich will nicht mehr, töte mich doch, bring mich doch um. Da ließ ich das Messer auf den Boden fallen.
Seltsamerweise wurde mein Haßgefühl stärker, als er nicht mehr schimpfte, sondern nur noch wimmerte. Erneut ging ich in die Küche und entnahm den Schubladen wahllos Instrumente, einen Schraubenzieher, einen Dosenöffner, einen Korkenzieher, einen Schneebesen, einen Trichter.
Den Trichter steckte ich ihm in den Mund. Ich drückte seinen Kopf nach hinten, aber der Trichter fiel immer wieder heraus. Mit dem Schneebesen fuhr ich ihm in die Hose und drehte ihn mehrmals um. Den Schraubenzieher stach ich ihm durch seine Jeans hindurch in die Oberschenkel, mit dem Dosenöffner schnitt ich Streifen in die Jeans. Ich tat so, als wolle ich ihm den Korkenzieher in den Nabel treiben, dabei verletzte ich ihn allerdings nicht.
Auf dem Fensterbrett lag eine Fliegenklatsche, damit schlug ich ihn auf beide Ohren, ein Trommelfell platzte, ich glaube, das rechte.
Ich besprühte seinen Kopf und seinen Oberkörper mit Schlagsahne aus einer Spraydose, dann setzte ich mich vor ihn auf den Boden.
Er jammerte genauso wie vorher, nicht mehr, nicht weniger. Mein Haß auf ihn wurde noch größer. Warum versuchte er nicht, sich loszureißen? Warum ließ er sich das gefallen? Es hätte genügt, wenn er mit fester Stimme gesagt hätte, hör

auf mit dem Unsinn. Ich hätte ihn auch dann befreit, wenn er mich bedroht hätte, wenn er gesagt hätte, dafür bring ich dich um. Aber ich ließ ihn gefesselt, weil er nur flennte.

Im Atelierzimmer nahm ich ein Exemplar seines neuen Buches vom Stapel. Ich riß die Seiten heraus und ließ sie über ihn regnen, die ersten Seiten blieben an der Schlagsahne kleben, die folgenden fielen zu Boden. Ich machte einen Schneemann aus ihm, mit einem Mantel, der sich auf dem Boden ausbreitete.

Er hörte nicht auf zu klagen.

Ich trank weiter, ich kann mich nicht erinnern, vorher oder nachher jemals so viel getrunken zu haben wie an diesem Sonntag. Schließlich wollte ich ihn nicht mehr sehen und legte mich in der Liebeslaube, so heißt das Gästezimmer, aufs Bett.

Ich wachte auf, als er mich anfaßte. Völlig benommen, wußte ich im Augenblick nicht, wo ich war und was mit mir geschah. Er hatte es doch geschafft, sich der Fesseln zu entledigen. Ohne ein Wort zu sagen, warf er mich einfach aus dem Bett auf den Boden, beim Versuch, mich mit der Hand abzustützen, brach ich mir das rechte Handgelenk.

Dem Arzt in der Notaufnahme erzählte ich, ich sei in der Wohnung gestürzt. Ich sagte ihm, daß ich zum Mittagessen Bier getrunken hatte, natürlich hielt er mich für eine Alkoholikerin.

Meine Hand hing leblos herunter, die Speiche hatte die Haut durchstoßen und stand hervor, ein sogenannter Bajonett-Bruch. Man mußte mich aus dem Sweatshirt herausschneiden. Da ich so betrunken war, wartete man bis zum späten Abend, ehe man mich operierte.

Glücklicherweise geriet ich an einen ausgebildeten Hand- und Gefäßchirurgen, der mir eine Unzahl von Schienen,

Federn und Schrauben in das Handgelenk einpflanzte. Ich habe heute noch Schwierigkeiten mit dem rechten Arm, nach der Operation geriet ich in das Anfangsstadium eines Morbus Sudek. Die gebrochene Extremität schwillt an, schmerzt zunächst ungeheuer und wird später völlig steif, das ist ein Mechanismus der Evolution, der dafür sorgt, daß das gebrochene Glied stillgestellt wird. Ich mußte jeden Tag in die Klinik. Dort bekam ich Injektionen eines Narkosemittels, die Krankheit bildete sich schnell zurück. Aber es passiert mir immer wieder, daß ich auf einmal kein Gefühl mehr in dem Arm habe. Vielleicht habe ich auch nur das Gefühl, ich hätte kein Gefühl mehr in dem Arm.
Während ich meine Hand behandeln lassen mußte, fuhr Pototsching mehrmals nach St. Pankraz, und er begann das Manuskript über dich. Du verbargst etwas, du hattest deine Kindheit vergraben, er war eifersüchtig, er haßte dich, er wollte dir deine Kindheit entreißen und sie ans Licht zerren.

Der Stein schwebte an der Wand, auf halber Höhe neben den Fenstern. Jetzt wechselte er die Farbe, einmal glänzte er schwarz, einmal goldfarben.
Laura setzte sich auf einen Stuhl, der Raum schien unendlich hoch, der Stuhl ebenfalls.
Ihre Haare waren so lang wie die Stuhlbeine, der Stein klemmte ein paar Haare ein, ich riß sie ihr aus, hoch oben zuckte sie leicht.
Danach hielt sie sich gerade, so daß ihre Haare nicht mehr den Boden erreichten.
Der Stein war verschwunden, ich blickte hoch, er hing an der oder war Teil der Rückenlehne des Stuhls, auf dem sie saß.

Laura hatte Pototsching kennengelernt, als er an seinem ersten Buch schrieb. Zusammen mit einer Freundin besuchte sie eine Gemeinschaftslesung im Literarischen Colloquium. Pototsching hatte noch keine Zeile veröffentlicht, aber für eine Textprobe ein Stipendium des Literarischen Colloquiums erhalten. Nach der Lesung redete Pototsching an der Bar nur mit ihr.

Sie gingen zusammen ins Kino, ins Theater und besuchten Lesungen anderer Schriftsteller. Pototsching wollte mit ihr schlafen, sie weigerte sich, ließ es aber zu, daß er ihr unter die Bluse und in die Hose faßte.

Pototsching versuchte, sie zu überzeugen, daß sie schreiben sollte. Sie hatte niemals auch nur daran gedacht zu schreiben. Sie werde es als Schriftstellerin schaffen.

Schon beim zweiten Treffen bot er ihr an, sie könne bei ihm einziehen, in sein Haus.

In das Haus in Zehlendorf.

Er hatte bereits einen Verlag für sein halbfertiges Manuskript. Darauf könne sie eine Karriere als Schriftstellerin aufbauen.

Sie zog unter der Bedingung bei ihm ein, daß sie nicht miteinander schliefen. Das heiße nicht, daß sie auf alle Ewigkeit nicht mit ihm schlafen wolle, vielleicht wolle sie das ja einmal. Sie mache sich nichts aus Männern, aber eigentlich auch nichts aus Frauen. Im Augenblick wolle sie mit niemandem schlafen.

Kurz danach erschien Pototschings Buch und machte ihn bekannt.

Zu Hause hatte Laura vorgegeben, mit einer Freundin zusammenzuziehen, in einem Lokal trafen sie zufällig ihre Schwester, die erzählte danach ihren Eltern, daß sie mit Pototsching zusammenwohnte. Sie habe es so dargestellt,

als ob Pototsching schon ein Bestsellerautor gewesen sei, alle hätten sich völlig überzogene Vorstellungen von seinen finanziellen Verhältnissen gemacht.
Laura meldete sich in der Universität ab und ging Gelegenheitsjobs nach, als Bedienung im Café Kranzler und als Verkäuferin im KaDeWe, zwischendurch arbeitete sie auch in einer Buchhandlung. Während der Zeit in der Buchhandlung las sie mehr als in ihrem gesamten Studium.
Ein Rausch der Einsamkeit und des Schreibens, unterbrochen nur von anfallsartigen Gesprächen. Pototsching kam in ihr Zimmer, oder sie ging in Pototschings Zimmer, und sie redeten, eine Stunde, zwei Stunden oder den ganzen Tag, danach schrieben sie weiter, die Nacht durch bis zur Erschöpfung.
Für einen Moment kam mir der Gedanke, Lauras Bücher wären von Pototsching verfaßt, aber ich verwarf die Überlegung sofort wieder, zu unterschiedlich waren die Stile. Pototsching konnte nicht anders schreiben als Pototsching, er konnte nicht schreiben wie Laura.

Wir sind nicht dazu da, um schön zu sein oder um die anderen zu erfreuen.

Wir sind Strategien gegenüber unseren Büchern, gegenüber Guggeis, gegenüber La Trémoïlle.

Immer war ich überzeugt gewesen, daß ich nicht auf Grund von mythischen Vorstellungen und vagen Ahnungen zur Literatur gekommen war, die ihre praktische Rechtfertigung schließlich in meinem Schriftstellerdasein gefunden hätten. Ich analysierte alles gemäß meiner Liebe zu den Büchern, und ich gruppierte alles, was ich fand, um meine

Liebe zu den Büchern herum. Die Bücher verehrte ich als jenes Sein, das allem Existierenden zugrunde lag. Was ich schrieb, verstand ich als Sieg der Entmythologisierung, als Sieg der Erkenntnis. Als Wahrheit, die jeden Schein überflüssig machte. Mit dem Bekenntnis meiner Liebe zu den Büchern klärte ich mich selbst auf, der Grund meiner Welt waren die Bücher.
Die Bücher gingen dem Leben voraus, das Leben war eine Schöpfung der Bücher. Sie kamen mir entgegen, so konnte ich ihnen entgegenkommen. Ich verband mich mit ihnen, weil sie sich mit mir verbanden. Das Leben und seine Heilsbedürftigkeit verschränkten sich ineinander, die Bücher begegneten mir als Sprechen und Handeln, so konnte ich mein Denken und meinen Glauben versöhnen.
Warum liebte ich die Literatur und nicht etwas anderes? Nicht die Mathematik, die Naturwissenschaft oder das Geschäft? Weil die Literatur so vernünftig war. Die Weisen der Literatur hatten sich in mein Gehirn und mein Herz eingeschrieben, so daß ich sie als das Gute ansah, als sie vor mich hintraten. Las ich einen Roman, erfuhr ich daraus viel mehr über die Wirklichkeit als aus allen wissenschaftlichen Abhandlungen. Ich wußte, warum er so endete und nicht anders. Studierte ich eine naturwissenschaftliche Abhandlung oder beschäftigte ich mich mit der Sphäre des Ökonomischen, glitten meine Gedanken in andere Richtungen, sie schweiften selbst dann ab, wenn ich über einem mathematischen Beweis saß. Nichts war so vernünftig wie ein Roman. Die Literatur bedeutete das Einswerden von Vernunft und Glauben.
Plötzlich ging es darum, ob ich meine Vernunft retten konnte, ob das Vernünftige am Anfang stand oder nicht. Hatte ein Spiel von Zufall und Notwendigkeit meine Bü-

cher aus dem Vernunftlosen entstehen lassen, war das, was ich als Vernunft betrachtete, eine verlorene Insel im Ozean des Unvernünftigen und letztlich bedeutungslos, oder blieb wahr, was die Grundüberzeugung meines Lebens bedeutet hatte?
Was unterschied meinen Glauben an die Bücher von der Pototsching-Aufklärung? Warum sollte man nicht Schriftstellerin werden, nur weil einem jemand sagte, man solle Schriftstellerin werden? Meine Liebe zu den Büchern erhellte mein Leben, aber auch Pototsching hatte Lauras Leben erleuchtet. Ich mußte Licht mit Licht vergleichen, auch wenn es mir im Zusammenhang mit Pototsching schwerfiel, so zu formulieren.
Ich mußte gegenüberstellen, wie Pototsching Laura zur Schriftstellerin machte und wie die Gnädige mich davon abbringen wollte, Schriftsteller zu werden.
Die Vernünftigkeit der Vernunft vertrug sich mit der Vernünftigkeit der Literatur nur dann, wenn ihr überhelles Licht den Schein, den die Literatur in die Welt brachte, nicht überblendete. War es nicht vielleicht doch besser, wenn das Licht Pototschings das Licht der Literatur in den Schatten stellte? Dort sah man es.

An einem der nächsten Tage, vielleicht sogar am Tag nachdem Laura mir ihre Liebe enthüllt hatte, ich erinnere mich nicht mehr genau, bestand das Feuilleton der *Frankfurter Allgemeinen Zeitung* praktisch nur aus den 424 Namen der Angst. Der Amerikaner Fredd Culbertson hatte sämtliche klinischen Ängste, die in der medizinischen Literatur vorkommen, zusammengetragen und ins Internet gestellt, die Zeitung druckte eine Übersetzung ab.

Ablutophobie: Angst, sich zu waschen oder zu baden

Achluophobie: Angst vor Dunkelheit (*Lygophobie, Nyktophobie, Skotophobie*)

Aeronausiphobie: Angst vor Luftkrankheit

Aerophobie: Angst vor Zugluft, dem Einatmen von Luft oder von in der Luft enthaltenen giftigen Substanzen

Agateophobie: Angst vor Irrsinn

Agliophobie: Angst vor Schmerz (*Algophobie*, *Knidophobie*, *Odynephobie* oder *Odynophobie*)

Agoraphobie: Angst vor offenen Plätzen oder davor, sich in bevölkerten Umgebungen aufzuhalten, auch Angst davor, einen sicheren Ort zu verlassen

Agraphobie: Angst vor sexuellem Mißbrauch

Agrizoophobie: Angst vor wilden Tieren

Agyrophobie: Angst vor Straßen oder Straßenüberquerungen (*Dromophobie*)

Aichmophobie: Angst vor Nadeln oder spitzen Gegenständen (*Belonephobie*, *Enetophobie*)

Ailurophobie oder *Elurophobie*: Angst vor Katzen (*Felinophobie*, *Galeophobie* oder *Gatophobie*)

Akarophobie: Angst vor dem Jucken oder vor Insekten, die Juckreiz hervorrufen

Akerophobie: Angst vor Griesgrämigkeit

Akrophobie: Höhenangst (*Hypsiphobie*)

Akustikophobie: Angst vor Lärm

Albuminurophobie: Angst vor Nierenkrankheiten

Algophobie: Angst vor Schmerz (*Agliophobie*, *Knidophobie*, *Odynephobie* oder *Odynophobie*)

Alliumphobie: Angst vor Knoblauch

Allodoxaphobie: Angst vor Meinungen

Amathophobie: Angst vor Staub (*Koniophobie*)

Amaxophobie: Angst vor dem Autofahren

Ambulophobie: Angst vor dem Gehen (*Stasibasiphobie* oder *Stasiphobie*)

Amnesiphobie: Angst vor Gedächtnisschwund

Amychophobie: Angst davor, zu kratzen oder gekratzt zu werden

Anablephobie: Angst aufzublicken

Ancraophobie: Angst vor Wind (*Anemophobie*)

Androphobie: Angst vor Menschen

Anemophobie: Angst vor Luftzug oder Wind (*Ancraophobie*)

Anginophobie: Angst vor Angina, Husten oder Verengungen

Anglophobie: Angst vor England, englischer Kultur etc.

Angrophobie: Angst vor Zorn oder davor, zornig zu werden

Ankylophobie: Angst vor Unbeweglichkeit der Gelenke

Anthophobie oder *Anthrophobie*: Angst vor Blumen

Anthropophobie: Angst vor Menschen oder der Gesellschaft

Antlophobie: Angst vor Überschwemmungen

Anuptaphobie: Angst vor dem Alleinbleiben

Apeirophobie: Angst vor Unendlichkeit

Aphenphosmphobie: Angst davor, berührt zu werden (*Chiraptophobie, Haphephobie* oder *Haptephobie*)

Apiphobie: Angst vor Bienen (*Melissophobie*)

Apotemnophobie: Angst vor Personen mit Amputationen

Arachibutyrophobie: Angst davor, daß Erdnußbutter am Mundwinkel hängenbleibt

Arachnophobie: Angst vor Spinnen

Arithmophobie: Angst vor Zahlen

Arrhenphobie: Angst vor Männern

Arsonphobie: Angst vor Feuer

Asthenophobie: Angst davor, ohnmächtig oder schwach zu werden

Astraphobie oder *Astrapophobie*: Angst vor Gewittern (*Brontophobie, Keraunophobie, Tonitrophobie*)

Astrophobie: Angst vor den Sternen und vor dem Weltall

Asymmetriphobie: Angst vor asymmetrisch geformten Gegenständen

Ataxophobie: Angst vor Unordnung oder unsauberer Umgebung

Atelophobie: Angst vor Unvollständigkeit

Atephobie: Angst vor dem Ruin oder vor Ruinen

Athazagoraphobie: Angst davor, vergessen oder ignoriert zu werden oder selbst etwas zu vergessen

Atomosophobie: Angst vor Atomexplosionen

Atychiphobie: Versagensangst

Aulophobie: Angst vor Flöten

Aurophobie: Angst vor Gold

Auroraphobie: Angst vor den Nordlichtern

Autodysomophobie: Angst vor Menschen mit unangenehmem Geruch

Automatonophobie: Angst vor Bauchrednerpuppen, mechanischem Spielzeug, Wachsfiguren und allem, was den falschen Anschein erweckt, ein fühlendes Wesen zu sein

Automysophobie: Angst, schmutzig zu sein

Autophobie: Angst, allein zu sein, oder vor sich selbst

Aviatophobie oder *Aviophobie*: Flugangst (*Pteromerhanophobie*)

Bakteriophobie: Angst vor Bakterien

Ballistophobie: Angst vor Raketen oder Kugeln

Basiphobie oder *Basophobie*: Angst, zu gehen oder zu fallen

Bathophobie: Tiefenangst

Batophobie: Angst vor Bergen oder vor der Nähe hoher Gebäude

Batrachophobie: Angst vor Amphibien

Bazillophobie: Angst vor Mikroben (*Mikrobiophobie*)

Belonephobie: Angst vor Nadeln oder spitzen Gegenständen (*Aichmophobie*, *Enetophobie*)

Bibliophobie: Angst vor Büchern

Blennophobie: Angst vor Schleim (*Myxophobie*)

Bogyphobie: Angst vor Spuk und Gruselgestalten

Botanophobie: Angst vor Pflanzen

Bromidrophobie oder *Bromidrosiphobie*: Angst vor Körpergerüchen

Brontophobie: Angst vor Gewittern (*Astraphobie* oder *Astrapophobie*, *Keraunophobie*, *Tonitrophobie*)

Bufonophobie: Angst vor Kröten

Cheimaphobie oder *Cheimatophobie*: Angst vor Kälte oder Eis (*Frigophobie*, *Kryophobie*, *Pagophobie*, *Psychrophobie*)

Chemophobie: Angst vor Chemikalien oder davor, mit Chemikalien zu arbeiten

Cherophobie: Angst vor Freude

Chionophobie: Angst vor Schnee

Chiraptophobie: Angst, berührt zu werden (*Aphenphosmphobie, Haphephobie* oder *Haptephobie*)

Chirophobie: Angst vor Händen

Cholerophobie: Angst vor Zorn oder Angst vor Cholera

Chorophobie: Angst vor dem Tanzen

Chrematophobie oder *Chrometophobie*: Angst vor Geld

Chromatophobie oder *Chromophobie*: Angst vor Farben

Chronophobie: Angst vor der Zeit

Cibophobie, *Sitiophobie* oder *Sitophobie*: Angst vor Nahrung

Counterphobie: die Präferenz von Phobikern für furchtbare Situationen

Cyberphobie: Angst vor Computern (*Logizomechanophobie*)

Cyclophobie: Angst vor Fahrrädern

Daemonophobie oder *Dämonophobie*: Angst vor Dämonen

Decidophobie: Entscheidungsangst

Deipnophobie: Angst vor Essenseinladungen oder Tischgesprächen

Dementophobie: Angst vor Geisteskrankheiten

Demophobie: Angst vor bevölkerten Plätzen

Dendrophobie: Angst vor Bäumen

Dermatopathophobie, Dermatophobie oder *Dermatosiophobie*: Angst vor Hautkrankheiten

Dermatophobie: Angst vor Hautverletzungen

Dextrophobie: Angst vor Gegenständen zur rechten Hand

Didaskaleinophobie: Angst davor, in die Schule zu gehen

Dikephobie: Angst vor Gerechtigkeit

Dinophobie: Angst vor Schwindel oder Whirlpools

Diplophobie: Angst davor, Dinge doppelt zu sehen

Dipsophobie: Angst vor dem Trinken

Dishabiliophobie: Angst davor, in Gegenwart eines anderen unbekleidet zu sein

Domatophobie: Angst vor Häusern oder davor, sich in Häusern aufzuhalten (*Oikophobie*)

Doxophobie: Angst vor Meinungsäußerungen oder davor, von anderen gelobt zu werden

Dromophobie: Angst vor Straßen oder Straßenüberquerungen (*Agyrophobie*)

Dystychiphobie: Unfallangst

Ecclesiophobie: Kirchenangst

Ecophobie: Angst vor zu Hause

Eisoptrophobie: Angst vor Spiegeln oder davor, sich darin selbst zu erblicken (*Katoptrophobie*)

Elektrophobie: Angst vor Elektrizität

Eleutherophobie: Angst vor Freiheit

Emetophobie: Angst davor, sich zu übergeben

Enetophobie: Angst vor Nadeln oder spitzen Gegenständen (*Aichmophobie*, *Belonephobie*)

Enissophobie oder *Enosiophobie*: Angst davor, eine unverzeihliche Sünde begangen zu haben

Entomophobie: Angst vor Insekten (*Insektophobie*)

Eosophobie: Angst vor der Dämmerung

Ephebiphobie: Angst vor Teenagern

Epistaxiophobie: Angst vor Nasenbluten

Epistemophobie: Angst vor Wissen

Eremophobie: Angst vor Einsamkeit

Ereuthophobie, Ereutrophobie, Erythrophobie oder Erytophobie: Angst vor Rotlicht oder vor dem Erröten

Ereuthrophobie: Angst zu erröten

Ergasiophobie: Angst davor, zu arbeiten oder zu »funktionieren«, auch Angst eines Chirurgen vor der Operation

Ergophobie: Angst vor der Arbeit

Erotophobie: Angst vor Sexualität

Eurotophobie: Angst vor weiblichen Geschlechtsteilen (*Kolpophobie*)

Febriphobie, *Fibriophobie* oder *Fibriphobie*: Angst vor Fieber

Felinophobie: Angst vor Katzen (*Ailurophobie* oder *Elurophobie*, *Galeophobie* oder *Gatophobie*)

Frankophobie: Angst vor Frankreich, französischer Kultur etc. (*Galiophobie* oder *Gallophobie*)

Frigophobie: Angst vor Kälte oder Eis (*Cheimaphobie* oder *Cheimatophobie*, *Kryophobie*, *Pagophobie*, *Psychrophobie*)

Galeophobie oder *Gatophobie*: Angst vor Katzen (*Ailurophobie* oder *Elurophobie*, *Felinophobie*)

Galiophobie oder *Gallophobie*: Angst vor Frankreich, französischer Kultur etc. (*Frankophobie*)

Gamophobie: Angst vor der Ehe

Geliophobie: Angst zu lachen

Geniophobie: Angst vor Kinnen

Genophobie: Angst vor Sexualität

Genuphobie: Angst vor Knien

Gephydrophobie, Gephyrophobie oder *Gephysrophobie*: Angst davor, Brücken zu überqueren

Geraskophobie: Angst vor dem Altwerden

Germanophobie: Angst vor Deutschland, deutscher Kultur etc. (*Teutophobie*)

Gerontophobie: Angst vor alten Leuten oder dem Altwerden

Glossophobie: Angst davor, in der Öffentlichkeit zu sprechen

Gnosiophobie: Angst vor Wissen

Graphophobie: Angst vor dem Schreiben

Gymnophobie: Angst vor Nacktheit (*Nudophobie*)

Gynäphobie oder *Gynophobie*: Angst vor Frauen

Hadephobie: Angst vor der Hölle

Hagiophobie: Angst vor Heiligen

Hämaphobie, Hämatophobie oder *Hämophobie*: Angst vor Blut

Hamartophobie: Angst zu sündigen

Haphephobie oder *Haptephobie*: Angst davor, berührt zu werden (*Aphenphosmphobie, Chiraptophobie*)

Harpaxophobie: Angst davor, überfallen zu werden

Hedonophobie: Angst davor, sich wohl zu fühlen

Heliophobie: Angst vor der Sonne

Hellenologophobie: Angst vor griechischen Begriffen oder komplexer wissenschaftlicher Terminologie

Helminthophobie: Angst davor, von Würmern heimgesucht zu werden (*Skoleciphobie*)

Hereiophobie oder *Heresyphobie*: Angst vor offiziellen Doktrinen oder der radikalen Abweichung davon

Herpetophobie: Angst vor Reptilien oder anderen kriechenden Wesen

Heterophobie: Angst vor dem anderen Geschlecht (*Sexophobie*)

Hierophobie: Angst vor Priestern oder heiligen Gegenständen

Hippophobie: Angst vor Pferden

Hippopotomonstrosesquippedaliophobie: Angst vor langen Wörtern (*Sesquipedalophobie*)

Homichlophobie: Angst vor Nebel (*Nebulaphobie*)

Hominophobie: Angst vor Männern

Homophobie: Angst vor Gleichheit, Monotonie oder vor Homosexualität

Hoplophobie: Angst vor Schußwaffen

Hormephobie: Angst vor Schocks

Hyalophobie oder *Hyelophobie*: Angst vor Glas (*Kristallophobie, Nelophobie*)

Hydrargyophobie: Angst vor quecksilberhaltiger Medizin

Hygrophobie: Angst vor Flüssigkeit, Feuchtigkeit

Hylephobie: Angst vor Materialismus oder Epilepsie

Hylophobie: Angst vor Wäldern

Hypegiaphobie oder *Hypengyophobie*: Angst vor Verantwortung

Hypnophobie: Angst vor Schlaf oder Hypnose

Hypsiphobie: Höhenangst (*Akrophobie*)

Iatrophobie: Angst vor Ärzten

Ichthyophobie: Angst vor Fischen

Illyngophobie: Angst vor Schwindel

Insektophobie: Angst vor Insekten (*Entomophobie*)

Iophobie: Angst vor Gift (*Toxikophobie, Toxiphobie* oder *Toxophobie*)

Isolophobie: Angst vor der Einsamkeit

Isopterophobie: Angst vor Termiten oder anderen Insekten, die Holz fressen

Ithyphallophobie: Angst davor, einen erigierten Penis zu haben, zu sehen oder daran zu denken (*Medorthophobie, Phallophobie*)

Japanophobie: Angst vor Japanern, japanischer Kultur etc.

Judeophobie: Angst vor Juden, jüdischer Kultur etc.

Kainolophobie oder *Kainophobie*: Angst vor Neuem und Neuigkeiten

Kakophobie: Angst vor Häßlichkeit

Kakorrhaphiophobie: Angst zu versagen

Kalligynäphobie: Angst vor schönen Frauen (*Venustraphobie*)

Karnophobie: Angst vor Fleisch

Karzinophobie: Angst vor Krebs

Katagelophobie: Angst vor Spott

Kathisophobie: Angst, sich hinzusetzen

Katoptrophobie: Angst vor Spiegeln (*Eisoptrophobie*)

Kenophobie oder *Kentophobie*: Angst vor neuen Gegenständen oder Gedanken, Angst vor Leere

Keraunophobie: Angst vor Gewittern (*Astraphobie* oder *Astrapophobie*, *Brontophobie*, *Tonitrophobie*)

Kinesophobie oder *Kinetophobie*: Angst vor Bewegung

Klaustrophobie: Angst vor geschlossenen Räumen

Kleptophobie: Angst vor Diebstahl

Klimakophobie: Angst vor Treppen, dem Klettern oder dem Fallen

Klinophobie: Angst davor, ins Bett zu gehen

Knidophobie: Angst vor Schmerz (*Agliophobie*, *Algophobie*, *Odynephobie* oder *Odynophobie*)

Koimetrophobie: Angst vor Friedhöfen

Koinoniphobie: Angst vor Räumen

Koitophobie: Angst vor Geschlechtsverkehr

Kolpophobie: Angst vor weiblichen Geschlechtsteilen (*Eurotophobie*)

Koniophobie: Angst vor Staub (*Amathophobie*)

Kontreltophobie: Angst vor sexuellem Mißbrauch

Kopophobie: Angst vor Müdigkeit

Koprastasophobie: Angst vor Verstopfung

Koprophobie: Angst vor Fäkalien

Koulrophobie: Angst vor Clowns

Kremnophobie: Angst vor Abgründen

Kristallophobie: Angst vor Kristall, Glas (*Hyalophobie* oder *Hyelophobie*, *Nelophobie*)

Kryophobie: Angst vor Kälte oder Eis (*Cheimaphobie* oder *Cheimatophobie*, *Frigophobie*, *Pagophobie*, *Psychrophobie*)

Kymophobie: Angst vor Wellen

Kynophobie: Angst vor Hunden oder Tollwut, Angst davor, verrückt zu werden (*Lyssophobie*)

Kyphophobie: Angst vor Erniedrigung

Kyprianophobie, Kypridophobie, Kyprinophobie oder *Kypriphobie*: Angst vor Prostituierten oder Geschlechtskrankheiten

Lachanophobie: Angst vor Gemüse

Laliophobie oder *Lalophobie*: Angst zu sprechen

Lävophobie: Angst vor Gegenständen zur linken Hand

Leukophobie: Angst vor der Farbe Weiß

Ligyrophobie: Angst vor lautem Lärm

Lilapsophobie: Angst vor Wirbelstürmen

Limnophobie: Angst vor Seen

Linonophobie: Angst vor Bindfäden

Liticaphobie: Angst vor Prozessen

Lockiophobie: Angst vor Geburten (*Parturiphobie*)

Logizomechanophobie: Angst vor Computern (*Cyberphobie*)

Logophobie: Angst vor Wörtern

Luiphobie: Angst vor Syphilis (*Syphilophobie*)

Lutraphobie: Angst vor Ottern

Lygophobie: Angst vor Dunkelheit (*Achluophobie*, *Nyktophobie, Skotophobie*)

Lyssophobie: Angst vor Hunden oder Tollwut, Angst davor, verrückt zu werden (*Kynophobie*)

Mageirocophobie: Angst zu kochen

Makrophobie: Angst vor langem Warten

Malaxophobie: Angst vor Liebesspielen (*Sarmassophobie*)

Maniaphobie: Angst vor dem Wahnsinn (*Meningitophobie*)

Mastigophobie: Angst vor Bestrafung

Mechanophobie: Angst vor Maschinen

Medorthophobie: Angst davor, einen erigierten Penis zu haben, zu sehen oder daran zu denken (*Ithyphallophobie*, *Phallophobie*)

Megalophobie: Angst vor großen Gegenständen

Melanophobie: Angst vor der Farbe Schwarz

Melissophobie: Angst vor Bienen (*Apiphobie*)

Melophobie: Angst vor Musik

Meningitophobie: Angst vor dem Wahnsinn (*Maniaphobie*)

Menophobie: Angst vor der Menstruation

Merinthophobie: Angst davor, gefesselt zu werden

Metallophobie: Angst vor Metall

Metathesiophobie: Angst vor Wechsel

Meteorophobie: Angst vor Meteoren

Metrophobie: Angst vor Poesie

Mikrobiophobie: Angst vor Mikroben (*Bazillophobie*)

Mikrophobie oder *Mycrophobie*: Angst vor kleinen Dingen

Misophobie: Angst vor biologischer Kontamination

Mnemophobie: Angst vor Erinnerungen

Molysmophobie oder *Molysomophobie*: Angst vor Keimen oder Kontamination (*Mysophobie*)

Monophobie: Angst vor Einsamkeit

Motorphobie: Angst vor Autos

Murophobie oder *Musophobie*: Angst vor Mäusen (*Suriphobie*)

Mykophobie: Angst vor Pilzen

Myrmekophobie: Angst vor Ameisen

Mysophobie: Angst vor Keimen, Kontamination oder Schmutz (*Molysmophobie*)

Mythophobie: Angst vor Mythen, Falschaussagen

Myxophobie: Angst vor Schleim (*Blennophobie*)

Nebulaphobie: Angst vor Nebel (*Homichlophobie*)

Nekrophobie: Todesangst oder Angst vor Toten

Nelophobie: Angst vor Glas (*Hyalophobie* oder *Hyelophobie, Kristallophobie*)

Neopharmaphobie: Angst vor neuen Drogen

Nephophobie: Angst vor Wolken

Noktiphobie: Angst vor der Nacht

Nosocomephobie: Angst vor Krankenhäusern

Nostophobie: Angst vor dem Nachhausekommen

Novercaphobie: Angst vor der Stiefmutter

Nudophobie: Angst vor Nacktheit (*Gymnophobie*)

Nukleomituphobie: Angst vor Nuklearwaffen

Numerophobie: Angst vor Zahlen

Nyktohylophobie: Angst vor dem nächtlichen Wald

Nyktophobie: Angst vor der Dunkelheit (*Achluophobie*, *Lygophobie*, *Skotophobie*)

Obesophobie: Angst davor zuzunehmen

Odontophobie: Angst vor Zähnen oder zahnärztlicher Behandlung

Odynephobie oder *Odynophobie*: Angst vor Schmerz (*Agliophobie*, *Algophobie*, *Knidophobie*)

Oikophobie: Angst vor Häusern oder davor, sich in Häusern aufzuhalten (*Domatophobie*)

Oktophobie: Angst vor der Zahl Acht

Olfaktophobie: Angst vor Gerüchen

Oneirophobie: Angst vor Träumen

Ophidiophobie: Angst vor Schlangen

Ophthalmophobie: Angst davor, angestarrt zu werden

Ornithophobie: Angst vor Vögeln

Orthophobie: Angst vor Eigentum

Ostrakonophobie: Angst vor Schellfisch

Pädiophobie: Angst vor Puppen (*Pupaphobie*)

Pädophobie: Angst vor Kindern

Pagophobie: Angst vor Kälte oder Eis (*Cheimaphobie* oder *Cheimatophobie*, *Frigophobie*, *Kryophobie*, *Psychrophobie*)

Panophobie oder *Pantophobie*: Angst vor allem

Panthophobie: Angst vor Leid und Krankheit

Papaphobie: Angst vor dem Papst

Papyrophobie: Angst vor Papier

Paralipophobie: Angst davor, Aufgaben vernachlässigt zu haben, oder vor Verantwortung

Paraphobie: Angst vor sexueller Perversion

Paraskavedekatriaphobie: Angst vor Freitag, dem Dreizehnten

Parthenophobie: Angst vor Jungfrauen oder jungen Mädchen

Parturiphobie: Angst vor Geburten (*Lockiophobie*)

Pathophobie: Angst vor Krankheiten

Patroiophobie: Angst vor Erblichkeit

Peccatophobie: Angst zu sündigen

Peladophobie: Angst vor nackten Menschen

Peniaphobie: Angst vor Armut

Pentheraphobie: Angst vor Schwiegermüttern

Phagophobie: Angst davor, sich zu übergeben, vor Essen oder davor, gegessen zu werden

Phalacrophobie: Angst davor, kahl zu werden

Phallophobie: Angst davor, einen erigierten Penis zu haben, zu sehen oder daran zu denken (*Ithyphallophobie*, *Medorthophobie*)

Pharmakophobie: Angst davor, Medizin einzunehmen, oder vor Drogen

Phasmophobie: Angst vor Geistern (*Pneumatiphobie*, *Spektrophobie*)

Phengophobie: Angst vor Tageslicht oder Sonnenlicht

Philemaphobie oder *Philematophobie*: Angst zu küssen

Philophobie: Angst davor, sich zu verlieben

Philosophobie: Angst vor Philosophie

Phobophobie: Angst vor Ängsten

Phonophobie: Angst vor Lärm, Stimmen oder vor dem Telefon

Photoaugliaphobie: Angst vor hellem Licht

Photophobie: Angst vor Licht

Phronemophobie: Angst zu denken

Phthiriophobie: Angst vor Läusen

Plakophobie: Angst vor Grabsteinen

Plutophobie: Angst vor Reichtum

Pluviophobie: Angst vor Regen

Pneumatiphobie: Angst vor Geistern (*Phasmophobie, Spektrophobie*)

Pnigerophobie oder *Pnigophobie*: Angst zu ersticken

Pogonophobie: Angst vor Bärten

Poliosophobie: Angst vor einer Polio-Infektion

Polyphobie: Angst vor vielen Dingen

Ponophobie: Angst vor Überarbeitung

Porphyrophobie: Angst vor der Farbe Lila

Potamophobie: Angst vor Flüssen und fließendem Wasser

Potophobie: Angst vor Alkohol

Proktophobie: Angst vor Darmerkrankungen (*Rektophobie*)

Prosophobie: Angst vor Fortschritt

Psellismophobie: Angst zu stottern

Psychophobie: Angst vor Verstand

Psychrophobie: Angst vor Kälte oder Eis (*Cheimaphobie* oder *Cheimatophobie*, *Frigophobie*, *Kryophobie*, *Pagophobie*)

Pteromerhanophobie: Flugangst (*Aviatophobie* oder *Aviophobie*)

Pteronophobie: Angst davor, von Federn gekitzelt zu werden

Pupaphobie: Angst vor Puppen (*Pädiophobie*)

Pyrexiophobie: Angst vor Fieber

Pyrophobie: Angst vor Feuer

Radiophobie: Angst vor Strahlen

Rektophobie: Angst vor Darmerkrankungen (*Proktophobie*)

Rhabdophobie: Angst davor, bestraft, geschlagen oder kritisiert zu werden, Angst vor Magie

Rhypophobie: Angst vor dem Stuhlgang

Rhytiphobie: Angst davor, Pickel zu bekommen

Rupophobie: Angst vor Schmutz

Russophobie: Angst vor Russen, ihrer Kultur etc.

Samhainophobie: Angst vor Halloween

Sarmassophobie: Angst vor Liebesspielen (*Malaxophobie*)

Satanophobie: Angst vor dem Teufel

Scolionophobie: Angst vor der Schule

Selachophobie: Angst vor Haien

Selenophobie: Angst vor dem Mond

Seplophobie: Angst vor verrottender Materie

Sesquipedalophobie: Angst vor langen Wörtern (*Hippopotomonstrosesquippedaliophobie*)

Sexophobie: Angst vor dem anderen Geschlecht (*Heterophobie*)

Siderodromophobie: Angst vor Zugfahrten

Siderophobie: Angst vor den Sternen

Sinophobie: Angst vor Chinesen, ihrer Kultur etc.

Skiaphobie oder *Skiophobie*: Angst vor Schatten

Skoleciphobie: Angst vor Würmern (*Helminthophobie*)

Skotomaphobie: Angst vor Erblindung

Skotophobie: Angst vor Dunkelheit (*Achluophobie, Lygophobie, Nyktophobie*)

Soceraphobie: Angst vor den Schwiegereltern

Soteriophobie: Angst vor Abhängigkeit von anderen

Spektrophobie: Angst vor Geistern (*Phasmophobie, Pneumatiphobie*)

Spheksosophobie: Angst vor Wespen

Stasibasiphobie oder *Stasiphobie*: Angst davor, stehenzubleiben oder zu gehen

Staurophobie: Angst vor Kreuzen oder dem Kruzifix

Stigiophobie oder *Stygiophobie*: Angst vor der Hölle

Suriphobie: Angst vor Mäusen (*Musophobie*)

Symmetrophobie: Angst vor Symmetrie

Syngenesophobie: Angst vor Verwandten

Syphilophobie: Angst vor Syphilis (*Luiphobie*)

Tachophobie: Angst vor Geschwindigkeit

Taphephobie oder *Taphophobie*: Angst davor, lebendig begraben zu werden, oder vor Friedhöfen

Teleophobie: Angst vor Endgültigkeit

Telephonophobie: Angst vor Telefonen

Teratophobie: Angst davor, ein mißgebildetes Kind zu bekommen, oder vor Mißgebildeten

Teutophobie: Angst vor Deutschen, deutscher Kultur etc. (*Germanophobie*)

Thalassophobie: Angst vor dem Meer

Thanatophobie oder *Thantophobie*: Angst vor dem Tod

Theatrophobie: Angst vor Theatern

Theophobie: Angst vor Göttern oder Religion

Thermophobie: Angst vor Hitze

Tomophobie: Angst vor chirurgischen Eingriffen

Tonitrophobie: Angst vor Gewittern (*Astraphobie* oder *Astrapophobie*, *Brontophobie*, *Keraunophobie*)

Topophobie: Angst vor bestimmten Orten oder Situationen, z. B. Bühnenangst

Toxikophobie, *Toxiphobie* oder *Toxophobie*: Angst vor Gift (*Iophobie*)

Traumatophobie: Angst vor Verletzung

Triskaidekaphobie: Angst vor der Zahl Dreizehn

Tropophobie: Angst vor Veränderung

Trypanophobie: Angst vor Injektionen

Uranophobie: Angst vor dem Himmel

Urophobie: Angst vor Urin oder vor dem Urinieren

Vakzinophobie: Angst vor Impfung

Venustraphobie: Angst vor schönen Frauen (*Kalligynäphobie*)

Vestiphobie: Angst vor Bekleidung

Virginitiphobie: Angst vor Vergewaltigung

Vitricophobie: Angst vor Stiefvätern

Wallonophobie: Angst vor Wallonen, wallonischer Kultur etc.

Wiccaphobie: Angst vor Hexen und Hexerei

Xanthophobie: Angst vor der Farbe Gelb oder dem Wort gelb

Xenophobie: Angst vor Fremden oder Ausländern

Xerophobie: Angst vor Trockenheit

Xylophobie: Angst vor hölzernen Gegenständen

Xyrophobie: Angst vor Rasierern

Zelophobie: Angst vor Eifersucht

Zemmiphobie: Angst vor Maulwürfen

Zoophobie: Angst vor Tieren

Morgens und abends lauerte Pototsching ihr auf dem Weg zum Bad auf. Laura gewöhnte sich an, am Morgen die Kleidung ins Bad mitzunehmen und am Abend den Schlafanzug dort anzuziehen. Ging sie auf die Toilette, stand er von seinem Schreibtisch auf und lief vor der Toilette hin und her.
Sie drohte ständig auszuziehen. Aber Pototsching wußte es zu verhindern, einerseits durch seine Bereitschaft, alle Mißhandlungen zu ertragen und wegzustecken, andererseits durch seine Zuwendung.
Der schmächtige Junge schlägt den Polizisten, der ihn vor der Disco kontrollieren will, und verletzt ihn schwer, Pototsching feuerte Laura an, als ob er ein Boxtrainer und sie Boxerin sei. Der Sozialarbeiter tritt auf, sie breitete alle Varianten aus, die ihr einfielen, geduldig wog Pototsching mit ihr die Vor- und Nachteile jeder einzelnen ab.
Der Junge stößt den Geschichtslehrer die Treppe hinunter, tötet ihn und einen Mitschüler. Pototsching wurde melancholisch und kaltschnäuzig zugleich, Laura lernte, daß Mitleidlosigkeit ein wirkungsvolles Mittel darstellte, um Verzweiflung zu beschreiben.
Sie habe, und das schwöre sie, während der ganzen Jahre Pototsching nicht ein einziges Mal aus eigenem Antrieb berührt.
Sie wußte, zu seinen Lesungen kamen häufig junge Frauen, die er anschließend zu einem Umtrunk einlud und mit denen er danach regelmäßig auch aufs Hotelzimmer ging. Trotzdem trennte er sich nicht von ihr.
Sie habe ihn immer wieder abgewiesen.
Der Sozialarbeiter lernt die Freundin des Jungen kennen und nimmt ihre Ähnlichkeit mit Mutter des Jungen wahr.
Als ob Pototsching sich bewußt war, daß der Betriebston

auf die Dauer langweilig wurde, schaltete er auf den Ton des Aficionado um. Der Junge liegt im Krankenhaus, seine Freundin will sich mit dem Sozialarbeiter verabreden, Pototsching gab Laura keine Ratschläge mehr, er hieß alles gut, was sie schrieb.

Zunächst fühlte Laura sich ungeheuer geschmeichelt und bestätigt, aber bald stellte sich die Angst ein, irgendwann würde er aus seiner Bewunderung aufwachen, der grenzenlosen Begeisterung würde eine tiefe Ernüchterung folgen.

Pototsching kam spätabends mit zwei Gästen nach Hause. Er hatte die beiden Literaturredakteure zufällig in einer Kneipe getroffen. Lauras Buch war gerade in der Vorschau des Guggeis Verlags für das Frühjahr angekündigt. Pototsching und die Redakteure hatten Bier getrunken, innerhalb kurzer Zeit leerten sie noch drei Flaschen Rotwein. Pototsching stellte die Stereoanlage an, man tanzte zu viert. Vor den anderen griff Pototsching Laura in den Ausschnitt, sie konnte sich gerade noch beherrschen, ihm keine Ohrfeige zu verpassen, und gab vor, auf die Toilette zu müssen. Als sie zurückkam, tanzten die beiden Redakteure eng umschlungen, ihr blieb nichts anderes übrig, als ebenfalls eng mit Pototsching zu tanzen. Danach ließen sich die beiden Redakteure auf das Sofa fallen und fingen dort an zu knutschen. Pototsching griff ihr nicht mehr in den Ausschnitt, aber er rieb seinen Unterkörper an ihrem, so lange, bis er kam, seine Hose war feucht, die beiden Redakteure merkten nichts, oder sie merkten etwas, danach zog er sich um.

Am nächsten Morgen packte sie ihre Koffer und fuhr zu ihrer Schwester nach Norwegen. Sie konnte sich die Reise leisten, denn Pototsching hatte einen beachtlichen Vorschuß für ihr Manuskript erwirkt. Als Kind hatte ihre Schwester im Rahmen eines Schüleraustauschs einen Sommer in Norwegen verbracht. Sie hatte sich mit der Familie angefreundet und besuchte sie jedes zweite Jahr. Der verwitwete Vater betrachtete Lisa als seine Tochter und sie ihn als ihren Ersatzvater.

Noch nie verstand sie sich so gut mit ihrer Schwester. Sie schlief die meiste Zeit und saß stumm dabei, wenn ihre Schwester mit dem norwegischen Vater über seine Vergangenheit diskutierte, der norwegische Vater war Nazi gewesen, nach dem Ende des Kriegs wurde er für seine Kollaboration bestraft.

Sie hatte ihren Computer mitgenommen, aber im Haus des Norwegers gab es keine Möglichkeit, sich einzuloggen. Jeden Tag schrieb Pototsching ihr einen Brief. Er entschuldigte sich für das Vorgefallene, er schilderte ihr, wie er seine Tage ohne sie verbrachte, und er beschwor sie zurückzukommen.

Sie kehrte zu ihm zurück, er machte ihr nicht den leisesten Vorwurf.

Für die verbleibende Zeit der Arbeit an ihrem Manuskript wurde Pototsching sachlich. Vielleicht spürte er, welche Ängste er mit seiner rückhaltlosen Bewunderung heraufbeschworen hatte. Abgeklärt besprach er mit ihr die Szene, wie sich der Junge mit dem Sozialarbeiter anlegt und versucht, ihn zu schlagen, aber der Junge hat keine Kraft mehr, die ist auf den Sozialarbeiter übergegangen.

Ich jobbte im KaDeWe. Als ich eines Abends nach Hause kam, empfing mich Pototsching in Anzug und Krawatte. Stumm führte er mich in die Liebeslaube, dort lag ein

schwarzes, tief ausgeschnittenes Abendkleid mit Spaghettiträgern auf dem Bett.
Während ich das Kleid unschlüssig in der Hand hielt, erblickte ich im Treppenhaus einen Kellner im Smoking, mit einer roten Fliege. Ich wollte Pototsching fragen, was es denn zu feiern gebe, aber er legte mir den Zeigefinger auf den Mund und deutete auf das Kleid.
Ich zog mich vor Pototsching aus, obwohl – oder besser: weil – der Kellner ständig treppauf, treppab ging. Als ich nur noch den Slip anhatte, drehte sich Pototsching um und verließ das Zimmer.
Das Kleid paßte wie angegossen.
Der Kellner servierte ein Sechs-Gänge-Menü. In den Pausen lehnte sich Pototsching in seinem Stuhl zurück und stützte das Kinn auf die Hand. Er hatte die Haare zurückgekämmt, die Geheimratsecken nahmen ihm alles Jungenhafte. Kleine Pusteln überzogen sein Gesicht, sie häuften sich unter den Augen, um den Mund und auf der Stirn. Der engsitzende, grauschimmernde Anzug ließ ihn unglaublich kräftig erscheinen.
Als Aperitif tranken wir Champagner. Der Kellner öffnete die Flasche an der Längsseite des Tisches, er schien penibel darauf zu achten, von jedem den gleichen Abstand zu halten. Mit der linken Hand die Flasche umfassend, drehte er mit der rechten den Korken heraus. Das Geräusch war das lauteste des ganzen Abends. Obwohl er die gekühlte Flasche nicht geschüttelt hatte, begann sie, sofort überzulaufen. Er blickte Pototsching an, aber durchaus nicht so, als ob es ihm peinlich wäre. Der Schaum tropfte auf den Tisch, er hätte die Flasche über den Champagnerkübel halten können. Schließlich schenkte er erst mir und dann Pototsching ein. Auch jetzt

lief wieder der Schaum über. Ich mußte das Champagnerglas mit der Serviette abwischen, um nicht auf das Kleid zu tropfen.

Neben der Tür hatte der Kellner einen Beistelltisch mit einer weißen Decke plaziert, darauf mehrere Kristallkaraffen mit Whiskey, Cognac und Schnäpsen sowie eine riesige Fruchtplatte mit exotischen Früchten. Der Kellner servierte den Gang, verließ das Zimmer und kam zurück, wenn wir zu Ende gegessen hatten. Pototsching ließ ihn neben dem Beistelltisch warten, nach einer Weile sah er ihn an, senkte den Blick und nickte mit dem Kopf, der Kellner deckte ab und brachte den nächsten Gang.

In dem spiegelnden Glas des Fensters gegenüber beobachtete ich mich. Ich beugte mich vor, und ich dachte, sie lehnt sich vor, weil sie ihm ihren Busen zeigen will. Ich wollte etwas sagen, ich öffnete den Mund und spitzte die Lippen, dann blieb ich doch stumm, ich überlegte, sie macht eine Gebärde, als ob sie ihn küssen möchte. Ich stützte das Kinn auf die ausgestreckte Hand und sagte unhörbar, ohne die Lippen zu bewegen, sie will sich streicheln.

Betrat der Kellner den Raum, bedeutete das Abwechslung im Schweigen. Ich verfolgte, wie ich zur Tür hinblickte und den Oberkörper in seine Richtung drehte, und ich dachte, sie will auch ihm ihren Busen zeigen.

Nach dem Essen stellte der Kellner die Fruchtplatte in die Mitte des Tisches. Er blickte Pototsching an, der nickte, der Kellner nahm einen Apfel von der Fruchtplatte und zog eine rote Papierserviette aus der Innentasche seiner Jacke. Er legte den Apfel in das rote Papiertuch und rieb ihn ab. Danach hielt er den Apfel hoch und drehte ihn, um ihn von allen Seiten zu betrachten, ehe er ihn auf meinen Teller legte. Pototsching servierte er ebenfalls einen Apfel, allerdings ohne ihn vorher behandelt zu haben. Wir bissen beide zugleich in unsere Äpfel, es gab einen unangenehmen schmatzenden Laut, ich wußte nicht, kam er von Pototsching oder von mir.

Der Champagner und der Wein taten ihre Wirkung, ich stützte meinen Kopf auf beide Hände, die Haare hingen mir ins Gesicht. Ich sagte mir, jetzt ist sie bereit.

Pototsching machte eine knappe Bewegung mit dem Kopf, und der Kellner verließ das Zimmer. Ganz langsam stand Pototsching auf, er wirkte so muskulös in dem Anzug. Zum ersten Mal an dem Abend kam ein Lächeln auf sein Gesicht. Er nahm eine Erdbeere von der großen Fruchtschale, ging zu mir herüber und stellte sich neben mich, die Erdbeere zwischen Daumen und Zeigefinger rollend. Das Rot der Erdbeeren war dasselbe wie das meines Lippenstifts, in dem spiegelnden Fenster sahen die Erdbeeren nicht wie Früchte, sondern wie rohes Fleisch aus. Wie ich der Erdbeere mit meinen Augen folgte, ekelte ich mich vor mir selbst.

Dennoch öffnete ich gehorsam den Mund. Zu meinem Entsetzen machte ich, kurz bevor er mir die Erdbeere in den Mund steckte, eine Bewegung mit der Zunge.

Seine Hand verharrte neben meinem Gesicht, Daumen und Zeigefinger im gleichen Abstand, als ob sie noch die Erdbeere hielten. Ich begann zu kauen und sah eine alte Frau. Das Kinn und die Oberlippe voller Falten und Krater, der Mund eingefallen, als ob da keine Zähne wären.

Die zweite Erdbeere aß ich nur, um das Bild ungeschehen zu machen. Ich schloß den Mund sacht und kaute besonders langsam, die alte Frau zeigte sich nicht mehr. Ich lächelte erleichtert.

Pototsching lächelte glücklich zurück. Er nahm eine dritte

Erdbeere und hielt sie mir hin, ich legte den Kopf in den Nacken, öffnete den Mund und züngelte.
Er ließ die Erdbeere los, ich ging mit dem Kopf schnell nach vorn, um die Erdbeere nicht zu verschlucken, meine Wange traf auf seinen Zeigefinger und seinen Ringfinger. Ich schloß die Augen, lehnte meinen Kopf an seine Hand an und öffnete die Lippen. Er bewegte seine Hand ganz langsam zu meinem Mund hin. Ich umfing seinen Zeigefinger mit meinen Lippen.
Konnten wir rückgängig machen, was passiert war? Das Betatschen, die Grabschereien, daß er sich an mir gerieben hatte?
Er räusperte sich laut und vernehmlich, das Zeichen für den Kellner, hereinzukommen. Der wußte zunächst nicht, was er tun sollte, aber er begriff, daß man seine Anwesenheit erwünschte. Auf einen Blick von Pototsching schenkte er aus den Karaffen zwei Gläser ein, mir servierte er einen Calvados, Pototsching einen Cognac, ich erkannte es am Geruch.
Vorbei, was auch immer möglich gewesen war.
Ich sah mich lachend Pototsching und dem Kellner zuprosten. Pototsching stützte den Kopf auf die zur Faust geballte rechte Hand, den linken Arm streckte er vor sich, er bemühte sich verzweifelt, ein Gleichgewicht zu halten, das gar nicht gefährdet war.
Während der Kellner den Tisch abräumte, blickte Pototsching abwechselnd mich und den Kellner an, als ob ich etwas mit dem Kellner gehabt hätte. Seine linke Hand zitterte. Ich wußte nicht, was ich sagen oder tun sollte, mir fiel nur ein, mich gerade hinzusetzen und das Kleid über dem Ausschnitt hochzuziehen.
Schließlich erhob er sich, dabei beugte er sich vor und

langte mit den Armen nach hinten. Er drohte mir mit dem ganzen Körper. Ich versuchte, ihn so anzusehen, als wären wir wieder da, wo wir vorhin gewesen waren. Ich gab vor, alles, was passiert war, ungeschehen machen zu wollen. Aber tatsächlich glaubte ich nicht daran, daß das gelingen könnte.

Nachdem ich mir die Haare aus dem Gesicht gestrichen hatte, führte ich das Glas mit dem Calvados an die Lippen. Den Kopf leicht vor und zurück bewegend, trank ich mit geschlossenen Augen und merkte, wie mir dabei etwas Calvados über das Kinn den Hals herunterlief.

Ich wollte das Glas nicht auf den Tisch zurücksetzen. Auf beide Ellbogen gestützt, umfaßte ich den Stiel des Glases mit zwei gespreizten Fingern und dem Daumen der rechten Hand, mit der linken Hand fuhr ich seinen Rand entlang. Ich überlegte mir, was ich noch alles mit dem Glas machen konnte, um es nicht zurückstellen zu müssen.

Als der Kellner alles abgebaut hatte und ohne daß sie ein Wort gewechselt hatten, überreichte Pototsching Laura das erste Exemplar ihres eben gedruckten Buches.

Ich verspürte keine Schmerzen, ich fühlte mich nicht benommen.

War das der Tod oder das Leben? dachte ich später, als ich Zeit hatte, nachzudenken. Jetzt schrie ich.

Ich wurde über den Rand in eine Schüssel katapultiert, eine Schüssel, größer als die Erde.

Auf Händen und Knien gelandet, rutschte ich eine abfallende Fläche hinunter. Das Material sah aus wie Messing, aber es fühlte sich nicht kalt an.

Woher wußte ich, daß es eine Schüssel war? Ein glatter

Wall erstreckte sich auf beiden Seiten bis in die Unendlichkeit, ich konnte nicht die Spur einer Krümmung erkennen. Wieso erinnerte ich mich, die Schüssel von oben gesehen zu haben?
Endlos glitt ich weiter, ohne langsamer, ohne schneller zu werden.
Ich wälzte mich auf den Bauch.
Ich drehte mich um die eigene Achse.
Ich rotierte wie ein Propeller.
Dann packte mich schlechte Laune. Wütend versuchte ich, die Hände auf das Material zu pressen, um mich festzuhalten. Die Hände taten nicht weh, genausowenig wie die anderen Körperteile, auf denen ich herunterrutschte.
Über mir erstreckte sich ein blauer Himmel, eine Sonne beschien die unendlich große goldene Fläche. Ich verlor das Bewußtsein.
Wie ich aufwachte, glitt ich mit der gleichen Geschwindigkeit herab wie vorher. Der Rand der Schüssel befand sich in weiter Ferne, der Sonnenstand hatte sich nicht verändert. Auf dem Rücken liegend, wandte ich den Kopf zur Seite und sah Laura links über mir. Sie stützte sich mit den Armen rückwärts ab, ihre Haare wehten im Wind. Abwechselnd streckte sie die Beine, um dann den Oberkörper aufzurichten.
Wir rutschten weiter.
Ich sah zur Sonne hoch, auf die andere Seite und erblickte Lisa, sie kniete, auf die Ellbogen gestützt, die Beine angewinkelt und zusammengepreßt.
Beide, Laura und Lisa, waren nackt.
Wir rutschten und rutschten.
Ich verfiel in eine Art Halbschlaf. Wie lange ich in diesem Zustand verharrte, weiß ich nicht, als ich wieder klar den-

ken konnte, schien es mir, als wären Laura und Lisa näher bei mir, als würden die Bahnen, auf denen wir herabglitten, konvergieren.
Laura hatte die Position gewechselt, im Sitzen stützte sie sich auf die beiden durchgestreckten Arme und spreizte leicht die Beine. Sie hielt ihre Augen geschlossen, ich vermeinte, ein Lächeln um ihre Mundwinkel wahrzunehmen.
Lisa hatte sich auf den Knien aufgerichtet, die Arme zwischen den Beinen, ich sah ihr Gesicht nicht.
Auf einmal, ich kann nicht angeben, ob ich dazwischen das Bewußtsein verlor oder nicht, befand sich Laura unmittelbar über mir. Sie blickte mich an, es schien, als seien ihre Augen entzündet. Sie öffnete und schloß den Mund, ich brauchte lange, um zu begreifen, daß sie mir etwas sagen wollte. Die Schallwellen pflanzten sich nicht fort. Jetzt erst fiel mir auf, ich hörte ja gar nicht, wie ich rutschte, wie Laura rutschte, wie Lisa rutschte. Ohne Geräusch schlitterten wir die unendliche fugenlose Fläche hinunter, es herrschte völlige Stille. Laura mußte doch merken, daß es keinen Sinn machte, zu reden. Ich zeigte mit dem Finger auf meinen Mund, ich legte meine Hände an meine Ohren an, aber sie bewegte den Mund weiter, und ich hörte nichts, absolut nichts.
Die Sonne stand nicht mehr so hoch am Firmament, plötzlich bekam ich Angst, sie könne verlöschen, ich würde weiterrutschen, aber ich würde nichts mehr sehen.
Würden sich unsere Bahnen treffen, bevor die Sonne aufhörte zu scheinen?
Würden wir uns berühren?
Würde ein Betrachter wahrnehmen, daß wir einander umliefen oder daß wir miteinander verschmolzen?
Als ich das nächste Mal aufwachte, umgab mich Nacht,

aber über mir erstreckte sich ein Sternenhimmel. Kein Mond schien, keine bekannten Sternbilder waren zu entdecken.
Ich betrachtete den Himmel sehr lange. An einzelnen Stellen leuchteten plötzlich Sterne, wo gerade noch keine gewesen waren. Wenn ich richtig beobachtet hatte, mußte sich die Schüssel mit ungeheurer Geschwindigkeit bewegen.
Laura und Lisa rutschten immer noch über mir, aber sie waren mir jetzt sehr viel näher gekommen. Ich konnte nur die Gesichter von Laura und Lisa erkennen. Beide veränderten ständig ihre Position, der Neigungswinkel ihrer Gesichter blieb jedoch konstant. Lisa hielt immer wieder die Hände hoch, ich glaubte, ihre roten Fingernägel zu sehen. Neben den roten Lippen Lauras.
Laura streckte den Zeigefinger aus, Lisa spitzte den Mund, und Laura machte eine verneinende Bewegung mit dem Zeigefinger. Beide lachten.
Einmal, es mußte sich um eine Sinnestäuschung handeln, waren die Köpfe von Laura und Lisa ganz nah beieinander. Unverwandt blickten sie mich an, Laura mit ihren entzündeten Augen und Lisa aus den Augenwinkeln.
Bisher hatte ich keinerlei Temperaturempfindung gehabt, plötzlich wurde mir kühl. Die Kälte nahm ihren Ausgang vom Kopf. Die Körperteile, mit denen ich die Oberfläche der Schüssel berührte, waren wärmer als die anderen. Ich drehte mich, so daß ich auf dem Bauch, auf dem Rücken, auf den Armen, auf den Beinen rutschte. Mir kam der Gedanke, vielleicht hatte ich einen anderen Körper mit einem niedrigeren Temperaturhaushalt. Sein Grundumsatz war langsamer, seine Leistung geringer, um diesen kombinierten Faktor lebte ich länger, rutschte ich länger...
Im Gegensatz zum Untergang bekam ich den Aufgang der

Sonne mit. Zuerst hellte sich der Nachthimmel auf, das Schwarz ging in ein Dunkelblau über, das Dunkelblau in ein lichtes Blau. Freundliche Strahlen fielen über den oberen Rand der Schüssel. All das vollzog sich viel schneller, als ich für möglich gehalten hatte, nachdem die Sonne so lange reglos im Zenit gestanden hatte. Die Sonnenstrahlen erzeugten ebenfalls ein angenehmes Gefühl der Wärme.
Ich badete in den Sonnenstrahlen. Eine Zeitlang rutschte ich mit dem Kopf nach unten, so bekam ich die meiste Sonne ab, dann schien mir die Position ein wenig lächerlich. Auf dem Rücken glitt ich weiter, mit dem Kopf nach oben, die Beine ausgestreckt und leicht gespreizt, die Arme ebenfalls ausgestreckt, mit den Handinnenseiten berührte ich die goldene Fläche. Ich fühlte mich, als ob ich an einem Strand lag.
Noch nie hatte ich mich selbst betrachtet. Ganz langsam öffnete ich die Augen und blickte an mir herab. Und begann wieder zu schreien.
Ich hatte keine Muskeln, mein Körper war völlig glatt, selbst dort, wo es natürliche Vorsprünge oder Vertiefungen hätte geben müssen. Ich bewegte meine Beine wie gewöhnlich, dabei hatte ich gar keine Knie. Meine Füße sahen aus wie Flossen, ich hatte keine Zehen.
Schreiend hob ich erst den rechten Arm, dann den linken, beide waren so glatt wie die Beine, ich hatte Hände, aber keine Finger.
Meine Haut war braun und unbehaart wie die Haut eines Indianers.
Ich besaß kein Geschlechtsteil. Dort, wo Hodensack und Penis hätten sein müssen, war nichts, nur das blanke Schambein und eine Öffnung zum Wasserlassen.
Da war kein Kinn, keine Nase, da waren keine Wülste über

den Augen, nur zwei Löcher, mit denen ich atmete, und ein Mund ohne Lippen.
Ich traute mich nicht, mit der Hand in den Mund zu fahren, ich war sicher, daß ich auch keine Zähne hatte. Was da aufeinanderbiß, mußten die bloßen Kiefer sein.
Als ich aus dem Traum erwachte, brüllte ich, so laut ich konnte.

Die kurze Geschichte unseres Zusammenlebens aus ihr heraus erzählen.
Ich spürte Lauras Schulterblätter, ihre Oberarme, ihre Fingerspitzen.
Ich fühlte die Druckstellen ihres Gesäßes auf dem Schreibtischstuhl, ihren Bauch als umgehängte Tasche, ihren in das Pappmaché ihrer Schulterblätter eingesunkenen, hinten offenen Kopf, aus dem die Gedanken zu mir hinausflogen. Die Falten neben ihrem Mund spannten beim Schreiben, ihre Sommersprossen brannten. Ihre Ohren waren zu klein, um das zu hören, was ich an Geräuschen im anderen Stockwerk produzierte, während ich ebenfalls schrieb.
An dem Tag, an dem ich bei Laura einzog, regnete es ununterbrochen. Sie schwamm in blauem Wasser, auf ihren Schulterblättern spiegelte sich das Neonlicht. Sie hatte nur Kinn und Oberlippe, keine Augen, nur Ohren. Was sie mir erzählte, brach sich auf der Wasseroberfläche.
Sie öffnete eine Gespenstertruhe. Ein blauer Himmel und das Wasser umrahmten die Truhe mit Armen, Beinen und Augen, eckig, wo sie den Himmel berührte, rund am Wasser. Ein Mund, so wie sie offenstand.
Wir machten ein Picknick am Wannsee, auf einer verdorrten Wiese hatte Laura eine weiße Decke mit einem roten Gittermuster ausgebreitet. Nur mit den Oberkörpern im Schatten, hatten wir uns unter einen Baum gelegt. Ständig rieb ich meine roten Füße aneinander. In dem Baum steckten rostige Nägel, einen davon wollte ich mir durch die Füße schlagen, damit sie stillhielten. Wir hatten einen kahlköpfigen Gast, den ich immer nur von oben betrachtete. Das Eheglück bestand auch darin, daß Laura im Wannsee schwamm, auf dem Rücken. Man sah nur die Körperteile über der Wasseroberfläche, sie hatte dicke Oberschenkel

und keine Knie, schmale Schienbeine, dünne Ärmchen, kleine Brüste und ein breites Becken.
Lisa legte sich in das senffarbene Gras, Laura umarmte sie. Lisa plusterte ihre Backen auf. Wer war die Frau mit den grauen Haaren, die aussah wie Laura und Lisa, nur viel älter? Da gab es noch ein Schemen zwischen Laura und Lisa und der alten Frau, es hatte rote Backen und eine rote Nase, jedoch keinen Mund und kein Kinn, es hielt sich an der Frau mit den grauen Haaren fest. War das jetzt das Eheglück?
Im Spiegel erblickte ich nicht mein Gesicht, sondern das Lauras. Beim Schreiben trug sie eine Brille, die Gläser gingen fast bis zur Nasenspitze herunter, ihre Haut nahm den Ton des violetten Brillengestells an. Ich sah eine rosa Brustwarze in der Nähe des Mundes, die zusammengepreßten Oberschenkel über dem Kopf.
In Thüringen wanderten wir zu einem braunen Bergrücken hin, der aussah wie ein Brotlaib mit Einkerbungen, keine Felsen, kein Gras, keine Wälder. Wir wunderten uns, daß wir auf dem Weg keine Abdrücke hinterließen, so frisch aufgeschüttet schien uns der Berg.
Laura hatte keine Stirn und trug einen Tornister. Der Behälter enthielt alles, was sie brauchte, um zu überleben, auch eine Pistole, auch eine Granate. Über ihrem Kopf schwebte eine kleine weiße Wolke, um sie herum erstreckte sich ein leuchtend blauer Himmel. Sie schloß die Augen, spitzte den Mund und streckte das Kinn vor.
Wir liefen durch ein kleines Tal, sie sagte, der Wald gefalle ihr nicht, da, wo er war, so im Schatten, sie schnitt ein Dreieck aus und wuchtete das Waldstück von der lilafarbenen Gewitterwolke weg unter den blauen Sommerhimmel. Man konnte jeden Muskel, jede Sehne unter ihrem Overall erkennen.

Einmal geriet ich in das Traumazimmer. In der Mitte des fensterlosen Kellerraums war ein Feldbett mit einer Matratze, einem Kopfkissen und einer karierten Decke aufgebaut, neben einem elektrischen Herd mit vier Herdplatten und einem Backrohr. Die anderen Einrichtungsgegenstände: eine Kommode aus dunkelbraun gebeiztem Holz mit einem Steinaufsatz, darauf eine leere Sektflasche sowie mehrere Sektgläser, zwischen Ofen und Kommode ein Bronzevogel, ein Uhu oder eine Eule auf einem schulterhohen Holzsockel sowie eine große altmodische Schiefertafel mit einem hellen Holzrahmen auf einem Gestell ebenfalls aus hellem Holz. Vor dem Traumazimmer war ich über ein Paar auf dem Boden liegender Krücken gestolpert und hatte mich nur an den Griffen einer Sackkarre festhalten können, die in der Ecke lehnte.
Es kam mir so vor, als wäre ich schon einmal in dem Raum gewesen.
In ihrem Buch beschreibt Laura die Probe zu einer Aufführung des Schülertheaters. Die Protagonisten der Szene in einem Kellerraum der Schule sind der Junge und eine Klassenkameradin des Jungen, die eine ältere Frau spielt, sie trägt eine graue Perücke und hat sich Falten ins Gesicht geschminkt. Der Regisseur zeigt den beiden, wie er sich die Szene vorstellt. Erst dirigiert er das Mädchen auf das Feldbett, dann beugt er sich über das Mädchen und sagt, küß mich. Im Buch bleibt unklar, ob der Satz Teil des Textes ist, den die Schülerin sprechen soll, oder ob es eine Anweisung an sie ist.
Text des Mädchens: *Komm Liebling, wir räumen das Zimmer auf, wir machen das Bett, damit wir es durcheinanderbringen können. Das ist die einzige Art von Unordnung, die ich ertragen kann!*

Text des Jungen (der Junge schreit und rennt in dem Zimmer herum): *Ich will raus! Der Anblick dieses Lochs macht mich krank! Ich weiß gar nicht, wie du es angestellt hast, mich hierherzubringen! Es riecht nach Männern! Es stinkt, als hätte sich jemand nicht gewaschen! Wenn ich mir vorstelle, was hier passiert ist –*

Laura war mir gefolgt. Aber sie kam nicht zu mir her, sie sagte nicht, küß mich, und ich küßte sie nicht.

Ich konzentrierte mich auf einzelne Gefühle und lebte in ihnen, wie ich vorher in Lauras Körper gelebt hatte. Auch das stellte die Beschreibung eines Körpers dar. Auch so ließ sich ein Körper erzeugen. Laura war dankbar für meine Versuche, aus diesen Gefühlen einen Körper außerhalb ihres Körpers zu machen.

Einmal legte Laura einen Stein in eine Kartoffelpresse und drückte sie zusammen. Es gelang ihr, den Stein zu zerkleinern.

Laura schlief mit angewinkelten Armen und bis an den Bauch angezogenen Beinen, den Kopf auf der Seite. Nachdem sie aufgestanden war, betrachtete ich den Abdruck, den sie im Bett hinterlassen hatte. Ihre Finger waren gekrümmt gewesen und hatten auseinandergestanden. Ihre Schultern hatten auf das Bett gedrückt wie Pakete.

Lisa hielt eine riesige Schere, sie stützte sie auf meinen Oberschenkeln ab, ich steckte den Kopf zwischen die Scherenblätter, ich wollte mir den Kopf so nah wie möglich am Rumpf abschneiden. Laura sah nachdenklich zu, die Hände vor dem Mund, die breiten Schultern über dem Becken schwebend, dazwischen war nichts.

Meine Rippen standen hervor. Mein Gesicht war rot, ich hatte keine Haare mehr auf dem Kopf, meine Lippen waren wulstig.

Ich weiß nicht mehr, warum es mir nicht gelang, den Kopf abzuschneiden, ich erinnere mich nur, daß mein Hals anschwoll, ich bekam mehrere Beulen, eine riesige unter dem Kinn, ich hatte nur noch ganz dünne Beinchen und Ärmchen, mit denen ich die Schere nicht mehr halten konnte.
Zu schwach, um aufzustehen, fand ich mich auf einer schneebedeckten Wiese wieder. Der Schnee kühlte die Beulen, ich würde Abdrücke hinterlassen, der des Kopfes so groß wie der des Körpers, so gern hätte ich die roten und blauen Blumen dort, wo die Schneedecke endete, aus der Nähe gesehen.
Happy days.
Ich schloß das rechte Auge und sah am Rand meines linken Gesichtsfelds den Körper, den Augenbrauenbogen, die Nase und die Lippen sowie die durch diesen Bogen begrenzte Umgebung. Ich überlegte, ob das meine Nase war, mein Augenbrauenbogen, meine Lippen oder ihre Nase, ihr Augenbrauenbogen, ihre Lippen.
Am Boden neben der Tür stand Lauras Notebook. Ich drehte meinen Kopf, bis sich der Computer genau in der Mitte meines Gesichtsfelds befand, und überlegte, wie es wohl aussehen würde, wenn jemand den Eindruck hätte, der Computer spiegelte sich in meinem Auge: meine Pupille ein aufgeklappter Rechner.

Schließe deine Augen. Vertiefe dich in das, was sich auf deiner Retina abbildet. Es kommen keine Bilder, nur Streifen, Kreise. Das Licht und die Schatten deiner Umgebung zwängen sich zwischen deinen geschlossenen Lidern hindurch.

Die Formen, die jetzt auf deiner Retina erscheinen, sie verändern sich von Sekunde zu Sekunde.

Deine geschlossenen Augen müssen schnell entscheiden, welche Formen sie festhalten wollen.

Konzentriere dich nicht mehr, vielleicht siehst du dann etwas.

Die Bilder, die du jetzt vor dir hast, sind keine Bilder aus der wirklichen Welt. Es sind aber auch keine bloßen Vorstellungsbilder, du siehst Dinge aus einer Zwischenwelt.

Deine Augen schmerzen, als ob du dich angestrengt hättest, etwas ganz genau zu betrachten.

Die Bilder kommen, wenn du dich entspannst.

Es ist nicht einfach, die schnell abfolgenden Bilder zu behalten.

Du siehst La Trémoïlle, als ob er vor dir steht.

Er trägt die Haare schulterlang, vorn abgeschnitten, ein Dreieck fällt bis zur Nasenwurzel herunter.

Vielleicht sah La Trémoïlle auf dem letzten Bild in der Zeitung so aus.

La Trémoïlle soll anders sein, nicht ganz anders, aber genügend anders, als du ihn gesehen hast.

Mit geschlossenen Augen kannst du ihn genauso auf zwei Arten anblicken wie mit offenen. Du kannst ihn bewußt betrachten, herauszufinden versuchen, wie er wirklich ist, und du kannst ihn unbewußt betrachten. Wenn du ihn unbewußt ansiehst, siehst du ihn nicht wirklich. Blickst du La Trémoïlle unbewußt oder bewußt an?

Du möchtest ihn durch deine Augen sehen.

Du möchtest ihn nicht sehen.

Du fragst erschrocken, was tun Sie hier (es hat nicht geklingelt, du hast nicht gehört, wie eine Tür gegangen ist).

La Trémoïlle hatte von meinen Lippen abgelesen und meine Frage verstanden. Er trug drei große Silberringe, einen mit einem schwarzen Stein am Ringfinger der rechten Hand, einen mit einem roten und einen mit einem gelben Stein am Ringfinger der linken Hand. Sich an das Treppengeländer lehnend, schrieb er auf seinen Palm: *Wo ist Laura? Noch im Bett und wartet darauf, daß Sie ihr das Frühstück bringen?*
Ich sagte, sie sei nicht da.
La Trémoïlle ging in die Küche und setzte sich einen Kaffee auf. Offensichtlich kannte er sich in dem Haus gut aus. Während das Wasser heiß wurde, schrieb er im Stehen auf seinem Palm. *Ich war die ganze Nacht unterwegs und will nichts weiter als etwas Kaffee und etwas Schlaf. Lassen Sie mich einfach allein.*
Mein Herz schlug bis zum Hals. Ich war der Schlüssel zu Pototschings neuem Buch. Aber La Trémoïlle behandelte mich wie einen Zufallsbekannten von Laura, mit dem sie einen One-night stand gehabt hatte.
Ich sagte ihm, sie liebt mich.
La Trémoïlle würde mir zu verstehen geben, daß sie mit

vielen Männern schlief, aber bald Guggeis heiraten würde. Seine Frau war gestorben, die Ehe kinderlos geblieben. Ich war Lockvogel und Prallsack zugleich. Guggeis traute sich nicht, ihr einen Antrag zu machen. Sie würde froh sein, daß sie nicht mehr mit vielen Männern schlafen mußte. Nicht Guggeis hatte sie Pototsching ausgespannt, sondern ich. Pototsching würde bei Guggeis bleiben. Ihre Bücher würden in einem anderen Verlag erscheinen.
Ihr würde La Trémoïlle erzählen, ich hätte nur mit ihr geschlafen, um zu Guggeis wechseln zu können. Er habe einen außerordentlich günstigen Vertrag für mich ausgehandelt, den Guggeis unter der Bedingung unterzeichnet hatte, daß ich sie sofort verließ und nicht mehr versuchte, sie zu treffen.

Zum Schein hatte ich eingewilligt, Pototschings Manuskript zu Ende zu schreiben.
Laura und ich, wir verbannten Pototschings Manuskript nicht ins Dunkel, sondern wir sprachen unablässig von ihm. Wir stellten uns nicht blind und taub, wir täuschten uns weder gegenseitig noch selbst, sondern wir konstruierten um Pototschings Manuskript herum einen Apparat, der die Wahrheit produzieren sollte – um sie im letzten Augenblick zu verhüllen. Pototschings Manuskript war nicht nur eine Angelegenheit von Gefühl und Lust, sondern eine von wahr und falsch. Wir verbargen Pototschings Manuskript, damit wir es in besonderer Weise gestehen konnten. Niemals drehte es sich nur darum, zu sagen, worüber es ging oder wie es entstanden war, sondern darum, in ihm und um es herum die Gedanken zu erfassen, die es verdoppelten, die Bilder, die es heraufbeschwor, die Zwangsvorstellungen, die es begleiteten.

Ich entwarf einen Schluß für Pototschings Manuskript. Aber ich hatte niemals die Absicht, Pototschings Manuskript tatsächlich zu Ende zu schreiben.
Laura mußte es ahnen.

Laura: »Es ist kein Buch, es ist ein Manuskript. Man kann ein Manuskript nicht auf die gleiche Stufe stellen wie ein Buch.«

Ich: »Jedes Buch war einmal ein Manuskript.«

Laura: »Ein Buch hat ein Eigenleben. Es überlebt unabhängig vom Autor. Ein Manuskript kann das nicht.«

Ich: »Wer sagt, daß ein Manuskript nicht genauso überleben will wie ein Buch?«

Laura: »Wenn jedes Manuskript gedruckt wird: Wer soll das lesen?«

Ich: »Es müssen ja nicht alle alles lesen.«

Laura: »Dann muß auch nicht alles gedruckt werden.«

Ich: »Ein Manuskript hat Würde.«

Laura: –

Ich: »Manchmal müssen Manuskripte vor ihren Urhebern beschützt werden.«

Laura: »Pototsching wußte nicht, was er als nächstes schreiben sollte. Er war eifersüchtig auf dich. Weil du mir in die Augen gesehen hattest. Und neidisch. Er verkauft zwar viel mehr als du. Aber er weiß auch, daß sein erstes Buch für alle Zeiten sein größter Erfolg bleiben wird. Er hat keine Entwicklung. Du hast eine Entwicklung. Deswegen schrieb er über dich. Später verlor er die Lust daran. Aber er kann uns mit dem Manuskript ärgern. Und Guggeis die Muskeln zeigen. Er narrt uns alle.«

Ich: »Es gibt das Manuskript, und man kann ein Buch aus ihm machen.«

Laura: »Es tut dem Manuskript nicht weh, wenn aus ihm kein Buch wird.«

Ich: »Woher weißt du das?«

Laura: »Hast du schon einmal gehört, daß sich ein Manuskript beschwert hat, weil es nicht gedruckt wurde?«

Ich: »Ich habe schon einmal gehört, daß sich ein Autor beschwert hat, weil sein Manuskript nicht gedruckt wurde. Vielleicht ist das die Art, wie ein Manuskript Schmerz zeigt. – Ein Buch ist eine Person.«

Laura: »Ein Buch ist keine Person.«

Ich: »Ein Buch möchte von seinen Erzeugern geliebkost werden, sie müssen ihm beibringen, wie es sich in der Welt verhalten soll. Hat das Buch laufen gelernt, kann es gutes Geld verdienen und seine Erzeuger unterstützen. Ein Buch möchte ein gutes Leben haben, es möchte zu etwas nütze sein, aber es möchte auch mal Urlaub machen. Es träumt davon, jung und sexuell attraktiv zu bleiben. Ein Buch läßt sich gern klonen: Weder die Hardcover-Ausgabe noch die Taschenbuchausgabe käme jemals auf den Gedanken, sie hätte psychische Probleme, wenn neben ihr noch einmal die Hardcover-Ausgabe beziehungsweise die Taschenbuchausgabe liegt. Manche Bücher werden alt, sie sind froh, wenn sie im Alter keine großen Gebrechen haben. Wenige Bücher werden sehr alt, ganz wenige sogar unsterblich. Die Unsterblichkeit wird mit gewissen Bewegungseinschränkungen erkauft. Uralte Bücher können sich in der Regel kaum mehr rühren, sie sind eingekeilt von Vorworten, Nachworten, editorischen Notizen, Fußnoten, Kommentaren und von Büchern über sie. Aber die uralten Bücher ziehen ein solches Leben dem Sterben vor.«

Laura: »Es wäre ein unerwünschtes Buch. Pototsching würde es vernachlässigen oder sogar mißhandeln.«

Hatte La Trémoïlle mein Romanmanuskript *Es scheint mir absurd, was unsere Freunde jetzt wollen* gelesen? Er hatte mir einen Vertragsentwurf zugesandt, der die Beziehung zwischen Autor und Agenten regeln sollte, ich hatte nicht darauf geantwortet, sondern ihm das Manuskript geschickt.

Unmittelbar nach dem Anschluß Österreichs 1938 liquidierten die Nazis das Auktionshaus der Brüder Glückselig, das der Familie Kende wurde arisiert. Durch den Wegfall der Konkurrenz konnte das Wiener Dorotheum seine Stellung ausbauen, es wurde zur Drehscheibe für die Verteilung von Raubkunst. Die Juwelen wurden im Dorotheum angeboten, die Versteigerungen von Wohnungseinrichtungen und Sammlungen häuften sich derart, daß man dazu überging, sie gleich an Ort und Stelle abzuhalten. Jeder Käufer hatte den Ariernachweis zu erbringen. Kurz nach der Flucht des bekannten Shaw-Übersetzers Siegfried Trebitsch nach Zürich setzte das Dorotheum die Versteigerung seines gesamten Hab und Guts in seinem Hietzinger Palais an. In Anwesenheit lediglich einer Handvoll ausgewählter hoher Nazifunktionäre, die nach Absprache die

mehr als fünfhundert Lots erwarben: eine umfangreiche Bibliothek mit Autographen von Schriftstellern, Bilder, Antiquitäten bis hin zu Hausrat und Kleidungsstücken. Die am 19.8.1940 durchgeführte Auktion erbrachte einen Gesamterlös von 20.303,00 Reichsmark.
In meinem Roman legte ich die Versteigerung mit zwei anderen zusammen, derjenigen der Sammlung der Kunsthandlung Silbermann und derjenigen der beschlagnahmten Gemälde aus dem Besitz des geflüchteten Verlegers Gottfried Bermann-Fischer. Die Sammlung der Galerie Silbermann teilten sich die Schätzmeister des Dorotheums Kieslinger und Eugen Primavesi mit den Kunsthändlern Fornach, Reitzner, Schebesta, Weinmüller und der Galerie St. Lucas. Primavesi sicherte sich den Gauguin *Rue de Village* und den Pissarro *Boulevard de Paris*.
Im Roman treten fast alle der genannten Schätzer und Kunsthändler auf, erzählt wird aus der Perspektive der Hausbesorgerin. Vor zwanzig Jahren hatte sie ein Verhältnis mit dem Übersetzer, sie kennt die Geschichte jedes einzelnen Gegenstands, der versteigert wird. Die Hausbesorgerin ist Halbjüdin. Bevor der Übersetzer floh, versteckte er sich in Wien, er versuchte, die wertvollsten Bilder und Objekte zu retten. Der Kunsthändler Schebesta war der Hausbesorgerin auf die Schliche gekommen, er verhalf ihr zu einem Ariernachweis, als Gegenleistung beanspruchte er ein Zeichnungskonvolut von Pissarro. Die Hausbesorgerin wurde zur Vermittlerin zwischen dem untergetauchten Übersetzer und dem Kunsthändler. Die Wohnung war noch nicht durch das Dorotheum inventarisiert worden, der Übersetzer bot dem Kunsthändler die Hälfte der Bilder und Objekte an, wenn er die andere Hälfte in Sicherheit bringen konnte. Aber der Kunsthändler ging nicht auf das Geschäft

ein, er begnügte sich mit dem Zeichnungskonvolut, ohne die Flucht des Übersetzers zu verhindern. Die Hausbesorgerin beobachtet die Versteigerung und bemerkt, wie Schebesta entgegen den Absprachen und sehr zum Verdruß der anderen die Preise in die Höhe treibt. Bei einem Bild wird die Versteigerung wiederholt.
Aus einer dahingeworfenen Bemerkung Primavesis erfährt die Hausbesorgerin, daß Schebesta den Übersetzer angezeigt hat. Sie belauscht mehrere Gespräche und spekuliert über die Gründe seiner Handlungsweise. Hat er einen Kunden, der unbedingt die Pissarro-Zeichnungen erwerben möchte und ihm dafür einen überhöhten Preis zahlt? Will er Primavesi zu dem Gauguin und dem Pissarro verhelfen, um seine Schulden bei ihm abzutragen? Ist es ihm um die Wohnung zu tun? Der Kunsthändler Fornach bringt die Hausbesorgerin noch auf eine andere Spur: Trebitsch und Schebesta haben die gleiche junge Geliebte, geht es dem Kunsthändler vor allem darum, den Übersetzer loszuwerden?
Nach der Versteigerung bittet Schebesta die Hausbesorgerin, den Abtransport der Gegenstände zu überwachen. Er will in die Wohnung einziehen und sie als Hausbesorgerin behalten, er bietet ihr ein gutes Entgelt.
Im Haushalt des Übersetzers geschah einmal ein Unfall, der um ein Haar einen tragischen Ausgang genommen hätte. Der Übersetzer war ausgegangen. Er hatte einen jungen Spanier zu Gast, den Verlobten einer jungen Frau Palffy, die beiden vergnügten sich im Gästeschlafzimmer. Die Hausbesorgerin verfolgte das Treiben der beiden. Bei einem ihrer Gänge roch sie Gas, sie öffnete die Tür zum Gästeschlafzimmer und fand die beiden bewußtlos. Sie zerrte sie auf den Gang und behandelte sie mit kaltem Wasser, beide kamen schnell wieder zu sich. In der Küche war Gas

ausgeströmt und durch den Gang in das Schlafzimmer gezogen. Man einigte sich darauf, den Vorfall nicht bekanntzumachen. Am nächsten Tag bestellte die Hausbesorgerin einen Handwerker und sah zu, wie er das defekte Gasventil reparierte.
Die Hausbesorgerin tritt die Stelle bei dem Kunsthändler Schebesta an. Vielleicht wird er einmal eine Gesellschaft für alle geben, die die Versteigerung unter sich ausgemacht haben. Die Hausbesorgerin weiß, wie man das Gasventil in der Küche lockert. Sie träumt davon, alle zuerst betrunken zu machen und dann zu vergiften.

Ich lief vor La Trémoïlle davon und in Primavesi hinein.
Links und rechts neben dem mittleren Fenster des Atelierzimmers drückten sich die Hausbesorgerin und Schebesta an die Wand, Primavesi versuchte, in möglichst großem Abstand zum Fenster auf die Straße hinunterzublicken. Alle drei wollten offensichtlich unbedingt vermeiden, daß man sie von der Straße aus bemerkte.
Primavesi, Schebesta und die Hausbesorgerin sahen genauso aus, wie ich sie im Romanmanuskript beschrieben hatte. Doch sie waren nicht größer als Kinder.
Gegenüber auf dem Bürgersteig stand ein sehr alter Lastwagen. Ein Fünftonner Saurer mit einem kastenförmigen Aufsatz aus Blech, der aussah, als könnte er hermetisch abgeschlossen werden. Der weißgekleidete Mann am Steuer studierte eine Karte, sein ebenfalls weißgekleideter Beifahrer musterte das Haus.
»Sie sind gekommen, um uns zu holen«, flüsterte die Hausbesorgerin.
»Er hat sie gerufen«, Primavesi machte eine Kopfbewegung zu dem Raum hin, in dem sich La Trémoïlle aufhielt.

»Sie hat sie gerufen.« Schebesta sah aus seinem Winkel Laura auf den Lastwagen zugehen.
»Wir sind unsichtbar«, versuchte Primavesi die anderen zu beruhigen.
Die Hausbesorgerin blickte mich an.
»Aber er kann uns sehen, und die unten können uns auch sehen.«
Die Hausbesorgerin brach in Tränen aus.
»Sie glauben, der Wagen ist für Sie?« fragte ich.
Alle drei nickten stumm.
Ich ging zu der Hausbesorgerin und umfaßte ihre zitternden Hände.
»Sie werden nicht abgeholt. Sie werden nicht in den Wagen gesperrt. Ihnen kann nichts geschehen, das Buch wird gedruckt. Sie holen nur solche Figuren –« Ich machte eine Pause, es war mir peinlich, das Wort Figuren benutzt zu haben, aber ich wußte nicht, was ich sonst hätte sagen sollen, Menschen? Sie waren ja keine richtigen Menschen, Charaktere? Auch nicht besser als Figuren, Protagonisten? Das wäre schmeichelhafter gewesen. »Sie holen nur solche – aus Manuskripten, die nicht veröffentlicht werden.«
Ich hoffte, ich würde recht behalten.
»Aber Fornach …«
Schebesta sprach für alle. Der Kunsthändler Fornach war in einer früheren Fassung vorgekommen, ich hatte ihn gestrichen.
»Das Manuskript ist fertig«, sagte ich ungehaltener, als ich vorgehabt hatte. »Ich ändere nichts mehr.«
Aber ich vermied es, Schebesta in die Augen zu sehen.
»Der Wagen ist für jemand anderen. – Sie sind wegen einer anderen Figur hier, aus einem anderen Manuskript.«
Jetzt log ich geradeheraus.

»Was glauben Sie, wie man sich fühlt, wenn man jeden Tag darauf wartet, daß man abgeholt wird!«
»Ihre Furcht ist unbegründet«, sagte ich zu Schebesta.
»Ich habe zugesehen, wie sie Fornach geholt haben.«
Die anderen nickten beifällig.
»Er hat ihnen sogar die Tür geöffnet. Sie haben ihn sofort an den Schultern gepackt, in die Zwangsjacke gesteckt, dann haben sie ihn in den Wagen gesperrt.«
»Er taucht vielleicht in einem anderen Manuskript auf. Oder er findet einen besseren Autor als mich.«
Ich wandte mich ab.
»Sie haben mich nicht erfunden! Sie haben Leute wie mich gesucht, und Sie suchen sie immer noch. Ich habe mich freiwillig gemeldet! Sie haben mich genommen, weil Sie aus mir und den anderen einen guten Roman machen konnten. Ohne mich hätte es den Roman nicht gegeben! Ich habe Ihnen die anderen gebracht, Schebesta, Fornach, Kieslinger, Primavesi, Reitzner, Weinmüller, meine Hausbesorgerin.«
Trebitsch hatte mir im Treppenhaus aufgelauert.
»Ich erinnere mich gut, als ich zum ersten Mal in Ihrem Roman auftrat. Am Abend der Versteigerung, als ich mich von Wien verabschiedete, um nach Zürich zu fliehen. Ich hatte im Landtmann gespiesen und ging zu Fuß zum Bahnhof. Ein frostiger Nebel senkte sich auf den Ring. Die Leibwäsche zum Wechseln hatte ich in meiner Aktentasche verstaut. Wie viele tausend Male würde ich zu Fuß vom Landtmann zum Bahnhof gehen, wie viele tausend Male hätte ich versucht, durch ein Geschäft mit Schebesta wenigstens die Hälfte meiner Sammlung zu retten? Wie viele tausend Male würde die Hausbesorgerin Zeugin der Versteigerung werden? Wenn alles vorbei wäre, würde ich eine Schiffspassage nach New York buchen und die Wolken-

kratzer bestaunen, in Rußland im Tunguskakrater umherstapfen, ich würde im Ganges baden, mich in Angkor Wat und im Grand Canyon verirren, auf den ägyptischen Pyramiden herumklettern.

»Aber ich hatte sofort Schmerzen. In meiner Wohnung hingen keine Gemälde von Gauguin oder Pissarro. Ich habe nie ein Verhältnis mit meiner Hausbesorgerin gehabt, sie ist ein Trampel, sie hat schon Löcher in Leinwände gemacht und Unmengen von Kristallgläsern fallen lassen. Natürlich ist sie auch keine Halbjüdin.

»Sie müssen wissen: Jedesmal, wenn Sie von der Wirklichkeit abweichen, fügen Sie mir Schmerzen zu!

»Sie haben sich die Inventarliste besorgt, und Sie haben sich daran gehalten. Sie haben meine Versteigerung lediglich mit anderen zusammengelegt. Die Versteigerung findet in meiner Wohnung statt, und es sind alle anwesend, die tatsächlich dabei waren. Wenn ich so unter den Abweichungen leide, was sollen dann die Figuren aus den anderen Büchern sagen? Sie führen frei erfundene Handlungen aus, das müßte ihnen doch solche Schmerzen verursachen, daß sie aus dem Schreien gar nicht mehr herauskommen!

»Weder Sie noch Ihre Kollegen können jemanden zwingen! Wir sind keine jungen Männer, die zum Präsenzdienst einberufen werden, wir lassen uns nicht schanghaien, wenn wir in einer Erzählung, in einem Roman mitmachen, dann ist das immer unsere Entscheidung. Bilden Sie sich nichts darauf ein, daß wir in Ihrem Manuskript *Es erscheint mir absurd, was unsere Freunde jetzt wollen* vorkommen! Jeder von uns sucht sich den Autor, den er gerade noch ertragen kann.

»Vergessen Sie niemals den Schmerz! Ich muß nicht atmen.

Zwischen den Zeilen eines Buches braucht man nicht zu atmen. Aber wenn meine Aufgabe erledigt ist, wenn Ihre Leser Ihren Roman gelesen haben, wenn ich in das richtige Wien zurückkehre, muß ich wieder atmen. Ich weiß, ich kann es schaffen. Ich darf nie aufhören zu atmen, sonst sind meine Lungen verloren. Dann muß ich auf ewig in Ihrem Roman bleiben. Und nie werde ich Angkor Wat und New York erleben.

»Können Sie sich meine Nächte vorstellen? Ich nehme mir vor, auch während des Schlafs zu atmen, aber ich schaffe es nicht. Nie schlafe ich länger als eine Stunde am Stück. Ich wache auf und glaube zu ersticken. Immer wieder muß ich mir sagen, daß ich nicht ersticke, wenn ich nicht atme. Ich atme nur, damit sich meine Lungen erhalten.

»Vielleicht liegt es daran, daß ich Übersetzer bin. Sie sind Autor. Kommen Sie nie in den Büchern anderer Autoren vor! Vielleicht empfinden Sie die Schmerzen noch stärker als ich.

»Die Hausbesorgerin haßt mich dafür, daß ich sie dazu gebracht habe mitzutun. Ständig geht sie zwei Schritte hinter mir, dabei führt sie Selbstgespräche, ich kann es nicht mehr hören, es klingt wie ein monotoner Gesang. Mit Schebesta und Primavesi kann ich nicht sprechen. Schebesta ist ein Geschäftemacher, deswegen verstehe ich nicht, daß er auf mein Angebot nicht eingegangen ist, aber ich muß zugeben, daß er die Malerei liebt, das haben Sie in Ihrem Roman richtig dargestellt. Primavesi versteht nichts von Malerei, und er ist korrupt bis in die Knochen.

»Schebesta brüllt mich immer an, das ist seine Methode, um seine Lungen funktionsfähig zu erhalten. Primavesi kichert närrisch, wenn ich in der Nacht aufwache.

»Weinmüller trat mir mit dem Stiefel in den Nacken. Ich

mußte die Stelle lesen, an der die Hausbesorgerin schildert, wie *Rue de Village* versteigert wird. Ich kann nicht, keuchte ich, die Schmerzen sind so schlimm. Er faßte mich an den Schultern. Ich wollte ihn abwehren, doch er schlug mir die Hände beiseite. Das Bild gehörte Gottfried Bermann-Fischer, nie würde ich einen Gauguin kaufen.

»Ich winselte, nein, nein, nein. Er sagte nur, hör auf zu flennen. – An meiner Brust war etwas geschwollen, erst betastete er die Schwellung, dann drückte er sie mit den Fingern zusammen, es gab einen schmatzenden Laut, und es tat unglaublich weh, ich kreischte und schloß die Augen. Sei still, ich weiß, was ich tue! – Er zog die Schwellung hin und her, und ich wurde bewußtlos.

»Als ich wieder erwachte, schnappte ich nicht nach Luft und fühlte mich besser. Auferstanden? giggerte Primavesi, wie fühlst du dich? – Schebesta grinste, denk dir nichts, sieh noch einmal die Inventarliste durch, das wird dir helfen.

»Natürlich habe ich auch probiert, nicht zu atmen. Ich dachte, meine Lungen werden nicht gleich verkümmern, wenn ich eine Zeitlang nicht atme. Ich mußte die Rippen nicht mehr bewegen, die Brust schmerzte nicht mehr, ich fühlte mich erfrischt und quicklebendig.

»Aber dann wurde der ungestörte Schlaf zu einer Droge, ohne die ich nicht mehr leben konnte. Der Schlaf war das einzig Schöne, das einzig Gute in meinem Leben. Am Morgen erwachte ich mit regloser Brust, unter Schuldgefühlen, ich sog Luft in meine Lungen, manchmal hustete ich heftig und blutete. Ich nahm mir wieder vor, nachts zu atmen, und ich wachte keuchend und schweißgebadet auf. Das war die Zeit, in der ich mir wünschte, abgeholt zu werden.«

Das Enzym COMT, Catechol-O-Methyl-Transferase, sorgt dafür, daß der Neurotransmitter Dopamin abgebaut wird, wenn er seine Aufgabe als Signalübermittler erfüllt hat. Dopamin wird manchmal als Glücksdroge des Gehirns bezeichnet, weil es an der Entstehung angenehmer Gefühle beteiligt ist. Das Gehirn verfügt über eigene Schmerzmittel, die Enkephaline und Endorphine. Indem sie sich an bestimmte Bindungsstellen von Nervenzellen anlagern, unterdrücken sie die Schmerzwahrnehmung. Die Aktivierung des Dopaminsystems führt dazu, daß die Konzentration der körpereigenen Schmerzmittel abnimmt. COMT gibt es beim Menschen in unterschiedlichen Formen, das liegt an einer kleinen Abweichung im entsprechenden Gen: An einer bestimmten Stelle des Enzymmoleküls ist ein Aminosäurenbaustein durch einen anderen ersetzt, anstelle von Valin findet sich dort Methionin. Durch diese Vertauschung nimmt die Fähigkeit zum Abbau von Dopamin auf ein Drittel bis ein Viertel ab. Da der Mensch über zwei COMT-Gene verfügt, eins von der Mutter und eins vom Vater, sind insgesamt drei Kombinationen möglich. Beide Gene bilden das mit Valin ausgestattete aktive Enzym, beide Gene weisen jene Abweichung auf, die zu der Methionin-Variante des Enzyms führt, ein Gen stellt die aktive und das andere die weniger aktive Form des Enzyms dar.
Ist COMT weniger wirksam, liegt Dopamin in höherer Konzentration vor, das führt zu einer Verringerung der Menge von körpereigenen Schmerzmitteln. Man injizierte Probanden kleine Mengen von Salzlösungen in den Kaumuskel des Kiefers, was zu einem anhaltenden Schmerz führte. Ein computergesteuertes Infusionssystem führte dann Salzlösung genau in der Menge zu, daß der Schmerz gleichblieb. Jene Probanden, die auf Grund ihrer Erbanlage

ausschließlich die besonders aktive Variante von COMT aufwiesen, ertrugen mehr von der Salzlösung als diejenigen mit je einer Valin- und Methionin-Variante. Am sensibelsten reagierten Probanden, die von beiden Elternteilen die Methionin-Version des Gens geerbt hatten.

Keine Vorstellung existiert für sich. Immer ist sie Teil einer Reihe von Bewegungen des Geistes. Die Szenen vor meinem inneren Auge als Stills aus dem Video oder dem Film meines Geistes. Beschreibe ich, was ich erlebt habe, als Reihe, geraten die einzelnen Szenen ausführlicher und verständlicher, als wenn ich sie isoliert betrachte. Vielleicht kann ich so die Regeln aufdecken, die die Abfolge der Szenen bestimmen, wie sich eine Szene zu einer anderen Szene verformt. In der Reihe weist jeder Schritt auf den nächsten hin und deutet darüber hinaus auf die nächsten möglichen, ordnet ihnen eine gewisse Wahrscheinlichkeit zu. Ich kann bei jeder Szene verweilen, die Vorstellung gerinnen lassen, ohne daß sie deswegen endgültig wird. Keine Szene muß die Lösung sein.

Habe ich die Regeln der Reihe erkannt, bin ich dazu in der Lage, den nächsten Schritt vorherzusagen. Auch wenn ich nur eine einzelne Vorstellung vor mir habe. Die Spuren der vorangegangenen Vorstellungen erhalten sich, andere Vorstellungen hinterlassen Fingerabdrücke. Jede Vorstellung erzählt von anderen Vorstellungen.

Es tut mir gut, wenn ich mir das, was die Szenen aneinanderkettet, als Bündel von Regeln denke. Auf das wieder andere Regeln einwirken. Die Szenen bilden verschiedene Reihen, die sich vernetzen. Beim Suchen nach einer Antwort in der Vergangenheit bin ich nicht auf *eine* Reihe angewiesen, mit einer Schlüsselszene beginnend, kann ich verschiedene Reihen entlanggehen. Die Varianten relativieren jede Antwort, untermauern wie untergraben jede Erklärung, zeigen die Grenzen zwischen der Logik der Sachverhalte und meinen Entscheidungen auf.

Der Raum der Erinnerung ist nicht identisch mit dem Raum der Perspektive, die durch den Blick des sich Erin-

nernden gegeben ist. Die Perspektive stellt einen Raum her, der sich dem Raum der Erinnerung lediglich annähert. Der Raum der Erinnerung entsteht durch die Fähigkeit von Vorstellungen, sich selbst zu verräumlichen, durch die Beweglichkeit von Linien, die in die Tiefe führen, und durch die mit Energie aufgeladene Leere zwischen ihnen.
Von außen betrachtet: Die Reihe beobachtet mich, wie ich mich in sie verwandle. Von innen gesehen: Die Szenen vor meinem inneren Auge begleiten das, was ich in der Reihe wahrnehme. Durch mich hindurchgesehen: Ich als Kreuzungspunkt, als Schlüsselszene vieler Reihen.
Aber die Verwandlungsschritte folgen nicht in der erwarteten Logik aufeinander. Ich stolpere über unerwartete Reihen oder über solche mit Brüchen. Manche Schritte sind einfach ausgelassen. Die Reihen kommen mir unübersichtlich vor. Bestimmte Szenen übernehmen Rollen in verschiedenen sich überlagernden Reihen, sie werden mehrdeutig, als ob sie ineinandergeschachtelt wären. Ich bin froh, wenn ich überhaupt eine Logik am Werk sehe, ist sie auch unerwartet. Ich bilde mir ein, gerade die unerwartete Logik macht die Rolle der Regeln besonders deutlich, ich weiß nicht, ob ich recht habe.

Laura hielt mich für ihren Vorfahren, weil ich nicht mit dem Computer, sondern mit der Hand schrieb. Ich sagte ihr, niemals könnte ich mein Schreiben einem Elektronengehirn anvertrauen.
Vielleicht einem DNA-Computer.
Es ist möglich, mit Hilfe von Erbmolekülen eine Turing-Maschine zu bauen. Die Sequenzen der vier Basen Adenin, Cytosin, Guanin und Thymin stellen sowohl die Eingabedaten als auch die Rechenvorschriften dar. Man benutzt

unvollständige Doppelstränge, die überstehende längere Einzelstränge besitzen. An diesen Stellen können sich die Datenmoleküle mit den Software-Molekülen verbinden, sofern die Basensequenzen zueinander passen. Finden ein Software- und ein Datenmolekül zusammen, ist ein Rechenschritt vollzogen.

Eine Turing-Maschine wird mit speziell synthetisierten DNA-Molekülen und dem Restriktionsenzym FOK-I realisiert. Die Substanzen werden zusammen in einer Flüssigkeit gelöst, während das Enzym die Rolle der Hardware übernimmt, fungieren die DNA-Moleküle als Input, Output und als Programm. Ein doppelsträngiges DNA-Molekül, in dem eine gewisse Basensequenz für 0 und eine andere für 1 steht, repräsentiert das Band. Das Enzym bringt die molekulare Turing-Maschine zum Laufen, indem es die beiden DNA-Stränge im Bereich des ersten Symbols durchtrennt. Der Schnitt erfolgt so, daß von einem Strang mehr stehenbleibt als vom anderen, die überstehende Basensequenz definiert einen Zustand der Maschine. Der Einzelstrang dient einem der Software-DNA-Moleküle als Andockstelle. Dieses Molekül trägt in codierter Form die Vorschrift, in welcher Weise das Enzym ins zweite Symbol schneiden soll. Der Schnitt kann so erfolgen, daß der Zustand der Maschine unverändert bleibt, oder so, daß sie in einen anderen Zustand übergeht. Ausschlaggebend ist, ob das zweite Symbol eine 1 oder eine 0 ist. Das Prinzip der komplementären Basenpaarung sorgt dafür, daß sich das Software-Molekül mit der richtigen Regel an den Einzelstrang anlagert. Ist das Enzym beim letzten Symbol angekommen und hat seinen Schnitt gesetzt, muß der Endzustand der Maschine bestimmt werden. Das geschieht mit zwei Output-DNA-Molekülen, je nachdem, welches der

beiden Moleküle sich anlagert, lautet die Antwort auf die programmierte Frage ja oder nein.
Das Enzym FOK-I stellt auch die Energieversorgung sicher. Wird das Molekül aufgetrennt, lösen sich Bindungen, und die darin gespeicherte Energie wird als Wärme freigesetzt. Der Computer kommt ohne externe Energiequellen aus, in einem Mikroliter ist für drei Billionen Recheneinheiten Platz. Dank der parallelen Arbeitsweise können pro Sekunde sechsundsechzig Milliarden Operationen ausgeführt werden.
Ich sagte Laura nicht, daß ich den DNA-Computer erst benutzen könnte, wenn es gelingt, mit Erbmolekülen Turing-Maschinen zu realisieren, die mehr als zwei Zustände besitzen. Dafür tat ich so, als könnte ich vielleicht mit einem Quantencomputer schreiben.
Die Chips eines Quantencomputers enthalten mehrere kaum mikrometergroße Inseln aus Aluminium. Kühlt man einen Chip auf genügend tiefe Temperaturen herab, wird das Aluminium supraleitend. Die sonst ungeordneten Leitungselektronen schließen sich paarweise zusammen, es entstehen sogenannte Cooper-Paare, die sich alle im selben Quantenzustand befinden und sich streng geordnet bewegen. Der elektrische Strom fließt völlig widerstandslos.
Jeweils zwei der supraleitenden Aluminium-Inseln werden durch eine hauchdünne elektrisch nichtleitende Schicht getrennt, durch die die Cooper-Paare tunneln können, ohne ihren Quantenzustand zu verlassen. Ein Josephson-Kontakt aus zwei supraleitenden und einer isolierenden Schicht enthält einige Milliarden Cooper-Paare.
Mehrere Josephson-Kontakte werden mit Aluminiumdrähten kreisförmig zusammengeschlossen und die entstehenden Schlaufen Magnetfeldern ausgesetzt, die in den

Schlaufen elektrische Ströme induzieren. Da der Strom in der Schlaufe ebensogut rechts- wie linksherum fließen kann, macht er beides zugleich, es bildet sich ein Quantenzustand, bei dem sich Milliarden von Cooper-Paaren gleichzeitig im und gegen den Uhrzeigersinn bewegen. Eine gewöhnliche Leiterschlaufe, in der der elektrische Strom entweder rechts- oder linksherum fließt, kann die Information von einem Bit tragen, wobei rechtsherum für 0 und linksherum für 1 stehen könnte. In der supraleitenden Schlaufe fließt der Strom zugleich rechts- und linksherum, eine solche Schlaufe kann die Informationsmenge von einem Quantenbit tragen.

Ein Quantencomputer muß Quantenbits nicht nur speichern, sondern auch verarbeiten können. Dazu müssen die gewöhnlich isoliert gehaltenen Quantenbits für kurze Zeit miteinander in Wechselwirkung treten. Es liegt nahe, die Quantenbits nicht in Form von elektrischen Strömen auf dem Chip mit Josephson-Kontakten zu speichern, sondern in den negativen elektrischen Ladungen der Cooper-Paare. Da die Paare durch die nichtleitende Schicht eines Josephson-Kontaktes von einer supraleitenden Insel zur anderen tunneln, verteilen sie sich auf die beiden Inseln. Das Gleichgewicht muß so justiert werden, daß die Zahl der Cooper-Paare auf den Inseln nicht eindeutig festliegt, sondern um eins zu- beziehungsweise abnimmt. Auch in diesem Fall können sich die Milliarden von Cooper-Paaren nicht für einen von zwei möglichen Zuständen entscheiden und wählen beide.

Zwei auf einem Chip nebeneinander untergebrachte Josephson-Kontakte werden durch eine winzige Brücke verbunden. Mit einem elektrischen Feld werden die beiden Kontakte miteinander in Resonanz gebracht und durch

einen Mikrowellenpuls angeregt, um sie auf ihre Startwerte zu setzen. In der Milliardstelsekunde bis zu ihrem Zerfall zeigen die Quantenbits das nach den Gesetzen der Quantenmechanik erwartete abgestimmte Verhalten.
Während der klassische Computer alle möglichen Bitmuster der Reihe nach abarbeitet, verarbeitet sie der Quantencomputer parallel, da seine Quantenbits eine Überlagerung aller möglichen Bitmuster enthalten. Am Ende fließen die vielen Parallelrechnungen zu einem einzigen Ergebnis zusammen. Ein Quantencomputer ist einem herkömmlichen Computer in der Schnelligkeit, mit der er seine Operationen ausführt, haushoch überlegen.
Die Konstrukteure des Quantencomputers müssen die Aufgabe lösen, eine möglichst große Anzahl von verschränkten Quantenbits über eine bestimmte Zeit, vielleicht über einige Zehntelsekunden, zu speichern und zu verarbeiten. Die Physiker und Ingenieure experimentieren noch, um herauszufinden, welche Quantenbits und welche supraleitenden Chips dazu am besten geeignet sind.
Jede Störung des verschränkten Quantenzustands – dazu gehört auch der Versuch, am Ende das Ergebnis zu beobachten beziehungsweise auszulesen – zerstört allerdings den verschränkten Quantenzustand und macht aus dem Quantenbit ein gewöhnliches Bit. Das führt zu der Frage, die ich vor Laura nicht stellte: Wie kann man dem Quantencomputer das Resultat seiner Berechnungen entlocken, ohne es oder ihn zu vernichten?

In dem Augenblick, da Laura das Haus betrat, ließ der Fahrer des Lastwagens den Motor an und fuhr weg. Während Laura La Trémoïlle begrüßte, schlichen sich Trebitsch, Schebesta, Primavesi und die Hausbesorgerin aus dem Haus.

Als ich später auf die Straße ging, um zu sehen, ob der Saurer wirklich weggefahren war oder ob er vielleicht in der Nähe wartete, hatte ich für einen Augenblick den Eindruck, die Straße war gar keine richtige Straße, sondern ein asphaltgrauer, ölig glatter Boden erstreckte sich zwischen den Bürgersteigen. Über mir brannte eine teerverspritzte Straßenlaterne, nach wenigen Metern machte die Straße einen Knick und endete in einem toten Winkel.

Wie ein lebendes Gehirn war Lauras Haus mehrfach gefaltet, so daß sich fern voneinander liegende Gebiete glichen. Kein Labyrinth, eher eine Zwiebel, fing einen das Haus in einer Zeitschleife.

Ich grub mich in Lauras Haus hinein, arbeitete mich durch jede Verdoppelung und Wiederholung hindurch, Wand nach Wand, Decke über Decke, Wand nach Wandteil, Raum um Blei, Wand nach Wand. Schicht um Schicht las ich den Raum- und Zeitspeicher und schrieb mich darin ein.

La Trémoïlle war gekommen, um uns mitzuteilen, daß wir zu einer Fernsehdiskussion in München eingeladen waren. Ich wollte nicht nach München fahren und an der Fernsehdiskussion teilnehmen. Um mich zu überreden, erzählte Laura von ihrer Schwester. Lisa hatte Betriebswirtschaft studiert und verkündet, sie wolle eine goldene Kreditkarte mit ihrem Namen darauf und einen Porsche 911 mit einem Mann, der aussah wie Mel Gibson, aber auf dem Beifahrersitz. Während des Studiums jobbte sie ständig, von ihrem ersten selbstverdienten Geld kaufte sie sich ein Kostüm. Sie machte ein sehr gutes Examen und bekam sofort, ohne sich beworben zu haben, das Angebot einer Bank.

Während des Studiums wohnten sie zusammen. Lisa arbeitete tags, Laura nachts. Lisa stellte die Bücher geordnet ins

Regal, Lauras Bücher lagen in Haufen auf dem Boden. Lisa versäumte keine Vorlesung und keine Übung, Laura besuchte am Anfang eines Semesters späte Vorlesungen und Übungen, zum Ende des Semesters gar keine mehr, weil sie meistens im darauffolgenden Semester das Fach wechselte. Solange sie mit ihrer Schwester zusammenwohnte, habe sie immer das Gefühl gehabt, sie studiere zielstrebig und mache eine Paradeausbildung, obwohl sie ganz genau wußte, daß nichts auf irgend etwas hindeutete, was sie später als Beruf ausüben konnte.

Beide kauften bei Aldi ein, Laura ausschließlich, Lisa so oft wie möglich. Lisa hatte mittlerweile ihren Porsche 911. Sie fuhr nie auf den Parkplatz des Aldi-Markts, sondern parkte eine Straße weiter und transportierte die eingekauften Sachen in Tüten mit anderen Aufschriften ab. Die Hersteller der teuren Markenprodukte seien dieselben wie die der billigen Aldi-Produkte. Daß ihre Schwester bei Aldi nicht vor die Tür fahre, sei ein extrem dämlicher Reflex ihrer Erziehung, für jemanden wie ihre Schwester müsse es doch besonders geil sein, die Dinge des täglichen Bedarfs bei Aldi zu kaufen.

Wenn sie, Laura, etwas brauche, gehe sie arbeiten. Alles, was wichtig sei, sei sowieso nicht käuflich. Wenn sie Wettbewerb haben wollte, würde sie Sport treiben.

In der gemeinsamen Wohnung hingen ihre Kleider auf einem fahrbaren Gestell, das Geschirr und das Besteck stapelte sie auf der Fensterbank. Lisa wollte unbedingt, daß Laura sich einen Schrank für die Kleider und ein Küchenregal kaufte, aber sie weigerte sich und verhinderte sogar, daß Lisa Möbelstücke anschaffte. Das fahrbare Gestell diente jetzt im total isolierten Gästezimmer, dem zweiten Gästezimmer in Lauras Haus.

Ich willigte ein, an der Fernsehdiskussion teilzunehmen, wenn die Produktionsfirma uns Flugtickets schickte. Ich hoffte, die Firma würde es ablehnen, Flüge zu bezahlen.
Der Auftritt La Trémoïlles hatte mich so ermüdet, daß ich mich angezogen auf die Matratze legte und sofort einschlief.
Ich öffnete die Augen und fühlte mich frisch und erholt, als hätte ich die ganze Nacht und den ganzen Tag geschlafen. Mich fröstelte, ich begrüßte die Empfindung, da ich die Wärme der Bettdecke immer mit Schlaflosigkeit verband.
Neben dem dunklen Fenster saß jemand auf dem Hocker.
Eine Frau in einem langen Rock.
Ihr Gesicht war nicht zu erkennen.
Der Rock gehörte zu einem Windischgarstener Festtagsdirndl.
Ich schloß die Augen wieder und preßte die Augenlider zusammen.
Auf einmal nahm ich eine Bewegung der Matratze wahr.
Ich öffnete die Augen, neben mir auf der Matratze saß die Gnädige und betrachtete mich.
Ihre Augenbrauen zeigten eine Tendenz zusammenzuwachsen. Die Haare besaßen etwas Widerspenstiges, sie waren noch nicht gezähmt, wie die der Gnädigen, die ich kannte.
Ich zog die Beine an und schlug mit dem rechten Fuß auf die Matratze. Sie bewegte sich rhythmisch, es sah aus, als ob da ein Herz schlug.
»Wie kommen Sie hierher?« fragte ich sie unsicher.
»Ich weiß es nicht. Ist das wichtig?«
Sie sprach nicht mit der Stimme, die ich in Erinnerung hatte, sondern mit der Stimme des jungen Mädchens, aus dem später die Gnädige geworden war.
»Hat Sie jemand gesehen?«

Noch als ich sie aussprach, bereute ich die Frage. Die Gnädige mußte meinen, ich hatte Angst, daß Laura eifersüchtig war.

»Wie haben Sie mich gefunden?«

Die Andeutung eines Lächelns huschte über ihr Gesicht.

»Ich habe keine Ahnung. Seltsam, nicht wahr? – Du hast geschlafen, als ich hereinkam. Ich wollte dich nicht wekken.«

Sie zog einen Brief aus ihrem Dirndlrock hervor.

Ich erkannte meinen Brief sofort.

Sie entnahm das Blatt dem geöffneten Umschlag und las vor.

»Verehrte gnädige Frau, ich kann nicht für mich in Anspruch nehmen, Ihnen etwas mitzuteilen, wovon Sie noch keine Kenntnis besitzen. Wenn ich trotzdem diesen Brief schreibe in der Hoffnung, Sie öffnen ihn, Sie lesen ihn, wenn Sie ihn lesen und dann weglegen, verbannen Sie seinen Inhalt nicht sofort aus Ihrem Gedächtnis, so ist dies nur eine weitere in der Reihe der eigensüchtigen Handlungen, die zusammengenommen einen einzigen Akt monströser Undankbarkeit darstellen ...«

Ich unterbrach sie.

»Gnädige Frau, ich weiß, ich hätte den Brief viel früher schreiben sollen.«

Vor dem Fenster war mir ihr Kopf größer erschienen. Außerdem hatte mich der lange Rock beeindruckt. Jetzt, als sie auf dem Matratzenrand saß, erkannte ich, sie war nur so groß wie ein Kind. So groß wie Trebitsch, wie Schebesta, wie Primavesi.

»Wo sind wir, gnädige Frau?«

Sie schloß die Augen.

»In St. Pankraz.«

»Wir sind nicht in St. Pankraz.«
Sie öffnete die Augen und schloß sie gleich wieder.
»Du bist kein guter Junge.«
»Chiedo scusa.«
Ich erhob mich, sie bemerkte die Bewegung der Matratze und öffnete die Augen erneut. Sie steckte das Blatt in den Umschlag und den Brief hinter die Schürze zurück.
»Was ist geschehen?«
Sie blickte mich mit großen Augen an.
»Ich habe soviel vergessen. Ich erinnere mich nur an Spadolini, an dich, und an … den Deutschen. Der Name fällt mir nicht ein. An nichts sonst.«
Eine Handbewegung nach links an einem Bahngleis würde nicht genügen, um mich von der Gnädigen zu befreien.
Ich fixierte meine Armbanduhr, obwohl die Lichtverhältnisse es unmöglich machten, die Zeit abzulesen.
»Ich muß jetzt gehen. – Wollen Sie auf mich warten?«
»Wie lange soll ich auf dich warten?«
Ich stieg in meine Schuhe und gab keine Antwort.
»Ich komme mit.«
»Sie können nicht mitkommen.«
Ich wollte nur das Haus verlassen.
»Ich gehe mit dir.«
»Das ist unmöglich.«
Die Gnädige erhob sich und faßte mich bei der Hand. Ich zog meine Hand weg.
»Sie müssen hierbleiben.«
Die Gnädige schüttelte den Kopf.
»Nein.«
»Warum nicht?«
Sie stand jetzt neben mir, und sie war zwei Köpfe kleiner als ich.

»Ich weiß nicht.« Sie sprach ganz leise. »Ich will bei dir bleiben. Ich will dich immer sehen.«
Ich versuchte, meiner Stimme einen entschlossenen Klang zu geben.
»Ich muß jetzt gehen. Wenn Sie mich begleiten wollen ...«
Auf der Straße kam mir ein Gedanke.
Kein Fußgänger lief, kein Auto fuhr, niemand wollte die Gnädige sehen.
Zielstrebigen Schrittes durchquerte ich den Park gegenüber Lauras Haus, um zu der Bushaltestelle in der Parallelstraße zu gelangen.
Auf der anderen Straße kam ab und zu ein Auto vorbei, wir warteten als einzige.
Die Bushaltestelle war eine Metallkonstruktion. Ein flaches, kastenförmiges, an den Seiten mit Aluminiumpaneelen verkleidetes Dach auf schmalen, feuerverzinkten Vierkantrohren, nach vorn offen, an den Seiten halb und hinten ganz verglast, ein Lattenrost als Sitzbank.
Damit ich nicht reden mußte, studierte ich den am mittleren vorderen Pfosten über dem Abfallkübel angebrachten Fahrplan. Der war jedoch so verschmutzt, daß ich nicht herausfinden konnte, wann der nächste Bus kommen würde.
Als ich merkte, daß die Gnädige mir über die Schulter blickte, trat ich zur Seite. Ich dachte, sie wollte ebenfalls den Fahrplan lesen, aber sie machte gar nicht den Versuch.
Ich lief auf die Straße, um nach dem Bus Ausschau zu halten, sie trat ebenfalls auf die Fahrbahn. Ich entfernte mich von der Bushaltestelle, sie folgte mir. Ich setzte mich auf die Bank in der Bushaltestelle, sie setzte sich neben mich.
Der Busfahrer hielt schließlich so, daß wir die mittlere Tür vor uns hatten. Sie öffnete sich, ich machte der Gnädigen eine Handbewegung.

Die Gnädige rührte sich nicht von der Stelle, als Mann mußte ich vorangehen. Es war kindisch gewesen zu meinen, die Gnädige würde vor mir einsteigen.
Ich blieb auf der untersten Stufe stehen, so daß sich die Tür nicht schließen konnte, und reichte ihr die Hand. Die Gnädige ergriff sie und setzte ihren Fuß auf die Stufe, ich hielt ihre Hand und drehte mich, sie erklomm die nächste Stufe, ich hielt weiter ihre Hand, schließlich ließ ich sie los, sie strebte zu einem Ort, wo sie sich festhalten konnte, ich sprang mit einem Satz ins Freie, und die Türen schlossen sich. Ich rannte rückwärts vom Bus weg und versteckte mich im nächsten Hauseingang.
Danach ging ich ganz langsam durch den Park zurück zum Haus. Die Eingangstür stand offen. Ich hatte sie zugemacht, als ich mit der Gnädigen das Haus verlassen hatte. Näher kommend, nahm ich die Gestalt Lauras in der Tür wahr, die in eisiger Majestät auf mich wartete.

Verdächtigt andere ohne ausreichenden Grund, ihn auszunutzen, zu schädigen oder zu täuschen. Ist stark eingenommen von ungerechtfertigten Zweifeln an der Loyalität und Vertrauenswürdigkeit von Freunden oder Partnern. Vertraut sich nur zögernd anderen Menschen an, aus ungerechtfertigter Angst, die Informationen könnten in böswilliger Weise gegen ihn verwandt werden. Liest in harmlose Bemerkungen oder Vorkommnisse eine versteckte, abwertende oder bedrohliche Bedeutung hinein. Ist lange nachtragend, verzeiht Kränkungen, Verletzungen oder Herabsetzungen nicht. Nimmt Angriffe auf die eigene Person oder das Ansehen wahr, die anderen nicht so vorkommen und reagiert schnell zornig oder startet einen Gegenangriff. Verdächtigt wiederholt ohne jede Berechtigung den Ehe- oder Sexualpartner der Untreue.

In der Nacht träumte ich, die Wohnung LaMasangos sei eine Miniaturausgabe der Bibliothek von Babel. Laura erfaßte die Bücher auf dem Computer, der Deutsche hatte ihr ein Programm geschrieben. Die Bücher waren so angeordnet, daß sie alle Geheimnisse des Universums lösten. Die offenen Fragen eines Buches wurden von dem oder den nächsten Büchern beantwortet. Das Programm gab für jedes Buch die genaue Position in der Wohnung an.
Um an bestimmte Bücher heranzukommen, mußte Laura immer wieder Bücher verschieben, die sie noch nicht erfaßt hatte. LaMasango sah auf dem Bildschirm, daß einige Bücher nicht mehr an der Stelle waren, an die sie sie plaziert hatte. Aus Zorn darüber schlug sie Laura mit der Hand ins

Gesicht, dabei brach sie ihr alle Schneidezähne. Laura suchte eine befreundete Zahnärztin auf, die sofort damit begann, die Zähne abzuschleifen.
Zu Hause wurde sie von meiner Familie erwartet. Mein Vater hatte eine Bank vor ihrem Haus aufgestellt und ein Bierfaß angezapft, im Park gegenüber grillten mein Bruder und meine Schwestern Fische aus der Teichl. Meine zweitälteste Schwester sang. Laura wurde aufgegeben, sechs Aufgaben zu lösen: Sie mußte Apfelmost trinken, einen Satz im oberösterreichischen Dialekt nachsagen, den ihr mein Bruder vorsagte, ein Lied singen, das ihr meine drittälteste Schwester beibrachte, einen doppelten Birnenschnaps in einem Zug austrinken, zum Wasserlassen hinter einen Baum gehen, sie durfte nicht die Toilette aufsuchen, und als Höhepunkt mit dem Traktor einmal ums Carré fahren. Alle lachten unaufhörlich, auch meine Mutter, Laura blieb nichts anderes übrig, als mitzulachen.
Danach begab sie sich zu dem Plattenbau. Ich weiß nicht, wie sie in LaMasangos Wohnung hineingelangte. In dem Augenblick, als sie die Tür hinter sich schloß, brach der Boden unter der Last der Bücher durch. Der gesamte Inhalt der Wohnung ergoß sich durch ein immer größer werdendes Loch in die Wohnung darunter. Als der Strudel Laura erfaßte, wachte ich auf.

Ein klassisches Modell, die Abschaffung der Liebe durch die Liebe. Ihre vagabundierenden Formen lösten sich in unseren Leben auf, kein Rahmen gewährte ihnen Halt. Vereinnahmten meine Bücher, ihre Bücher, vielleicht sogar Pototschings Bücher unsere Liebe, oder sollte Lauras Vorstellung von Liebe das Verschwinden der Liebe überhaupt bewirken?
Laura hatte einzelne Stimmen ausgesucht und einen Chor

zusammengestellt, der eine von ihr erdachte Melodie sang. Doch jedesmal, wenn ich glaubte, eine vertraute Tonfolge zu erkennen, fand ich mich getäuscht. Die Melodie erklang in einem merkwürdig melancholischen Grundton, aber es fehlte ihr die Klangfarbe der Sehnsucht.

Ihre Liebe kannte keine Trennung zwischen Zentrum und Peripherie. Ich war Emigrant, Nomade wie alle, die ihr Buch und ihr Leben schilderten. Ist ein Liebender jemand, der für sich selbst einen Platz zu finden versucht?

Kein Trost in der Zukunft, die Laura nur als utopisches Lockmittel präsentierte und nur dann, wenn ihre Versprechungen uneingelöst blieben. War Sex für sie ein Liebesbeweis? Sollte der Sex die Rolle eines Gefühlslabors spielen, oder ging es um die Wirklichkeit, in der wir uns begegneten, war er ein Dokument?

Ich schrie doch gar nicht nach dem Spektakel, von dem sie glaubte, es mir so streng verbieten zu müssen. Ich war offen für das, was unsere Liebe zu unserem Leben beizutragen hatte, aber es mußte die Chance zur Unterscheidung geben, sonst löste sich alles in allem auf.

Als ich das erste Mal mit Laura geschlafen hatte, nahm ich zwei völlig gegensätzliche Stimmungen in mir wahr. Auf einmal schien mir die Liebe gar nicht mehr anders vorstellbar als in dieser Aura der Beweglichkeit, der Ereignishaftigkeit, der Einschließung des Außen in das, was früher einmal das Innen gewesen war. Zugleich verspürte ich jedoch eine nagende Skepsis gegenüber dem Pathos, mit dem Laura hier etwas verkündete, das schon Geschichte war. Unsere Liebe mußte doch die Botschaft oder die Utopie darstellen und nicht das, was sie oder ich ihr zusprechen wollten. Sie mußte uns einer Wahrheit gegenüberstellen, die wir vorher nicht gesehen hatten, die es vorher nicht ge-

geben hatte. Unsere Liebe mußte die Wirklichkeit setzen und nicht unsere niemals ausgesprochenen Behauptungen über unsere Liebe. Welchem ihrer Liebesbeweise konnte ich diese Kraft zutrauen? Welcher meiner Liebesbeweise konnte das Allumfassende unserer Liebe aufzeigen?
Laura verband mit ihrer Liebe Folklore, Magie, Alltag und Kritik. Worin bestand die wirklichkeitssetzende Kraft? Natürlich brach Lauras Liebe den Schein einer Welt ohne Liebe. Natürlich beleuchtete sie die Vielfalt und die Unterschiede, die Spannungen und die Ungleichheiten in der Liebe neu. Wie niemandem vorher in meinem Leben gelang es ihr, das Blendwerk und das Machtspiel, das gigantische Drama der Anziehung und Abstoßung szenenhaft wahrnehmbar zu machen.
Konnte ich von irgend etwas, das Laura sagte oder tat, verlangen, daß es mir die Erfahrung oder die Erkenntnis ermöglichte, wie das Allumfassende unserer Liebe hinter dem Glanz einer neuen Welt eine Trümmerwelt von angeknacksten, gebrochenen und im Selbstbewußtsein zerstörten Ichs hinterließ, wie das Allumfassende unserer Liebe hinter dem Schein der Gleichberechtigung neue Ungleichheiten zeitigte, wie der Zugriff auf die neuen Möglichkeiten des Erlebens, die ich mit ihr fand, uns beide noch tiefer spaltete als alles Bisherige? Durfte ich von Laura erwarten, daß ihre Liebesbeweise auch das letztlich unvorstellbare Potential dieser Bewegung aufzeigten, daß sie diese einer Elementarkraft vergleichbare Energie schöpferisch nutzten, sie umgewandelt neu in die Welt gaben? Konnte ich wirklich fordern, daß unsere Liebe Bild der Welt war und zugleich deren Zerstörung und Neuerfindung?
Das Heilige war nicht mehr pur zu haben. Jedes Tabu, das wir verletzten oder brachen, jede Überschreitung, die wir be-

gingen, jede Thematisierung des Verhältnisses von Freundschaft und Liebe, alles würde immer schon Zitat und Collage sein, immer schon Geschichte, anachronistisch.
Immer bedurfte es des Hinweises, daß es sich um *Liebe* handelte! Die Liebe konnte sich nicht an ihr, nicht an mir, nicht an unseren Büchern vorbeimogeln, und selbst dann, wenn sie erklärte, sich jenseits unserer Stile und Kriterien zu etablieren, hielt sie sich doch immer in deren Aura auf, blieb in deren Sog gefangen.
Das Wort *Liebe* war stets auch Schwert und Fallbeil, das nicht nur Dekor und Ornament zerschnitt, sondern gleich die ganze Aura des Festes zerstörte. Ich konnte Laura lieben, Laura konnte mich lieben, aber wir durften die Liebe nicht genießen, wir durften sie nur benutzen. Zur Schärfung unserer Gefühle.
Ich hatte Empfindungen, die an Gliedern und Körperstellen festgemacht waren, die sich von meinem Körper abgelöst hatten, mir abhanden gekommen waren. Dafür besaß ich neue Organe, Körperstellen waren von Nicht-Körperstellen durchdrungen, all das hatte neue Gefühle geschaffen, denen die Liebe folgte, die der Liebe folgten und sich widersetzten, quer zu ihr fühlten und dachten.
Kann ich *ich* sagen und trotzdem lieben?

»Du wartest nicht am Gate, sondern in der Lounge. Der Abflug verzögert sich wegen schlechten Wetters. Du liest Zeitung.«
La Trémoïlle hatte uns mit dem Fotografen überfallen und mich überredet, das Fotoshooting in meiner Wohnung abzuhalten. Er benötigte dringend neue Fotos von Laura, da er

mit mehreren ausländischen Verlagen verhandelte, auch Guggeis wollte neue Fotos, ihr Buch erschien als Taschenbuch.
In mehreren Geschäften hatte La Trémoïlle Laura Blue jeans in den verschiedensten Schnitten, Jeansjacken, lange und kurze Jeansröcke, T-shirts und mehrere Paare Stiefel gekauft. Dabei war ein junger Mann zu uns gestoßen, der La Trémoïlles Taubstummensprache übersetzte.
»Du weißt, dein Rock öffnet sich, wenn du die Beine übereinanderschlägst. Du siehst von deiner Zeitung auf, du bemerkst den Blick des Mannes gegenüber und lächelst. Er erwidert dein Lächeln. Du blätterst um. Der Mann gegenüber lehnt sich zurück und verschränkt die Arme. Du blätterst um.«

Fühlt sich unwohl in Situationen, in denen er/sie nicht im Mittelpunkt der Aufmerksamkeit steht. Die Interaktion mit anderen ist oft durch ein unangemessen sexuell verführerisches oder provokantes Verhalten charakterisiert. Zeigt rasch wechselnden und oberflächlichen Gefühlsausdruck. Setzt durchweg seine/ihre körperliche Erscheinung ein, um die Aufmerksamkeit auf sich zu lenken. Hat einen übertrieben impressionistischen, wenig detaillierten Sprachstil. Zeigt Selbstdramatisierung, Theatralik und übertriebenen Gefühlsausdruck. Ist suggestibel, das heisst, leicht beeinflussbar durch andere Personen oder Umstände. Fasst Beziehungen enger auf, als sie tatsächlich sind.

Laura wartete im Eingang des Wohnzimmers, die Tür ging auf und traf sie am Schienbein.
Der junge Mann, den La Trémoïlle mitgebracht hatte, balancierte eine Kiste Bier auf der Schulter. Er trug Blue jeans aus Stretchmaterial und einen ausgewaschenen blauen Baumwollpullover auf der bloßen Haut, seine Füße steckten in alten grauen Adidas-Schuhen, man sah die Streifen kaum mehr. Während Laura sich das Bein hielt, blieb er stehen und übersetzte: »Siehst du seine blauen Augen und seine schwarzen Haare?«
Als er erneut mit der Bierkiste das Wohnzimmer durchquerte, sagte er, ohne innezuhalten, zu Laura: »Schau auf seine Brusthaare.« Den Pullover hatte er ausgezogen.
Ein Mannlicher-Karabiner. Eine Schachtel Patronen. Eine Säge. Eine Axt. Eine Fleischgabel. Ein großer Kamm. Eine Reitgerte. Ein Lippenstift. Eine Flasche Eau de Toilette. Weiße Farbe. Ein spitzes Küchenmesser. Streichhölzer. Eine Feder. Eine Tulpe, La Trémoïlle hatte sie im Vorbeigehen von einer Rabatte gepflückt. Eine Kerze. Wasser. Eine Hundeleine, die der junge Mann in einer Hosentasche gehabt hatte. Nägel. Nadeln. Eine Schere. Honig. Trauben. Eine Flasche Olivenöl.
»Wissen Sie, wer Sie sind? – Wie heißen Sie?«
Der junge Mann gab sich Mühe, die Frage in einem scharfen Ton zu stellen.
»Du versuchst, die Augen zu öffnen. Dein Verstand ist umnebelt. Deine Gedanken sind wirr.«
Die Stimme des jungen Mannes klang quäkend.
»Blöde Frage. Natürlich weiß ich, wer ich bin. Mein Name ist Laura Turner.«
La Trémoïlle machte eine Handbewegung wie ein Dirigent zum Orchestereinsatz, und der junge Mann sang mit nun erstaunlich sicherer Stimme:

HOSSA!
HOSSA!
HOSSA!
HOSSA!

Fiesta, Fiesta Mexicana
heut' geb' ich zum Abschied
für alle ein Fest
Fiesta, Fiesta Mexicana
es gibt viel Tequila
der glücklich sein läßt
Alle Freunde sie sind hier
feiern noch einmal mit mir
Wir machen Fiesta, Fiesta Mexicana
weil ihr dann den Alltag
die Sorgen schnell vergeßt

Adio, Adio Mexico
ich komme wieder zu dir zurück
Adio, Adio Mexico
ich grüß' mit meinem Sombrero
te quiero
ich habe dich so lieb

HOSSA!
HOSSA!
HOSSA!
HOSSA!

Fiesta, Fiesta Mexicana
auf der kleinen Plaza
da lacht man und singt

Fiesta, Fiesta Mexicana
wenn zum letzten Tanz
die Gitarre erklingt
Juanita, Pepe, ja die zwei
sagen noch einmal Good-bye
Wir machen Fiesta, Fiesta Mexicana
weil das bunte Leben
die Liebe zu uns bringt

Adio, Adio Mexico
ich komme wieder zu dir zurück
Adio, Adio Mexico
ich grüß' mit meinem Sombrero
te quiero
ich habe dich so lieb

HOSSA!
HOSSA!
HOSSA!
HOSSA!

Fiesta, Fiesta Mexicana
bald schon wird es hell
denn der Morgen ist nah
Und ich küsse Carmencita
denn ich weiß
die Stunde des Abschieds ist nah
Weine nicht, muß ich auch gehn
weil wir uns ja wiedersehn
bei einer Fiesta, Fiesta Mexicana
dann wird alles wieder so schön
wie es mal war

HOSSA!

Fiesta, Fiesta Mexicana
bald wird wieder alles so schön
Ja, du wirst sehn
darum bin ich bald wieder da!

HOSSA!
HOSSA!
HOSSA!
OLÉ!

»Überall stehen leere Flaschen und volle Aschenbecher, die Möbel sind verschoben, die Leute haben Wein verschüttet und Löcher in die Teppiche gebrannt. – Weißt du, was geschehen ist?«
Laura schüttelte den Kopf.
Auf La Trémoïlles Handbewegung hin ging der junge Mann zu dem Tisch, auf dem La Trémoïlle die mitgebrachten Gegenstände versammelt hatte. Er nahm den Lippenstift und malte Lauras Lippen an, sie ließ es sich gefallen, er spritzte ihr das Eau de Toilette unter die Armbeugen, mit der Schere schnitt er ihr Löcher in ihr T-shirt und in ihre Hosen – sie hatte sich für jede Szene umgezogen –, er rieb die Säge an den Hosenbeinen, so daß die Jeans zerfranste, mit der Fleischgabel machte er Löcher in die Seiten- und Hintertaschen, den Kamm steckte er ihr in den Hosenbund, er packte die Patronen aus und legte sie ihr in die Hand, er öffnete den Fünf-Kilo-Eimer mit der weißen Farbe, das dauerte etwas, er tauchte zwei Finger in die Farbe und beschmierte damit ihre Hose, ihr T-shirt und ihre Unterarme.

Der Fotograf rief immer wieder: »Gut so! Weiter so! Blikken Sie zu mir her! Jawoll!«
Nachdem er sich vergewissert hatte, daß der Karabiner nicht geladen war, steckte sich der junge Mann die Waffe in den Gürtel, die Axt legte er vor Lauras Füße. Mit dem Kamm aus ihrem Hosenbund kämmte er ihre Haare zurück. Schließlich ergriff er die Reitgerte und schlug ihr, ohne daß La Trémoïlle ein Zeichen gemacht hätte, auf die Brust.
Lauras Aufschrei war einer des Zorns und nicht des Schmerzes. Sie nahm eine Handvoll Nägel, packte den Gürtel des jungen Mannes, zog ihn vor, warf die Nägel in die Hose und drückte mit den Händen zu. Der junge Mann brüllte vor Schmerz. Während er die Hose herunterließ, steckte sie ihm die Tulpe in den Mund. Er betastete seine weiße Unterhose, auf der sich Blutspuren abzeichneten, und sie steckte ihm von oben die Kerze und daneben die Feder zwischen die Hinterbacken. Der Fotograf schoß ein Bild nach dem anderen.
Keiner sagte ein Wort, alle atmeten heftig, nur La Trémoïlle nicht.
Laura schüttete das Olivenöl auf die Brust des jungen Mannes, sie gab ihm die Trauben in die linke Hand, er hielt immer noch die Tulpe zwischen den Zähnen, sie öffnete den Honigtopf und schmierte ihm Honig um die Lippen.
Der Fotograf hatte mehrere Kameras vorbereitet, er mußte nicht unterbrechen, um den Film zu wechseln.

HAT WEDER DEN WUNSCH NACH ENGEN BEZIEHUNGEN NOCH FREUDE DARAN, EINSCHLIESSLICH DER TATSACHE, TEIL EINER FAMILIE ZU SEIN. WÄHLT FAST IMMER EINZELGÄNGERISCHE UNTERNEHMUNGEN.

Hat, wenn überhaupt, wenig Interesse an sexuellen Erfahrungen mit einem anderen Menschen. Wenn überhaupt, dann bereiten nur wenige Tätigkeiten Freude. Hat keine engen Freunde oder Vertraute ausser Verwandten ersten Grades. Erscheint gleichgültig gegenüber Lob und Kritik von seiten anderer. Zeigt emotionale Kälte, Distanziertheit, eingeschränkte Affektivität.

Startet Verzögerungsmanöver, Sachen werden so lange aufgeschoben, dass Fristen nicht mehr eingehalten werden können. Wird mürrisch, reizbar oder streitsüchtig, wenn von ihm etwas verlangt wird, was er nicht tun möchte. Arbeitet vorsätzlich langsam oder macht die Arbeit schlecht, die er nicht tun möchte. Beschwert sich ohne Grund, dass andere unsinnige Forderungen an ihn stellen. Vermeidet die Erfüllung von Pflichten mit der Behauptung, sie vergessen zu haben. Glaubt seine Tätigkeit besser auszuüben, als andere es glauben. Nimmt anderen nützliche Vorschläge zur Steigerung seiner Produktivität übel. Behindert Bemühungen anderer, indem er seinen Arbeitsbeitrag nicht leistet. Reagiert mit unmässiger Kritik oder Verachtung auf Autoritätspersonen.

Ich rührte die Farbe um, so daß sie gleichmäßig weiß wurde, ich tauchte den Pinsel hinein und machte Striche auf dem Parkett, auf dem Teppich, auf der Wand, auf den Bildern. Erst nur schmale Striche, ich drückte den Pinsel nicht auf,

dann breite Striche. Schließlich holte ich aus und verspritzte mit dem Pinsel die Farbe. Ich stellte mich auf einen Stuhl, um auch die Decke zu erreichen, ich kniete mich auf den Boden, um hinter die Heizkörper zu kommen. La Trémoïlle hatte mehrere Exemplare eines Plakats für Lauras Buch mitgebracht, das in Buchhandlungen aufgehängt worden war. Ich klammerte die Plakate zusammen und klebte sie an den Türstock der Eingangstür des Wohnzimmers, um durch sie hindurchzurennen. Ich zog mich nackt aus und bat den jungen Mann, mich völlig mit weißer Farbe zu bestreichen, ich legte mich mit dem Rücken auf den Teppich, dann mit dem Bauch auf das Parkett, und ich preßte mich mit gespreizten Beinen und ausgestreckten Armen an die Glastür zur Terrasse. Ich holte einen flachen Holzkasten aus der Küche und meine beiden Kameras aus dem Arbeitszimmer, klebte sie in den Holzkasten, stellte den Holzkasten an die Wand und schoß mit dem Mannlicher-Karabiner darauf. Laura betrachtete meine Körperabdrücke auf dem Boden und auf der Glastür, ich hatte den Kopf entweder vor- oder zurückgelehnt, so daß er keine Spur hinterlassen hatte. Ich kniete mich vor den Farbkübel hin, holte tief Luft, tauchte den Kopf vollständig in die Farbe ein und zog dann mit dem Kopf eine Spur durch das ganze Wohnzimmer. Etwa in der Mitte des Wohnzimmers begann in der Mitte des breiten weißen Streifens ein schmaler roter Streifen, meine Nase blutete heftig.
Nackt ging ich auf die Terrasse, in den Regen hinaus. Tiefschwarze Wolken verfinsterten den Himmel, der Fotograf konnte draußen bestimmt keine Aufnahmen machen. La Trémoïlle und der junge Mann hielten mich an den Füßen, kopfüber hing ich unter dem Geländer, über dem Königsplatz, und ich machte mit den Armen Bewegungen, als ob ich fliegen würde.

Wieder auf der Terrasse, war mir so schwindelig, daß ich mich hinlegte und die Augen schloß. Laura hockte sich im Schneidersitz hinter mich auf den nassen Holzboden und nahm meinen Kopf in ihren Schoß. Sie ließ Honig auf mein Gesicht und meine Haare laufen.

Ich stand auf, und in der Verglasung der Schiebetür spiegelten sich die ebenmäßigen Züge einer gerade ausgegrabenen klassischen Statue, mit spitzen Ohren, einem sinnlichen Mund, die Augen in tiefen dunklen Höhlen.

Ich betrachtete die Oberseite meiner Füße, die Vorderseite meiner Beine, meinen Bauch, meine Arme. Ich wollte jeden Teil meines Körpers inspizieren. Dann verdrehte ich mich, so daß ich auch die Unterseite meiner Füße, die Rückseite meiner Beine und meiner Arme prüfen konnte. Die Teile meines Körpers, die sich meinen Blicken entzogen, versuchte ich mit einem Taschenspiegel in mein Gesichtsfeld zu bekommen. Auf diese Weise konnte ich auch meinen Rücken, meinen Hintern, die Rückseite meiner Beine examinieren. Nur den Hinterkopf konnte ich nicht in mein Blickfeld bringen.

Ein plötzlich aufkommender scharfer Wind vertrieb die schwarzen Wolken. Das Gesicht immer noch mit Honig bedeckt, sang ich:

Wenn du nicht da wärst
wär' ich verloren
Drum hab' ich mir auch eins geschworen
Keine Macht auf Erden
bringt mich weg von dir
Ich will alle Wege mit dir gehen
Keine Macht auf Erden
ist so stark wie wir

Jeder Augenblick mit dir ist unvergeßlich schön
Ich brauch' dich vormittags
ich brauch' dich nachmittags
und bei Nacht
Ich hab' mir für uns zwei
darum auch allerlei
ausgedacht

Das Fotoshooting hatte sein Ende noch nicht gefunden. Der junge Mann hatte sich an den Blumentöpfen auf der Terrasse zu schaffen gemacht. Die tropfende rechte Hand mit mehreren Würmern weit vorgestreckt, rief er mit schriller Stimme, Laura solle sich nackt ausziehen und auf die Terrasse gehen.
Laura gehorchte.
Nachdem der Fotograf mehrere Fotos von Laura in verschiedenen Posen vor dem Regenhimmel geschossen hatte, befahl der junge Mann mit sich nun fast überschlagender Stimme, Laura solle sich auf den Boden legen. Er kniete sich neben sie hin und stammelte, La Trémoïlle habe verlangt, er solle die Würmer auf ihre Backe legen. Aber er bewegte seine Hand nicht.
La Trémoïlle machte eine Kopfbewegung, der Fotograf zoomte. Laura drehte sich auf die Seite. Der junge Mann rutschte auf den Knien an Laura heran, die Würmer noch weiter vor sich haltend, eine Aufforderung für Laura, ihm die Würmer aus der Hand zu schlagen. Die Hand des jungen Mannes zitterte, er atmete laut. Schließlich war es soweit.
Laura schloß die Augen. Mitsamt den nassen Erdresten legte der junge Mann die Würmer auf ihre Backe. Sie mußte spüren, wie sich die Würmer bewegten. Einer kroch

zu ihrem Auge hin, ein anderer fiel auf den Boden. Der Fotograf nahm ihr ruhiges und entspanntes Gesicht auf.
Mir wurde übel, ich ertrug den Anblick nicht. Dabei hatte ich als Kind mit Würmern gespielt und meinem Vater beim Fischen geholfen, indem ich Würmer auf Angelhaken spießte. Ich legte mich ebenfalls auf den nassen Holzboden, schloß die Augen und bedeckte mein Gesicht mit den Händen. Ich murmelte Sinnloses, grammatikalisch nicht korrekte Sätze, Wörter, die keinen Zusammenhang ergaben, Wörter, die nicht existierten.
Als alle bis auf Laura gegangen waren, rannte ich ins Bad. Ich biß ich mich in den Körper, in alle Stellen, die ich erreichen konnte, in die Arme, in die Beine, in die Füße, in die Knie. Ich wollte schreien, doch brachte ich keinen Laut heraus.
Vor dem Spiegel machte ich den Mund so weit auf, wie es ging, riß die Augen auf, schloß die Augen, aber es war mir unmöglich zu schreien.
Danach wusch ich mir unter der Brause die Farbe ab.

Der fast nachtschwarze Himmel wurde nur von Blitzen aufgehellt, jedoch hörte man keinen Donner. Alle Starts und Landungen waren verschoben, das Flugzeug stand in der Warteschlange vor der Startbahn.
Laura blieb in München, sie traf ihren Lektor, um mit ihm über ihr neues Buch zu sprechen. Ich hatte in der Nacht nicht geschlafen und war eingenickt, als das Flugzeug zur Startbahn gerollt war.
Ich war noch nicht angeschnallt, die Hand eines Mannes in einem blauen, fast schwarzen Anzugärmel über einem wei-

ßen Hemd versuchte, den Gurt des Nachbarsitzes in meine Schließe einzuführen. Mein Blick fiel nach unten, auf zwei Beine, die in blauen Anzughosen steckten, und glatte schwarze Schuhe.

»Endlich sind alle Menschen auf Erden mit Gott verbunden! Die Vorstellungswelten des religiösen Wahnsinns liegen als Spielfelder vor uns. Seine Prophezeiungen erweisen sich als die zuverlässigsten.

»Gott arbeitet auf der höchsten Höhe seines Bewußtseins. Kein Widersacher, der es noch zu lähmen suchte. Die unendlich vielen Fertigkeiten der Menschen fügen sich harmonisch zueinander, er muß nichts mehr einteilen, nichts mehr bestimmen. Nichts hindert ihn daran, in ein Zeitalter der Trance einzutreten.

»In diesem Zeitalter macht er keinen Unterschied mehr zwischen Menschen, Dingen und Ideen. Genauso flach wie tief, muß er nicht mehr reflektieren. Die Dinge und die Ideen sind Menschenprothesen, die Menschen Gottprothesen.

»Das Vorgesehene tritt nun langsam oder schnell in Kraft, ohne Innehalten oder mit unendlicher Verzögerung, ohne Furcht, mit großem Bangen. Alles geht seinen vermeidlichen, nur für Gott unvermeidlichen Gang. Kein großer Schritt ist mehr möglich, keine Kehre. Womit wird sich der Wettlauf der Verbesserungen beschäftigen? Es gibt keine Scheidewege mehr. Gott ist längst an allen Weggabelungen vorbeigeschritten. Fortschritt? Kein interessanter Begriff mehr. Jeder Augenblick ist Erfüllung, jede Nanosekunde ist irgend etwas, vollständig, vollkommen. Die Fertigkeiten ergeben immer mehr als das Ganze, es sind keine Projekte mehr möglich. Kräfte und Gegenkräfte neutralisieren sich. Es gibt nur noch Knoten, jeder Knoten sagt, ich bin der

Knoten, jede Idee sagt, ich bin der Knoten, jeder Mensch sagt, ich bin der Knoten, jedes Ding sagt, ich bin der Knoten. Gott findet Spaß daran, sich der unbegrenzten Vermittlungen zu bedienen, niemand kann sich seiner Mittel erwehren. Gott weiß sein Alter und weiß es nicht. Auch die Fertigkeiten wollen sich irren, mit jeder Neuerung geraten sie in einen Verjüngungsrausch, der es ihnen erlaubt, sich über ihre Gebrechen zu täuschen.

»Nein, die Verhältnisse sind nicht lückenlos, immer wieder öffnet sich ein Spalt, eine Freude, ein Schmerz, ein Witz, ein Aberwitz. Aber kein Spalt ist ein Haltebefehl für die Maschine, jeder beliebige Zeitpunkt gibt vor, die Verbindung zum Grund-, zum Urbild zu kennen, jeder Spalt hält sich für erschreckend, für böse, für nackte Haut, für Scham, also für unerläßlich. Jeder Riß klagt Außen an, aber es gibt kein Innen mehr. Jeder Sprung hält sich für Blick und Raum.

»Gottes Wort herrscht immer einseitiger in der Welt. Die Leistungen des Verstehens lassen nach, zu selbstverständlich sind sie. Er ist uneingeschränkt erfahrbar. Seine Rede bildet sich in allen Knoten, aber seine Sprache kann jeden Tag weniger die Welt bewältigen. Gott redet von unerbittlicher Askese, die Knoten träumen ebenfalls davon. Jeder Knoten spricht davon, mehr zu verbinden als zu scheinen.

»Gottes Rede ist eine Flehgebärde ums Ende und um den Anfang. Sein Licht sucht den Auslöscher und den Verstärker. Wer sieht noch irgend etwas nicht kommen? Alle werden anders, das Gleichwerden ist abgeklungen. Alle sind Ausnahme. Wir verklären die grausamen Perioden der Geschichte, die Revolutionen und ihre Niederschlagungen, die Zeiten, in denen man noch heroisch scheitern konnte, als es noch das Unerreichbare gab.

»Der Schleier, den die Knoten auf die Natur und auf sich selbst werfen, vervielfacht die Erscheinungswelt und entfernt von der Frage nach der Entstehung von Gottes Wort. Gott wird gefeiert und verflucht für die technische Aufbereitung, für die Neuinterpretation der Schöpfungsgeschichte, dafür, daß er jetzt zum ersten Mal wirklich die Welt geschaffen hat, arglos und schuldlos, boshaft und komplexbeladen. Die Dinge, die Ideen, die Menschen beschränken nicht mehr die Wahrheit der Knoten. Warum sollen sie nicht auch Gott zum Spaß betreiben. Sollen sie sich herauf- oder herunterregulieren? Der Spaß als das Unkenntliche und Unberührbare, seine Gewalt aus Abwesenheit schöpfend, der Spaß als das eine und ganze Bild.

»Gott macht sich lächerlich vor den Knoten. Sie erscheinen sich armselig und unbegabt, steinreich und hyperintelligent zugleich, jeder Knoten ein Unangepaßter, ein Widersacher, Wahnbesessener, vollkommen ironisch, virtuell, ein Spieler, ein Geist, ein höheres Risiko, eine Entfaltung wie eine Verödung, ein passabler Künstler, ungebärdig, zerbrechend, aber nicht mehr an Gott. Gleichermaßen privilegiert wie deklassiert, strebt jeder Knoten nach Umsturz und Neuerung, fängt mit hohem Können an, als wäre er schon immer ein Meister gewesen, nirgendwo ein Anfänger. Gott eine Umwälzanlage und die Steuerung die Knoten, Gott das Raffinement der Reize, Gott die Formschönheit, Gott die Kunst, Gott die Erschütterung, Gott die Beschußquote durch Reize, Gott die Unerschließlichkeit, Gott umgekehrt.

»Alles nimmt zu, alles schwindet, jeder Fingerzeig auch ein Finger, jede Idee verselbständigt sich zu Fleisch und Blut, ein offener und ein geschlossener Austausch von Täuschungen, das Blau des Himmels körperlich faßbar, die

Erde ein Ort, an dem Würmer kriechen, der Wissenswille als lebendig gewordene Phantasie, die Knoten als Erinnerungen an den Menschen, als Erinnerungen an Herz, an Erdberührung, an Leib, an Ekstase, an Reise, an Jenseits.
»Gott hat seine Welt an die Knoten verloren, die Knoten haben Gott gewonnen. Man spricht konkreter, immer deutlichere Worte begleiten das Leichte und das Verbesserbare im Leben der Menschen. So viel an jedem Menschen, das unendlich gut zu nennen wäre! Die Worte nähern sich unaufhaltsam dem, was sie an Gestalt bezeichnen, sie zeigen, daß wir uns aus Unveränderlichem und ständig Verflüchtigendem zugleich träumen. Gott als die Frage, wozu, als der Selbstzweifel der Knoten, als das Lachen des Intelligenten. Gott eine höhere Gewissenlosigkeit und Gewissenhaftigkeit. Die Heiterkeit seiner Abstinenz erscheint den Knoten anstößig und gediegen zugleich. Er antwortet den Menschen aus dem Halbschlaf seines Lebens ohne einen Schimmer von Sorge. Mitgefühl kennt er nur in dem Maß, als sich die Vibrationen der Knoten auf ihn übertragen. In Trance erkennt er nicht mehr das Verschiedene.«
Das Summen meines Handys unterbrach Spadolini. Der Kapitän hatte erlaubt, die Mobiltelefone zu benutzen, solange die Triebwerke ausgeschaltet waren.
Als ich das Handy ans Ohr hielt, wurde meine Wange kalt. Lauras Stimme klang weit entfernt, als ob sie durch die Erde käme oder durch dicke Wände. Sie fühlte sich nicht gut, sie hatte sich übergeben und lag jetzt in meinem Bett. Ich fragte sie, ob sie Fieber habe, aber die Verbindung brach zusammen. Mit einem rumpelnden Laut wurde das Flugzeug erschüttert, es erbebte, als sei es unter eine Steinlawine geraten. In der Kabine wurde es sekundenlang taghell.

Der Blitz mußte in unmittelbarer Nähe eingeschlagen haben. Der Schrei einer Frau, danach das Geräusch mehrerer zerspringender Gläser. Alle Flugbegleiter rannten nach hinten. Später erzählte eine Flugbegleiterin dem Mann vor mir, eine Frau sei eingeschlafen gewesen, das Gewitter habe sie aufgeweckt, vor Schreck habe sie die Gläser auf dem Tisch des Nachbarn zu Boden gestoßen.

»Das bin ich! Das sprichwörtliche Zusammenfallen, der Fausthieb der Gewißheit, plötzlich eine Figur in einem Erzähltableau zu sein. Der blinde Galopp von lauter Szenen, die ich nie gespielt habe, von lauter Erlebnissen, die ich nicht erlebt habe. Der Derwischtanz alles dessen, was ich für Charaktereigenschaften gehalten hatte, die Verknüpfungen quälender Einzelheiten ... Das Zerreißen aller Bindungen zur Vergangenheit, das Ausufern aller Gefühle von Rinnsalen zu reißenden Flüssen, die Absage an jegliche Höflichkeit. Etwas bohrt unter meiner Schädeldecke, eine andere Erzählungszeit, du bist ein Nachzehrer, eine gierige Meute, wem willst du mich überantworten, welcher unannehmbaren Gnade, wieviel unerträgliche Lebensjahre soll ich noch vor mir haben?

»Ich erinnere mich an dich wie an eine Traumgestalt. Du warst ein Kind auf dem Bauernhof. Die Gnädige brachte dich aufs Gymnasium, eine Laune. Die Gegenstandslosigkeit zehrt an allem, vertilgt alles. Ich habe jegliches Interesse an meiner Zukunft verloren. Der Glaube, die Seelsorge, die Karriere – abgeschlossene Kapitel. Ich bin in einer geläuterten Sphäre, ich bestaune und verabscheue die Zeugnisse deiner Erzählkunst und derjenigen deiner Freundin. Als Gottesmann interessiert mich grundsätzlich das Erschließbare am Menschen mehr als das Unerschließbare. Es ist in verminderter Fülle vorhanden auf dieser Welt, aber auch die raffiniertesten Verschlüsselungstechniken können es nicht aus ihr vertreiben.

»Nein, ich kann dich nicht aufhalten, ich kann dich auch nicht einfach ignorieren, aber ich besitze immerhin noch die Freiheit, zu wählen, welche Art von Ergriffensein ich bevorzuge. Bin ich verwirrt, bestürzt, entsetzt? Oder interessiert, verständnisbeflissen? Du und deine Freundin, ihr verkörpert ganze Industrien von Verschonungen. Ihr wollt Furcht und Zittern aus eurer Existenz für immer verbannen. Ich muß es ausbaden. Ich glaube an einen Gott, der dazwischenfährt auf heilig unvorhersehbare Weise. Irgendwann wird er einmal dareinschlagen, in den Verkehr zwischen lebenden Toten und toten Lebenden. Er wird durchschlagen, jetzt schon erscheint er in verdeckten Figurationen wieder. Gott ist komplett, er ist grundsätzlich nicht erneuer- oder ergänzbar. Gott ist keine Hervorbringung der Friedensliebe und der mit ihr einhergehenden Unterhaltungsbedürfnisse. Gott ist das härtere Schicksal, sein Ruhm wird nicht durch Taten begründet, sondern durch Begabung. Deine Freundin und du, ihr haltet Experimente nur so lange für verwerflich, bis ihr sie durchführen könnt, die Schwelle der Scheu im Umgang mit euren Figuren ist abgetragen. Die Knoten haben den Status Gottes erreicht, folglich ist es die moralische Pflicht der Knoten, sich wie er zu verhalten. Ihr Selbstmacher macht uns, damit meine ich auch den anderen Freund deiner Freundin, aber ihr begegnet uns nirgendwo, wir entschwinden euch. Das ungeheuer Kleine der Worte, der Sätze, die sich selbst nicht mehr vermessen können. Einst stand die Figur dem Autor näher und war daher größer, wenn auch schlechter dran. Ihr handelt mit einer gebrechlichen Geschicklichkeit, die alles schon Bezeichnete mit dem Etikett Gefühl versehen möchte. Das

Gefühl als Vorzeichen, um all dasselbe noch einmal unter diesem neuen Vorzeichen zu betrachten. Aus Überdruß an euren eigenen Fähigkeiten macht ihr euch auf den Weg, um euch selbst zu überraschen. Aber dort, wo ihr auf Überraschungen außerhalb eurer selbst stoßt, versucht ihr, wie unter Schock die alten zu bleiben. Eure Werke können euch niemals mehr zurückgeben, als ihr seid.

»Du und deine Freundin – auch ihr Freund –, ihr seid Wesen, die sich beim Leben nicht zuschauen können. Das Wichtigste in eurem Leben seht ihr nicht. Was ihr Selbstbewußtsein nennt und dafür haltet, das sind wir, eure Figuren. Wir, die Figuren, sehen euch beim Lieben und beim Hassen zu, so weit, als es euch gerade erträglich ist und euch ermöglicht, ohne fremde Hilfe zu atmen. Wir verleihen euch erst den Sinn für Grazie, wir sind Medium und nicht Widersacher, auch wenn wir durchaus nicht umgesiedelt werden wollen. Das Unglücksgefühl, das wir verspüren, lastet wie Schuttberge auf uns, es behindert eure Arbeit. Es bringt euch auf die Idee des Scheiterns, können Trümmer nicht auch Trümmer des Gelingens sein? Ihr seid die ausgrabenden Stimmen, kann es eine neue Einsamkeit geben? Mein Eifer ist erloschen, mir ein besseres Leben vorzustellen.«

In dem Fenster auf der anderen Seite verfolgte ich einen Blitz, der unmittelbar am Ende der Landebahn einschlug. Ein Spalt im schwarzen Himmel gab den Blick auf eine lodernde Glut frei. Ich hatte den Wunsch, Spadolini in der nassen Rinne der Landebahn zu dem Feuer in dem Ofen hinzuziehen.

Bis die Sonne untergegangen war, beobachtete ich Lauras Haus. Im Park gegenüber an einen Baum gelehnt, konnte man mich aus dem Haus bestimmt nicht erkennen. Als es dunkel war, ging ich hin. Am Flughafen hatte ich mir eine Taschenlampe gekauft, mit dieser beleuchtete ich einen Fußabdruck auf der Schwelle, die Schmutzumrisse eines Schuhs. Ich verwischte den Abdruck und betrat das Haus. Im ersten Stock lagen mehrere Zeitungsblätter auf der Treppe. Ich hob sie auf und trug sie ins Atelierzimmer. Dort war ein Fenster geöffnet, im Licht der Straßenbeleuchtung ordnete ich die Zeitungsseiten und legte sie auf den Stapel, auf den sie gehörten. Ich ließ das Fenster offenstehen und ging langsam ins Treppenhaus zurück, die Zimmertür ließ ich ebenfalls offen. Als ich unten ankam, hörte ich das Geräusch einer zufallenden Tür. Die Zeitungsblätter lagen wieder auf der Treppe verstreut, genauso wie vorher.
Im Bad wusch ich mir die Hände. Ich drehte den Hahn zu stark auf, Wasser spritzte auf den Boden und meine schmutzigen Schuhe, ich hatte auf dem Rasen gestanden. Bevor ich auf die Straße trat, hielt ich kurz inne, einen Fuß auf der Schwelle, den anderen auf dem Abstreifer, ließ ich einen Schmutzabdruck auf der Schwelle.
Ich beobachtete das Haus, betrat es wieder, fand Spuren, folgte ihnen, beseitigte sie und legte sie neu. Ich war nur eine schlierige Leerfläche kurz vor der Auflösung, ein silbrig schimmerndes Huschen. Allein die Spuren, die ich hinterließ, bewahrten ihre Gestalt.

Das erste Gebot: Du sollst nicht von deiner Geliebten abirren oder abweichen.

Das zweite Gebot: Jedes Zusammensein mit deiner Geliebten sollte einen zentralen Punkt haben.

Das dritte Gebot: Du sollst nach Klarheit in deinem Liebesleben streben und dieser Klarheit alle anderen Ziele unterordnen.

Das vierte Gebot: Du solltest kurze Affären langen vorziehen, damit sich dein Verstand nicht in einem Labyrinth von falschen Zuschreibungen verliert. Nie solltest du bestimmte Züge einer Geliebten bei einer anderen suchen, das verrät Unbeholfenheit und bildet außerdem eine furchtbare Quelle von Zweideutigkeit.

Das fünfte Gebot: Du sollst die Einheit von Zeit und Ort bewahren. Wenn du mit deiner Geliebten zusammen bist, dann sollst du alles in deiner Phantasie auf diese Zeit und diesen Ort beziehen.

Das sechste Gebot: Aber du sollst, wenn du mit deiner Geliebten zusammen bist, niemals vergessen, was noch sein könnte. Davon solltest du allerdings kein Zeugnis ablegen.

Das siebte Gebot: Du sollst in geordneter Manier vorgehen. Von deiner Liebe zu deiner Geliebten, von deiner Geliebten zu den Einzelheiten ihres Liebreizes, wenn du deine Liebe illustrieren willst. Dagegen vom Liebreiz zur Geliebten, von der Geliebten zur Liebe, wenn du deine Liebe beweisen willst.

Das achte Gebot: Du sollst deine Worte und deine Handlungen nicht mischen. Denn wenn du Handlungen und Worte mischt, werden deine Handlungen Jargon und deine Worte Practical jokes.

Das neunte Gebot: Du sollst mit deinem inneren Auge und deinem inneren Ohr lieben. Du solltest so lieben, daß es keine grellen Bilder und keine unmelodischen Töne gibt.

Das zehnte Gebot: Du solltest aus deiner Liebe alle Worte und Handlungen sorgfältig tilgen, die sich erheben könnten, um dich im Alter zu beschämen.

Pototsching hatte mich sehen wollen. Mein erster Antrieb war, ein Treffen abzulehnen. Aber damit hätte ich eingestanden, daß ich gar nicht vorhatte, sein Manuskript zu Ende zu schreiben.

Wir saßen in den Hackeschen Höfen, unter einem großen viereckigen weißen Schirm, und es ging gar nicht um das Manuskript.

Er, Pototsching, habe gesagt: »Komm schon, Laura –«

Sie sei verschlafen und heiser gewesen und habe seine Stimme erst gar nicht erkannt.

Pototsching behauptete, Laura habe *Pototsching* gesagt. Sie nannte ihn immer beim Nachnamen.

Laura behauptete später, Lisa habe *Tonio* gesagt. Lisa sprach ihn mit dem Vornamen an.

Er, Pototsching, habe gesagt: »Du klingst so anders.« Sie habe gemerkt, daß er getrunken hatte. Er habe hinzugefügt, »ziemlich sexy«. Sie habe gefragt: »Klinge ich denn sonst nicht sexy?«

Laura würde so etwas nicht sagen, nur Lisa würde so etwas sagen, aber der Ton sei nicht der Lisas gewesen. Er habe überlegt, vielleicht habe Laura ja, nachdem sie mit mir zusammen sei, auf einmal Lust, wieder – er verzog den Mund, während er das Wort *wieder* aussprach – mit ihm zu schlafen. Es sei Laura gewesen, sie habe begriffen, daß er sie für Lisa hielt, und sie habe das Spiel mitgespielt.
Laura sah mich entwaffnend an. »Glaubst du wirklich«, sie machte eine lange Pause, »Pototsching würde zu mir sagen, du klingst – sexy? Ziemlich sexy..., und ich würde sagen: Klinge ich denn sonst nicht sexy? – Glaubst du das wirklich?«
Der Träumeträumer hätte Laura geglaubt, alles, was ich jemals geschrieben hatte, hätte Pototsching geglaubt. Derjenige, der ich gewesen war, bevor ich sie traf, hätte vermitteln können. Aber ich war ganz allein mit mir, meine Bücher hatten mich genauso verlassen wie der Träumeträumer und der, der ich gewesen war, bevor ich Laura traf.
Ich wollte, daß es Lisa war, die gesagt hatte, »klinge ich denn sonst nicht sexy«, und daß er zu Lisa gesagt hatte, »o doch, natürlich«. Deshalb habe er sich gedacht, er besuche sie heute nacht und schaue, ob sie Gesellschaft haben möchte.
Laura würde sagen: »Klinge ich denn sonst nicht sexy?« – in ihren Büchern.
Aber Laura würde niemals sagen, »o ... sicher«, auch nicht in ihren Büchern.
Pototsching sagte, er habe einen Steifen gekriegt und ins Telefon geflüstert: »Ich bin in fünf Minuten da, halte das Bett für mich warm!«
Kein Fenster sei erleuchtet gewesen, er habe das Haus völ-

lig dunkel vorgefunden, alle Türen seien geschlossen gewesen.
Er habe die Tür zum Schlafzimmer halb geöffnet und leise gefragt: »Bist du da?«
Eine flüsternde Stimme habe ihm geantwortet: »Sehen wir doch mal, ob du mich finden kannst.«
Er habe sich von den Atemgeräuschen leiten lassen. Am Bett angekommen, habe er sich bereits das Hemd aus der Hose gezogen gehabt.
Sie habe sein Hemd aufgeknöpft und es dabei fast zerrissen.
Dann habe das Handy gesummt, das neben dem Bett auf dem Boden gelegen habe.
Ich hätte eine Lesung in Hamburg gehabt, ihr erzählt, wie viele Leute gekommen waren und daß ich jetzt in ein Restaurant am Hafen ginge. Sie habe nichts gesagt. Sie habe sich nicht einmal von mir verabschiedet. Daran müßte ich mich doch erinnern.
Ich glaubte Laura.
Pototsching wollte mit ihr schlafen, aber sie hatte Lisa geschickt.
Ich glaubte Pototsching.
Er wollte mit Lisa schlafen, aber sie hatte sich mit Laura besprochen.
Am Morgen sei er aufgewacht, weil er gehört habe, daß sich etwas im Raum bewegte. Sofort habe er gespürt, daß das Bett neben ihm leer war.
Sie habe in der Tür gestanden.
Er habe sie angelacht, sie habe ihn gemustert, als sei sie überrascht, ihn nackt in ihrem Bett zu finden.
Er habe gesagt: »Du bist ja schon angezogen.« Sie habe zurückgegeben: »Was hast du erwartet? Daß ich nackt neben dir liege?«

Ihre Wangen seien gerötet gewesen, als ob sie von draußen kam. – Oder als ob ihr das, was geschehen war, peinlich war…
Sie habe ihn gefragt: »Was tust du eigentlich hier?«
Er habe gesagt: »Ich würde gern im Bett frühstücken. Mit Croissants, Konfitüre, Omelett…«
»Und Champagner?« habe sie gefragt.

Es pulste und redete, es argumentierte und fraß, es metzelte und schwieg in mir. Schleimige Erklärungen quollen aus dampfenden Rachen. Wesen mit Lauranasen, mit Lisastirnen, mit Pototschingmündern, blutig und angemalt, tummelten sich unter meiner Schädeldecke, allesamt nicht fit for fun, sondern fit for desaster. Unter welchem Emblem trieben sie Unzucht? Womit hatte ich es zu tun, mit einem Höllentheater? Mit einer Jahrmarktsbude voller liebender, beleidigter, sprachloser, klappernder schriftstellernder Mutanten?
Wie putzig ich mich mit Pototsching stritt, je miniaturisierter, desto hinterhältiger. Saison en enfer. Wir lachten, als ob wir erst kürzlich entdeckt hätten, daß man uns die rechte Hand abgehackt hatte. Ich grinste, bis mich der Ekel übermannte, grölte, bis ich mich vor Übelkeit krümmte. Mehrere Köpfe, mehrere Gesichter mußten wir haben, als gut ausgestattete Mißgeburten wollten wir uns aus einem rauchenden Schlund in die Mitte des Lebens ergießen, zu Leichenbergen türmen und in Massengräbern und fabrikartigen Vernichtungsöfen enden. Wir taten unser Bestes, um uns beständig selbst zu vernichten. Erst reproduzierten wir uns, dann verzehrten wir uns kannibalisch. Wir machten keine Unterschiede zwischen Opfern und Tätern, jeder einzelne von uns eine Herrenrasse und

eine Ansammlung von Untermenschen, welches Böse hatte die Herrschaft übernommen, oder stellte das Böse nur die Spirale des immer Schlimmeren dar, aber wie ihm Einhalt gebieten?

Ich wollte nicht in das Haus in Zehlendorf zurückkehren, eine Abscheu vor geschlossenen Räumen hatte mich erfaßt, mir wurde schon unwohl, als ich den Durchgang von den Hackeschen Höfen zur Straße passierte.
Ich richtete meine Schritte zum Gendarmenmarkt. Der Pferdewagen auf dem Dach des Konzerthauses bildete das Zentrum eines Wirbels. Hier nahmen die Dunstschleier ihren Ausgang, die den Himmel überzogen und verhinderten, daß das Sternenlicht einzelnen Sternen zuzuordnen war.
»Hast du dir den Fuß verstaucht?«
Erschrocken blickte ich mich um, eine junge Frau in einem Dirndl mußte Aufmerksamkeit erregen, aber keiner der Vorübergehenden nahm Notiz von ihr. Die auf den Bänken Sitzenden beobachteten den Himmel, eine Frau vor der Treppe des Konzerthauses starrte beständig in ihren Kinderwagen hinein.
In München war ich am Flughafen auf einer Rolltreppe mit dem Fuß umgeknickt, ich hatte Schmerzen beim Laufen, aber ich hatte geglaubt, man bemerke nichts an meinem Gang.
»Wann wird es Tag?«
Ich erklärte der Gnädigen, Mitternacht sei gerade vorbei und daß es noch lange dauern würde, bis der Morgen graute.
»Wie lange können wir hierbleiben?«
Wenn sie das nicht wußte, wie sollte ich es wissen.
»Warum schaust du denn so?«
»Weil ... Sie sehen so jung aus.«
»Danke für das Kompliment.«
Sie folgte mir wie selbstverständlich.
Nie hatte ich ein Bild der Gnädigen in dem Alter gesehen,

in dem sie mich jetzt aufsuchte, nie hatte ich mir die Gnädige in diesem Alter vorgestellt. Die Scham foppte mich, indem sie Figuren erschuf, die mir weniger Angst machten als ihre Vorbilder.

Die Scham nahm Formen aus der Vergangenheit an. War sie auch dazu in der Lage, Formen aus der Zukunft in die Gegenwart zu importieren?

In der Straße, die vom Gendarmenmarkt zu den Linden führte, bot ich ihr den Arm an, und sie hakte sich ein.

Ihre Augen waren größer. Sie wollten nicht etwas deutlicher sehen, sie wollten etwas anderes sehen. Große Augen für die energiegeladenen Photonen langwelliger Strahlung?

Sie hängte sich fester bei mir ein. Erst bewegte sie den Mund stumm, dann sprach sie.

»Ich würde gern woanders hingehen – aber ... es ist keiner mehr da –«

Ich machte eine Geste zur Straße hin, auf der die Autos fuhren, und zu den Häusern, in denen noch zahlreiche Fenster beleuchtet waren.

Sie schüttelte den Kopf.

»Alles ist so anders ...«

Ihre Stimme hatte sich verändert, sie paßte zu ihren großen Augen. Nicht pathetisch, aber tiefer, als man von der jungen Frau erwartete, schien sie von überall herzukommen. Ohne mir jedoch Angst einzuflößen.

»Ich wußte, wo du warst – die ganze Zeit. Ich bin nie gekommen, ich wußte, wenn ich zu dir gehen würde, ich würde nicht mehr weggehen können. Aber dann –«, sie blickte mich fragend an, »du warst in einem dunklen Schacht – du bist aus dem Schacht geklettert – es war Morgen ...«

Zum ersten Mal zeigte ihre Stimme Bewegung.

»Du hast an mich gedacht und an Spadolini – warum hast du uns gerufen?«
Mir fiel auf, daß sie nicht blinzelte.
»Nie hast du an mich gedacht, aber dann auf einmal ... ich habe oft an dich gedacht.«
Sie griff sich an die Bluse.
»Ich habe deinen Brief immer bei mir.«
Sie nestelte an ihrer Bluse und zog den Brief heraus, um ihn mir zu zeigen. Ich ging stumm weiter, sie steckte ihn zurück.
»Als du in dem Fahrstuhlschacht warst, da lief die Zeit viel langsamer – ich war so schwer, alles war so schwer. Es gab eine Grenze. Ich kreiste um dich. Ich würde immer dasein, solange ich um dich kreiste, die anderen würden schon lange nicht mehr dasein ... aber dann hast du dich an mich erinnert, und plötzlich fand ich mich jenseits der Grenze wieder, die Zeit verging wie gewöhnlich, und ich war leicht.«
Sie lächelte mir zu.
»Natürlich denke ich noch an die anderen, an meinen Mann, an meine Kinder. Ich habe mich sehr weit von ihnen entfernt. Ich kann mit niemand anderem mehr sprechen als mit dir. Ich muß mit dir gehen – ich kann nur mit dir gehen ...«
Ihr Rock schlug weit aus, seine Falten trafen mein Hosenbein, die Rüschen ihrer Bluse umfingen den Ärmel meines Hemds, wir waren ein Gegenstand mit runden und eckigen Konturen, mit Knickungen und Faltungen.
Beim Betreten des Hauses verspürte ich plötzlich Hunger. Ich hatte Lust auf Kirschen und auf Wurst. Im Kühlschrank war nur eine Wassermelone, die ich am Tag zuvor an einem Straßenstand gekauft hatte. Ich schnitt sie in zwei Hälften

und aus einer Hälfte zwei Scheiben, eine Scheibe gab ich ihr.
Ich aß meine Melonenscheibe über der Spüle, aber ich drehte mich so, daß ich sie beobachten konnte. Sie hielt sich die Melonenscheibe vor den Mund, doch sie biß nicht hinein. Die Flüssigkeit tropfte auf die Bluse, auf das Oberteil, auf die Schürze. Sie schien es nicht zu merken, oder es störte sie nicht. Sie stand so lange unbeweglich, wie ich meine Melone aß. Als ich die Schale in den Abfall warf, legte sie ihre Melonenscheibe in die Spüle.
Ich fühlte mich jetzt sehr müde und wollte ins Bett gehen.
Wenn ich einfach nichts mehr sagte?
Konnte ich mich so der Gnädigen und des italienischen Priesters entledigen?
Ich schaltete alle Lichter aus, damit es keine Schatten gab.
Vor der Tür stieg ich aus meinen Schuhen, im Schlafzimmer hielt ich inne, ich konnte mich nicht entkleiden. Schließlich zog ich die Strümpfe aus und krempelte die Hose hoch.
Auf einmal waren da, wo vorher nichts gewesen war, zwei schwarze Schuhe und darüber die Umrisse eines Rocks. Ich hatte keinen Laut gehört, die Treppenstufen hätten knarren müssen, ein Geräusch hätte das Öffnen der Tür begleiten müssen.
Meine nackten Füße und die Schuhe der Gnädigen erschufen einen Raum. Ich neigte den Kopf vor, nahm die Schultern zurück und zeigte mit dem rechten Arm auf die Gnädige, ich streckte den Bauch heraus und legte den Kopf in den Nacken, ich winkelte die Arme an und hielt ihr beide Hände hin. Sie stand aufrecht, aber ich war sicher, aus der Vogelperspektive sah es so aus, als ob die Gnädige hockte oder kauerte. Ich war Pinocchio, Kasperle oder Krokodil,

ich konnte mit meinen Gliedmaßen scheppern, mit der Keule schlagen oder schnappen, was immer ich tat, die Gnädige schuf den Raum allein.

Mit geschlossenen Augen stellte ich mir vor, die Gnädige und ich, wir pusteten zusammen den Raum auf. Dann würde ich in die Küche laufen und ein Messer holen, um es in den Raum zwischen uns zu stecken und ihn zu fixieren.

Der Raum war nur eine Täuschung. Wir beide, die Gnädige und ich, hielten uns an dem Raum, nein, an der Fläche fest wie an einer Tafel. Sie umfaßte die Tafel von der einen Seite und ich von der anderen, sie konnte hindurchlangen, sie berührte mich.

Beide waren wir mit den Hüften in die Tafel eingetaucht, ich strebte zum Rand hin, die Tafel löste sich vor mir auf, um sich hinter mir wieder zu materialisieren, die Gnädige folgte mir.

Könnte ich die Gnädige dazu bringen, sich auf die Tafel zu legen, so daß sie mit ihr eins wurde? Dann würde ich die Sackkarre aus dem Keller holen, die Tafel darauf legen, sie die Treppe hinunterbugsieren und durch die Eingangstür auf die Straße rollen und sie dort ganz fest anschieben ...

Mein Blick fiel auf den Poststapel neben der Tür. Barfuß, mit gesenktem Kopf ging ich zu dem Stapel, hockte mich auf die Fersen und öffnete den zuoberst liegenden Brief.

LaMasango schrieb an Laura, König Mswati habe ihre Schwester entführt, um sie zu heiraten. Ihre Mutter habe sofort Klage erhoben, diese jedoch zurückgezogen, weil sich die Schwester bei der Einweihung eines Krankenhauses lächelnd an der Seite des Königs im Fernsehen gezeigt habe. Weder LaMasango noch ihre Mutter besaßen Zugang zu der Schwester, sie lebte in einem Palast des Königs

und wurde im Gegensatz zu den anderen Frauen wie eine Gefangene gehalten.
Seit der König ihre Schwester entführt hatte, weigerte er sich, LaMasango zu sehen.
Das Parlament von Swasiland war im Jahr 1973 aufgelöst worden, ein Dekret ließ dem König freie Hand und verbot alle Aktivitäten von Oppositionsparteien und Gewerkschaften. Im Jahr 2001 verabschiedete Mswati ein zweites Dekret, das Geld und Gefängnisstrafen für Kritik gegenüber dem König vorsah sowie eine Pressezensur einführte. Auf internationalen Druck hin wurde ein drittes Dekret erlassen, das jedoch die wesentlichen Teile des zweiten Dekrets in Kraft ließ.
Der Brief trug eine deutsche Briefmarke. LaMasango war nach Berlin zurückgekehrt.
Als die Mutter vor Gericht ging, versteckte Jan Sithole, der Generalsekretär des Gewerkschaftsverbands, LaMasango auf dem Land. Die bewaffneten Kräfte hatten eine Kundgebung des oppositionellen People's United Democratic Movement und des Gewerkschaftsverbands verhindert. Unterstützt von Einheiten der Armee, hatte die Polizei sechs Straßensperren auf der hundertfünfzig Kilometer langen Strecke zwischen Manzini und Lavumisa errichtet, um die Kundgebungsteilnehmer aufzuhalten. Das Fußballstadion von Lavumisa wurde abgeriegelt. LaMasango war zusammen mit dem Generalsekretär des Gewerkschaftsverbands verhaftet worden, man hatte sie freigelassen, weil man sie nicht erkannt hatte, Jan Sithole, ihr Freund oder Geliebter, blieb inhaftiert. Er hatte sie angewiesen, im Fall seiner Verhaftung auszureisen. Sie sollte für die Opposition in Swasiland und für seine Freilassung Propaganda machen.

LaMasango war mit falschen Papieren eingereist, sie hatte genügend Geld, um eine Zeitlang in Berlin zu leben, aber sie konnte ihre alten Freunde nicht treffen, weil sie wegen des mittlerweile aufgedeckten Bücherdiebstahls gesucht wurde. Sie bat Laura, sich für Jan Sithole einzusetzen und Amnesty International anzusprechen.

Als der Morgen graute, ging ich mit der Gnädigen wieder zum Gendarmenmarkt.

Die Fenster des Konzerthauses warfen das hereinbrechende Tageslicht zurück. Der Kreis aus den Reiterstatuen neben der Treppe, den Figuren über dem Portikus, den Feuerschalen und dem Pferdewagen auf dem Dachgiebel und aus dem Himmel begann auszufransen. Die Fransen streckten sich mir entgegen, auf einmal konnte ich den Pferdewagen fast berühren. Dann wurde der Kreis lappig, irgend etwas kämpfte, im Kreis zu bleiben, gegen den Kreis, der sich entschlossen hatte, es auszustoßen. Der Kreis krampfte sich zusammen, um sich danach weiter zu öffnen, neben dem großen Kreis entstanden andere, kleine Kreise. Wellen liefen durch den Himmel und die Gebäude auf dem Platz. Wie sie verebbten, wurde der große Kreis kleiner, und die kleinen schlossen sich zur Gänze. Etwas wollte sich aus dem großen Kreis ergießen, aber es staute sich dort, der Pferdewagen kam mir wieder ganz nah, um erneut zurückzuweichen, seltsam verzerrt. Wenn ich jetzt daran denke, stelle ich mir ein schmatzendes Donnern vor, das diese Verwerfungen untermalen würde, aber es gab keins, nur das leise Vorbeigleiten des Verkehrs in den entfernten Straßen und das Geräusch zweier Frauen mit hohen Absätzen auf dem Pflaster.

Ich kann weder angeben, wann sich die Gnädige zusammen mit dem Pferdewagen von mir entfernte, noch, wann ich zum ersten Mal die Gestalt in der Mitte der Treppe wahrnahm. Zunächst völlig flach, spaltete sie sich auf, die Teile rollten sich zusammen, sie glitten in dem Kreis zu mir hin und von mir weg. In vielen Versuchen gewann die Gestalt schließlich eine dreidimensionale Form. Die Gestalt schien den Kreis zu überragen, in ihm spiegelten sich noch der Pferdewagen und die Treppe, da liefen ein paar Leute an mir vorbei, und ich erkannte, die Gestalt war nicht größer als ein Kind.

Der Deutsche zog den rechten Fuß nach wie damals, als er bei einer Bergtour auf den Großen Priel in einer Geröllhalde ausgerutscht war und sich eine Bänderdehnung am Knöchel zugezogen hatte. Obwohl der Knöchel faustdick geschwollen war, ging er nicht zum Arzt, Frau Holzer machte ihm Umschläge mit essigsaurer Tonerde. Er weigerte sich, einen Stock zu benutzen, weder einen Spazierstock von Frau Holzer noch einen aus einem jungen Baum geschnitzten mit einer Eisenspitze, wie ihn die Jäger verwendeten.

Er trug einen gutsitzenden cremefarbenen Anzug, ein weißes Hemd und eine hellbraune Krawatte, seine Füße steckten in hellbraunen Loafers. Es gelang ihm, die Behinderung durch die Verletzung in einen graziösen Gang zu verwandeln.

Er sprach in vielen Sprachen, in derjenigen des Informatikers, des Statistikers, des reinen Mathematikers, in der weisen Sprache eines alten Mannes, obwohl er aussah, als hätte er gerade erst sein Studium beendet. Es bereitete ihm merklich Vergnügen und Befriedigung, diese Sprachen ineinander zu übersetzen. Er forderte mich auf, das, was ich sagen wollte, in eine seiner Sprachen zu übersetzen, es in einer sei-

ner Sprachen weiterzuentwickeln, so wurde es vielleicht um den entscheidenden Grad anders und damit klarer.
Ich konnte nicht umhin, seine spielerische Leichtigkeit zu bewundern, in jedem Fall, also auch in meinem, zu denken, nachzudenken und soweit wie möglich auch vorauszudenken. Er verwendete keine Fremdwörter, selbst in der Mathematik mied er sie. Wenn es irgend möglich war, griff er auf den alltäglichen Wortgebrauch zurück, als ob er dessen Reichweite und Tragfähigkeit vorführen wollte.
Immer ließ er andere Positionen gelten. Er war unfähig, Haß zu hegen und zu schüren. Aber ich wußte, er konnte zürnen, wenn jemand anderer nicht verstand. Ich wollte ihm keine Gelegenheit dazu geben
Ich will nicht sagen, daß es ihm um Wahrheiten ging. Die Wahrheit – das mußte die falsche Fährte für ihn sein. Er lenkte die Aufmerksamkeit auf Voraussetzungen, auf nicht hinterfragte oder nicht hinterfragbare Annahmen, unter denen sich alle Wiederholungen, aller Wandel, alle Wagnisse zu Neuerungen, nicht nur der Wissenschaft, auch des Lebens vollzogen. Es mußte einen überzeitlichen Kosmos geben, dessen Zusammenhalt sich nur in einem Gespräch wie demjenigen, das er führte, vergegenwärtigen ließ. Alles hatte Voraussetzungen, das Fragen, das Wollen, die Furcht, die Liebe, der Haß. Und die Voraussetzungen waren nicht in den Wissenschaften zu finden, sondern vielmehr im Sprechen über die Wissenschaften. Sie zu entdecken und wiederzufinden, danach strebte er. Er stand außerhalb der Zeit, immer schon.
Obwohl er so klar und konzis sprach, entzog sich das, was er sagte, einer Vergegenständlichung. Solange er sprach, und das stellte keinen Kunstgriff dar, sondern es verkörperte sein Wesen, war das, was er sagte, nicht verfügbar.

Zwar Mathematiker, wollte er dennoch nicht mit Beweisen und Argumenten gewinnen. Er wollte etwas klären, was Beweise und Argumente überhaupt erst ermöglichte.
Jetzt gelinge es ihm, bestimmte Ideen viel klarer zu formulieren. Wenn er das schon früher gekonnt hätte, vielleicht hätte er einen Beitrag liefern können zur Computerwissenschaft, und er gab einen Laut von sich, der einem Seufzer glich. Er habe in seiner Arbeit seine Ethik gefunden, aber diese Ethik könne er sich erst heute erlauben. Man müsse reich sein, um ehrlich bleiben zu können. Natürlich meine er nicht Geld. Ein Reicher, der stehle, sei ein Schweinehund. Wenn ein Armer stehle, sei das sozusagen der Normalzustand. Gerecht wäre es, wenn der Reiche gäbe, anstatt zu stehlen. Je reicher er werde, desto mehr verfeinere er seine Ethik.
»Ich habe an Hilbert geglaubt! Die Umgangssprache ist zweideutig, ich, du, er, sie, hier, dort – jedesmal ist ein anderer oder etwas anderes gemeint. Also ersinnen wir eine künstliche Sprache, in der es keine Zweideutigkeiten mehr gibt, so werden wir alle Ungenauigkeiten und Widersprüche los. Man sieht immer sofort, ob ein Satz richtig gebaut ist oder nicht. Ein nicht richtig gebauter Satz ist von vornherein sinnlos, mit ihm braucht man sich nicht zu beschäftigen. Sich für eine Grammatik entscheiden, die Bauanleitung der Sprache beschreiben, die grundlegenden wahren Sätze auswählen – nie mehr Meinungen austauschen! Nur noch rechnen! Was für eine Phantasie ...
»Ein für allemal die Spielregeln festlegen ...
»Aber es hat ja nicht funktioniert. Es gibt keine Turing-Maschine, die das Ergebnis auswirft, ob eine andere Turing-Maschine anhält oder nicht. Kein Computerprogramm kann vorhersagen, ob ein anderes Computerprogramm an-

hält oder nicht. Kein formales axiomatisches System kann ableiten, ob ein Programm hält oder nicht. Die mathematische Wahrheit ist eine unendliche Menge von Information, jede Menge von Axiomen, jedes Programm kann nur eine endliche Menge von Information darstellen.

»Der Gedanke, die Spielregeln für immer festzuschreiben ... wohin er geführt hat ...«

Der Deutsche blickte mir in die Augen.

»Elektronengehirne gibt es, weil David Hilbert sich irrte. Sein Programm war nicht durchführbar, aber es gab den Anstoß zur Entwicklung der Elektronengehirne. Wenn ich gewußt hätte, damals, als ich noch jung war – daß es sinnlos und verderblich ist, ein für allemal die Spielregeln festlegen zu wollen ...

»Die Wissenschaft war schon soweit. Gödel hat das Unvollständigkeitstheorem 1931 bewiesen. Jedes Axiomensystem, das die elementare Zahlentheorie beschreibt, ist entweder widerspruchsvoll oder unvollständig. Aber 1931 waren wir mit anderen Dingen beschäftigt. Und mit anderen Wissenschaften.

»Heute bietet sich die Sache viel einfacher dar. Wir sehen die Unvollständigkeit als Spezialfall des Halteproblems an. Aber damals ...«

Er interessiere sich jetzt mehr für Biologie. Es sei sehr schwierig für die Physik und die Biologie, sich zu verständigen. In der Physik gebe es ein System, und seine Teile änderten sich nicht. In der Biologie habe man es mit Populationen zu tun, die aus den unterschiedlichsten Teilen zusammengesetzt seien. Von den sechs Milliarden Menschen auf der Erde seien nicht zwei identisch. Das bedeutete einen grundlegenden Unterschied zwischen Physik und Biologie. Ein zweiter wichtiger Unterschied bestehe darin, daß es in der Physik nur ein Kausalsystem gebe, das der Naturgesetze. Natürlich seien nicht alle Naturgesetze kausal. Aber man könne alles, was in der unbelebten Natur vor sich gehe, auf ein System von Gesetzen zurückführen. Natürlich stünden Relativitäts- und Quantentheorie immer noch unvermittelt nebeneinander. In der Biologie herrsche ein zweites Kausalsystem, das genetische Programm. Zwar unterstehe die ganze Welt den Naturgesetzen, auch die genetischen Programme, aber während es in der Physik gewissermaßen eine einfache Kausalität gebe, sei diese in der Biologie gedoppelt.

Niemand sah sich nach uns um, im Straßenbild fiel er nicht auf. Nur ich wußte ja, daß er kleiner war, als er tatsächlich gewesen war.

Versuche, intelligentes Leben auf anderen Planeten aufzuspüren, halte er für großen Quatsch und ungeheure Geldverschwendung. Die Chance, daß Intelligenz entstehe, sei verschwindend gering. In der Erdgeschichte habe es zwischen einer und fünfzig Milliarden verschiedener Arten gegeben, wie viele von ihnen seien so intelligent geworden, daß sie das Weltall nach anderen Zivilisationen durchsuchen können, eine einzige. Das Leben sei vor 3 800 Millionen Jahren entstanden, es habe mindestens 3 799,98 Millionen Jahre gedauert, bis der moderne Mensch aufgetreten sei. Die Suche nach Intelligenz auf der Erde gestalte sich auch sehr schwierig.

Auf meine Frage, ob wir allein im Weltall seien, meinte er, irgendwo existiere sicherlich Leben, denn die Anzahl der Planeten sei riesig groß.

Ich warf ein, vielleicht gebe es in der Evolution eine Art Automatismus. Sei das Leben erst einmal da, werde es immer komplizierter und vielleicht schließlich sogar intelligent. Er lächelte, so dächten die Physiker, so habe er auch einmal gedacht. Die ältesten Fossilien von Cyanobakterien seien 3,5 Milliarden Jahre alt. Beinahe 2 Milliarden Jahre seien vergangen, bis die ersten wirklichen Zellen mit Kern entstanden seien, die Eukaryoten, von denen wir alle abstammten. Das sei ein ganz und gar unwahrscheinliches Ereignis gewesen.

Alle Beweise, die die Mathematiker fanden, alle Modelle, die die Physiker ersonnen, alle Erklärungen, die die Biologen gaben, alle Fragen, die der Junge, stellte, konnten in einem Gespräch abgehandelt werden. Auch wenn die Beweise noch so kompliziert waren, die Modelle noch so unübersichtlich, die Erklärungen noch so überraschend, alles mußte sich aussprechen lassen, vielleicht bildete es sich sogar während des Sprechens, aber bewähren mußte es sich in jedem Fall durch das Sprechen.

Ich sah nur eine Möglichkeit, mich von meinen Figuren zu befreien: nicht mehr mit ihnen zu reden.

Die Gnädige, Spadolini, der Deutsche – sie würden mein Schweigen nicht aushalten können.

Wenn ich kein Wort mehr sagte, würden sie mich nicht mehr heimsuchen.

Ich mußte einen Rahmen bauen für mein Schweigen und es aufspannen.

Mein Schweigen würde ein Bild im Bild sein.

Ein großes und rohes Schweigen.

Es würde aus Schichten bestehen, die ich hastig hinwarf, die helleren über die dunkleren, eine Struktur, ein Gewebe würde hindurchscheinen.

Die Welt mit meinem Nicht-Sprechen wie mit Kacheln überziehen. Was war mit den Fugen? Was mit dem Rand? Manchmal warf das Schweigen Falten. Sollte ich es kleben? Wenn ich nichts sagte, durfte das Nichtgesagte nicht durchscheinen. Aber es war langweilig, nichts zu sagen, und auch nicht abschließend. Aus dem Nichtgesagten mußte sich etwas ergeben.
Ich würde mein Schweigen verwittern und verschießen lassen. Die Sonnenstrahlen sollten es gelblich färben.
Ich durfte mein Schweigen nicht aus der Nähe ansehen.
Mein Schweigen mußte auf einen Lumpen gehen.
Aber der Lumpen durfte nicht dekorativ sein.
Oder sollte ich das Schweigen derart spannen, daß es sich vom Reden der anderen nicht unterschied?
Sollte ich doch die Welt kacheln? Handgeschöpftes Schweigen, im DIN-Format?
Niemals durfte das Schweigen durchsichtig sein.
Wenn ich es inmitten meines eigenen Redens und des Redens der anderen aufspannte, mußte immer ein Rand bleiben, der das Schweigen vom Sprechen unterschied.
Befestigungen der absurdesten Art.
Auch solche Befestigungen, die zusammen mit dem Schweigen ausgestanzt wären.
Verschiedene Arten von Schweigen überdeckten sich, auf diese Weise wurde das Schweigen räumlich.
Ein Haus bauen aus dem Schweigen!
Ein Behältnis aus vielseitigem, vielartigem Schweigen. Aus geradem, aus krummem, aus mit der Papierschere geschnittenem, aus mit der Stichsäge gesägtem Schweigen.
Ich konnte das Schweigen verwischen –
ich konnte es riffeln –
ich konnte es beleuchten, so daß es wie ein Schleier aussah.

Ich würde mein Schweigen ausgießen, so daß die Menschen und die Figuren darin gehen mußten.
Ich würde Drähte aus meinem Schweigen rollen und die Figuren darin einspannen.
Punctuated equilibrium, punctuated silence.
Aus dem Schweigen Regale machen, für jede Sorte von Nichtgesagtem ein Fach.

Ich malte mir aus, ich fuhr auf einem Waldweg und sah die beiden schon von weitem. Sie gestikulierten merkwürdig, immer wieder erstarrten sie für Sekunden. Näher kommend, bemerkte ich, sie bewegten ihre Münder nicht.
Kinder sind wie Modellfiguren, dachte ich. Mit zu großen Lippen und Augen, zu kleinen Nasen.
Als ich neben ihnen anhielt, blieben sie verschüchtert stehen. An dieser Stelle führte der Weg durch einen Felsabbruch, sie konnten nur vor- oder zurückgehen, aber weder den Hang hinunterlaufen noch ihn hochklettern.
Ich kurbelte das Fenster herunter und verlangte von ihnen einen Ausweis. Ich fuhr keinen Saurer, sondern einen weißen Krankenwagen mit vergitterten Fenstern.
Die beiden, die aussahen, wie Pototsching und La Trémoïlle als Kinder ausgesehen haben mochten, starrten mich ängstlich an, aber sie machten keine Bewegung, um in ihre Taschen zu greifen. Welches Kind nimmt einen Ausweis mit, wenn es in den Wald geht.
Ich zog den Kragen meines weißen Kittels zurecht und schlug einen schärferen Ton an: »Habt ihr einen Ausweis dabei oder nicht?«
»Was für einen Ausweis?« Die beiden fragten im Chor.

Ich kam ins Stottern: »Eine Bestätigung ... von euren Eltern ... das ihr das dürft ... hier ...«
»Was dürfen wir?«
»Daß eure Eltern euch – wollen, euch – lieben. Dann dürft ihr allein von zu Hause weggehen.«
Ich räusperte mich. »Ihr müßt die Bestätigung bei euch haben. Sonst muß ich euch mitnehmen.«
»O«, sagten die beiden, »wir haben die Bestätigung verloren.«
»Dann müßt ihr mitkommen.« Ich versuchte, meiner Stimme einen festen Klang zu geben.
Die beiden sprachen weiter im Chor: »Unsere Eltern sind sich nie über etwas einig – sie unterschreiben nie etwas ...«
»Dann muß ich euch mitnehmen.«
»Wo bringen Sie uns hin?«
Ich versuchte, sie zu beruhigen. »Vielleicht habt ihr schon Geschichten darüber gehört. Es stimmt nicht, daß ihr eingesperrt werdet. Ihr könnt euch frei bewegen. Natürlich dürft ihr erst einmal nicht auf die Straße, so lange, bis eure Eltern benachrichtigt sind. Spritzen bekommen nur die, die sich nicht gut benehmen.«
Die beiden zitterten.
»Ihr bekommt regelmäßiges Essen, und Ärzte kümmern sich um euch.«
Wenn ich Anstalten machte auszusteigen, würden sie sofort davonlaufen. Der eine den Weg hoch, der andere den Weg hinunter. Ich konnte nur einen fangen.

Die Schrift des Computers nimmt die Augen nicht gefangen. Sie erzeugt keine vielfache Lesbarkeit, sie läßt nicht verschiedene Deutungen der im Text wirkenden Kräfte zu, dem Betrachter wird nichts erzählt, was er fortspinnen kann. In meiner Handschrift bietet sich jedes Wort anders dar, auch wenn das Wort das gleiche ist. Meine Handschrift bereitet ganz unterschiedliche Bilder für die Vorstellung vor, ohne daß ich als Betrachter den Standort wechseln müßte.
Wie kann der Leser eine Geschichte hinter den Buchstaben auf dem Bildschirm vermuten? Wie kann er um die Geschichte herumgehen, in die Geschichte hineingehen? In meiner Handschrift finde ich Verwandlungsschritte, die ich mir vorgestellt habe, deren Regeln ich durchschaut habe, solche, die ich mir nicht vorgestellt habe, aber sie gehorchen den gleichen Regeln, und andere, die Regeln folgen, die ich erst formulieren muß, sie treiben meine Vorstellung in eine neue Richtung, schicken mich auf die Suche. Die Schrift auf dem Bildschirm hält mich nicht an, neue Zusammenhänge zu entdecken, die Beziehungen der Worte und der Sätze gestalten sich zu einfach und zu eindeutig, nichts leitet meine Vorstellung an, neu in den Zusammenhängen zu lesen, sie neu zu ordnen.
Der Computer bildet den Raum des Romans nur ab, meine Manuskripte erzeugen ihn. Es erscheint mir, als würde die Computerschrift das gedruckte Buch simulieren. Das hilft mir nicht beim Finden von Lösungen. Im Gegenteil, die Computerschrift suggeriert Vollständigkeit dort, wo noch gar keine sein kann.

Laura schrieb auf der Bank vor dem Gate, das aufgeklappte Notebook auf den Knien. Sie hatte mich gebeten, sie am Flughafen abzuholen.

Ich ging langsam, damit der Deutsche mir folgen konnte.
Laura war an etwas angeschlossen, mit dem Blutkreislauf an einen anderen Kreislauf oder mit den Nerven an andere Nerven. In dem Augenblick, als sie mich wahrnahm, unterbrach sie die Verbindung.
Langsam, abgehackt sprachen wir über ihren Flug, über meinen Flug, über die Fernsehsendung.
Beim Reden bewegte sie den Kopf in unrhythmischer Weise, abwechselnd schloß sie die Augen und machte sie ganz weit auf, so daß das Weiße in ihren Augen sehr groß wurde.
Sie konnte nicht mitbekommen, daß ich nach ihr auch dem Deutschen die Tür aufhielt, trotzdem wandte sie sich plötzlich um. In ihren Augen spiegelte sich ein namenloser Schrecken, mit seltsam hängenden Schultern ging sie weiter.
Als wir die Straße überquerten, fiel ein Kabel ihres Notebooks auf den Boden. Sie mußte das Geräusch gehört haben, sie blickte wieder hinter sich, aber nicht auf den Boden, auch nicht auf mich, sondern dorthin, wo der Deutsche ging.
In einer fast ballettartigen Geste ließ sie sich auf die Knie nieder, sie preßte die Füße zusammen, spreizte die angewinkelten Beine, streckte beide Arme aus und stützte sich mit den Händen ab. Den Kopf schief haltend, als ob sie zugleich in den Boden horchte, blickte sie über mich hinweg. Ihre Haare waren fettig, ihre Gesichtshaut glänzte im Sonnenschein. Ich verstand nicht, warum sie nicht einfach das Kabel aufhob. Jetzt kam auch noch ein Taxi angefahren, ich machte aufgeregte Handbewegungen, der Taxifahrer bremste scharf, ohne zu hupen. Der Fahrgast neben ihm betrachtete interessiert durch die frischgeputzte Scheibe die Frau auf der Straße.

Als habe sie etwas gehört oder gesehen, richtete Laura den Oberkörper auf und nahm die Hände zusammen.
Sie blickte auf den Boden vor sich, ihre Lippen bewegten sich, um dann plötzlich nach dem Kabel zu greifen und mir etwas zuzurufen, was ich nicht verstand, denn hinter dem ersten Taxi bremste ein zweites quietschend und hupte ungeduldig.
Mit einer unglaublich schnellen Bewegung erhob sie sich. Das Kabel in der rechten Hand haltend, streckte sie beide Arme weit aus. Sie hatte den Kopf zur Seite gewendet und blickte mich nur mit ihrem blauen Auge an. Ich hatte die Vorstellung, der Himmel hatte nachgegeben und sie fiel in ein zunächst hellblaues und dann immer dunkler werdendes unendliches All.
Im Auto kniete sie sich auf den Beifahrersitz, hielt sich an der Rückenlehne fest und sah dorthin, wo der Deutsche bescheiden Platz nahm. Ich benötigte absichtlich lange, um ihre Tasche zu verstauen.
Sie drehte sich erst um, als der Taxifahrer anfuhr.
»Du liebst mich nicht mehr.«
Ihre Schultern bebten, sie weinte ohne Tränen, sie schluchzte, ohne einen Ton von sich zu geben.
Ich hätte ihre Schultern umfassen, ihr die Haare aus dem Gesicht streifen müssen.
Sie krümmte sich zusammen und zog die Beine an. Jetzt begann sie tatsächlich zu schluchzen und zu weinen, dicke Tränen liefen zwischen ihren Fingern entlang.
Ich hätte nicht sagen müssen, daß ich sie liebe, es hätte genügt, wenn ich gefragt hätte: »Was hast du?«
Ihre Seele ein Tatort ohne Täter, sie selbst eine Serie von eigentümlichen Wiedergängerinnen, jede neue Laura die Untote einer alten Laura. Mit dem Fotoshooting hatten

sich die Dopplungen nochmals gegeneinander verschoben und verselbständigt. Trotzdem war es La Trémoïlle und mir nicht gelungen, auch nur einen Blick auf das zu erhaschen, was hinter ihr lag.

Als wir uns kurz angesehen hatten, La Trémoïlle und ich, wußten wir beide, wir waren uns nur selbst fremder, unheimlicher geworden.

Ich hätte sagen sollen, es sei doch nur so etwas wie ein unangenehmer Traum gewesen.

Sie saß gerade im Sitz und zitterte nicht mehr.

Entschlossen drehte sie sich zu mir um.

Ihre Augen wurden sehr groß, die Tränen schienen beim Hinsehen zu trocknen.

»Levi's oder Armani?«

–

»Helles oder Pils?«

–

»Weißwein oder Rotwein?«

–

»Katzen oder Hunde?«

–

»Männer oder Frauen?«

–

»Madonna oder Kylie?«

–

»Wie alt ist dein ältestes Hemd?«

–

»Wo kaufst du deine Klamotten?«

–

»Hast du ein Problem mit Schuhen?«

–

»Wenn du italienisch ißt, was wählst du als Vorspeise?«

–

»Hast du jemals geraucht?«

–

»Das erste Gemälde, an das du dich erinnern kannst?«

–

»Der erste Film, an den du dich erinnern kannst?«

–

»Dein Lieblingsjahrzehnt?«

–

»Dein Lieblingsdichter?«

–

»Dein Lieblingsverleger?«

–

»Dein Lieblingslektor?«

–

»Hast du jemals geweint, als du ein Buch gelesen hast?«

–

»Dein Lieblingsschwuler?«

–

»Deine Lieblingsuniform?«

–

»Wenn du dich selbst in ein Buch hineinschreiben würdest, mit welchem Mann hättest du gern eine Liebesszene?«

–

»Stimmt das, je männlicher, desto schwuler?«

–

»Wo siehst du bei einem Mann zuerst hin?«

–

»Augen, Busen, Hintern, in welcher Reihenfolge musterst du eine Frau?

–

»An wen ging deine letzte E-mail?«

–

»Hast du ein ganz schlechtes Gewissen oder ein normal schlechtes Gewissen?«

–

»Wann hast du zuletzt mit Gott gesprochen?«

–

»Was hältst du von der Psychoanalyse?«

–

»Möchtest du wie Kafka sein?«

–

»Was für ein Tier würdest du sein, wenn du es dir aussuchen könntest?«

–

»Ein gutes oder ein schlechtes Gefühl, wenn du in den Spiegel guckst?«

–

»Hattest du als Heranwachsender Pickel?«

–

»Was nimmst du für ein Shampoo?«

–

»Shampoonierst du dir die Augenbrauen?«

–

»Verwendest du Hautcreme?«

–

»Was würdest du tun, wenn du eine Glatze hättest?«

–

»Möchtest du wie Thomas Bernhard sein?«

–

»Findest du deinen Hintern schön?«

–

»Warum hast du keinen Waschbrettbauch?«

–

»Deine letzte Diät?«

–

»Dein letzter Drogenabsturz?«

–

»Welcher Teil deines Körpers ist dir bis heute fremd?«

–

»Kann ein Schwanz Charakter haben?«

–

»Wann hast du das letzte Mal *ich liebe dich* gesagt?«

–

»Hast du jemals *ich liebe dich* gesagt?«

–

»Wie verabschiedest du dich von anderen Frauen?«

–

»Kannst du tanzen?«

–

»Hast du einmal ein Instrument gespielt?«

–

»Warum fährst du nicht Ski?«

–

»Warum spielst du nicht Fußball?«

–

»Warum reitest du nicht?«

–

»Kannst du Karten spielen?«

–

»Wenn du ein Auto hättest, woran würde man es erkennen?«

–

»Warum hast du kein Klapphandy?«

–

»Hattest du einmal einen Schnurrbart?«

–

»Riechst du aus dem Mund, wenn du trinkst?«

–

»Was hättest du gemacht, wenn ich einen Hund dabeigehabt hätte, als wir uns zum ersten Mal im Borchardt gesehen haben?«

–

»Was hättest du gemacht, wenn ich ein Tattoo gehabt hätte?«

–

»Wie charmierst du andere Männer?«

–

»Wie charmierst du andere Frauen?«

–

»Wovor hast du Angst, wenn du lächelst?«

–

»Hast du jemals einen Lachanfall gehabt?«

–

»Wie ist die Haarfarbe der perfekten Frau?«

–

»Wie ist die Augenfarbe der perfekten Frau?«

–

»Wie riecht die perfekte Frau?«

–

»Wie groß soll die perfekte Frau mindestens sein?«

–

»Wäre es schlimm, wenn die perfekte Frau etwas schielt?«

–

»Bedeuten Füße etwas für dich?«

–

»Hast du irgendwelche seltsamen Vorlieben?«

–

»Was gibt es dauernd zu lächeln?«

–

»Glaubst du, daß Lächeln glücklich macht?«

–

»Du willst dich umbringen. Schneidest du dir die Pulsadern auf, erschießt du dich, erhängst du dich, springst du von einer Brücke, oder nimmst du Gift?«

–

»Muß die perfekte Frau Französisch sprechen können?«

–

»Was war das Beste an deiner Familie?«

–

»Hat dir deine Mutter irgendeine Lehre mitgegeben?«

–

»Gibt es irgendeine Angewohnheit, die du von deinem Vater übernommen hast?«

–

»Haben dich deine Schwestern geschlagen?«

–

»Kannst du mich und meine Schwester auseinanderhalten?«

–

»Gibt es irgend etwas auf der Welt, was du nur mit anderen Männern teilen würdest?«

–

»Könntest du Schuhverkäufer sein?«

–

»Guggeis lehnt dich ab. Was machst du?«

–

»Pototsching will sich mit dir prügeln?«

–

»La Trémoïlle verliebt sich in dich?«

–

»Deine schlimmste Erfahrung mit Frauen?«

–

»Ich will ein Kind?«

–

»Deine schlimmste Erfahrung mit Männern?«

–

»Könntest du Lektor sein?«

–

»Könntest du Verleger sein?«

–

»Dein Lieblingsbriefwechsel in der Literaturgeschichte?«

–

»Der Vorname deines besten Freundes?«

–

»Was macht er gerade?«

–

»Könntest du mit Pototsching befreundet sein?«

–

»Wenn du einen Hund hättest, würdest du ihn in den Urlaub mitnehmen?«

–

»Möchtest du Enkelkinder haben?«

–

»Kann man Enkelkinder haben, ohne Kinder zu haben?«

–

»Hast du ein Testament gemacht?«

–

»Deine Einschlafposition?«

–

»Dein Name?«

–

»Gibt es irgendeine Abwechslung, nach der du dich sehnst?«

–

Laura stellte mir neunundneunzig Fragen, ich beantwortete keine einzige.

Ihr Starren galt nicht mir und nicht dem Deutschen, den sie nicht sehen konnte. Sie betrachtete das Schweigen, das soviel größer war als sie und ich. In der Nacht geboren, dampfte das Ungeheuer noch, die Augen lagen tief in den Augenhöhlen des riesigen Kopfes, die Haut spannte sich unmittelbar über den Knochen, die Augen brauchten keine Lider als Schutz.

Das Ungeheuer würde der Existenz der Gnädigen, des italienischen Priesters und des Deutschen ein Ende setzen.

Ich würde keine Besuche mehr haben.

»Du liebst mich nicht! Du willst mich nicht! Ich soll gehen! Du bist nicht wie früher! Du willst mich nicht! Ich fühle das andauernd! Ich tue so, als würde ich es nicht merken! Ich denke, vielleicht kommt es mir nur so vor! Du nimmst mich nicht ernst! Du willst nicht, daß ich so rede! Sag die Wahrheit! Die Wahrheit!

»Ich habe nicht mehr geschlafen seit dem Fotoshooting! Ich liege immer so da und denke ...

»Ich habe so seltsame Gedanken! Ich weiß nicht, woher sie kommen! Aber ich muß ruhig bleiben! Ohne Rücksicht darauf, was du sagst oder tust! Du behandelst mich wie –! Dafür gibt es keine Worte!

»Du fürchtest dich vor mir! Du ekelst dich vor mir! Ich weiß es! Ich verstehe es nicht! Du meinst, ich verstelle mich? Ich verstelle mich nicht, nein, niemals!«

Ich sagte kein Wort mehr zu Laura.

Das Ungeheuer leckte sie zärtlich ab, sie wehrte sich nicht.

Ich gehe stumm mit dem Telefon zu Laura, die Hand auf das Mikrofon gepreßt. Sie zählt die Namen derjenigen auf, von denen sie denkt, daß sie am Telefon sein könnten. Sie nennt einen Namen, ich mache nichts, sie weiß, ob sie den nächsten Namen sagen soll oder ob es der Name des Anrufers ist. Nickt sie, gebe ich ihr das Telefon, schüttelt sie den Kopf, sage ich dem, der sie sprechen will, sie sei doch nicht zu Hause.

Vor der Kinokasse hat sich eine lange Schlange gebildet. Sowohl das Paar vor uns als auch das Paar hinter uns drückt mich zu Laura hin.

Im Kino sitzt in der Reihe vor uns eine Clique, die Mädchen knutschen mit den Jungen. Die Mädchen wenden sich um, sie werfen mir vorwurfsvolle Blicke zu, dann drehen sich die Jungen ebenfalls um. Ein Junge mit einem Irokesenschnitt zeigt erst auf Laura, dann schiebt er mich zu ihr hin.

Die Räume quellen wie Schaum. Orientierung bietet nur der Fußboden, dunkles Wengeholz auf der Wohnagora, hellgrauer Schiefer in der Küche sowie im Eßbereich, ein Edelstahlboden für den Schlafbereich. Die Fernsehlounge betritt man durch eine Star-Trek-Luke, die Spiral-Lampe von Panton gießt ihr Licht über ein vom Hausherrn entworfenes Sofa in Violett. Pantons Wandblasen säumen die Treppe zur Bibliothek. Auf einem fliederfarbenen Teppich beherrschen Uredats roter Targa-Sessel und dvn-Liegezungen von Supérieur die mit Aluminium verkleidete Lesebühne. Am Eßplatz umringen vier Champagner-Stühle von Laverne den Knoll-Tisch von Saarinen. Darüber biegt sich Castiglionis Arco. Das strahlenförmige Stahlparkett weist den Weg zum Schlafzimmer mit Aarnios Tomato-Chair in Zitronengelb.

Zwei kräftige Männer tragen mich auf einer der Liegezungen zu Laura hin.

Die Stimmungslage lässt sich als überwiegend niedergeschlagen, düster, traurig, freudlos und unglücklich charakterisieren. Das Selbstkonzept beinhaltet im Kern grundlegende Annahmen über die eigene Unzulänglichkeit, Wertlosigkeit und eine geringe Selbstwertschätzung. Ist selbstkritisch, selbstabwertend bis selbstbestrafend. Neigt zu pessimistischen Grübeleien und sorgenvollen Gedanken. Verhält sich den anderen gegenüber negativistisch, kritisch und abwertend. Ist pessimistisch. Neigt zu Schamgefühlen und Reumütigkeit.
Glatter, oberflächlicher Charme.
Reizhunger / Neigung zur Langeweile.
Pathologisches Lügen.
Lenkend / beeinflussend.
Mangel an Gewissen und Schuldgefühl.
Oberflächlicher Affekt.
Gefühllos / fehlende Empathie.
Parasitärer Lebensstil.
Geringe Verhaltenskontrolle.
Promiskuitives Sexualverhalten.
Frühkindliche Verhaltensprobleme.
Fehlen realistischer, langfristiger Pläne.
Impulsivität.
Sorglos-unverantwortliches Handeln.
Verweigerung der Verantwortung für eigenes Handeln.

Viele kurze eheliche Beziehungen.
Jugendkriminalität.
Verletzung von Bewährungsauflagen.
Kriminelle Flexibilität.

Wir waren bei einer Lesung und stehen auf der Straße vor der Literaturwerkstatt, die Dispatcherin hat uns gewarnt, es könne länger dauern, bis das Taxi kommt. Mit uns wartet ein aus dem Fernsehen bekannter Politiker. Ich sage ihm, die Finanzmärkte hätten ihre eigenen Gesetze aufgestellt und die Welt diesen unterworfen. Keine einzelne Regierung sei in der Lage, daran etwas zu ändern. Die Industrienationen müßten sich zusammentun, um eine gerechte Weltwirtschaft zu schaffen. Nur so könne die Macht der amerikanischen Konzerne gebrochen werden.
Die Autos auf der Straße kommen mir vor wie Modellautos einer Rennbahn, in Schienen fahrend, aberwitzig schnell beschleunigend, unerhört schnell bremsend. Ich habe Angst, daß eins der Autos aus der Schiene fährt, in eine andere Straße hineinschießt und alle Wagen in dieser Straße aus der Schiene wirft.
Ich sage dem Politiker, der Abstand zwischen reich und arm werde immer größer. Um ihre Geschäftsinteressen durchzusetzen, um das Wasser, das wir trinken, die Luft, die wir atmen, um die Träume, die wir träumen, zu kontrollieren, sei die Globalisierung auf einen Verbund von korrupten autoritären Regierungen in den armen Ländern angewiesen. Imperialismus heiße heute Globalisierung. Nur das Kapital, Waren, Dienstleistungen und Patente würden globalisiert, nicht die Einhaltung der Menschenrechte, nicht das Verbot der Rassendiskriminierung, nicht die Abkommen über chemische und atomare Waffen, über

den Klimaschutz oder über die Errichtung eines internationalen Strafgerichtshofes. Das sind nicht meine Ansichten.
Im Taxi erzähle ich dem Fahrer, ich arbeitete an einem Bestseller. Der Plot sei tief in meinen früheren Büchern angesiedelt. In einer Schraubenlinie würden mehrere Handlungsstränge nebeneinander in die Höhe streben. Der spektakuläre Gipfelpunkt des wichtigsten Handlungsstrangs stelle den ästhetischen und emotionalen Gegenpol zu dem bewußt trostlosen Gedenkort meiner früheren Bücher dar. Auf dem Höhepunkt dieses Handlungsstrangs fühle sich der Leser, als sei er mitten im Himmel, als würde er bis zum Horizont nicht nur meine, sondern alle anderen Bücher überblicken. Mein Buch sei ein Denkmal der Positivität. Die einzelnen Handlungsstränge verkörperten separate Biosphären, der Raum zwischen den Handlungssträngen beherberge Projektionsflächen, in denen sich der Leser spiegeln könne. Wenn er sich in die richtige Position begebe, werfe der Leser keinen Schatten in dem Buch, sein Schatten verschwinde.
Solche Bücher schreibe ich nicht.

Die Gnädige, der italienische Priester und der Deutsche kreisten um mich. Ihre Bahnen wurden enger, aber die Langsamkeit, mit der Laura und ich uns verständigten, verschob den Zeitpunkt des Aufpralls in eine weit entfernte Zukunft.

Die gewaltige Zunahme der zur Verfügung stehenden Zeit glich die Verlangsamung der Informationsumsatzrate mehr als aus.

Ich verlor Energie, meine Anziehungskraft wurde geringer. Würde ich verlöschen, versickern, oder würde eine Explosion meinen Schlußpunkt setzen? Wenn ich explodieren würde, dann würde ich exotische Trümmer erzeugen, die auf merkwürdige Weise miteinander in Beziehung treten würden, dessen war ich mir sicher.

Aus dem Vakuum zwischen der Gnädigen und mir entstanden fortwährend Erinnerungspaare. Sie lebten nur sehr kurze Zeit, bevor sie wieder zu nichts zerfielen. Das Vakuum bedeutete eine Art Pfandhaus für Energie, die Erinnerungen borgten sich Energie aus, sie lebten auf Pump. Ein Gedankenpaar entstand in der Nähe meines Ereignishorizonts. In den kurzen Momenten seiner Existenz fiel ein Partner in mich zurück und gewann Energie. Reichte die so gewonnene Energie aus, wurde das Gedankenpaar aus seinem virtuellen Status in den Zustand wirklicher Existenz befördert. Dann konnte mir die Erinnerung entkommen, dann gab es die Gnädige tatsächlich. Bis jetzt war die Erinnerung immer zurückgefallen und hatte ihr Energiedarlehen vollständig zurückgezahlt. Würde die Erinnerung einmal meiner Schwerkraft endgültig entkommen? Nach einer solchen Flucht wäre meine Energie deutlich verringert.

Vielleicht führte der Weg zu den anderen gar nicht nach außen, sondern in mein Inneres. Ich enthielt alle Orte, alle

Zeiten, alle Gedanken, die irgend jemand denken konnte. Konnte jemand, der sich auf mich einließ – hatte sich Laura deswegen in mich verliebt –, in mich hineingelangen und in einer ganz anderen Welt wieder herauskommen? In einer Welt ohne mich, ohne Pototsching, ohne Guggeis, ohne La Trémoïlle, in einer Welt ohne die Schwester.

Im Dunkeln hörte ich die vorsichtigen, aber nicht unsicheren Schritte von jemandem, der ein Bein nachzog.

Ich fragte leise: »Herr Korherr?«

Die Gnädige und Spadolini hatten mir immer die Hand gegeben. Der Deutsche hatte mir niemals die Hand gegeben.

Ich drehte das Licht nicht an, denn ich hatte auf einmal Angst, daß er mir nun die Hand geben würde.

Er fragte mich, ob ich Laura und Lisa auseinanderhalten könne.

Ich sagte, natürlich könne ich das. Und ich erzählte ihm die Geschichte meiner Begegnungen mit Laura und Lisa und daß ich mir ganz sicher war, wann ich es mit Laura und wann ich es mit Lisa zu tun gehabt hatte.

Auf einmal nahm ich ein Geräusch wahr, das ich erst gar nicht einordnen konnte. Ich brauchte eine Zeitlang, ehe ich begriff, was es bedeutete: Er lachte. Und fragte mich, ob ich Laura und Lisa je zusammen gesehen hätte.

Hilflos stieß ich hervor: »Sie sind nicht Herr Korherr.«

Er gab zurück: »Wer sonst?«

»Sie sind eine Figur.«

Der Morgen dämmerte, ich wollte aufstehen, doch ich brachte es nicht fertig. Mit äußerster Mühe schaffte ich es, mich auf die Ellbogen zu stützen und den Oberkörper leicht vom Bett wegzuheben.

Ich war ein Mörder. Ich wollte die Gnädige, Spadolini und alle Zeugen meiner Kindheit beseitigen. Mit tausend Opfern wollte ich ein Buch retten, das Buch, das ich nur schreiben konnte, wenn es Pototschings Buch nicht gab. Das sinkende Schiff doch noch in den Hafen bringen, indem ich den größten Teil der Ladung über Bord warf. Ich war die schwache menschliche Hand, die die Namen der Gnädigen, des italienischen Priesters, des Deutschen strich und damit über Leben und Tod entschied. Ich war ein freiwilliger Geheimnisträger. Es war nicht notwendig, mir ein Schweigegelübde abzunehmen, der Mord erfolgte ja durch Schweigen. Ich dezimierte die vielen, ohne die Grenze zu überschreiten, um damit Ruhe und Ordnung aufrechtzuerhalten.

Handle so, daß das Prinzip deines Wollens und deines Strebens darin besteht, daß du dein Buch schreibst. Ich hatte den Kantschen Imperativ für mich umformuliert. Was immer an Gewissen bei mir übriggeblieben war, mußte ausgemerzt werden. Das Böse verlor eine Eigenschaft, an der ich es immer erkannt hatte: Es trat nicht mehr als Versuchung an mich heran.

Wie würde die Gnädige sterben? Pathetisch oder lächerlich? Zeigte sie von einem Augenblick auf den anderen keine Spuren von Leben mehr, war sie plötzlich steril, tot, eine lehrreiche Anschauung für die Seelen derjenigen, die sie sahen? Oder starb sie emotional manipulativ, kitschig und nostalgisch? Vertrocknete sie, verweste sie und zerfiel sie binnen Minuten zu Staub? Zog sie alle Fliegen Berlins an? Starb sie schreiend? Schlug sie um sich, stieß sie den Kopf an die Wände von Lauras Haus, kratzte sie so lange an den Fenstern und den Türen, bis die Knochen hervorkamen? Ein geiler oder ein ungeiler Tod?

Ich sandte mir selbst eine SMS:

ich bin bedient
ich bin fertig
schicke doch jemand anderen
jemand Robusteren
es gibt genügend andere, die können das, die kippen nicht aus den Latschen, ich kann das nicht
man wird ja zum Sadisten erzogen, entweder man wird wahnsinnig oder zum Sadisten

Mein Herz raste, ich bekam keine Luft. Während ich um Atem kämpfte, ging die Tür auf.
Laura hatte sich wieder den Kopf kahl rasiert, so wie auf dem Umschlagfoto ihres Buches. Ihre Wangenknochen standen hervor, ihre Ohren begannen weit unterhalb der Augen, sie waren so klein. Sie trug nur einen grünen Pullover mit Rundausschnitt.
Draußen wetterleuchtete es jetzt.
Die Haut des Ungeheuers schimmerte schwarz, blitzte es draußen, leuchtete sie weiß. Es fletschte Zähne aus einem Material härter als Stahl und streckte lange Arme mit schmalen Fingern aus, viel stärker als die Arme eines Menschen.
Ein Windstoß öffnete das angelehnte Fenster. Laura umfaßte den Kopf des Ungeheuers und führte ihn ganz langsam an ihr Gesicht heran. Im Sturm schlug der Fensterflügel gegen die Wand. Linkisch öffnete das Ungeheuer den Mund und wackelte mit dem Kopf. Laura und das Ungeheuer rieben ihre Stirnen aneinander. Während ein Blitz den Raum erhellte, schwang der Fensterflügel mit ihrem Spiegelbild ganz langsam hin und her, und ich konnte Laura in die Augen sehen.
In diesem Augenblick klingelte es an der Eingangstür. Ge-

horsam machte das Ungeheuer Laura Platz. Zwar wußte ich nicht, wie das Ungeheuer Angst ausdrückte, dennoch war ich überzeugt, in diesem Augenblick fürchtete es sich. Laura warf ihm einen beruhigenden Blick zu und ging, fast widerstrebend, zur Zimmertür.

Als sie sie öffnete, fegte ein gewaltiger Windstoß durch das Zimmer, der Fensterflügel fiel mit solcher Wucht zu, daß das Glas zersplitterte.

Der Zimmertür zitterte wie eine Windfahne, in einem gigantischen Sog wurde das Ungeheuer an das zugeschlagene Fenster gepreßt, aus dessen Rahmen die übriggebliebenen Glassplitter herausstanden.

Viel zu groß, als daß es durch das Fenster gegangen wäre, wurde das Ungeheuer von den Glassplittern aufgespießt. Sie schnitten in seinen Körper ein, jede Kraft wich aus seinen Armen und Beinen, es berührte den Boden nicht mehr.

Der Sog zog das Blut und die Organe heraus, die Flüssigkeiten vermischten sich mit dem draußen prasselnden Regen. Bald würde die leere Hülle die Fensteröffnung abdecken. Sie würde plötzlich verschwinden, einige Fetzen würden hängenbleiben, am Schluß würde der Sog alle Glassplitter abbrechen und auch die letzten Überreste des Ungeheuers hinausziehen.

Das Ungeheuer wußte um sein Schicksal. Je mehr es an Blut, an Innereien verlor, desto mehr zitterte es. Schließlich zuckte es so schnell hin und her, daß sein Bild vor meinen Augen verschwamm. Waren das die Augenhöhlen oder Löcher im Gesicht, war das der Hals oder schon der Körper oder ein verdrehter Arm?

In einer letzten Anstrengung nahm es noch einmal Gestalt an, vielleicht ließ auch der Sog kurz nach, der Kopf mußte

leer sein, das Gehirn herausgespült, für einen Moment füllte der Kopf das Fenster aus.
Der Kopf wurde weiß, als ein Blitz das Zimmer erhellte.
Und zerfiel.
Das Schweigen wurde zu Asche.

La Trémoïlles blondierte Haare waren hochgesteckt, das konnte man nicht mehr als Frisur bezeichnen, er hatte einen spitz zulaufenden Turm auf seinem Kopf, der auch den oberen Teil seines Gesichts bedeckte. Mit blutunterlaufenen Augen visierte er erst die Tür an, dann den Türrahmen, er ließ das Treppengeländer los, schwankte zum Türrahmen hin und hielt sich dort fest. Im Treppenhaus roch es noch nach seiner Alkoholfahne. Während ich die Treppe hinabstieg, verschwand er aus meinem Gesichtsfeld, und ich hörte die Geräusche von umkippenden Stühlen und zu Bruch gehendem Geschirr.
Laura preßte die Augenlider ganz fest zusammen.
Den Kopf an einen umgestürzten Stuhl gelehnt, lag La Trémoïlle in einem Kreis von Scherben.
ist
Ich hielt La Trémoïlles Palm in der rechten Hand. Laura streckte mir den rechten Arm entgegen, ich streckte meinen linken Arm parallel zu ihrem aus, seit Wochen hatten wir uns nicht berührt, auf einmal umklammerten wir uns an den Unterarmen, und wir blickten uns an.
Niemals wäre ich auf den Gedanken gekommen, daß La Trémoïlle irgendeinen Laut erzeugen könnte. Er schmatzte und schlürfte nicht, er vermied es, mit Messer und Gabel zu klappern, beim Trinken achtete er darauf, daß das Getränk im Gefäß keine Geräusche machte. Aber als er sah, wie Laura und ich uns an den Armen umfaßten, gab er ein Lallen von sich, das sich nicht von den Lauten eines Betrunkenen unterschied, der nicht mehr dazu fähig war zu sprechen.
Mit einer Bewegung, deren Zielgerichtetheit und Schnelligkeit ich ihm in seinem Zustand niemals zugetraut hätte, richtete er sich auf und riß mir den Palm aus der Hand.

ist es
Ich hatte den Palm noch gar nicht an auf Laura weitergegeben, da fuchtelte La Trémoïlle schon mit der Hand, er wollte den Palm zurückhaben.
Er hielt den Palm in die Höhe, so daß wir beide, Laura und ich, lesen konnten:
ist es fertig?
Laura floh in das Traumazimmer.
Sie stützte sich auf die Krücken, sie war nackt und trug nur noch ihre Schnürstiefel. Die Krücken reichten ihr bis unter die Achsel, sie berührte kaum den Boden mit den Schuhen. Unten waren die Krücken mit dicken schwarzen Gummienden, oben mit rosafarbenen, flauschigen Polstern versehen. Bei jedem Aufsetzen gab es ein quietschendes Geräusch.
Als La Trémoïlle in der Tür auftauchte, hatte er keine Augen für Laura. Taumelnd fixierte er die Schiefertafel. Als ob Laura verhindern wollte, daß er die Tafel erreichte, hatte sie die linke Krücke weit nach außen gestellt, sie stützte sich fast nur noch auf die rechte. La Trémoïlle blieb mit dem Fuß an der Krücke hängen, er stolperte, jedoch gelang es ihm, sich an der Krücke festzuhalten. Laura mußte eine ungeheure Kraft aufbringen, um zu verhindern, daß sie hinfiel, während sich La Trémoïlle an der Krücke aufrichtete. Wie ein Schüler an einer Kletterstange zog er sich nach oben, am Griff vorbei bis zu den Polstern.
Ich mußte daran denken, wie sich mein Bruder das Bein gebrochen hatte. An dem glitschigen Hang über dem Zufahrtsweg zum Reitbauerngut war er mit dem Traktor umgekippt, damals besaßen die Traktoren noch keinen Überrollbügel. Monatelang lag er im Krankenhaus, das Bein nach oben gestreckt, man hatte es nicht eingegipst,

drei verchromte Stangen mit antennenartigen Querstreben fixierten es.
Ich befürchtete, Laura und La Trémoïlle würden beide umfallen, wenn er sich von der Krücke abstieß. Die Gegenwart der Tafel, auf die sich sein stierer Blick richtete, gab ihm jedoch Kraft und Kontrolle über sich selbst, weniger schwankend als vorher, ließ er die Krücke vorsichtig los. Einen Fuß unmittelbar vor den anderen setzend, ging er zu der Tafel hin.
Wenn er sich an dem Gestell der Tafel genauso festhielt wie an der Krücke, würde er sie umreißen und doch noch auf dem Boden landen. Vor der Tafel hielt er allerdings inne und drehte sich um. Er musterte mich von oben bis unten, dasselbe tat er mit Laura. Als ob er erst jetzt begriff, daß sie nackt war, trat ein Ausdruck der Abscheu in sein Gesicht.

Memories
Memories
so verliebt war ich nie
Ich bin nervös
ich finde keinen Schlaf
wie soll das enden?
Obwohl ich weiß
es muß sich
alles doch zum Guten wenden
Du mußt ihm endlich alles sagen
sonst ertrag' ich es nicht mehr
Denn ohne es
da ist die
Welt so leer

La Trémoïlle setzte einen triumphierenden Gesichtsausdruck auf. Er hatte den Text überraschend akkurat an die Tafel geschrieben. Weder Laura noch ich rührten uns. Sich an der Kommode mit dem Marmoraufsatz festhaltend, öffnete er eine Schublade nach der anderen und warf den Inhalt auf den Boden, die Bücher Pototschings, der mußte Autorenexemplare hier aufbewahrt haben.
Weil er nicht gefunden hatte, was er gesucht hatte, blickte La Trémoïlle sowohl Laura als auch mich vorwurfsvoll an, er atmete hörbar ein und aus und zeigte mit dem Finger auf seine Nase, was er suche, müsse hier sein, er könne es riechen.
Er tappte zu der Liege und hob die Matratze erst am Kopfende und dann am Fußende hoch. Auch hinter dem Sockel mit der Vogelskulptur wurde er nicht fündig. Er öffnete das Backrohr des Herds, wütend zerrte er nicht richtig gesäuberte Töpfe und Pfannen heraus.
»Er ist mit dem Manuskript fast fertig.«
Laura hatte den Satz als ein langgezogenes Röcheln herausgebracht.
Sie zitterte am ganzen Körper, die Zunge zuckte aus ihrem Mund und verschwand wieder. In ihrem Hals schnarrte es.
Unter ihrer weißen Haut konnte ich ihr Herz jagen sehen.
Sie versuchte, langsam zu atmen, dabei entfloh ihrem Mund ein krähendes Geräusch.
Auf der Tafel lasen wir: *ich glaube dir nicht.*
Sie schlug die Zähne so laut aufeinander, daß es mir in den Ohren klirrte.
Ich löste mich aus meiner Erstarrung und legte ihr die kratzige, schmutziggraue Wolldecke von der Liege um den Körper. In dem Augenblick, in dem sie die Decke um sich spürte,

wurde sie übergangslos völlig ruhig. Nach den Krämpfen von eben glich ihr Gesicht jetzt einer Totenmaske.
Sie setzte sich auf die Liege, dabei plazierte sie die Krücken griffbereit am Fußende.
Aus großen Augen sah sie mich an, als wolle sie mich einsaugen. Mich und den ganzen Raum, die Kommode, den Herd, den Vogel auf dem Sockel, die Tafel, auf der stand: *wenn du ein Kind hättest, wie würdest du es nennen?*
»Pepperminta oder Himalaya.«
Sie fügte hinzu: »Man muß spüren, daß der Schmerz in der Ecke hängt.«
Meine Stunden waren gezählt. Eine gigantische Armee von Bildern arbeitete sich zu meiner Kindheit vor. Die letzte Kindheit, die noch von einem Menschen gehalten und von einem Menschen bewohnt wurde. Wenn meine Kindheit fiel, würde die gesamte Menschheit unterjocht, in verschiedenen Medien aufgelöst sein. Aber noch konnte sich etwas zwischen mir und Laura ereignen, noch konnten wir uns zurückziehen, wir mußten nicht an der Weltparty teilnehmen, die La Trémoïlle veranstaltete.
Ein Zwischenspiel, o Gott, nur ein Zwischenspiel! Ich hätte alles als Orakel genommen, was mich von La Trémoïlle und Laura abgelenkt hätte. Keine Zeit- und Realitätssprünge mehr. Noch einen idyllischen Augenblick mit Laura. Konnte es eine Lösung geben, mußte sie von außerhalb kommen, von Pototsching, oder war sie Teil der Welt selbst, von dieser programmiert. Wessen Wille war es, den ich geschehen lassen wollte? Und wessen Wille war es, der dann tatsächlich geschah?
Laura und La Trémoïlle mußten doch Sympathien in mich investiert haben, wie konnten sie es aushalten, daß ich ebenfalls eine unwirkliche Figur wurde?

La Trémoïlle war kein Verräter, sondern einer der Anführer der Armee. Laura war die Verräterin. Auch nur eine Maschine, die meine Kindheit in irgendeinen Tank stecken, in irgendein Speichermedium einscannen und dann tausendfach verbreiten würde.
Der Worte sind genug gewechselt, nun laßt uns endlich Bilder sehen.
Sicheren Schrittes steuerte La Trémoïlle die Kommode mit dem Steinaufsatz an, auf der ein Sektkühler mit einer vollen Champagnerflasche stand. Er nahm die Flasche heraus und schüttete den Inhalt des Kühlers, Eiswürfel und Wasser, auf den Boden.
Nachdem er das Wasser und die Eiswürfel verteilt hatte, der Teppichboden sog das Wasser nicht auf, blickte er zunächst befriedigt auf sein Werk und dann zu Laura herüber. Er begab sich in die Mitte der nassen Fläche, dabei bewegte er sich so, als ob der Boden glatt wäre, und er spielte vor, wie er fast ausrutschte. Erst brachte er seinen Körper in Vorlage, dann in Rücklage, dabei machte er ein lächerlich wirkendes Hohlkreuz, seine Obeliskenfrisur rutschte ihm noch weiter ins Gesicht, für einen Augenblick dachte ich, er trug vielleicht doch eine Perücke.
Laura stützte sich wieder auf die Krücken. La Trémoïlle machte ihr ein Zeichen, sie solle dorthin gehen, wo er das Wasser auf den Teppich gegossen hatte. Sie legte die Krükken vor die Liege auf den Boden und wollte La Trémoïlles Anweisung Folge leisten, aber er schüttelte den Kopf. Mit einem Gesichtsausdruck, als ob sie etwas vergessen hätte, hielt sie inne, drehte sich um, blickte versonnen auf die Liege, griff nach dem Kopfkissen, sah La Trémoïlle an und hielt sich das Kopfkissen vor den Bauch.
In der Zwischenzeit hatte La Trémoïlle noch einmal die

Schubladen der Kommode untersucht, in einer hatte er eine Rolle Klebeband gefunden, die Sorte, die man mit den Fingern von der Seite, aber nicht der Länge nach durchreißen kann. Laura preßte das Kissen an ihren Bauch, La Trémoïlle kam zu ihr her, er roch wohl sehr nach Alkohol, für einen Augenblick fiel sie aus ihrer Rolle und drehte angewidert das Gesicht zur Seite, er ging in die Knie und befestigte das Kissen mit dem Klebeband auf ihrem Bauch. Wenn er das Klebeband abriß, gab es jedesmal ein häßliches, schneidendes Geräusch.

Das Kissen vor dem Bauch, ging Laura in die Ecke des Raums, in der ein Papierkorb mit alten Zeitungen überquoll. Sie lehnte den Oberkörper zurück und watschelte, als ob ihr Bauch schwer wäre.

Um nicht von ihrem Bauch zu Boden gezogen zu werden, bückte sie sich langsam und streckte den Hintern weit heraus, mit einem ächzenden Geräusch richtete sie sich auf. Sie zerknüllte einige Zeitungsseiten und warf sie auf La Trémoïlle. Der mit ernstem Gesicht in die Knie ging, beide Arme schützend vor sich haltend. Jedesmal, wenn er einen Ball abwehrte, machte er ein Geräusch, als ob er sich anstrengte. Die Papierbälle, die auf den nassen Boden fielen, sogen sich sofort mit Wasser voll.

Darauf schwankte La Trémoïlle zu dem Papierkorb hin. Laut atmend zog er die restlichen Zeitungen aus dem Faß hervor, zerriß sie und machte viele Knäule, nicht so sorgfältig wie Laura vorher. Die Knäule warf er auf die Liege, die jetzt aussah wie eine mit Schlagobers überzogene Schokoschnitte.

Vorsichtig betrat Laura die nasse Stelle, als ob sie Angst hätte auszurutschen, bewegte sich jedoch zusehends sicherer. Irgendwie brachte sie es fertig, daß es nicht so wirkte, als ob sie hin- und herging, die kleine Fläche sollte eine große Fläche darstellen, und Laura maß sie aus. Selbstbewußt schüttelte sie den Kopf und warf La Trémoïlle ein strahlendes Lächeln zu.

Ich war nicht darauf vorbereitet. Nur am Anfang hatte Laura so getan, als sei sie unsicher, auf einmal spielte sie vor, daß sie ausrutschte. Im Gegensatz zu La Trémoïlle versuchte sie erst gar nicht, die Balance zu halten, sondern ließ sich gleich fallen. Sie streckte die Arme vor sich, es sah aus wie der Ansatz zu einem Kopfsprung ins Wasser. Als sie auftraf, berührte sie mit den Unterarmen zuerst den Boden, es dauerte fast eine Ewigkeit, ehe das Kissen aufkam.

Pototsching, La Trémoïlle und Laura erzeugten den Jungen und St. Pankraz. Meine Kindheit stellte einen gigantischen, undurchdringlichen Verblendungszusammenhang dar, mit dessen Hilfe sie mich beherrschten. Ich war ein Energiespender, eine Art Batterie für Pototsching, La Trémoïlle und Laura.

Aber es gab ja ein richtiges Leben im falschen. Ich hatte Strategien und Pläne entwickelt, um den Verblendungszusammenhang zu unterlaufen. Guggeis, La Trémoïlle und Laura hatten mir den Freiraum gewährt, diese Möglichkeiten zu erkunden. Solange ich es in der Schwebe halten konnte, Pototschings Manuskript zu Ende zu schreiben, solange hatte in allem eine Art spielerische Stringenz regiert.

Laura blieb auf dem Boden liegen, den Kopf unter den Armen, die Füllung des Kissens bestand nicht aus Daunen, sondern aus Schafwolle, es hatte sich unter ihrem Bauch nicht verschoben, dadurch lag ihr Hintern höher, es wirkte, als sei sie in etwas eingetaucht mit den Armen, mit dem Kopf, mit dem Oberkörper.

La Trémoïlle, der an der Kommode lehnte, ergriff die Champagnerflasche, schälte die Umhüllung des Korkens ab, entfernte den Draht und drehte den Korken aus der Flasche heraus, es gab ein Geräusch, als ob er den Korken hatte springen lassen, obwohl er immer in seiner Hand geblieben war. Den überfließenden Champagner goß er achtlos in den Kühler, bevor er die Flasche auf die Kommode zurückstellte.

Dann ließ er sich hinter Laura auf die Knie nieder, faßte sie an den Füßen und tat so, als ob er anzog.

Anschließend kroch er auf allen vieren um sie herum und machte grabende Bewegungen. Einmal streichelte er auch das Kissen, das er ihr vor den Bauch geklebt hatte, dabei konnte er sich eines Grinsens in meine Richtung nicht enthalten.

Schließlich richtete er sich auf, um beide Hände vor den Mund zu halten und zu einem Trichter zu formen. Zugleich machte er wilde Bewegungen mit dem Kopf.

Pototsching und Laura hatten eine Bugwelle aus Erwartungen und unerfüllbaren Plänen vor sich hergeschoben. Würden sie die Ironie begreifen, daß diese Kindheit, die sie mir vorsetzten, genau dieselbe leblose Herrschaft der wirklichen Kindheit reproduzierte, gegen die sie vielleicht in den Kampf gezogen waren.

Ein böser Untergott wuchs in einem Feudalsystem auf. Er beanspruchte nicht, etwas Gleichrangiges gegen die Welt zu setzen, sondern etwas Verfehltes, Falsches. Er wollte Welterkenntnis nicht durch Wissenschaften leben, deren Aufklärung Apparate darstellten, in die man seine Füße hineinsteckte, und der Röntgenbildschirm zeigte, wieviel Platz zwischen den Zehen und der Spitze des Schuhs blieb. Am Fortschritt interessierte ihn nur dessen Stottern.

Meine Kindheit war eine Figur, in der sich meine Alpträume mit denjenigen von Pototsching überschnitten und über-

schlugen. Ob er einkalkuliert hatte, daß sich seine Figur verselbständigen könnte, nachdem er sie freigesetzt hatte.
La Trémoïlle winkte mich zu sich hin. Er faßte Laura am linken Fuß, ich am rechten, zusammen taten wir so, als ob wir an ihr zogen. Dabei bewegte sich La Trémoïlle immer weiter nach links und ich mich immer weiter nach rechts, so daß sich ihre Beine spreizten und wir ihr Geschlecht erkennen konnten.
Außer Atem, machte mir La Trémoïlle eine Geste, loszulassen und zur Tür zu gehen. Er erhob sich, stampfte mit beiden Füßen auf und zog die Arme an.
Aus der Tür beobachtete ich, wie er das Bettlaken von der Liege herunterzog. Mit einer Schere schnitt er ein großes längliches Loch in die Mitte des Lakens. Eine Ecke tauchte er in das Wasser am Boden, Laura blickte auf, er verzichtete darauf, das Laken vollständig naß zu machen.
Er plazierte das Laken auf den Armen und dem Kopf von Laura, so daß ihre Hände genau unter das Loch zu liegen kamen. Dann zog er das Laken ganz langsam zu ihrer Körpermitte, so daß erst ihre Arme, dann ihr Kopf, ihre Schultern und schließlich ihr Oberkörper bedeckt waren, nur noch ihr Hintern und ihre Beine sahen heraus, die Beine waren immer noch gespreizt.
In der Kommode hatte er auch einen Bindfaden gefunden, den er um Lauras Beine wickelte. Sie gab einen leisen Schmerzlaut von sich, weil er sie unnötig fest verschnürte. Er hob den Herd hoch und schob eine Ecke des Lakens darunter. Eine andere Ecke des Lakens wollte er mit dem Holzsokkel der Skulptur fixieren, er umfaßte ihn mit beiden Armen und war im Begriff, ihn anzuheben, als er bemerkte, daß ihm dabei die Skulptur entgegenfallen würde, setzte er den Sokkel wieder ab und stellte die Skulptur auf die Kommode. Er

hob den Sockel erneut hoch und trug ihn um das Laken herum. Bevor er den schwarzen Vogel von der Kommode wegnahm, blickte er mich an. Wenn das Bettlaken zu stark bewegt werden würde, dann würde der Sockel ins Wackeln kommen und die schwere Figur auf Laura herabstürzen.
Nachdem er mich auf die andere Seite des Lakens kommandiert hatte, griff ich unter das Laken, packte Laura an den Händen und zog ganz langsam an. La Trémoïlle achtete darauf, daß die Schnur um ihre Füße gespannt blieb. Ihr Hintern verschwand unter dem Laken, ihre Beine ragten hervor, dann noch ihre Unterschenkel, am Schluß nur noch ihre Füße. Wie die Füße unsichtbar wurden, kamen auf der anderen Seite die Hände zum Vorschein, vorsichtig zog ich weiter, bis Laura schließlich vollständig aufgetaucht war.
Als alles vorbei war, zündete sich La Trémoïlle eine Zigarette an. Seine Händen zitterten. Er hatte sich meisterhaft beherrscht. Laura lag regungslos auf dem Boden, während ich die Schnur von ihren eiskalten Füßen löste. Ich hoffte, sie würde sich keine Lungenentzündung holen. An ihrem Rücken hingen verloren die Klebebänder herab, mit denen La Trémoïlle das Kissen vor ihrem Bauch befestigt hatte, von roten Höfen gereizter Haut umgeben.
Das Kissen war unter dem Laken zurückgeblieben.

Ich schrieb das Manuskript Pototschings nicht zu Ende. Ich vernichtete meinen Entwurf für den Schlußteil und alle dazugehörigen Aufzeichnungen.
Laura kam nach Hause, und ich war einfach fort.
Ohne Erklärung.

Nicht das Ungeheuer tötete sie alle. Ich trieb sie in die Kammer.

Meine Mutter und mein Vater weinten leise, meine Schwestern schluchzten. Die Gnädige und Spadolini weinten nicht, genausowenig wie mein Bruder. Der Idiot begriff und zeterte.

Meine Schwestern und meine Eltern stellten sich zusammen auf, hielten sich aneinander fest, meine Mutter und meine Schwestern umarmten sich.

Die Gnädige und Spadolini umarmten sich nicht.

Keiner fragte etwas.

Ich wollte die Gesichter nicht in Erinnerung behalten. Es war sehr schwer. Ich bemühte mich, ihnen nicht in die Augen zu schauen, damit sie nichts merkten.

Sie durften nichts mitnehmen.

Was konnten sie schon verstecken, sie hätten es in den Mund nehmen müssen.

Nach einigen Minuten hörten die Geräusche auf.

Es war irgendwie ein Weinen, und natürlich gab es laute Schreie.

Ich weiß nicht, was sie geschrien haben. Wenn ich etwas sage, dann ist das nur geraten. Ich wollte nicht zuhören.

Der Junge war der Gnädigen und dem italienischen Priester nachgegangen. Vor der letzten Biegung des Weges war er in den Wald abgebogen und hatte aus den Bäumen heraus beobachtet, wie sich die Gnädige aufs Eis begeben hatte. Er hatte den Rettungsbemühungen des italienischen Priesters zugesehen, verfolgt, wie der Deutsche ein zweites Loch ins Eis schlug und den italienischen Priester anwies, den Gartenschlauch um die Füße der Gnädigen zu binden, wie die beiden die Gnädige in das Eis hineinstopften und zwanzig Meter weiter herauszogen. Warum schaltete der Rettungswagen in der Einsamkeit des Teichlbogens zwar die Sirene, aber nicht das blaue Licht auf dem Dach aus. Der Junge hatte auch gesehen, wie der italienische Priester der leblosen Gnädigen mehrere Male ganz vorsichtig mit der Hand über den Bauch gestrichen hatte. Der Junge konnte erklären, warum der italienische Priester dem Arzt und den Sanitätern nicht sagte, daß die Gnädige ein Kind erwartete. Der Junge wußte, von wem das Kind war und daß es nicht von ihrem Mann war, sondern von dem italienischen Priester, daß die Gnädige sich darüber gefreut hatte und daß der italienische Priester geschwiegen hatte in der sonnenhellen Schneelandschaft, im Wind, der die Worte der Gnädigen zu dem Jungen hingetragen hatte.

JETZT.

Nach einer Schulfreizeit hatte ich einen Traum. Ich schlief allein in einem Zelt. Ein schwarzer Dobermann kam herein und beschnüffelte meinen Schlafsack. Er trollte sich wieder, aber durch den Zelteingang konnte ich sehen, wie sich ein Mann und ein anderer Dobermann näherten. Der Dobermann, der im Zelt gewesen war, bellte, der andere schien ihm zu antworten. Der Mann trug Blue jeans und ein rotkariertes Hemd, bevor er in das Zelt kroch, lockerte er seinen Gürtel. Die beiden Dobermänner beschnüffelten mich, der Mann zog die Hose herunter. Als er sich auf mich legte, sagte ich, vorsicht, ich bin eine Hexe. Ich blies ihn an, mein Atem roch schlecht, denn ich hatte tagelang gefastet, und ich stiess ihn mit zwei Fingern zwischen die Augen. Er liess von mir ab.

Später schlief ich einmal in den USA mit einer Freundin in einem Bus, der um fünf Uhr morgens losfahren sollte. Ein Betrunkener stieg ein, in Blue jeans und einem rotkarierten Hemd. Er liess die Hosen herunter und versuchte, uns zu vergewaltigen. Ich tat dasselbe wie in dem Traum: Mit zwei Fingern stiess ich ihm zwischen die Augen. Er fiel nach hinten, er richtete sich wieder auf, ich stiess ihn erneut weg. Ohne den Traum hätte ich mich niemals getraut, Widerstand zu leisten. Er hätte uns bestimmt vergewaltigt. Er war so wütend, dass er einen Sitz aus der Verankerung riss. Aber er tat uns nichts.

Das Gute und das Böse werden sich niemals miteinander versöhnen. Warum sollten sie. Ist einmal ein Unterschied in der Welt, wie könnte er sich zurücknehmen. Warum sollte er. Außerdem bedeutet Versöhnen, es kann auch alles böse werden, es muß nicht alles gut werden. Alles wird böse, alles wird gut, was ist der Unterschied? Die Welt hält den Unterschied am Leben, das Buch tut es ihr nach. Wer Bücher schreibt, braucht nicht mehr im Original gut oder böse zu sein. Das Gute und das Böse treten im Auftrag gegeneinander an, es bleibt dem Leser überlassen, mit welcher Seite er es hält, natürlich nicht mit dem Bösen.

Das Buch macht vor, wie die Dinge gut enden, also kann man sich auch im tatsächlichen Leben überlegen, etwas zu unternehmen, damit es nicht schlecht ausgeht. Ein Happy ending hilft, was in der Wirklichkeit schlecht ausgeht, besser zu ertragen, aber ein Happy ending ist auch Ausdruck einer Sehnsucht nach moralischer Besserung. Dabei kann ein Happy ending sogar ein schlechtes Ende sein, aber das ganze Buch oder nur der letzte Satz legen nahe, daß es irgend etwas an dem schlechten Ende gibt, was doch gut ist.

Worin soll die Moral dessen bestehen, der Bücher schreibt? Darin, sich immer auf die Seite des Guten zu schlagen? Das reine Gute hilft nicht, und es ist uninteressant, wie das reine Böse.

Die Moral der Geschichte kann nicht immer darin bestehen, daß sich das Gute zwar wehren muß, aber letztendlich siegt. Wenn in der Geschichte das Böse siegt, könnte das auch ein abschreckendes Beispiel für die Wirklichkeit bieten. Hat die Moral des Buches gar nichts damit zu tun, wie es ausgeht?

Man könnte auch wütend werden, moralisch wütend. Be-

sonders dann, wenn man sowieso gern wütend ist. Man ist zornig darüber, daß es das Böse immer geben wird, aber man ist nicht nur auf das Böse wütend, sondern auch auf das Gute, weil es das Böse zuläßt. Die Wut muß schon metaphysisch sein. Man stellt schonungslos klar, wer sind die Feinde des Guten und wer seine Freunde, und man übertreibt ein bißchen in der Darstellung, sowohl bei den Freunden wie bei den Feinden. Diejenigen, die nicht wütend sind, bezeichnet man als Schlappschwänze.
Und ich? Ich bin nicht blaß geworden, ich habe nicht um meine Fassung gerungen, ich bin nicht in mich zusammengesackt, mir ist kein beabsichtigt lässiges Da-steh-ich-doch-drüber-Lächeln zu einem hilflos verzerrten Grinsen geraten, ich habe nicht gezuckt und mich nicht geduckt, ich habe nicht begonnen, hektisch auf einem imaginären Block zu kritzeln, um nicht im Boden des Traumazimmers zu versinken. Ich lasse das Gute, wie es ist, und ich lasse das Böse, wie es ist. Ich zeichne beides nach, dabei entdecke ich neue Schattierungen. Mein Gutes ist anders, vielleicht besser, unbedingt besser, mein Böses ist anders, vielleicht böser, der Gegensatz ist größer, Unterschied.

Als kleines Mädchen habe ich oft Striptease gemacht, wenn meine Eltern nicht zu Hause waren. Ich zog mehrere Schichten Kleider übereinander an, so viele wie möglich, alle mussten weiss sein, mehrere weisse Unterhosen, mehrere weisse Unterhemden, weisse Blusen, ich hatte viele weisse Blusen, einen weissen Rock, einen weissen Pullover. Ich habe alles hochgeschoben und um den Kopf gewikkelt, so dass ich schliesslich einen Riesenkopf hatte, dabei habe ich immer darauf geachtet, dass ich zwischen den Kleidungsstücken hindurchsehen konnte. Ich spürte ihr Gewicht viel mehr, als wenn ich sie am Körper verteilt trug. Für wen tat ich das? Ich glaubte, dass Gott mein Publikum war, dass ich für Gott strippte.

Meine ersten sexuellen Phantasien hatten mit Maschinen zu tun. Ich wurde auf ein Förderband gelegt, das an Maschinen vorbeilief, die alles mögliche mit meinem Körper anstellten. Seit ich elf Jahre alt war, hatte ich Freunde, mit denen ich Petting machte. Mit siebzehn tat ich es schliesslich. Ein Freund, der vor seiner Einberufung zum Militär stand, überredete mich. Ich glaube, er war Stunden in mir, und es tat weh, trotzdem fand ich es irgendwie süss, jemanden im Körper zu haben. Es veränderte mich. Mit neunzehn entdeckte ich, dass Orgasmen und Jungen etwas miteinander zu tun hatten. Davor war ich jedesmal sehr frustriert, wenn ich Sex hatte. Ich ging nachts spazieren, oder ich fuhr mit dem Auto ziellos durch die Gegend, ohne darauf zu kommen, was nicht stimmte.

Als ich das erste Mal die Universitätsbibliothek in Innsbruck besuchte, nahm ich ein Tonband mit, das ein Freund aufgenommen hatte. Er hatte Kraut und Zwiebeln gegessen und seine Fürze aufgenommen. Ich legte meine Tasche mit dem Tonband auf den Tisch, machte sie auf und stellte das Tonband an.

Ich studierte in München weiter. Dort stieg ich immer absichtlich in Hundescheisse, bevor ich die Strassenbahn betrat. Damals trug ich Cowboy-Stiefel, die konnte ich nachher leicht säubern. Ich trat die Scheisse breit und rieb die Schuhe aneinander, um die Scheisse zu verteilen, dann streckte ich die Beine aus.
Als Kind habe ich meine Eltern immer laut gefragt, was kostet das. Bei jedem Auto, das ich sah, in jedem Urlaub. Bei allen Geschenken, die ich bekam. In jedem Supermarkt und in Gegenwart jedes Angestellten meines Vaters, den er mir vorstellte.
Als Studentin habe ich mir Tiermasken gekauft. Sobald ich nach Hause kam und allein war, setzte ich die Masken auf.
Ich lag mit einer Maske im Bett und war völlig entspannt. Meine Arme wurden riesengross. Ich legte sie auf meine Brust, sie waren so schwer, dass ich dachte, ich könnte sie gar nicht mehr heben.
Mit den Masken hörte ich auf, weil ich das Gefühl bekam, ich würde alt. Es hatte seine Vorteile, alt zu sein. Mein Körper wurde grösser, ich füllte den Raum aus. Aber ich musste einen Preis bezahlen. Es kam mir so vor, als blickte ich aus meinem eigenen Magen heraus.

Seit Beatrice mich kennt, gibt es auch von ihr Aufzeichnungen. Ich werde sie bestimmt nicht aufstacheln, einen Roman zu schreiben.

Beatrice kam früh am Morgen. Ich hatte die ganze Nacht unter der Brause verbracht. Sie hatte versucht, mich telefonisch zu erreichen. Widerstandslos ließ ich mich aus dem Bad führen. Sie tupfte mich ab und trug Salbe auf meine aufgequollene und wunde Haut auf.

Ich blieb eine Woche im Bett, mehrmals am Tag kam sie vorbei, um mich zu versorgen. Ich hatte hohes Fieber, jedoch sonst keine Erkältungssymptome, kein Kopfweh, keine Gliederschmerzen. Nach vier oder fünf Tagen ging das Fieber herunter.

Ich erklärte Beatrice, meine Erinnerung an Laura beherberge fremde Umwelten, die zahllose Schrittmacher enthielten. Wahrnehmungen, Gefühle, Wissensbestandteile aktivierten, kontrollierten und konditionierten die Erinnerung. Meine ursprüngliche Erinnerung an Laura verblasse, je mehr Zeit vergehe, und sie sei anfällig für Verzerrungen. Ohne Auffrischungen könne sie nicht lange überleben. Es sei schwierig, schlecht funktionierende Teile zu ersetzen.

Ich behauptete, meine Strategie bestehe darin, die Erinnerung an Laura auszuhöhlen, um sie dauerhafter und weniger verletzlich zu machen. Ich verliehe der Erinnerung eine synthetische Haut, so daß sie die gewöhnlichen Sinnesorgane nicht mehr brauche. Durch diese Haut werde sie sehen, hören, schmecken, riechen. Die Erinnerung sei hohl, die Unterscheidung zwischen einem Raum, den sie einnehme, und einem Raum, den ich einnehme, werde unwichtig.

Eine Erinnerung zu sein bedeute nicht mehr, in ein Gedächtnis eingetaucht zu sein. Das Vergessen sei kein authentisches Merkmal der Erinnerung, sondern eine veraltete Strategie. Die Erinnerung müsse nicht verblassen oder sich gar selbst zerstören, sie könne sich selbst entwerfen.

Wenn es gelinge, schlecht funktionierende durch besser funktionierende Teile zu ersetzen, gebe es keine Notwendigkeit mehr zu vergessen, dann werde die Erinnerung unsterblich.
Ich sagte Beatrice, ich will ein Buch schreiben, das wie ein Phantomglied, wie ein dritter Arm auf die Umwelt reagiert. Beatrice ist ein Archiv für meine Bücher, eine Ausstellungshalle für denjenigen, der ich war, bevor ich Laura kennenlernte, eine Studiengalerie für den Träumeträumer. Beatrice sortiert meine Erinnerungen an La Trémoïlle bis zu Spadolini nach Gattungen, eine Wertung findet nicht statt. Es gibt kleine Kammern und große Kammern, die kleinen beherbergen Miniaturerinnerungen, zum Beispiel an Trebitsch, die größeren Szenen mit meinem Vater, meinen Geschwistern, mit meiner Mutter, Schauspiele wie diejenigen mit der Gnädigen, dem italienischen Priester, dem Deutschen und dem Idioten auf der Einserhütte bringt Beatrice unter, indem sie die mobilen Wände zwischen mehreren Kammern herausnimmt.
Und Beatrice ist ein Depot für meine Angst.
Die Angst dringt bis in die äußersten Verzweigungen meines Lebens und Überlebens ein, sie wirkt überall. Sie besitzt kein Zentrum, alle Zustände, die sie erzeugt, sind lokal und instabil. Sie ist allgegenwärtig, nicht weil es ihr etwa gelänge, alles unter einer unteilbaren Einheit zu versammeln, sondern weil sie sich in jedem Augenblick und an jedem Punkt oder vielmehr in jeder Beziehung zwischen den Punkten erzeugt. Sie umfaßt nicht etwa alles, sondern sie kommt von überallher. *Die* Angst in ihrer Beständigkeit, in ihrer Wiederholung, in ihrer Trägheit und Selbsterzeugung ist nur die Gesamtwirkung all dieser Beweglichkeiten, die Verkettung, die sich auf die Beweglichkeiten stützt.

Beatrice begreift, ich habe die Angst nicht erworben, sie ist mir nicht zugewachsen, ich kann sie nicht teilen, nichts von ihr wegnehmen, sie nicht bewahren oder verlieren.
Wie soll ich es fertigbringen, keine Angst zu haben, daß alles nicht wahr ist? Mir war vorgezeichnet, in der Parkettfabrik Lattner zu arbeiten oder auf der Baustelle der Pyhrnautobahn. Mir waren meine Eltern als Eltern bestimmt und nicht die Gnädige und der italienische Priester. Die Lehrerin hätte mein Lehrer sein sollen und nicht der Deutsche.
Die Beziehungen der Angst ordnen sich zu anderen Beziehungen, nicht als deren Äußeres, sondern ihnen innerlich. Einerseits stellen sie die unmittelbaren Auswirkungen von Teilungen, Ungleichheiten und Ungleichgewichten dar, die in jenen Beziehungen zustande kommen, andererseits bilden sie die inneren Bedingungen genau jener Sonderungen. Egal, um welches Gefühl es geht, niemals bildet die Angst den Überbau dieses Gefühls, wo sie eine Rolle spielt, bringt sie unmittelbar das Gefühl hervor. Sie kommt nicht von unten und nicht von oben. Sie beruht nicht auf irgendeiner Form von Zweiteilung, die beherrschende und beherrschte Gefühle oder beherrschende und beherrschte Beziehungen einander entgegensetzen würde. Die Angst bildet eine große Kraftlinie, die seit jeher durch mein Leben geht, sie durchkreuzt einzelne Gefühle und Beziehungen, genauso wie sie andere Gefühle und Beziehungen miteinander verbindet. Sie verteilt neu, sie gleicht an, sie macht ähnlich, sie treibt auseinander und läßt in eins fallen.
Soll ich sagen, daß ich notwendigerweise innerhalb der Angst bin, daß ich ihr nicht entrinnen kann, weil es kein Außen zu ihr gibt, weil ich ihrem Gesetz unvermeidlich unterworfen bin? Oder soll ich sagen, die Angst ist die List meines Charakters, so wie mein Charakter die List der Ver-

nunft ist? Beides würde den Einzelheitencharakter der Angst verkennen. Sie kann nur existieren, weil es eine Vielzahl von Hoffnungen gibt, die die Rolle von Zielscheiben, Stützpunkten, Einfallstoren spielen. Diese Hoffnungen sind überall gegenwärtig. Darum gibt es im Verhältnis zur Angst nicht den einen Ort oder die eine Zeit der großen Weigerung, die Revolte gegen ihr Regime. Deswegen ist der eine große Krieg unmöglich, die Armee von Kriegern, die ich mobilisieren könnte, ein Wunschtraum. Es gibt nur einzelne Widerstände: realistische Hoffnungen, unrealistische Hoffnungen, spontane Hoffnungen, einsame Hoffnungen, kriecherische Hoffnungen, gewalttätige Hoffnungen, unversöhnliche Hoffnungen, kompromißbereite Hoffnungen, opferbereite Hoffnungen. Die alle nur mit den Ängsten existieren können.

Heißt das, die Hoffnungen stellen gegenüber der eigentlichen Herrschaft der Angst lediglich Negativformen dar, letzten Endes werden sie immer nur die passive und die unterlegene Seite meines Selbst sein? Meine Hoffnungen bilden die andere Seite, das nicht wegzudenkende Gegenüber. Als Hoffnungspunkte, als Hoffnungsknoten, als Hoffnungsherde mit größerer oder geringerer Dichte in Raum und Zeit verteilt, materialisieren sie sich gelegentlich dauerhaft oder stecken bestimmte Wahrnehmungen, bestimmte Gefühle an, nach dem Vorbild der Angst. Große Brüche, massive Zweiteilungen – sie kommen genauso vor wie große Ängste, wie das Überspringen von Ängsten, aber viel häufiger sind die Hoffnungen beweglich und im Übergang begriffen. Sie zerbrechen Gefühle, sie führen zu Umgruppierungen von Wahrnehmungen, sie stecken in meinem Körper und in meiner Seele und in den Körpern und Seelen anderer Bezirke ab, sie zerschneiden mich und andere, sie gestalten mich und andere um. Wie die Angst ein dichtes Netz bildet, das alle Gefühle, alle Wahrnehmungen durchzieht, ohne aber an die einzelne Wahrnehmung, an das einzelne Gefühl gebunden zu sein, so streut sich die Hoffnung quer durch die Schichtungen meines Gefühlslebens und meiner Beziehungen.

Meine Haut ist geheilt. Beatrice fährt mich nach Wien. Dort wartet im Hotel Palais Schwarzenberg Guggeis auf mich. Beatrice weiß, es wäre sinnlos, dem Treffen auszuweichen.
Es beschämt mich, daß der bayerische König ein Siegesmonument für mich gebaut hat, ich möchte lieber als banaler Bösewicht verachtet denn als Menschenfreund gefeiert werden. Ich lebe davon, daß ich die Menschen, mit denen ich umgehe, ständig beleidige. Nie bin ich politically correct, und wenn ich liebe, hat das nichts mit Gefühlen oder Idealen zu tun. Die Zielscheibe meiner Attacken sind die Menschen, die mich schätzen. Ich will, daß man mir nachsagt, ich besitze die Phantasie eines bösartigen, nicht erziehbaren Kinds.
Der Artikel von Beatrice ist mittlerweile erschienen. *Deutschland und die Moderne*. These 1: Der Kern der NS-Ideologie bestand aus falsch verstandener Wissenschaft. These 2: Die Bundesrepublik definierte sich lediglich ex negativo als modern, indem sie den NS-Staat als archaisch beschrieb. Das hatte zwei Vorteile: Alle Unmenschlichkeiten waren weit weg. Und die weltanschauliche Leerstelle ermöglichte der Wirtschaft, sich wunderbar zu entfalten.
Das Verbrechen, der moralische Bankrott als Folgen schlechter Schulnoten: Ich glaube nicht, daß ich die Wissenschaften, mit denen ich mich beschäftigt habe, falsch verstanden habe. Ich hatte gute Schulnoten.

Ich habe Beatrice den Namen des Deutschen nicht gesagt.
Beatrice fragt mich nicht nach dem Deutschen.
Sie schont mich.
Die Dämonen sind nicht der ästhetische Rest der Aufklärung nach ihrer politischen Niederlage. Das ist Spadolinis Idee, das hätten alle abgefallenen und verhinderten Priester gern. Die Dämonen sind älter als die Menschheit. Sie haben die Erde beherrscht, bevor es Menschen gab. Die Menschen konnten die Dämonen nie endgültig besiegen. Die Dämonen haben überlebt. Die intelligenten Dämonen fanden schnell Gefallen an den Konstruktionen der Scholastik. Und dann boten und bieten sich ihnen, im Zuge der Aufklärung, die unendlichen Möglichkeiten der Naturwissenschaften und der Technik! Wenn es nur damit getan wäre, daß Dämonen Motorrad fahren, Bars zertrümmern und Frauen belästigen.
Wie weit steht der Höllenschlund noch offen?
Auf dem Rücksitz von Beatrices Wagen liegen Masken, eine Clownsmaske, eine Affenmaske und eine Hundemaske.
Aus meiner Dachgartenwohnung neben dem Siegesmonument schreie ich mir höhnische Parolen nach. Dort liegen auf der Terrasse Haufen von Exkrementen, verstümmelten Gliedmaßen, Überreste von Alptraumgestalten, gebrandmarkt mit verbotenen Symbolen aller Art.
Ein subtilerer Schrecken: Was wäre, wenn Beatrice ein Puppenköpfchen dabeihätte?
Sie streicht sich das Haar an der rechten Seite glatt, das Ohr wird wie unter einem Schleier sichtbar. Beatrices Ohren sind viel größer als die Lauras.
Wir fahren hinter einem leeren Tieflader her. Ich habe befürchtet, die hochgestellten Pontons würden im Tunnel die Decke streifen, natürlich ist das unmöglich, es gibt Norm-

maße für Tunnelunterführungen und Lastwagen. Jetzt ragen die Pontons in den weißen Himmel, zwischen ihnen glänzt golden der Friedensengel. Ich bewege meinen Kopf nach rechts, nach links, je nachdem, wie Beatrice fährt. Ich möchte nicht, daß der Friedensengel verschwindet. Als ich mich ganz weit zu ihr herüberlehnen muß, lacht sie. Ihre grünen Augen leuchten und ihr hellroter Lippenstift ebenfalls. Sie lehnt sich zurück, als ob sie gar nicht fahren, sondern einfach nur entspannt im Auto sitzen würde.
Ich muß an den Film *A Thing of Beauty* mit Andie MacDowell denken, in dem eine kleine Henry-Miller-Skulptur gestohlen wird und schließlich in einem Haufen Müll auf einer englischen Deponie landet. Der Regisseur hat nicht daran gedacht, mit der Henry-Miller-Skulptur Kimme und Korn zu spielen.
Anstatt auf den Mittleren Ring einzubiegen, könnten wir auch zur Messe hinausfahren, an dem vierstöckigen Eckhaus aus den dreißiger Jahren vorbei. Die Eckfenster besitzen durchgezogene Fenstersimse, sind die Eckstücke in den Fenstern tragend oder Attrappen?
Wir müssen ziemlich lange warten, weil immer wieder Fahrzeuge in die Kreuzung fahren und sie blockieren.
Die Bordsteine, die die Geleise von den Fahrbahnen trennen, zwingen jeden in eine von zwei Richtungen. Die Leuchten neben den Geleisen bedrängen niemanden, sie sind denen, die auf dem Mittleren Ring weiterfahren, genauso freundlich gesinnt wie denen, die auf die Autobahn abbiegen.
Das Zusammensein war eine Berufung, es geschah zu Ehren und im Auftrag der Liebe. Aber jetzt hat sich das Zusammensein von seinem höheren Sinn gelöst, ist selbst zum Sinn geworden. Es gibt kein Versprechen mehr, das darüber

hinausführt. Jemand mag seine Frau schlagen und seine Tochter vergewaltigen, aber er ist ja mit der Familie zusammen. Das Zusammensein walzt alles nieder und rechtfertigt alles, es ist die einzig übriggebliebene Gottheit, der verhohlen oder unverhohlen gehuldigt wird.

Es war das Vorrecht der großen Liebenden, nicht zusammensein zu müssen. Das Zusammensein stellt einen Fluch für Autor und Leser dar. Die Geschichte kommt voran, wenn sie sich dem Zusammenkommen widmet, sie stockt, endet, versandet, wenn es gelingt. Bleiben zwei Liebende zusammen, bedeutet das Mühsal, Plage, Not.

Ich esse eine Riesenbockwurst mit Kartoffelsalat und trinke 0,3 Liter Coca Cola. Ich stehe vor der Raststätte unter einem roten Coca-Cola-Schirm, an einem Tisch in Form einer Coca-Cola-Dose, Beatrice sitzt auf einer Bank unter Kastanienbäumen. Sie kann ihre Jacke nicht ausziehen, weil sie nur einen BH darunter trägt. Obwohl im Schatten, hat sie eine Ray-Ban-Pilotenbrille auf, mit goldenem Gestell und weißem Schweißbügel über der Nase, die Gläser grün.

Ich sage, ich müsse telefonieren. Ich hätte vergessen, meinen Verlag anzurufen, es gehe um einen Lesungstermin. Der Akku meines Handys sei leer. Beatrice zeigt sich froh, daß ich überhaupt dazu in der Lage bin, an Dinge zu denken, die nach dem Treffen mit Guggeis liegen. Sie fragt mich nicht, warum ich nicht ihr Handy benutzen will.

Obwohl es Handys gibt, ist von den sechs bodenlos häßlichen Telekom-Telefonzellen mit den magentafarbenen Dächern nur eine nicht belegt. Beatrice betrachtet interessiert, wie ein junges Mädchen, sie hat ein Bäuchlein, sie muß schwanger sein, in dem Automaten daneben nach Spielzeug fischt. Beatrice knöpft jetzt doch ihre Jacke auf, die Männer blicken hin.

Sie würde es merken, wenn ich nicht rede. Ich spreche von freigesetzten Erinnerungen, von der Suche nach einer reflexhaften körperlichen Erinnerung, von Erinnerungsspreizungen, die mir vorschweben, von der Vision einer totalen Freiheit der Erinnerung und von dem Problem, sie doch exakt notieren zu müssen. Ich sage, daß ich mich nur mit den Nervenenden an die Vergangenheit erinnere, das Resultat ist eine Vergangenheit im Rohzustand, die Erinnerungen völlig ungeschützt.

Man weiß nicht, wie und ob ich starb. Es gibt ein letztes Foto von mir, vor den blauen Säulen des Vordachs der Raststätte Samerberg, die aussehen wie an beiden Enden gespitzte Bleistifte.

Ein Mann mit einem weißen Bart, in einem blauen Wolljanker, fotografiert seinen Freund, er hat eine weiße Malerjacke an. Der Ältere wendet sich ab, wartet eine Zeitlang, der Jüngere sucht sich eine Säule aus, hinter die er sich stellt, der Ältere dreht sich um und knipst eine der Säulen. Sie spielen Russisches Roulette, ich stelle mich ebenfalls hinter eine Säule – und werde fotografiert.

Beatrice wird eine Vermißtenanzeige aufgeben, der Mann mit dem weißen Bart erinnert sich an das Foto, er schickt es der Polizei. Laura wird sagen, mein Leben sei mir langweilig geworden, ich hätte alles gut vorbereitet und mein Verschwinden nur inszeniert, um mich vielleicht nach – Afrika abzusetzen.

Beatrice kniet auf der Bank und hält sich am Geländer vor ihr fest. Zusammen blicken wir auf das Dorf, die Häuser sind den Abhang hinuntergekullert, aber keins ist auf dem Dach gelandet.

Die untere Hälfte ihres weißen BHs ist undurchsichtig, die obere Hälfte durchsichtig.

Mein Bild von Laura verläuft, so wie Farbe verläuft. Ich schwanke zwischen dem, was ich für die Wahrheit halte, und dem, was ich bewußt gefälscht habe. Nur vordergründig erinnere ich mich an bestimmte Ereignisse, bestimmte Orte, bestimmte Zeitpunkte. Tatsächlich erinnere ich mich an die Pause, die Leere zwischen den Episoden. Ich tarne, ich überblende, ich entleere. Ich umkreise das Zweideutige mit einer routinierten Vermitteltheit, die alles in einen Zustand der Unwirklichkeit versetzt.
Wir sind in Österreich.
An der Grenze, die keine mehr ist. Der grüne Abfallkübel auf dem Gehsteig neben der Parkbucht füllt mein Gesichtsfeld aus, jemand hat ihn mit lauter gleich großen weißen Zetteln beklebt. Ich sage zu dem Abfallbehälter, daß ich ein bißchen müde bin von dem Ganzen und mich hinsetzen muß. Obwohl ich schon auf dem Boden sitze.
Ich erhebe mich und gehe zu dem Kiosk hin, über dem *Vignetten-Verkauf* steht. Mein Blickfeld besteht jetzt aus dem Kiosk und dem Gehsteig. Es heißt nicht *Vignetten-Verkauf*, sondern *A-Vignetten-Verkauf*, nun kann ich auch das Schild in der Mitte zwischen diesem und dem ADAC-Schild lesen, *Skipässe, Skiverbund, amade.*
Ganz vorsichtig setze ich einen Fuß vor den anderen, ich fühle mich schwindelig. Ist Beatrice im Auto geblieben oder ausgestiegen? Im Verkehrslärm horche ich nach Schritten.
Mein Gesicht spiegelt sich in der Scheibe des Schaukastens mit den großen Abbildungen der Autobahn-Vignette. Ich wedele mit den Händen, ich schüttle heftig den Kopf, ich stampfe mit den Füßen auf. Für eventuelle Passanten muß es aussehen, als sei ich wütend.
Ein Knall. Vielleicht ein Unfall, davor habe ich keine quiet-

schenden Bremsen gehört, aber ich weiß ja nicht, was davor war, denn ich bin für einen Augenblick weggetreten gewesen. Doch auch danach kein Geräusch von sich verbiegendem Blech, kein Splittern von Glas.
Ich stehe vor einer blauen Tür mit der gelben Schrift *Eingang*. Daneben ein Schild im gleichen Blau wie die Tür.
Cash Express
Change
Cambio
Die nächsten beiden Zeilen kann ich nicht lesen, aber die darunter.
Reisegeld
In meinem Kopf hämmert es. Ich atme tief, dabei beiße ich mir auf die Zunge. Mir ist, als müsse ich mich übergeben. Ich spucke auf den Boden, das Übelkeitsgefühl weicht.
Es riecht nach Schwefel.
Meine Lippen zittern.
Wieder habe ich die Empfindung, daß sich mein Magen zusammenzieht. Ich will ein Auge zumachen und mit dem anderen die Zickzacklinie auf der Fahrbahn neben dem Kiosk oder die weißroten Baustellenschilder fixieren.
Es dauert sehr lange, bis ich mich entschieden habe, welches Auge ich schließe.
Endlich mache ich das linke zu und fixiere die Baustellenschilder, aber die vorbeifahrenden Autos lenken mich ab. Ich mache einen Schwenk und fasse die in der Mitte fast ausgelöschte Zickzacklinie ins Auge. Das Gefühl der Übelkeit wird schwächer. Jetzt spüre ich Schwefelgeschmack auf der Zunge.
Ohne nach rechts oder links zu blicken, überquere ich die Fahrbahn und gehe ganz langsam an einem grauen Gebäude und drei gelben Telefonzellen vorbei.

Ich hatte mir etwas vorgenommen – aber ich weiß nicht mehr, was es war.
Ich verliere mich.
Vor einer Rutsche finde ich mich wieder. Ein viereckiges Holzgestell bildet die Aufhängung für die Rutsche aus gelbem Plastik, eine Holztreppe führt zu der Plattform, von der aus die Kinder herunterrutschen, der schmale rote Plastikaufsatz soll verhindern, daß ein Erwachsener die Rutsche benutzt.
Der Wind bewegt die gelben Decken und die violettroten Schirme auf der menschenleeren Terrasse vor dem Restaurant. Der Geruch von gegrilltem Fleisch weht zu mir her. Auf meine rechte Hand blickend, überlege ich, wie sie wohl zum Mittagessen schmecken würde.
Ich betrete den Rasen und steige die Treppe hoch, mir ist nicht mehr schwindlig, auf einmal fühle ich mich energiegeladen, rasend schnell rede ich zu mir selbst.
Was hat Beatrice mit Laura zu tun?
Nichts.
Gar nichts?
Beatrice beschreibt eine Phantasie, in der ich eine wirkliche Frau liebe. Das hat keinen Bezug zu Laura, nicht dazu, wie sie wirklich war, nicht zu meiner Erinnerung an sie und auch nicht dazu, wie ich mir sie jetzt erwarte oder wie sie sein wird, wenn ich sie wiedersehen werde.
Warum nicht?
Weil ich mit Beatrice schlafen soll, es aber keine Möglichkeit gibt, wirklich mit ihr zu schlafen.
Aber du hast doch mit ihr geschlafen.
Sie hat mit mir geschlafen.
Hast du nicht immer von einer Frau geträumt, die genau wie Beatrice ist?

Ich weiß, es ist unverantwortlich, wie ich über Beatrice rede.
Du kannst doch so tun, als würdest du mit Beatrice schlafen?
Ich vermute, hinter allem steckt Machthunger. Der Gedanke, eine unersättliche Lust zum Ficken zu haben, ist genauso gut wie Sex. Auf diese Weise erschaffe ich Sex zwischen mir und einer wirklichen Frau. Ich habe es noch nicht ganz fertiggebracht, aber eines Tages wird es mir gelingen ... Ich habe geglaubt, daß ich wirklich mit Beatrice schlafen könnte.
Obwohl ich ahne, daß sie gar nicht so schnell ablaufen, habe ich Schwierigkeiten, mit meinen eigenen Gedanken Schritt zu halten. Ich möchte, daß sie zum völligen Stillstand kommen. So, daß ich mich um nichts anderes mehr kümmern muß als darum, sie wieder flottzumachen.
Beatrice ist ein Fehlschlag?
Beatrice hat nichts von dem erreicht, was sie versprochen hat.
Wie lange sitze ich schon am Ende der Rutsche? Ich höre jemanden murmeln, ganz langsam blicke ich mich um, da ist niemand außer mir. Der da murmelt, das bin ich.
Ich denke daran zurück, wie ich heruntergerutscht bin, es kommt mir so vor, als hätte ich die kompliziertesten Figuren gemacht, aber ich weiß natürlich, daß sich das nur in meinem Kopf abgespielt hat.
Das Stromkabel der Eistruhe auf der Terrasse führt in das Innere des Restaurants. Ganz langsam fährt ein Lastwagen vorbei, der Anhänger ist mit der Zugmaschine auch durch ein Kabel verbunden, das sich um die Anhängerkupplung windet. Weiter vorn auf dem Parkplatz öffnet jemand die Motorhaube eines roten VW-Passats und hantiert an der Batterie. Ich werde das Kabel der Eistruhe herausziehen, ich

werde dem Laster nachlaufen und das Kabel zwischen Zugmaschine und Anhänger durchtrennen, ich werde zu dem roten Passat gehen und das Batteriekabel herausreißen.
Ich löse mich auf.
In meinem Kopf hat es *ping* gemacht. Ich weiß wieder, wie ich hierhergekommen bin.
Die drei Telefonzellen verdecken den Eingang der Toilette. Auf dem Betonboden vor den beiden Eingangstüren sammelt sich das Regenwasser. Zwei Telefonzellen sind von vorn zu betreten, eine von hinten. Wer in dem Eingang verschwindet, muß nicht in die Toilette gehen, er kann auch die Telefonzelle benutzen. Jeder, der aus dem Eingang herauskommt, kann so tun, als sei er in der Telefonzelle gewesen.
Jemand hat auf den Spiegel über dem Waschbecken mit Lippenstift *France* geschrieben.
Die auf Brusthöhe angebrachten Wasserauslässe über dem Pissoir besitzen einen orangefarbenen Hof, der weiter unten grünlich wird. Mir fallen Bilder von Orchideen ein.
»Ich will ficken.«
Beatrice ist mir auf die Herrentoilette gefolgt.
»Die ganze Fahrt habe ich mich schon darauf gefreut.«
Meine Hände zittern, als ich meine Arme waagrecht vor mich halte.
»Schau her, wie ich deinen Schwanz in meiner Fotze vergrabe.«
Jemand reicht mir Zettel mit Zeichen in meine Zelle herein, die ich nicht verstehe. Ich blättere in einem riesigen Buch, bis ich die Zeichen finde, die auf den Zetteln stehen. Auf andere Zettel schreibe ich das, was in dem Buch neben den Zeichen steht. Dann reiche ich die Zettel hinaus. Ich mache keine Fehler.

Beatrice hat mich an der Schranke des Parkplatzes vor dem Palais Schwarzenberg abgesetzt. Sie hätte auch hineinfahren und mich zur Tür bringen können, die Taxifahrer müssen sich nicht zur Hotelrezeption begeben, mit der Karte, die man zieht, kann man ausfahren, wenn eine bestimmte Frist nicht überschritten ist.
Ich spüre einen Schmerz, der von einer Stelle an der Vorderfläche des rechten Oberschenkels ausgeht.
In den Fenstern eines Bentley beobachte ich, daß ich hinke.
Ich drücke auf die schmerzende Stelle, in diesem Augenblick tritt La Trémoïlle vor das Hotel, er soll nicht sehen, wie ich mich betaste, ich stecke die Hand in die Jackettasche und halte mich gerade.
Seine blondierten Haare sind ohne Scheitel nach allen Seiten glatt heruntergekämmt, vorn über den Augenbrauen abgeschnitten, an der Seite und hinten zu bauschigen, nach oben strebenden Locken gedreht. Ein Atompilz.
Er legt mir die Hand auf die Schulter, während ich die Tür öffne.
Eine Zeitung in der rechten Hand, kommt Pototsching mit lauten Schritten auf mich zu.
Lässig wirft er die Zeitung auf den Diwan in der Halle und streckt die Hand aus, mir bleibt gar nichts anderes übrig, als ihm meine zu geben. Er lacht breit, man sieht alle seine weißen Zähne.
Ich wünsche mir, daß der Junge den Idioten und das Kretin beobachtet, sich aber nicht zu ihnen gesellt. Daß der Junge niemals seine Bücher im Hochsitz aufbewahrt hat oder daß der Idiot niemals die Bücher im Hochsitz findet. Daß die Schule in die Luft fliegt, es muß ja niemand umkommen. Daß der Junge immer wieder mit der Gnädigen zum ADEG-Geschäft fährt, daß ihm die Gnädige immer wieder Dixi-

Traubenzucker und PEZ-Bonbons und Manner-Schnitten kauft. Daß ihm die Gnädige niemals die Geschichte erzählt, wie sie ihren Tod verpaßt hat. Daß er niemals gesehen hat, wie sie ihren Tod verpaßt hat.

Der Maître des Gartenrestaurants im Palais Schwarzenberg begrüßt La Trémoïlle mit Namen. Er und Pototsching vertiefen sich in die Speisekarten, ich tue nur so, als ob ich in meiner lese. Gewöhnlich zieht La Trémoïlle am Tisch seinen Palm heraus, das läßt er diesmal sein, als ob er klarmachen will, daß er sich den ganzen Abend nicht äußern möchte.

Kein Wort darüber, daß ich eigentlich Guggeis begegnen sollte.

La Trémoïlle und Pototsching wissen, daß ich mich mit ihnen niemals getroffen hätte.

Ich will nicht, daß meine Gedanken zu mir zurückkehren. Deswegen schreibe ich Bücher. Pototsching will seine Gedanken einfangen, deswegen schreibt er Bücher. Sind wir aufeinander angewiesen? Pototsching schreibt das Buch über mich, um zu sich selbst zurückzufinden, ich lese es, damit ich mich nicht zu mir selbst zurückbegebe? Kann es sein, daß meine Gedanken die Richtung, die sie tatsächlich einschlagen wollen, viel deutlicher zeigen, wenn sie den Weg über Pototschings Buch nehmen als den über meine eigenen Bücher?

Pototsching produziert den barfüßigen Jungen aus St. Pankraz. Er überwacht ihn, bestraft ihn. Er macht klar, der Junge ist nicht schuldbeladen und strafwürdig geboren, sondern so geworden. Der barfüßige Junge ist das Zahnradgetriebe, mittels dessen die Macht Pototschings sein Wissen ermöglicht und sein Wissen die Machtwirkungen erneuert und stärkt. Ein Medium, in dem sich Pototschings Macht und seine Absichten miteinander verschränken.

Es kommt mir so vor, als sei das Grübchen an Pototschings Kinn größer geworden. Um seinen Mund spielt immer ein Lächeln. Es heißt, das Lächeln sei unecht, wenn die Augen nicht mitlächeln, insofern ist sein Lächeln echt, denn auch seine Augen lächeln mit.
Pototsching sagt, daß er meine Hilfe braucht oder daß er mich braucht oder daß er etwas von mir braucht.
Wenn ich nicht tue, was er will, bestraft mich Pototsching, wenn ich es tue, ebenfalls. Kommt es ihm vielleicht gar nicht darauf an, mich zu unterdrücken? Versucht er mit der Art, wie er mich bestraft, meinen Widerwillen zu ordnen, nutzbar zu machen? Geht es ihm gar nicht darum, daß ich gefügig gemacht werden soll, sondern darum, die Art und Weise, wie ich nicht gefügig bin, zweckmäßig zu seinen Gunsten zu organisieren?
Pototsching hat das Manuskript doch noch zu Ende geschrieben. Meine Kindheit ist komplett. Das Manuskript liegt bei Guggeis.
Pototsching hat ein neues Buch verfaßt. Er will nicht mehr, daß das alte Manuskript veröffentlicht wird. Alle Verträge sind unterzeichnet, Pototsching stehen keinerlei rechtliche Möglichkeiten zu Gebot, die Veröffentlichung des Manuskripts noch zu verhindern. Es kann nicht in meinem Interesse liegen, daß das Buch über meine Kindheit erscheint. Ich soll Guggeis überreden, das alte Manuskript zurückzugeben und dafür das neue Buch zu machen. Ich brauche nur zu sagen, daß ich die Veröffentlichung des Manuskripts als eine Verletzung meiner Persönlichkeitssphäre ansehe.
Pototschings Augen lächeln jetzt nicht mehr mit. Zwischendurch blickt er mich immer wieder fragend an, dabei fragt er gar nichts mehr, nur vorher hat er etwas gefragt. La

Trémoïlle sitzt uns entspannt gegenüber und beobachtet uns unauffällig auffällig.
Warum achtet Pototsching so auf die Details in seinen Büchern? Nicht weil darin ein Sinn verborgen ist. Sondern weil er auf diese Weise seine Macht über den Stoff, über Zeit und Raum demonstrieren kann. Ich darf nicht der Versuchung erliegen, Pototschings Wirkung negativ zu beschreiben. Sein Manuskript über den Jungen zensiert den Jungen nicht, es maskiert ihn nicht, es verschleiert nichts, es verdrängt nichts. Pototsching ist produktiv, er produziert meine Kindheit.
Ich werde tun, was er von mir verlangt. Ich werde zu Guggeis gehen und ihn bitten, Pototsching das Manuskript zurückzugeben. Der Gegenstand des Manuskripts bin ich, es besteht eine Chance, daß er tut, was ich von ihm will. Was Pototsching von ihm will.
»Du erinnerst dich an Laura?«
Ich weiß, daß ich vor dem Fernseher sitze und ein Fußballspiel verfolge, und ich weiß, daß ich nicht selbst hinter dem Ball herlaufe. Diese Handlung fühlt sich an wie meine, also ist es meine. Aber jetzt kann ich beim besten Willen nicht angeben, bin ich es, der da aufsteht, als Laura an den Tisch kommt, und sie umarmt, oder ist das Pototsching?
Sie trägt ein pinkfarbenes Abendkleid mit langen Ärmeln, Schulterpolstern und einer Schärpe um die Taille. Es ist dezent ausgeschnitten, die Ärmel schlagen Falten wie der Rock, das Oberteil liegt eng an.
Ihre lockigen dunklen Haare bedecken die Ohren etwa bis zur Hälfte. Sie hat fast keine Falten mehr um den Mund. Der Ton des Kleids scheint auf ihr graues Auge abzufärben. Es wirkt wärmer als in meiner Erinnerung.
Laura schlägt die Augen nieder und beugt den Kopf leicht nach vorn.

Bin ich es, der ihren Stuhl nach hinten rückt, damit sie neben La Trémoïlle Platz nehmen kann, oder ist es Pototsching?

Man müßte Pototsching und mich in Kernspintomographen legen können und die Gebiete ausmachen, die in unseren Gehirnen tätig sind. Vielleicht würde man dann herausfinden, ob ich es bin oder ob es Pototsching ist, der ihr, nachdem sie sich hingesetzt hat, eine Hand auf die Schulter legt.

Mein Oberschenkel schmerzt wieder.

Laura ist zugleich das verborgene Element und das sinnproduzierende Prinzip, sie soll mir Zugang zur Totalität meines Körpers und meiner Seele bieten. Ich soll sie begehrenswert finden, das bindet mich an den Befehl, ihr Gesetz und ihre Macht an den Tag zu bringen, sie soll mich glauben machen, daß ich die Rechte in meiner Beziehung zu ihr gegen alles andere behaupte, während mich in Wirklichkeit diese Beziehung an Pototsching kettet.

Mit Laura präsentiert Pototsching den idealen Punkt seiner Lebens- und Schreibkonstruktion und -konstellation. Als das spektakulärste Element in seinem Schriftstellerleben organisiert sie seinen Zugriff nicht nur auf mich, sondern auf die Körper aller anderen, auf die Seelen aller anderen, auf die Kräfte aller anderen, auf ihre Empfindungen, auf ihre Lüste.

Pototsching greift auf mein ganzes Leben zu. Aber das Wiedertreffen mit Laura ist die Grenze und entzieht sich ihm. Jetzt werden der Rand und die Ritzen seiner Macht über sie sichtbar. Deswegen überdeckt er ihre alte Macht über mich, ihre Souveränität, durch die sorgfältige Verwaltung meiner Gedanken und die detaillierte Planung meines Lebens.

Unter dem Tisch drücke ich auf die schmerzende Stelle an meinem rechten Oberschenkel. Ich brauche nicht mein in der Verglasung der Orangerie gespiegeltes Gesicht zu sehen, um zu wissen, daß ich rot werde.
Ich weiß jetzt, wo der Schmerz herkommt. Beatrice macht sich bemerkbar. An dieser Stelle hat Beatrice erst ihr Kinn aufgesetzt und später ihre Stirn aufgelegt –

»Nachdem du fort warst, habe ich ebenfalls nicht mehr gesprochen. Weder mit Pototsching noch mit irgend jemand anderem. Wer nicht spricht, braucht auch nicht zu hören, ich kaufte mir Ohrenschützer, ein professionelles Modell für Fluglotsen. Kein Mensch hat mich angeredet, niemand erwartet eine Antwort, wenn schon die Frage ungehört bleibt.
»Ich habe mir auch das Rauchen abgewöhnt, weil ich meine Zigaretten am Kiosk kaufte und mit dem Kioskmann redete. Ich wollte nicht plötzlich nicht mehr mit ihm sprechen, meine Zeitungen und Zeitschriften habe ich mir ebenfalls woanders besorgt.
»Das Leben ist nicht ganz einfach, wenn man nicht hört. Bevor man die Straße überquert, muß man sich sehr genau umsehen. Wer im Supermarkt nicht rechtzeitig vorrückt, wird von hinten gerempelt. Dafür wird man nicht von Männern angesprochen, oder man bekommt es nicht mit. Ich begann, nachts zu leben, da traf ich weniger Leute und mußte nicht immer die Ohrenschützer aufbehalten.
»Mit Pototsching habe ich mich über Zettel verständigt. In dieser Zeit traf ich nur La Trémoïlle. Bevor er Berlin besuchte, schrieb er mir jedesmal eine E-mail, und wir verabredeten uns. Wir besuchten Ausstellungen, bei schönem Wetter gingen wir spazieren.
»Eigentlich wollte ich schreiben, aber ich kam mit meinem Buch nicht weiter. Ich verfaßte ein Kochbuch, die Rezepte hießen zum Beispiel Gastmahlfolge für vier bis acht bis sechzehn Personen, das Zehlendorfer Fünfganggetriebe, anthroposophisches Fünfgängeessen, neunundneunzig Gramm Eiweiß, sieben Gramm Fett, dreiundneunzig Gramm Kohlehydrate, viertausendfünfhunderteins Kilojoule.
»Pototsching schickte mich nicht zum Psychiater oder zum Psychologen, aber er bestand darauf, daß ich untersuchen

ließ, ob körperlich alles in Ordnung war. Ich ging zum Arzt, weil ich Sehstörungen hatte, das konnte Pototsching nicht wissen. Immer wieder zogen schwarze Schleier durch mein Gesichtsfeld, der Arzt fand nichts, er schickte mich zu einer CT, auch dort ergab sich nichts. Der Arzt meinte, es sei eine Nervenangelegenheit, mit ihm verkehrte ich übrigens ebenfalls nur per Zettel, er akzeptierte ohne Nachfragen, daß ich nicht reden und nicht hören wollte. Er meinte, vielleicht hätte ich einen Vitamin-B1-Mangel. Seither esse ich jeden Tag mindestens zehn Gramm Dorschleber.

»Danach ernährte ich mich nur noch von Zwiebeln, täglich aß ich zweieinhalb Kilogramm Zwiebeln, gekocht, gebraten oder püriert, als Salat oder Brotaufstrich, und mein Brot buk ich selbst, nur mit Hafer und Wasser. Jetzt esse ich normal, die Dorschleber kaufe ich in einem russischen Feinkostgeschäft. Von den Zwiebeln bekam ich immer einen süßlich-sauren Mundgeruch, und meine Haut wurde ganz gelb, aber es tat meiner Haut trotzdem gut, sie wurde jünger dadurch.

»Aus Wut über meine Sehstörungen warf ich meine gesamte Fotoausrüstung aus dem Fenster. Jemand muß den kaputten Fotoapparat, das Blitzlicht und die ganzen Accessoires sofort aufgesammelt haben, als ich kurze Zeit später das Haus verließ, sah ich keine Spur mehr davon.«

Ich weine, ich schluchze, ich vergrabe mein Gesicht in meinen Händen, ich will aus dem Hotelzimmer laufen, Laura umschlingt mich, ich wehre mich nicht, sie preßt ihren Körper an meinen und sagt, es ist gut.

Sie lockert ihren Griff, ich bewege mich nicht, sie kann mich loslassen. Ich will ins Bad gehen, Laura stellt sich in die Badezimmertür, ich kann nicht an ihr vorbei.

Sie umfaßt meinen Kopf, sie lehnt ihre Stirn an meine Stirn,

sie streicht über meine Haare, sie fährt mir über Mund und Lippen, sie streichelt meine Ohren, sie legt die Hände auf meine Schultern.
Die ganzen Jahre hatte ich ihr Bild vor mir, immer redete sie zu mir, aber das Bild und die Stimme hatten nichts miteinander zu tun. Es ist das gleiche Bild. Es ist die gleiche Stimme. Das Bild spricht. Die Stimme hat einen Ursprung. Ich halte es nicht aus, daß die Worte aus ihrem Mund kommen, zwischen ihren Zähnen hervorsprudeln.

Um nicht aufzufallen, habe sie sich extra bei Trachten-Peter in Windischgarsten Bundhosen, Haferlschuhe und eine Trachtenjacke sowie eine rotweiß karierte Bluse gekauft. Doch schon als sie den Wagen im Dorf geparkt habe, auf dem Parkplatz gegenüber dem Gasthaus Zum Niesl, habe sie gewußt, das sei ein Fehler gewesen. Im Gastgarten hätten nur Leute in Jeans und T-shirt gesessen.
Auf dem Weg durch das Dorf preßte Laura den Rucksack, ebenfalls von Trachten-Peter, nervös an sich. Beim Haus der Holzers fuhr gerade ein neuer Mercedes vor, wie sie wußte, war der Schwiegersohn des alten Holzer Autohändler in Wels, er musterte sie interessiert und grüßte sie freundlich, sie grüßte zurück.
Der Gang zum Reitbauerngut geriet zum Spießrutenlaufen. An der Teichl parkten drei Autos mit Kennzeichen aus Steyr, die Fischer grüßten sie im Chor, eine Frau lief den Weg zur Teichl herunter, auch ihrem Gruß entging sie nicht. In ihrer Trachtenkleidung kam sie sich vor wie ein Astronaut, der auf der Erde in seinem Raumanzug herumlief. Sie hoffte, im Reitbauerngut niemanden anzutreffen,

dann hätte sie gleich in die Tenne gehen können. Aber ihr kam ein kleiner Junge entgegen, und sie sah von Ferne, wie der neue Pächter, er hieß Haselhofer, seinen Lieferwagen einräumte. Er ist der Gemeindegärtner von Windischgarsten, außerdem betreibt er ein privates Geschäft, hinter dem alten Heuschober hat er ein großes Gewächshaus von fast dreihundert Quadratmetern Fläche errichtet, in dem er Pflanzen zieht.

Die Gnädige trug ein Dirndl, ein schwarzer Rock, ein schwarzes Oberteil und eine grüne Schürze. Laura hatte das Gefühl, die Gnädige habe nur auf sie gewartet. Einmal hielt die Gnädige die Zeitung hoch, sie las in den *Oberösterreichischen Nachrichten*.

Während Laura auf die Terrasse zuging, tat sie in ihrer Nervosität so, als suche sie einen Wegweiser. Natürlich hatte sie überhaupt nicht vor, mit der Gnädigen zu reden, aber die Gnädige nagelte sie mit ihrem Blick fest. Sie sah nicht aus wie eine Greisin, ihr Gesicht war voll, ihre Haare schwarz, sicher gefärbt. Die Gnädige saß da, als ob sie lauerte, auf irgend etwas, auf irgend jemanden. Laura grüßte die Gnädige und fragte, welchen Weg sie einschlagen müsse, um nach Windischgarsten zu gelangen. Die Gnädige brauchte auf ihre Frage nicht zu antworten, denn der kleine Junge, der sie mit dem Fahrrad begleitete, fing sofort an zu plappern, sie müsse am Haus vorbei, über die Wiese, am Hochsitz vorbei, in den Wald und dann immer geradeaus bis zum Rohrauergut, dort finde sie wieder einen Wegweiser.

Der Weg sei schmal, an einer Stelle gehe es steil zur Teichl hinunter, sie solle aufpassen, daß sie nicht ausrutsche, dem Jungen fiel ein nachzusehen, was für Schuhe sie anhatte, er musterte ihre Haferlschuhe und sagte, das seien die richtigen Schuhe. Im Trachtengeschäft hatte sie sich gegen den Rat der Verkäuferin für die Haferlschuhe mit den Gummisohlen und nicht für diejenigen mit den Ledersohlen entschieden.

Laura bedankte sich bei dem Jungen und wünschte der Gnädigen einen schönen Nachmittag. Die Gnädige sagte überhaupt nichts, außer daß sie wiedergegrüßt hatte.

Die Gnädige folgte ihr mit ihren Blicken. Der kleine Junge begleitete sie noch eine Weile, nur mit Mühe konnte er auf dem steinigen Weg Fahrrad fahren, bald kehrte er um.

Vor dem Haus der Nachbarin fuhr genau in diesem Augenblick ein rotes japanisches Auto los, kein anderes stand da. Laura wußte, die Leute aus dem Haus der Nachbarin saßen bei schönem Wetter immer unter dem Gartenschirm, der war nicht aufgespannt, das Haus der Nachbarin mußte also leer sein.

Sie ging an dem Hochsitz vorbei, der in seinem Aussehen völlig der Beschreibung entsprach. Am liebsten wäre sie die Leiter hochgestiegen und hätte nachgeprüft, ob es das Bücherversteck noch gab. Natürlich sei irgendwann der alte Hochsitz abgerissen und ein neuer gebaut worden, ohne Bücherversteck.

Vor dem Wald blickte sie sich ein paarmal verstohlen um, keiner der Hofbewohner folgte ihr. Dann stieg sie zur Teichl hinunter, immer entlang der pulsenden Wasserleitung. Auf dem trotz der Hitze mit feuchten Blättern und Nadeln bedecktem Pfad glitt sie mehrere Male aus und fiel hin. Jetzt war sie froh, Bundhosen anzuhaben, in einem Rock oder leichten Hosen hätte sie sich die Knie aufgeschürft. Sie schwitzte und hatte Angst, denn sie wußte, an der Teichl gab es Schlangen.

Am Fluß angekommen, machte sie Rast. Sie sah dem Wid-

der bei der Arbeit zu, wie er sich regelmäßig hob und senkte. Vorher hatte sie es nicht geglaubt, aber die Quelle des Reitbauernguts sprudelte wirklich aus einem Felsspalt heraus, so reichlich, daß man das ganze Dorf hätte anschließen können.
Mit dem abfließenden Wasser wusch sie sich erst das Gesicht und schließlich, nachdem sie die Bluse ausgezogen hatte, den Oberkörper. Dann entledigte sie sich auch der Schuhe und der Strümpfe und hielt die Füße ins Wasser.
An der Teichl gab es sehr viele Mücken, aber sie griffen sie nicht an. Sie fühlte sich ungeheuer erfrischt und wartete lange, bis sie sich wieder anzog. Ihr Herzschlag paßte sich dem Rhythmus des Widders an. Sie war völlig ruhig, während sie bei dem Widder saß.
Schließlich lief sie an der Teichl entlang weiter. Nach einer Zeit, die ihr viel länger vorkam, als sie eigentlich für die Distanz benötigt haben mußte, stieß sie auf den Weg, der zum Haus der Nachbarin hinaufführte. Sie war ungeheuer erleichtert, sie hatte schon gedacht, daß es diesen Weg vielleicht gar nicht mehr gab. Je näher sie dem Haus der Nachbarin und damit dem Reitbauerngut kam, desto höher stand das Gras auf dem Weg.
Das rückwärtige Tor zur Tenne des Reitbauernguts war nicht mit einem Schloß gesichert, ein helles Holzstück fixierte den Riegel. In diesem Augenblick verließ der Lieferwagen mit der Aufschrift *Peter's Dahlien* das Reitbauerngut.
Als der Lieferwagen das Spalier der Apfelbäume entlangfuhr, mußte sie an Pototschings Mutter denken, die eine Apfelphobie habe. Sie sage von sich, sie sei *pommophobe*, sie bekomme Herzrasen, wenn in ihrer Gegenwart jemand in einen Apfel beiße oder Cidre trinke. Selbst das Wort

könne sie nicht ertragen, jedes Jahr wähle sie eine andere Phantasiebezeichnung, dieses Jahr nenne sie die Frucht *Wimping*.

Laura rannte über die Wiese und hatte das Gefühl, sie fuhr in einem Hochhaus mit dem Lift nach oben, sie hatte den Knopf zum achtzigsten Stockwerk gedrückt, aber der Lift fuhr weiter, über den achtzigsten Stock hinaus, und sie wußte nicht, wie hoch oben der Lift anhalten würde. Vielleicht lag es an der Wolkenformation, die Wolken hingen seltsam schräg über dem Tal.

Durch zahlreiche Ritzen in der Holzwand fiel Licht in die Tenne herein. Erschöpft und atemlos lehnte sie sich an den alten Steyr-Traktor des Pächters, mit dem er Wasser von der Teichl zu seinem Gewächshaus transportierte.

Nachdem sie sich von der Anstrengung erholt hatte, nahm sie die Stimmen des Jungen und von Frau Haselhofer wahr. Nur Herr Haselhofer fuhr den Traktor, für die anderen gab es keinen Anlaß, die Tenne zu betreten. Laura war auf eine Schmutzarbeit vorbereitet, aber sowohl der frühere Pächter als auch Herr Haselhofer stellten den Traktor immer im vorderen Teil der Tenne ab, die Bohlen im hinteren Teil waren lediglich staubig und mit Heu bedeckt.

Unter den Bohlen kam eine weitere Lage von Brettern zum Vorschein, sie entfernte auch die, dann stieß sie auf Kartons. Sie wunderte sich, daß die Kartons nicht völlig zerfallen waren, offensichtlich war die Tenne trockener als angenommen. Bei Berührung lösten sich die Kartons allerdings schnell in ihre Einzelteile auf, und drei in Ölpapier eingeschlagene Packen von Blättern wurden sichtbar.

Natürlich war sie unendlich neugierig auf den Inhalt der Packen. Das rötlichgelbe Ölpapier mußte alt sein. Ihre Finger zitterten, als sie den ersten Packen untersuchte.

Es waren keine Akten und auch keine Briefe. Die Handschrift auf den Blättern sah so organisch aus, sie konnte keinen Anfang und kein Ende ausmachen. Sie mußte an ein Fasergeflecht denken.
Zwischen den Blättern befanden sich einzelne herausgerissene Buchseiten.

Wenigstens eine viertel Million Juden wurden aus dem Reichs- und Protektoratsgebiet deportiert, die Hälfte davon aus dem Altreich, 50000 aus Österreich, der Rest aus dem Protektorat. Für den 31. Dezember 1942, also vor den letzten größeren Aushebungen in Berlin, errechnete der SS-Sachverständige für Statistik, Richard Korherr, folgende Zahlen:

	»Evakuiert« (deportiert)	*Am 1. Januar 1943 noch verblieben*	*Für weitere Deportationen vorgesehen*	*In Mischehe*
Altreich	*100516*	*51327*	*34567*	*16760*
Österreich	*47555*	*8102*	*3299*	*4803*
Protektorat	*69677*	*15550*	*9339*	*6211*
Gesamt	*217748*	*74979*	*47205*	*27774*

Die ins Ostland deportierten Juden wurden in Kaunas, Riga und Minsk erschossen. Diejenigen, die ins besetzte Polen verschleppt wurden, kamen in den dortigen Todeslagern um: Kulmhof, Auschwitz, Belzec, Sobibor, Treblinka und Lublin (Majdanek). Auch die Mehrzahl der Theresienstädter Juden, die nicht bereits im dortigen Ghetto ihr Leben ließen, wurden in Auschwitz vergast. Trotz aller Geheimhaltung, mit der die Tötungsoperationen umgeben wurden, verdichteten sich die Anzeichen und Hinweise auf ein gigantisches Verbrechen im Osten allmählich im ganzen Reich. Unzählige Male war die Abholung der Opfer in den Straßen zu beobachten gewesen. Blieb ihre Ergreifung un-

bemerkt, so standen doch ihre Wohnungen verdächtig leer. Wurde das Verschwinden der Mieter nicht bemerkt, so gab es doch die Gerüchte und Berichte über den mysteriösen »Osten«, die sich in jeder Stadt und in allen Bevölkerungsschichten ausbreiteten, bis sich die Gestapo des Geflüsters kaum noch erwehren konnte.

Grundpfeiler aller deutschen Berichte ist die Zusammenfassung des SS-Statistikers Dr. Richard Korherr über die »Endlösung der Judenfrage«. Das sechzehnseitige Dokument, datiert vom 23. März 1943, faßt die Situation vom 31. Dezember 1942 zusammen. Eine siebenseitige Ergänzung, die sich allein auf Deportationsstatistiken beschränkt, behandelt die ersten drei Monate des Jahres 1943.
Beim Korherr-Bericht bleibt einiges unklar, selbst sein eigentlicher Zweck. Angesichts der Tatsache, daß als Anhaltspunkt das Ende des Todesjahres 1942 gewählt wurde, ist zu vermuten, daß er als Tätigkeitsbericht gedacht war. Aber es ging dabei um mehr als nur um eine Zusammenfassung. Gegen Ende 1942 wurde Himmler von Albert Speer, dem Reichsminister für Rüstung und Kriegsproduktion, und General Fromm, dem Befehlshaber des Ersatzheeres, die mehr und mehr um die Erhaltung des Arbeitspotentials besorgt waren, attackiert. Die »Endlösung« bedrohte ein Reservoir jüdischer Arbeitskräfte, und Konzentrationslager schluckten potentielle deutsche Soldaten. Die Implikation der Beschwerde, die SS weigere sich, das Ausmaß ihrer Eingriffe auf menschliche Ressourcen zu enthüllen, stellte Himmler vor ein merkwürdiges Dilemma. Wie konnte er den ganzen Umfang seiner Leistungen schildern und ihn dennoch aus Tarnungszwecken verschlüsselt formulieren? Für diese Aufgabe brauchte er seinen Berufsstatistiker Korherr, einen Mann, dessen Referenzen man nicht in Zweifel ziehen konnte. Am 18. Januar 1943 wies Himmler Korherr an, den Bericht zu verfassen, verlangte dann aber, den Begriff Sonderbehandlung in dem Entwurf nicht zu erwähnen und statt dessen eine Ersatzdiktion zu wählen, die einem flüchtigen Leser nur die Anzahl der Juden nennen würde, die durch namenlose Lager »durchgeschleust« worden seien.

Auch die anderen Packen enthielten nicht, was Laura erwartet hatte, was Pototsching erwartet hatte. Keine Akten, keine Aufzeichnungen aus dem Amt, keine Privatbriefe, nichts, womit man den Deutschen vor vierzig Jahren hätte erpressen können.

Ich selbst hatte das Manuskript in das Ölpapier eingeschlagen und in der Tenne versteckt.

Während sie die Manuskriptblätter ins Licht hielt, seien die Fasern gewachsen und hätten etwas getan. Das Geflecht umfing einen Kern, eine Masse, die sich langsam nachschob. Wie sich bei Bäumen das Hartholz langsam aus den jungen weichen Trieben bildete. In dem Geflecht meiner Handschrift habe es nach ein paar Minuten Spitzen gegeben, die nicht dagewesen seien, bevor sie die Manuskriptblätter hochgehalten hatte. Die Aktivität des Geflechts habe sich auf die dickeren Knoten konzentriert. Das Geflecht leite Empfindungen weiter, habe sie gedacht.

Als wir zusammenlebten, hatte sie niemals ein Manuskriptblatt von mir zu Gesicht bekommen. Die Notizen, die ich ihr gab, waren immer in Blockschrift verfaßt.

Sie habe den Eindruck gehabt, die Handschrift sei ein Werkzeug gewesen, das Informationen sammle, sortiere und speichere, dem man Befehle erteilen könne, dieses und jenes zu erkunden, aufzuzeichnen und das dann die Informationen zu einem Ergebnis verarbeite.

Es überrascht nicht, daß die meisten der Statistiken Korherrs vom RSHA kamen. Nach dem Krieg äußerte er sich in Befragungen nur unpräzise über Treffen und Diskussionen (Aussage von Korherr vom 13. Juli 1961, Amtsgericht Regensburg, in Zentrale Stelle Ludwigsburg, 202 AR 72/60, S. 207–21; seine Aussage am 26. Mai 1962 vor dem Landgericht Hamburg, 141 Js 573/60, Zentrale Stelle 202 AR 74/60, S. 2214–17; seine Aussage am 6. Jan. 1963 vor der Verhandlung in Regensburg, I 9 Js 12/62, und schließlich seine Aussage vom 22. Jan. 1965 vor der Verhandlung in Regensburg, 9 Js 121/62, Zentrale Stelle 412 AR 536/61, S. 49–52), aber Eichmann erinnerte sich deutlich an einen »verdrießlichen« Statistiker, der auf der Suche nach einem allgemeinen Überblick war. Nach Eichmann habe es Gespräche über Lager gegeben und »natürlich« auch darüber, wie viele Juden der SS- und Polizeiführer Globocnik im Generalgouvernement ums Leben gebracht und wie viele die Befehlshaber der Einsatzgruppen in eigener Zuständigkeit getötet hatten.
Korherr besprach sich zwar auch mit dem WVHA über registrierte jüdische Insassen in Auschwitz, Lublin und anderen Konzentrationslagern und mit einem jüdischen Funktionär über Angaben bezüglich der deutschen Juden. Sonst forschte er aber seiner Aussage zufolge nicht weiter nach. Tatsächlich wäre es schwierig, wenn nicht gar undenkbar gewesen, das Auswärtige Amt oder die Reichsbahn daraufhin anzusprechen, ganz zu schweigen von ausländischen Regierungen, die in die Deportationen verwickelt waren. In der Tat enthält der Korherr-Bericht keine Hinweise auf Arbeitskompanien ungarischer Juden, rumänische Erschießungen oder kroatische Lager; weit weniger glaubhaft sind jedoch Korherrs Behauptungen, daß er den Sinn der Zahlen

in seinem Bericht nicht einmal verstanden habe und ihm nicht bewußt war, daß die Einsatzgruppen Menschen töteten. Die ganzen Jahre nach dem Krieg war Korherr als potentieller Zeuge bzw. Angeklagter vor westdeutschen Gerichten ein verängstigter Mann, der sich hinter das Banner der Unwissenheit flüchtete.
Eine endgültige Zusammenfassung wurde in den Jahren 1944 und 1945 nicht angefertigt, obgleich Statistiken neuer Deportationen in Eichmanns Büro zusammengetragen wurden. Während der letzten sechs Monate des Krieges, zu einer Zeit also, als die Todesmärsche begannen und Häftlingsverschiebungen von einem Lager zum anderen stattfanden, brach das NS-System zusammen und mit ihm die Zählungen.

Mein Vater verbrachte nur eine kurze Zeit bis zu seinem Tod in seinem Haus in Spital am Pyhrn, meine Mutter kam sowieso niemals aus St. Pankraz heraus, meine Schwestern siedelten sich bis auf eine alle wieder in St. Pankraz an, die Gnädige führte das Leben von Wolfsegg nicht weiter als bis nach Linz und St. Pankraz, dem Deutschen blieb nur St. Pankraz als Zuflucht, und der Idiot wußte niemals, was es außer St. Pankraz noch gab.

Die St. Pankrazer hätten sich das größte und erhabenste Ziel gesucht, das ein Mensch je angestrebt habe, sie hätten sich nicht nach außen ausbreiten können, also hätten sie beschlossen, ihr Inneres zu kolonialisieren und die Entwicklung eines höheren Daseins zu erzwingen. Ihr Endziel sei gewesen, eine Art Supergeist zu schaffen, der ihnen selbst so überlegen sein sollte wie etwa der menschliche Verstand dem Instinkt von Ameisen oder Bienen. Es müsse ein verzweifelter Entschluß gewesen sein, diese Anstrengung in einem Pächterjungen zu konzentrieren, der barfuß herumlief und sich von den anderen Dorfkindern nur darin unterschied, daß er besser in der Schule war und eine merkwürdige Schrift hatte. Was für eine geistige Vorbereitung von seiten der St. Pankrazer das erfordert habe, um sie für diese Veränderung reif zu machen, wieviel Disziplin und Selbstaufopferung es vorausgesetzt habe, die St. Pankrazer hätten ihr gesamtes Leben diesem Ziel untergeordnet ... So Laura.

Es sei eine großartige Leistung gewesen, aber sie habe keine Früchte getragen. Die St. Pankrazer hätten sehr bald bemerkt, daß etwas an ihrem Plan nicht funktionierte. Sie kamen in den Büchern des Jungen vor, aber nur in einer Filialerzählung und in Traumeinschiebseln.

Als die St. Pankrazer die Erzeugungen der Handschrift des

Jungen, des Geflechts, gedruckt gesehen hätten, sei ihnen das Gefühl wiederbegegnet, das ihnen am vertrautesten gewesen sei: das Gefühl einer grenzenlosen Daseinsleere. Der einzige Nutzen, den sie aus ihren Anstrengungen hätten ziehen können, seien Träume gewesen. Leere, sinnlose Träume. Irgendwann habe Spadolini, der mittlerweile in einem Altersheim bei Rom lebte und schon fast hundert Jahre alt war, auch die Bücher Pototschings gelesen. Er sei eifersüchtig geworden, warum solle ein Kirchenmann nicht neidisch werden, weil Pototsching etwas besaß und in seinen Büchern verbreitete, was die St. Pankrazer ursprünglich erstrebt hätten, und weil sich die St. Pankrazer mit einem Ersatz zufriedengegeben hätten.
Spadolini schrieb einen Brief an Pototsching, in dem er ihm erklärte, welche Teile in meinen Büchern der Wirklichkeit entsprachen und welche nicht, und er deutete an, es könne für einen anderen Schriftsteller ertragreich sein, sich mit der Wirklichkeit zu beschäftigen. Spadolini sei davon fasziniert gewesen, daß die Bücher Pototschings immer in der Gegenwart oder in der Zukunft spielen. Da sah er eine allerletzte Chance für die St. Pankrazer, das Vorhaben, das sie mit dem barfüßigen Jungen begonnen hatten, mit Pototsching fortzuführen und ihr Ziel doch noch zu erreichen.
Pototsching führte einen Schriftwechsel mit Spadolini, der sich jedoch zunehmend einseitiger entwickelte, natürlich entging Spadolini nicht, daß Pototsching vor allem wissen wollte, wo die Unterlagen abgeblieben waren, die mein Vater aus dem Haus der Holzers entwendet hatte. Der italienische Priester schilderte, wie mein Vater hilflose Versuche unternommen hatte, die Dokumente zu Geld zu machen, er hatte bei den *Oberösterreichischen Nachrichten* angerufen und dort gesagt, er habe Material über den Deutschen, das

hatte den Redakteur überhaupt nicht beeindruckt, er hatte die Lehrerin angesprochen, die wurde bald abgelöst, ihren Vorgänger angeschrieben, den Obmann der Freiheitlichen Partei Peter, der hatte gar nicht erst geantwortet. Pototsching bedrängte Spadolini so lange, bis dieser schrieb, die Unterlagen befänden sich in der Tenne.

Sie habe mich vom ersten Moment an geliebt, als sie mich auf dem Fernsehschirm gesehen habe, aber ohne den italienischen Priester hätten sie und Pototsching gar nicht gewußt, wer ich war.

Die Zeit war vorangeschritten, man habe das Geflecht nicht mehr gebraucht, Pototsching schrieb direkt in den Computer hinein, ein anderer Supergeist wurde erschaffen, der alte Supergeist lieferte nichts als Träume, und er träumte weiter.

Laura schlug die Manuskriptblätter wieder in das Ölpapier ein und legte sie zusammen mit den Kartonresten in das Versteck zurück. Seltsamerweise hatten ihre vom Ölpapier schmierigen Finger auf den Seiten keine Abdrücke hinterlassen. Sie deckte die Vertiefung mit den Brettern ab und breitete die Bohlen darauf. Schließlich verstrich sie das Heu darüber mit dem Fuß, so daß nichts auf ihre Anwesenheit hindeuten konnte.

Es wäre falsch zu sagen, die St. Pankrazer sind an allem schuld, aber ebenso falsch wäre es zu sagen, Pototsching ist an allem schuld. Ist er jemals wirklich zu mir vorgedrungen? Seine Prägungskraft stammt nicht aus seinem Charakter, wie kommt er dazu, mir einen Charakter zu geben?

Was nützt es zu sagen, Pototsching ist eitel, krankhaft, größenwahnsinnig. Er hat meine Geschichte nicht wie eine teure Erbschaft übernommen, sondern so, wie ein Spieler

eine große Summe gewonnen hat und phantasiert, was sich damit machen läßt. Es ist sinnlos zu fragen, ob er ein Recht auf meine Geschichte hat.
Pototsching verachtet die Menschen, deswegen beschreibt er sie nur im Konjunktiv, aber seine Menschenverachtung ist Selbstverachtung. Er haßt die Tradition, weil er keine hat. Er vertraut dem Sein nicht, weil er nicht ist. Seine literarische Karriere hat sich nach dem einfachen Muster vollzogen, es wird schon gutgehen, kommt er in Schwierigkeiten, wird er sich herausmogeln. Aber er übersieht, daß das Schreiben und das Leben es ablehnen, schlecht verwaltet zu werden. Er begreift nicht, daß das Leben wie das Schreiben die Oberhand gewinnen, wenn man zu viele Fehler begeht. Der Konjunktiv als Ausdruck des Hasses auf alles Bestimmte. Auf andere Schriftsteller, auf andere Bücher, auf Laura, auf mich. Was er tun wird, weiß er nicht, es hängt vom Augenblick, von seinem Fingerspitzengefühl ab, aber es wird unerhört, genial, noch nicht dagewesen sein! Der Konjunktiv als Weg des Unfähigen, der sich und die anderen von seiner Potenz überzeugen möchte, indem er sich in sich selbst hineinsteigert und alles, was sich ihm entgegenstellt, mit seiner übertriebenen Empfindlichkeit atomisieren will. Wer Pototsching versteht, lügt gleichfalls, belügt auch ihn, das sind seine echten Bewunderer.
Es gibt einen Haß, der ist nicht geistig, sondern körperlich, er kommt nicht aus dem Gehirn, sondern aus den Eingeweiden. Dieser Haß kann die Maske eines persönlichen Hasses aufsetzen. Aber tatsächlich ist dieser Haß zuerst da, tiefer als das, was er bekämpft, er ist vor der Person da, die gehaßt wird. Ist Pototsching moralisch behindert, so wie jemand rotgrünblind oder Legastheniker ist? Sieht er nicht, daß das moralisch falsch ist, was er tut, oder ist Moral für

ihn nur eine Farbe oder ein Buchstabe, aber nichts, nach dem er sein Handeln ausrichten könnte? Sein Lachen ist nicht das Lachen eines Menschen, der von der Rechtschaffenheit dessen überzeugt ist, was er tut. Ist es nicht das Gelächter von jemandem, der einen geheimen Triumph auskostet, dessen Freude ins Unermeßliche steigt, weil er sich darüber klar ist, daß das, was er tut, verboten ist, und nur wenige wissen darüber Bescheid?

Wenn ich glaube, daß es einen Fortschritt in der Literatur gibt, und wenn ich glaube, daß es Genies in der Literatur gibt, warum soll es dann nicht einen Fortschritt in der Bösartigkeit geben? Evilution. Warum soll es nicht ein Genie der Bösartigkeit geben?

Aus der neuen Lektorin wurde die Cheflektorin. Sie heißt Meta mit Vornamen, an den Nachnamen kann ich mich nicht erinnern, obwohl ich ihn gerade auf der Klingelleiste neben der Eingangstür gelesen habe.
Unter meinen Füßen knarren Holzstufen, ich halte mich an einem Geländer mit gedrechselten Pfosten fest. Man hat ein Gründerzeithaus in Wohnungen aufgeteilt. Neben der weißgestrichenen Wohnungstür wartet eine Blumenvase mit Forsythien auf einem altmodischen Holztisch darauf, daß man sie im Vorbeigehen aus Versehen herunterstößt. Weil ich nicht noch einmal klingeln will, klopfe ich.
Sie nimmt es mir nicht übel, daß ich sie bei ihrem Vornamen genannt habe, den Kopf lächelnd zur Seite geneigt, bittet sie mich herein. Laura riet mir, mich mit ihr zu treffen.
Ein Sofa aus dem Historismus und ein Sessel mit einer Lehne in Muschelform belagern einen Couchtisch aus Marmor, unter einem Landschaftsbild, das aussieht wie von einem Deutsch-Italiener aus dem neunzehnten Jahrhundert gemalt, geraffte Gardinen verschleiern das große Fenster, das von einer Vitrine, die blauweißes Porzellan enthält, und einem Bücherschrank mit verglasten Türen flankiert wird. Auf dem Bücherschrank tanzt ein Harlekin ebenfalls aus Porzellan. Ich blicke zu einer mit blauen Schabracken verzierten Decke hoch. Rechts und links von der Eingangstür geben Wandappliquen in Kerzenform vor, den Raum zu beleuchten, zwischen dem Sessel und dem Sofa windet sich eine Schlange an einer nackten Frau hoch. Im angrenzenden Raum sehe ich keinen Eßtisch und keine Schlafgelegenheit, also muß die Wohnung mindestens drei Zimmer haben.
Die Bücher in dem Bücherschrank wirken neu und ungelesen. Auf dem Couchtisch liegen beschriebene Blätter.
Mit einer Handbewegung bietet sie mir den Platz im Mu-

schelsessel an und greift, scheinbar beliebig, nach einem der beschriebenen Blätter auf dem Tisch, setzt eine goldene Halbbrille auf und beginnt zu lesen.

»Kaum zwei Steinwürfe weit vom Eingang des Hauptfriedhofs entfernt, vis-à-vis der neoklassizistischen Trauerhalle, ist am Samstag Johann Guggeis beerdigt worden. Es ist eine schöne Ruhestätte, gelegen an einer großen, von Büschen, Nadelbäumen und Birken umstandenen Rasenfläche. Die Bäume bilden eine natürliche Nische, Zweige bedachen das Grab. Gleich zur Rechten ruhen die Gebeine von –«, sie macht eine Pause, »einige Bücher von – sind im Guggeis Verlag erschienen, und die unmittelbare Nachbarschaft der Gräber wirkt symbolisch: Noch im Tode ist der Verleger an der Seite seiner Autoren zu finden.«

Aber Guggeis ist doch nicht gestorben! Er lebt!

Sie legt das Blatt hin und blickt mich an, aber sie spricht weiter.

»Am Samstag nachmittag wurde die Rasenfläche zum Raum eines Kondolierens, das noch nach Einbruch der Dunkelheit kein Ende zu nehmen schien. Wie viele Menschen mochten gekommen sein? Vierhundert? Die Trauerhalle war bis auf den letzten Platz besetzt gewesen, als zuvor die Autoren ihrem Freund und Verleger letzte Geleitworte nachgerufen hatten. Der deutsche Bundeskanzler ehrte den Toten durch Anwesenheit und einen Kranz, auch sein Staatsminister für Kultur war angereist. Der Oberbürgermeister sprach Eingangsworte, schließlich hatte Guggeis noch kürzlich die Ehrenbürgerschaft der Stadt empfangen. – Möchten Sie einen Gin Tonic?«

Ich sage, das wäre nett. Sie macht jedoch keine Anstalten, mir etwas anzubieten, sondern nimmt ein anderes Blatt und liest wieder vor.

»Als sich die Dämmerung über den Hauptfriedhof legte, standen noch über hundert Menschen vor dem offenen Grab von Johann Guggeis, um dem Verleger die letzte Ehre zu erweisen. Es waren Windlichter gebracht worden, die rechts und links vom Grab standen. Das Kerzenlicht fiel auf Hunderte von Rosen, die als letzter Gruß auf dem Sarg lagen. Viele von denen, die bereits Abschied genommen hatten, blieben noch einmal im feuchten Gras stehen und blickten aus einiger Entfernung zurück auf die Ruhestätte von Johann Guggeis. Der große Pan ist tot, hatte der Schriftsteller –«, diese Pause deutet sie nur noch an, »während seiner Trauerrede gesagt. Nun ging auf dieser Wiese, die eines Pans würdig ist, ein Herbsttag zu Ende, der wider alle Wettervorhersagen nicht trüb und regnerisch geworden war, sondern sonnig und strahlend.

»Oder lieber einen Whiskey? – Der Schriftsteller –«, sie las weiter, »sprach auch von den Widersprüchen dieses einzigartigen Verlagshauses, die Guggeis nicht gelöst, sondern lesbar gemacht habe. ›Der Guggeis Verlag ist ein unmögliches Haus‹, sagte er. Etwas von dieser Unmöglichkeit, dieser notwendigen Widersprüchlichkeit kennzeichnete auch die Trauerfeier, wo – um des Verlegers zu gedenken – noch einmal zusammenkam, wer sich sonst aus dem Weg geht. Denn es ist ja genau diese Unmöglichkeit, die die Weite und die Universalität des Lebenswerks von Johann Guggeis ausmacht. Ohne seinen verwegenen Mut zum Unmöglichen, ohne seine Bereitschaft zum Widersprüchlichen hätte der Guggeis Verlag seine umfassende Bedeutung für das geistige Leben der Bundesrepublik nicht entwickeln können.«

Ich sage, ein Whiskey wäre mir lieber als ein Gin Tonic, sie erhebt sich und geht zu dem halbhohen Schrank neben der Eingangstür. Man sieht den BH und den Slip unter dem

halblangen hellblauen Kleid mit den langen Ärmeln. Ihre langen schwarzen Haare hat sie nach hinten gekämmt, ihre Ohrläppchen sind angewachsen.
Sie entnimmt dem Barschrank eine geschliffene Glaskaraffe mit einem riesigen Stöpsel sowie ein Kristallglas und stellt beides vor mich auf den Tisch.
Ich spüre eine ungeheure Gier in ihr. Es hat nichts mit Sex zu tun. Das wäre eine kindische Vorstellung, die Frau, die mir jetzt erklärt, warum sie Berichte über das Begräbnis ihres lebenden Verlegers erfindet, will auf einmal mit mir Sex haben wie Beatrice, oder sie will eigentlich niemals mit mir Sex haben wie Laura.
Unter dem, was sie mir vorliest, winselt sie, ihre Gier befriedigen zu dürfen, mir die Hände aufzulegen, gesunde Haut unter ihren Handflächen zu spüren. Die ganze Zeit schon kämpft sie damit, mich zu überfallen.

VERZWEIFELTES BEMÜHEN, TATSÄCHLICHES ODER VERMUTETES ALLEINSEIN ZU VERMEIDEN. EIN MUSTER INSTABILER, ABER INTENSIVER ZWISCHENMENSCHLICHER BEZIEHUNGEN, DAS DURCH EINEN WECHSEL ZWISCHEN DEN EXTREMEN DER IDEALISIERUNG UND ENTWERTUNG GEKENNZEICHNET IST. IDENTITÄTSSTÖRUNG: AUSGEPRÄGTE UND ANDAUERNDE INSTABILITÄT DES SELBSTBILDES ODER DER SELBSTWAHRNEHMUNG. IMPULSIVITÄT BEI POTENTIELL SELBSTSCHÄDIGENDEN BEREICHEN: GELD AUSGEBEN, SEXUALITÄT, SUBSTANZMISSBRAUCH, RÜCKSICHTSLOSES FAHREN, FRESSANFÄLLE. WIEDERHOLTE SUIZIDALE HANDLUNGEN, SELBSTMORDANDEUTUNGEN ODER -DROHUNGEN ODER SELBSTVERLETZUNGSVERHALTEN. AFFEKTIVE INSTABILITÄT INFOLGE EINER ausgeprägten Reaktivität der Stimmung: hochgradige episodische Niedergeschlagenheit, Reizbarkeit oder Angst, wobei diese Verstimmungen gewöhnlich einige Stunden und nur selten mehr als einige Tage andauern. Chronisches Gefühl der Leere. Unangemessene, heftige Wut oder Schwierigkeiten, die Wut zu kontrollieren: häufige Wutausbrüche, andauernde Wut, wiederholte körperliche Auseinandersetzungen. Vorübergehende, durch Belastungen ausgelöste paranoide Vorstellungen oder schwere dissoziative Symptome.

»Nie wurde Johann Guggeis müde, diese Geschichte zu erzählen, wenn er mich bei Lesungen oder ähnlichen Anlässen vorstellte: Wie er meinen ersten Roman entdeckt und beschlossen hatte, ihn herauszubringen. Ein Zürcher Freund, Anwalt und Buchhändler, erzählte ihm von einem in den USA erschienenen Buch, das er lesen und veröffentlichen müsse. Zufällig war dieser Freund auch mein Freund. Johann erwiderte, daß er an amerikanischen Romanen nicht interessiert sei. Es gelang meinem Freund jedoch, ein Exemplar meines Romans in Johanns abgenutzte, vollgestopfte Aktentasche zu schmuggeln, die neben Manuskripten etwas Wäsche und Toilettenartikel enthielt und Gott weiß, was sonst noch nötig war, damit Johann ohne großes Gepäck reisen konnte. Am Flughafen stellte sich heraus, daß seine Maschine etliche Stunden Verspätung hatte. Unwirsch, Johann wartete nicht gerne, fand er sich damit ab und nutzte die Gelegenheit, einen Blick in mein Buch zu werfen. Er las sich fest. Als er ankam, wußte er, daß er das Buch verlegen würde.

Zuvor aber wollte er den Autor kennenlernen. Diese Begegnung sollte große Bedeutung für mein Leben haben, wegen der Freundschaft, die sich daraus entwickelte, und wegen der Leser, die meine Romane über den Guggeis Verlag in Deutschland gefunden haben. Die Begegnung kam auf merkwürdige Art zustande. Von meinem Agenten erfuhr ich, daß ein deutscher Verlag, Guggeis, der Name war mir damals kein Begriff, an meinem ersten Roman interessiert sei. Kurz darauf erhielt ich eine Nachricht des Inhalts, daß ein Dr. Johann Guggeis mich in meinem Büro aufsuchen wollte. Das Buch hatte bereits einige Preise erhalten und war in mehrere Sprachen übersetzt worden, so daß ich bei dem Hinweis auf eine deutsche Ausgabe nicht sofort aus dem Häuschen geriet. Meine Gedanken waren ganz woanders, und ich versuchte nicht einmal, Genaueres über den Zweck dieses Besuchs herauszufinden. Ich entsinne mich nur, daß ich meiner Sekretärin Bescheid sagte, es käme ein deutscher Akademiker, da wäre es wohl angebracht, für Tee und Plätzchen zu sorgen.

Meine Überraschung war grenzenlos: Statt des trockenen Wissenschaftlers, den ich erwartet hatte, betrat Johann mein Büro, ein großer, energiegeladener Mann. Rasch begann ein langes Gespräch. Johann wollte mich wirklich kennenlernen. Damit meine ich: Er wollte sicher sein, daß ich tatsächlich war, wofür man mich nach der Lektüre des Romans halten mochte, echt und aufrichtig. Und weil ich wußte, daß mein künftiger Verleger vor mir saß, und weil ich mich schon hingezogen fühlte zu ihm, mußte ich meinerseits wissen, was für ein Deutscher Johann Guggeis war.«

Sie hat aus einem Artikel des Verlagsautors abgeschrieben, sie ersetzte einfach nur im ersten Satz das *wird* durch ein *wurde* und das *vorstellt* durch ein *vorstellte*.

Hat ein grandioses Gefühl der eigenen Wichtigkeit: übertreibt die eigenen Leistungen und Talente, erwartet, ohne entsprechende Leistungen als überlegen anerkannt zu werden.
Ist stark eingenommen von Phantasien grenzenlosen Erfolgs, Macht, Glanz, Schönheit oder idealer Liebe.
Glaubt von sich, besonders und einzigartig zu sein und nur von anderen besonderen Personen oder Institutionen verstanden werden oder nur mit diesen verkehren zu können.
Verlangt nach übermässiger Bewunderung.
Legt ein Anspruchsdenken an den Tag, das sich in übertriebenen Erwartungen an eine besonders bevorzugte Handlung oder automatisches Eingehen auf die eigenen Erwartungen äussert.
Ist in zwischenmenschlichen Beziehungen ausbeuterisch, zieht Nutzen aus anderen, um die eigenen Ziele zu erreichen.
Zeigt einen Mangel an Empathie: Ist nicht willens, die Gefühle und Bedürfnisse anderer zu erkennen oder sich mit ihnen zu identifizieren.
Ist häufig neidisch auf andere oder glaubt, andere seien neidisch auf ihn.
Zeigt arrogante, überhebliche Verhaltensweisen oder Haltungen.

Ich habe alle Persönlichkeitsstörungen der Welt.

Es würde genügen, daß Meta mich einmal berührt. Haut auf Haut. Wir haben uns ja bei der Begrüßung nicht die Hand gegeben. Ich würde Fieber bekommen, an einzelnen

Stellen meines Körpers würde sich die Haut verfärben. Ich würde Wünsche haben, die ich nie gehabt habe.
Und ich würde genauso gierig sein wie sie, andere Menschen zu berühren.
Die Zeit der Könige.
Abschied.
Bücher à la carte.
Geschick und Glück des Gelingens.
Diese unbändige Vitalität.
Das Wichtigste: Lebendigsein.
Das Vermächtnis.
Geschenk und Verpflichtung.
Ein besserer Teil.
Stufen.
Der Verleger von Autoren.
Das Haus ist bestellt.

Du schämst dich, weil sie es dir ansieht, dass du überlegst, wie deine eigenen Nachrufe lauten könnten.
Du denkst darüber nach, wie viele Leute zu deinem Begräbnis kommen, bestimmt nicht so viele wie zum Begräbnis des Verlegers, hoffentlich mehr als zum Begräbnis des Schriftstellers –.
Du würdest jetzt gern ein handschriftliches Manuskript auf den Tisch legen, das graue Geflecht zur Schau stellen und ihr den Unterschied demonstrieren zwischen ihren toten Zeilen und deiner lebendigen Handschrift.
Sie soll dich nach dem Buch fragen, das du jetzt schreibst, damit du ihr mit einem Lächeln sagen kannst, darüber sprichst du nicht.

WÄHREND DU DARAN DENKST, WIE DU DAS GESPRÄCH AUF DAS MANUSKRIPT POTOTSCHINGS LENKEN KÖNNTEST, ÜBERLEGST DU, EIN VERHÄLTNIS MIT IHR ANZUFANGEN. BEIM ABSCHIED WIRST DU IHR DIE HAND AUF DIE SCHULTER LEGEN, UND SIE WIRD ETWAS SAGEN WIE, OB DU IMMER DEINE FINGERABDRÜCKE AUF DEN SCHULTERN VON MÄDCHEN HINTERLÄSST.
AUF EINMAL INTERESSIERT DICH DAS BUCH, AN DEM DU GERADE SCHREIBST, NICHT MEHR. ZUGLEICH WEISST DU, DEINE FRÜHEREN BÜCHER WAREN GENIAL.

Ich habe die Kommentare von Beatrice verinnerlicht. Ich brauche Beatrice nicht mehr.

»Guggeis hat das Buch schon fest eingeplant.«
I déjà-vued that.
»Warum kommt Pototsching nicht selbst zu Guggeis oder zu mir?«
Meta spricht in einem Ton, als ob wir uns über die letzte Buchmesse oder gerade eingetroffene Verlagsvorschauen unterhalten würden.
Ich muß mich mit etwas in ihr verbünden, was sich weigert, die Übereinkunft zu befolgen, die sie mit Guggeis getroffen hat.
Ich sage: »Vielleicht ahnt Pototsching, daß das Ich seiner Ich-Erzähler nur nichts oder das Nichts sein kann oder tot oder der Tod, aber davor schreckt er zurück, deswegen hat er sich ein anderes Ich gesucht, nämlich den Jungen. Er hat kein Unbewußtes, seine Manuskripte nehmen die Stelle ein, die bei anderen das Unbewußte innehat. Seine Bücher sind Spiegel, in denen sich nichts widerspiegelt. Aber jetzt interessiert ihn nicht mehr der Fehlgriff, die Täuschung,

sondern die Wahrheit, und er will sein Manuskript zurück.«
Pototsching schreibt über sich, indem er über mich schreibt. Ich spreche über mich, indem ich über Pototsching spreche. Ich verstehe, was meine Figuren machen, aber ich weiß nichts von den Zusammenhängen meines Lebens. Mein Leben spielt sich auf der Bühne meiner Romane ab. Beatrice hat versucht, mich umzuerziehen. Aber ich bin und bleibe völlig unfähig, mein Leben zu leben.

DU WILLST DICH NICHT VERSTEHEN.

Ich habe Meta berührt, bevor sie mich berührt hat. Damit hat sie nicht gerechnet.
Sie sagt: »Die Bücher Pototschings und Turners hüllen die beiden vollständig ein, sie bilden ein Netz für das Leben der beiden, alles, was Turner und Pototsching sind, auch ihr Fleisch, auch ihre Knochen, wird nur von ihren Büchern zusammengehalten. Für die beiden sind die Bücher Geschenke der Sterne oder von Feen, das Schicksal stellt ihnen Wörter zur Verfügung, denen sie treu sein oder von denen sie abfallen können, das Gesetz alles Handelns der beiden ist von ihren Büchern geliefert. Am Ende werden Pototsching und Turner Sinn nur in ihren Büchern finden, nur in ihren Büchern werden sie erlöst oder verdammt. Ohne ihre gemeinsamen Bücher richten sie sich in Knechtschaft zugrunde, sie halten sich als Persönlichkeiten nur aufrecht in den Wechselwirkungen ihrer Bücher und der Abfolge ihrer Veröffentlichungstermine. Wenn sie ihre Bücher nicht mehr zusammen schreiben, setzt sofort eine vollständige Sprachverwirrung ein, sie können kein Wort mehr miteinander reden. Das bißchen Wirklichkeit, das sie haben, gibt

es nur in ihren gemeinsamen Büchern. Jedes Begehren gilt nur den gemeinsamen Büchern, alles Fixe und alle Konflikte betreffen nur die gemeinsamen Bücher, ihre Bücher müssen perfekt zueinanderpassen, das ist die einzige Art von Freiheit, die sie haben.
»Aber sie haben diese Freiheit nur, weil sie darauf verzichtet haben, sie nach außen erkennbar werden zu lassen.«
Meta sichert mir zu, daß Pototsching das alte Manuskript zurückerhält, wenn er das neue abliefert. Sie besteht nicht einmal darauf, daß sie oder Guggeis erst das neue Manuskript sehen, bevor sie das alte zurückgeben.
Ich will nicht Metas Haut bekommen, auch wenn ich mit ihrer Haut Laura und Pototsching viel besser verstehe. Mit einer brennenden Nadel werde ich mir überall dorthin stechen, wo wir uns berührt haben. Ich werde jeden kleinen Flecken, der entsteht, sofort verbrennen und darauf achten, daß er auch ganz verbrennt.
Ich kann verhindern, daß sich meine Haut verändert, aber ich kann nicht rückgängig machen, daß Laura und Pototsching alle Bücher zusammen verfaßt haben.
Nicht der eine hat ein Manuskript angefangen, und der andere hat es verbessert, zu Ende geschrieben, jede Zeile, jedes Wort, jedes Kapitel, jeden Absatz haben sie gemeinsam geschrieben, darüber diskutiert, gemeinsam verbessert, dann unter *einem* Namen veröffentlicht. Er ist der Konjunktiv, sie der Indikativ. Laura-Bücher sind Pototsching-Bücher, Pototsching-Bücher sind Laura-Bücher. Kein Marketing-Trick, obwohl es sich natürlich viel besser verkauft, als wenn sie jeweils beide Namen über die Bücher schreiben würden.
»Der Polizist ist Guggeis«, sagt Meta, »noch nie hat jemand, der noch kein Buch geschrieben hatte, Guggeis so behandelt wie Pototsching.

»Guggeis war von dem Manuskript nicht überzeugt, aber er wollte der Selbstsicherheit Pototschings auf den Grund gehen. Mit dem für das Manuskript zuständigen Lektor verfuhr Pototsching nicht anders, der Geschichtslehrer ist der Lektor. Guggeis dachte, es liege an der Mutter Pototschings, die schrieb Heftromane und war für ihre Produktivität bekannt. Aber dann traf Guggeis Pototsching und Turner zusammen, und da glaubte er zu verstehen, Pototsching war nur so stark, weil Turner dahintersteckte.

»Jeder ist der Sozialarbeiter«, sagt Meta zu mir, »der sich mit Turner und Pototsching einläßt. Guggeis war nicht nur der Polizist, sondern auch der Sozialarbeiter. Jeder sucht nach dem Artisten, der in der Luft gehen kann. Jeder würde gern mit dem Mädchen den Zirkus besuchen.

»Der Mann, der in der Luft geht, Guggeis hat es nicht verstanden, das sind die beiden zusammen, Pototsching und Turner. Sie können etwas, was niemand sonst kann, sie sind eine neue Spezies, vor den Augen aller gehen beide in der Luft, ohne Netz, ohne angeseilt zu sein, und sie stürzen nicht ab, denn sie schreiben ja jede Zeile zusammen. Es gibt männliche Sozialarbeiter, natürlich gibt es auch weibliche, die männlichen Sozialarbeiter meinen, daß Turner Pototsching die Kraft verleiht, die weiblichen, daß Pototsching Turner die Kraft gibt, sie verlieben sich in Turner oder in Pototsching, sie leben mit Turner oder mit Pototsching zusammen oder auch nicht, und sie bilden sich ein, daß Pototsching oder Turner abstürzen, weil Turner ein silbernes oder Pototsching ein blechernes Gelächter anstimmt, und daß sie selbst in der Luft gehen können. Genauso wie sie glauben, daß Turner oder Pototsching geschwächt sind von ihren ungeheuren Anstrengungen, es ist nur vorgespiegelt, die Röntgenaufnahmen mit den Bänderrissen und den

Knochenbrüchen sind Fakes. Natürlich sorgen Turner und Pototsching auch dafür, daß die Sozialarbeiter, die männlichen wie die weiblichen, ab und zu Erfolgserlebnisse haben. Sie gehen mit ihnen zu McDonald's, und sie zetteln dort harmlose Auseinandersetzungen an, sie arrangieren es, Turner und Pototsching, daß der männliche oder weibliche Sozialarbeiter für einen Augenblick glaubt, die Kraft sei auf ihn übergegangen, und er fantasiert, wenn er aus dem McDonald's herauskommt, kann er in der Luft gehen. Und sie küssen den Sozialarbeiter vor dem anderen.

»Das Zirkusblut in den Adern des Mannes, der in der Luft gehen kann, ist zu dick, der Mann, der in der Luft gehen kann, findet immer wieder ein neues Engagement, er verändert seine Nummer, Pototsching und Turner lernen von den Sozialarbeitern, die nicht wissen, daß sie Sozialarbeiter sind, sie kommen überhaupt nicht auf den Gedanken, daß sie Sozialarbeiter sind.«

Laura hat in Swasiland an einem Friedensprojekt teilgenommen. Eine globale Friedensbewegung will dort ein gewaltfreies Kulturmodell entwickeln, Menschen, Tiere und Pflanzen sollen eine Gemeinschaft bilden, deren Lebenskräfte nicht mehr durch Angst und Gewalt blockiert sind, der Mensch und die Natur sollen geheilt werden.
Um in die Projektgruppe aufgenommen zu werden, mußte sich jeder eine Summe von mindestens 2500 Euro von Bekannten und Unbekannten erbitten, weder das eigene Geld noch das der Eltern oder Kinder oder Verwandten durfte verwendet werden. Laura brachte die Summe zusammen, indem sie alle Freunde und Freundinnen von Lisa anging.
Das Projekt begann mit einem Straßenretreat in Berlin, die Mitglieder mußten sich das tägliche Brot erbetteln und erarbeiten. Diejenigen, die Instrumente spielten, machten Straßenmusik, einige säuberten an Kreuzungen die Scheiben von wartenden Autos, andere kauften mit geliehenem Geld Papiertaschentücher bei Aldi und boten sie ebenfalls an Kreuzungen an. Zwei Mitglieder, ausgebildete Schauspieler, führten auf dem Ku'damm Szenen aus dem *Faust* auf. Laura bettelte. Sie schliefen unter freiem Himmel im Park bei der Siegessäule, es regnete nur eine Nacht, die sie auf dem Bahnhof Zoo verbrachten. Lediglich die beiden Schauspieler verdienten genug, die anderen hätten hungern müssen, aber die Schauspieler gaben von ihren Einnahmen ab. Jeder Teilnehmer hatte eine Beglaubigung bei sich, daß er an dem Projekt teilnahm und der Straßenretreat Teil des Projekts war. Allen Polizisten, die sie kontrollierten, erzählten sie, weltweit würden pro Minute fünf Millionen Dollar für Waffen ausgegeben.
Das Friedensprojekt bestand darin, Swasiland für den Tou-

rismus zu erschließen, um der Bevölkerung Einnahmequellen zu verschaffen. Laura und die anderen reisten im Land umher und suchten Plätze aus, die besonders geeignet für den Bau von Hotels und Pensionen schienen. LaMasango war zu König Mswati zurückgekehrt, Laura gelang es, sie für das Friedensprojekt zu gewinnen.
Das Friedensprojekt bildet die Lösung für Lauras Buch. LaMasango kommt nach Deutschland, weil sie die Mitarbeiter des Friedensprojekts kennengelernt hat. In einer Bibliothek freundet sie sich mit einer Malerin an. Die bemerkt, daß LaMasango Bücher stiehlt. Die Malerin zeichnet, wie LaMasango die Bücher einsteckt, wie sie die Bücher aus der Bibliothek schmuggelt, daß sie LaMasango gefolgt ist und vom Gerüst aus ihre Bücherhöhle gesehen hat. Die Zeichnungen gibt sie LaMasango. Die neue Projektgruppe, die nach Swasiland gehen wird und den Straßenretreat am Ende des Buches durchführt, besteht aus Bekannten der Malerin. LaMasango nimmt an dem Straßenretreat teil. Die Malerin betrachtet den Straßenretreat als Akt der Reue und der Reinigung LaMasangos, die Malerin wird LaMasango nicht verraten. Danach kehrt LaMasango nach Swasiland zu ihrem Mann zurück.

Ich warte darauf, daß Pototsching nach Argentinien fliegt. Er will dort für sein nächstes Buch recherchieren. Dann werde ich wieder bei Laura einziehen. Ich werde mein Buch schreiben, sie wird ihr Buch schreiben.
Beatrice wollte im Hühnersbachtal spazierengehen, aber es gießt in Strömen. Ich weiß nicht, wie der Ort heißt, ich weiß nicht, wie der Gasthof heißt. Die Bedienung hat uns im Nebenraum vergessen, mehrere ausgestopfte Tiere beobachten uns, ein Fuchs, ein Dachs, ein Auerhahn.

Beatrice dreht den Schlüssel zum Hauptraum um und rückt die Tische so zusammen, daß sie ein Rechteck mit einer Aussparung in der Mitte ergeben. Ich lege mich bäuchlings darauf, Beatrice kriecht unter die Tische.
Ich habe ihr Gesicht nur erkannt, weil die Anordnung der Details festliegt. Die Augen befinden sich immer an der gleichen Stelle, die Nase, der Mund, die Haare ebenfalls. Ich weiß, wo ich nach Unterschieden suchen muß. Ich würde Lauras Ohren ganz klein und Beatrices Ohren ganz groß darstellen, die Oberlippe von Laura ganz groß und die von Beatrice ganz klein, die Nase von Laura spitz, die von Beatrice stumpf, überhaupt würde ich das Gesicht von Laura eckig, das von Beatrice rund zeichnen oder malen, und die Haare würde ich bei Beatrice hell und bei Laura dunkel schraffieren oder färben.
Wenn Beatrice jetzt »guten Tag« oder »auf Wiedersehen« zu mir sagen würde, müßte ich sehr lange überlegen, bis mir einfällt, daß ich darauf ebenfalls mit »guten Tag« oder »auf Wiedersehen« antworten muß.
Es gibt Situationen, in denen ich Beatrice mit »danke, gleichfalls« oder »dir auch« antworten muß. Sagt sie jedoch zum Beispiel »herzlichen Glückwunsch zum Geburtstag«, darf ich nur »danke« sagen. Schwierig ist es, wenn sie »guten Appetit« zu mir sagen würde, ich müßte erst einmal feststellen, ob sie selbst ißt, wenn ja, muß ich ihr auch »guten Appetit« wünschen, wenn nein, hat das keinen Sinn, ich muß einfach »danke« sagen.
Breite hellrote Streifen kreuzen sich auf weißem Untergrund, wo sie sich decken, ergeben sie dunkelrote Karos. Die blauen Streifen auf dem blauweiß karierten Tischtuch sind dünner, das Blau bleibt immer gleich stark. Ein beigefarbenes Tischtuch ist mit gedruckten weißen Rosen

verziert, eine weiße Wachstuchdecke mit einem Muster aus dunkelroten und hellroten Rosetten. Das Klingeln in meinem Kopf kann ich nur abstellen, indem ich die Streifen zähle, erst die roten, dann die blauen, schließlich die Rosen und die Rosetten. Ich halte mich mit beiden Händen an einem Deckenbalken fest. Die Stellung ermüdet mich nicht, es gibt keinen Grund, warum ich sie ändern sollte.

Habe ich mit Beatrice Blickkontakt? Ich weiß zwar, daß ich sie anschaue, aber ich weiß nicht, ob sie mich ansieht. Zwar kann ich ihre Kopfhaltung und ihre ungefähre Augenstellung erkennen, aber ich mutmaße nur, daß sie in meine Richtung blickt. Sonst habe ich eine Antenne für Blickkontakt, jetzt ist diese Antenne abgebrochen. Ich will höflich sein und sie ansehen, ich vermute, sie hält sich an dieselbe Höflichkeitsregel, aber das bewirkt für mich keinen Kontakt.

Sie umfaßt mich mit dem linken Arm und streichelt mit der rechten Hand meinen Bauch, meine Oberschenkel, ich drehe den Kopf zur Seite, da muß noch jemand zweiter sein, wie ich, ebenfalls die Hände an dem Balken, und eine zweite Frau, die den anderen mit dem rechten Arm umfängt und ihn mit der linken Hand liebkost. Aber ich nehme nur eine rotweiße Silhouette wahr. Sie dampft, etwas Rotes tropft von ihr herunter.

Mit meinen Blicken stochere ich in der Silhouette herum. Es gelingt mir nicht, die verschiedenen, einander verdekkenden Schichten der Silhouette einzeln zu fixieren.

Beatrice und ich, wir sind keine getrennten Körper und keine getrennten Seelen mehr. Alles, was Beatrice denkt, fühlt und tut, besitzt eine Entsprechung in dem, was ich denke, fühle und tue. Das ist die vertikale Dimension der

Einheit, aber es gibt auch die horizontale. Beatrice erinnert sich an die gleichen kurz zurückliegenden Dinge wie ich. Wir haben dieselben Absichten, sind in der gleichen Stimmung. Wir haben das gleiche Gefühl von Zentrum und Peripherie. Jeder Anblick, der sich uns bietet, birgt einen Bezug auf Dinge, die wir nicht sehen, jeder Gedanke, den wir haben, erinnert uns an einen Gedanken, den wir noch nicht gehabt haben, wir fließen auf dieselbe Weise über. Gefällt es dir? Bist du glücklich, unglücklich, gelangweilt, amüsiert, verärgert, wütend, angeekelt, unterhältst du dich gut, oder ist es dir einfach egal?

Beatrice ist nicht eifersüchtig auf Laura. Ich könnte früh mit Laura schlafen und abends mit Beatrice oder vor den Augen Beatrices mit Laura. Allerdings glaubt Beatrice, nur dann, wenn ich mit ihr schlafe, erfahre ich etwas über mein Leben.

Ich erzähle ihr, daß ich manchmal an den Raum gegenüber dem Traumazimmer, auf der anderen Seite der Kellertreppe, zurückdenke. Die Wände bestehen aus Schlackensteinen verschiedenster Größe, sie sind nicht mit Mörtel verbunden, jedoch ist ihre Oberfläche mit Mörtel beschmiert, genau wie die Decke. Ein mit Mörtel ausgefülltes Loch von einem halben Meter Durchmesser im bloßen Erdboden bildet das Zentrum des Raums, es wird von einer an der Decke befestigten Glühbirne beleuchtet, das Kabel kommt aus einer Öffnung in der Schlackenwand gegenüber.

Den Dachboden betritt man durch einen aus Sperrholzbrettern gezimmerten Gang, in dem lauter schwarze Türrahmen angebracht sind, die keine Funktion haben, der Boden ist glänzend schwarz lackiert, das Ganze wirkt wie ein rechteckiges Kaleidoskop.

Beatrice weiß, daß ich wieder mit Laura geschlafen habe. Ich brauche es wirklich nicht auszusprechen. Beatrice sagt, ich soll Laura ansehen, dann soll ich mich ansehen, und ich werde sicher sein, welche Gefühle ich für sie habe –

Der Entschluß fiel ihr leicht, es war kein Entschluß. Ihr Leben hatte immer anderen gehört. Andere hatten einen Namen für sie ausgesucht, andere hatten ihr beigebracht, was gut und böse ist, andere bestimmten, was sie zu tun und zu lassen hatte, was sie sagen mußte und was sie nicht sagen durfte. Trotzdem wußte sie immer, wie sie es anstellte, daß die anderen dachten, etwas sei ihr Ziel gewesen. Die anderen belohnten sie dafür, daß sie das machte, was sie wollten, und daß sie zugleich den Eindruck erweckte, es sei ihr freier Wille. Als Verkäuferin immer die freundlichste, sie konnte die Kunden sogar warten lassen, als Bedienung war sie immer die attraktivste, die Gäste gaben ihr hohes Trinkgeld, als Schriftstellerin fand sie einen neuen Ton, die Leser kauften ihr Buch, die Kritiker schenkten ihr Aufmerksamkeit. Auch jetzt hatte sie gar keine andere Wahl, sie mußte ihren Agenten anrufen, der gab ihr die Adresse und avisierte sie. Ihr Agent war schwul, ihm konnte ein Gynäkologe nicht nützlich gewesen sein. Der Arzt kannte ihren Agenten sehr gut, sie fragte sich, ob der Arzt auch schwul war, aber sie hatte irgendwie keine Lust, darüber nachzudenken. Wahrscheinlich war der Arzt schwul, aber das hieß noch nicht, daß er etwas mit ihrem Agenten gehabt haben mußte. Der Arzt empfing sie begeistert, galt sein Überschwang der Tatsache, daß ihr Agent sie geschickt hatte, oder ihr selbst? Sie hatte alle Unterlagen mitgebracht. Der Arzt mußte nicht noch einmal Bilder machen und Berichte anfertigen, aber das reichte nicht, um seine Begeisterung zu begründen. Er erklärte ihr alles so, als wäre sie eine Anfängerin. Ja, sie war eine. Vorher hatte sie geglaubt, sie müßte sehr entschlossen sein, aber nach zwei, drei Sätzen des Arztes wußte sie, sie hätte ruhig zweifeln können, sie hätte mit dem Vorsatz kommen können,

sich nur zu informieren, trotzdem wäre jetzt alles klar gewesen. Sie hatte das Gefühl, ihr ganzes Leben lang nichts anderes gewollt zu haben. Sie würde Freundinnen haben, mit denen sie gemeinsame Sache machen konnte, nicht ohne sich zugleich davor zu fürchten, daß die Freundschaft auf gemeinsamen Haß gebaut wäre. Sobald sie mit den Freundinnen über etwas anderes redete, würden sie und die Freundinnen wieder zu ganz normalen Frauen, und die Freundinnen wären keine Freundinnen mehr, sondern Feindinnen. Mit einem Schlag alterte sie um Jahre, aber sie verdiente sich auch sehr viel Freiheit. Wenn sie nicht mit ihren Freundinnen sprechen würde, dann würde sie auf den Knien herumrutschen und im Eiltempo weiter altern. Sie sehnte sich nach einem Mann, der nichts sagte. Der wirklich nichts sagte, sie hatte immer nur Männer gehabt, die mit ihrem Nichtssagen etwas ausdrücken wollten. Das Schweigen dieser Männer war kein Schweigen gewesen, sondern ein verschärftes Reden, ein dauerndes Auf-sie-Einprasseln von Worten, Sätzen, Gedanken, gegen das sie sich nicht hatte schützen können. Ihre Männer waren unfähig gewesen, nicht zu reden, nicht in der Lage gewesen, nicht zu denken, nicht imstande, wirklich zu schweigen.
Es graute ihr so vor den Männern, das war beleidigend, sie hatte es sich oft gesagt, die alte Leier, warum sollte sie nicht freundlich zu ihnen sein, warum sollte sie ihnen nicht helfen, sie unterstützen, ihnen Beifall klatschen, wenn es ihnen gelang, nett oder intelligent zu sein, sie nicht liebkosen, verzärteln, wollte sie ihnen denn wirklich keine Chance geben? Warum machten sie ihr solche Angst, weil sie von ihr nichts wollten? Nichts von ihrem Leben, nichts von ihrem Schreiben? Aber sie hatte ihnen nichts anderes zu bieten als ihr Schreiben und ihr Leben. Sie drohten im-

mer, sie zurückzuschicken, wohin denn, wie konnten sie das? Wenn sie redeten, mochte sie das genausowenig, weil sie das Gefühl hatte, sich selbst sprechen zu hören. Es gelang ihnen nicht, sie von sich selbst abzulenken. Vielleicht waren sie ihr einfach zu nahe, als daß sie irgend etwas bei ihnen erkannt hätte, was nicht sofort verabscheuungswürdig war und was sie auf Anhieb auch sich selbst zusprechen konnte. Außerdem beneidete sie sie darum, daß sie schrieben, ohne zu wissen, was das Schreiben bedeutete. Sie wollte nicht mehr den Anforderungen entsprechen, die die anderen an sie stellten. Ihren Widerstand nicht mehr in die falschen Worte, sondern in das richtige Schweigen kleiden. Wo wenig Worte genügten, mußte wenig Schweigen genügen. Für die, die ihre Worte lasen, die richtigen Worte wählen. Sie wollte einen Mann, der ihr die Furcht einflößte, sich nicht mehr ausdrücken zu können, das Schweigen dieses Mannes sollte sie mundtot machen. Sie ahnte, je mehr sie versuchte zu schweigen, desto mehr Kraft würde sie dafür aufwenden müssen. Sie wußte, ihr Bedürfnis zu gefallen würde die Oberhand behalten.

Warum benötigte der Arzt drei Assistentinnen. Er trug eine eckige Kappe, eine Schwester eine durchsichtige Plastikhaube wie unter der Dusche, die zweite eine runde Kappe, die dritte hatte sich ein Tuch um den Kopf gewickelt. Nicht der Arzt hatte das Kommando über ihren Körper, nicht für ihn lag sie auf dem Rücken, sondern für die Schwester mit der Duschhaube. Denn die hatte ihr die Beine hochgehoben, ihren linken Fuß in die schwarze Schlaufe, ihren rechten Fuß in die weiße Schlaufe gesteckt, ihr sanft die Hände geführt, so daß sie jetzt die verchromten Stangen umklammerte, an denen die Schlaufen befestigt waren. Sie stützte sich in den Schlaufen mit den Sohlen nach vorn ab, als ob sie gehen würde. Jederzeit konnte sie aus den Schlaufen herausfahren. Sie überlegte, ob die Schwestern Freundinnen oder Feindinnen sein würden. Sie hatte gedacht, die Schwester mit der Duschhaube würde eine Freundin sein, aber nachdem sie ihre Füße eingehängt und ihre Hände geleitet hatte, stellte sie sich neben den Arzt und stemmte die Arme in die Hüften. Auf einmal hatte sie Spaß, vielleicht lag es an der Narkose, an den Medikamenten. Die Töne aus ihrem Mund stammten nicht von ihr, sie erfüllte nur eine Erwartung, trotzdem überzeugte sie ihre Stimme, sie kam ihr natürlich vor, spontan. Ihre Stimme gab ihr das Gefühl, aus gutem Grund hier zu sein, für etwas gut zu sein, für das, was der Arzt von ihr verlangte, was die Schwestern von ihr erwarteten, sie verkörperte Lebensart, Lebenssinn und Lebensunterhalt für alle, sie tat etwas Richtiges, ihr Haß auf alle war gerechtfertigt. Sie hatte keine Vorstellung davon, was der Arzt sah, wenn er sie ansah, jeden Tag suchte sie es im Spiegel, ohne es zu finden, das mußte eine andere sein, in diesem Augenblick erkannte sie auch, keine der Schwestern würde ihre Freundin werden. Sie nahmen sie so wahr wie der Arzt, als undeutliche, sich allen in allem anpassende Form. Sie wußte nicht, ob sie schön war, und wenn, wie schön sie war, ob sie noch jung war oder schon viel zu alt. Eine Frau war immer nur etwas im Vergleich zu einer anderen, am besten zu ihrer Zwillingsschwester, wenn der Arzt sie anblickte, sah er ein ganzes Heer von Frauen, in diesem Heer ging sie unter, fand nur Platz als Eintrag in seiner Patientendatei. Sie stellte sich vor, nicht sie bezahlte den Arzt, sondern der Arzt bezahlte sie. Stemmte sie sich mit ihren Sohlen fest genug gegen die Schlaufen, während der Arzt mit seinen Instrumenten in ihren Körper fuhr? Wenn sie sich nicht auf der Liege halten konnte, würde sich der Boden auftun, sie würde tief und immer weiter in die Erde hineinstürzen, bei diesem Sturz würde sie alle ihre Körperteile hinter sich lassen, übrig blieben nur ihr Kopf und ihr Herz, die würden zusammen den Erdmittelpunkt ansteuern, ihr Herz würde auch ohne Kreislauf schlagen, ihr Kopf würde ohne Körper denken, sie würde sich immer noch anpassen, der Kopf würde versuchen, parallel mit dem Herzen zu pochen, das Herz würde versuchen zu denken, das Herz und der Kopf, sie würden nicht einfach nur herunterfallen, sondern eine phantastische Flugbahn zum Erdmittelpunkt hinlegen, und natürlich würden sie auch versuchen, sich gegenseitig zu beleuchten, der Kopf mit Gedanken das Herz und das Herz mit Blut den Kopf. Ein nutzloser, aber erfüllter Kopf und ein für sich allein schlagendes Herz.

Woher wußte sie eigentlich, daß es ein Er war und keine Sie? Aber der Arzt hatte es ihr ja gesagt, der andere. Er hatte sie vorher gefragt, ob sie es wissen wollte, und sich die größte Mühe gegeben, daß sie aus seinen Worten, aus seinen Gesten, aus seiner Körperhaltung nichts herauslesen, nichts herausdeuten konnte, wenn sie das nicht wollte. Aber sie hatte ja gesagt, sie wollte es wissen, und dann hatte er ihn ihr gezeigt, sein Bild. Sie sagte, es tue weh, er sagte, für sie sei es ein sanfter Schmerz, was zähle schon dieser Schmerz gegenüber seinen Schmerzen, was heiße schon Schmerz, wenn man eine wie sie war, das sagte er nicht, das dachte sie sich. Und sie wünschte sich sehnlich, sie wäre unfruchtbar, alles Sperma der Welt könnte nicht einmal eine Spur von Leben in ihr hervorrufen, dabei hatte es gar nicht alles Sperma der Welt gebraucht, sondern nur ein bißchen.

Der Arzt war so freundlich. Er sagte ihr, sie sehe toll aus mit ihren vierzig Jahren und ihrer dunklen Mähne, sie habe kein einziges weißes Haar, mit ihrer schlanken Figur. Mit ihrem blauen und ihrem grauen Auge. Wohin sollte sie denn gehen, ohne zusammenzubrechen unter den Blicken, die sie anstierten. Sie mußte sich herausputzen, um dazugezählt zu werden, ohne Hilfsmittel sah keiner, daß sie eine Frau war. Sie wollte niemanden täuschen, niemanden auf einen falschen Gedanken bringen. Aber keiner durfte ihren blanken Körper sehen, frei von allem, was einen echten Körper ausmachte.

Er wußte so viel, nein, nicht der Arzt, nein, keiner ihrer Männer, er wußte, wie sie die anderen ansah. Ihr Atem ging schneller, das Denken setzte aus, sie musterte sie, um an ihnen zu entdecken, woran es ihr selbst fehlte, was sie an sich selbst nicht sah, was sie sich selbst niemals zulegen konnte. Sie mußte unbedingt einen Makel an ihnen entdecken, einen klitzekleinen Makel, der sie jedesmal deprimierte, dabei waren ihre Makel häufig so entzückend, so erregend. Spieglein, Spieglein an der Wand, wer ist die Schönste im ganzen Land. Sie war es leider nicht, sie konnte es nicht sein, das wußte sie genau, wenn man mit ihr sprach, redete man immer von anderen, ihre Person gab nicht genügend her, um Gespräche auszufüllen. Die Männer redeten mit ihr nur über andere, sie erzählten, wie sie es mit anderen machten, wenn sie dann allein war, schaute sie nach, und sie fand nichts von dem, was die Männer an den anderen für gut befunden hatten, was sie sich gemerkt und bewundert hatten, an sich. Was konnte da passiert sein, daß sie so daneben war, so unbeschreiblich, daß die Spiegel nur noch ein Double zeigten, das nichts wollte, außer der Bestätigung seiner Ansehnlichkeit. Eine Staffage, die zusammenklappte, sobald man ihr den Rücken kehrte. Sie setzte sich hin und schrie, einfach um es aus sich herauszuschreien. Und sie wurde besprochen. Sie wünschte sich, daß irgendwo ein Telefon klingeln oder jemand ganz fest an die Tür des Saals schlagen würde und Einlaß begehrte, vielleicht würde das alles unterbrechen, und sie wünschte, daß sie auf dem Bauch liegen könnte, dann würden ihr nicht alle jederzeit ins Gesicht sehen, dann könnte sie das Gesicht verziehen, wie es ihr paßte, weinen oder grinsen oder lachen aus vollem Halse, natürlich geräuschlos. Danach wollte sie so schnell wie möglich sterben, natürlich nicht hier im Saal mit dem Arzt und den Schwestern, die würden sie davon abhalten, der Arzt wurde andere Ärzte rufen, die Schwestern andere Schwestern. Hier mußten doch massenweise Frauen wie sie gelegen haben und die Beine breit gemacht und die Füße in die Schlaufen gesteckt haben, jung, vorzeitig gealtert, abgestumpft, die hinter ihren Augen weinten oder es vielleicht fertigbrachten, im stillen fröhlich zu plappern, die, abgestürzt und aufgetakelt, mit einem höhnischen Lächeln den Arzt und die Schwestern ansahen. Die Liege war mit weißem und das Kopfkissen mit durchsichtigem Plastik überzogen. Nichts durfte auf der Liege zurückbleiben, kein Tropfen Blut, kein Tropfen Schweiß, kein Schamhaar, kein Achselhaar, kein Kopfhaar, keine Schuppe aus den Haaren. Sie hatte die Liege ganz genau betrachtet, in der Hoffnung, doch noch etwas zu finden, eine Spur von jemandem, der da vor ihr gelegen hatte. Wo blieben die Haare ihrer Vorgängerinnen? Wurden sie wirklich alle aufgesaugt und aufgewischt? Gab es nicht doch irgendwo am Boden schwarze, brünette, blonde, vielleicht sogar graue, gekräuselte oder glatte Haare, und die Haare verbanden sich zu Büscheln, die losrollten und losflogen, wenn der Raum gelüftet wurde? Es hätte ihr gutgetan, wenn ihre Vorgängerinnen noch ein wenig dagewesen wären. Sie war etwas benebelt, trotzdem würde sie sich danach ganz schnell anziehen und ein Gesicht aufsetzen, das allen sagen würde, es ist nichts gewesen. Die ihr begegnen würden, konnten ja nicht wissen, daß sie aus diesem Raum kam. Sie blickte auf den Tisch neben der Liege, eine Art Nachttisch, es war Tag, und sie wünschte sich, daß da Illustrierte lägen und daß sie, während der Arzt das tat, was er tat, in den Illustrierten blätterte, in der Bunten oder in der Gala. Zeitung lesen wollte sie nicht. Nur mit Mühe konnte sie sich beherrschen, nicht unter die Liege zu greifen. Beim Betreten des Saals hatte sie dort eine Kiste gesehen. Was wurde da aufbewahrt, Watte vielleicht oder Papiertaschentücher oder Plastikbezüge für die Liege und das Kopfkissen oder vielleicht Präservative, warum nicht einen Karton voller Präservative hier, oder eine Pistole, mit der sie sich eine Kugel in den Kopf jagen konnte, um den Arzt, die Schwestern und die Reinemachkräfte zu erschrecken. Nein, sie würde sich bei dem anderen Arzt umbringen, sie würde sich nicht in die Schläfe schießen, da bestand, wie sie aus Büchern wußte, die Gefahr, daß die Kugel am Schläfenknochen abglitt, daß man blind wurde oder gelähmt oder nicht mehr sprechen konnte, aber immer noch lebte, sie würde sich in den Mund schießen und die Wände der Praxis vollspritzen. Vorher würde sie zum Schönheitschirurgen gehen, der würde ihre Nase vergrößern und begradigen und ihr Silikon in die Lippen spritzen, er würde ihr die Backen straffen und etwas in die Falten rechts und links von ihrem Mund spritzen, vielleicht würde er auch etwas an ihren Ohren machen können, keine künstlichen Ohrläppchen, das schien ihr übertrieben, aber er würde es irgendwie

fertigbringen, daß ihre Ohren größer wirkten, dann erst würde sie sich umbringen.
Vielleicht würde sie auch der nächste ein für allemal erledigen, oder die nächste. Sie würde alles ohne Arzt über sich ergehen lassen, es würde Komplikationen geben in ihrem Bauch, sie würde immer noch nicht zum Arzt gehen, er oder sie würde absterben, sie würde mitsterben, aber auch das würde nichts nützen, hinter ihrer Stirn würde es weitergehen, ihre Gedanken würden weiterkreisen, auf den Wegen, auf die sie geraten war, da war es nicht so einfach zu sterben. Man mußte stark sein, um sich die Pistole in den Mund zu halten. Weil sie nicht wußte, ob sie stark genug sein würde, nahm sie sich vor, allein zu leben, weder mit diesem noch mit dem anderen Mann jemals mehr zusammenzuleben. Für einen Mann trug sie zuviel Haß in sich, wenn überhaupt, kam nur ein Haufen von Männern in Frage, alle durcheinander, nicht nur die beiden Schriftsteller – Ärzte, Professoren, Kritiker, Journalisten, Apotheker. Was konnte sie dem einen schon bieten, nichts, überhaupt nichts, nur die Fortsetzung ihrer selbst, die Fortsetzung ihres Hasses. Sie hatte nichts zu bieten und er auch nicht, er konnte sie höchstens fragend ansehen, wie es die Männer immer getan hatten, mit denen sie zusammengelebt hatte, er würde etwas bei ihr suchen, was er doch von weitem erkennen konnte. Der eine Mann würde sie nie verlassen, sein Dableiben würden darin bestehen, ständig mit dem Verlassen zu drohen.
Ihre Männer strebten nur danach, eines Tages endgültig bei ihr zu bleiben und jede Aussicht zu begraben, sie zu verlassen. Dieser Tag würde die Leere in ihr ins Unendliche, ins Unermeßliche wachsen lassen. Ihre Männer würden sie fragen, warum sie das getan hatte, was sie anprangerte und

was sie zugrunde richtete. Ihre Männer würden nicht mehr schweigen, keiner von ihnen, sie würden Fragen stellen, Vorwürfe machen, es besser wissen, auch derjenige, der es nicht gewesen war. Sie würde schweigen oder vielleicht sagen, daß sie keine Ahnung habe, vielleicht wegen der natürlichen Neigung, in so einen Saal zu gehen, sich vom Arzt begeistern, von den Schwestern bewundern zu lassen, was wußte sie, vielleicht war es auch wegen der Freiheit. Mit der Freiheit konnte sie alles erkaufen, ihr Leben ausfüllen, alles erneuern. Mit der Freiheit konnte sie schreiben, was sie wollte. Mit der Freiheit konnte sie ihre Jugend bewahren. Sie ließ also wegen der Freiheit den linken Fuß in der weißen und den rechten Fuß in der schwarzen Schlaufe, nein, der linke Fuß befand sich ja in der schwarzen und der rechte in der weißen Schlaufe. Sie war so versessen auf ihn gewesen, auf das Zucken seiner Zehen, auf das Schlagen seiner beiden Herzklappen, auf das Fuchteln seiner Hände. Er würde Socken brauchen und richtige Schuhe, nicht solche wie sie jetzt anhatte, die nur dazu dienten, die Füße in die Luft zu strecken, er würde ein Hemd brauchen, nicht eins, das hinten offen war, wie das, was sie jetzt trug. Wenn er nicht mehr da war, würde auch etwas von ihr nicht mehr dasein. Ihre Männer würden merken, daß etwas von ihr fehlte, sie würden das nicht akzeptieren, es ging nicht wirklich um ihn. Sie hatte das Bedürfnis, es sich in einem Schaumbad bequem zu machen oder durch die Stadt zu bummeln, danach, aber sie mußte im Taxi nach Hause fahren und sich hinlegen, das hatte ihr der Arzt gesagt. So fing also die Freiheit an. Aber sie konnte sich ja später Schuhe kaufen und später die Fragen ihrer Männer aus dem Schaumbad heraus beantworten und versuchen, sie zu Komplizen ihres hämischen Gelächters zu machen. Sie ließ sich von niemandem daran hindern, ihm den Tod zu wünschen, das war alles, was sie hatte, alles, was sie wollte. Wenn es ihn nicht mehr gab, würde sie alle Abwesenheiten zusammenzählen, von Socken, von Schuhen, von Hemden und Jeans mit schmaler Taille, und sie würde die Summe wieder zerlegen in Bücher, in einen neuen Computer, in Lippen, in planierte Falten, in Ohren und vielleicht sogar in ihre Männer. Alles wäre in dieser einen Zahl enthalten, die sie berechnen würde, wenn ihr linker Fuß nicht mehr in der schwarzen und ihr rechter Fuß nicht mehr in der weißen Schlaufe hängen würde.

Sie dachte an die Not ihrer beiden Männer, auch an die Not der beiden, sie zu lieben, an die verzweifelten Zärtlichkeiten, die ihr galten, an die Worte und an die fehlenden Worte. Sie wollte sich ihre beiden Männer nicht mehr einzeln vorstellen, sie verlor sowieso schon zuviel Zeit mit ihnen, sie wollte sie noch mehr verwechseln und sich erst recht vor ihnen ekeln, besser, wenn es sich immer um denselben Mann handelte, ein und dieselbe Gestalt ohne Herkunft und Aussichten, eine Figur, jedesmal wie aus dem Nichts aufgetaucht. Sie wollte ihn mit Fußtritten traktieren, das war unfair, sie wollte ihn Hund nennen, das war unfair, dabei heulte er wie ein Tier, sie wollte ihm ins Gesicht schlagen, das war unfair, ihn anschreien, das war unfair, du darfst mich nicht angucken, das war unfair, mach die Augen zu, das war unfair, gleich fängst du dir eine, das war unfair, dir werde ich es zeigen, und immer fester schlagen. Obwohl es absurd war, ihn zu schlagen, denn das, was jetzt mit ihm passierte, war viel schlimmer, und er war ergeben, jawohl, er war ergeben. Sie hatte Angst, nichts Anomales an ihm zu entdecken, Angst, die Zeichen ihres Wahnsinns an ihm nicht zu finden. War sie nicht eine Verrückte, wenn sie auf diese Weise ihren Gelüsten nachgab, wußte sie schon nicht mehr, daß sie selbst ergeben gewimmert hatte, weil jemand es von ihr verlangt hatte, weil sie dafür Freiheit bekommen hatte? Unablässig mußte sie ihm die Freiheiten aufzählen, die sie ohne ihn hatte, damit er begriff, wie unmöglich er war, damit er merkte, daß sie sich nicht zu ihm herabwürdigen ließ. Er sollte dafür zahlen, daß sie keine Freiheit mehr hatte. Die Fragen, die sie jetzt an sich stellte, waren keine echten Fragen, sie richteten sich an jemanden oder an zu viele auf einmal, es war unmöglich für sie, irgend etwas zu wissen. Er würde immer stärker sein als sie, das war ein Naturgesetz. Jeder andere Gedanke war bloß ein Possenspiel, ein Trost, den sie sich verschaffte, um nicht an der Wahrheit zu sterben. Er hatte doch gar keine Ahnung davon, was sie alles konstruieren mußte. Er wußte nichts von ihrem Haß. Er vermutete nichts dergleichen, weil er nur seine Begierde kannte und weil ihm alles andere unwichtig war, weil sein Leben im Grunde so primitiv, so hoffnungslos einfach war. Wenn sie das nächste Mal in einem Hotelbett mit Bettpfosten schlafen würde, dann würde sie wieder die Beine hochstrecken, das linke Bein zum linken Bettpfosten, das rechte Bein zum rechten Bettpfosten, und sie würde auf die Geräusche in dem Hotel horchen, so wie sie jetzt auf die Geräusche horchte, die der Arzt und die Schwestern machten. Sie würde in dem Hotelbett liegen und in den Nachbarzimmern die Fernseher und die Toilettenspülungen hören, was die Paare sich erzählten. Vielleicht befand sich das Hotelzimmer über einem Restaurant, dann würde sie Gabeln und Messer bei ihrem Handwerk belauschen, über einer Bar würde sie der Barmusik zuhören. Sie würde etwas sagen, und es würde alle Wände durchdringen, in der Eingangshalle des Hotels zu verneh-

men sein, auf der Straße, es würde nicht untergehen in den Geräuschen des Lasters und des hupenden Autos, das sich von dem Laster behindert fühlte. Über sich selbst sprechen, das konnte sie bei ihren Männern ja niemals tun, die unterbrachen sie ständig mit ihrem Schweigen. Der Gedanke an ihn würde dafür sorgen, daß keine Lücke zwischen ihren Wörtern entstand, was sie sagte, würde einer Art Gebet gleichen, einem Mantra oder einer Konzentrationsformel, die Wörter und ihr Sinn würden fließen, nichts würde dazwischenkommen, was nicht von ihr stammte, während sich sonst immer etwas dazwischendrängte, wenn ihre beiden Männer sie anschwiegen. Sie starrte die Apparatur mit dem Schlauch an, den Tisch mit den Instrumenten, der Arzt hatte erst eins, zwei, drei, vier benutzt, würde der Arzt alle brauchen, was sollte der Schwamm? Alles mußte sie immer wieder sagen, sonst würde er es nicht verstehen, ihre Männer verstanden überhaupt nichts, wenn man ihnen nicht alles wiederholte, sie bildeten sich ein, in ihrem Schweigen originell zu sein, aber sie kopierten es nur von sich selbst, sie brauchte keine Angst davor zu haben, sich zu wiederholen, ein Gedanken genügte, das mußte er einsehen, das mußten auch ihre Männer einsehen, um sie auszufüllen, um ihrem ganzen Leben eine Richtung zu geben.

Das erste Mal in ihrem Leben würde sie in ein Fitnesstudio gehen, dort gab es Geräte, die speziell dafür entwickelt waren, den Bauch, den Hintern und die Schenkel zu straffen, wo sich über achtzig Prozent des gesamten Körperfetts ansammelten, dreimal in der Woche, einen Tag für den Bauch, einen Tag für den Hintern, einen Tag für die Schenkel, sie würde sich so anstrengen, daß sie im Umkleideraum erbrechen würde, und ihr kam der Gedanke, daß sie auch jetzt, sofort erbrechen wollte. Was würde passieren, würde der Arzt aufhören, oder würde er weitermachen? In dem Saal gab es keinen Eimer, kein Behältnis. Sie glaubte nicht, daß man sie einfach auf den Boden kotzen lassen würde, man würde irgend etwas holen, die Schwester wußte nicht, warum sie ihr jetzt auf die Haare blickte, auf die Haube, an ihr wären im Gegensatz zur Liege bestimmt noch einige Haare, die würden sich mit dem Erbrochenen vermischen. Sie kam darauf, daß es ihr Spaß machen würde, sich dem Arzt und den drei Schwestern als krank zu präsentieren. Mitleid war besser als Neid, bestimmt waren die Schwestern neidisch darauf, daß es ihr gelang, die Freiheit auf diese Art und Weise zu erringen. Sie trauten sich das nicht, niemals würden sie das über sich ergehen lassen. Wenn sie krank wäre, würde sie den Kopf vor ihm beugen, entschuldige, vergib mir die Kränkungen, verzeih, daß ich dich nicht geliebt und daß ich gelogen habe. Aber er wäre sowieso nie ihr Freund geworden, jedenfalls kein echter, deswegen war es besser, Abstand von ihm zu nehmen, ihn von sich fernzuhalten, ja, sie haßte ihn, mit allen Mitteln, über die sie verfügte, in jedem Teil ihres Bewußtseins, mit dem sie hier lag und Spaß hatte mit ihrem Körper, der für ihn auf der Liege lag, und mit ihrem Geist, der ihn um Vergebung bat.

Es macht sie rasend, daß sie nirgendwo so schön ist wie auf den Autorenfotos in der Verlagsvorschau und auf den Umschlägen ihrer Bücher. Nicht einmal in ihren Träumen. Alle sind schöner auf den Autorenfotos, aber die anderen sind in Wirklichkeit nicht so häßlich wie sie selbst, nur bei ihr ist der Unterschied zwischen der Person und dem Foto so groß. Sie überlegt, jetzt sollte jemand ein Autorenfoto machen, man sieht die Knie und dazwischen das Gesicht, das wird ihrer Häßlichkeit gerecht. Aber wie sie das denkt, muß sie weinen. Beim Bild des Gesichts zwischen den Knien. Ihre Männer verstehen nicht, was sie umbringt. Sie hat alles versucht mit ihren Männern, sie hat ihnen die Hand gedrückt die ganze Nacht lang, sie hat sie angesehen die ganze Nacht lang, sie hat zurückgeschwiegen ganze Tage lang, sie hat sich neben sie gelegt ganze Tage und Nächte, sie hat ihnen vorgemacht, sie würde zwischen Flehen und Verzicht schwanken. Wovon redet sie so unermüdlich, von dem einen Mann, den sie gerne lieben würde und den sie hier gefunden hat. Sie hat sich doch solche Mühe gegeben, aus den beiden Männern einen liebenswerten Mann zu machen. Einen Mann, der zu ihr steht, einen Mann, für den sie Mädchen ist und der niemals mit ihr das machen will, was alle anderen sonst mit ihr treiben, sie hat doch alles versucht, um aus den beiden Männern einen gesunden und ausgeglichenen Mann zu machen, der standhaft bleibt, in den sie sich verlieben kann. Sie hat so getan, als ob die Männer sie im Arm halten könnten, zugleich hat sie ihnen gesagt, sie wissen doch genau, daß sie von ihnen nichts will, denn sie will nur das, was sie nicht haben kann, immer den anderen Mann zum Beispiel, das ist ebenso einfach wie ausweglos, hoffnungslos logisch, eine Sehnsucht, die nur sich selbst kennt. Die Sturheit einer Ratte, die nicht kehrtmachen kann, tierische Verbissenheit, an der die Biester krepieren. Sie hat ihnen gesagt, sie würden sehen, daß sie an dem Kompromiß sterben werde, den sie nie eingehen will. Schade für die gesunden und ausgeglichenen Männer, die sie lieben, schade vor allem für sie, die sie die gesunden und ausgeglichenen Männer lieben könnte.

Jetzt auf einmal passiert es, daß sie sich in die Augen blikken. Von ihrer Seite lag keine Absicht vor, von seiten des

Arztes vielleicht schon. In diesem Moment nimmt sie sich vor, in Zukunft Makeup zu verwenden. Sie hat Falten, ihr Bauch ist größer geworden, natürlich sind ihre Pobacken schon gesunken, an den Unterschenkeln hat sie einzelne Krampfadern, sie kann sie sehen, so wie ihre Beine hochgestreckt sind. Erst wird sie Creme um die Augen herum auftragen, dann Puder für die Gesichtsfarbe und Lidschatten, sie zeichnet die Umrisse ihres Mundes mit einem Konturenstift nach, anschließend malt sie sich die Lippen an, sie tut Gel ins Haar, damit es glänzt, vielleicht wird sie auch BHs tragen in Zukunft, sie wird die Zeit vor dem Spiegel verbringen, während der sie auf ihre Männer wartet, Stunden, in denen sie sich erzählt, wie sie sein müßte, damit ihre Männer reden und nicht schweigen. Sie steigt auf einen Hocker, sie will ganz im Spiegel sein, sie duckt sich, damit die Haare nicht abgeschnitten sind, und sie stellt sich vor, die Körperteile, die sie da im Spiegel sieht, gehören nicht derselben Frau, sie steht vor ihrer Schwester oder ihre Schwester steht vor ihr, durch irgendeinen Trick ist ein Teil von ihr und ein Teil der Schwester wegprojiziert. Vielleicht braucht sie auch gar keinen Hocker, sie kann in der Luft gehen wie der Artist, den die Mutter in ihrem Buch beschreibt. Sie kann sich sogar vorstellen, daß einer ihrer Männer hereinkommt, während sie in der Luft geht und sich mit ihrer Schwester wiedervereinigt, es wäre schön, wenn dieser eine, es ist ihr egal, welcher, über und über mit Narben bedeckt wäre, die zwar verheilt sind, aber in der Mitte noch einen rötlichen Strich aufweisen, die Narben gehen ineinander über, kreuzen sich, ballen sich zusammen, sie spitzt den Mund, sie hat ja gerade Makeup aufgelegt und Lippenstift, und es würde so aussehen, als ob sie den Mann am ganzen Körper geküßt hat, mit ihrem roten Lip-

penstift, der Mann schämt sich, aber er kann es nicht zeigen, denn es würde irgendwie bedeuten, daß er sich ihrer schämte, das will er nicht, er soll mit ihr vor dem Spiegel bleiben und sich weiter schämen und sich nicht wehren können gegen ihre Küsse, gegen seine Narben.
Ihr linker Arm ist eingeschlafen. Vielleicht stellt das die Rache ihrer Männer für den Gedanken dar, daß sie sich einen von ihnen voller Narben vorgestellt hat. Es wäre doch viel sinnvoller gewesen, wenn ein Bein oder beide Beine eingeschlafen wären, das hätte es ihr und dem Arzt leichter gemacht. Sie hat das Gefühl, in ihrem linken Arm sind keine Muskeln mehr, er ist nutzlos, eine Mißbildung, er hängt nur noch an ihrer Schulter, sie versucht, die Finger zu bewegen, das geht nicht, sie versucht, ihren Arm zur Seite zu legen, das geht ebenfalls nicht, sie kann ihren Arm auch nicht anziehen, sie erschrickt. Wenn sie jetzt aufstehen würde, könnte sie ihn nicht einmal aus dem Nachthemd herausziehen, sie müßte ihn anfassen und führen. Beim Gehen würde ihr Arm herunterbaumeln, liefe sie schneller, müßte sie ihn sogar festhalten. Sie fährt sich immer mit der linken Hand durch die Haare, beim Abschließen des Hauses zieht sie den Türknauf mit der linken Hand an, sonst kann sie den Schlüssel mit der rechten nicht umdrehen. Sie überlegt, ihren Arm zu streicheln, vielleicht würde das Gefühl dann wieder zurückkehren, aber sie hat Angst, ihn zu berühren. Sie könnte ihn gleich amputieren lassen, auf der Stelle, er ist zu nichts nütze, nur dazu, sie verlegen zu machen und vielleicht auch die Leute, die sehen, wie regungslos er ist. Sie denkt daran, mit der rechten Hand die linke zu umfassen und den Arm gewissermaßen hochzuklappen und unter den Kopf zu legen, zwischen Kopfkissen und Kopf, das würde ihr ein entspanntes Aussehen geben, dann kommt

niemand auf den Gedanken, daß ihr linker Arm nutzlos, bewegungslos, sinnlos ist.
Wenigstens sollte er wissen, daß sie sich amüsiert. Er muß doch an sie denken, jetzt. Es ist so, als ob eine Tür aufgeht, und jeder ist überrascht, daß der andere keine Überraschung ist. Hallo, ich bin's, hallo, ich auch. Schließlich darf das, was sie macht, auch angenehm sein, jedenfalls beim ersten Mal, danach wird es schwierig, das Fortfahren macht die Sache so ekelerregend, die Wiederholung derselben Handgriffe, derselben Bewegungen, die kein Verlangen von irgend jemandem mehr befriedigen, höchstens noch die professionelle Ehre der Beteiligten, deren Natur am Ende fragwürdig wird. Danach will sie nicht mehr sofort weggehen, der Arzt und die drei Schwestern sollen bleiben, vielleicht rauchen alle eine Zigarette, und sie nimmt die Füße gar nicht aus den Schlaufen heraus. Es geht ihr nicht um das Rauchen, es geht ihr um die Ruhe. Gelingt es ihr, eine Zigarette anzuzünden, dann vibriert nicht mehr der ganze Raum so wie jetzt. Der Schwester, die ihren rechten Arm hält, rutscht die eckige Kappe immer tiefer ins Gesicht, die Brille des Arztes vollführt Tänze auf seiner Nase. Sie hat die Füße nur in den Schlaufen, damit sie besser sieht, wie sie vibrieren. Natürlich wird sie sich umbringen, irgendwann, das ist kein Trost für ihn, das hilft ihm nicht, aber in gewisser Hinsicht stellt es doch eine Entschuldigung dar, und vielleicht würde sie sich ja ihm gegenüber anders verhalten, wenn sie sich nicht irgendwann einmal umbringen würde. Sie sollte sich gleich umbringen, das wäre korrekter ihm gegenüber. Aber sie hat Angst vor dem, was danach kommt. Nicht vor der Hölle, wenn sie sicher wäre, daß die auf sie wartet, würde sie sich auf der Stelle umbringen, sie würde das Höllenfeuer genießen, in dem sie brennen würde, ewige

Qualen wären ihr willkommen. Sie würde darauf bestehen, daß sie nicht nur die sieben Todsünden begangen hat, sondern auch alle anderen Sünden. Sie möchte sich in einem Flammenmeer zusammen mit Milliarden von Körpern wiederfinden, alle Verdammten aus allen Vergangenheiten, aus allen Gegenwarten, aus allen Zukünften treffen. Sie möchte dem Teufel, den Teufeln begegnen, allen gehörnten Tieren, geilen Böcken und Neidhammeln, die sie von den Kirchenfresken her kennt, nicht in ein Massengrab, in eine Massenhölle möchte sie. Aber sie fürchtet, daß es die Hölle gar nicht gibt. Sie hat Angst, daß das Grauen nicht mit ihrem Tod stirbt, daß es sie überlebt, daß alles andere weg ist, die Welt, die Menschen, die das Grauen verursachen, aber das Grauen bleibt übrig. Vielleicht sind es doch nicht ihre Männer. Oder ihre Eltern. Oder ihre Schwester. Was ist, wenn sie sich umbringt, und das Grauen folgt ihrer Seele, oder ihre Seele folgt dem Grauen? Gleich, ob es diese Eltern waren, diese Schwester, diese Männer oder andere, und ihre Seele ist das Grauen? Sie bringt sich nicht um, weil sie dann das Grauen wäre, sie bestünde daraus. Sie möchte auch nicht, daß das Grauen weitergegeben wird. Warum will sich das Grauen in ein anderes Leben schleppen, wenn es schon in diesem Leben gescheitert ist, warum will es weitere Leben leben? Sie muß sich nicht auf die Probe stellen, sie muß ihn nicht auf die Probe stellen, auch nicht das Grauen, sie weiß, er hat keine Chance, einen Ort der Vollkommenheit zu erreichen, denn er ist von derselben Beschaffenheit wie sie, das Grauen wäre seins, und es wäre immer noch ihres, es würde ihm nichts nützen, daß es immer noch ihres wäre, und ihr nichts nützen, daß es auch seins wäre.

Wenn das Vibrieren aufgehört haben wird, könnte sie doch

mit den Schwestern irgendwo hingehen. Natürlich ist um diese Tageszeit noch keine Diskothek offen, sie geht sonst nicht in Diskotheken, aber jetzt braucht sie eine Party, sofort, im Nebenraum, eine Raveparty mit ganz lauter Musik, bei der man sich nicht unterhalten kann, und mit viel zu vielen Leuten, so daß niemand mehr auffällt, auch sie nicht. Vielleicht kennt ja eine der Schwestern eine Bar um die Ecke, in der es Musik gibt und in der man dem Barmann sagen könnte, er soll die Musik lauter als üblich stellen, so daß man sich vormachen kann, man wäre auf einer Party. Nur die drei Schwestern verstehen, warum sie jetzt tanzen möchte. Mit allen anderen Frauen kann sie nicht mehr reden. Über was sollte sie denn reden, deren Leben ist doch lächerlich gegenüber ihrem Leben, aber mit den drei Schwestern könnte sie sich über die Erfahrung austauschen, wie der ganze Raum vibriert, und darüber, wie sich die Frauen geben, die auf der Liege liegen, ob sich die Blonden anders verhalten als die Brünetten, die Kleinen anders als die Großen, ob sie alle gleich begeistert sind, ob sich alle umbringen wollen, ob es irgendeine gibt, die sich nicht umbringen will, und ob ihr die Schwestern das ansehen. Es erscheint ihr als ein Widerspruch in sich, wenn sich eine Frau nicht umbringen will, dann würde sie nicht hier liegen, und der Arzt kann sich doch nur so hingerissen zeigen, weil er weiß, daß sie sich irgendwann umbringen will. Vielleicht ist die Liege ansteckend, vielleicht ist der Arzt ansteckend oder seine Instrumente. Sie möchte mit den anderen Frauen reden, mit den Blonden, Brünetten, Dicken, Dünnen, die schon vor ihr hier gelegen haben und die noch nach ihr hier liegen werden, alle möchte sie treffen, aber nicht in der Hölle, das würde ihr die Hölle vergällen, mit diesen Frauen würde sie von nichts anderem reden als da-

von, warum sie hier gelegen haben, die Frauen würden wie sie alle möglichen Gründe anführen, aber es wären nur Manien, dämliche Ausreden, Idiosynkrasien, nicht einmal richtige Geisteskrankheiten, harmlose Neurosen, eigentlich nur Spleens, und allein deren Art zu reden, obwohl sie sich keine konkrete Art zu reden vorstellt, würde sie abstoßen. Natürlich weiß sie, die anderen Frauen würden ihre Rechtfertigung genauso als Spleen betrachten, den anderen Frauen würde ihre Art zu reden genauso nicht gefallen, und die anderen Frauen würden bei ihr denken, fixe Idee, wie sie bei den anderen Frauen fixe Idee dachte. Der Arzt sieht aus wie ein Athlet, sie war schockiert von seiner Jugendlichkeit, als sie ihn das erste Mal sah, sie würde ihn für einen Studenten halten, wenn sie nicht wüßte, was er hier macht, darf kein Student machen. Auch die Schwestern sind älter als er, aber sie akzeptieren ihn, als hätte er lauter graue Haare auf der Brust. Ihr einer Mann ist älter als sie, er hat Falten und ein paar graue Haare, sie braucht die Falten und die grauen Haare, um sich jugendlich zu fühlen. Der andere Mann ist jünger, ein Athlet, sie hätte es lieber, wenn er schlaff wäre, damit sie sich an seiner Schlaffheit aufgeilen könnte. Sie denkt darüber nach, ob sie nicht den Arzt als Liebhaber nehmen soll. Sie glaubt, das wäre ohne weiteres möglich, sie denkt nicht, daß er sich an ihrem Alter stören würde. Mit ihm als Liebhaber würde sie hin- und hereilen zwischen Bett und Restaurant, zwischen Restaurant und Kino, zwischen Kino und Bett, vielleicht würde sie sich auch hier im Gebäude mit ihm treffen, in dem Raum, in dem er sie empfangen hat, gibt es ein Sofa, das wäre doch ein Ausgleich zu seiner Arbeit hier, er würde sie mit der gleichen Begeisterung nehmen, mit der er das hier tut. Er würde ihr keine Vorwürfe machen, überhaupt nicht, und sie würde ihm keine Vorwürfe machen, bestimmt nicht, er würde sie auch niemals anschweigen. Sie würde ihm nicht erzählen, daß sie Bücher schrieb, von sich aus würde er nicht draufkommen. Sie würde ihr Leben völlig verhüllen und ihm nur das zeigen, was er in den Minuten, in denen sie zusammen waren, sehen und hören wollte. Trotzdem wäre es langweilig. Sie überlegt, ob sich wohl etwas ändern würde, wenn sie doch ein graues Härchen in seinem Bürstenhaarschnitt entdecken würde. Aber seine Haare sind unter der Kappe versteckt. Wenn er eine andere Brille trüge, eine modernere, vielleicht würde er dann älter wirken, das würde das Fehlen von grauen Haaren wettmachen.

Er war doch so klein, überallhin könnte sie ihn mitnehmen, ihn in einen Koffer packen, in eine Handtasche. Sie könnte ihn immer dabeihaben, auf ihrem Schoß, auf dem Boden sitzend, mit den Memorysticks spielend. Wenn er nur so klein bliebe. Überall könnte sie ihn hinschleifen, ins Fitnessstudio und ins Sonnenstudio. Sie wollte mit ihm soviel machen, wie sie konnte, gern hätte sie ihn auch auf ihre Schultern gesetzt, das bedeutete natürlich einen Widerspruch, wenn er sich auf ihren Schultern halten konnte, dann war er zu groß. Genügte es nicht, daß sie seinen Kopf überall mit hinnahm, in seinem Kopf war doch alles, was er war, was er brauchte, was er sein mußte? Mit dem Kopf konnte er sehen, hören, schmecken, sogar küssen konnte er sie, das stellte die Lösung dar, und den Kopf konnte sie ja neben sich auf die Schulter halten, der Kopf konnte sich nicht an ihr festklammern. Nie hielt sie es aus zuzusehen, wie Paare sich umarmten, da drehte sie sich immer weg, ihr Kopf und sein Kopf würden sich gemeinsam abwenden. Deswegen duldete sie auch in ihrem Schlafzimmer keinen Spiegel, sie wollte nicht sehen, wie sie mit einem ihrer Männer schlief, wie einer ihrer Männer sie nahm. Sie wären das perfekte Paar, sie und er, sie und sein Kopf, wenn sie die Augen schloß, würde er die Augen schließen, wenn er den Mund spitzte, würde sie den Mund spitzen, wenn sie die Stirn runzelte, würde er die Stirn runzeln, wenn er begeistert zuhören würde, dann würde sie ebenfalls begeistert zuhören. Sie würden eine Goldmedaille bekommen für ihre Synchronizität. Ihre Männer würden sie mit seinem Namen rufen und ihn mit ihrem. Jeder der beiden Köpfe konnte für den anderen denken, sprechen und handeln, ihre Männer würden versuchen, Ruhe zu bewahren, bis sie ihn und sie wieder auseinanderhalten konnten, es würde ihnen nicht gelingen, das wollte sie auch nicht, sie sollten sie nicht mehr wiederfinden, weder sie noch ihn.

Die Packung neben dem Notebook ist eine Fälschung. Nichts stimmt, nicht die Größenverhältnisse des blauen Sechsecks, in dem *Valium* 2 geschrieben steht, die Buchstaben sind breiter, vor allem das *V* und das *l*, dafür sind die Zwischenräume beim *a*, beim *u* und beim *m* kleiner, nur die 2 kommt mir richtig vor, das *Roche* in dem mit gelben Strichen abgegrenzten Sechseck ist viel zu blau, auf der Originalpackung steht darunter nicht *2 mg* und auch nicht *Valium = Trademark*. Ich weiß, wie Valium aussieht – aber in welchem Jahr bin ich eigentlich?
Pototsching hat seine Abreise nach Argentinien verschoben. Hat er wirklich vor, dort zu recherchieren, oder lügt Laura mich an?
Laura und Pototsching besuchen heute abend die Lesung eines anderen Autors von Guggeis. Meinen Schlüssel zu Lauras Haus habe ich nie zurückgegeben. Ich bin nach Ber-

lin gefahren und suche in ihrem Haus nach Anhaltspunkten dafür, daß Pototsching tatsächlich nach Argentinien fliegen will. Ich konnte der Versuchung nicht widerstehen, in Lauras Computer zu sehen. Nachdem ich diesen Text in einer erst vor ein paar Tagen angelegten Datei entdeckt habe, suche ich nichts mehr.
Laura war früher nie schwanger. Der Text kann nur bedeuten – daß sie jetzt schwanger ist? Daß sie jetzt gerade schwanger war? Ist der Text Literatur, oder ist er ein Erfahrungsbericht?
Das Wasser läuft in Bächen über die Fenster, als würde jemand darüber eimerweise Wasser ausgießen oder mit dem Schlauch an die Fassade von Lauras Haus spritzen. Ich möchte die Fenster mit Brettern zunageln, damit die Scheiben auf keinen Fall vom Regen eingedrückt werden.
In der Diele drückt der Wind das Wasser durch den Spalt unter der Eingangstür ins Haus. Bei Unwettern regnet es durch das Dach hindurch, an der Decke im zweiten Stock bilden sich Feuchtigkeitsflecken, das Wasser tropft von der Decke.
Ich höre ein Krachen und das Splittern von Holz, wahrscheinlich hat der Wind einen der Bäume im Park umgedrückt. Als ich herkam, lag die Straße voller Äste, schon minutenlang konnte kein Auto mehr gefahren sein.
Das Mörtelloch im Keller führt möglicherweise in die Kanalisation, der Gully vor dem Haus ist schon lange übergelaufen. Wenn der Mörtelpfropfen hochgetrieben wird, läuft der Keller mit Wasser voll.
Vor Lauras Text steht im Computer ein Entwurf für einen Buchumschlag. Es muß ein Buchumschlag sein, denn die untere Seite des eingescannten Fotos enthält zwei Reihen mit Blindtext, Nonsens-Wörter etwa in der Länge eines

Autorennamens und eines nicht zu langen Titels. Ein Gitter bestehend aus vier Streben, zwei waagrecht, zwei senkrecht, fest verankert in einem Eisenrahmen, hinter dem Gitter Schwärze und ein quadratischer Ausschnitt, in dessen Mitte ein Auge. Das Auge eines jungen Mannes oder einer jungen Frau hinter einem Guckloch, über dem Auge Helligkeit, darunter Dunkelheit. Blickt jemand aus seiner Wohnung heraus, oder sieht jemand in eine Zelle hinein, dient das Gitter dazu, denjenigen zu schützen, der drinnen ist, oder denjenigen, der draußen ist?

Meine Taschenlampe ist zum Rand des Tisches gerollt und heruntergefallen, die beiden Batterien und den Korpus habe ich sofort ertastet, aber den Deckel kann ich nicht finden. Ich muß das Licht anstellen.

Die alte gelbe Schalenleuchte an der Decke gibt ein noch schwächeres Licht als sonst. In ihr steht Wasser, es hat noch keinen Kurzschluß verursacht, das Wasser kann also nicht durch die Kabelzuleitung fließen. Ein kleines Meer mit Wellen und einem Tier, einer Schlange oder einem Reptil. Vielleicht sind es auch nur Schlieren. Eine Frage der Zeit, bis es einen Kurzschluß geben wird, ich muß den Deckel der Taschenlampe schnell finden.

In den Ecken liegt Staub. Laura hielt das Haus immer sehr sauber, das hat sich wohl geändert, seit Pototsching wieder bei ihr wohnt. Der Deckel der Taschenlampe ist auf den Gang hinausgerollt. Ich will mir im Bad die Hände waschen, ich drehe den Wasserhahn auf, aber es kommt nichts. Ich halte die Hände unter die Brause. Als ich gehen will, fällt mir ein, daß ich den Wasserhahn zudrehen muß. Eine gallertartige Masse überzieht das Waschbecken, die vorher nicht da war. Der Wasserhahn tropft nicht, es hängen keine Fäden herunter. Vielleicht habe ich vorhin nicht

so genau hingesehen, und es sind Rückstände von Cremes oder Gels, die Laura oder Pototsching benutzt haben.
Ein Knall ertönt im Treppenhaus, ich mache die Taschenlampe aus. Wenn Laura und Pototsching gekommen sind, weiß ich wirklich nicht, was ich sagen soll, dann muß ich tatsächlich schweigen. Meine einzige Chance besteht darin, daß sie in einen anderen Raum gehen, so daß ich über das Treppenhaus nach draußen verschwinden kann. Aber ich höre keine weiteren Laute, und es wird auch kein Licht angeschaltet.
Als ich mir sicher bin, allein zu sein, trete ich auf die Treppe hinaus. Ganz oben im Treppenhaus klafft ein Loch in der Decke, von den Rändern bröckelt und bröselt noch der Gips. Das Dach ist beschädigt, möglicherweise sogar abgedeckt, ein schwerer Gegenstand, wahrscheinlich ein Balken, ist auf den Boden des Dachgeschosses gefallen und hat das Loch geschlagen. Ich halte die Taschenlampe hoch und beleuchte einen Nebelschleier, der sich im Treppenhaus verbreitet, ganz feine Tropfen schweben auf mich zu und kühlen mich.
Wieder gehe ich in das Zimmer mit dem Computer. Ich überlege, ob ich ihn noch einmal anschalten und eine Kopie von Lauras Text machen soll, genügend Memorysticks liegen herum, es würde nicht auffallen, wenn einer fehlte.
Ich will probieren, ob die Deckenlampe noch leuchtet, als ich schon den Schalter umgelegt habe, kommt mir der Gedanke, daß ich doch noch einen Kurzschluß auslösen könnte. Das Licht geht an, in der Lampe befindet sich kein Wasser mehr. Es kann nicht abgeflossen sein. Ich nehme einen Schatten im Inneren wahr, vielleicht hat sich ein Teil von der Decke gelöst, hängt in die Lampe hinein und hat das Wasser aufgesaugt.

Ich mache das Licht aus. Ich ziehe keine Kopie.
Zwischen dem mit einer grauen Wolkendecke überzogenen Himmel und der Erde öffnet sich ein Spalt. Die Nebelschwaden ziehen vor dem Fenster vorbei, als würde sich das Haus schnell bewegen.
Laura, Pototsching und ich, wir haben unsere Gefühle in unseren Büchern konzentriert und isoliert. Dort haben wir dann die verschiedenen Methoden ihrer langsamen und friedlichen Vernichtung getestet. Man muß Gefühle ja nicht sofort umbringen. Man kann sie auch durch Verarmung und durch Epidemien dezimieren. Und es macht sich gut, einzelne Gefühle zuzulassen, die sich noch einen letzten Rest von Mitmenschlichkeit bewahren, die vielleicht sogar bestechlich sind und die Absichten des Autors oder der Autorin durchkreuzen.
Aber die überfüllten Bücher wurden uns zuwider. Weil wir uns überfordert fühlten, unsere Gefühle woandershin zu deportieren, stifteten wir lokale Massaker an, die sich erst allmählich zu einem umfassenden Programm verdichteten. Das verheerende Sterben muß nicht Teil eines verdeckten Plans des Autors oder der Autorin sein. Wer sich als ausführendes Organ eines derartigen Plans versteht, erbittet doch nicht Pausen für die gemarterten Gefühle und rühmt sich nicht, unter dem Strich ihr Leiden gelindert zu haben.
Wie schnell und problemlos wir den verhängnisvollen Schritt über die Schwelle in das neue Zeitalter gehen. Die persönliche Veränderung, die sich in uns vollzieht, ergibt sich so natürlich aus der Logik von wessen Auffassung? Und verschränkt sich so nahtlos mit wessen Bestrebungen? Wozu sind denn Bücher da, wenn nicht zur Darstellung von Gewissenskrisen oder zum Ausbreiten von Seelenqualen, was sollten sie sonst tun, als das Bewußtsein zu beschreiben,

in dem man den Schritt zum Abgrund tut? Wir können das Geschehen nicht herauszögern, sporadisch unternehmen wir den Versuch, uns herauszuhalten. Selbstverständlich nur so lange, als das ohne Schaden für die Endabsicht möglich ist. Wir leben in einem Umfeld, das schon von dem durchdrungen ist, was wir schließlich tun.

Über unsere eigene Beteiligung reden wir wie über etwas Schicksalhaftes, das uns zugestoßen ist, und nicht wie über etwas, das wir anderen zufügen. Als wären wir willenlos, als würden wir nie Entscheidungen treffen und hätten niemals Verantwortung für unsere Handlungen. Wir reden, als seien auch wir Opfer.

In Wirklichkeit haben wir selbstverständlich Wahlmöglichkeiten und fällen Entscheidungen. Diese verteilen sich jedoch über einen längeren Zeitraum, eine ergibt sich so natürlich aus der anderen, daß wir keinen speziellen Wendepunkt bemerken.

Ja, ich will nichts verstehen. Wenn Laura tatsächlich ein Kind erwartet, dann muß es ein Mysterium bleiben. Seine Geschichte soll in die Finsternis führen, alle Antworten verweigern, sich dem Wissen und der Beschreibung widersetzen. Niemand darf sie erklären, sie darf nicht einmal erfaßt oder ermittelt werden. Keiner kann sich die Geschichte des Kindes vorstellen, weil sie sich selbst zerstört. Ihr Geheimnis liegt im Schweigen, eine vernünftige Annäherung ist nicht möglich. Sonst ist die Geschichte des Kindes nicht mehr einzigartig. Wer sein Leiden mit den Leiden anderer vergleicht, begeht Verrat.

Wo ist der Träumeträumer? Wo sind meine Bücher, alles, was ich jemals geschrieben habe? Wo ist derjenige, der ich war, bevor ich Laura traf? Warum bin da nur ich? Warum bin da nicht einmal ich? Ich glaubte, die Gnädige habe mich davor warnen wollen, Pototschings Manuskript anstelle meiner Kindheit anzunehmen, jetzt weiß ich, wovor mich die Gnädige wirklich bewahren wollte. Ist da nur der Schüler? Wessen Schüler? Des italienischen Priesters? Des Deutschen?

Eine Frau auf Krücken, ein Handtuch um die Schultern, begibt sich genauso zum Wasser wie eine Frau in geblümten Shorts und einem weißen T-shirt, sie hält ihre Turnschuhe in der Hand, und ein Mann mit einer großen goldenen Halskette, er schleppt eine schwarze Kühlbox. Drei Jugendliche mit Fahnen rennen eine Frau in einem weißen Badeanzug um, die einen kleinen roten Lederkoffer umklammert. Jeder will zuerst am Wasser sein, sie ziehen sich an den Strandkörben wie an einer Reling entlang. Als ob ein Schiff untergeht, und alle wollen in die Rettungsboote. Aber das ist kein Rettungsboot, das ist der Wannsee im Hochsommer mit Segelbooten und Kajaks.

Nachdem ich in ihr Haus eingedrungen bin, habe ich Laura gebeten, sich mit mir zu treffen. Auch auf die Gefahr hin, daß Pototsching Verdacht schöpft. Es sei ihr egal.

Natürlich habe ich nichts davon gesagt, daß ich ihren Text gelesen habe.

Wenn sie groß ist, wird sie ein langes Kleid anziehen, das aus quer aneinandergefügten gelben Streifen besteht, die an der Seite auseinanderklaffen, man sieht die Beine, die Hüften, die Taille, sage ich. Laura widerspricht mir, sie wird ein Kleid aus roten Streifen tragen, mit einer roten Kapuze. Ich sage, ich werde ihr einen Blumenkranz ins Haar stecken, mit Pfingstrosen und Enzianen. Woher wissen wir, ob sie Augen hat, woher wissen wir, ob sie einen Mund hat, sagt Laura. Vielleicht spannt sich da, wo die Augen sein sollten, nur bläuliche Haut, und unter der Nase zeigt lediglich eine kleine senkrechte Spalte die Oberlippe an. Sie wird größer, die langen blonden Haare fallen ihr ins Gesicht, und sie hat immer noch keinen Mund. An der Stelle, wo die Augen sein sollten, sprießen Sommersprossen. Sie trägt einen Kimono aus blauer Seide mit einem roten Futter, dazu einen Halsreif, der aussieht wie die Unterseite eines Humpens, sie rollt ihre pechschwarzen Haare zu zwei Flügeln, die über die Stirn herunterfallen, sage ich. Laura sagt, er ist groß und dick und häßlich, er verkleidet sich als Frau und läuft in einem schwarzen Gummianzug herum, der den ganzen Körper bedeckt, auch seine Hände und seine Füße, auch sein Gesicht, nur seine langen Haare hängen heraus, an einem Fuß trägt er einen Schuh mit einem hohen Absatz, der andere Fuß ist ein Klumpfuß. Oder er zieht ein Kostüm aus einem gelblich schillernden Stoff an, in dem er kleine Arme und kleine Hände hat, aber einen riesigen Kopf und einen riesigen Busen und einen riesigen Hintern. Über ihrer linken Brust wächst aus ihrer schwarzen Haut eine Rippe in Form eines nach oben gerichteten Horns nach außen, unter ihrer rechten Brust ein nach unten gerichtetes Horn, und sie kann ganz schnell laufen, sage ich. Ihre rechte Iris ist braun, ihre linke türkisfarben. Laura sagt, vielleicht sind es doch Zwillinge. Er will kein Mann sein, zweimal nicht, beide verkleiden sich als Frauen, kahlgeschorene Köpfe, Perlenketten, Perlenohrringe, die Münder rot geschminkt, die Augen schwarz umrandet, perlmuttfarbiges Makeup und Kostümchen mit ganz kurzen Röcken und immer händchenhaltend.

Ihre Haare werden aussehen wie Seetang, ihre Hände mit den roten, zehn Zentimeter langen Fingernägeln werden unablässig Wassermelonenscheiben in ihren breiten roten Mund stopfen. Und sie wird immer lückenlos braun sein, sage ich. Sie wird keine Arme, sondern Flügel haben, sagt Laura. Sie trägt ein Korsett, das sie immer enger schnürt, sage ich und schlage vor, sie läßt sich vor einem gerafften Vorhang fotografieren, so daß man annimmt, ihre Arme stecken nur hinter den Vorhangfalten. Laura sagt, sie läßt

sich ein Abendkleid machen, das an der Seite streifenförmige Ausschnitte aufweist, als ob es das natürlichste von der Welt wäre, keine Arme zu haben. Sie trägt Pumps, die aussehen wie Hände, Finger mit roten Fingernägeln und als Absatz der Daumen. Sie zieht einen BH aus Gummi an, der aussieht wie zwei Brüste, er hat Brustwarzen. Und Unterhosen aus fleischfarbenem Gummi mit einer Falte im Hintern. Ich sage, sie färbt ihre Haare grün und dreht sie zu zwei Spitzen, eine zeigt nach oben, die andere nach unten. Laura sagt, sie färbt ihre schwarzen Haare auf der Seite weiß, vorn gelb und rot, und sie drapiert die Haare so, daß sie wie eine Orchidee wirken. Ich sage, niemals wird sie ihre Haare zu einer Orchidee formen, sie wird ihre Haare so befestigen, daß sie nach oben senkrecht wegstehen und ihr vorn über das Gesicht fallen wie eine Fechtmaske.
Blitzschnell dreht Laura sich um und wirft sich mit dem ganzen Körper in mich hinein.
Laura sagt, daß sie schwanger ist.
Die Zeit wird wackelig. Es geschah so langsam. Umkreisen wir die Oberfläche der Erde in rasendem Tempo? Aber dann müßte sich ja das Strandbad am Wannsee wie ein Ring über die ganze Erde erstrecken und sich mit sich selbst wiedervereinigen.
Laura hat an so viele ganz verschiedene Dinge gedacht. Sie hat so viele Bilder im Kopf gehabt, wie das Kind aussehen würde, aber damit ist sie nicht weitergekommen, sie hat sich vorgestellt, wie es sich anfassen würde, wie es riechen würde, wie es schmecken würde, wenn sie es ablecken würde – sie hat an niemanden gedacht, als sie wußte, daß sie schwanger ist, eine einzelne Person wäre zu restriktiv gewesen. Sie liebt ganz verschiedene Arten von Leuten, ganz verschiedene Arten von Schönheit, ganz verschiedene

Arten zu leben, so viele Dinge beeinflussen sie gleichzeitig – erst hat sie an mich gedacht, was ich dazu sagen würde, dann an Pototsching – das Kind ist eine Fantasie, auch wenn es praktisch ist, eine überhöhte Realität, aber es muß auch glaubhaft sein, nicht einfach eine Übung im Weglaufen – jedesmal hat sie etwas anderes gedacht, als sie an das Kind gedacht hat – daß sie jemand Besonderen zur Welt bringen würde – an ihre Großmutter, die ihr alles beigebracht hat und die gesagt hat, daß sie eines Tages ein Kind haben würde – an die Freundinnen, die Kinder bekamen und immer ein Theaterstück daraus gemacht haben, aber das will sie nicht, sie will ein richtiges Kind haben und eine richtige Mutter sein – sie hat nicht an einen Menschen, an eine Person gedacht, sondern daran, daß sich auf einmal etwas bewegt in ihr – sie hat nur an sich selbst gedacht und den abstrakten Gedanken eines Kinds, den abstrakten Gedanken eines Jungen, den abstrakten Gedanken eines Mädchens gehabt – niemanden und alle.

Er hält Momente fest, die ich nicht einfangen kann, und man sieht diese Momente in seinen Augen. Er wird niemals alt. Ich freue mich, daß er existiert. Daß er voller Energie ist. Daß er ein Schicksal hat. Daß er die Begabung hat, Schönheit überall zu finden. Daß er ehrlich ist. Daß er unbequem ist und stört. Daß er Humor hat. Sage ich. Er soll einzigartig sein, das ist wichtiger, als schön zu sein. Er soll gut sein, er soll großzügig sein, er soll vergeben können. Er soll nicht perfekt sein. Er soll nicht alles enthüllen. Er soll natürlich sein und nicht forciert. Er wird auf eine Weise schön sein, daß nur er selbst erkennt, daß er schön ist. Er hat inneren Frieden. Er denkt sich, daß es keine schönen Menschen gibt, sondern nur Momente, in denen Menschen schön sind.

Laura hat auf mich geschossen. Verdeckt. Ich habe den Mannlicher-Karabiner nicht gesehen. Es ist zu spät, die Kugel hat mich in den Kopf getroffen.
Laura hat gesagt, daß sie von *mir* schwanger ist.
Er soll leben. Er soll für etwas stehen. Er soll lang leben, glücklich und gesund sein. Er soll Glück und Frieden finden. Er soll ein einfaches und klares Leben führen. Er soll die richtige Balance finden zwischen ... und ... Er soll die anderen inspirieren. Er soll einfach weitermachen. Er soll glücklich sein. Die anderen sollen denken, daß er einer Strategie folgt, aber das tut er nicht, er macht einfach das, wobei er ein gutes Gefühl hat. Er soll sich amüsieren. Wenn er etwas wählt, dann nur, weil er sich selbst schätzt, nicht, weil er sich verachtet. Sage ich.
Ich horche in mich hinein und will einen Grund hören, den ich akzeptieren kann. Wenn ich sage, daß ich nicht will, daß ich nicht kann und daß ich zuwenig Zeit für ein Kind habe, reicht das nicht. Sagt Laura. Der wahre Grund ist, daß ich keine Liebe vorrätig habe. Daß ich für das Kind keine Liebe zur Verfügung habe. Mit all dem, was ich machen muß, für wen ich alles dazusein habe, da ist ja schon für mich keine Liebe mehr vorhanden. Ich kann nicht sagen, es geht immer irgendwie. Es ist einfach klar, daß ich jetzt nicht schwanger sein möchte. Es kommt für mich nicht in Frage. Als ich es erfuhr, habe ich den ganzen Abend geweint. Da entwickelt sich etwas in meinem Körper, mein Busen ist angeschwollen wie noch nie, und morgens wird mir schwarz vor den Augen. Es ist nicht bloß ein Eingriff in den Körper, es ist auch ein Eingriff in die Seele. Ich weiß, das läßt sich nur eine kleine Weile unterdrücken oder mit großem Einsatz überspielen. Ich bin ständig beschäftigt, ich habe keine Zeit nachzudenken.

Wenn wir jetzt darüber reden, glaube ich, daß wir es zerreden. Es ist so, als ob wir miteinander schlafen würden. Ich spüre mich nicht mehr. Es ist, als ob ich nicht mehr in meinem Körper wäre, sondern mir von außen zuschauen würde. Meine Gefühle spielen verrückt, ich bin grundlos wütend oder traurig, so vieles geschieht, zu dem ich keinen Zugang habe.
Ich bin im Wasser und sinke. Ich strecke die Arme aus, ich möchte nach etwas greifen. Hat die Gnädige unter Wasser etwas gesehen? Neben mir sinken Krücken, Turnschuhe, eine Sonnenbrille, eine goldene Kette, unter mir eine Kühlbox, ein Lederkoffer.
Jetzt treiben der Name der Gnädigen, der Name des italienischen Priesters, der Name des Idioten, die Namen meiner Mutter, meines Vaters, der Name des Deutschen herbei, die Namen bilden einen Tunnel. Ich passiere den Tunnel, am Ende des Tunnels ist kein Licht.
Ich stampfe ganz schnell mit den Füßen, um Auftrieb zu bekommen. Ich versuche, mich mit den Fingern im Wasser festzukrallen, um hochzusteigen.
Ich komme nicht an die Oberfläche. Niemand zieht mich hoch, wie der italienische Priester und der Deutsche die Gnädige.
Ich brauche Ruhe, sagt Laura. Ich möchte wieder schlafen. Ich will einfach nur drei oder vier Tage mein Haus saubermachen und alles in Ordnung bringen. Ich will nicht immer am Morgen müde sein und Schwindelanfälle haben. Ich will, daß es vorbei ist, es tut mir weh. Ich finde es ungerecht, daß ausgerechnet mir das passiert, es ist einfach gemein. Ich will auf mich selber hören, meine eigenen Bedürfnisse wahrnehmen. Nachts träume ich die schrecklichsten Dinge. Ich kann dir keine Vorwürfe machen. Ich weiß, daß

ich mich danach vor mir selbst ekeln werde. Es wäre einfacher, wenn ich mir sagen könnte, ich bin zu jung für ein Kind, das wäre ein Grund, den ich gelten ließe. Ich weiß, danach werde ich nie wieder aufs Klo gehen, ohne Blut zu sehen und Fetzen in dem Blut.

Wir liegen im Strandkorb, ein paar Glühwürmchen fliegen um uns herum.

Die Sterne über dem Wald beleuchten die Baumspitzen. Laura umfaßt meine rechte Hand mit beiden Händen.

Wenn ich später ein Kind habe, werde ich es so behütet wie nur möglich aufwachsen lassen. Ich habe dir gegenüber keine bösen Gefühle, es braucht schließlich immer zwei, um ein Kind zu zeugen. Ich bin nicht wütend, aber so kann das Kind nicht zur Welt kommen. Weggeben kommt für mich nicht in Frage. Ich kann das Kind nicht Monate in mir tragen, es ist ein Teil von mir, es kommt raus, ich sehe es noch kurz, und tschüs, dann ist es fort und für den Rest des Lebens weiß ich nicht, wie es ihm geht. So weiß ich wenigstens, daß es tot ist. Besser, als wenn es bei einer Adoption in schlechte Hände gerät oder eines Tages kommt und mir Vorwürfe macht. Besser, das Kind wegmachen zu lassen, als es nachher ein Leben lang mit Haß zu strafen. Warum geben wir ihm nicht einen Namen? Warum sprechen wir nicht mit ihm? Wir können ihm sagen, daß er einfach im unpassenden Moment zu uns kommt, daß er noch etwas warten muß und daß er vielleicht später wiederkommen kann. Wir nennen ihn Geronimo, ist das nicht ein toller Name? Geronimo muß jetzt einfach zurück und eine Weile warten, bis wir für ihn bereit sind. Wir wünschen ihm ein Paradies, in dem er ganz alleine lebt, er wartet dort, bis er später gerufen wird und kommen darf. Wir sollten uns vorstellen, daß seine Seele zurück in die Schüssel geht, irgendwo gibt es eine große Schüssel, und da sind alle Seelen drin. Ich bin mir sicher, wenn ich später ein Kind haben werde, wird genau diese Seele zu mir zurückkehren. Diese Seele ist dazu bestimmt, mein Kind zu werden, aber der Moment stimmt einfach nicht.

Die Schwärze, die uns umgibt, verwandelt sich in einen Grauschleier. Die Sterne leuchten stärker, von allen Seiten sickert Licht in das Strandbad herein.

Der Himmel wird rot, als ob der Wannsee von einem Feuer umgeben ist oder als ob Blut den Himmel herunterrinnt. Mit der Geschwindigkeit eines Ballons steigt die Sonne auf, ihre Farbe wechselt von Rot zu Gelb, wenn sie das Firmament erreicht haben wird, dann wird sie weiß sein. Das gegenüberliegende Ufer erhebt sich, der Wannsee wird immer schmaler, ich sehe zu, wie ein Konglomeratfelsen wächst und darauf Bäume. Der Sand unter meinen Füßen verschwindet.

Aus dem stillen Wannsee ist ein reißender Bergfluß geworden, der vor meinen Augen zufriert. Ein Windstoß bedeckt das Eis und den Konglomeratfelsen mit Schnee. Keine Spur von Feuer oder Blut an dem stahlblauen Himmel.

Ich bin zurück in dem einzigen Jahr, in dem die Teichl völlig zugefroren war. Ich sage mir, ich habe, was ich will: Ich kann alles verändern. Ich denke mir, ich muß vorsichtig sein, ich will nicht alles ändern, nur eins, das will ich unbedingt ändern.

Spadolini sieht nicht aus wie ein Leser und auch nicht wie ein Kirchenmann. Er hat einen Leberfleck auf der linken Wange, genau in der Mitte zwischen Mund und Nase, sehr dekorativ. Kein Geistesmensch hat so einen Leberfleck. Ich kann ihn mir als Reiter vorstellen, als Polospieler, sogar als Rennfahrer. Wie komme ich darauf? Vielleicht wegen der

Handschuhe, die er zu dem blauen Anzug trägt, seinen Kamelhaarmantel hat er nicht zuknöpft. Keine Winterhandschuhe, sondern Autofahrerhandschuhe.
Die Gnädige ist so jung!
Ihre spitze Nase ist zwischen den Augen eingedellt wie bei einem kleinen Kind, sie hat rosige volle Lippen, ich kann ihre Zähne bis hierher leuchten sehen!
Unmittelbar vor mir gehen sie an der Teichl entlang zur Brücke, sie lacht ihn an. Ein ganz junges Mädchen, die erste Liebe, es gibt kein Wolfsegg mehr, keinen Mann, keine Kinder, ein so junges Mädchen hat keinen Mann, keine Kinder.
Ich entsinne mich an eine allgegenwärtige Feindseligkeit. Daran, daß der Schnee beim Gehen bösartig knarzte. Daß sich einzelne Steine aus dem Konglomeratfelsen lösten, herunterfielen und auf die zugefrorene Teichl kollerten. Die Gnädige und Spadolini gingen unsicher. Die Gnädige lief nur auf das Eis, weil Spadolini das nicht wollte. Sie provozierte ihn, indem sie vorgab zu straucheln.
Ich forme einen Schneeball. Auch wenn ich sie nicht treffe, irritiere ich sie. Es kann doch nicht ansatzlos gehen, daß Spadolini sie stößt. Wenn er ihr nahe kommt, werfe ich den Schneeball. Es ist mir egal, was dann passiert, ich kann ja wegrennen.
Ich liebe die Liebe, und ich will ständig besser lieben. Ich verliebe mich spontan, ich habe Glück, als ich mich in dich verliebte, wußte ich sofort, ich habe die richtige Wahl getroffen. Manchmal möchte ich die Liebe bis zum Allerletzten auskosten. Aber es geht nicht. Du würdest nicht verstehen, wie ich es meine. Du würdest denken, ich liebe dich nicht. Ich liebe die Liebe, das ist mein Leben. Nein, es ist nicht schwierig für mich, dich zu lieben. Ich will mein Bestes geben. Ich langweile mich schnell, und ich brauche Ab-

wechslung. Auch in den schlimmsten Momenten höre ich nicht auf, dich zu lieben, ich habe ja keine Wahl, das ist alles, was ich kann. Wenn ich dich liebe, ist das natürlich ein Ausweg, eine Flucht. Ich zweifle dauernd an mir, ich habe kein Selbstvertrauen, trotzdem gefällt es mir, Teil der Liebe zu sein. Ich kann meine Liebe zu dir immer anders ausdrükken. Aber ich kann zu der Liebe, die schon da ist, nicht noch mehr Liebe hinzufügen. Je länger man sich kennt, desto schwieriger wird es. Ganz neu anfangen, das geht auch nicht. Ich weiß nicht, ob ich dich liebe. Jedesmal, wenn ich dich länger nicht gesehen habe, bin ich ganz sicher, daß ich dich liebe. Ja! Wenn ich es dir sagen soll, daß ich dich liebe, dann liebe ich dich! Ich liebe dich, ich bin unersättlich. Es gefällt mir, das ganze Bild zusammenzustellen, von der Skizze bis zum fertigen Mann, es ist eine Belohnung, wenn ich dann sehe, wie es funktioniert. Manchmal möchte ich Ferien von der Liebe machen. Am Anfang war meine Liebe zu dir ein Alptraum, ich hätte dich umbringen können, aber ich kam nicht von dir los, jetzt weiß ich, so ist es besser für mich, ich bleibe offen für alles. Manchmal ist mir so, als hätte ich dich schon von klein auf geliebt. Ich bin so glücklich, daß ich dich liebe. Ich denke niemals daran, daß ich dich liebe, ich benutze das Wort nur in deiner Gegenwart, um irgend etwas zu sagen. Es ist nicht schwierig, dich zu lieben, aber es ist schwierig, dich so zu lieben, daß ... Ich liebe die Liebe, nie werde ich ihrer müde sein. Wenn ich mit dir zusammen bin, denke ich mir, gerade hat das noch nicht existiert, was wir jetzt machen, jetzt existiert es, niemand auf diesem Planeten hat das vorher gemacht. Ich kann dich nur lieben, weil ich dich so liebe, wäre es einfacher, würde ich dich nicht lieben können.
Sagt Laura.

Ich übertreibe die Einfachheit, ich will Zeitlosigkeit. Was wir machen, soll sexy und elegant sein. Wir müssen eine Komposition sein. Sagt Laura. Alles, was wir tun, ist wichtig, jede einzelne Sache, in jedem einzelnen Augenblick. Wir müssen uns berühren können. Alles soll hell sein. Wir müssen uns fühlen können. Das ganze Bild... Sieben Dinge müssen für uns wichtig sein, nenne du die sieben Dinge! Wir müssen mixen. Alles. Wir sind Handwerker mit einer langen Tradition. Wir müssen die Filter bestimmen, die die Menschen und Dinge in unsere Welt hineinlassen. Alles muß größer werden, viel größer, auch wir müssen größer werden, viel größer.

Hier, bei der Teichlbrücke, ist die Zeit am schwächsten.

Die Gnädige und Spadolini gehen jetzt, als ob ich sie im schnellen Vorlauf betrachte. Wenn sie sich zu nahe kommen, kann ich nicht mehr eingreifen. Sie holen die Zeit auf, die ich mit meinen Träumereien verbracht habe. Es nützt nichts, wenn ich den Schneeball werfe, sie würden ihn gar nicht bemerken. Ich hätte es verhindern können, ich hätte einfach den Weg hinunterrennen und rufen sollen, aber jetzt, wo sie sich so schnell bewegen, daß sie keine Gesichter mehr haben, kann ich es nicht mehr verhindern! Spadolini braucht nur den Arm auszustrecken!

Da liegt die Gnädige schon auf dem Boden, ich habe nicht gesehen, wie sie gefallen ist, aber es ist mir ja auch damals entgangen, ich kann nicht wirklich sagen, ob Spadolini sie gestoßen hat. Sie ist nicht eingebrochen! Sie bewegt sich!

Spadolini hilft ihr auf die Beine. Sie klopft sich den Schnee vom Lodenmantel, von den Bundhosen, von den Strümpfen ab. Spadolini macht ein Gesicht, als ob er etwas getrunken hätte, das kann nicht sein, er trinkt nur im Sommer auf der Einserhütte Bier.

Ich weiß, was die Gnädige tun würde, wenn Spadolini jetzt weggehen würde, ich bin ihr oft auf ihren Spaziergängen gefolgt.
Sie setzt sich auf die Bank vor dem Haus neben der Brücke. Ich begrüße sie laut mit »guten Morgen«. Sie winkt mich zu sich hin und bietet mir einen Platz neben sich an. Ich setze mich auf das andere Ende der Bank. Sie fragt mich, ob ich eine Besorgung erledigt habe, ich nicke, obwohl ich nichts bei mir trage, sie bemerkt es nicht oder übergeht es. Sie lehnt den Kopf zurück, schließt die Augen und rückt etwas näher, weil sie nur so mit dem ganzen Körper in der Sonne ist.
Ihre Pelzmütze fällt herunter. Ich darf sie ihr nicht reichen, ich kann ja nicht in ihre Richtung greifen, solange sie die Augen geschlossen hält. Sie macht die Augen auf, und sie lächelt mich an, mit einem jungen vertraulichen Lächeln. Ich mache mir weis, daß dieses Lächeln jeglicher Wärme entbehrt. Daß sie ein Roboter ist, das Lächeln von einem Konstrukteur entworfen als ein bestimmtes Muster, wie die Lippen geschürzt werden, wie sich die Zähne entblößen, wie sich die Augen verändern. Aber es nützt nichts. Ich ziehe das Buch hervor, das ich dabeihabe, und gebe vor, darin zu lesen. Sie fragt nach dem Buch, mit einer Jungmädchenstimme, hell und glucksend. Ich versuche, mir vorzumachen, daß ihre Stimme schnarrt. Daß es etwas zu tun hat mit sich drehenden Zahnrädern, die geräuschvoll ineinandergreifen. Ich erzähle mir, dort wird ein Band abgespielt, es sind automatische Töne, und ich starre in mein Buch, obwohl ich keine Zeile lesen kann.
Laura sagt, wir müssen gehen. Ich kann sie nicht sehen, ich kann sie nur hören, immer noch stehe ich im Gebüsch gegenüber der Teichlbrücke.

Spadolini und die Gnädige blicken in meine Richtung. Sie können nichts gehört haben.
Die Gnädige ruft etwas, mit ganz schriller Stimme.
Auf einmal erinnere ich mich: Nachdem sie den Deutschen nicht in die Einserhütte eingelassen hatten, wollten die Gnädige und Spadolini den Idioten loswerden. Spadolini machte mir ein Zeichen, ich solle den Idioten hinausbegleiten. Der begriff nichts, also mußte ich ihn zur Tür führen. Ich hatte die Tür schon geöffnet, als ich mich noch einmal umschaute, damit hatten die Gnädige und Spadolini nicht gerechnet, Spadolini war aufgestanden, die Gnädige hatte ihre rechte Hand hochgehoben, und Spadolini umfaßte sie mit beiden Händen.
Natürlich drehte ich mich sofort um, aber es war zu spät. Ich hatte es gesehen. Die Gnädige und Spadolini waren wie erstarrt. Ich lief mit dem Idioten die Wiese hinunter und in den Wald hinein. Unter den Bäumen verharrte ich, so daß mich die Gnädige und Spadolini von der Einserhütte aus nicht sahen. Aber ich konnte den Jausekorb nicht einfach zurücklassen. Ich drückte die Klinke so laut wie möglich herunter und zögerte lange, ehe ich die Tür öffnete. Die Gnädige las im Buch, Spadolini in der Zeitung.
Die Gnädige und Spadolini können mich hinter den Büschen nicht sehen, wie sollen sie von dort aus meine Augen erkennen, die zwischen dem Gezweig hindurchblicken. Ich flüstere Laura zu, daß ich jetzt nicht gehen kann.
Die Gnädige streckt den Arm aus und zeigt zu mir hin. Wenn ich jetzt fliehe, dann sehen sie mich wirklich, dann wissen sie, daß ich sie beobachtet, belauscht habe, ich kann jetzt nicht mit Laura kommen.
Die Gnädige ruft wieder etwas, Spadolini blickt direkt in meine Augen. Ich möchte, daß die Sonne vom Himmel her-

unterfällt, daß alles sofort in Dunkelheit getaucht ist, dann könnte ich weglaufen. Aber die Sonne bleibt am Firmament.

Die Gnädige ist es müde, in meine Richtung zu starren, oder sie will vor mir fliehen. Sie geht weiter. Spadolini bleibt stehen. Sie fällt hin. Aber diesmal bleibt sie nicht einfach liegen. Ich verstehe nicht, warum Spadolini sich nicht umdreht. Er muß doch das Geräusch gehört haben, mit dem das Eis eingebrochen ist. Er wendet sich um. Er macht Anstalten zu rennen, aber dann hält er urplötzlich inne. Er hat die Arme zusammen. Er läßt sich auf die Knie nieder, immer noch die Hände zusammen. Er beugt sich nach vorn, er nimmt die Hände auseinander, jetzt erst kriecht er zu der halb im Eis verschwundenen Gnädigen hin.

Laura will etwas sagen, ich mache ein Zeichen, daß sie schweigen soll. Dabei bringe ich das Gebüsch vor mir in Bewegung, aber Spadolini blickt ja nicht mehr in meine Richtung, und der Kopf der Gnädigen bleibt unter Wasser. Ich verstehe nicht, warum Spadolini nicht um Hilfe ruft. Es ist niemand da, der ihn hören könnte, trotzdem könnte er um Hilfe rufen. Einfach, damit er um Hilfe gerufen hat.

Und ich sage zu Laura, die Gnädige wird sterben, obwohl ich es besser weiß, und daß sie keine Chance hat –

Als sei es aus einem Dämmerschlaf erwacht, beginnt das Kind allmählich, sich zu bewegen. Es tritt mit den Füßen und bewegt die Zehen. Die Finger ballt es zu Fäusten, es runzelt die Stirn, blinzelt, zieht die Augenbrauen hoch und schnappt mit dem Mund.

Ich möchte mit meinem Zeigefinger seinen Zeigefinger berühren.

Bestimmte Orte und Zeiten sind durch Lichtbahnen verbunden. Diese Orte und Zeiten können in mehreren Zuständen zugleich existieren, Korrelationen verschränken die Zustände. Daß Laura vor dem Borchardt einem Autofahrer die Haare ausreißt, hängt damit zusammen, daß ich an der Teichl laut spreche und die Gnädige irritiere. Es ist nicht möglich, daß Laura den Autofahrer verschont und ich trotzdem die Gnädige irritiere oder daß ich die Gnädige nicht irritiere, obwohl Laura dem Autofahrer die Haare ausreißt.
Wann habe ich Laura verloren. Nachdem wir uns ganz kurz kannten. Schon als mir Pototsching im Four Seasons aus seinem Manuskript vorlas. Oder im Pergamon-Museum. Oder doch erst in dem Augenblick, als mir die Cheflektorin von Guggeis sagte, daß Laura und Pototsching ihre Bücher zusammen verfassen, und ich begriff, daß ich Laura nie nahe sein kann.
Die schwangere Laura ergibt sich aus dem Überlagerungszustand aller Orte und aller Zeiten.
Ich bin nicht bei Laura eingezogen. Oder nur so lange, wie Pototsching in Argentinien bleibt. Laura und ich, wir trinken den ganzen Tag Champagner. Pototsching hat Laura eine SMS geschickt:

saras lo que debes ser
o no saras nada

Kurz vorher hatte er einen französischen Literaturpreis bekommen, ich weiß nicht mehr, wie er hieß, anstatt eines Preisgelds gab es eine Lieferung von Champagner Extra dry des Weinguts Drappier.
Das Weingut liegt in dem kleinen Dorf Urville im Département Aube an der Peripherie der Champagne, nur wenige Dutzend Kilometer von Colombey-les-Deux-Eglises entfernt, wo sich der Landsitz von General de Gaulle befand. Eine Magnumflasche, eine Jeroboam mit doppeltem Magnumvolumen, eine Rehoboam mit dreifachem Magnuminhalt, eine Methusalem (acht Flaschen), eine Salmanazar (zwölf Flaschen), eine Balthasar (sechzehn Flaschen), eine Nebukadnezar (zwanzig Flaschen), eine Salomon (vierundzwanzig Flaschen), eine Primat (sechsunddreißig Flaschen) und eine Melchizedec (vierzig Flaschen). Die Rehoboam und die Salmanazar sollte es eigentlich gar nicht mehr geben. Wir sind bei der Nebukadnezar angekommen, die kann ich noch allein heben, die Salomon, die Primat und die Melchizedec muß man zu zweit halten.
Ich sollte Laura davon abhalten, Alkohol zu trinken. Und wieder zu rauchen.
Ein paar Tage, nachdem der Verlag Pototsching das Manuskript zurückgesandt hatte, las ich eine Notiz in der Zeitung, Guggeis war wegen eines Kreislaufkollapses ins Krankenhaus eingeliefert worden. Der Verlag spielte die Sache herunter, wir vermuteten einen Herzinfarkt. Laura schrieb La Trémoïlle. Der schrieb zurück, Guggeis habe keinen Herzinfarkt gehabt, sondern einen Hitzschlag. Mit

der Cheflektorin habe er in München einen Autor besucht. Aus unerfindlichen Gründen wollte sie danach den Tierpark Hellabrunn besichtigen, Guggeis kam nicht mit, sie ging allein hinein. Als sie nach etwa eineinhalb Stunden zurückkehrte, fand sie Guggeis ohnmächtig im Auto. Seine Hände hätten ein Plastik-Jo-Jo umklammert.
Ich hatte die Szene vor Augen: Guggeis blieb im Auto, die Cheflektorin betätigte die Fernbedienung, er ließ sich einsperren. Jederzeit hätte er die Türen entriegeln können.
Wenn wir das Altern, alle Krankheiten und alle Todesursachen mit Ausnahme von Unfällen und Selbstmord eliminieren, wie lange können wir dann leben? – Die statistischen Daten sagen, etwa fünfzehnhundert Jahre. Wer länger leben will, darf nicht aus dem Haus gehen, er muß dafür sorgen, daß das Haus immer gut in Schuß ist, und er sollte beim Renovieren nicht am Architekten und an den Handwerkern sparen.

»Ich würde gern Ferien machen.«
Erschöpft blickt der Träumeträumer den an, der ich war, bevor ich Laura traf.
»Und was wird aus dem Kind?«
»Es ist doch nur ein Text im Computer.«
Der ich war, bevor ich Laura traf, nimmt eine von ihren Zigaretten und zündet sie an. Seit Jahren hat er nicht geraucht.
»Ich könnte nach Graubünden fahren.«
Als der Träumeträumer erfuhr, daß Pototsching sein Manuskript doch beendet hatte, brachte er seinen eigenen Schlußteil aus dem Gedächtnis noch einmal zu Papier.
Seit der Träumeträumer Laura wiedergetroffen hat, umgibt ihn ein Energieschirm, der ihn gegen seine Figuren schützt.

Der Träumeträumer überlegt, wie er die Gnädige beschreibt, welche Worte er Spadolini in den Mund legt, ohne daß sie ihn danach bedrängen. Der Idiot, die Eltern, die Schwestern, der Bruder, sie können den Schutzschirm nicht durchdringen.

»Wenn Laura wieder mit Pototsching schreibt?«

»Dann werden sie sich auf uns stürzen. Alle«, sagt der Träumeträumer.

Der ich war, bevor ich Laura traf, macht die Zigarette aus, sie schmeckt ihm nicht.

»Ich bin müde«, sagt der Träumeträumer, »alles, was ich will, ist eine große Pause.«

Der Träumeträumer begibt sich auf den Dachboden, um den Aluminiumkoffer zu holen, in dem er seine Manuskripte transportiert, wenn er verreist.

Das Kind krümmt den Rücken nicht mehr so stark und hält den Kopf aufrecht, der Unterleib ist allerdings immer noch nach innen gebogen. Sein Puls schlägt schnell, die Finger- und Fußnägel wachsen. Die Haut gliedert sich in mehrere Schichten und ist nicht mehr durchsichtig. Wenn man es berührt, schließt es die Augen.

Meine Bücher warten nicht, bis der Träumeträumer den Aluminiumkoffer wieder geschlossen hat. Ihm ist, als höre er einen Befehl, auf einmal packen meine Bücher mit ungeheurer Kraft sein rechtes Handgelenk.

Meine Bücher zittern, sie sind ganz bleich, aber sie fixieren die rechte Hand des Träumeträumers, als steckte sie in einem Schraubstock.

Der Träumeträumer versucht gar nicht, sich zu bewegen. Er bleibt in der unangenehmen, halb aufgerichteten Stellung stehen, er öffnet den Mund, um etwas zu sagen, aber er findet keine Worte. Meine Bücher starren ihn grimmig und zugleich ängstlich an. Der Träumeträumer fühlt sich schwindlig, er verspürt einen Anflug von Kopfweh.

Ich will meine rechte Hand zur Faust ballen und den Zeigefinger ausstrecken.
Ich will etwas mit der linken Hand auf die Innenseite der Finger der rechten kritzeln.
Ich will den kleinen Finger, den Ringfinger, den Mittelfinger der rechten Hand abspreizen, mit dem Zeigefinger und dem Daumen einen Kreis bilden und mit dem kleinen Finger der linken Hand den Kreis berühren.
Ich will die rechte Hand auf die linke legen.
Ich will den Mittelfinger der rechten Hand zwischen Daumen und Zeigefinger der linken Hand halten.
Wenn ich weine, kann ich nie wieder mit den Fingern meiner rechten Hand meine Tränen wegwischen.
Ich will die rechte Hand unter den linken Unterarm legen.
Ich will mit meiner rechten Hand einen Abdruck im Sand machen.
Ich will mit meiner rechten Hand in einen Fluß langen.
Ich will meine rechte Hand in blaue Farbe tauchen und den Zeigefinger und den Daumen zusammenführen und auf einem Blatt einen Abdruck machen.
Ich kann mit meiner linken Hand eine Eins darstellen, indem ich die Handfläche vorzeige, den Daumen ausstrecke und den kleinen Finger anwinkle.
Ich kann mit meiner linken Hand eine Zwei darstellen, indem ich den Daumen nach oben strecke und den kleinen und den Ringfinger anwinkle.
Ich kann mit meiner linken Hand eine Zehn darstellen, in-

dem ich mit dem Zeigefinger das vordere Glied des Daumens berühre.
Ich kann mit meiner linken Hand eine Zwanzig darstellen, indem ich den Daumen auf den Zeigefinger lege.
Aber ich kann keine Hundert darstellen, indem ich die Handfläche meiner rechten Hand sichtbar vor mich strecke und den kleinen Finger anwinkle.
Ich kann keine Zweihundert darstellen, indem ich die Handfläche meiner rechten Hand zeige und den kleinen und den Ringfinger anwinkle.
Ich kann keine Tausend darstellen, indem ich meine rechte Hand vor mich halte und den Zeigefinger auf das vordere Glied des Daumens lege.
Ich kann keine Zweitausend darstellen, indem ich mit dem Daumen meiner vorgestreckten rechten Hand deren Zeigefinger berühre.
Sollten meine Bücher meine Hand je wieder loslassen, wird sie metallisch glänzen, immer werde ich den Zeigefinger und den Mittelfinger abspreizen.
Oder der Daumen wird die Form einer Knospe annehmen und der Ringfinger die Gestalt und das Gesicht Lauras.
Ich fasse mir mit der rechten Hand an die Schläfe, und die Hand wird sich ewig mit der Schläfe verbinden, oder ich stütze das Kinn, und die Hand und das Kinn werden sich nicht mehr trennen lassen.
Ich falte die Hände, die rechte Hand wird immer in der entsprechenden Stellung bleiben, ich werde nur die linke wegnehmen können.

»Warten wir ab, bis sich alle beruhigt haben«, sagen meine Bücher.
Der Träumeträumer sieht meinen Büchern ins Gesicht, und

es stellt sich eine Art Einvernehmen her. Er darf sich aufrichten, er kann es kaum glauben.
Meine Bücher sprechen mit jemandem, der nicht anwesend ist. Sie sagen, daß alles in Ordnung ist, daß der Träumeträumer nichts mehr machen kann, weil sie, die Bücher, seine Hand festhalten.
Meine Bücher werden gefragt, ob es Schwierigkeiten gebe. Sie antworten mit nein. Der Träumeträumer habe keinen Verdacht gehabt. Dann möchte der, dem meine Bücher berichten, den Träumeträumer genauer sehen. Meine Bücher drehen den Arm so, daß jemand, der in der Tür stehen würde, überprüfen könnte, wie sie den Arm des Träumeträumers umfassen. Er versteht etwas wie »das reicht«, und er hört, wie die Bücher belobigt werden, sie hätten etwas vollbracht, woran man sich noch lange erinnern werde, und daß sie dafür ausgezeichnet würden. Meine Bücher geben zurück, das sei nicht notwendig. Dann fragt der, dem meine Bücher berichten, wie gefährlich der Träumeträumer sei, ob die Chance immer noch bestehe, daß –
Der Träumeträumer hätte gern gewußt, welche Gefahr er verkörpert.
Meine Bücher führen den Träumeträumer in das Treppenhaus und auf die Straße hinaus.
Er kann gehen, wohin er will, sagen sie. Aber er darf nie wieder Lauras Haus betreten.
Vorher haben sie den Blickkontakt vermieden, auf der Straße sehen ihm meine Bücher ins Gesicht. Sie drehen sich weg, natürlich nicht, ohne seine Hand weiter festzuhalten. Für einen winzigen, kaum merklichen Augenblick verschwinden sie, dann sind sie schon an der nächsten Stelle. Trotz des Phasenübergangs bleibt die Hand des Träumeträumers immer gleich fest eingespannt.

»Du bist nicht der Träumeträumer. Der Energieschirm schützt dich, mit Laura bist du sicher vor deinen Figuren. Wir wissen nicht«, sagen meine Bücher, »wie du es fertiggebracht hast, in die Blase hineinzukommen. Du machst alles, was der Träumeträumer macht. Aber du bist nicht der, der zu sein du vorgibst. Wir wissen nicht, wo du herkommst, wer dich geschaffen hat, man erkennt keinen Unterschied.«

Ich merke, wie ich kalkweiß werde.

Ich starre auf meine rechte Hand, die von meinen Büchern umklammert wird, und ich schreie: »Aber ich bin es!«

Die Leute drehen sich um, doch sie bleiben nicht stehen.

»Wo ist der Träumeträumer? Hast du ihn getötet?«

Meine Stimme versagt, ich rede ganz leise. »Aber ich bin es, ich bin der Träumeträumer.«

Ich blicke die Bücher bittend an: »Wir haben doch alles zusammen gemacht! Wir waren unzertrennlich!«

Mit einer Geste der Abscheu sagen meine Bücher zu mir, »versuche nicht, dich mit uns gemein zu machen«.

Ich flehe: »Erinnert ihr euch nicht, wie wir Laura getroffen haben? Wie sie uns zusammen angesprochen hat?«

Meine Bücher packen meine Hand jetzt noch fester, ich hätte nicht gedacht, daß das geht.

»Ich kann es beweisen! Wir gehen zum Arzt! Er soll mir Blut abnehmen, mich röntgen, mich neurologisch untersuchen! Ich weiß doch, wer ich bin!«

Meine Bücher umfassen meine Hand nicht mehr am Handgelenk, sondern an der Handwurzel. Sie werden meine Hand zermalmen.

»Derjenige, der an deine Stelle getreten ist, weiß nicht, daß er nicht der richtige Träumeträumer ist. Er hat den Körper des Träumeträumers und künstliche Erinnerungen. Er sieht

so aus wie der Träumeträumer, er denkt wie der Träumeträumer, aber es gibt einen Unterschied: Er hat einen Wunsch. Einen tödlichen Wunsch.«
Ich rufe: »Ich habe viele Wünsche und auch solche, die nicht ungefährlich sind, aber ich habe keine tödlichen Wünsche! Ich will niemandem etwas zuleide tun!«
Und ich beschwöre meine Bücher: »Ich kann beweisen, daß ich der Träumeträumer bin!«
Meine Bücher sehen mich jetzt nervös an, zum ersten Mal haben sie ihren Griff etwas gelockert.
»In dir ist ein Todeswunsch, der in dem Träumeträumer nicht war. Du bist nur gesandt, damit dieser Todeswunsch Wirklichkeit wird.«
Ich frage, wem ich den Tod wünsche.
»Dem Kind. Laura sagt, sie will es nicht zur Welt bringen, damit du ihr widersprichst. Aber du widersprichst ihr nicht. Du schweigst. Du willst der letzte Mensch auf Erden sein. Du willst der einzige Mensch sein. Wenn Laura dich nicht mehr sieht, besteht die Chance, daß sie es sich überlegt und dein Kind doch zur Welt bringt.«

Das Kind ißt noch nichts, trotzdem setzt seine Galle bereits Gallenflüssigkeit in den Verdauungstrakt frei, wo sich Muskeln bilden für den Tag, an dem es seine Nahrung selbst verarbeiten muß.
Die Schilddrüse und die Bauchspeicheldrüse nehmen den Betrieb auf. Das Lungengewebe hat sich verästelt, in die Thymusdrüse über dem Herzen dringen die T-Zellen ein.
Sein Körper wird überall hart, selbst an Fingern und Zehen bilden sich Knochen. Die Anzahl der Muskel-Nerven-Verbindungen hat sich verdreifacht. Die Augen sind nach vorn und die Ohren nach oben gewandert, berührt man sein Gesicht, zuckt es.
Im Kehlkopf beginnen sich die Stimmbänder zu entwikkeln, aber es wird noch mindestens ein halbes Jahr dauern, bis sie in der Lage sind, Töne zu erzeugen.

Ob sie den Entwurf sucht oder die Ausarbeitung, meine Handschrift bleibt immer dieselbe. Sie nimmt die Eigenschaften an, denen sie sich annähern will. So kommt es, daß ich beim Ausarbeiten weiter entwerfe und beim Entwerfen ausarbeite.
Die Identität meiner Handschrift mit den Eigenschaften ist keine durch Definition, sie entsteht dadurch, daß ich mit meinem Schreiben die Eigenschaften des Gegenstands kennenlerne, so daß ich im Umkehrschluß für die Eigenschaften leichter und schneller Worte und Sätze finde.
Am Anfang müssen die Worte und die Sätze unbotmäßig sein, sie suchen, aber sie wissen nicht, was sie finden wollen. Ich lasse die Worte und die Sätze an der langen Leine laufen, bis sie sich verwandeln, bis etwas Gefundenes oder etwas Erfundenes durchblitzt.
Die ganz einfachen Worte und Sätze stellen die Eigenschaf-

ten des Gegenstands unvermittelt, ohne Brechung dar, nicht übernommen von woanders, nicht schon vorher eingeübt, sind sie schwer lesbar für mich selbst, unlesbar für den, der nicht mitgedacht hat. Die Worte und Sätze, die lediglich die Konturen des Gegenstands durchscheinen lassen, die mehr illustrieren, fördern die Verständlichkeit, die Lesbarkeit.

Die Details des Erzählten finden ihre Formen nur durch das Material, in dem die Konstruktionen Wirklichkeit werden. Verbindungen ohne Stofflichkeit sind nicht wirklich vorstellbar, nicht einmal das Papier hält sie aus. Die Flucht in den reinen Gedanken, in die reine Schrift (Seele ohne Körper, Wörter ohne Buchstaben) –

Immer wieder anders, unverwechselbar können nur Sätze sein, die Gesten ausdrücken.

Also: sich auf die Gesten stürzen. Es bereitet doch Befriedigung, aus einer Vielzahl sich überlagernder Bewegungen eine Geste und ihre Regeln zu vereinzeln, sie beherrschend werden zu lassen und sie in einen ganz anderen Ablauf einzubringen.

Die Möglichkeiten des Schreibens an das Leben zedieren:

1. Der gelebte Satz, der nicht weiß, in welchem Leben er gelebt geworden ist. Als ordnender Gedanke kann er in einer Situation Gier nach Richtigkeit erzeugen, in einer anderen leblose Unauffälligkeit bewirken.

2. Das schöne Ornament, hilfreich für den Umgang mit dem Gedanken des Endes von Büchern wie von Menschen.

3. Die Übereinstimmung zwischen Leben und Beschreibung. Ein Beispiel antwortet mit geringem Gefühlsaufwand auf kleinem Raum. Jeder Satz dient einem Zweck, Angemessenheit bewirkt Unsichtbarkeit. Sind die Regeln geklärt, drängen sich die Konstruktionsformen nicht mehr auf.

4. Und es gibt sie doch, die Sehnsucht nach der einprägsamen Geschichte, die den Urheber kenntlich macht und die in ihrer Eingängigkeit den, der sie wiedererkennt, mitfiebern läßt.
Meine Bücher, alles, was ich geschrieben habe, wollen abschalten, nicht mehr wahrnehmen, sie verweigern sich der Aufgabe, Unvereinbares zu versöhnen. Der ich war, bevor ich Laura traf, will hinsehen und hinhören, er versucht, die Zusammenhänge zu durchschauen und sie wieder zusammenzudenken. Der Träumeträumer will Gleichzeitigkeit sichtbar machen, indem er meine und Lauras Beweggründe und Haltungen in nächster Nachbarschaft auf engstem Raum arrangiert. Er möchte meinen Büchern sagen, der Raum zwischen den Zeilen schenkt Transparenz. Er will sie überreden, Vordergrund und Hintergrund einander überlagern zu lassen, die realen Abstände zwischen mir und Laura aufzuheben, so daß man durch mich und durch sie hindurchsehen kann wie durch Glas. Er ruft meinen Büchern zu, euch hilft doch die doppelte Organisation der Sätze und Worte als Sätze, als Worte und als Elemente des Handlungszusammenhangs. Die Satzschönheit soll den Zusammenhalt der übergeordneten Formen herausschälen.
Erster Gedanke: die Ursprünglichkeit des Anfangs.
Sich schreibend wegträumen, versuchen, die Auseinandersetzung in einem Zwischenreich zu führen, nicht in der Wirklichkeit. Nicht mehr nach einem Beweis fragen. Das Geschriebene nicht mehr anfechten, wobei das Geschriebene nicht das Wirkliche abbildet.
Zweiter Gedanke: die doppelte Organisation.
Wer ist der Banause, wem erscheint es unverträglich, zugleich zu erfinden und präzise zu sein? Die Konturen zeich-

nen sich erst nur ab und lösen sich dann von den Worten, von den Sätzen. Das Vollendete ist doch immer ärmer.
Dritter Gedanke: die Chance des Unwahrscheinlichen.
Je komplizierter die Sätze, je feiner ihre Elemente, desto größer die Wahrscheinlichkeit des Unwahrscheinlichen. Man sieht durch die Wörter im Vordergrund hindurch, der Blick ins Zwischenreich.
Vierter Gedanke: das Phantastische drängt auf Verwirklichung.
Die Botschaften der Engel deuten den Weg an und führen das Ziel als Möglichkeit vor. Jedes Wort kreist um einen Gegenstand, betont ihn und unterdrückt dieses oder jenes Merkmal. Die Sätze leisten sich die Schönheit des Engels und das Sichtbarmachen seines Fliegens. Irgendwann einmal haben die Worte und die Sätze ausgedient, möchte ich meinen Büchern sagen, und der Engel kann fliegen. Wenn ich mir meine Handschrift ganz genau ansehe, verliert sich ihre Schönheit. Aber dafür geht eine andere Schönheit auf. Wie die Eigenschaften der Worte und der Sätze zueinander in Beziehung gesetzt sind.
Ich sage, ich will ohne Eile, im Gleichklang mit der Zeit erzählen, die Vibrationen meiner Nerven ergeben ein Geflimmer von Tönen. Die Charaktere werden einfacher, ihre Proportionen unspektakulärer, fast realistisch, dafür werden die Töne komplizierter. Ich verbinde meine Nerven mit den Nerven meiner Protagonisten. Meine Wahrnehmungen sind noch lange nicht ausgeschöpft, sie verkommen und verwahrlosen, wenn ich nicht mehr schreibe. Der Todeswunsch ist etwas Bestimmtes, ich will etwas Unbestimmtes als Anfang, das ich verdeutlichen kann, um den Leser und mich selbst zu überraschen.
Ich kann beweisen, daß ich der Träumeträumer bin. Ich

bitte meine die Bücher um ein Blatt Papier und einen Bleistift und daß sie mich schreiben lassen. Tausendmal will ich den Satz schreiben: *Das Kind soll leben.* Das ist der Satz, der heilt. Und bestimmt nicht der Satz, der vernichtet? fragen sie sofort.

Wer im Namen der Bücher handelt, gibt das, was er im jetzigen Leben hat, für ein anderes, besseres Leben auf. Diejenigen, die für die Bücher gekämpft haben und dabei gestorben sind, sie sind nicht tot, sie leben.

Denk an die Bücher, wo immer du auch hingehst, lächle und vertraue darauf, dass sie dir stets beistehen und dich beschützen, obwohl du davon nichts bemerkst.

Diejenigen, die das Leben und die Macht darüber geniessen, sind in ihrem Inneren schwach. Diejenigen, die Bücher kennen, lieben sie in dem Vertrauen, dass diejenigen, die sie nicht kennen, am Ende besiegt werden.

Eine Tat für die Bücher ist besser als die ganze Welt und alles auf der Welt.

Wenn du in die Kreise derjenigen eintrittst, die die Bücher nicht lieben, denk immer daran, du trittst nur in sie ein, damit die Bücher sie treffen können. Du wirst bemerken, dass du nicht immer in diesen Kreisen bleiben kannst. Wenn du von denjenigen umgeben bist, die die

Bücher nicht lieben, sollst du stillsitzen und dich entsinnen, dass die Bücher dir am Ende den Sieg schenken werden.

Dein Herz soll mit Glück erfüllt sein, denn das Ende steht bevor, und das Versprechen der Bücher ist zum Greifen nahe. Das Letzte, was zu tun ist, ist stets eine Erinnerung an die Bücher, die letzten Worte sollten sein, dass es nur die Bücher gibt und nichts sonst.

Wenn du deine Tat beginnst, schlage hart zu, die Bücher mögen laue Menschen nicht. Schlage sehr hart zu in dem Wissen, dass der Feind dich erwartet und dass du danach ein besseres Leben führen wirst.
Denk nicht an diejenigen, denen du begegnen wirst. Das lenkt dich vom eigentlichen Zweck deiner Tat ab, das ist gefährlich für dich.
Versuche, alle überflüssigen Gedanken beiseite zu schieben, kläre deine eigenen Gedanken.

Sieh dir deinen Plan gut an, mache dir keine Illusionen, erwarte Widerstand.
Du bist nur einen Wimpernschlag entfernt von der Seligkeit.

Beatrice schrieb mir diese letzte Mail, nachdem sie mich verlassen hat.
Ein letztes Treffen, im Hofgarten. Kein Sex. Ein Kolleg für mich.
Ich habe alle Persönlichkeitsstörungen, die es gibt, und ich

bin stolz darauf. Ich versuche, mit meinen inneren Widersprüchen dadurch fertigzuwerden, daß ich mich mit der Welt gleichsetze. Dann kann ich es mir aussuchen: In der Welt sind meine inneren Widersprüche entweder kaum wahrzunehmen und verschwinden, oder sie sind unübersehbar und verschärfen sich weiter, weil sie so zentral sind. Es macht keinen Sinn für sie, Beatrice, mit einem Schriftsteller zusammenzusein.
Für sie ist kein Platz in dem Dreieck.
Ich sagte, ich liebte Laura, aber ich liebe nur mich selbst in ihr. Laura sage, sie liebe mich, Laura hat Probleme mit ihrem zweiten Buch, sie erhofft sich von mir die Inspiration, die ihr Pototsching nicht mehr geben kann. Laura und Pototsching werden nicht voneinander loskommen. Sein Erfolg bedeutet für sie eine Sicherheit, die ich ihr nicht bieten kann. Und er ist auf ihre Bewunderung angewiesen, niemand bewundert ihn so sehr wie sie.

In den Galeries Lafayette führen mich meine Bücher nicht zum Lift, sondern zu den Rolltreppen. Auf jedem Geschoß gehe ich nicht geradeaus zur nächsten Rolltreppe, sondern mache eine Kehre, auf diese Weise umkreisen wir den leeren Doppelkonus, der die Mitte der Galeries Lafayette bildet. Die Beleuchtungsquellen zusammen mit den Spiegeln und dem Glas unter dem Geländer erzeugen einen Dunst aus Licht. Viele dunkelrote Sonnen leuchten uns. Von jedem Geschoß aus gesehen liegen die anderen Geschosse stumm, tot da.
Ich lehne mich an das Geländer, es pulst im Rhythmus meines Herzschlags. Wer die Galeries Lafayette betritt, muß glauben, irgendwo arbeiten hämmernd große Maschinen.

Aus der porösen, spröden und scharfen Haut meiner rechten Hand wachsen Knochenstacheln heraus.
Meine Hand hat ein Loch in der Mitte. Die Bücher sollen sie unterhalb der Handwurzel anfassen, dann greifen sie ins Leere und erschrecken.
Ich strecke meine Hand flach aus, und sie wird zu einer Schneide.
Die Linien in der Handfläche bilden eine Zeichnung, die meine Bücher ertasten. Das Bild kommt für sie so unerwartet, daß sie vielleicht meine Hand loslassen.
Sie ist aus Einzelteilen zusammengesteckt.
Die Finger stehen unverrückbar und parallel wie die Stäbe eines Gefängnisgitters.
Die Finger sind rechteckig und haben scharfe Kanten.
Zwischen den Fingern ziehen sich Spinnweben.
Die Sehnen fühlen sich an wie Batterien.
Ich werde vom Geländer zurücktreten und dann plötzlich, in einer ungeheuer schnellen Bewegung, die rechte Hand vorstrecken, mit der linken Hand werde ich mich am Geländer festhalten.
Erst in dem Moment, in dem meine Hand abreißt, werden meine Bücher sie loslassen.
Nebeneinander werden sie hinunterfliegen, meine Hand und meine Bücher, meine Hand aufgerichtet, nach oben gestreckt, wie um mich zu grüßen.
Es wird unendlich lange dauern, bis die Bücher und die Hand auf den Grund des Trichters prallen werden. Die Hand wird sich in einen Stein verwandeln, der ein Loch in die Metallpaneele schlägt, oder in Holz, das beim Auftreffen zumindest ein Geräusch macht, oder in Gips, der mit einem hellen Ton in lauter kleine Bröckchen zerspringt.
Vielleicht hält die Hand auch etwas.

Das stellt sich erst heraus, kurz bevor sie den Boden erreicht. Ein Herz, das noch schlägt, oder ein kleines Gesicht, das höhnisch lacht, das Gesicht eines alten Mannes mit eingefallenen Gesichtszügen, faltigen Lippen und Zähnen, die zwischen den Lippen herausragen.

Es würde mir gelingen, die Bücher über das Geländer zu schleudern.
Aber ich will nicht tun, weshalb ich hierher gekommen bin!
Meine Hand ist zu wertvoll, als daß sie geopfert werden darf.
Ich habe kein Gewissen. Kann es sein, daß Pototschings Figur ein Gewissen hat? Daß meine Bücher mit dem Jungen sprechen und auf ihn hören?
Ich sage meinen Büchern, ich gebe es zu. Ohne meine Billigung würde Laura nicht machen, was der Text in ihrem Computer beschreibt. Ich habe meine Meinung durch vage Äußerungen signalisiert, über meine Prioritäten konnte sie nie im Zweifel sein, und natürlich habe ich auch Prophezeiungen gemacht. Sie erwies sich für diese Signale als empfänglich und reagierte mit großem Eifer.
Der Klang meiner Stimme überrascht mich, sie wirkt so fest.
Ich bin nicht der Träumeträumer, ich habe seine Stelle eingenommen. Ich will das Kind umbringen, und es ist mir bereits so gut wie gelungen.
Vielleicht hätten sie, meine Bücher, Laura abhalten können, aber sie haben sich ja mit mir beschäftigt. Ich lüge, es sei gleich vorbei, der Eingriff werde diesen Vormittag in einem Krankenhaus ambulant durchgeführt, sie könnten mich nach Hause gehen lassen.
Meine beiden Hände liegen entspannt auf dem Geländer.

Es ist nicht einmal kalt, ich greife weiter hinunter, auch das Glas fühlt sich warm an. Ich bin dazu imstand, alle Finger meiner rechten Hand zu bewegen.
Die Bücher kämpfen mit sich, sie umkrallen das Geländer, als ob sie es aus der Verankerung reißen wollten.
Sie glauben mir.
Ich höre ein Zischen. Die Luft hat das Geräusch verursacht, als sie dorthin strömte, wo eben noch die Bücher waren.
Die Bücher werden alle Krankenhäuser Berlins absuchen –

Das Kind hat jetzt einen Daumen, der den anderen Fingern gegenüberliegt.

Ich will versuchen, ihn die Tricks zu lehren. Das Sein des Seienden, den Satz als Bild, ich werde ihm sagen, mache eine Unterscheidung, ich werde ihm das Begehren vorführen und die Spur.
Er wird eine Spielart des höheren Menschen sein.
Sein Geist wird keine Tiefe haben, aber er wird die Oberfläche entzünden.
Er wird der Eleganz verpflichtet sein und nicht der Mode.
In allem wird er nach Verfeinerung suchen.
Er wird sich aushalten lassen, Schulden machen, stets über seine Verhältnisse leben. Ein Leben im großen Stil wird ihm natürlich verwehrt sein. Aber er kann jeden Luxus, den er schätzt, auch entbehren.
Nie wird er sich eine Blöße geben.
Die Unverschämtheiten, die er sich herausnimmt, werden erwartet.
Er wird der größte der kleinen Geister sein.
Stets wird er das Nichtige mit dem Bedeutenden vermischen.
Er will nicht geliebt werden, er will nicht gehaßt werden.
Für das, was er gibt, will er nur eine Gegenleistung: Er will betrachtet und bestaunt werden.
Er wird keusch sein.
Er will sich mit der Menge vermählen.
Er wird sich nie brausen, er wird immer baden.
Er macht Skizzen mit dem Bleistift. Er könnte malen, aber es ist unter seiner Würde, Farbe aus Tuben zu drücken.
Er soll Handschuhe sammeln. In hellen Schweinslederhandschuhen, die die Finger freilassen, wird er Auto fahren, wandern wird er in Handschuhen aus Gamsleder, Handschuhe aus Biberleder trotzen der Winterkälte, wenn er eigentlich keine Handschuhe tragen sollte, wird er solche

aus Ziegenleder anziehen, in Handschuhen aus gelbem Hundeleder geht er zu einem späten Abendessen, ins Theater und in die Oper mit Handschuhen aus weißgegerbtem Schafsleder oder weißen, mit Seide bestickten Glacéhandschuhen.
Bei Regen und Schmuddelwetter wird er seinen Wagen immer so lenken, daß Fußgänger bespritzt werden.
Er wird schnell beleidigt sein, jähzornig und in ständiger Furcht leben, betrogen zu werden.
Er wird ein Mann sein, der die Welt versteht, der die tieferen Gründe ihrer Sitten und Gebräuche begreift. Er wird nicht der Leibeigene seiner Zeichnungen und seiner Schriften sein.
Er wird blasiert und unerschütterlich sein.
Läßt er sich fotografieren, achtet er immer darauf, daß er wie vom Verfall gezeichnet aussieht, blaß, nervös, mit hohlen Wangen und kalten Augen. Als sei er von sich selbst genauso enttäuscht wie von allen anderen. Er weiß nicht mehr, wann er begeistert war, aber er vermittelt den Eindruck, daß er es einmal war.
Ein unendlicher Ekel begleitet ihn.
Er will sich von sich selbst zurückziehen, deswegen zieht er sich von der Gesellschaft zurück. Er flüchtet in die Einöde eines Hauses auf dem Land, wo er sich eine Phantasiewelt schafft.
Ich werde ihn imitieren, seine schrille Stimme und die Art, den Kopf beim Sprechen zurückzuwerfen, wie er werde ich mit den Füßen auf den Boden stampfen, ich werde es nicht in seiner Gegenwart tun, man wird es ihm erzählen, er wird nicht mit mir darüber sprechen, er wird mir einen Brief schreiben.
Ich werde ihn lehren, wie man in die Vergangenheit zu-

rückgeht, um sie zu ändern. Ich werde ihm erzählen, wie Spadolini meinen Vater zur Rede stellte, wie mein Vater ihn in die Tenne führte, die Bohlen und die Bretter herausnahm und ihm die Ordner und Papiere zeigte, wie Spadolini meinem Vater befahl, alles auf die Wiese zu tragen, und wie er ausharrte, bis die Glut erloschen war, um sicherzugehen, daß das Feuer, das mein Vater entzündet hatte, alle Unterlagen des Deutschen vernichtet hatte.

Und ich werde ihm erzählen, daß ich mir eine andere Kindheit erfand, nachdem Pototsching über meine Kindheit geschrieben hatte, und wie ich die Manuskriptblätter in der Tenne versteckte –

Pototsching bildet nur die Spitze der Katastrophe. Aus dem Kern des Bündnisses zwischen Literatur und Nicht-Leben stammend, steht er für die Übererfassung meines Lebens. Die wahre, die wirkliche Katastrophe bestünde in der Allgegenwärtigkeit aller Zusammenhänge, aller Beziehungen, allen Liebens, allen Hassens, in der völligen Durchsichtigkeit, der Allverfügbarkeit allen Lebens, aller Bücher. Davor bewahrt er mich. Dank ihm gehe ich nicht geradewegs bis zum Ende der Sichtbarkeit, bis zum Ende der Mitteilbarkeit, das wäre der sofortige Tod. Man beschleunigt einen Gegenstand und produziert dabei Turbulenzen, die seine Form und seine Bahn verändern. Der Gegenstand spielt die Rolle einer Grenze für etwas, das sich sonst im Unendlichen verlieren würde. Die geheime Unordnung, die Pototsching und Laura miteinander abgesprochen haben, stellt sich gegen die extreme Zunahme des Lebens, der Bücher, der Gleichzeitigkeit, der Gleichörtlichkeit, der Durchsichtigkeit.

Ohne Pototsching wäre ich der totalen Schwerelosigkeit ausgesetzt, einer ins Unendliche zielenden Geradlinigkeit des Lebens, der erträglichen Leichtigkeit des Seins. Er erzeugt Dichte und Schwerkraft, er wirkt der Helligkeit, der Klarheit entgegen. Mein Leben sondert partielle Katastrophen ab, um sein Gleichgewicht im ganzen aufrechtzuerhalten.

Ich funktioniere, obwohl ich von meinem Wesen, von meinem Wert, von meinem Ursprung, von meiner Bestimmung befreit bin, in totaler Gleichgültigkeit gegenüber meinem eigenen Gehalt. Kommt es wirklich unerwartet, daß ich um so besser funktioniere?

Ich vereitle, daß alles in meiner Sprache etwas bedeutet. Indem ich hintertreibe, daß ich das Bewußtsein von allem erlange, daß alles mein Bewußtsein erlangt, sorge ich für die Erhaltung von Abwesenheit und Leere. Ich unterbinde die

Abschaffung des Hasses, sonst würden die Menschen um mich und ich mit ihnen eine immer dichtere Substanz bilden, durch unermeßliche Liebe, jeder mit jedem, verbunden. Ich falle dem Kollaps in den Arm. Ich wende ab, daß die Zeit in einem einzigen Punkt versammelt ist, der Raum in einem einzigen Augenblick.
Ihre Stirn wölbt sich, ohne zu fliehen, ihre Augenbrauen sind geschwungen wie Halbkreise, ihre Augen stehen schräg nach oben, ihre Nase ist groß und breit und eher flach, sie hat einen riesigen Mund mit sehr breiten Lippen, die Unterlippe heller als die Oberlippe, ihr rundes Kinn glänzt wie ihre Stirn. Sie kann nicht viel älter als zwanzig sein.
Der obere Teil ihres Ohres scheint fast verkümmert, Mr. Spock in reverse. Das Weiße um die Iris in der Farbe ihrer Haut schimmert rötlich.
LaMasango trinkt Wasser aus der Flasche, *Tynant*. Das Wasser paßt seine Form ihrer Hand, ihren Fingern an, in dem breiten silberglänzenden Reißverschluß ihres schwarzen Trainingsanzugs scheint es weiterzufließen.
Nie wäre ich darauf gekommen, daß sie überhaupt kein Wort Deutsch spricht. Sie äußert kurze englische Sätze, manchmal nur ein Wort.
Ich möchte ihr über den Kopf streichen, den Übergang von der glatten runden Stirn zu dem regelmäßigen Haaransatz fühlen. Wie ihr Haar wohl aussieht, wenn sie es nicht zusammenbindet?
LaMasango wird mir etwas Wichtiges zeigen, etwas Wichtiges sagen. Ich verspüre eine große Dankbarkeit.
Falsch: Ich werde mir selbst etwas zeigen, etwas sagen.
Sacht dirigiert sie mich, ich weiß nicht, ob mit Worten oder ob sie mich berührt, zum Fenster hin.
Sie zeigt mit dem Finger auf sich selbst und sagt »Laura«.

Dann weist sie auf mich und den leeren Raum neben mir und sagt meinen Namen und den Pototschings. Und blickt mich erwartungsvoll an.
Ich zeige auf mich und sage meinen Namen, ich zeige neben mich und sage »Pototsching«.
Ihr Gesichtsausdruck bedeutet mir, probieren wir es aus, ich werde dir beweisen, daß es nicht stimmt. Aber sie hat nichts anderes erwartet.
Sie geht hinaus und kommt mit ein paar Zeitungen zurück, die sie neben mich auf den Boden legt. Wieder nennt sie den Namen Pototschings und meinen Namen, wieder sage ich meinen Namen, indem ich auf mich zeige, und Pototsching, indem ich auf den leeren Raum über den Zeitungen weise.
Als sie erneut den Raum verläßt, warte ich länger auf sie.
Ich habe das Gefühl, was ich jetzt berichte, enthält, im Gegensatz zu dem, was ich bisher erzählt habe, bestimmte Wahrheiten. Ich möchte nicht sagen, daß ich an das glaube, was mich LaMasango erzählen lehrt – doch fühle ich mich irgendwie glaubwürdig.
Sie stellt einen alten Philips-Fernseher auf den Zeitungsstapel, die Kunststoffverkleidung imitiert Tropenholz, die beiden Teleskopantennen sind abgebrochen, das Stromkabel hat keinen Stecker. Ich will dem Spiel ein Ende machen, zeige auf den Fernseher und nenne meinen Namen und auf mich und nenne den Namen Pototschings.
Ich habe etwas wie Zufriedenheit erwartet, statt dessen hält LaMasango inne und blickt so traurig und bewegungslos zum Fenster wie in dem Augenblick, als ich den Raum betrat. Das ist doch, was sie wollte.
Wenn sie ihre Haare offen trägt, wirken die hellen Haare dann wie graue Haare bei einer Schwarzhaarigen? Überdeckt der linke Vorderzahn den rechten, oder handelt es

sich um eine optische Täuschung. Kann es sein, daß sie etwas schielt? Wenn sie farbige Kleidung trägt, erscheint ihre Haut dann heller?
LaMasango zeigt wieder auf sich selbst.
Ihre dunklen Finger verschmelzen mit ihrem schwarzen Trainingsanzug. Wie ich das sehe, habe ich das Gefühl, ich falle.
Etwas, jemand ruft nach ihr. Sie war ein Lichtstrahl, Laura hat LaMasango wirklich gemacht, sie besteht aus Partikeln oder aus winzigen Robotern.
Ich möchte ganz laut lachen, so daß es mich schüttelt. Weil ich begriffen habe: Das Urbild meiner Literatur ist ein Geflecht, die Urbilder von Lauras Literatur sind Lichtstrahlen. Und ich dachte, nur ich würde von meinen Figuren heimgesucht!
LaMasango spricht sowenig, weil sonst die Gefahr besteht, daß etwas untergeht, was Laura ihr mitteilt. Ich muß an eine Wunde denken, dort, wo die Welten zusammenstoßen.
LaMasango möchte nach Hause gehen. Aber sie findet keinen Spalt in Zeit und Raum, dafür hat Laura gesorgt. Sie ruft LaMasango ständig, erinnert sie unablässig daran, daß es die Welt noch gibt, aus der sie kommt. Doch Laura erlaubt LaMasango nicht, der Wunde nahe zu kommen.
LaMasango ist Laura, ich bin Pototsching, der Raum über den Zeitungen und dem Fernseher ist ich. LaMasango winkelt den rechten Arm an und hebt ihn, sie ist eine Figur, ich soll die Figur an ihrem Griff anfassen.
Ich umfasse den Unterarm LaMasangos, natürlich stelle ich sie nicht zu mir, sondern zu mir, zu den Zeitungen und dem Fernseher. *Ich* will doch mit Laura zusammensein.

Plötzlich werde ich unendlich müde. Ich kann nicht mehr stehen. Ich weiß: Wenn ich mich jetzt niederlasse, werde ich nicht mit Laura zusammenbleiben.

Während ich mich auf den Boden setze, habe ich das Gefühl, mein Kopf und meine Augen pendeln hin und her. Das kann nicht sein, dann würde sich das Bild, das ich vor meinen Augen habe, verschieben. Meine Bauchmuskeln verkrampfen, ich habe das Gefühl, als hätte ich erbrochen, dabei war mir gar nicht schlecht.

LaMasango beugt sich herab und umarmt mich, ich spüre ihre Brüste durch den Trainingsanzug, sie legt den Kopf auf meine linke Schulter. Sie ist Laura, ich bin Pototsching, Laura ist zu Pototsching zurückgekehrt, sie wird bei ihm bleiben. Der Satz, der vernichtet, muß keine Wörter machen. Das sollte ich wissen.

Ich will, daß die Wunde blutet, die den Übergang zwischen der Welt LaMasangos und der Lauras bildet. Aus Rache dafür, daß ich nicht zu Laura gehöre, aus Rache dafür, daß mir LaMasango das gezeigt hat. Ich wünsche LaMasango, daß es in ihrer Welt, der Welt der Figuren Lauras, nicht mehr Tag wird.

LaMasango hat doch nur etwas nachvollzogen, was offensichtlich war, Laura gehört nicht zu mir, sondern zu Pototsching.

Ich sollte ihr sagen, sie hat mich vor Laura gerettet. Als ob ich jemals in diese Welt eintreten möchte, ich muß mich schon meiner Figuren erwehren, warum sollte ich ein Bild von mir machen und mich abmühen, Partikel oder Roboter synchronisiert tanzen zu lassen.

Laura ruft LaMasango nicht mehr. Hat sich die Wunde geschlossen?

Laura soll mich wirklich machen. Ich will nicht mehr aus

Fleisch und Blut bestehen, ich will sein wie LaMasango, so glatt und dunkel.
Ich werde nicht, wie ich früher einmal befürchtete, auseinanderstreben. Laura synchronisiert meine Bestandteile. Ich werde viele Bewußtseine haben, mein Bewußtsein und zugleich das Bewußtsein jedes Teils, es wird eine große Freude herrschen darüber, daß es meinen ursprünglichen Körper nicht mehr gibt. Ich weiß nicht, wie lange es dauert, ob Stunden, Tage, Wochen, bis ich den neuen Körper spüre, wie das Blut durch die Adern fließt, jeden Muskel, jedes Hautstück.
Wenn ich so sein werde wie LaMasango, wird meine Hand ebenfalls mit meinem Körper verschmelzen.
Ich balanciere die Wasserflasche auf dem Ringfinger und dem Zeigefinger meiner rechten Hand.
LaMasango nimmt mir die Flasche aus der Hand und legt sie flach auf den Tisch. Sie dreht den Stuhl um, so daß die Lehne die Tischplatte berührt. Aus dem Buch, in dem sie las, als sie auf mich wartete, reißt sie mehrere Seiten heraus, die sie kurz zusammenknüllt und auf den Stuhl wirft.
In dem aufgeschlagenen Buch lese ich:

I never saw daffodils so beautiful. They grew among the mossy stones about and about them, some rested their heads upon these stones as on a pillow for weariness and the rest tossed and reeled and danced and seemed as if they verily laughed with the wind that blew upon them over the lake, they looked so gay, ever glancing, ever changing.

Wird Laura mich zu dem machen, der ich sein möchte? Vielleicht bringt sie mich dazu, die Hände zu falten, und ich bekomme sie nie mehr auseinander. Sie kann die Partikel oder die Nanobots anordnen, wie sie will. Oder sie trennt meine Hände ab, eine zeigt nach oben, die andere nach unten, sie berühren sich, wie sich niemals zwei Hände berühren können, die vom selben Körper kommen.

LaMasango macht eine Geste, die ich so verstehe, daß ich mich ducken soll. Ich kniee hinter dem Stuhl, sie geht auf der anderen Seite des Tisches hin und her.

Ich bin froh, daß es keine letzte Wahrheit gibt. Pototsching kann nicht wissen, ob ich den Schneeball geworfen habe oder nicht, während sich Spadolini von der Gnädigen abwandte, ob die Gnädige als Folge der Irritation strauchelte und durch das Eis brach, natürlich können es auch Laura und LaMasango nicht wissen. Es wäre furchtbar, wenn es eine letzte Wahrheit gäbe. Das Universum könnte sich nicht mehr ausdehnen, alles würde zu der letzten Wahrheit hinleben, niemand würde mehr Bücher schreiben, niemand würde mehr über das Schreiben schreiben, es gäbe ein Ende.

Ich will selbst nicht wissen, ob ich den Schneeball geworfen habe oder nicht. Es könnte doch sehr gut sein, daß ich mir das nur eingebildet habe. Ich dachte daran, einen Schneeball zu werfen, um die Gnädige zu irritieren, aber ich führte den Vorsatz nicht aus. Als die Gnädige einbrach, wurde das Gefühl der Schuld so beherrschend, daß ich mir vormachte, ich hätte ihn geworfen.

Genausogut könnte es der Fall sein, daß ich ihn tatsächlich geworfen habe, aber ich habe es verdrängt. Eigentlich weiß ich gar nicht, warum ich ihn warf. Ich war ein kleiner Junge, die Gründe habe ich erst später erfunden. Ich habe alles nur konstruiert, damit ich Schuldgefühle habe.

Gelingt es mir, Laura dazu zu bewegen, zu mir zurückzukehren, wird Pototsching das Manuskript doch veröffentlichen und es so darstellen, als hätte ich den Schneeball geworfen. Und damit die Gnädige so erschreckt, daß sie hinfiel und einbrach. Das wäre eine endgültige Wahrheit, mit der ich nicht leben könnte.

Die Wasserflasche auf dem Tisch läuft aus, LaMasango hat den Verschluß nicht ganz zugemacht. Mit einem völlig regelmäßigen Geräusch tropft das Wasser auf den Boden.

LaMasango ist ebenfalls auf das Tropfen aufmerksam geworden. Sie hält inne und gibt vor, unsicher zu stehen, die Arme hält sie seitlich ausgestreckt.

Ich blicke auf die Papierballen vor mir: Die einzige Möglichkeit, das Kind zu retten, ist, nicht zu werfen.

Wenn ich den Schneeball jetzt nicht werfe, heißt das natürlich nicht, daß ich ihn in der Vergangenheit nicht geworfen habe. Entweder habe ich ihn wirklich nicht geworfen, oder ich bereue, daß ich ihn geworfen habe, und ich möchte es ungeschehen machen. Es gibt keine letzte Wahrheit, ob ich geworfen habe oder ob ich nicht geworfen habe, aber es gibt die Wahrheit, daß ich wünschte, nicht geworfen zu haben, und daß ich nicht wieder werfen würde.

Laura ist nicht im Krankenhaus. Der Text im Computer bleibt Literatur.

Ich gehe zum Fenster, um Zeit zu gewinnen. Darauf achtend, nicht in die Pfütze zu steigen, die sich unter der auslaufenden Wasserflasche gebildet hat.

Unter den Eichenbäumen im Park gegenüber erblicke ich den Deutschen und den Idioten. Andere Menschen befinden sich nicht auf der Straße. Aus der Entfernung kann ich nicht erkennen, ob sie so groß sind wie gewöhnliche Menschen oder kleiner. Der weiße Bart und die weißen Haare des Idioten leuchten fast. Der Deutsche erklärt ihm etwas, er hört aufmerksam zu. Während er redet, streicht sich der

Deutsche gedankenverloren mit dem Daumen an der Backe und mit dem Zeige- und Mittelfinger am Kinn entlang. Seine Gesichtszüge scheinen ebenmäßig geblieben, die Haut in dem schütteren Haarkranz wirkt durchsichtig. Ich verstehe den Deutschen, weil ich seine Lippen beobachten kann und weil er etwas erzählt, was er mir schon einmal erzählt hat. Er spricht über den Tod. Davon, daß das Leben nicht ewig gestreckt werden sollte, die Angst vor dem Tod ist eine Erfahrung des Nichts und damit des Seins, die Erfahrung des Todes gehört zum Selbst. Er redet über das Wegdämmern, über das Einschlafen, daß man nie sagen kann, jetzt schlafe ich.

Er hat nicht recht. Manchmal träume ich, und ich weiß, daß ich träume.

Der Deutsche sagt zu dem Idioten, was er getan hat, kommt ihm zweitrangig vor. Was er tun sollte, war zu schwer für ihn.

Der Idiot gestikuliert, er schüttelt den Kopf, einmal stampft er auch mit dem Fuß auf. Er wendet sich ab, kehrt jedoch wieder zu dem Deutschen zurück. Er versucht, dem Deutschen zu widersprechen, wie kann er das, er begreift doch nichts?

Der abstrakte universale Gedanke, mit dem der Deutsche, Pototsching und ich verbunden sind: das Schweigen.

Das Schweigen als die einzige Idee, die mir die Fremden von den Sternen ließen.

Runzelt das Kind die Stirn? Preßt es die Augenlider zu? Vertieft sich seine Nasenlippenfalte? Erhöht sich sein Puls? Ich glaube nicht, daß sie seinen Cortisol- oder seinen Adrenalinspiegel bestimmen.

Wenn ich den Schneeball jetzt werfe, heißt das auch nicht, daß ich ihn damals geworfen habe. Es bleibt dabei, daß es keine letzte Wahrheit gibt, ob ich geworfen habe oder nicht, aber es gibt die Wahrheit, daß ich jetzt werfen möchte.
Vielleicht auch die Wahrheit, daß ich immer werfen möchte.
Werfe ich den Schneeball immer wieder, bin ich unsterblich. Ich verlasse mich nicht darauf, daß andere oder ich Bücher schreiben, in denen beschrieben wird, wie ich den Schneeball warf.
Ich werfe den Schneeball immer wieder. Haben das alle mitbekommen?
Laura ist im Krankenhaus, der Text im Computer wird zum Erfahrungsbericht.
Der Idiot benötigt keine Kleidung, Lumpen tun es für ihn, er braucht kein Heim, er schläft im Stadel. Möbel und Kleidung sind kein Versprechen für ihn. Ich weiß, was der Idiot dem Deutschen sagen sollte, wenn er reden könnte. Er sollte dem Deutschen vorwerfen, daß dieser so tut, als wären Gefühle ein Versprechen. Und er sollte ihm darlegen, wenn er etwas darlegen könnte, daß dieses Versprechen niemals eingelöst wird. Die Gefühle verabschieden sich von ihren Trägern und Trägerinnen. Sie gehen eigene Wege, verfolgen eigene Ziele.
LaMasango und ich, beide lauschen wir dem Geräusch des Tropfens.
Meine Bücher haben recht, das begreife ich auf einmal. Ich bin nicht der Träumeträumer.
Wenn ich stillhalte –

dann werden sich die Buchstaben und die Sätze aus den zusammengeknüllten Seiten und dem Buch herausbegeben, sie werden sich mit sämtlichen Buchstaben und Sätzen verbinden, die ich je geschrieben habe, die Laura und die Pototsching je geschrieben haben, die gemalten Buchstaben aus den Zeichnungen des Idioten werden sich anschließen, alle Buchstaben werden hier im Kaffeezimmer von La Trémoïlles Haus kreisen – LaMasango hat mir in kürzestmöglichen Sätzen erklärt, das Haus gehöre ihm, er habe es an Guggeis vermietet, der es Pototsching und Laura zur Verfügung gestellt hat –, ich werde nicht imstand sein, sie zuzuordnen, ich werde nicht mehr sagen können, dieser Satz kommt aus meinem Buch, dieser Satz stammt aus Pototschings Manuskript, jener Satz aus Lauras Buch.

Werde ich den Schneeball werfen, oder halte ich still.
Ist Laura beim Arzt, oder wird das Kind zur Welt kommen.

Ich werde nicht stillhalten, Laura ist beim Arzt.
Damit ich ein Buch über alles schreiben kann.